国学经典文库

图文珍藏版

横眉冷对千夫指　俯首甘为孺子牛

鲁迅文集

姜涛○主编

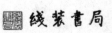

线装书局

曾氏文集

听说梦

做梦，是自由的，说梦，就不自由。做梦，是做真梦的，说梦，就难免说谎。

大年初一，就得到一本《东方杂志》新年特大号，临末有"新年的梦想"，问的是"梦想中的未来中国"和"个人生活"，答的有一百四十多人。记者的苦心，我是明白的，想必以为言论不自由，不如来说梦，而且与其说所谓真话之假，不如来谈谈梦话之真，我高兴地翻了一下，知道记者先生却大大的失败了。

当我还未得到这本特大号之前，就遇到过一位投稿者，他比我先看见印本，自说他的答案已被资本家删改了，他所说的梦其实并不如此。这可见资本家虽然还没法禁止人们做梦，而说了出来，倘为权力所及，却要干涉的，决不给你自由。这一点，已是记者的大失败。

但我们且不去管这改梦案子，只来看写着的梦境吧，诚如记者所说，来答复的几乎全部是知识分子。首先，是谁也觉得生活不安定，其次，是许多人梦想着将来的好社会，"各尽所能"呀，"大同世界"呀，很有些"越轨"气息了（末三句是我添的，记者并没有说）。

但他后来就有点"痴"起来，他不知从哪里拾来了一种学说，将一百多个梦分为两大类，说那些梦想好社会的都是"载道"之梦，是"异端"，正宗的梦应该是"言志"的，硬把"志"弄成一个空洞无物的东西。然而，孔子曰，"盍各言尔志"，而终于赞成曾点者，就因为其"志"合于孔子之"道"的缘故也。

其实是记者的所以为"载道"的梦，那里面少得很。文章是醒着的时候写的，问题又近于"心理测验"，遂致对答者不能不做出个个适宜于目下自己的职业，地位，身份的梦来（已被删改者自然不在此例），即使看去好像怎样"载道"，但为将来的好社会"宣传"的意思，是没有的。所以，虽然梦"大家有饭吃"者有人，梦"无阶级社会"者有人，梦"大同世界"者有人，而很少有人梦见建设这样社会以前的阶级斗争，白色恐怖，轰炸，虐杀，鼻子里灌辣椒水，电刑……倘不梦见这些，好社会是不会来的，无论怎么写得光明，终究是一个梦，空头的梦，说了出来，也无非教人都进这空头的梦境里面去。

　　然而要实现这"梦"境的人们是有的,他们不是说,而是做,梦着冷来,而致力于达到这一种将来的现在。因为有这事实,这才使许多知识分子不能不说好像"载道"的梦,但其实并非"载道",乃是给"道"载了一下,倘要简洁,应该说是"道载"的。

　　为什么会给"道载"呢? 曰:为目前和将来的吃饭问题而已。

　　我们还受着旧思想的束缚,一说到吃,就觉得近乎鄙俗。但我是毫没有轻视对答者诸公的意思的。《东方杂志》记者在《读后感》里,也曾引弗洛伊德的意见,以为"正宗"的梦,是"表现各人的心底的秘密而不带着社会作用的"。俱弗洛伊德以被压抑为梦的根柢——人为什么被压抑的呢? 这就和社会制度,习惯之类连结了起来,单是做梦不打紧,一说,一问,一分析,可就不妥当了。记者没有想到这一层,于是就一头撞在资本家的朱笔上。但引"压抑说"来释梦,我想,大家必已经不以为忤了吧。

　　不过,弗洛伊德恐怕是有几文钱,吃得饱饱的吧,所以没有感到吃饭之难,只注意于性欲。有许多人正和他在同一境遇上,就也轰然地拍起手来。诚然,他也告诉过我们,女儿多爱父亲,儿子多爱母亲,即因为异性的缘故。然而婴孩出生不多久,无论男女,就尖起嘴唇,将头转来转去。莫非它想和异性接吻吗? 不,谁都知道:是要吃东西!

　　食欲的根柢,实在比性欲还要深,在目下开口爱人,闭口情书,并不以为肉麻的时候,我们也大可以不必讳言要吃饭。因为是醒着做的梦,所以不免有些不真,因为题目究竟是"梦想",而且如记者先生所说,我们是"物质的需要远过于精神的追求"了,所以乘着 Censors(也引用弗洛伊德语)的监护好像解除了之际,便公开了一部分。其实也是在"梦中贴标语,喊口号",不过不是积极的罢了,而且有些也许倒和表面的"标语"正相反。

　　时代是这么变化,饭碗是这样艰难,想想现在和将来,有些人也只能如此说梦,同是小资产阶级(虽然也有人定我为"封建余孽"或"土著资产阶级",但我自己姑且定为属于这阶级),很能够彼此心照,然而也无须秘而不宣的。

　　至于另有些梦为隐士,梦为渔樵,和本相全不相同的名人,其实也只是预感饭碗之脆,而却想将吃饭范围扩大起来,从朝廷而至园林,由洋场及于山泽,比上面说过的那些志向要大得远,不过这里不来多说了。

——月一日。

论"赴难"和"逃难"
——寄《涛声》编辑的一封信

编辑先生:

我常常看《涛声》,也常常叫"快哉!"但这回见了周木斋先生那篇《骂人与自骂》,其中说北平的大学生"即使不能赴难,最低最低的限度也应不逃难",而致慨于五四运动时代式锋芒之销尽,却使我如骨鲠在喉,不能不说几句话。因为我是和周先生的主张正相反,以为"倘不能赴难,就应该逃难",属于"逃难党"的。

周先生在文章的末尾,"疑心是北京改为北平的应验",我想,一半是对的。那时的北京,还挂着"共和"的假面,学生嚷嚷还不妨事;那时的执政,是昨天上海市十八团体为他开了"上海各界欢迎段公芝老大会"的段祺瑞先生,他虽然是武人,却还没有看过《莫索里尼传》。然而,你瞧,来了呀。有一回,对着请愿的学生毕毕剥剥的开枪了,兵们最爱瞄准的是女学生,这用精神分析学来解释,是说得过去的,尤其是剪发的女学生,这用整顿风俗的学说来解说,也是说得过去的。总之是死了一些"莘莘学子"。然而还可以开追悼会;还可以游行过执政府之门,大叫"打倒段祺瑞"。为什么呢? 因为这时又还挂着"共和"的假面。然而,你瞧,又来了呀。现为党国大教授的陈源先生,在《现代评论》上哀悼死掉的学生,说可惜他们为几个卢布送了性命;《语丝》反对了几句,现为党国要人的唐有壬先生在《晶报》上发表一封信,说这些言动是受莫斯科的命令的。这实在已经有了北平气味了。

后来,北伐成功了,北京属于党国,学生们就都到了进研究室的时代,五四式是不对了。为什么呢? 因为这是很容易为"反动派"所利用的。为了矫正这种坏脾气,我们的政府,军人,学者,文豪,警察,侦探,实在费了不少的苦心。用诰谕,用刀枪,用书报,用锻炼,用逮捕,用拷问,直到去年请愿之徒,死的都是"自行失足落水",连追悼会也不开的时候为止,这才显出了新教育的效果。

倘使日本人不再攻榆关,我想,天下是太平了的,"必先安内而后可以攘外"。但可恨的是外患来得太快一点,太繁一点,日本人太不为中国诸公设想之故也,而且也因此引起了周先生的责难。

看周先生的主张,似乎最好是"赴难"。不过,这是难的。倘使早先有了组织,经过训练,前线的军人力战之后,人员缺少了,副司令下令召集,那自然应该去的。无奈据去年的事实,则连火车也不能白坐,而况平日所学的又是债权论,土耳其文学史,最小公倍数之类。去打日本,一定打不过的。大学生们曾经和中国的兵警打过架,但是"自行失足落水"了,现在中国的兵警尚且不抵抗,大学生能抵抗吗?我们虽然也看见过许多慷慨激昂的诗,什么用死尸堵住敌人的炮口呀,用热血胶住倭奴的刀枪呀,但是,先生,这是"诗"呵!事实并不这样的,死得比蚂蚁还不如,炮口也堵不住,刀枪也胶不住。孔子曰:"以不教民战,是谓弃之。"我并不全拜服孔老夫子,不过觉得这话是对的,我也正是反对大学生"赴难"的一个。

那么,"不逃难"怎样呢?我也是完全反对。自然,现在是"敌人未到"的,但假使一到,大学生们将赤手空拳,骂贼而死呢,还是躲在屋里,以图幸免呢?我想,还是前一着堂皇些,将来也可以有一本烈士传。不过于大局依然无补,无论是一个或十万个,至多,也只能又向"国联"报告一声罢了。去年十九路军的某某英雄怎样杀敌,大家说得眉飞色舞,因此忘却了全线退出一百里的大事情,可是中国其实还是输了的。而况大学生们连武器也没有。现在中国的新闻上大登"满洲国"的虐政,说是不准私藏军器,但我们大中华民国人民来藏一件护身的东西试试看,也会家破人亡,——先生,这是很容易"为反动派所利用"的呵。

施以狮虎式的教育,他们就能用爪牙,施以牛羊式的教育,他们到万分危急时还会用一对可怜的角。然而我们所施的是什么式的教育呢,连小小的角也不能有,则大难临头,唯有兔子似的逃跑而已。自然,就是逃也不见得安稳,谁都说不出那里是安稳之处来,因为到处繁殖了猎狗,诗曰:"趯趯毚兔,遇犬获之",此之谓也。然则三十六计,固仍以"走"为上计耳。

总之,我的意见是:我们不可看得大学生太高,也不可责备他们太重,中国是不能专靠大学生的;大学生逃了之后,却应该想想此后怎样才可以不至于单是逃,脱出诗境,踏上实地去。

但不知先生以为何如?能给在《涛声》上发表,以备一说否?谨听裁择,并请文安。

罗怃顿首。一月二十八夜。

再:顷闻十来天之前,北平有学生五十多人因开会被捕,可见不逃的还有,然而罪名是"借口抗日,意图反动",又可见虽"敌人未到",也大以"逃难"为是也。

二十九日补记。

学生和玉佛

一月二十八日《申报》号外载二十六日北平专电曰:"故宫古物即起运,北宁平汉两路已奉令备车,团城白玉佛亦将南运。"

二十九日号外又载二十八日中央社电传教育部电平各大学,略曰:"据各报载榆关告紧之际,北平各大学中颇有逃考及提前放假等情,均经调查确实。查大学生为国民中坚分子,讵容妄自惊扰,败坏校规,学校当局迄无呈报,迹近宽纵,亦属非是。仰该校等迅将学生逃考及提前放假情形,详报核办,并将下学期上课日期,并报为要。"

三十日,"堕落文人"周动轩先生见之,有诗叹曰:

寂寞空城在,仓皇古董迁,

头儿夸大口,面子靠中坚。

惊扰讵云妄? 奔逃只自怜:

所嗟非玉佛,不值一文钱。

为了忘却的记念

一

我早已想写一点文字,来纪念几个青年的作家。这并非为了别的,只因为两年以来,悲愤总时时来袭击我的心,至今没有停止,我很想借此算是竦身一摇,将悲哀摆脱,给自己轻松一下,照直说,就是我倒要将他们忘却了。

两年前的此时,即一九三一年的二月七日夜或八日晨,是我们的五个青年作家同时遇害的时候。当时上海的报章都不敢载这件事,或者也许是不愿,或不屑载这件事,只在《文艺新闻》上有一点隐约其词的文章。那第十一期(五月二十五日)里,有一篇林莽先生作的《白莽印象记》,中间说:

"他做了好些诗,又译过匈牙利诗人彼得斐的几首诗,当时的《奔流》的编辑者鲁迅接到了他的投稿,便来信要和他会面,但他却是不愿见名人的人,结果是鲁迅自己跑来找他,竭力鼓励他作文学的工作,但他终于不能坐在亭子间里写,又去跑他的路了。不久,他又一次的被捕了。……"

这里所说的我们的事情其实是不确的。白莽并没有这么高慢,他曾经到过我的寓所来,但也不是因为我要求和他会面;我也没有这么高慢,对于一位素不相识的投稿者,会轻率的写信去叫他。我们相见的原因很平常,那时他所投的是从德文译出的《彼得斐传》,我就发信去讨原文,原文是载在诗集前面的,邮寄不便,他就亲自送来了。看去是一个二十多岁的青年,面貌很端正,颜色是黑黑的,当时的谈话我已经忘却,只记得他自说姓徐,象山人;我问他为什么代你收信的女士是这么一个怪名字(怎么怪法,现在也忘却了),他说她就喜欢起得这么怪,罗曼蒂克,自己也有些和她不大对劲了。就只剩了这一点。

夜里,我将译文和原文粗粗的对了一遍,知道除几处误译之外,还有一个故意的曲译。他像是不喜欢"国民诗人"这个字的,都改成"民众诗人"了。第二天又接到他一封来信,说很悔和我相见,他的话多,我的话少,又冷,好像受了一种威压似的。我便写一封回信去解释,说初次相会,说话不多,也是人之常情,并且告诉他不应该由自己的爱憎,将原文改变。因为他的原书留在我这里了,就将我所藏的两本集子送给他,问他可能再译几首诗,以供读者的参看。他果然译了几首,自己拿来了,我们就谈得比第一回多一些。这传和诗,后来就都登在《奔流》第二卷第五本,即最末的一本里。

我们第三次相见,我记得是在一个热天。有人打门了,我去开门时,来的就是白莽,却穿着一件厚棉袍,汗流满面,彼此都不禁失笑。这时他才告诉我他是一个革命者,刚由被捕而释出,衣服和书籍全被没收了,连我送他的那两本;身上的袍子是从朋友那里借来的,没有夹衫,而必须穿长衣,所以只好这么出汗。我想,这大约就是林莽先生说的"又一次的被捕了"的那一次了。

我很欣幸他的得释,就赶紧付给稿费,使他可以买一件夹衫,但一面又很为我的那两本书痛惜:落在捕房的手里,真是明珠投暗了。那两本书,原是极平常的,一本散文,一本诗集,据德文译者说,这是他搜集起来的,虽在匈牙利本国,也还没有这么完全的本子,然而印在《莱克朗氏万有文库》(Reclam's Universal-Bibliothek)中,倘在德国,就随处可得,也值不到一元钱。不过在我是一种宝贝,因为这是三十年前，正当我热爱彼得斐的时候，特地托丸善书店从德国去买来的，那时还恐怕因为书极便宜，店员不肯经手，开口时非常惴惴。后来大抵带在身边，只是情随事迁，已没有翻译的意思了，这回便决计送给这也如我的那时一样，热爱彼得斐的诗的青年，算是给它寻得了一个好着落。所以还郑重其事，托柔石亲自送去的。谁料竟会落在"三道头"之类的手里的呢，这岂不冤枉！

二

我的决不邀投稿者相见，其实也并不完全因为谦虚，其中含着省事的分子也不少。由于历来的经验，我知道青年们，尤其是文学青年们，十之九是感觉很敏，自尊心也很旺盛的，一不小心，极容易得到误解，所以倒是故意回避的时候多。见面尚且怕，更不必说敢有托付了。但那时我在上海，也有一个唯一的不但敢于随便谈笑，而且还敢于托他办点私事的人，那就是送书去给白莽的柔石。

我和柔石最初的相见，不知道是何时，在那里。他仿佛说过，曾在北京听过我的讲义，那么，当在八九年之前了。我也忘记了在上海怎么来往起来，总之，他那时住在景云里，离我的寓所不过四五家门面，不知怎么一来，就来往起来了。大约最初的一回他就告诉我是姓赵，名平复。但他又曾谈起他家乡的豪绅的气焰之盛，说是有一个绅士，以为他的名字好，要给儿子用，叫他不要用这名字了。所以我疑心他的原名是"平福"，平稳而有福，才正中乡绅的意，对于"复"字却未必有这么热心。他的家乡，是台州的宁海，这只要一看他那台州式的硬气就知道，而且颇有点迂，有时会令我忽而想到方孝孺，觉得好像也有些这模样的。

他躲在寓里弄文学，也创作，也翻译，我们往来了许多日，说得投合起来了，于是另外约定了几个同意的青年，设立朝华社。目的是在绍介东欧和北欧的文学，输入外国的版画，因为我们都以为应该来扶植一点刚健质朴的文艺。接着就印《朝花旬刊》，印《近代世界短篇小说集》，印《艺苑朝华》，算都在循着这条线，只有其中的一本《蕗谷虹儿画选》，是为了扫荡上海滩上的"艺术家"，即戳穿叶灵凤这纸老虎而印的。

然而柔石自己没有钱，他借了二百多块钱来做印本。除买纸之外，大部分的稿子和杂务都是归他做，如跑印刷局，制图，校字之类。可是往往不如意，说起来皱着眉头。看他旧作品，都很有悲观的气息，但实际上并不然，他相信人们是好的。我有时谈到人会怎样的骗人，怎样的卖友，怎样的吮血，他就前额亮晶晶的，惊疑地圆睁了近视的眼睛，抗议道，"会这样的吗？——不至于此吧？……"

不过朝花社不久就倒闭了，我也不想说清其中的原因，总之是柔石的理想的头，先碰了一个大钉子，力气固然白化，此外还得去借一百块钱来付纸账。后来他对于我那"人心唯危"说的怀疑减少了，有时也叹息道，"真会这样的吗？……"但是，他仍然相信人们是好的。

他于是一面将自己所应得的朝花社的残书送到明日书店和光华书局去，希望还能够收回几文钱，一面就拼命地译书，准备还借款，这就是卖给商务印书馆的《丹麦短篇小说集》和戈理基作的长篇小说《阿尔泰莫诺夫之事业》。但我想，这些译稿，也许去年已被兵火烧掉了。

他的迂渐渐的改变起来，终于也敢和女性的同乡或朋友一同去走路了，但那距离，却至少总有三四尺的。这方法很不好，有时我在路上遇见他，只要在相距三四尺前后或左右有一个年轻漂亮的女人，我便会疑心就是他的朋友。但他和我一同走路的时候，可就走得近了，简直是扶住我，因为怕我被汽车或电车撞死；我这面也为他近视而又要照顾别人担心，大家都仓皇失措的愁一路，所以倘不是万不得已，我是不大和他一同出去的，我实在看得他吃力，因而自己也吃力。

无论从旧道德，从新道德，只要是损己利人的，他就挑选上，自己背起来。

他终于决定地改变了，有一回，曾经明白地告诉我，此后应该转换作品的内容和形式。我说：这怕难吧，譬如使惯了刀的，这回要他耍棍，怎么能行呢？他简洁地答道：只要学起来！

他说的并不是空话，真也在重新学起来了，其时他曾经带了一个朋友来访我，那就是冯铿女士。谈了一些天，我对于她终于很隔膜，我疑心她有点罗曼蒂克，急于事功；我又疑心柔石的近来要做大部的小说，是发源于她的主张的。但我又疑心我自己，也许是柔石的先前的斩钉截铁的回答，正中了我那其实是偷懒的主张的伤疤，所以不自觉地迁怒到她身上去了。——我其实也并不比我所怕见的神经过敏而自尊的文学青年高明。

她的体质是弱的，也并不美丽。

三

直到左翼作家联盟成立之后，我才知道我所认识的白莽，就是在《拓荒者》上作诗的殷夫。有一次大会时，我便带了一本德译的，一个美国的新闻记者所做的中国游记去送他，这不过以为他可以由此练习德文，另外并无深意。然而他没有来。

我只得又托了柔石。

但不久，他们竟一同被捕，我的那一本书，又被没收，落在"三道头"之类的手里了。

白莽

四

明日书店要出一种期刊，请柔石去做编辑，他答应了；书店还想印我的译著，托他来问版税的办法，我便将我和北新书局所订的合同，抄了一份交给他，他向衣袋里一塞，匆匆地走了。其时是一九三一年一月十六日的夜间，而不料这一去，竟就是我和他相见的末一回，竟就是我们的永诀。

第二天，他就在一个会场上被捕了，衣袋里还藏着我那印书的合同，听说官厅因此正在找寻我。印书的合同，是明明白白的，但我不愿意到那些不明不白的地方去辩解。记得《说岳全传》里讲过一个高僧，当追捕的差役刚到寺门之前，他就"坐化"了，还留下什么"何立从东来，我向西方走"的偈子。这是奴隶所幻想的脱离苦海的唯一的好方法，"剑侠"盼不到，最自在的唯此而已。我不是高僧，没有涅槃的自由，却还有生之留恋，我于是就逃走。

这一夜，我烧掉了朋友们的旧信札，就和女人抱着孩子走在一个客栈里。不几天，即听得外面纷纷传我被捕，或是被杀了，柔石的消息却很少。有的说，他曾经被巡捕带到明日书店里，问是否是编辑；有的说，他曾经被巡捕带往北新书局去，问是否是柔石，手上上了铐，可见案情是重的。但怎样的案情，却谁也不明白。

他在囚系中，我见过两次他写给同乡的信，第一回是这样的——

"我与三十五位同犯（七个女的）于昨日到龙华。并于昨夜上了镣，开政治犯从未上镣之纪录。此案累及太大，我一时恐难出狱，书店事望兄为我代办之。现亦好，且跟殷夫兄学德文，此事可告周先生；望周先生勿念，我等未受刑。捕房和公安局，几次问周先生地址，但我哪里知道。诸望勿念。祝好！

赵少雄一月二十四日。"

以上正面。

"洋铁饭碗，要二三只

如不能见面，可将东西

望转交赵少雄"

以上背面。

他的心情并未改变,想学德文,更加努力;也仍在纪念我,像在马路上行走时候一般。但他信里有些话是错误的,政治犯而上镣,并非从他们开始,但他向来看得官场还太高,以为文明至今,到他们才开始了严酷。其实是不然的。果然,第二封信就很不同,措辞非常惨苦,且说冯女士的面目都浮肿了,可惜我没有抄下这封信。其时传说也更加纷繁,说他可以赎出的也有,说他已经解往南京的也有,毫无确信;而用函电来探问我的消息的也多起来,连母亲在北京也急得生病了,我只得一一发信去更正,这样的大约有二十天。

天气愈冷了,我不知道柔石在那里有被褥不? 我们是有的。洋铁碗可曾收到了没有? ……但忽然得到一个可靠的消息,说柔石和其他二十三人,已于二月七日夜或八日晨,在龙华警备司令部被枪毙了,他的身上中了十弹。

原来如此! ……

在一个深夜里,我站在客栈的院子中,周围是堆着的破烂的什物;人们都睡觉了,连我的女人和孩子。我沉重地感到我失掉了很好的朋友,中国失掉了很好的青年,我在悲愤中沉静下去了,然而积习却从沉静中抬起头米,凑成了这样的几句:

惯于长夜过春时,挈妇将雏鬓有丝。

梦里依稀慈母泪,城头变幻大王旗。

忍看朋辈成新鬼,怒向刀丛觅小诗。

吟罢低眉无写处,月光如水照缁衣。

但末二句,后来不确了,我终于将这写给了一个日本的歌人。

可是在中国,那时是确无写处的,禁锢得比罐头还严密。我记得柔石在年底曾回故乡,住了好些时,到上海后很受朋友的责备。他悲愤地对我说,他的母亲双眼已经失明了,要他多住几天,他怎么能够就走呢? 我知道这失明的母亲的眷眷的心,柔石的拳拳的心。当《北斗》创刊时,我就想写一点关于柔石的文章,然而不能够,只得选了一幅珂勒惠支(Kathe Kollwitz)夫人的木刻,名曰《牺牲》,是一个母亲悲哀地献出她的儿子去的,算是只有我一个人心里知道的柔石的纪念。

同时被困的四个青年文学家之中,李伟森我没有会见过,胡也频在上海也只见过一次面,谈了几句天。较熟的要算白莽,即殷夫了,他曾经和我通过信,投过稿,但现在寻起来，一无所得，想必是十七那夜统统烧掉了，那时我还没有知道被捕的也有白莽。然而那本《彼得斐诗集》却在的，翻了一遍，也没有什么，只在一首《Wahlspruch》（格言）的旁边，有钢笔写的四行译文道：

　　"生命诚宝贵，

　　爱情价更高；

　　若为自由故，

　　二者皆可抛！"

又在第二页上，写着"徐培根"三个字，我疑心这是他的真姓名。

五

前年的今日，我避在客栈里，他们却是走向刑场了；去年的今日，我在炮声中逃在英租界，他们则早已埋在不知哪里的地下了；今年的今日，我才坐在旧寓里，人们都睡觉了，连我的女人和孩子。我又沉重地感到我失掉了很好的朋友，中国失掉了很好的青年，我在悲愤中沉静下去了，不料积习又从沉静中抬起头来，写下了以上那些字。

要写下去，在中国的现在，还是没有写处的。年轻时读向子期《思旧赋》，很怪他为什么只有寥寥的几行，刚开头却又煞了尾。然而，现在我懂得了。

不是年青的为年老的写纪念，而在这三十年中，却使我目睹许多青年的血，层层淤积起来，将我埋得不能呼吸，我只能用这样的笔墨，写几句文章，算是从泥土中挖一个小孔，自己延口残喘，这是怎样的世界呢。夜正长，路也正长，我不如忘却，不说的好吧。但我知道，即使不是我，将来总会有记起他们，再说他们的时候的。……

二月七——八日。

谁的矛盾

萧（George Bernard Shaw）并不在周游世界，是在历览世界上新闻记者们的嘴脸，应世界上新闻记者们的口试，——然而落了第。

他不愿意受欢迎，见新闻记者，却偏要欢迎他，访问他，访问之后，却又都多少讲些俏皮话。

　　他躲来躲去，却偏要寻来寻去，寻到之后，大做一通文章，却偏要说他自己善于登广告。

　　他不高兴说话，偏要同他去说话，他不多谈，偏要拉他来多谈，谈得多了，报上又不敢照样登载了，却又怪他多说话。

　　他说的是真话，偏要说他是在说笑话，对他哈哈地笑，还要怪他自己倒不笑。

　　他说的是真话，偏要说他是讽刺，对他哈哈地笑，还要怪他自以为聪明。

　　他本不是讽刺家，偏要说他是讽刺家，而又看不起讽刺家，而又用了无聊的讽刺想来讽刺他一下。

　　他本不是百科全书，偏要当他百科全书，问长问短，问天问地，听了回答，又鸣不平，好像自己原来比他还明白。

　　他本是来玩玩的，偏要逼他讲道理，讲了几句，听的又不高兴了，说他是来"宣传赤化"了。

　　有的看不起他，因为他不是一个马克思主义文学者，然而倘是马克思主义文学者，看不起他的人可就不要看他了。

　　有的看不起他，因为他不去做工人，然而倘若做工人，就不会到上海，看不起他的人可就看不见他了。

　　有的又看不起他，因为他不是实行的革命者，然而倘是实行者，就会和牛兰一同关在牢监里，看不起他的人可就不愿提他了。

　　他有钱，他偏讲社会主义，他偏不去做工，他偏来游历，他偏到上海，他偏讲革命，他偏谈苏联，他偏不给人们舒服……

　　于是乎可恶。

　　身子长也可恶，年纪大也可恶，须发白也可恶，不受欢迎也可恶，逃避访问也可恶，连和夫人的感情好也可恶。

　　然而他走了，这一位被人们公认为"矛盾"的萧。

　　然而我想，还是熬一下子，姑且将这样的萧，当作现在的世界的文豪吧，唠唠叨叨，鬼鬼祟祟，是打不倒文豪的。而且为给大家可以唠叨起见，也还是有他在着的好。

　　因为矛盾的萧没落时，或萧的矛盾解决时，也便是社会的矛盾解决的时候，那可不是玩意儿也。

　　　　　　　　　　　　　　　　　　　　　　　　　二月十九夜。

看萧和"看萧的人们"记

我是喜欢萧的。这并不是因为看了他的作品或传记,佩服得喜欢起来,仅仅是在什么地方见过一点警句,从什么人听说他往往撕掉绅士们的假面,这就喜欢了他了。还有一层,是因为中国也常有模仿西洋绅士的人物的,而他们却大抵不喜欢萧。被我自己所讨厌的人们所讨厌的人,我有时会觉得他就是好人物。

现在,这萧就要到中国来,但特地搜寻着去看一看的意思倒也并没有。

十六日的午后,内山完造君将改造社的电报给我看,说是去见一见萧怎么样。我就决定说,有这样的要我去见一见,那就见一见吧。

十七日的早晨,萧该已在上海登陆了,但谁也不知道他躲着的处所。这样地过了好半天,好像到底不会看见似的。到了午后,得到蔡先生的信,说萧现就在孙夫人的家里吃午饭,教我赶紧去。

我就跑到孙夫人的家里去。一走进客厅隔壁的一间小小的屋子里,萧就坐在圆桌的上首,和别的五个人在吃饭。因为早就在什么地方见过照相,听说是世界的名人的,所以便电光一般觉得是文豪,而其实是什么标记也没有。但是,雪白的须发,健康的血色,和气的面貌,我想,倘若作为肖像画的模范,倒是很出色的。

午餐像是吃了一半了。是素菜,又简单。白俄的新闻上,曾经猜有无数的侍者,但只有一个厨子在搬菜。

萧吃得并不多,但也许开始的时候,已经很吃了一通了也难说。到中途,他用起筷子来了,很不顺手,总是夹不住。然而令人佩服的是他竟逐渐巧妙,终于紧紧地夹住了一块什么东西,于是得意的遍看着大家的脸,可是谁也没有看见这成功。

在吃饭时候的萧,我毫不觉得他是讽刺家。谈话也平平常常。例如说:朋友最好,可以久远的往还,父母和兄弟都不是自己自由选择的,所以非离开不可之类。

午餐一完,照了三张相。并排一站,我就觉得自己的矮小了。虽然心里想,假如再年青三十年,我得来做伸长身体的体操……。

两点光景,笔会(Pen Club)有欢迎。也趁了摩托车一同去看时,原来是在叫作"世界学院"的大洋房里。走到楼上,早有为文艺的文艺家,民族主义文学家,交际明星,伶界大王等等,大约五十个人在那里了。合起围来,向他质问各色各样的事,好像翻检《大英百科全书》似的。

萧也演说了几句:诸君也是文士,所以这玩艺儿是全都知道的。至于扮演者,则因为是实行的,所以比起自己似的只是写写的人来,还要更明白。此外还有什么可说的呢。总之,今天就如看看动物园里的动物一样,现在已经看见了,这就可以了吧。云云。

大家都哄笑了,大约又以为这是讽刺。

也还有一点梅兰芳博士和别的名人的问答,但在这里,略之。

此后是将赠品送给萧的仪式。这是由有着美男子之誉的邵洵美君拿上去的,是泥土做的戏子的脸谱的小模型,收在一个盒子里。还有一种,听说是演戏用的衣裳,但因为是用纸包好了的,所以没有见。萧很高兴地接受了。据张若谷君后来发表出来的文章,则萧还问了几句话,张君也刺了他一下,可惜萧不听见云。但是,我实在也没有听见。

有人问他菜食主义的理由。这时很有了几个来照照相的人,我想,我这烟卷的烟是不行的,便走到外面的屋子去了。

还有面会新闻记者的约束,三点光景便又回到孙夫人的家里来。早有四五十个人在等候了,但放进的却只有一半。首先是木村毅君和四五个文士,新闻记者是中国的六人,英国的一人,白俄一人,此外还有照相师三四个。

在后园的草地上,以萧为中心,记者们排成半圆阵,替代着世界的周游,开了记者的嘴脸展览会。萧又遇到了各色各样的质问,好像翻检《大英百科全书》似的。

萧似乎并不想多话。但不说,记者们是决不干休的,于是终于说起来了,说得一多,这回是记者那面的笔记的分量,就渐渐地减少了下去。

我想,萧并不是真的讽刺家,因为他就会说得那么多。

试验是大约四点半钟完结的。萧好像已经很疲倦,我就和木村君都回到内山书店里去了。

第二天的新闻,却比萧的话还要出色得远远。在同一的时候,同一的地方,听着同一的话,写了出来的记事,却是各不相同的。似乎英文的解释,也会由于听者的耳朵,而变换花样。例如,关于中国的政府吧,英字新闻的萧,说的是中国人应该挑选自己们所佩服的人,作为统治者;日本字新闻的萧,说的是中国政府有好几个;汉字新闻的萧,说的是凡是好政府,总不会得人民的欢心的。

从这一点看起来,萧就并不是讽刺家,而是一面镜。

但是,在新闻上的对于萧的评论,大体是坏的。人们是个个去听自己所喜欢的,有益的讽刺去的,而同时也给听了自己所讨厌的,有损的讽刺。于是就个个用了讽刺来讽刺道,萧不过是一个讽刺家而已。

在讽刺竞赛这一点上,我以为还是萧这一面伟大。

我对于萧,什么都没有问;萧对于我,也什么都没有问。不料木村君却要我写一篇萧的印象记。别人做的印象记,我是常看的,写得仿佛一见便窥见了那人的真心一般,我实在佩服其观察之敏锐。至于自己,却连相书也没有翻阅过,所以即使遇见了名人吧,倘要我滔滔的来说印象,可就穷矣了。

但是,因为是特地从东京到上海来要我写的,我就只得寄一点这样的东西,算是一个对付。

一九三三年二月二十三夜。

(三月二十五日,许霞译自《改造》四月特辑,更由作者校定。)

《萧伯纳在上海》序

现在的所谓"人",身体外面总得包上一点东西,绸缎,毡布,纱葛都可以。就是穷到做乞丐,至少也得有一条破裤子;就是被称为野蛮人的,小肚前后也多有了一排草叶子。要是在大庭广众之前自己脱去了,或是被人撕去了,这就叫作不成人样子。

虽然不像样,可是还有人要看,站着看的也有,跟着看的也有,绅士淑女们一齐掩住了眼睛,然而从手指缝里偷瞥几眼的也有,总之是要看看别人的赤条条,却小心着自己的整齐的衣裤。

人们的讲话,也大抵包着绸缎以至草叶子的,假如将这撕去了,人们就也爱听,也怕听。因为爱,所以围拢来,因为怕,就特地给它起了一个对于自己们可以减少力量的名目,称说这类的话的人曰"讽刺家"。

伯纳·萧一到上海,热闹得比泰戈尔还厉害,不必说毕力涅克(Boris Pilniak)和穆杭(Paul Morand)了,我以为原因就在此。

还有一层,是"专制使人们变成冷嘲",但这是英国的事情,古来只能"道路以目"的人们是不敢的。不过时候也到底不同了,就要听洋讽刺家来"幽默"一回,大家哈哈一下子。

还有一层，我在这里不想提。

但先要堤防自己的衣裤。于是各人的希望就不同起来了。蹩脚愿意他主张拿拐杖，癞子希望他赞成戴帽子，涂了脂粉的想他讽刺黄脸婆，民族主义文学者要靠他来压服了日本的军队。但结果如何呢？结果只要看唠叨的多，就知道不见得十分圆满了。

萧的伟大可又在这地方。英系报，日系报，白俄系报，虽然造了一些谣言，而终于全都攻击起来，就知道他决不为帝国主义所利用。至于有些中国报，那是无须多说的，因为原是洋大人的跟丁。这跟也跟得长久了，只在"不抵抗"或"战略关系"上，这才走在他们军队的前面。

萧在上海不到一整天，而故事竟有这么多，倘是别的文人，恐怕不见得会这样的。这不是一件小事情，所以这一本书，也确是重要的文献。在前三个部门之中，就将文人，政客，军阀，流氓，叭儿的各式各样的相貌，都在一个平面镜里映出来了。说萧是凹凸镜，我也不以为确凿。

余波流到北平，还给大英国的记者一个教训：他不高兴中国人欢迎他。二十日路透电说北平报章多登关于萧的文章，是"足证华人传统的不感觉苦痛性"。胡适博士尤其超脱，说是不加招待，倒是最高尚的欢迎。

"打是不打，不打是打！"

这真是一面大镜子，真是令人们觉得好像一面大镜子的大镜子，从去照或不愿去照里，都装模作样地显出了藏着的原形。在上海的一部分，虽然用笔和舌的还没有北平的外国记者和中国学者的巧妙，但已经有不少的花样。旧传的脸谱本来也有限，虽有未曾收录的，或后来发表的东西，大致恐怕总在这谱里的了。

一九三三年二月二十八日灯下，鲁迅。

由中国女人的脚，推定中国人之非
中庸，又由此推定孔夫子有胃病
——"学匪"派考古学之一

古之儒者不作兴谈女人，但有时总喜欢谈到女人。例如"缠足"吧，从明朝到清朝的带些考据气息的著作中，往往有一篇关于这事起源的迟早的文章。为什么要考究这样下等事呢，现在不说他也罢，总而言之，是可以分为两大派的，一派说起源早，一派说起源迟。说早的一派，看他的语气，是赞成缠足的，事情愈古愈好，所以他一定要考出连孟子的母亲，也是小脚妇人的证据来。说迟的一派却相反，他不大恭维缠足，据说，至早，亦不过起于宋朝的末年。

其实，宋末，也可以算得古的了。不过不缠之足，样子却还要古，学者应该"贵古而贱今"，斥缠足者，爱古也。但也有先怀了反对缠足的成见，假造证据的，例如前明才子杨升庵先生，他甚至于替汉朝人做《杂事秘辛》，来证明那时的脚是"底平趾敛"。

于是又有人将这用作缠足起源之古的材料，说既然"趾敛"，可见是缠的了。但这是自甘于低能之谈，这里不加评论。

照我的意见来说，则以上两大派的话，是都错，也都对的。现在是古董出现的多了，我们不但能看见汉唐的图画，也可以看到晋唐古坟里发掘出来的泥人儿。那些东西上所表现的女人的脚上，有圆头履，有方头履，可见是不缠足的。古人比今人聪明，她绝不至于缠小脚而穿大鞋子，里面塞些棉花，使自己走得一步一拐。

但是，汉朝就确已有一种"利屣"，头是尖尖的，平常大约未必穿吧，舞的时候，却非此不可。不但走着爽利，"潭腿"似的踢开去之际，也不至于为裙子所碍，甚至于踢下裙子来。那时太太们固然也未始不舞，但舞的究以倡女为多，所以倡伎就大抵穿着"利屣"，穿得久了，也免不了要"趾敛"的。然而妓女的装束，是闺秀们的大成至圣先师，这在现在还是如此，常穿利屣，即等于现在之穿高跟皮鞋，可以俨然居炎汉"摩登女郎"之列，妓女于是乎虽是名门淑女，脚尖也就不免尖了起来。先是倡伎尖，后是摩登女郎尖，再后是大家闺秀尖，最后才是"小家碧玉"一齐尖。待到这些"碧玉"们成了祖母时，就入于利屣制度统一脚坛的时代了。

当民国初年，"不佞"观光北京的时候，听人说，北京女人看男人是否漂亮（自按：盖即今之所谓"摩登"也）的时候，是从脚起，上看到头的。所以男人的鞋袜，也得留心，脚样更不消说，当然要弄得齐齐整整，这就是天下之所以有"包脚布"的原因。仓颉造字，我们是知道的，谁造这布的呢，却还没有研究出。但至少是"古已有之"，唐朝张鷟作的《朝野佥载》吧，他说武后朝有一位某男士，将脚裹得窄窄的，人们见了都发笑。可见盛唐之世，就已有了这一种玩意儿，不过还不是很极端，或者还没有很普及。然而好像终于普及了。由宋至清，绵绵不绝，民元革命以后，革了与否，我不知道，因为我是专攻考"古"学的。

然而奇怪得很，不知道怎的（自按：此处似略失学者态度），女士们之对于脚，尖还不够，并且勒令它"小"起来了，最高模范，还竟至于以三寸为度。这么一来，可以不必兼买利屣和方头履两种，从经济的观点来看，是不算坏的，可是从卫生的观点来看，却未免有些"过火"，换一句话，就是"走了极端"了。

我中华民族虽然常常的自命为爱"中庸"，行"中庸"的人民，其实是颇不免于过激的。譬如对于敌人吧，有时是压服不够，还要"除恶务尽"，杀掉不够，还要"食肉寝皮"。但有时候，却又谦虚到"侵略者要进来，让他们进来。也许他们会杀了十万中国人。不要紧，中国人有的是，我们再有人上去"。这真叫人会猜不出是真痴还是假呆。而女人的脚尤其是一个铁证，不小则已，小则必求其三寸，宁可走不成路，摆摆摇摇。慨自辫子肃清以后，缠足本已一同解放的了，老新党的母亲们，鉴于自己在皮鞋里塞棉花之麻烦，一时也确给她的女儿留了天足。然而我们中华民族是究竟有些"极端"的，不多久，老病复发，有些女士们已在别想花样，用一枝细黑柱子将脚跟支起，叫它离开地球。她到底非要她的脚变把戏不可。由过去以测将来，则四朝（假如仍旧有朝代的话）之后，全国女人的脚趾都和小腿成一直线，是可以有八九成把握的。

然则圣人为什么大呼"中庸"呢？曰：这正因为大家并不中庸的缘故。人必有所缺，这才想起他所需。穷教员养不活老婆了，于是觉到女子自食其力说之合理，并且附带地向男女平权论点头；富翁胖到要发哮喘病了，才去打高尔夫球，从此主张运动的紧要。我们平时，是决不记得自己有一个头，或一个肚子，应该加以优待的，然而一旦头痛腹泻，这才记起了他们，并且大有休息要紧，饮食小心的议论。倘有谁听了这些议论之后，便贸贸然决定这议论者为卫生家，可就失之十丈，差以亿里了。

倒相反，他是不卫生家，议论卫生，正是他向来的不卫生的结果的表现。孔子曰，"不得中行而与之，必也狂狷乎，狂者进取，狷者有所不为也！"以孔子交游之广，事实上没法子只好寻狂狷相与，这便是他在理想上之所以哼着"中庸，中庸"的原因。

以上的推定假使没有错，那么，我们就可以进而推定孔子晚年，是生了胃病的了。"割不正不食"，这是他老先生的古板规矩，但"食不厌精，脍不厌细"的条令却有些稀奇。他并非百万富翁或能收许多版税的文学家，想不至于这么奢侈的，除了只为卫生，意在容易消化之外，别无解法。况且"不撤姜食"，又简直是省不掉暖胃药了。何必如此独厚于胃，念念不忘呢？曰，以其有胃病之故也。

倘说：坐在家里，不大走动的人们很容易生胃病，孔子周游列国，运动王公，该可以不生病证的了。那就是犯了知今而不知古的错误。盖当时花旗白面，尚未输入，土磨麦粉，多含灰沙，所以分量较全面为重；国道尚未修成，泥路甚多凹凸，孔子如果肯走，那是不大要紧的，而不幸他偏有一车两马。胃里带着沉重的面食，坐在车子里走着七高八低的道路，一颠一顿，一掀一坠，胃就被坠得大起来，消化力随之减少，时时作痛；每餐非吃"生姜"不可了。所以那病的名目，该是"胃扩张"；那时候，则是"晚年"，约在周敬王十年以后。

以上的推定，虽然简略，却都是"读书得间"的成功。但若急于近功，妄加猜测，即很容易陷于"多疑"的谬误。例如吧，二月十四日《申报》载南京专电云："中执委会令各级党部及人民团体制'忠孝仁爱信义和平'匾额，悬挂礼堂中央，以资启迪。"看了之后，切不可便推定为各要人讥大家为"忘八"；三月一日《大晚报》载新闻云："孙总理夫人宋庆龄女士自归国寓沪后，关于政治方面，不闻不问，唯对社会团体之组织非常热心。据本报记者所得报告，前日有人由邮政局致宋女士之索诈信□（自按：原缺）件，业经本市当局派驻邮局检查处检查员查获，当将索诈信截留，转辗呈报市府。"看了之后，也切不可便推定虽为总理夫人宋女士的信件，也常在邮局被当局派员所检查。

盖虽"学匪派考古学"，亦当不离于"学"，而以"考古"为限的。

三月四日夜。

我怎么做起小说来

我怎么做起小说来？——这来由，已经在《呐喊》的序文上，约略说过了。这里还应该补叙一点的，是当我留心文学的时候，情形和现在很不同：在中国，小说不算文学，做小说的也决不能称为文学家，所以并没有人想在这一条道路上出世。我也并没有要将小说抬进"文苑"里的意思，不过想利用他的力量，来改良社会。

但也不是自己想创作，注重的倒是在绍介，在翻译，而尤其注重于短篇，特别是被压迫的民族中的作者的作品。因为那时正盛行着排满论，有些青年，都引那叫喊和反抗的作者为同调的。所以"小说作法"之类，我一部都没有看过，看短篇小说却不少,小半是自己也爱看,大半则因了搜寻介绍的材料。也看文学史和批评,这是因为想知道作者的为人和思想,以便决定应否介绍给中国。和学问之类,是绝不相干的。

因为所求的作品是叫喊和反抗,势必至于倾向了东欧,因此所看的俄国,波兰以及巴尔干诸小国作家的东西就特别多。也曾热心的搜求印度,埃及的作品,但是得不到。记得当时最爱看的作者,是俄国的果戈理(N.Gogol)和波兰的显克微支(H.Sienkiewitz)。日本的,是夏目漱石和森鸥外。

回国以后,就办学校,再没有看小说的工夫了,这样的有五六年。为什么又开手了呢?——这也已经写在《呐喊》的序文里,不必说了。但我的来做小说,也并非自以为有做小说的才能,只因为那时是住在北京的会馆里的,要做论文吧,没有参考书,要翻译吧,没有底本,就只好做一点小说模样的东西塞责,这就是《狂人日记》。大约所仰仗的全在先前看过的百来篇外国作品和一点医学上的知识,此外的准备,一点也没有。

但是《新青年》的编辑者,却一回一回的来催,催几回,我就做一篇,这里我必得纪念陈独秀先生,他是催促我做小说最着力的一个。

自然,做起小说来,总不免自己有些主见的。例如,说到"为什么"做小说吧,我仍抱着十多年前的"启蒙主义",以为必须是"为人生",而且要改良这人生。我深恶先前的称小说为"闲书",而且将"为艺术的艺术",看作不过是"消闲"的新式的别号。所以我的取材,多采自病态社会的不幸的人们中,意思是在揭出病苦,引起疗救的注意。所以我力避行文的唠叨,只要觉得够将意思传给别人了,就宁可什么陪衬拖带也没有。中国旧戏上,没有背景,新年卖给孩子看的花纸上,只有主要的几个人(但现在的花纸却多有背景了),我深信对于我的目的,这方法是适宜的,所以我不去描写风月,对话也决不说到一大篇。

我做完之后,总要看两遍,自己觉得拗口的,就增删几个字,一定要它读得顺口;没有相宜的白话,宁可引古语,希望总有人会懂,只有自己懂得或连自己也不懂的生造出来的字句,是不大用的。这一节,许多批评家之中,只有一个人看出来了,但他称我为 Stylist。

所写的事迹,大抵有一点见过或听到过的缘由,但决不全用这事实,只是采取一端,加以改造,或生发开去,到足以几乎完全发表我的意思为止。人物的模特儿也一样，没有专用过一个人，往往嘴在浙江，脸在北京，衣服在山西，是一个拼凑起来的角色。有人说，我的那一篇是骂谁，某一篇又是骂谁，那是完全胡说的。

不过这样的写法，有一种困难，就是令人难以放下笔。一气写下去，这人物就逐渐活动起来，尽了他的任务。但倘有什么分心的事情来一打岔，放下许久之后再来写，性格也许就变了样，情景也会和先前所预想的不同起来。例如我做的《不周山》，原意是在描写性的发动和创造，以至衰亡的，而中途去看报章，见了一位道学的批评家攻击情诗的文章，心里很不以为然，于是小说里就有一个小人物跑到女娲的两腿之间来，不但不必有，且将结构的宏大毁坏了。但这些处所，除了自己，大概没有人会觉到的，我们的批评大家成仿吾先生，还说这一篇做得最出色。

我想，如果专用一个人做骨干，就可以没有这弊病的，但自己没有试验过。

忘记是谁说的了，总之是，要极省俭的画出一个人的特点，最好是画他的眼睛。我以为这话是极对的，倘若画了全副的头发，即使细得逼真，也毫无意思。我常在学学这一种方法，可惜学不好。

可省的处所，我决不硬添，做不出的时候，我也决不硬做，但这是因为我那时别有收入，不靠卖文为活的缘故，不能作为通例的。

还有一层，是我每当写作，一律抹杀各种的批评。因为那时中国的创作界固然幼稚，批评界更幼稚，不是举之上天，就是按之入地，倘将这些放在眼里，就要自命不凡，或觉得非自杀不足以谢天下的。批评必须坏处说坏，好处说好，才于作者有益。

但我常看外国的批评文章，因为他于我没有恩怨嫉恨，虽然所评的是别人的作品，却很有可以借镜之处。但自然，我也同时一定留心这批评家的派别。

以上，是十年前的事了，此后并无所作，也没有长进，编辑先生要我做一点这类的文章，怎么能呢。拉杂写来，不过如此而已。

三月五日灯下。

关于女人

国难期间，似乎女人也特别受难些。一些正人君子责备女人爱奢侈，不肯光顾国货。就是跳舞，肉感等等，凡是和女性有关的，都成了罪状。仿佛男人都做了苦行和尚，女人都进了修道院，国难就会得救似的。

其实那不是女人的罪状，正是她的可怜。这社会制度把她挤成了各种各样的奴隶，还要把种种罪名加在她头上。西汉末年，女人的"堕马髻"，"愁眉啼妆"，也说是亡国之兆。其实亡汉的何尝是女人！不过，只要看有人出来唉声叹气的不满意女人的装束，我们就知道当时统治阶级的情形，大概有些不妙了。

奢侈和淫靡只是一种社会崩溃腐化的现象，绝不是原因。私有制度的社会，本来把女人也当作私产，当作商品。一切国家，一切宗教都有许多稀奇古怪的规条，把女人看作一种不吉利的动物，威吓她，使她奴隶般的服从；同时又要她做高等阶级的玩具。正像现在的正人君子，他们骂女人奢侈，板起面孔维持风化，而同时正在偷偷地欣赏着肉感的大腿文化。

阿拉伯的一个古诗人说："地上的天堂是在圣贤的经书上，马背上，女人的胸脯上。"这句话倒是老实的供状。

自然，各种各样的卖淫总有女人的份。然而买卖是双方的。没有卖淫的嫖男，那里会有卖淫的娼女。所以问题还在卖淫的社会根源。这根源存在一天，也就是主动的买者存在一天，那所谓女人的淫靡和奢侈就一天不会消灭。男人是私有主的时候，女人自身也不过是男人的所有品。也许是因此吧，她的爱惜家财的心或者比较的差些，她往往成了"败家精"。何况现在卖淫的机会那么多，家庭里的女人直觉地感觉到自己地位的危险。民国初年我就听说，上海的时髦是从长三幺二传到姨太太之流，从姨太太之流再传到太太奶奶小姐。这些"人家人"，多数是不自觉地在和娼妓竞争，——自然，她们就要竭力修饰自己的身体，修饰到拉得住男子的心的一切。这修饰的代价是很贵的，而且一天一天的贵起来，不但是物质上的，而且还有精神上的。

美国一个百万富翁说："我们不怕共匪（原文无匪字，谨遵功令改译），我们的妻女就要使我们破产，等不及工人来没收。"中国也许是唯恐工人"来得及"，所以高等华人的男女这样赶紧的浪费着，享用着，畅快着，那里还管得到国货不国货，风化不风化。然而口头上是必须维持风化，提倡节俭的。

四月十一日。

真假堂吉诃德

西洋武士道的没落产生了堂·吉诃德那样的戆大。他其实是个十分老实的书呆子。看他在黑夜里仗着宝剑和风车开仗，的确傻相可掬，觉得可笑可怜。

然而这是真正的吉诃德。中国的江湖派和流氓种子，却会愚弄吉诃德式的老实人，而自己又假装着堂·吉诃德的姿态。《儒林外史》上的几位公子，慕游侠剑仙之为人，结果是被这种假堂吉诃德骗去了几百两银子，换来了一颗血淋淋的猪头，——那猪算是侠客的"君父之仇"了。

堂吉诃德

真吉诃德的做傻相是由于自己愚蠢，而假堂吉诃德是故意做些傻相给别人看，想要剥削别人的愚蠢。

可是中国的老百姓未必都还这么蠢笨，连这点儿手法也看不出来。

中国现在的假堂吉诃德们，何尝不知道大刀不能救国，他们却偏要舞弄着，每天"杀敌几百几千"的乱嚷，还有人"特制钢刀九十九，去赠送前敌将士"。可是，为着要杀猪起见，又舍不得飞机捐，于是乎"武器不精良"的宣传，一面作为节节退却或者"诱敌深入"的解释，一面又借此搜括一些杀猪经费。可惜前有慈禧太后，后有袁世凯，——清末的兴复海军捐建设了颐和园，民四的"反日"爱国储金，增加了讨伐当时革命军的军需，——不然的话，还可以说现在发现了一个新发明。

他们何尝不知道"国货运动"振兴不了什么民族工业，国际的财神爷扼住了中国的喉咙，连气也透不出，什么"国货"都跳不出这些财神的手掌心。然而"国货年"是宣布了，"国货商场"是成立了，像煞有介事的，仿佛抗日救国全靠一些戴着假面具的买办多赚几个钱。这钱还是从猪狗牛马身上剥削来的。不听见"增加生产力"，"劳资合作共赴国难"的呼声吗？原本不把小百姓当人看待，然而小百姓做了猪狗牛马还是要负"救国责任"！结果，猪肉供给假堂吉诃德吃，而猪头还是要斫下来，挂出去，以为"捣乱后方"者戒。

他们何尝不知道什么"中国固有文化"咒不死帝国主义，无论念几千万遍"不仁不义"或者金光明咒，也不会触发日本地震，使它陆沉大海。然而他们故意高喊恢复"民族精神"，仿佛得了什么祖传秘诀。意思其实很明白，是要小百姓埋头治心，多读修身教科书。这固有文化本来毫无疑义：是岳飞式的奉旨不抵抗的忠，是听命国联爷爷的孝,是斫猪头,吃猪肉,而又远庖厨的仁爱,是遵守卖身契约的信义,是"诱敌深人"的和平。而且,"固有文化"之外,又提倡什么"学术救国",引证西哲菲希德之言等类的居心,又何尝不是如此。

假堂吉诃德的这些傻相,真叫人哭笑不得;你要是把假痴假呆当作真痴真呆,当真认为可笑可怜,那就未免傻到不可救药了。

四月十一日。

《守常全集》题记

我最初看见守常先生的时候,是在独秀先生邀去商量怎样进行《新青年》的集会上,这样就算认识了。不知道他其时是否已是共产主义者。总之,给我的印象是很好的:诚实,谦和,不多说话。《新青年》的同人中,虽然也很有喜欢明争暗斗,扶植自己势力的人,但他一直到后来,绝对的不是。

他的模样是颇难形容的,有些儒雅,有些朴质,也有些凡俗。所以既像文士,也像官吏,又有些像商人。这样的商人,我在南边没有看见过,北京却有的,是旧书店或笺纸店的掌柜。一九二六年三月十八日,段祺瑞们枪击徒手请愿的学生的那一次,他也在群众中,给一个兵抓住了,问他是何等样人。答说是"做买卖的"。兵道:"那么,到这里来干什么? 滚你的吧!"一推,他总算逃得了性命。

倘说教员,那时是可以死掉的。

然而到第二年,他终于被张作霖们害死了。

段将军的屠戮,死了四十二人,其中有几个是我的学生,我实在很觉得一点痛楚;张将军的屠戮,死的好像是十多人,手头没有记录,说不清楚了,但我所认识的只有一个守常先生。在厦门知道了这消息之后,椭圆的脸,细细的眼睛和胡子,蓝布袍,黑马褂,就时时出现在我的眼前,其间还隐约看见绞首台。痛楚是也有些的,但比先前淡漠了。这是我历来的偏见:见同辈之死,总没有像见青年之死的悲伤。

这回听说在北平公然举行了葬式,计算起来,去被害的时候已经七年了。这是极应该的。我不知道他那时被将军们所编排的罪状,——大概总不外乎"危害民国"吧。然而仅在这短短的七年中,事实就铁铸一般的证明了断送民国的四省的并非李大钊,却是杀戮了他的将军!

那么,公然下葬的宽典,该是可以取得的了。然而我在报章上,又看见北平当局的禁止路祭和捕拿送葬者的新闻。我也不知道为什么,但这回恐怕是"妨害治安"了吧。倘其果然,则铁铸一般的反证,实在来得更加神速:看吧,妨害了北平的治安的是日军呢还是人民!

但革命的先驱者的血,现在已经并不稀奇了。单就我自己说吧,七年前为了几个人,就发过不少激昂的空论,后来听惯了电刑,枪毙,斩决,暗杀的故事,神经渐渐麻木,毫不吃惊,也无言说了。我想,就是报上所记的"人山人海"去看枭首示众的头颅的人们,恐怕也未必觉得更兴奋于看赛花灯的吧。血是流得太多了。

不过热血之外,守常先生还有遗文在。不幸对于遗文,我却很难讲什么话。因为所执的业,彼此不同,在《新青年》时代,我虽以他为站在同一战线上的伙伴,却并未留心他的文章,譬如骑兵不必注意于造桥,炮兵无须分神于驭马,那时自以为尚非错误。所以现在所能说的,也不过:一,是他的理论,在现在看起来,当然未必精当的;二,是虽然如此,他的遗文却将永住,因为这是先驱者的遗产,革命史上的丰碑。一切死的和活的骗子的一叠叠的集子,不是已在倒塌下来,连商人也"不顾血本"的只收二三折了吗?

以过去和现在的铁铸一般的事实来测将来,洞若观火!

一九三三年五月二十九夜,鲁迅谨记。

这一篇,是T先生要我做的,因为那集子要在和他有关系的G书局出版。我义不容辞,只得写了这一点,不久,便在《涛声》上登出来。但后来,听说那遗集稿子的有权者另托C书局去印了,至今没有出版,也许是暂时不会出版的吧,我虽然很后悔乱作题记的孟浪,但我仍然要在自己的集子里存留,记此一件公案。十二月三十一夜,附识。

谈金圣叹

讲起清朝的文字狱来,也有人拉上金圣叹,其实是很不合适的。他的"哭庙",用近事来比例,和前年《新月》上的引据三民主义以自辩,并无不同,但不特捞不到教授而且至于杀头,则是因为他早被官绅们认为坏货了的缘故。就事论事,倒是冤枉的。

清中叶以后的他的名声,也有些冤枉。他抬起小说传奇来,和《左传》《杜诗》并列,实不过拾了袁宏道辈的唾余;而且经他一批,原作的诚实之处,往往化为笑谈,布局行文,也都被硬拖到八股的做法上。这余荫,就使有一批人,堕入了对于《红楼梦》之类,总在寻求伏线,挑剔破绽的泥塘。

自称得到古本,乱改《西厢》字句的案子且不说吧,单是截去《水浒》的后小半,梦想有一个"嵇叔夜"来杀尽宋江们,也就昏庸得可以。虽说因为痛恨流寇的缘故,但他是究竟近于官绅的,他到底想不到小百姓的对于流寇,只痛恨着一半:不在于"寇",而在于"流"。

百姓固然怕流寇,也很怕"流官"。记得民元革命以后,我在故乡,不知怎的县知事常常调换了。每一调换,农民们便愁苦着相告道:"怎么好呢? 又换了一只空肚鸭来了!"他们虽然至今不知道"欲壑难填"的方训,却很明白"成则为王,败则为贼"的成语,贼者,流着之王,王者,不流之贼也,要说得简单一点,那就是"坐寇"。中国百姓一向自称"蚁民",现在为便于譬喻起见,姑升为牛吧,铁骑一过,茹毛饮血,蹄骨狼藉,倘可避免,他们自然是总想避免的,但如果肯放任他们自啮野草,苟延残喘,挤出乳来将这些"坐寇"喂得饱饱的,后来能够比较的不复狼吞虎咽,则他们就以为如天之福。所区别的只在"流"与"坐",却并不在"寇"与"王"。试翻明末的野史,就知道北京民心的不安,在李自成入京的时候,是不及他出京之际的利害的。

宋江据有山寨,虽打家劫舍,而劫富济贫,金圣叹却道应该在童贯高俅辈的爪牙之前,一个个俯首受缚,他们想不通。所以《水浒传》纵然成了断尾巴蜻蜓,乡下人却还要看《武松独手擒方腊》这些戏。

不过这还是先前的事,现在似乎又有了新的经验了。听说四川有一只民谣,大略是"贼来如梳,兵来如蓖,官来如剃"的意思。汽车飞艇,价值既远过于大轿马车,租界和外国银行,也是海通以来新添的物事,不但剃尽毛发,就是刮尽筋肉,也永远填不满的。正无怪小百姓将"坐寇"之可怕,放在"流寇"之上了。

事实既然教给了这些,仅存的路,就当然使他们想到了自己的力量。

五月三十一日。

又论"第三种人"

戴望舒先生远远地从法国给我们一封通信,叙述着法国 A.E.A.R.(革命文艺家协会)得了纪德的参加,在三月二十一日召集大会,猛烈的反抗德国法西斯的情形,并且介绍了纪德的演说,发表在六月号的《现代》上。法国的文艺家,这样的仗义执言的举动是常有的:较远,则如左拉为德来孚斯打不平,法朗士当左拉改葬时候的讲演;较近,则有罗曼·罗兰的反对战争。但这回更使我感到真切的欢欣,因为问题是当前的问题,而我也正是憎恶法西斯的一个。不过戴先生在报告这事实的同时,一并指明了中国左翼作家的"愚蒙"和像军阀一般的横暴,我却还想来说几句话。但希望不要误会,以为意在辩解,希图中国也从所谓"第三种人"得到对于德国的被压迫者一般的声援,——并不是的。中国的焚禁书报,封闭书店,囚杀作者,实在还远在德国的白色恐怖以前,而且也得到过世界的革命的文艺家的抗议了。我现在要说的,不过那通信里的必须指出的几点。

那通信叙述过纪德的加入反抗运动之后,说道——

"在法国文坛中,我们可以说纪德是'第三种人',……自从他在一八九一年……起,一直到现在为止,他始终是一个忠实于他的艺术的人。然而,忠实于自己的艺术的作者,不一定就是资产阶级的'帮闲者',法国的革命作家没有这种愚蒙的见解(或者不如说是精明的策略),因此,在热烈的欢迎之中,纪德便在群众之间发言了。"

这就是说:"忠实于自己的艺术的作者",就是"第三种人",而中国的革命作家,却"愚蒙"到指这种人为全是"资产阶级的帮闲者",现在已经由纪德证实,是"不一定"的了。

这里有两个问题应该解答。

第一,是中国的左翼理论家是否真指"忠实于自己的艺术的作者"为全是"资产阶级的帮闲者"? 据我所知道,却并不然。左翼理论家无论如何"愚蒙",还不至于不明白"为艺术的艺术"在发生时,是对于一种社会的成规的革命,但待到新兴的战斗的艺术出现之际,还拿着这老招牌来明明暗暗阻碍他的发展,那就成为反动,且不只是"资产阶级的帮闲者"了。至于"忠实于自己的艺术的作者",却并未视同一律。因为不问那一阶级的作家,都有一个"自己",这"自己",就都是他本阶级的一分子,忠实于他自己的艺术的人,也就是忠实于他本阶级的作者,在资产阶级如此,在无产阶级也如此。这是极显明粗浅的事实,左翼理论家也不会不明白的。但这位——戴先生用"忠实于自己的艺术"来和"为艺术的艺术"掉了一个包,可真显得左翼理论家的"愚蒙"透顶了。

　　第二,是纪德是否真是中国所谓的"第三种人"? 我没有读过纪德的书,对于作品,没有加以批评的资格。但我相信:创作和演说,形式虽然不同,所含的思想是决不会两样的。我可以引出戴先生所介绍的演说里的两段来——

　　"有人会对我说:'在苏联也是这样的。'那是可能的事;但是目的却是完全两样的,而且,为了要建设一个新社会起见,为了把发言权给予那些一向做着受压迫者,一向没有发言权的人们起见,不得已的矫枉过正也是免不掉的事。"

　　"我为什么并怎样会在这里赞同我在那边所反对的事呢? 那就是因为我在德国的恐怖政策中,见到了最可叹最可憎的过去的再演,在苏联的社会创设中,我却见到一个未来的无限的允约。"

　　这说得清清楚楚,虽是同一手段,而他却因目的之不同而分为赞成或反抗。苏联十月革命后,侧重艺术的"绥拉比翁的兄弟们"这团体,也被称为"同路人",但他们却并没有这么积极。中国关于"第三种人"的文字,今年已经汇印了一本专书,我们可以查一查,凡自称为"第三种人"的言论,可有丝毫近似这样的意见的吗?倘其没有,则我敢决定地说,"不可以说纪德是'第三种人'"。

　　然而正如我说纪德不像中国的"第三种人"一样,戴望舒先生也觉得中国的左翼作家和法国的大有贤愚之别了。他在参加大会,为德国的左翼艺术家同伸义愤之后,就又想起了中国左翼作家的愚蠢横暴的行为。于是他临末禁不住感慨——

　　"我不知道我国对于德国法西斯的暴行有没有什么表示。正如我们的军阀一样,我们的文艺者也是勇于内战的。在法国的革命作家们和纪德携手的时候,我们的左翼作家想必还在把所谓'第三种人'当作唯一的敌手吧!"

　　这里无须解答,因为事实俱在:我们这里也曾经有一点表示,但因为和在法国两样,所以情形也不同;刊物上也久不见什么"把所谓'第三种人'当作唯一的敌手"的文章,不再内战,没有军阀气味了。戴先生的预料,是落了空的。

　　然而中国的左翼作家,这就和戴先生意中的法国左翼作家一样贤明了吗? 我以为并不这样,而且也不应该这样的。如果声音还没有全被削除的时候,对于"第三种人"的讨论,还极有重新提起和展开的必要。戴先生看出了法国革命作家们的隐衷,觉得在这危急时,和"第三种人"携手,也许是"精明的策略"。但我以为单靠"策略",是没有用的,有真切的见解,才有精明的行为,只要看纪德的讲演,就知道他并不超然于政治之外,决不能贸贸然称之为"第三种人",加以欢迎,是不必别具隐衷的。不过在中国的所谓"第三种人",却还复杂得很。

所谓"第三种人",原意只是说:站在甲乙对立或相斗之外的人。但在实际上,是不能有的。人体有胖和瘦,在理论上,是该能有不胖不瘦的第三种人的,然而事实上却并没有,一加比较,非近于胖,就近于瘦。文艺上的"第三种人"也一样,即使好像不偏不倚便于譬喻起见,姑升为牛吧,其实是总有些偏向的,平时有意的或无意的遮掩起来,而一遇切要的事故,它便会分明的显现。如纪德,他就显出左向来了;别的人,也能从几句话里,分明的显出。所以在这混杂的一群中,有的能和革命前进,共鸣;有的也能乘机将革命中伤,软化,曲解。左翼理论家是有着加以分析的任务的。

如果这就等于"军阀"的内战,那么,左翼理论家就必须更加继续这内战,而将营垒分清,拔去了从背后射来的毒箭!

六月四日。

"蜜蜂"与"蜜"

陈思先生:

看了《涛声》上批评《蜜蜂》的文章后,发生了两个意见,要写出来,听听专家的判定。但我不再来辩论,因为《涛声》并不是打这类官司的地方。

村人火烧蜂群,另有缘故,并非阶级斗争的表现,我想,这是可能的。但蜜蜂是否会于虫媒花有害,或去害风媒花呢,我想,这也是可能的。

昆虫有助于虫媒花的受精,非徒无害,而且有益,就是极简略的生物学上也都这样说,确是不错的。但这是在常态时候的事。假使蜂多花少,情形可就不同了,蜜蜂为了采粉或者救饥,在一花上,可以有数匹甚至十余匹一拥而入,因为争,将花瓣弄伤,因为饿,将花心咬掉,听说日本的果园,就有遭了这种伤害的。它的到风媒花上去,也还是因为饥饿的缘故。这时酿蜜已成次要,它们是吃花粉去了。

所以,我以为倘花的多少,足供蜜蜂的需求,就天下太平,否则,便会"反动"。譬如蚁是养护蚜虫的,但倘将它们关在一处,又不另给食物,蚁就会将蚜虫吃掉;人是吃米或麦的,然而遇着饥馑,便吃草根树皮了。

中国向来也养蜂,何以并无此弊呢?那是极容易回答的:因为少。近来以养蜂为生财之大道,干这事的愈多。然而中国的蜜价,远逊欧美,与其卖蜜,不如卖蜂。

又因报章鼓吹,思养蜂以获利者辈出,故买蜂者也多于买蜜。因这缘故,就使养蜂者的目的,不在于使酿蜜而在于使繁殖了。但种植之业,却并不与之俱进,遂成蜂多花少的现象,闹出上述的乱子来了。

总之,中国倘不设法扩张蜂蜜的用途,及同时开辟果园农场之类,而一味出卖蜂种以图目前之利,养蜂事业是不久就要到了绝路的。此信甚希发表,以冀有心者留意也。专此,顺请

著安。

罗忧。六月十一日。

经验

古人所传授下来的经验,有些实在是极可宝贵的,因为它曾经费去许多牺牲,而留给后人很大的益处。

偶然翻翻《本草纲目》,不禁想起了这一点。这一部书,是很普通的书,但里面却含有丰富的宝藏。自然,捕风捉影的记载,也是在所难免的,然而大部分的药品的功用,却由历久的经验,这才能够知道到这程度,而尤其惊人的是关于毒药的叙述。我们一向喜欢恭维古圣人,以为药物是由一个神农皇帝独自尝出来的,他曾经一天遇到过七十二毒,但都有解法,没有毒死。这种传说,现在不能主宰人心了。人们大抵已经知道一切文物,都是历来的无名氏所逐渐的造成。建筑,烹饪,渔猎,耕种,无不如此;医药也如此。这么一想,这事情可就大起来了:大约古人一有病,最初只好这样尝一点,那样尝一点,吃了毒的就死,吃了不相干的就无效,有的竟吃到了对证的就好起来,于是知道这是对于某一种病痛的药。这样地累积下去,乃有草创的纪录,后来渐成为庞大的书,如《本草纲目》就是。而且这书中的所记,又不独是中国的,还有阿拉伯人的经验,有印度人的经验,则先前所用的牺牲之大,更可想而知了。

然而也有经过许多人经验之后,倒给了后人坏影响的,如俗语说"各人自扫门前雪,莫管他家瓦上霜"的便是其一。救急扶伤,一不小心,向来就很容易被人所诬陷,而还有一种坏经验的结果的歌诀,是"衙门八字开,有理无钱莫进来",于是人们就只要事不干己,还是远远地站开干净。我想,人们在社会里,当初是并不这样彼此漠不相关的,但因豺狼当道,事实上因此出过许多牺牲,后来就自然地都走到

这条道路上去了。所以，在中国，尤其是在都市里，倘使路上有暴病倒地，或翻车摔伤的人，路人围，观或甚至于高兴的人尽有，肯伸手来扶助一下的人却是极少的。这便是牺牲所换来的坏处。

总之，经验的所得的结果无论好坏，都要很大的牺牲，虽是小事情，也免不掉要付惊人的代价。例如近来有些看报的人，对于什么宣言，通电，讲演，谈话之类，无论它怎样骈四俪六，崇论宏议，也不去注意了，甚而还至于不但不注意，看了倒不过做做嬉笑的资料。这那里有"始制文字，乃服衣裳"一样重要呢，然而这一点点结果，却是牺牲了一大片地面，和许多人的生命财产换来的。生命，那当然是别人的生命，倘是自己，就得不着这经验了。所以一切经验，是只有活人才能有的，我的决不上别人讥刺我怕死，就去自杀或拼命地当，而必须写出这一点来，就为此。而且这也是小小的经验的结果。

六月十二日。

谚语

粗略的一想，谚语固然好像一时代一国民的意思的结晶，但其实，却不过是一部分的人们的意思，现在就以"各人自扫门前雪，莫管他家瓦上霜"来做例子吧，这乃是被压迫者们的格言，教人要奉公，纳税，输捐，安分，不可怠慢，不可不平，尤其是不要管闲事；而压迫者是不算在内的。

专制者的反面就是奴才，有权时无所不为，失势时即奴性十足。孙皓是特等的暴君，但降晋之后，简直像一个帮闲；宋徽宗在位时，不可一世，而被掳后偏会含垢忍辱。做主子时以一切别人为奴才，则有了主子，一定以奴才自命：这是天经地义，无可动摇的。

所以被压制时，信奉着"各人自扫门前雪，莫管他家瓦上霜"的格言的人物，一旦得势，足以凌人的时候，他的行为就截然不同，变为"各人不扫门前雪，却管他家瓦上霜"了。

二十年来，我们常常看见：武将原是练兵打仗的，且不问他这兵是用以安内或攘外，总之他的"门前雪"是治军，然而他偏来干涉教育，主持道德；教育家原是办学的，无论他成绩如何，总之他的"门前雪"是学务，然而他偏去膜拜"活佛"，绍介国医。小百姓随军充役，童子军沿门募款。头儿胡行于上，蚁民乱碰于下，结果是各人的门前都不成样,各家的瓦上也一团糟。

女人露出了臂膊和小腿,好像竟打动了贤人们的心,我记得曾有许多人絮絮叨叨,主张禁止过,后来也确有明文禁止了。不料到得今年,却又"衣服蔽体已足,何必前拖后曳,消耗布匹,……顾念时艰,后患何堪设想"起来,四川的营山县长于是就令公安局派队——剪掉行人的长衣的下截。长衣原是累赘的东西,但以为不穿长衣,或剪去下截,即于"时艰"有补,却是一种特别的经济学。《汉书》上有一句云,"口含天宪",此之谓也。

某一种人,一定只有这某一种人的思想和眼光,不能越出他本阶级之外。说起来,好像又在提倡什么犯讳的阶级了,然而事实是如此的。谣谚并非全国民的意思,就为了这缘故。古之秀才,自以为无所不晓,于是有"秀才不出门,而知天下事"这自负的漫天大谎,小百姓信以为真,也就渐渐地成了谚语,流行开来。其实是"秀才虽出门,不知天下事"的。秀才只有秀才头脑和秀才眼睛,对于天下事,那里看得分明,想得清楚。清末,因为想"维新",常派些"人才"出洋去考察,我们现在看看他们的笔记吧,他们最以为奇的是什么馆里的蜡人能够和活人对面下棋。南海圣人康有为,佼佼者也,他周游十一国,一直到得巴尔干,这才悟出外国之所以常有"弒君"之故来了,曰:因为宫墙太矮的缘故。

六月十三日。

大家降一级试试看

《文学》第一期的《图书评论所评文学书部分的清算》,是很有趣味,很有意义的一篇账。这《图书评论》不但是"我们唯一的批评杂志",也是我们的教授和学者们所组成的唯一的联军。然而文学部分中,关于译注本的批评却占了大半,这除掉那《清算》里所指出的各种之外,实在也还有一个切要的原因,就是在我们学术界文艺界做工的人员,大抵都比他的实力凭空跳高一级。

校对员一面要通晓排版的格式,一面要多认识字,然而看现在的出版物,"己"与"已","戮"与"戳","剌"与"刺",在很多的眼睛里是没有区别的。版式原是排字工人的事情,因为他不管,就压在校对员的肩膀上,如果他再不管,那就成为和大家不相干。作文的人首先也要认识字,但在文章上,往往以"战慄"为"战僳",以"已竟"为"已经";"非常顽艳"是因妒杀人的情形;"年已鼎盛"的意思,是说这人已有六十多岁了。至于译注的书,那自然,不是"硬译",就是误译,为了训斥与指正,竟占去了九本《图书评论》中文学部分的书数的一半,就是一个不可动摇的证明。

这些错误的书的出现,当然大抵是因为看准了社会上的需要,匆匆地来投机,但一面也实在为了胜任的人,不肯自贬身价,来做这用力多而获利少的工作的缘故。否则,这些译注者是只配埋首大学,去谨听教授们的指示的。只因为能够不至于误译的人们洁身远去,出版界上空荡荡了,遂使小兵也来挂着帅印,辱没了翻译的天下。

但是,胜任的译注家那里去了呢?那不消说,他也跳了一级,做了教授,成为学者了。"世无英雄,遂使竖子成名",于是只配做学生的胚子,就乘着空虚,托庇变了译注者。而事同一律,只配做个译注者的胚子,却踞着高座,昂然说法了。杜威教授有他的实验主义,白璧德教授有他的人文主义,从他们那里零零碎碎贩运一点回来的就变了中国的呵斥八极的学者,不也是一个不可动摇的证明吗?要澄清中国的翻译界,最好是大家都降下一级去,虽然那时候是否真是都能胜任愉快,也还是一个没有把握的问题。

七月七日。

沙

近来的读书人,常常叹中国人好像一盘散沙,无法可想,将倒霉的责任,归之于大家。其实这是冤枉了大部分中国人的。小民虽然不学,见事也许不明,但知道关于本身利害时,何尝不会团结。先前有跪香,民变,造反;现在也还有请愿之类。他们的像沙,是被统治者"治"成功的,用文言来说,就是"治绩"。

那么,中国就没有沙吗?有是有的,但并非小民,而是大小统治者。

人们又常常说:"升官发财。"其实这两件事是不并列的,其所以要升官,只因为要发财,升官不过是一种发财的门径。所以官僚虽然依靠朝廷,却并不忠于朝廷,吏役虽然依靠衙署,却并不爱护衙署,头领下一个清廉的命令,小喽啰是决不听的,对付的方法有"蒙蔽"。他们都是自私自利的沙,可以肥己时就肥己,而且每一粒都是皇帝,可以称尊处就称尊。有些人译俄皇为"沙皇",移赠此辈,倒是极确切的尊号。财何从来?是从小民身上刮下来的。小民倘能团结,发财就繁难,那么,当然应该想尽方法,使他们变成散沙才好。以沙皇治小民,于是全中国就成为"一盘散沙"了。

然而沙漠以外,还有团结的人们在,他们"如入无人之境"地走进来了。

这就是沙漠上的大事变。当这时候,古人曾有两句极贴切的比喻,叫作"君子为猿鹤,小人为虫沙"。那些君子们,不是像白鹤的腾空,就如猢狲的上树,"树倒猢狲散",另外还有树,他们绝不会吃苦。剩在地下的,便是小民的蝼蚁和泥沙,要践踏杀戮都可以,他们对沙皇尚且不敌,怎能敌得过沙皇的胜者呢?

然而当这时候,偏又有人摇笔鼓舌,向着小民提出严重的质问道:"国民将何以自处"呢,"问国民将何以善其后"呢?忽然记得了"国民",别的什么都不说,只又要他们来填亏空,不是等于向着缚了手脚的人,要求他去捕盗吗?但这正是沙皇治绩的后盾,是猿鸣鹤唳的尾声,称尊肥己之余,必然到来的末一着。

十月十二日。

给文学社信

编辑先生:

《文学》第二号,伍实先生写的《休士在中国》中,开首有这样的一段——

"……萧翁是名流,自配我们的名流招待,且唯其是名流招待名流,这才使鲁迅先生和梅兰芳博士有千载一时的机会得聚首于一堂。休士呢,不但不是我们的名流心目中的那种名流,且还加上一层肤色上的顾忌!"

是的,见萧的不只我一个,但我见了一回萧,就被大小文豪一直笑骂到现在,最近的就是这回因此就并我和梅兰芳为一谈的名文。然而那时是招待者邀我去的。这回的招待休士,我并未接到通知,时间地址,全不知道,怎么能到? 即使邀而不到,也许有别种的原因,当口诛笔伐之前,似乎也须略加考察。现在并未相告,就责我不到,因这不到,就断定我看不起黑种。作者是相信的吧,读者不明事实,大概也可以相信的,但我自己还不相信我竟是这样一个势利卑劣的人!

给我以诬蔑和侮辱,是平常的事;我也并不为奇:惯了。但那是小报,是敌人。略具识见的,一看就明白。而《文学》是挂着冠冕堂皇的招牌的,我又是同人之一,为什么无端虚构事迹,大加奚落,至于到这地步呢? 莫非缺一个势利卑劣的老人,也在文学戏台上跳舞一下,以给观众开心,且催呕吐吗? 我自信还不至于是这样的角色,我还能够从此跳下这可怕的戏台。那时就无论怎样侮辱嘲骂,彼此都没有矛盾了。

我看伍实先生其实是化名,他一定也是名流,就是招待休士,非名流也未必能够入座。不过他如果和上海的所谓文坛上的那些狐鼠有别,则当施行人身攻击之际,似乎应该略负一点责任,宣布出和他的本身相关联的姓名,给我看看真实的嘴脸。这无关政局,绝无危险,况且我们原曾相识,见面时倒是装作十分客气的也说不定的。

临末,我要求这封信就在《文学》三号上发表。

鲁迅。七月二十九日。

关于翻译

今年是"国货年",除"美麦"外,有些洋气的都要被打倒了。四川虽然正在奉令剪掉路人的长衫,上海的一位慷慨家却因为讨厌洋服而记得了袍子和马褂。翻译也倒了运,得到一个笼统的头衔是"硬译"和"乱译"。但据我所见,这些"批评家"中,一面要求着"好的翻译"者,却一个也没有的。

创作对于自己人,的确要比翻译切身,易解,然而一不小心,也容易发生"硬作","乱作"的毛病,而这毛病,却比翻译要坏得多。我们的文化落后,无可讳言,创作力当然也不及洋鬼子,作品的比较的薄弱,是势所必至的,而且又不能不时时取法于外国。所以翻译和创作,应该一同提倡,决不可压抑了一面,使创作成为一时的骄子,反因容纵而脆弱起来。我还记得先前有一个排货的年头,国货家贩了外国的牙粉,摇松了两瓶,装作三瓶,贴上商标,算是国货,而购买者却多损失了三分之一;还有一种痱子药水,模样和洋货完全相同,价钱却便宜一半,然而它有一个大缺点,是搽了之后,毫无功效,于是购买者便完全损失了。

注重翻译,以作借镜,其实也就是催进和鼓励着创作。但几年以前,就有了攻击"硬译"的"批评家",搔下他旧疮疤上的末屑,少得像膏药上的麝香一样,因为少,就自以为是奇珍。而这风气竟传布开来了,许多新起的论者,今年都在开始轻薄着贩来的洋货。比起武人的大买飞机,市民的拼命捐款来,所谓"文人"也者,真是多么昏庸的人物呵。

我要求中国有许多好的翻译家,倘不能,就支持着"硬译"。理由还在中国有许多读者层,有着并不全是骗人的东西,也许总有人会多少吸收一点,比一张空盘较为有益。而且我自己是向来感谢着翻译的,例如关于萧的毁誉和现在正在提起的题材的积极性的问题,在洋货里,是早有了明确的解答的。关于前者,德国的尉特甫格(Karl Wittvogel)在《萧伯纳是丑角》里说过——

"至于说到萧氏是否有意于无产阶级的革命,这并不是一个重要的问题。十八世纪的法国大哲学家们,也并不希望法国的大革命。虽然如此,然而他们都是引导着必至的社会变更的那种精神崩溃的重要势力。"(刘大杰译,《萧伯纳在上海》所载。)

关于后者,则恩格勒在给明那·考茨基(Minna Kautsky,就是现存的考茨基的母亲)的信里,已有极明确的指示,对于现在的中国,也是很有意义的——

"还有,在今日似的条件之下,小说是大抵对于布尔乔亚层的读者的,所以,由我看来,只要正直地叙述出现实的相互关系,毁坏了罩在那上面的作伪的幻影,使布尔乔亚世界的乐观主义动摇,使对于现存秩序的永远的支配起疑,则社会主义的倾向的文学,也就十足地尽了它的使命了——即使作者在这时并未提出什么特定的解决,或者有时连作者站在那一边也不很明白。"(日本上田进原译,《思想》百三十四号所载。)

八月二日。

《一个人的受难》序

"连环图画"这名目,现在已经有些用熟了,无须更改;但其实是应该称为"连续图画"的,因为它并非"如环无端",而是有起有讫的画本。中国古来的所谓"长卷",如《长江无尽图卷》,如《归去来辞图卷》,也就是这一类,不过连成一幅罢了。

这种画法的起源真是早得很。埃及石壁所雕名王的功绩,"死书"所画冥中的情形,已就是连环图画。别的民族,古今都有,无须细述了。这于观者很有益,因为一看即可以大概明白当时的若干的情形,不比文辞,非熟习的不能领会。到十九世纪末,西欧的画家,有许多很喜欢作这一类画,立一个题,制成画帖,但并不一定连贯的。用图画来叙事,又比较的后起,所作最多的就是麦绥莱勒。我想,这和电影有极大的因缘,因为一面是用图画来替文字的故事,同时也是用连续来代活动的电影。

麦绥莱勒(Frans Masereel)是反对欧战的一人;据他自己说,以一八九九年七月三十一日生于弗兰兑伦的勃兰勘培克（Blankenberghe in Flandem），幼小时候是很幸福的，因为玩的多，学得少。求学时代是在干德（Gent），在那里的艺术学院里学了小半年；后来就漫游德，英，瑞士，法国去了，而最爱的是巴黎，称之为"人生的学校"。在瑞士时，常投画稿于日报上，摘发社会的隐病，罗曼·罗兰比之于陀密埃（Daumier）和戈耶（Goya）。但所作最多的是木刻的书籍上的插图，和全用图画来表现的故事。他是酷爱巴黎的，所以作品往往浪漫，奇诡，出于人情，因以收得惊异和滑稽的效果。独有这《一个人的受难》（Die Passion eines Menschen）乃是写实之作，和别的图画故事都不同。

　　这故事二十五幅中，也并无一字的说明。但我们一看就知道：在桌椅之外，一无所有的屋子里，一个女子怀着孕了

罗曼·罗兰

（一），生产之后，即被别人所斥逐，不过我不知道斥逐她的是雇主，还是她的父亲（二）。于是她只好在路上彷徨（三），终于跟了别人；先前的孩子，便进了野孩子之群，在街头捣乱（四）。稍大，去学木匠，但那么重大的工作，幼童是不胜任的（五），到底免不了被人踢出，像打跑一条野狗一样（六）。他为饥饿所逼，就去偷面包（七），而立刻被维持秩序的巡警所捕获（八），关进监牢里去了（九）。罚满释出（十），这回却轮到他在热闹的路上彷徨（十一），但幸而也竟找得了修路的工作（十二）。不过，终日挥着鹤嘴锄，是会觉得疲劳的（十三），这时乘虚而入的却是恶友（十四），他受了诱惑，去会妓女（十五），去玩跳舞了（十六）。但归途中又悔恨起来（十七），决计进厂做工，而且一早就看书自习（十八）；在这环境里，这才遇到了真的相爱的同人（十九）。但劳资两方冲突了，他登高呼号，联合了工人，和资本家战斗（二十），于是奸细窥探于前（二十一），兵警弹压于后（二十二），奸细又从中离间，他被捕了（二十三）。在受难的"神之子"耶稣像前，这"人之子"就受着裁判（二十四）；自然是死刑，他站着，等候着兵们的开枪（二十五）！

　　耶稣说过，富翁想进天国，比骆驼走过针孔还要难。但说这话的人，自己当时

却受难（Passion）了。现在是欧美的一切富翁，几乎都是耶稣的信奉者，而受难的就轮到了穷人。

这就是《一个人的受难》中所叙述的。

一九三三年八月六日，鲁迅记。

祝《涛声》

《涛声》的寿命有这么长，想起来实在有点奇怪的。

大前年和前年，所谓作家也者，还有什么什么会，标榜着什么什么文学，到去年就渺渺茫茫了，今年是大抵化名办小报，卖消息；消息那里有这么多呢，于是造谣言。先前的所谓作家还会联成黑幕小说，现在是联也不会联了，零零碎碎的塞进读者的脑里去，使消息和秘闻之类成为他们的全部大学问。这功绩的褒奖是稿费之外，还有消息奖，"挂羊头卖狗肉"也成了过去的事，现在是在"卖人肉"了。

于是不"卖人肉"的刊物及其作者们，便成为被卖的货色。这也是无足奇的，中国是农业国，而麦子却要向美国定购，独有出卖小孩，只要几百钱一斤，则古文明国中的文艺家，当然只好卖血，尼采说过："我爱血写的书"呀。

然而《涛声》尚存，这就是我所谓"想起来实在有点奇怪"。

这是一种幸运，也是一个缺点。看现在的景况，凡有敕准或默许其存在的，倒往往会被一部分人们摇头。有人批评过我，说，只要看鲁迅至今还活着，就足见不是一个什么好人。这是真的，自民元革命以至现在，好人真不知道被害死了多少了，不过谁也没有记一篇准账。这事实又教坏了我，因为我知道即使死掉，也不过给他们大卖消息，大造谣言，说我的被杀，其实是为了金钱或女人关系。所以，名列于该杀之林则可，悬梁服毒，是不来的。

《涛声》上常有赤膊打仗，拼死拼活的文章，这脾气和我很相反，并不是幸存的原因。我想，那幸运而且也是缺点之处，是在总喜欢引古证今，带些学究气。中国人虽然自夸"四千余年古国古"，可是十分健忘的，连民族主义文学家，也会认成吉思汗为老祖宗，则不宜与之谈古也可见。上海的市侩们更不需要这些，他们感兴趣的只是今天开奖，邻右争风；眼光远大的也不过要知道名公如何游山，阔人和谁要好之类；高尚的就看什么学界琐闻，文坛消息。总之，是已将生命割得零零碎碎了。

这可以使《涛声》的销路不见得好，然而一面也使《涛声》长寿。文人学士是清高的,他们现在也更加聪明,不再恭维自己的主子,来着痕迹了。他们只是排好暗箭,拿定粪帚,监督着应该俯伏着的奴隶们,看有谁抬起头来的,就射过去,洒过去,结果也许会终于使这人被绑架或被暗杀,由此使民国的国民一律"平等"。《涛声》在销路上的不大出头,也正给它逃了暂时的性命,不过,也还是很难说,因为"不测之威",也是古来就有的。

我是爱看《涛声》的,并且以为这样也就好。然而看近来,不谈政治呀,仍谈政治呀,似乎更加不大安分起来,则我的那些忠告,对于"乌鸦为记"的刊物,恐怕也不见得有效。

那么,"祝"也还是"白祝",我也只好看一张,算一张了。昔人诗曰,"丧乱死多门",信夫!

八月六日。

十一月二十五日的《涛声》上,果然发出《休刊辞》来,开首道:"十一月二十日下午,本刊奉令缴还登记证,'民亦劳止,汔可小康'。我们准备休息一些时了。……"这真是康有为所说似的"不幸而吾言中",岂不奇而不奇也哉。

十二月三十一夜,补记。

上海的少女

在上海生活,穿时髦衣服的比土气的便宜。如果一身旧衣服,公共电车的车掌会不照你的话停车,公园看守会格外认真的检查入门券,大宅子或大客寓的门丁会不许你走正门。所以,有些人宁可居斗室,喂臭虫,一条洋服裤子却每晚必须压在枕头下,使两面裤腿上的折痕天天有棱角。

然而更便宜的是时髦的女人。这在商店里最看得出:挑选不完,决断不下,店员也还是很能忍耐的。不过时间太长,就须有一种必要的条件,是带着一点风骚,能受几句调笑。否则,也会终于引出普通的白眼来。

惯在上海生活了的女性,早已分明地自觉着这种自己所具的光荣,同时也明白着这种光荣中所含的危险。所以凡有时髦女子所表现的神气,是在招摇,也在固守,在罗致,也在抵御,像一切异性的亲人,也像一切异性的敌人,她在喜欢,也正在恼怒。这神气也传染了未成年的少女,我们有时会看见她们在店铺里购买东西,侧着头,佯嗔薄怒,如临大敌。自然,店员们是能像对于成年的女性一样,加以调笑的,而她也早明白着这调笑的意义。总之:她们大抵早熟了。

然而我们在日报上,确也常常看见诱拐女孩,甚而至于凌辱少女的新闻。

不但是《西游记》里的魔王,吃人的时候必须童男和童女而已,在人类中的富户豪家,也一向以童女为侍奉,纵欲,鸣高,寻仙,采补的材料,恰如食品的餍足了普通的肥甘,就想乳猪芽茶一样。现在这现象并且已经见于商人和工人里面了,但这乃是人们的生活不能顺遂的结果,应该以饥民的掘食草根树皮为比例,和富户豪家的纵恣的变态是不可同日而语的。

但是,要而言之,中国是连少女也进了险境了。

这险境,更使她们早熟起来,精神已是成人,肢体却还是孩子。俄国的作家梭罗古勃曾经写过这一种类型的少女,说是还是小孩子,而眼睛却已经长大了。然而我们中国的作家是另有一种称赞的写法的:所谓"娇小玲珑"者就是。

八月十二日。

上海的儿童

上海越界筑路的北四川路一带,因为打仗,去年冷落了大半年,今年依然热闹了,店铺从法租界搬回,电影院已经开始,公园左近也常见携手同行的爱侣,这是去年夏天所没有的。

倘若走进住家的弄堂里去,就看见便溺器,吃食担,苍蝇成群的在飞,孩子成队的在闹,有剧烈的捣乱,有发达的骂詈,真是一个乱哄哄的小世界。但一到大路上,映进眼帘来的却只是轩昂活泼地玩着走着的外国孩子,中国的儿童几乎看不见了。但也并非没有,只因为衣裤郎当,精神萎靡,被别人压得像影子一样,不能醒目了。

中国中流的家庭,教孩子大抵只有两种法。其一,是任其跋扈,一点也不管,骂人固可,打人亦无不可,在门内或门前是暴主,是霸王,但到外面,便如失了网的蜘蛛一般,立刻毫无能力。其二,是终日给以冷遇或呵斥,甚而至于打扑,使他畏葸退缩,仿佛一个奴才,一个傀儡,然而父母却美其名曰"听话",自以为是教育的成功,待到放他到外面来,则如暂出樊笼的小禽,他决不会飞鸣,也不会跳跃。

现在总算中国也有印给儿童看的画本了,其中的主角自然是儿童,然而画中人物,大抵倘不是带着横暴冥顽的气味,甚而至于流氓模样的,过度的恶作剧的顽童,就是钩头耸背,低眉顺眼,一副死板板的脸相的所谓"好孩子"。这虽然由于画家本领的欠缺，但也是取儿童为范本的，而从此又以作供给儿童仿效的范本。我们试一看别国的儿童画吧，英国沉着，德国粗豪，俄国雄厚，法国漂亮，日本聪明，都没有一点中国似的衰惫的气象。观民风是不但可以由诗文，也可以由图画，而且可以由不为人们所重的儿童画的。

顽劣，钝滞，都足以使人没落，灭亡。童年的情形，便是将来的命运。我们的新人物，讲恋爱，讲小家庭，讲自立，讲享乐了，但很少有人为儿女提出家庭教育的问题，学校教育的问题，社会改革的问题。先前的人，只知道"为儿孙作马牛"，固然是错误的，但只顾现在，不想将来，"任儿孙作马牛"，却不能不说是一个更大的错误。

八月十二日。

"论语一年"
——借此又谈萧伯纳

说是《论语》办到一年了，语堂先生命令我做文章。这实在好像出了"学而一章"的题目，叫我做一篇白话八股一样。没有法，我只好做开去。

老实说吧，他所提倡的东西，我是常常反对的。先前，是对于"费厄泼赖"，现在呢，就是"幽默"。我不爱"幽默"，并且以为这是只有爱开圆桌会议的国民才闹得出来的玩意儿，在中国，却连意译也办不到。我们有唐伯虎，有徐文长；还有最有名的金圣叹，"杀头，至痛也，而圣叹以无意得之，大奇！"虽然不知道这是真话，是笑话；是事实，还是谣言。但总之：一来，是声明了圣叹并非反抗的叛徒；二来，是将屠户的凶残，使大家化为一笑，收场大吉。我们只有这样的东西，和"幽默"是并无什么瓜葛的。

况且作者姓氏一大篇，动手者寥寥无几，乃是中国的古礼。在这种礼制之下，要每月说出两本"幽默"来，倒未免有些"幽默"的气息。这气息令人悲观，加以不爱，就使我不大热心于《论语》了。

然而，《萧的专号》是好的。

它发表了别处不肯发表的文章，揭穿了别处故意颠倒的谈话，至今还使名士不平，小官怀恨，连吃饭睡觉的时候都会记得起来。憎恶之久，憎恶者之多，就是效力之大的证据。

　　莎士比亚虽然是"剧圣"，我们不大有人提起他。五四时代介绍了一个易卜生，名声倒还好，今年介绍了一个萧，可就糟了，至今还有人肚子在发胀。

　　为了他笑嘻嘻，辨不出是冷笑，是恶笑，是嬉笑吗？并不是的。为了他笑中有刺，刺着了别人的病痛吗？也不全是的。列维它夫说得很分明：就因为易卜生是伟大的疑问号（？），而萧是伟大的感叹号（！）的缘故。

　　他们的看客，不消说，是绅士淑女们居多。绅士淑女们是顶爱面子的人种。易卜生虽然使他们登场，虽然也揭发一点隐蔽，但并不加上结论，却从容地说道"想一想吧，这到底是些什么呢？"绅士淑女们的尊严，确也有一些动摇了，但究竟还留着摇摇摆摆的退走，回家去想的余裕，也就保存了面子。至于回家之后，想了也未，想得怎样，那就不成什么问题，所以他被介绍进中国来，四平八稳，反对的比赞成的少。萧可不这样了，他使他们登场，撕掉了假面具，阔衣装，终于拉住耳朵，指给大家道，"看哪，这是蛆虫！"连磋商的工夫，掩饰的法子也不给人有一点。这时候，能笑的就只有并无他所指摘的病痛的下等人了。在这一点上，萧是和下等人相近的，而也就和上等人相远。

　　这怎么办呢？仍然有一定的古法在。就是：大家沸沸扬扬的嚷起来，说他有钱，说他装假，说他"名流"，说他"狡猾"，至少是和自己们差不多，或者还要坏。自己是生活在小茅厕里的，他却从大茅厕里爬出，也是一只蛆虫，介绍者糊涂，称赞的可恶。然而，我想，假使萧也是一只蛆虫，却还是一只伟大的蛆虫，正如可以同有许多感叹号，而唯独他是"伟大的感叹号"一样。譬如有一堆蛆虫在这里吧，一律即即足足，自以为是绅士淑女，文人学士，名宦高人，互相点头，雍容揖让，天下太平，那就是全体没有什么高下，都是平常的蛆虫。但是，如果有一只蓦地跳了出来，大喝一声道："这些其实都是蛆虫！"那么，——自然，它也是从茅厕里爬出来的，然而我们非认它为特别的伟大的蛆虫则不可。

　　蛆虫也有大小，有好坏的。

　　生物在进化，被达尔文揭发了，使我们知道了我们的远祖和猴子是亲戚。然而那时的绅士们的方法，和现在是一模一样的：他们大家倒叫达尔文为猴子的子孙。罗广廷博士在广东中山大学的"生物自然发生"的实验尚未成功，我们姑且承认人类是猴子的亲戚吧，虽然并不十分体面。但这同是猴子的亲戚中，达尔文又不能不说是伟大的了。那理由很简单而且平常，就因为他以猴子亲戚的家世，却并不忌讳,指出了人们是猴子的亲戚来。

　　猴子的亲戚也有大小,有好坏的。

　　但达尔文善于研究,却不善于骂人,所以被绅士们嘲笑了小半世。给他来斗争的是自称为"达尔文的咬狗"的赫胥黎,他以渊博的学识,精辟的文章,东冲西突,攻陷了自以为亚当和夏娃的子孙们的最后的堡垒。现在是指人为狗,变成摩登了,也算是一句恶骂。但是,便是狗吧,也不能一例而论的,有的食肉,有的拉橇,有的为军队探敌,有的帮警署捉人,有的在张园赛跑,有的跟花子要饭。将给阔人开心的吧儿和在雪地里救人的猛犬一比较,何如? 如赫胥黎,就是一匹有功人世的好狗。

　　狗也有大小,有好坏的。

　　但要明白,首先就要辨别。"幽默处俏皮与正经之间"(语堂语)。不知俏皮与正经之辨,怎么会知道这"之间"? 我们虽挂孔子的门徒招牌,却是庄生的私淑弟子。"彼亦一是非,此亦一是非",是与非不想辨;"不知周之梦为蝴蝶欤,蝴蝶之梦为周欤?"梦与觉也分不清。生活要混沌。如果凿起七窍来呢? 庄子曰:"七日而混沌死。"

　　这如何容得感叹号?

　　而且也容不得笑。私塾的先生,一向就不许孩子愤怒,悲哀,也不许高兴。皇帝不肯笑,奴隶是不准笑的。他们会笑,就怕他们也会哭,会怒,会闹起来。更何况坐着有版税可抽,而一年之中,竟"只闻其骚音怨音以及刻薄刁毒之音"呢?

　　这可见"幽默"在中国是不会有的。

　　这也可见我对于《论语》的悲观,正非神经过敏。有版税的尚且如此,还能希望那些炸弹满空,河水漫野之处的人们来说"幽默"吗? 恐怕连"骚音怨音"也不会有,"盛世元音"自然更其谈不到。将来圆桌会议上也许有人列席,然而是客人,主宾之间,用不着"幽默"。甘地一回一回的不肯吃饭,而主人所办的报章上,已有说应该给他鞭子的了。

　　这可见在印度也没有"幽默"。

　　最猛烈的鞭挞了那主人们的是萧伯纳,而我们中国的有些绅士淑女们可又憎恶他了,这真是伯纳"以无意得之,大奇!"然而也正是办起《孝经》来的好文字:"此士大夫之孝也。"

《中庸》《大学》都已新出，《孝经》是一定就要出来的；不过另外还要有《左传》。在这样的年头，《论语》那里会办得好；二十五本，已经要算是"不亦乐乎"的了。

八月二十三日。

小品文的危机

仿佛记得一两月之前，曾在一种日报上见到记载着一个人的死去的文章，说他是收集"小摆设"的名人，临末还有依稀的感喟，以为此人一死，"小摆设"的收集者在中国怕要绝迹了。

但可惜我那时不很留心，竟忘记了那日报和那收集家的名字。

现在的新的青年恐怕也大抵不知道什么是"小摆设"了。但如果他出身旧家，先前曾有玩弄翰墨的人，则只要不很破落，未将觉得没用的东西卖给旧货担，就也许还能在尘封的废物之中，寻出一个小小的镜屏，玲珑剔透的石块，竹根刻成的人像，古玉雕出的动物，锈得发绿的铜铸的三脚癞蛤蟆：这就是所谓"小摆设"。先前，它们陈列在书房里的时候，是各有其雅号的，譬如那三脚癞蛤蟆，应该称为"蟾蜍砚滴"之类，最末的收集家一定都知道，现在呢，可要和它的光荣一同消失了。

那些物品，自然绝不是穷人的东西，但也不是达官富翁家的陈设，他们所要的，是珠玉扎成的盆景，五彩绘画的瓷瓶。那只是所谓士大夫的"清玩"。在外，至少必须有几十亩膏腴的田地，在家，必须有几间幽雅的书斋；就是流寓上海，也一定得生活较为安闲，在客栈里有一间长包的房子，书桌一顶，烟榻一张，瘾足心闲，摩挲赏鉴。然而这境地，现在却已经被世界的险恶的潮流冲得七颠八倒，像狂涛中的小船似的了。

然而就是在所谓"太平盛世"吧，这"小摆设"原也不是什么重要的物品。在方寸的象牙版上刻一篇《兰亭序》，至今还有"艺术品"之称，但倘将这挂在万里长城的墙头，或供在云冈的丈八佛像的足下，它就渺小得看不见了，即使热心者竭力指点，也不过令观者生一种滑稽之感。何况在风沙扑面，狼虎成群的时候，谁还有这许多闲工夫，来赏玩琥珀扇坠，翡翠戒指呢。他们即使要悦目，所要的也是耸立于风沙中的大建筑，要坚固而伟大，不必怎样精；即使要满意，所要的也是匕首和投枪，要锋利而切实，用不着什么雅。

美术上的"小摆设"的要求,这幻梦是已经破掉了,那日报上的文章的作者,就直觉地知道。然而对于文学上的"小摆设"——"小品文"的要求,却正在越加旺盛起来,要求者以为可以靠着低诉或微吟,将粗犷的人心,磨得渐渐的平滑。这就是想别人一心看着《六朝文絜》,而忘记了自己是抱在黄河决口之后,淹得仅仅露出水面的树梢头。

但这时却只用得着挣扎和战斗。

而小品文的生存,也只仗着挣扎和战斗的。晋朝的清言,早和它的朝代一同消歇了。唐末诗风衰落,而小品放了光辉。但罗隐的《谗书》,几乎全部是抗争和愤激之谈;皮日休和陆龟蒙自以为隐士,别人也称之为隐士,而看他们在《皮子文薮》和《笠泽丛书》中的小品文,并没有忘记天下,正是一塌糊涂的泥塘里的光彩和锋芒。明末的小品虽然比较的颓废,却并非全是吟风弄月,其中有不平,有讽刺,有攻击,有破坏。这种作风,也触着了满洲君臣的心病,费去许多助虐的武将的刀锋,帮闲的文臣的笔锋,直到乾隆年间,这才压制下去了。以后呢,就来了"小摆设"。

"小摆设"当然不会有大发展。到五四运动的时候,才又来了一个展开,散文小品的成功,几乎在小说戏曲和诗歌之上。这之中,自然含着挣扎和战斗,但因为常常取法于英国的随笔(Essay),所以也带一点幽默和雍容;写法也有漂亮和缜密的,这是为了对于旧文学的示威,在表示旧文学之自以为特长者,白话文学也并非做不到。以后的路,本来明明是更分明的挣扎和战斗,因为这原是萌芽于"文学革命"以至"思想革命"的。但现在的趋势,却在特别提倡那和旧文章相合之点,雍容,漂亮,缜密,就是要它成为"小摆设",供雅人的摩挲,并且想青年摩挲了这"小摆设",由粗暴而变为风雅了。

然而现在已经更没有书桌;鸦片虽然已经公卖,烟具是禁止的,吸起来还是十分不容易。想在战地或灾区里的人们来鉴赏吧——谁都知道是更奇怪的幻梦。这种小品,上海虽正在盛行,茶话酒谈,遍满小报的摊子上,但其实是正如烟花女子,已经不能在弄堂里拉扯她的生意,只好涂脂抹粉,在夜里蹩到马路上来了。

小品文就这样地走到了危机。但我所谓危机,也如医学上的所谓"极期"(Krisis)一般,是生死的分歧,能一直得到死亡,也能由此至于恢复。麻醉性的作品,是将与麻醉者和被麻醉者同归于尽的。生存的小品文,必须是匕首,是投枪,能和读者一同杀出一条生存的血路的东西;但自然,它也能给人愉快和休息,然而这

国学经典文库

鲁迅文集

·南腔北调集·

图文珍藏版

并不是"小摆设",更不是抚慰和麻痹,它给人的愉快和休息是休养,是劳作和战斗之前的准备。

八月二十七日。

九一八

阴天,晌午大风雨。看晚报,已有纪念这纪念日的文章,用风雨作材料了。明天的日报上,必更有千篇一律的作品。空言不如事实,且看看那些记事吧——

戴季陶讲如何救国　　（中央社）

南京十八日——国府十八日晨举行纪念周,到林森戴季陶陈绍宽朱家骅吕超魏怀暨国府职员等四百余人,林主席领导行礼,继戴讲"如何救国",略谓本日系九一八两周年纪念,吾人于沉痛之余,应想法达到救国目的,救国之道甚多,如道德救国,教育救国,实业救国等,最近又有所谓航空运动及节约运动,前者之动机在于国防与交通上建设,此后吾人应从根本上设法增强国力,不应只知向外国购买飞机,至于节约运动须一面消极的节省消费,一面积极的将金钱用于生产方面。在此国家危急之秋,吾人应该各就自己的职务上尽力量,根据总理的一贯政策,来做整个三民主义的实施。

吴敬恒讲纪念意义　　（中央社）

南京十八日——中央十八日晨八时举行九一八二周年纪念大会,到中委汪兆铭陈果夫邵元冲陈公博朱培德贺耀祖王祺等暨中央工作人员共六百余人,汪主席,由吴敬恒演讲以精诚团结充实国力,为纪念九一八之意义,阐扬甚多,并指正爱国之道,词甚警惕,至九时始散。

汉口静默停止娱乐　　（日联社）

汉口十八日——汉口九一八纪念日华街各户均揭半旗,省市两党部上午十时举行纪念会,各戏院酒馆等一律停业,上午十一时全市人民默祷五分钟。

广州禁止民众游行　　（路透社）

广州十八日——各公署与公共团体今晨均举行九一八国耻纪念,中山纪念堂晨间行纪念礼,演说者均抨击日本对华之侵略,全城汽笛均大鸣,以警告民众,且有飞机于行礼时散发传单,唯民众大游行,为当局所禁,未能实现。

东京纪念祭及犬马　　（日联社）

东京十八日——东京本日举行九一八纪念日,下午一时在日比谷公会堂举行阵亡军人遗族慰安会,筑地本愿寺举行军马军犬军鸽等之慰灵祭,在乡军人于下午六时开大会,靖国神社举行阵亡军人追悼会。

但在上海怎样呢? 先看租界——

雨丝风片倍觉消沉

今日之全市,既因雨丝风片之侵袭,愁云惨雾之笼罩,更显黯淡之象。但驾车遍游全市,则殊难得见九一八特殊点缀,似较诸去年今日,稍觉消沉,但此非中国民众之已渐趋于麻木,或者为中国民众已觉悟于过去标语口号之不足恃,只有埋头苦做之一道乎? 所以今日之南市闸北以及租界区域,情形异常平安,道途之间,除警务当局多派警探在冲要之区,严密戒备外,简直无甚可以记述者。

以上是见于《大美晚报》的,很为中国人祝福。至华界情状,却须看《大晚报》的记载了——

今日九一八

华界戒备

公安局据密报防反动

今日为"九一八",日本侵占东北国难二周纪念,市公安局长文鸿恩,昨据密报,有反动分子,拟借国难纪念为由秘密召集无知工人,乘机开会,企图煽惑捣乱秩序等语,文局长核报后,即训令各区所队,仍照去年"九一八"实施特别戒备办法,除通告该局各科处于今晨十时许,在局长办公厅前召集全体职员,及警察总队第三中队警士,举行"九一八"国难纪念,同时并行纪念周外,并饬督察长李光曾派全体督察员,男女检查员,分赴中华路,民国路,方浜路,南阳桥,唐家湾,斜桥等处,会同各区所警士,在各要隘街衢,及华租界接壤之处,自上午八时至十一时半,中午十一时半至三时,下午三时至六时半,分三班轮流检查行人。南市大吉路公共体育场,沪西曹家渡三角场,闸北谭子湾等处,均派大批巡逻警士,禁止集会游行。制造局路之西,徐家汇区域内主要街道,尤宜特别注意,如遇发生事故,不能制止者,即向

图文珍藏版

丽园路报告市保安处第二团长处置,凡工厂林立处所,加派双岗驻守,红色车巡队,沿城环行驶巡,形势非常严峻。该局侦缉队长卢英,饬侦缉领班陈光炎,陈才福,唐炳祥,夏品山,各率侦缉员,分头密赴曹家渡,白利南路,胶州路及南市公共体育场等处,严密暗探反动分子行动,以资防范,而遏乱萌。公共租界暨法租界两警务处,亦派中西探员出发搜查,以防反动云。

"红色车"是囚车,中国人可坐,然而从中国人看来,却觉得"形势非常严峻"云。记得前两天(十六日)出版的《生活》所载的《两年的教训》里,有一段说——

"第二,我们明白谁是友谁是仇了。希特勒在德国民族社会党大会中说:'德国的仇敌。不在国外,而在国内。'北平整委会主席黄郛说:'和共抗日之说,实为谬论;剿共和外方为救时救党上策。'我们却要说'民族的仇敌,不仅是帝国主义,而是出卖民族利益的帝国主义走狗们。'民族反帝的真正障碍在那里,还有比这过去两年的事实指示得更明白吗?"

现在再来一个切实的注脚:分明的铁证还有上海华界的"红色车"!是一天里的大教训!

年年的这样的情状,都被时光所埋没了,今夜做此,算是纪念文,倘中国人而终不致被害尽杀绝,则以贻我们的后来者。

是夜,记。

偶成

苇索

九月二十日的《申报》上,有一则嘉善地方的新闻,摘录起来,就是——

"本县大窑乡沈和声与子林生,被著匪石塘小弟绑架而去,勒索三万元。沈姓家以中人之产,迁延未决。讵料该帮股匪乃将沈和声父子及苏境方面绑来肉票,在丁棚北,北荡滩地方,大施酷刑。法以布条遍贴背上,另用生漆涂敷,俟其稍干,将布之一端,连皮揭起,则痛彻心扉,哀号呼救,惨不忍闻。时为该处居民目睹,恻然心伤,尽将惨状报告沈姓,速即往赎,否则恐无生还。帮匪手段之酷,洵属骇闻。"

"酷刑"的记载,在各地方的报纸上是时时可以看到的,但我们只在看见时觉得"酷",不久就忘记了,而实在也真是记不胜记。然而酷刑的方法,却绝不是突然就会发明,一定都有它的师承或祖传,例如这石塘小弟所采用的,便是一个古法,见于士大夫未必肯看,而下等人却大抵知道的《说岳全传》一名《精忠传》上,是秦桧要岳飞自认"汉奸",逼供之际所用的方法,但使用的材料,却是麻条和鱼鳔。我以为生漆之说,是未必的确的,因为这东西很不容易干燥。

"酷刑"的发明和改良者,倒是虎吏和暴君,这是他们唯一的事业,而且也有工夫来考究。这是所以威民,也所以除奸的,然而《老子》说得好,"为之斗斛以量之,则并与斗斛而窃之,……"有被刑的资格的也就来玩一个"剪窃"。张献忠的剥人皮,不是一种骇闻吗?但他之前已有一位剥了"逆臣"景清的皮的永乐皇帝在。

奴隶们受惯了"酷刑"的教育,他只知道对人应该用酷刑。

但是,对于酷刑的效果的意见,主人和奴隶们是不一样的。主人及其帮闲们,多是知识者,他能推测,知道酷刑施之于敌对,能够给予怎样的痛苦,所以他会精心结撰,进步起来。奴才们却一定是愚人,他不能"推己及人",更不能推想一下,就"感同身受"。只要他有权,会采用成法自然也难说,然而他的主意,是没有知识者所测度的那么惨厉的。绥拉菲摩维支在《铁流》里,写农民杀掉了一个贵人的小女儿,那母亲哭得很凄惨,他却诧异道,哭什么呢,我们死掉多少小孩子,一点也没哭过。他不是残酷,他一向不知道人命会这么宝贵,他觉得奇怪了。

奴隶们受惯了猪狗的待遇,他只知道人们无异于猪狗。

用奴隶或半奴隶的幸福者,向来只怕"奴隶造反",真是无怪的。

要防"奴隶造反",就更加用"酷刑",而"酷刑"却因此更到了末路。在现代,枪毙是早已不足为奇了,枭首陈尸,也只能博得民众暂时的鉴赏,而抢劫,绑架,作乱的还是不减少,并且连绑匪也对于别人用起酷刑来了。酷的教育,使人们见酷而不再觉其酷,例如无端杀死几个民众,先前是大家就会嚷起来的,现在却只如见了日常茶饭事。人民真被治得好像厚皮的,没有感觉的癫像一样了,但正因为成了癫皮,所以又会踏着残酷前进,这也是虎吏和暴君所不及料,而即使料及,也还是毫无办法的。

九月二十日。

漫与

游光

地质学上的古生代的秋天,我们不大明白了,至于现在,却总是相差无几。假使前年是肃杀的秋天,今年就成了凄凉的秋天,那么,地球的年龄,怕比天文学家所预测的最短的数目还要短得多多吧。但人事却转变得真快,在这转变中的人,尤其是诗人,就感到了不同的秋,将这感觉,用悲壮的,或凄婉的句子,传给一切平常人,使彼此可以应付过去,而天地间也常有新诗存在。

前年实在好像是一个悲壮的秋天,市民捐钱,青年拼命,箫鼓的声音也从诗人的笔下涌出,仿佛真要"投笔从戎"似的。然而诗人的感觉是锐敏的,他未始不知道国民的赤手空拳,所以只好赞美大家的殉难,因此在悲壮里面,便埋伏着一点空虚。我所记得的,是邵冠华先生的《醒起来吧同胞》(《民国日报》所载)里的一段——

"同胞,醒起来吧!
踢开了弱者的心,
踢开了弱者的脑,
看,看,看,
看同胞们的血喷出来了,
看同胞们的肉割开来了,
看同胞们的尸体挂起来了。"

鼓鼙之声要在前线,当进军的时候,是"作气"的,但尚且要"再而衰,三而竭",倘在并无进军的准备的处所,那就完全是"散气"的灵丹了,倒使别人的紧张的心情,由此转成弛缓。所以我曾比之于"嚎丧",是送死的妙诀,是丧礼的收场,从此使生人又可以在另一境界中,安心乐意地活下去。历来的文章中,化"敌"为"皇",称"逆"为"我朝",这样的悲壮的文章就是其间的"蝴蝶铰",但自然,作手是不必同出于一人的。然而从诗人看来,据说这些话乃是一种"狂吠"。

不过事实真也比评论更其不留情面,仅在这短短的两年中,昔之义军,已名"匪徒",而有些"抗日英雄",却早已侨寓姑苏了,而且连捐款也发生了问题。九一八的纪念日,则华界但有囚车随着武装巡捕梭巡,这囚车并非"意图"拘禁敌人或汉奸,而是专为"意图乘机捣乱"的"反动分子"所预设的宝座。天气也真是阴惨,狂风骤雨,报上说是"飓风",是天地在为中国饮泣,然而在天地之间——人间,这一日却"平安"地过去了。

于是就成了虽然有些惨淡,却很"平安"的秋天,正是一个丧家届了除服之期的景象。但这景象，却又与诗人非常适合的，我在《醒起来吧同胞》的同一作家的《秋的黄昏》（九月二十五日《时事新报》所载）里，听到了幽咽而舒服的声调——

"我到了秋天便会伤感；到了秋天的黄昏，便会流泪，

我已很感觉到我的伤感是受着秋风的波动而兴奋地展开，同时自己又像会发现自己的环境是最适合于秋天，细细地抚摩着秋天在自然里发出的音波，我知道我的命运使我成为秋天的人。……"

盯梢，现在中国所流行的，是无赖子对于摩登女郎，和侦探对于革命青年的盯梢，而对于文人学士们，却还很少见。假使追踪几月或几年试试吧，就会看见许多怎样的情随事迁，到底头头是道的诗人。

一个活人，当然是总想活下去的，就是真正老牌的奴隶，也还在打熬着要活下去。然而自己明知道是奴隶，打熬着，并且不平着，挣扎着，一面"意图"挣脱以至实行挣脱的，即使暂时失败，还是套上了镣铐吧，他却不过是单单的奴隶。如果从奴隶生活中寻出"美"来，赞叹，抚摩，陶醉，那可简直是万劫不复的奴才了，他使自己和别人永远安住于这生活。就因为奴群中有这一点差别，所以使社会有平安和不安的差别，而在文学上，就分明的显现了麻醉的和战斗的不同。

九月二十七日。

世故三昧

人世间真是难处的地方，说一个人"不通世故"，固然不是好话，但说他"深于世故"也不是好话。"世故"似乎也像"革命之不可不革，而亦不可太革"一样，不可不通，而亦不可太通的。

然而据我的经验，得到"深于世故"的恶谥者，却还是因为"不通世故"的缘故。

现在我假设以这样的话，来劝导青年人——

"如果你遇见社会上有不平事，万不可挺身而出，讲公道话，否则，事情倒会移到你头上来，甚至于会被指作反动分子的。如果你遇见有人被冤枉，被诬陷的，即使明知道他是好人，也万不可挺身而出，去给他解释或分辩，否则，你就会被人说是他的亲戚，或得了他的贿赂；倘使那是女人，就要被疑为她的情人的；如果他较有名，那便是党羽。例如我自己吧，给一个毫不相干的女士做了一篇信札集的序，人们就说她是我的小姨；介绍一点科学的文艺理论，人们就说得了苏联的卢布。亲戚

和金钱,在目下的中国,关系也真是大,事实给予了教训,人们看惯了,以为人人都脱不了这关系,原也无足深怪的。

"然而,有些人其实也并不真相信,只是说着玩玩,有趣有趣的。即使有人为了谣言,弄得凌迟碎剐,像明末的郑鄤那样了,和自己也并不相干,总不如有趣的紧要。这时你如果去辩证,那就是使大家扫兴,结果还是你自己倒霉。我也有一个经验。那是十多年前,我在教育部里做"官僚",常听得同事说,某女学校的学生,是可以叫出来嫖的,连机关的地址门牌,也说得明明白白。有一回我偶然走过这条街,一个人对于坏事情,是记性好一点的,我记起来了,便留心着那门牌,但这一号,却是一块小空地,有一口大井,一间很破烂的小屋,是几个山东人住着卖水的地方,决计做不了别用。待到他们又在谈着这事的时候,我便说出我的所见来,而不料大家竟笑容尽敛,不欢而散了,此后不和我谈天者两三月。我事后才悟到打断了他们的兴致,是不应该的。

"所以,你最好是莫问是非曲直,一味附和着大家;但更好是不开口;而在更好之上的是连脸上也不显出心里的是非的模样来……"

这是处世法的精义,只要黄河不流到脚下,炸弹不落在身边,可以保管一世没有挫折的。但我恐怕青年人未必以我的话为然;便是中年,老年人,也许要以为我是在教坏了他们的子弟。呜呼,那么,一片苦心,竟是白费了。

然而倘说中国现在正如唐虞盛世,却又未免是"世故"之谈。耳闻目睹的不算,单是看看报章,也就可以知道社会上有多少不平,人们有多少冤抑。但对于这些事,除了有时或有同业,同乡,同族的人们来说几句呼吁的话之外,利害无关的人的义愤的声音,我们是很少听到的。这很分明,是大家不开口;或者以为和自己不相干;或者连"以为和自己不相干"的意思也全没有。"世故"深到不自觉其"深于世故",这才真是"深于世故"的了。这是中国处世法的精义中的精义。

而且,对于看了我的劝导青年人的话,心以为非的人物,我还有一下反攻在这里。他是以我为狡猾的。但是,我的话里,一面固然显示着我的狡猾,而且无能,但一面也显示着社会的黑暗。他单责个人,正是最稳妥的办法,倘使兼责社会,可就得站出去战斗了。责人的"深于世故"而避开了"世"不谈,这是更"深于世故"的玩艺,倘若自己不觉得,那就更深更深了,离三昧境盖不远矣。

不过凡事一说,即落言筌,不再能得三昧。说"世故三昧"者,即非"世故三昧"。三昧真谛，在行而不言；我现在一说"行而不言"，却又失了真谛，离三昧境盖益远矣。

一切善知识，心知其意可也，喳！

十月十三日。

谣言世家

双十佳节，有一位文学家大名汤增敭先生的，在《时事新报》上给我们讲光复时候的杭州的故事。他说那时杭州杀掉许多驻防的旗人，辨别的方法，是因为旗人叫"九"为"钩"的，所以要他说"九百九十九"，一露马脚，刀就砍下去了。

这固然是颇武勇，也颇有趣的。但是，可惜是谣言。

中国人里，杭州人是比较的文弱的人。当钱大王治世的时候，人民被刮得衣裤全无，只用一片瓦掩着下部，然而还要追捐，除被打得麂一般叫之外，并无贰话。不过这出于宋人的笔记，是谣言也说不定的。但宋明的末代皇帝，带着没落的阔人，和暮气一同滔滔的逃到杭州来，却是事实，苟延残喘，要大家有刚决的气魄，难不难。到现在，西子湖边还多是摇摇摆摆的雅人；连流氓也少有浙东似的"白刀子进红刀子出"的打架。自然，倘有军阀做着后盾，那是也会格外的撒泼的，不过当时实在并无敢于杀人的风气，也没有乐于杀人的人们。我们只要看举了老成持重的汤蛰仙先生做都督，就可以知道是不会流血的了。

不过战事是有的。革命军围住旗营，开枪打进去，里面也有时打出来。然而围得并不紧，我有一个熟人，白天在外面逛，晚上却自进旗营睡觉去了。

虽然如此，驻防军也终于被击溃，旗人降服了，房屋被充公是有的，却并没有杀戮。口粮当然取消，各人自寻生计，开初倒还好，后来就遭灾。

怎么会遭灾的呢？就是发生了谣言。

杭州的旗人一向优游于西子湖边，秀气所钟，是聪明的，他们知道没有了粮，只好做生意，于是卖糕的也有，卖小菜的也有。杭州人是客气的，并不歧视，生意也还不坏。然而祖传的谣言起来了，说是旗人所卖的东西，里面都藏着毒药。这一下子就使汉人避之唯恐不远，但倒是怕旗人来毒自己，并不是自己想去害旗人。结果是他们所卖的糕饼小菜，毫无生意，只得在路边出卖那些不能下毒的家具。家具一完，途穷路绝，就一败涂地了。这是杭州驻防旗人的收场。

笑里可以有刀,自称酷爱和平的人民,也会有杀人不见血的武器,那就是造谣言。但一面害人,一面也害己,弄得彼此懵懵懂懂。古时候无须提起了,即在近五十年来,甲午战败,就说是李鸿章害的,因为他儿子是日本的驸马,骂了他小半世;庚子拳变,又说洋鬼子是挖眼睛的,因为造药水,就乱杀了一大通。下毒学说起于辛亥光复之际的杭州,而复活于近来排日的时候。我还记得每有一回谣言,就总有谁被诬为下毒的奸细,给谁平白打死了。

谣言世家的子弟,是以谣言杀人,也以谣言被杀的。

至于用数目来辨别汉满之法,我在杭州倒听说是出于湖北的荆州的,就是要他们数一二三四,数到"六"字,读作上声,便杀却。但杭州离荆州太远了,这还是一种谣言也难说。

我有时也不大能够分清那句是谣言,那句是真话了。

十月十三日。

关于妇女解放

孔子曰:"唯女子与小人为难养也,近之则不逊,远之则怨。"女子与小人归在一类里,但不知道是否也包括了他的母亲。后来的道学先生们,对于母亲,表面上

孔子

总算是敬重的了,然而虽然如此,中国的为母的女性,还受着自己儿子以外的一切男性的轻蔑。

辛亥革命后,为了参政权,有名的沈佩贞女士曾经一脚踢倒过议院门口的守卫。不过我很疑心那是他自己跌倒的,假使我们男人去踢吧,他一定会还踢你几脚。这是做女子便宜的地方。还有,现在有些太太们,可以和阔男人并肩而立,在码头或会场上照一个照相;或者当汽船飞机开始行动之前,到前面去敲碎一个酒瓶(这或者非小姐不可也说不定,我不知道那详细)了,也还是做女子的便宜的地方。此外,又新有了各样的职业,除女工,为的是她们工钱低,又听话,因此为厂主所乐用的不算外,别的就大抵只因为是女子,所以一面虽然被称为"花瓶",一面也常有"一切招待,全用女子"的光荣的广告。男子倘要这么突然的飞黄腾达,单靠原来的男性是不行的,他至少非变狗不可。

这是五四运动后,提倡了妇女解放以来的成绩。不过我们还常常听到职业妇女的痛苦的呻吟,评论家的对于新式女子的讥笑。她们从闺阁走出,到了社会上,其实是又成为给大家开玩笑,发议论的新资料了。

这是因为她们虽然到了社会上,还是靠着别人的"养";要别人"养",就得听人的唠叨,甚而至于侮辱。我们看看孔夫子的唠叨,就知道他是为了要"养"而"难","近之""远之"都不十分妥帖的缘故。这也是现在的男子汉大丈夫的一般的叹息。也是女子的一般的苦痛。在没有消灭"养"和"被养"的界限以前,这叹息和苦痛是永远不会消灭的。

这并未改革的社会里,一切单独的新花样,都不过一块招牌,实际上和先前并无两样。拿一匹小鸟关在笼中,或给站在竿子上,地位好像改变了,其实还只是一样的在给别人做玩意,一饮一啄,都听命于别人。俗语说:"受人一饭,听人使唤",就是这。所以一切女子,倘不得到和男子同等的经济权,我以为所有好名目,就都是空话。自然,在生理和心理上,男女是有差别的;即在同性中,彼此也都不免有些差别,然而地位却应该同等。必须地位同等之后,才会有真的女人和男人,才会消失了叹息和苦痛。

在真的解放之前,是战斗。但我并非说,女人应该和男人一样的拿枪,或者只给自己的孩子吸一只奶,而使男子去负担那一半。我只以为应该不自苟安于目前暂时的位置,而不断地为解放思想,经济等等而战斗。解放了社会,也就解放了自己。但自然,单为了现存的唯妇女所独有的桎梏而斗争,也还是必要的。

我没有研究过妇女问题，倘使必须我说几句，就只有这一点空话。

十月二十一日。

火

普洛美修斯偷火给人类，总算是犯了天条，贬入地狱。但是，钻木取火的燧人氏却似乎没有犯盗窃罪，没有破坏神圣的私有财产——那时候，树木还是无主的公物。然而燧人氏也被忘却了，到如今只见中国人供火神菩萨，不见供燧人氏的。

火神菩萨只管放火，不管点灯。凡是火着就有他的份。因此，大家把他供养起来，希望他少作恶。然而如果他不作恶，他还受得着供养吗，你想？

点灯太平凡了。从古至今，没有听到过点灯出名的名人，虽然人类从燧人氏那里学会了点火已经有五六千年的时间。放火就不然。秦始皇放了一把火——烧了书没有烧人；项羽入关又放了一把火——烧的是阿房宫不是民房（？——待考）。……罗马的一个什么皇帝却放火烧百姓了；中世纪正教的僧侣就会把异教徒当柴火烧，间或还灌上油。这些都是一世之雄。现代的希特拉就是活证人。如何能不供养起来。何况现今是进化时代，火神菩萨也代代跨灶的。

譬如说吧，没有电灯的地方，小百姓不顾什么国货年，人人都要买点洋货的煤油，晚上就点起来：那么幽暗的黄澄澄的光线映在纸窗上，多不大方！不准，不准这么点灯！你们如果要光明的话，非得禁止这样"浪费"煤油不可。煤油应当扛到田地里去，灌进喷筒，呼啦呼啦的喷起来……一场大火，几十里路的延烧过去，稻禾，树木，房舍——尤其是草棚——一会儿都变成飞灰了。还不够，就有燃烧弹，硫磺弹，从飞机上面扔下来，像上海一二八的大火似的，够烧几天几晚。那才是伟大的光明呵。

火神菩萨的威风是这样的。可是说起来，他又不承认：火神菩萨据说原是保佑小民的，至于火灾，却要怪小民自不小心，或是为非作歹，纵火抢掠。

谁知道呢？历代放火的名人总是这样说，却未必总有人信。

我们只看见点灯是平凡的，放火是雄壮的，所以点灯就被禁止，放火就受供养。你不见海京伯马戏团吗？宰了耕牛喂老虎，原是这年头的"时代精神"。

十一月二日。

论翻印木刻

麦绥莱勒的连环图画四种出版并不久，日报上已有了种种的批评，这是向来的美术书出版后未能遇到的盛况，可见读书界对于这书，是十分注意的。但议论的要点，和去年已不同：去年还是连环图画是否可算美术的问题，现在却已经到了看懂这些图画的难易了。

出版界的进行可没有评论界的快。其实，麦绥莱勒的木刻的翻印，是还在证明连环图画确可以成为艺术这一点的。现在的社会上，有种种读者层，出版物自然也就有种种，这四种是供给知识者层的图画。然而为什么有许多地方很难懂得呢？我以为是由于经历之不同。同是中国人，倘使曾经见过飞机救国或"下蛋"，则在图上看见这东西，即刻就懂，但若历来未尝躬逢这些盛典的人，恐怕只能看作风筝或蜻蜓罢了。

有一种自称"中国文艺年鉴社"，而实是匿名者们所编的《中国文艺年鉴》在它的所谓"鸟瞰"中，曾经说我所发表的《连环图画辩护》虽将连环图画的艺术价值告诉了苏汶先生，但"无意中却把要是德国板画那类艺术作品搬到中国来，是否能为一般大众所理解，即是否还成其为大众艺术的问题忽略了过去，而且这种解答是对大众化的正题没有直接意义的"。这真是倘不是能编《中国文艺年鉴》的选家，就不至于说出口来的聪明话，因为我本也"不"在讨论将"德国板画搬到中国来，是否为一般大众所理解"；所辩护的只是连环图画可以成为艺术，使青年艺术学徒不被曲说所迷，敢于创作，并且逐渐产生大众化的作品而已。假使我真如那编者所希望，"有意的"来说德国板画是否就是中国的大众艺术，这可至少也得归入"低能"一类里去了。

但是，假使一定要问："要是德国板画那类艺术作品搬到中国来，是否能为一般大众所理解"呢？那么，我也可以回答：假使不是立方派，未来派等等的古怪作品，大概该能够理解一点。所理解的可以比看一本《中国文艺年鉴》多，也不至于比看一本《西湖十景》少。风俗习惯，彼此不同，有些当然是莫明其妙的，但这是人物，这是屋宇，这是树木，却能够懂得，到过上海的，也就懂得画里的电灯，电车，工厂。尤其合适的是所画的是故事，易于讲通，易于记得。古之雅人，曾谓妇人俗子，看画必问这是什么故事，太可笑。中国的雅俗之分就在此：雅人往往说不出他以为好的画的内容来，俗人却非问内容不可。从这一点看，连环图画是宜于俗人的，但我在

《连环图画辩护》中，已经证明了它是艺术，伤害了雅人的高超了。

然而，虽然只对于知识者，我以为介绍了麦绥莱勒的作品也还是不够的。同是木刻，也有刻法之不同，有思想之不同，有加字的，有无字的，总得翻印好几种，才可以窥见现代外国连环图画的大概。而翻印木刻画，也较易近真，有益于观者。我常常想，最不幸的是在中国的青年艺术学徒了，学外国文学可看原书，学西洋画却总看不到原画。自然，翻板是有的，但是，将一大幅壁画缩成明信片那么大，怎能看出真相？大小是很有关系的，假使我们将象缩小如猪，老虎缩小如鼠，怎么还会令人觉得原先那种气魄呢。木刻却小品居多，所以翻刻起来，还不至于大相远。

但这还仅就绍介给一般知识者的读者层而言，倘为艺术学徒设想，锌板的翻印也还不够。太细的线，锌板上是容易消失的，即使是粗线，也能因强水侵蚀的久暂而不同，少浸太粗，久浸就太细，中国还很少制板适得其宜的名工。要认真，就只好来用玻璃板，我翻印的《士敏土之图》二百五十本，在中国便是首先的试验。施蛰存先生在《大晚报》附刊的《火炬》上说："说不定他是像鲁迅先生印珂罗版本木刻图一样的是私人精印本，属于罕见书之列"，就是在讥笑这一件事。我还亲自听到过一位青年在这"罕见书"边说，写着只印二百五十部，是骗人的，一定印的很多，印多报少，不过想抬高那书价。

他们自己没有做过"私人精印本"的可笑事，这些笑骂是都无足怪的。我只因为想供给艺术学徒以较可靠的木刻翻本，就用原画来制玻璃版，但制这版，是每制一回只能印三百幅的，多印即须另制，假如每制一幅则只印一张或多至三百张，制印费都是三元，印三百以上到六百张即需六元，九百张九元，外加纸张费。倘在大书局，大官厅，即使印一万二千本原也容易办，然而我不过一个"私人"；并非畅销书，而竟来"精印"，那当然不免为财力所限，只好单印一板了。但幸而还好，印本已经将完，可知还有人看见；至于为一般的读者，则早已用锌板复制，插在译本《士敏土》里面了，然而编辑兼批评家却不屑道。

人不严肃起来，连指导青年也可以当作开玩笑，但仅印十来幅图，认真地想过几回的人却也有的，不过自己不多说。我这回写了出来，是在向青年艺术学徒说明珂罗版一板只印三百部，是制板上普通的事，并非故意要造"罕见书"，并且希望有更多好事的"私人"，不为不负责任的话所欺，大家都来制造"精印本"。

十一月六日。

《木刻创作法》序

地不问东西，凡木刻的图版，向来是画管画，刻管刻，印管印的。中国用得最早，而照例也久经衰退；清光绪中，英人傅兰雅氏编印《格致汇编》，插图就已非中国刻工所能刻，精细的必须由英国运了图版来。那就是所谓"木口木刻"，也即"复制木刻"，和用在编给印度人读的英文书，后来也就移给中国人读的英文书上的插画，是同类的。那时我还是一个儿童，见了这些图，便震惊于它的精工活泼，当作宝贝看。到近几年，才知道西洋还有一种由画家一手造成的版画，也就是原画，倘用木版，便叫作"创作木刻"，是艺术家直接的创作品，毫不假手于刻者和印者的。现在我们所要介绍的，便是这一种。

为什么要介绍呢？据我个人的私见，第一是因为好玩。说到玩，自然好像有些不正经，但我们钞书写字太久了，谁也不免要歇歇眼，平常是看一会窗外的天。假如有一幅挂在墙壁上的画，那岂不是更其好？倘有得到名画的力量的人物，自然是无须乎此的，否则，一张什么复制缩小的东西，实在远不如原版的木刻，既不失真，又省耗费。自然，也许有人要指为"要以'今雅'立国"的，但比起"古雅"来，不是已有"古""今"之别了吗？

第二，是因为简便。现在的金价很贵了，一个青年艺术学徒想画一幅画，画布颜料，就得花一大笔钱；画成了，倘使没法展览，就只好请自己看。木刻是无须多花钱的，只用几把刀在木头上划来划去——这也许未免说得太容易了——就如印人的刻印一样，可以成为创作，作者也由此得到创作的欢喜。印了出来，就能将同样的作品，分给别人，使许多人一样的受到创作的欢喜。总之，是比别种做法的作品，普遍性大得远了。

第三，是因为有用。这和"好玩"似乎有些冲突，但其实也不尽然的，要看所玩的是什么。打马将恐怕是终于没有出息的了；用火药做花炮玩，推广起来却就可以造枪炮。大炮，总算是实用不过的吧，而安特莱夫一有钱，却将它装在自己的庭园里当玩艺。木刻原是小富家儿艺术，然而一用在刊物的装饰，文学或科学书的插画上，也就成了大家的东西，是用不着多说的。

这实在是正合于现代中国的一种艺术。

但是至今没有一本讲说木刻的书，这才是第一本。虽然稍简略，却已经给了读者一个大意。由此发展下去,路是广大得很。题材会丰富起来的,技艺也会精炼起来的,采取新法,加以中国旧日之所长,还有开出一条新的路径来的希望。那时作者各将自己的本领和心得,贡献出来,中国的木刻界就会发生光焰。这书虽然因此要成为不过一粒星星之火,但也够有历史上的意义了。

一九三三年十一月九日,鲁迅记。

作文秘诀

现在竟还有人写信来问我作文的秘诀。

我们常常听到:拳师教徒弟是留一手的,怕他学全了就要打死自己,好让他称雄。在实际上,这样的事情也并非全没有,逢蒙杀羿就是一个前例。逢蒙远了,而这种古气是没有消尽的,还加上了后来的"状元瘾",科举虽然久废,至今总还要争"唯一",争"最先"。遇到有"状元瘾"的人们,做教师就危险,拳棒教完,往往免不了被打倒,而这位新拳师来教徒弟时,却以他的先生和自己为前车之鉴,就一定留一手,甚而至于三四手,于是拳术也就"一代不如一代"了。

还有,做医生的有秘方,做厨子的有秘法,开点心铺子的有秘传,为了保全自家的衣食,听说这还只授儿妇,不教女儿,以免流传到别人家里去。"秘"是中国非常普遍的东西,连关于国家大事的会议,也总是"内容非常秘密",大家不知道。但是,作文却好像偏偏并无秘诀,假使有,每个作家一定是传给子孙的了,然而祖传的作家很少见。自然,作家的孩子们,从小看惯书籍纸笔,眼格也许比较的可以大一点吧,不过不见得就会做。目下的刊物上,虽然常见什么"父子作家""夫妇作家"的名称,仿佛真能从遗嘱或情书中,密授一些什么秘诀一样,其实乃是肉麻当有趣,妄将做官的关系,用到作文上去了。

那么,作文真就毫无秘诀吗?却也并不。我曾经讲过几句做古文的秘诀,是要通篇都有来历,而非古人的成文;也就是通篇是自己做的,而又全非自己所做,个人其实并没有说什么;也就是"事出有因",而又"查无实据"。到这样,便"庶几乎免于大过也矣"了。简而言之,实不过要做得"今天天气,哈哈哈……"而已。

这是说内容。至于修辞,也有一点秘诀:一要蒙眬,二要难懂。那方法,是:缩短句子,多用难字。譬如吧,作文论秦朝事,写一句"秦始皇乃始烧书",是不算好文章的,必须翻译一下,使它不容易一目了然才好。这时就用得着《尔雅》,《文选》

了，其实是只要不给别人知道，查查《康熙字典》也不妨的。动手来改，成为"始皇始焚书"，就有些"古"起来，到得改成"政俶燔典"，那就简直有了斑马气，虽然跟着也令人不大看得懂。但是这样的做成一篇以至一部，是可以被称为"学者"的，我想了半天，只做得一句，所以只配在杂志上投稿。

我们的古之文学大师，就常常玩着这一手。班固先生的"紫色鼃声，余分闰位"，就将四句长句，缩成八字的；扬雄先生的"蠢迪检柙"，就将"动由规矩"这四个平常字，翻成难字的。《绿野仙踪》记塾师咏"花"，有句云："媳钗俏矣儿书废，哥罐闻焉嫂棒伤。"自说意思，是儿妇折花为钗，虽然俏丽，但恐儿子因而废读；下联较费解，是他的哥哥折了花来，没有花瓶，就插在瓦罐里，以嗅花香，他嫂嫂为防微杜渐起见，竟用棒子连花和罐一起打坏了。这算是对于冬烘先生的嘲笑。然而他的做法，其实是和扬班并无不合的，错只在他不用古典而用新典。这一个所谓"错"，就使《文选》之类在遗老遗少们的心眼里保住了威灵。

做得蒙胧，这便是所谓"好"吗？答曰：也不尽然，其实是不过掩了丑。但是，"知耻近乎勇"，掩了丑，也就仿佛近乎好了。摩登女郎披下头发，中年妇人罩上面纱，就都是蒙胧术。人类学家解释衣服的起源有三说：一说是因为男女知道了性的羞耻心，用这来遮羞；一说却以为倒是用这来刺激；还有一种是说因为老弱男女，身体衰瘦，露着不好看，盖上一些东西，借此掩掩丑的。从修辞学的立场上看起来，我赞成后一说。"现在还常有骈四俪六，典丽堂皇的祭文，挽联，宣言，通电，我们倘去查字典，翻类书，剥去它外面的装饰，翻成白话文，试看那剩下的是怎样的东西呵？"

不懂当然也好的。好在哪里呢？即好在"不懂"中。但所虑的是好到令人不能说好丑，所以还不如做得它"难懂"：有一点懂，而下一番苦功之后，所懂的也比较多起来。我们是向来很有崇拜"难"的脾气的，每餐吃三碗饭，谁也不以为奇，有人每餐要吃十八碗，就郑重其事地写在笔记上；用手穿针没有人看，用脚穿针就可以搭帐篷卖钱；一幅画片，平淡无奇，装在匣子里，挖一个洞，化为西洋镜，人们就张着嘴热心的要看了。况且同是一事，费了苦功而达到的，也比并不费力而达到的的可贵。譬如到什么庙里去烧香吧，到山上的，比到平地上的可贵；三步一拜才到庙里的庙，和坐了轿子一径抬到的庙，即使同是这庙，在到达者的心里的可贵的程度是大有高下的。作文之贵乎难懂，就是要使读者三步一拜，这才能够达到一点目的的妙法。

国学经典文库

鲁迅文集

·南腔北调集·

图文珍藏版

写到这里，成了所讲的不但只是做古文的秘诀，而且是做骗人的古文的秘诀了。但我想，做白话文也没有什么大两样，因为它也可以夹些僻字，加上蒙胧或难懂，来施展那变戏法的障眼的手巾的。倘要反一调，就是"白描"。

"白描"却并没有秘诀。如果要说有，也不过是和障眼法反一调：有真意，去粉饰，少做作，勿卖弄而已。

十一月十日。

捣鬼心传

中国人又很有些喜欢奇形怪状，鬼鬼祟祟的脾气，爱看古树发光比大麦开花的多，其实大麦开花他向来也没有看见过。于是怪胎畸形，就成为报章的好资料，替代了生物学的常识的位置了。最近在广告上所见的，有像所谓两头蛇似的两头四手的胎儿，还有从小肚上生出一只脚来的三脚汉子。固然，人有怪胎，也有畸形，然而造化的本领是有限的，他无论怎么怪，怎么畸，总有一个限制：孪儿可以连背，连腹，连臀，连胁，或竟骈头，却不会将头生在屁股上；形可以骈拇，枝指，缺肢，多乳，却不会两脚之外添出一只脚来，好像"买两送一"的买卖。天实在不及人之能捣鬼。

但是，人的捣鬼，虽胜于天，而实际上本领也有限。因为捣鬼精义，在切忌发挥，亦即必须含蓄。盖一加发挥，能使所捣之鬼分明，同时也生限制，故不如含蓄之深远，而影响却又因而模糊了。"有一利必有一弊"，我之所谓"有限"者以此。

清朝人的笔记里，常说罗两峰的《鬼趣图》，真写得鬼气拂拂；后来那图由文明书局印出来了，却不过一个奇瘦，一个矮胖，一个臃肿的模样，并不见得怎样得出奇，还不如只看笔记有趣。小说上的描摹鬼相，虽然竭力，也都不足以惊人，我觉得最可怕的还是晋人所记的脸无五官，浑沦如鸡蛋的山中厉鬼。因为五官不过是五官，纵使苦心经营，要它凶恶，总也逃不出五官的范围，现在使它浑沦得莫名其妙，读者也就怕得莫名其妙了。然而其"弊"也，是印象的模糊。不过较之写些"青面獠牙"，"口鼻流血"的笨伯，自然聪明得远。

中华民国人的宣布罪状大抵是十条，然而结果大抵是无效。古来尽多坏人，十条不过如此，想引人的注意以至活动是决不会的。骆宾王作《讨武曌檄》，那"人宫见嫉，蛾眉不肯让人，掩袖工谗，狐媚偏能惑主"这几句，恐怕是很费点心机的了，但相传武后看到这里，不过微微一笑。是的，如此而已，又怎么样呢？声罪致讨的明文,那力量往往远不如交头接耳的密语,因为一是分明,一是莫测的。我想假使当时骆宾王站在大众之前,只是攒眉摇头,连称"坏极坏极",却不说出其所谓坏的实例,恐怕那效力会在文章之上的吧。"狂飙文豪"高长虹攻击我时,说道劣迹多端,倘一发表,便即身败名裂,而终于并不发表,是深得捣鬼正脉的;但也竟无大效者,则与广泛俱来的"模胡"之弊为之也。

明白了这两例,便知道治国平天下之法,在告诉大家以有法,而不可明白切实地说出何法来。因为一说出,即有言,一有言,便可与行相对照,所以不如示之以不测。不测的威棱使人萎伤,不测的妙法使人希望——饥荒时生病,打仗时作诗,虽若与治国平天下不相干,但在莫名其妙中,却能令人疑为跟着自有治国平天下的妙法在——然而其"弊"也,却还是照例的也能在模糊中疑心到所谓妙法,其实不过是毫无方法而已。

捣鬼有术,也有效,然而有限,所以以此成大事者,古来无有。

十一月二十二日。

家庭为中国之基本

中国的自己能酿酒,比自己来种鸦片早,但我们现在只听说许多人躺着吞云吐雾,却很少见有人像外国水兵似的满街发酒疯。唐宋的踢球,久已失传,一般的娱乐是躲在家里彻夜叉麻雀。从这两点看起来,我们在从露天下渐渐地躲进家里去,是无疑的。古之上海文人,已尝慨乎言之,曾出一联,索人属对,道:"三鸟害人鸦雀鸽","鸽"是彩票,雅号奖券,那时却称为"白鸽票"的。但我不知道后来有人对出了没有。

不过我们也并非满足于现状,是身处斗室之中,神驰宇宙之外,抽鸦片者享乐着幻境,叉麻雀者心仪于好牌。檐下放起爆竹,是在将月亮从天狗嘴里救出;剑仙坐在书斋里,哼的一声,一道白光,千万里外的敌人可被杀掉了,不过飞剑还是回家,钻进原先的鼻孔去,因为下次还要用。这叫作千变万化,不离其宗。所以学校是从家庭里拉出子弟来,教成社会人才的地方,而一闹到不可开交的时候,还是"交家长严加管束"云。

"骨肉归于土,命也;若夫魂气,则无不之也,无不之也!"一个人变了鬼,该可以随便一点了吧,而活人仍要烧一所纸房子,请他住进去,阔气的还有打牌桌,鸦片盘。成仙,这变化是很大的,但是刘太太偏舍不得老家,定要运动到"拔宅飞升",连鸡犬都带了上去而后已,好依然的管家务,饲狗,喂鸡。

我们的古今人,对于现状,实在也愿意有变化,承认其变化的。变鬼无法,成仙更佳,然而对于老家,却总是死也不肯放。我想,火药只做爆竹,指南针只看坟山,恐怕那原因就在此。

现在是火药蜕化为轰炸弹,烧夷弹,装在飞机上面了,我们却只能坐在家里等他落下来。自然,坐飞机的人是颇有了的,但他那里是远征呢,他为的是可以快点回到家里去。

家是我们的生处,也是我们的死所。

十二月十六日。

《总退却》序

中国久已称小说之类为"闲书",这在五十年前为止,是大概真实的,整日价辛苦做活的人,就没有工夫看小说。所以凡看小说的,他就得有余暇,既有余暇,可见是不必怎样辛苦做活的了,成仿吾先生曾经断之曰:"有闲,即是有钱!"者以此。诚然,用经济学的眼光看起来,在现制度之下,"闲暇"恐怕也确是一种"富"。但是,穷人们也爱小说,他们不识字,就到茶馆里去听"说书",百来回的大部书,也要每天一点一点地听下去。不过比起整天做活的人们来,他们也还是较有闲暇的。要不然,又哪有工夫上茶馆,哪有闲钱做茶钱呢?

小说之在欧美,先前又何尝不这样。后来生活艰难起来了,为了维持,就缺少余暇,不再能那么悠悠忽忽。只是偶然也还想借书来休息一下精神,而又耐不住唠叨不已,破费工夫,于是就使短篇小说交了桃花运。这一种洋文坛上的趋势,也跟着古人之所谓"欧风美雨",冲进中国来,所以"文学革命"以后,所产生的小说,几乎以短篇为限。但作者的才力不能构成巨制,自然也是一个很大的原因。

而且书中的主角也变换了。古之小说,主角是勇将策士,侠盗赃官,妖怪神仙,佳才才子,后来则有妓女嫖客,无赖奴才之流。"五四"以后的短篇里却大抵是新的知识者登了场,因为他们是首先觉到了在"欧风美雨"中的飘摇的,然而总还不脱古之英雄和才子气。现在可又不同了,大家都已感到飘摇,不再要听一个特别的人的运命。某英雄在柏林拊髀看天,某天才在泰山捶胸泣血,还有谁会转过脸去呢？他们要知道，感觉得更广大，更深邃了。

这一本集子就是这一时代的出口产品，显示着分明的蜕变，人物并非英雄，风光也不旖旎，然而将中国的眼睛点出来了。我以为作者的写工厂，不及她的写农村，但也许因为我先前较熟于农村，否则，是作者较熟于农村的缘故吧。

一九三三年十二月二十五夜，鲁迅记。

答杨邨人先生公开信的公开信

《文化列车》破格的开到我的书桌上面，是十二月十日开车的第三期，托福使我知道了近来有这样一种杂志，并且使我看见了杨邨人先生给我的公开信，还要求着答复。对于这一种公开信，本没有一定给以答复的必要的，因为它既是公开，那目的其实是在给大家看，对我个人倒还在其次。但是，我如果要回答也可以，不过目的也还是在给大家看，要不然，不是只要直接寄给个人就完了吗？因为这缘故，所以我在回答之前，应该先将原信重抄在下面——

鲁迅先生：

读了李儵先生（不知道是不是李又燃先生，抑或曹聚仁先生的笔名）的《读伪自由书》一文，近末一段说：

"读着鲁迅：《伪自由书》，便想到鲁迅先生的人。那天，见鲁迅先生吃饭，咀嚼时牵动着筋肉，连胸肋骨也拉拉动的，鲁迅先生是老了！我当时不禁一股酸味上心头。记得从前看到父亲的老态时有过这样的情绪，现在看了鲁迅先生的老态又重温了一次。这都是使司马懿之流，快活的事，何况旁边早变心了魏延。"（这末一句照原文十个字抄，一字无错，确是妙文！）

不禁令人起了两个感想：一个是我们敬爱的鲁迅先生老了，一个是我们敬爱的鲁迅先生为什么是诸葛亮？先生的"旁边"那里来的"早变心了魏延"？无产阶级大众何时变成了阿斗？

第一个感想使我惶恐万分！我们敬爱的鲁迅先生老了，这是多么令人惊心动魄的事！记得《呐喊》在北京最初出版的时候（大概总在十年前），我拜读之后，景仰不置，曾为文介绍颂扬，揭登于张东荪先生编的《学灯》，在当时我的敬爱先生甚于敬爱创造社四君子。其后一九二八年《语丝》上先生为文讥诮我们，虽然两方论战绝无感情，可是论战是一回事，私心敬爱依然如昔。一九三〇年秋先生五十寿辰

国学经典文库

鲁迅文集

·南腔北调集·

图文珍藏版

的庆祝会上,我是参加庆祝的一个,而且很亲切地和先生一起谈天,私心很觉荣幸。左联有一次大会在一个日本同志家里开着,我又和先生见面,十分快乐。可是今年我脱离共产党以后,在左右夹攻的当儿,《艺术新闻》与《出版消息》都登载着先生要"嘘"我的消息,说是书名定为:《北平五讲与上海三嘘》,将对我"用嘘的方式加以袭击",而且将我与梁实秋张若谷同列,这自然是引起我的反感,所以才有《新儒林外史第一回》之作。但在《新儒林外史第一回》里头只说先生出阵交战用的是大刀一词加以反攻的讽刺而已。其中引文的情绪与态度都是敬爱先生的。文中的意义却是以为先生对我加以"嘘"的袭击未免看错了敌人吧了。到了拜读大著《两地书》以后为文介绍,笔下也十分恭敬并没半点谩骂的字句,可是先生于《我的种痘》一文里头却有所误会似的顺笔对我放了两三枝冷箭儿,特别地说是有人攻击先生的老,在我呢,并没有觉得先生老了,而且那篇文章也没有攻击先生的老,先生自己认为是老了吧了。伯纳萧的年纪比先生还大,伯纳萧的鬓毛比先生还白如丝吧,伯纳萧且不是老了,先生怎么这样就以为老了呢? 我是从来没感觉到先生老了的,我只感觉到先生有如青年而且希望先生永久年青。然而,读了李儵先生的文章,我惶恐,我惊讶,原来先生真的老了。李儵先生因为看了先生老了而"不禁一股酸味上心头"有如看他的令尊的老态的时候有过的情绪,我虽然也时常想念着我那年老的父亲,但并没有如人家攻击我那样地想做一个"孝子",不过是天性所在有时未免兴感而想念着吧了,所以我看了李儵先生的文章并没有联想到我的父亲上面去。然而先生老了,我是惶恐与惊讶。我惶恐与惊讶的是,我们敬爱的文坛前辈老了,他将因为生理上的缘故而要停止他的工作了! 在这敬爱的心理与观念上,我将今年来对先生的反感打个粉碎,竭诚地请先生训诲。可是希望先生以严肃的态度出之,如"嘘",如放冷箭儿等却请慎重,以令对方心服。

第二个感想使我……因为那是李儵先生的事,这里不愿有扰清听。

假如这信是先生觉得有答复的价值的话,就请寄到这里《文化列车》的编者将它发表,否则希望先生为文给我一个严正的批判也可以。发表的地方我想随处都欢迎的。

专此并竭诚地恭敬地问了一声安好并祝

康健。

杨邨人谨启。一九三三,一二,三。

末了附带声明一句,我做这信是出诸至诚,并非因为鬼儿子骂我和先生打笔墨官司变成小鬼以后向先生求和以……"大鬼"的意思。邨人又及。

以下算是我的回信。因为是信的形式,所以开头照例是——

邨人先生:

先生给我的信是没有答复的价值的。我并不希望先生"心服",先生也无须我批判,因为近二年来的文字,已经将自己的形象画得十分分明了。自然,我决不会相信"鬼儿子"们的胡说,但我也不相信先生。

这并非说先生的话是一样的巴儿狗式的狺狺;恐怕先生是自以为永久诚实的吧,不过因为急促的变化,苦心的躲闪,弄得左支右绌,不能自圆其说,终于变成废话了,所以在听者的心中,也就失去了重量。例如先生的这封信,倘使略有自知之明,其实是不必写的。

先生首先问我"为什么是诸葛亮?"这就问得稀奇。李儝先生我曾经见过面,并非曹聚仁先生,至于是否李又燃先生,我无从确说,因为又燃先生我是没有预先见过的。我"为什么是诸葛亮"呢? 别人的议论,我不能,也不必代为答复,要不然,我得整天地做答案了。也有人说我是"人群的蟊贼"的。"为什么?"——我都由它去。但据我所知道,魏延变心,是在诸葛亮死后,我还活着,诸葛亮的头衔是不能加到我这里来的,所以"无产阶级大众何时变成了阿斗?"的问题也就落了空。那些废话,如果还记得《三国志演义》或吴稚晖先生的话,是不至于说出来的,书本子上及别人,并未说过人民是阿斗。现在请放心吧。但先生站在"小资产阶级文学革命"的旗下,还是什么"无产阶级大众",自己的眼睛看见了这些字,不觉得可羞或可笑吗? 不要再提这些字,怎么样呢?

其次是先生"惊心动魄"于我的老,可又"惊心动魄"得很稀奇。我没有修炼仙丹,自然的规则,一定要使我老下去,丝毫也不足为奇的,请先生还是镇静一点的好。而且我后来还要死呢,这也是自然的规则,预先声明,请千万不要"惊心动魄",否则,逐渐就要神经衰弱,愈加满口废话了。我即使老,即使死,却决不会将地球带进棺材里去,它还年青,它还存在,希望正在将来,目前也还可以插先生的旗子。这一节我敢保证,也请放心工作吧。

国学经典文库

鲁迅文集

·南腔北调集·

图文珍藏版

于是就要说到"三嘘"问题了。这事情是有的,但和新闻上所载的有些两样。那时是在一个饭店里,大家闲谈,谈到有几个人的文章,我确曾说:这些都只要以一嘘了之,不值得反驳。这几个人们中,先生也在内。我的意思是,先生在那冠冕堂皇的"自白"里,明明的告白了农民的纯厚,小资产阶级的知识者的动摇和自私,却又要来竖起小资产阶级革命文学的旗,就自己打着自己的嘴。不过也并未说出,走散了就算完结了。但不知道是辗转传开去的呢,还是当时就有新闻记者在座,不久就夸大其词的在报上登了出来,并请读者猜测。近五六年来,关于我的记载多极了,无论为毁为誉,是假是真,我都置之不理,因为我没有聘定律师,常登广告的巨款,也没有遍看各种刊物的工夫。况且新闻记者为要轰动读者,会弄些夸张的手段,是大家知道的,甚至于还全盘捏造。例如先生还在做"革命文学家"的时候,用了"小记者"的笔名,在一种报上说我领到了南京中央党部的文学奖金,大开筵宴,祝孩子的周年,不料引起了郁达夫先生对于亡儿的记忆,悲哀了起来。这真说得栩栩如生,连出世不过一年的婴儿,也和我一同被喷满了血污。然而这事实的全出于创作,我知道,达夫先生知道,记者兼作者的您杨邨人先生当然也不会不知道的。

当时我一声不响。为什么呢?革命者为达目的,可用任何手段的话,我是以为不错的,所以即使因为我罪孽深重,革命文学的第一步,必须拿我来开刀,我也敢于咬着牙关忍受。杀不掉,我就退进野草里,自己舐尽了伤口的血痕,决不烦别人敷药。但是,人非圣人,为了麻烦而激动起来的时候也有的,我诚然讥诮过先生"们",这些文章,后来都收在《三闲集》中,一点也不删去,然而和先生"们"的造谣言和攻击文字的数量来比一比吧,不是不到十分之一吗?不但此也,在讲演里,我有时也曾嘲笑叶灵凤先生或先生,先生们以"前卫"之名,雄赳赳出阵的时候,我是祭旗的牺牲,则战不数合便从火线上爬了开去之际,我以为实在也难以禁绝我的一笑。无论在阶级的立场上,在个人的立场上,我都有一笑的权利的。然而我从未傲然的假借什么"良心"或"无产阶级大众"之名,来凌压敌手,我接着一定声明:这是因为我和他有些个人的私怨的。先生,这还不够退让吗?但为了不能使我负责的新闻记事,竟引起先生的"反感"来了,然而仍蒙破格的优待,在《新儒林外史》里,还赏我拿一柄大刀。在礼仪上,我是应该致谢的,但在实际上,却也如大张筵宴一样,我并无大刀,只有一支笔,名曰"金不换"。这也并不是在广告不收卢布的意思,是我从小用惯,每枝五分的便宜笔。我确曾用这笔碰着了先生,不过也只如运用古典一样，信手拈来，涉笔成趣而已，并不特别含有报复的恶意。但先生却又给我挂上"三枝冷箭"了。这可不能怪先生的，因为这只是陈源教授的余唾。然而，即使算是我在报复吧，由上面所说的原因，我也还不至于走进"以怨报德"的队伍里面去。

至于所谓《北平五讲与上海三嘘》，其实是至今没有写，听说北平有一本《五讲》出版，那可并不是我做的，我也没有见过那一本书。不过既然闹了风潮，将来索性写一点也难说，如果写起来，我想名为《五讲三嘘集》，但后一半也未必正是报上所说的三位。先生似乎羞与梁实秋张若谷两位先生为伍，我看是排起来倒也并不怎样辱没了先生，只是张若谷先生比较的差一点，浅陋得很，连做一"嘘"的材料也不够，我大概要另换一位的。

对于先生，照我此刻的意见，写起来恐怕也不会怎么坏。我以为先生虽是革命场中的一位小贩，却并不是奸商。我所谓奸商者，一种是国共合作时代的阔人，那时颂苏联，赞共产，无所不至，一到清党时候，就用共产青年，共产嫌疑青年的血来洗自己的手，依然是阔人，时势变了，而不变其阔；一种是革命的骁将，杀土豪，倒劣绅，激烈得很，一有蹉跎，便称为"弃邪归正"，骂"土匪"，杀同人，也激烈得很，主义改了，而仍不失其骁。先生呢，据"自白"，革命与否以亲之苦乐为转移，有些投机气味是无疑的，但并没有反过来做大批的买卖，仅在竭力要化为"第三种人"，来过比革命党较好的生活。既从革命阵线上退回来，为辩护自己，做稳"第三种人"起见，总得有一点零星的忏悔，对于统治者，其实是颇有些益处的，但竟还至于遇到"左右夹攻的当儿"者，恐怕那一方面，还嫌先生门面太小的缘故吧，这和银行雇员的看不起小钱店伙计是一样的。先生虽然觉得抱屈，但不信"第三种人"的存在不独是左翼，却因先生的经验而证明了，这也是一种很大的功德。

平心而论，先生是不算失败的，虽然自己觉得被"夹攻"，但现在只要没有马上杀人之权的人，有谁不遭人攻击。生活当然是辛苦的吧，不过比起被杀戮，被囚禁的人们来，真有天渊之别；文章也随处能够发表，较之被封锁，压迫，禁止的作者，也自由自在得远了。和阔人骁将比，那当然还差得很远，这就因为先生并不是奸商的缘故。这是先生的苦处，也是先生的好处。

话已经说得太多了，就此完结。总之，我还是和先前一样，决不肯造谣说谎，特别攻击先生，但从此改变另一种态度，却也不见得，本人的"反感"或"恭敬"，我是毫不打算的。请先生也不要因为我的"将因为生理上的缘故而要停止工作"而原谅我，为幸。

　　专此奉答，并请
著安。

鲁迅。一九三三，一二，二八。

前记

这一本小书里的,是从本年一月底起至五月中旬为止的寄给《申报》上的《自由谈》的杂感。

我到上海以后,日报是看的,却从来没有投过稿,也没有想到过,并且也没有注意过日报的文艺栏,所以也不知道《申报》在什么时候开始有了《自由谈》,《自由谈》里是怎样的文字。大约是去年的年底吧,偶然遇见郁达夫先生,他告诉我说,《自由谈》的编辑新换了黎烈文先生了,但他才从法国回来,人地生疏,怕一时集不起稿子,要我去投几回稿。我就漫应之曰:那是可以的。

对于达夫先生的嘱咐,我是常常"漫应之曰:那是可以的"的。直白地说吧,我一向很回避创造社里的人物。这也不只因为历来特别的攻击我,甚而至于施行人身攻击的缘故,大半倒在他们的一副"创造"脸。虽然他们之中,后来有的化为隐士,有的化为富翁,有的化为实践的革命者,有的也化为奸细,而在"创造"这一面大纛之下的时候,却总是神气十足,好像连出汗打喷嚏,也全是"创造"似的。我和达夫先生见面得最早,脸上也看不出那么一种创造气,所以相遇之际,就随便谈谈;对于文学的意见,我们恐怕是不能一致的吧,然而所谈的大抵是空话。但这样的就熟识了,我有时要求他写一篇文章,他一定如约寄来,则他希望我做一点东西,我当然应该漫应曰可以。但应而至于"漫",我已经懒散得多了。

但从此我就看看《自由谈》,不过仍然没有投稿。不久,听到了一个传闻,说《自由谈》的编辑者为了忙于事务,连他夫人的临蓐也不暇照管,送进医院里,她独自死掉了。几天之后,我偶然在《自由谈》里看见一篇文章,其中说的是每日使婴儿看看遗照,给他知道曾有这样一个孕育了他的母亲。我立刻省悟了这就是黎烈文先生的作品,拿起笔,想做一篇反对的文章,因为我向来的意见,是以为倘有慈母,或是幸福,然若生而失母,却也并非完全的不幸,他也许倒成为更加勇猛,更无挂碍的男儿的。但是也没有竟做,改为给《自由谈》的投稿了,这就是这本书里的

黎烈文

第一篇《崇实》；又因为我旧日的笔名有时不能通用，便改题了"何家干"，有时也用"干"或"丁萌"。

这些短评，有的由于个人的感触，有的则出于时事的刺激，但意思都极平常，说话也往往很晦涩，我知道《自由谈》并非同人杂志，"自由"更当然不过是一句反话，我决不想在这上面去驰骋的。我之所以投稿，一是为了朋友的交情，一则在给寂寞者以呐喊，也还是由于自己的老脾气。然而我的坏处，是在论时事不留面子，砭痼弊常取类型，而后者尤与时宜不合。盖写类型者，于坏处，恰如病理学上的图，假如是疮疽，则这图便是一切某疮某疽的标本，或和某甲的疮有些相像，或和某乙的疽有点相同。而见者不察，以为所画的只是他某甲的疮，无端侮辱，于是就必欲制你画者的死命了。例如我先前的论巴儿狗，原也泛无实指，都是自觉其有叭儿性的人们自来承认的。这要制死命地方法，是不论文章的是非，而先问作者是那一个；也就是别的不管，只要向作者施行人身攻击了。自然，其中也并不全是含愤的病人，有的倒是代打不平的侠客。总之，这种战术，是陈源教授的"鲁迅即教育部佥事周树人"开其端，事隔十年，大家早已经忘却了，这回是王平陵先生告发于前，周木斋先生揭露于后，都是做着关于作者本身的文章，或则牵连而至于左翼文学者。此外为我所看见的还有好几篇，也都附在我的本文之后，以见上海有些所谓文学家的笔战，是怎样的东西，和我的短评本身，有什么关系。但另有几篇，是因为我的感想由此而起，特地并存以便读者的参考的。

我的投稿,平均每月八九篇,但到五月初,竟接连的不能发表了,我想,这是因为其时讳言时事而我的文字却常不免涉及时事的缘故。这禁止的是官方检查员,还是报馆总编辑呢,我不知道,也无须知道。现在便将那些都归在这一本里,其实是我所指摘,现在都已由事实来证明的了,我那时不过说得略早几天而已。是为序。

一九三三年七月十九夜,于上海寓庐,鲁迅记。

观斗

我们中国人总喜欢说自己爱和平,但其实,是爱斗争的,爱看别的东西斗争,也爱看自己们斗争。

最普通的是斗鸡,斗蟋蟀,南方有斗黄头鸟,斗画眉鸟,北方有斗鹌鹑,一群闲人们围着呆看,还因此赌输赢。古时候有斗鱼,现在变把戏的会使跳蚤打架。看今年的《东方杂志》,才知道金华又有斗牛,不过和西班牙却两样的,西班牙是人和牛斗,我们是使牛和牛斗。

任他们斗争着,自己不与斗,只是看。

军阀们只管自己斗争着,人民不与闻,只是看。

然而军阀们也不是自己亲身在斗争,是使兵士们相斗争,所以频年恶战,而头儿个个终于是好好的,忽而误会消释了,忽而杯酒言欢了,忽而共同御侮了,忽而立誓报国了,忽而……。不消说,忽而自然不免又打起来了。

然而人民一任他们玩把戏,只是看。

但我们的斗士,只有对于外敌却是两样的:近的,是"不抵抗",远的,是"负弩前驱"云。

"不抵抗"在字面上已经说得明明白白。"负弩前驱"呢,弩机的制度早已失传了,必须待考古学家研究出来,制造起来,然后能够负,然后能够前驱。

还是留着国产的兵士和现买的军火,自己斗争下去吧。中国的人口多得很,暂时总有一些孑遗在看着的。但自然,倘要这样,则对于外敌,就一定非"爱和平"

国学经典文库

鲁迅文集

·伪自由书·

图文珍藏版

不可。

一月二十四日。

逃的辩护

古时候,做女人大晦气,一举一动,都是错的,这个也骂,那个也骂。现在这晦气落在学生头上了,进也挨骂,退也挨骂。

我们还记得,自前年冬天以来,学生是怎么闹的,有的要南来,有的要北上,南来北上,都不给开车。待到得首都,顿首请愿,却不料"为反动派所利用",许多头都恰巧"碰"在刺刀和枪柄上,有的竟"自行失足落水"而死了。

验尸之后,报告书上说道,"身上五色"。我实在不懂。

谁发一句质问,谁提一句抗议呢?有些人还笑骂他们。

还要开除,还要告诉家长,还要劝进研究室。一年以来,好了,总算安静了。但不料榆关失了守,上海还远,北平却不行了,因为连研究室也有了危险。住在上海的人们想必记得的,去年二月的暨南大学,劳动大学,同济大学……,研究室里还坐得住吗?北平的大学生是知道的,并且有记性,这回不再用头来"碰"刺刀和枪柄了,也不再想"自行失足落水",弄得"身上五色"了,却发明了一种新方法,是:大家走散,各自回家。

这正是这几年来的教育显了成效。

然而又有人来骂了。童子军还在烈士们的挽联上,说他们"遗臭万年"。

但我们想一想吧:不是连语言历史研究所里的没有性命的古董都在搬家了吗?不是学生都不能每人有一架自备的飞机吗?能用本国的刺刀和枪柄"碰"得瘟头瘟脑,躲进研究室里去的,倒能并不瘟头瘟脑,不被外国的飞机大炮,炸出研究室外去吗?

阿弥陀佛!

一月二十四日。

崇实

事实常没有字面这么好看。

例如这《自由谈》，其实是不自由的，现在叫作《自由谈》，总算我们是这么自由地在这里谈着。

又例如这回北平的迁移古物和不准大学生逃难，发令的有道理，批评的也有道理，不过这都是些字面，并不是精髓。

倘说，因为古物古得很，有一无二，所以是宝贝，应该赶快搬走的吧。这诚然也说得通的。但我们也没有两个北平，而且那地方也比一切现存的古物还要古。禹是一条虫，那时的话我们且不谈吧，至于商周时代，这地方却确是已经有了的。为什么倒撇下不管，单搬古物呢？说一句老实话，那就是并非因为古物的"古"，倒是为了它在失掉北平之后，还可以随身带着，随时卖出铜钱来。

大学生虽然是"中坚分子"，然而没有市价，假使欧美的市场上值到五百美金一名口，也一定会装了箱子，用专车和古物一同运出北平，在租界上外国银行的保险柜子里藏起来的。

但大学生却多而新，惜哉！

费话不如少说，只剥崔颢《黄鹤楼》诗以吊之，曰——

阔人已骑文化去，此地空余文化城。

文化一去不复返，古城千载冷清清。

专车队队前门站，晦气重重大学生。

日薄榆关何处抗，烟花场上没人惊。

一月三十一日。

电的利弊

日本幕府时代，曾大杀基督教徒，刑罚很凶，但不准发表，世无知者。到近几年，乃出版当时的文献不少。曾见《切利支丹殉教记》，其中记有拷问教徒的情形，或牵到温泉旁边，用热汤浇身；或周围生火，慢慢地烤炙，这本是"火刑"，但主管者却将火移远，改死刑为虐杀了。

中国还有更残酷的。唐人说部中曾有记载，一县官拷问犯人，四周用火遥焙，口渴，就给他喝酱醋，这是比日本更进一步的办法。现在官厅拷问嫌疑犯，有用辣椒煎汁插入鼻孔去的，似乎就是唐朝遗下的方法，或者是古今英雄，所见略同。曾见一个因在反省院里的青年的信，说先前身受此刑，苦痛不堪，辣汁流入肺脏及心，已成不治之症,即释放亦不免于死云云。此人是陆军学生,不明内脏构造,其实倒挂灌鼻,可以由气管流入肺中,引起致死之病,却不能进入心中,大约当时因在苦楚中,知觉瞀乱,遂疑为已到心脏了。

但现在之所谓文明人所造的刑具,残酷又超出于此种方法万万。上海有电刑,一上,即遍身痛楚欲裂,遂昏去,少顷又醒,则又受刑。闻曾有连受七八次者,即幸而免死,亦从此牙齿皆摇动,神经亦变钝,不能复原。前年纪念爱迪生,许多人赞颂电报电话之有利于人,却没有想到同是一电,而有人得到这样的大害,福人用电气疗病,美容,而被压迫者却以此受苦,丧命也。

外国用火药制造子弹御敌,中国却用它做爆竹敬神;外国用罗盘针航海,中国却用它看风水;外国用鸦片医病,中国却拿来当饭吃。同是一种东西,而中外用法之不同有如此,盖不但电气而已。

一月三十一日。

航空救国三愿

现在各色的人们大喊着各种的救国,好像大家突然爱国了似的。其实不然,本来就是这样,在这样的救国的,不过现在喊了出来罢了。

所以银行家说储蓄救国,卖稿子的说文学救国,画画儿的说艺术救国,爱跳舞地说寓救国于娱乐之中,还有,据烟草公司说,则就是吸吸马占山将军牌香烟,也未始非救国之一道云。

这各种救国,是像先前原已实行过来一样,此后也要实行下去的,绝不至于五分钟。

只有航空救国较为别致,是应该刮目相看的,那将来也很难预测,原因是在主张的人们自己大概不是飞行家。

那么,我们不妨预先说出一点愿望来。

看过去年此时的上海报的人们恐怕还记得,苏州不是有一队飞机来打仗的吗?后来别的都在中途"迷失"了,只剩下领队的洋烈士的那一架,双拳不敌四手,终于给日本飞机打落,累得他母亲从美洲路远迢迢地跑来,痛哭一场,带几个花圈而去。听说广州也有一队出发的,闺秀们还将诗词绣在小衫上,赠战士以壮行色。然而,可惜得很,好像至今还没有到。

所以我们应该在防空队成立之前,陈明两种愿望——

一,路要认清;

二,飞得快些。

还有更要紧的一层,是我们正由"不抵抗"以至"长期抵抗"而人于"心理抵抗"的时候,实际上恐怕一时未必和外国打仗,那时战士技痒了,而又苦于英雄无用武之地,不知道会不会炸弹倒落到手无寸铁的人民头上来的?

所以还得战战兢兢的陈明一种愿望,是——

三,莫杀人民!

二月三日。

不通两种

人们每当批评文章的时候,凡是国文教员式的人,大概是着眼于"通"或"不通",《中学生》杂志上还为此设立了病院。然而做中国文其实是很不容易"通"的,高手如太史公马迁,倘将他的文章推敲起来,无论从文字,文法,修辞的任何一种立场去看,都可以发现"不通"的处所。

不过现在不说这些;要说的只是在笼统的一句"不通"之中,还可由原因而分为几种。大概地说,就是:有作者本来还没有通的,也有本可以通,而因了种种关系,不敢通,或不愿通的。

例如去年十月三十一日《大晚报》的记载"江都清赋风潮",在《乡民二度兴风作浪》这一个巧妙的题目之下,述陈友亮之死云:

"陈友亮见官方军警中,有携手枪之刘金发,竟欲夺刘之手枪,当被子弹出膛,饮弹而毙,警察队亦开空枪一排,乡民始后退。……"

"军警"上面不必加上"官方"二字之类的废话,这里也且不说。最古怪的是子弹竟被写得好像活物,会自己飞出膛来似的。但因此而累得下文的"亦"字不通了。必须将上文改作"当被击毙",才妥。倘要保存上文,则将末两句改为"警察队空枪亦一齐发声,乡民始后退",这才铢两悉称,和军警都毫无关系。——虽然文理总未免有点稀奇。

现在,这样的稀奇文章,常常在刊物上出现。不过其实也并非作者的不通,大抵倒是恐怕"不准通",因而先就"不敢通"了的缘故。头等聪明人不谈这些,就成了"为艺术的艺术"家;次等聪明人竭力用种种法,来粉饰这不通,就成了"民族主义文学"者,但两者是都属于自己"不愿通",即"不肯通"这一类里的。

二月三日。

【因此引起的通论】:

"最通的"文艺　　王平陵

鲁迅先生最近常常用何家干的笔名,在黎烈文主编的《申报》的《自由谈》,发表不到五百字长的短文。好久不看见他老先生的文了,那种富于幽默性的讽刺的味儿,在中国的作家之林,当然还没有人能超过鲁迅先生。不过,听说现在的鲁迅先生已跑到十字街头,站在革命的队伍里去了。那么,像他这种有闲阶级的幽默的作风,严格言之,实在不革命。我以为也应该转变一下才是! 譬如:鲁迅先生不喜欢第三种人,讨厌民族主义的文艺,他尽可痛快地直说,何必装腔作势,吞吞吐吐,打这么许多弯儿。在他最近所处的环境,自然是除了那些颂恭苏联德政的献词以外,便没有更通的文艺的。他认为第三种人不谈这些,是比较最聪明的人;民族主义文艺者故意找出理由来文饰自己的不通,是比较次聪明的人。其言可谓尽深刻恶毒之能事。不过,现在最通的文艺,是不是仅有那些对苏联当局摇尾求媚的献词,不免还是疑问。如果先生们真是为着解放劳苦大众而呐喊,犹可说也;假使,仅仅是为着个人的出路,故意制造一块容易招摇的金字商标,以资号召而已。那么,我就看不出先生们的苦心孤行,比到被你们所不齿的第三种人,以及民族主义文艺者,究竟是高多少。

其实,先生们个人的生活,由我看来,并不比到被你们痛骂的小资作家更穷苦些。当然,鲁迅先生是例外,大多数的所谓革命的作家,听说,常常在上海的大跳舞场,拉斐花园里,可以遇见他们伴着娇美的爱侣,一面喝香槟,一面吃朱古力,兴高采烈地跳着狐步舞,倦舞意懒,乘着雪亮的汽车,奔赴预定的香巢,度他们真个销魂的生活。明天起来,写工人呵! 斗争呵! 之类的东西,拿去向书贾们所办的刊物换取稿费,到晚上,照样是生活在红绿的灯光下,沉醉着,欢唱着,热爱着。像这种优裕的生活,我不懂先生们还要叫什么苦,喊什么冤,你们的猫哭耗子的仁慈,是不是能博得劳苦大众的同情,也许,在先生们自己都不免是绝大的疑问吧!

如果中国人不能从文化的本身上做一点基础的工夫,就这样大家空喊一阵口号,胡闹一阵,我想,把世界上无论哪种最新颖最时髦的东西拿到中国来,都是毫无

国学经典文库

鲁迅文集

·杂文·

图文珍藏版

用处。我们承认现在的苏俄,确实是有了他相当的成功,但,这不是偶然。他们从前所遗留下来的一部分文化的遗产,是多么丰富,我们回溯到十月革命以前的俄国文学,音乐,美术,哲学,科学,那一件不是已经到达国际文化的水准。他们有了这些充实的根基,才能产生现在这些学有根蒂的领袖。我们仅仅渴慕人家的成功而不知道努力文化的根本的建树,再等十年百年,乃至千年万年,中国还是这样,也许比现在更坏。

不错,中国的文化运动,也已有二十年的历史了。但是,在这二十年中,在文化上究竟收获到什么。欧美的名著,在中国是否能有一册比较可靠的译本,文艺上的各种派别,各种主义,我们是否都拿得出一种代表作,其他如科学上的发明,思想上的创造,是否能有一种值得我们记忆。唉! 中国的文化低落到这步田地,还谈得到什么呢!

要是中国的文艺工作者,如不能从今天起,大家立誓做一番基本的工夫,多多地转运一些文艺的粮食,多多地树艺一些文艺的种子,我敢断言:在现代的中国,决不会产生"最通的"文艺的。

二月二十日《武汉日报》的《文艺周刊》。

【通论的拆通】:

官话而已   家干

这位王平陵先生我不知道是真名还是笔名? 但看他投稿的地方,立论的腔调,就明白是属于"官方"的。一提起笔,就向上司下属,控告了两个人,真是十足的官家派势。

说话弯曲不得,也是十足的官话。植物被压在石头底下,只好弯曲的生长,这时俨然自傲的是石头。什么"听说",什么"如果",说得好不自在。听了谁说? 如果不"如果"呢? "对苏联当局摇尾求媚的献词"是那些篇,"倦舞意懒,乘着雪亮的汽车,奔赴预定的香巢"的"所谓革命作家"是那些人呀? 是的,曾经有人当开学之际,命大学生全体起立,向着鲍罗廷一鞠躬,拜得他莫名其妙;也曾经有人做过《孙中山与列宁》,说得他们俩真好像没有什么两样;至于聚敛享乐的人们之多,更是社会上大家周知的事实,但可惜那都并不是我们。平陵先生的"听说"和"如果",都成了无的放矢,含血喷人了。

于是乎还要说到"文化的本身"上。试想就是几个弄弄笔墨的青年,就要遇到监禁,枪毙,失踪的灾殃,我做了六篇"不到五百字"的短评,便立刻招来了"听说"和"如果"的官话,叫作"先生们",大有一网打尽之概。则做"基本的工夫"者,现在舍官许的"第三种人"和"民族主义文艺者"之外还能靠谁呢?"唉!"

然而他们是做不出来的。现在只有我的"装腔作势,吞吞吐吐"的文章,倒正是这社会的产物。而平陵先生又责为"不革命",好像他乃是真正老牌革命党,这可真是奇怪了。——但真正老牌的官话也正是这样的。

七月十九日。

赌咒

"天诛地灭,男盗女娼"——是中国人赌咒的经典,几乎像诗云子曰一样。现在的宣誓,"誓杀敌,誓死抵抗,誓……"似乎不用这种成语了。

但是,赌咒的实质还是一样,总之是信不得。他明知道天不见得来诛他,地也不见得来灭他,现在连人参都"科学化地"含起电气来了,难道"天地"还不科学化吗? 至于男盗和女娼,那是非但无害,而且有益:男盗——可以多刮几层地皮,女娼——可以多弄几个"裙带官儿"的位置。

我的老朋友说:你这个"盗"和"娼"的解释都不是古义。我回答说——你知道现在是什么时代! 现在是盗也摩登,娼也摩登,所以赌咒也摩登,变成宣誓了。

二月九日。

战略关系

首都《救国日报》上有句名言:

"浸使为战略关系,须暂时放弃北平,以便引敌深入……应严厉责成张学良,以武力制止反对运动,虽流血亦所不辞。"(见《上海日报》二月九日转载。)

虽流血亦所不辞! 勇敢哉战略大家也!

血的确流过不少,正在流的更不少,将要流的还不知道有多多少少。这都是反对运动者的血。为着什么? 为着战略关系。

战略家在去年上海打仗的时候,曾经说:"为战略关系,退守第二道防线",这样就退兵;过了两天又说,为战略关系,"如日军不向我军射击,则我军不得开枪,着士兵一体遵照",这样就停战。此后,"第二道防线"消失,上海和议开始,谈判,签字,完结。那时候,大概为着战略关系也曾经见过血;这是军机大事,小民不得而知,——至于亲自流过血的虽然知道,他们又已经没有了舌头。究竟那时候的敌人为什么没有"被诱深入"?

现在我们知道了:那次敌人所以没有"被诱深入"者,绝不是当时战略家的手段太不高明,也不是完全由于反对运动者的血流得"太少",而另外还有个原因:原来英国从中调停——暗地里和日本有了谅解,说是日本呀,你们的军队暂时退出上海,我们英国更进一步来帮你的忙,使满洲国不至于被国联否认,——这就是现在国联的什么什么草案,什么什么委员的态度。这其实是说,你不要在这里深入,——这里是有赃大家分,——你先到北方去深入再说。深入还是要深入,不过地点暂时不同。

因此,"诱敌深入北平"的战略目前就需要了。流血自然又要多流几次。

其实,现在一切准备停当,行都陪都色色俱全,文化古物,和大学生,也已经各自乔迁。无论是黄面孔,白面孔,新大陆,旧大陆的敌人,无论这些敌人要深入到什么地方,都请深入吧。至于怕有什么反对运动,那我们的战略家:"虽流血亦所不辞"! 放心,放心。

二月九日。

颂萧

萧伯纳未到中国之前,《大晚报》希望日本在华北的军事行动会因此而暂行停止,呼之曰"和平老翁"。

萧伯纳既到香港之后,各报由"路透电"译出他对青年们的谈话,题之曰"宣传共产"。

萧伯纳"语路透访员曰,君甚不像华人,萧并以中国报界中人全无一人访之为异,问曰,彼等其幼稚至于未识余乎?"(十一日路透电)

我们其实是老练的,我们很知道香港总督的德政,上海工部局的章程,要人的谁和谁是亲友,谁和谁是仇雠,谁的太太的生日是那一天,爱吃的是什么。但对于萧,——惜哉,就是作品的译本也只有三四种。

所以我们不能识他在欧洲大战以前和以后的思想,也不能深识他游历苏联以后的思想。但只就十四日香港"路透电"所传,在香港大学对学生说的"如汝在二十岁时不为赤色革命家,则在五十岁时将成不可能之僵石,汝欲在二十岁时成一赤色革命家,则汝可得在四十岁时不致落伍之机会"的话,就知道他的伟大。

但我所谓伟大的,并不在他要令人成为赤色革命家,因为我们有"特别国情",不必赤色,只要汝今天成为革命家,明天汝就失掉了性命,无从到四十岁。我所谓伟大的,是他竟替我们二十岁的青年,想到了四五十岁的时候,而且并不离开了现在。

阔人们会搬财产进外国银行,坐飞机离开中国地面,或者是想到明天的吧;"政如飘风,民如野鹿",穷人们可简直连明天也不能想了,况且也不准想,不敢想。

又何况二十年,三十年之后呢? 这问题极平常,然而是伟大的。

此之所以为萧伯纳!

二月十五日。

对于战争的祈祷

——读书心得

热河的战争开始了。

三月一日——上海战争的结束的"纪念日",也快到了。"民族英雄"的肖像一次又一次的印刷着,出卖着;而小兵们的血,伤痕,热烈的心,还要被人糟蹋多少时候? 回忆里的炮声和几千里外的炮声,都使得我们带着无可如何的苦笑,去翻开一本无聊的,但是,倒也很有几句"警句"的闲书。这警句是:

"喂,排长,我们到底上那里去哟?"——其中的一个问。

"走吧。我也不晓得。"

"丢那妈,死光就算了,走什么!"

"不要吵,服从命令!"

"丢他妈的命令!"

然而丢那妈归丢那妈,命令还是命令,走也当然还是走。四点钟的时候,中山路复归于沉寂,风和叶儿沙沙地响,月亮躲在青灰色的云海里,睡着,依旧不管人类的事。

这样,十九路军就向西退去。

(黄震遐:《大上海的毁灭》。)

什么时候"丢那妈"和"命令"不是这样各归各,那就得救了。

不然呢? 还有"警句"可以回答这个问题:

十九路军打,是告诉我们说,除掉空说以外,还有些事好做!

十九路军胜利,只能增加我们苟且,偷安与骄傲的迷梦!

十九路军死,是警告我们活得可怜,无趣!

十九路军失败,才告诉我们非努力,还是做奴隶的好!

（见同书。）

这是警告我们,非革命,则一切战争,命里注定的必然要失败。现在,主战是人人都会的了——这是一二八的十九路军的经验:打是一定要打的,然而切不可打胜,而打死也不好,不多不少刚刚适宜的办法是失败。"民族英雄"对于战争的祈祷是这样的。而战争又的确是他们在指挥着,这指挥权是不肯让给别人的。战争,禁得起主持的人预定着打败仗的计划吗? 好像戏台上的花脸和白脸打仗,谁输谁赢是早就在后台约定了的。呜呼,我们的"民族英雄"!

二月二十五日。

从讽刺到幽默

讽刺家,是危险的。

假使他所讽刺的是不识字者,被杀戮者,被囚禁者,被压迫者吧,那很好,正可给读他文章的所谓有教育的知识者嘻嘻一笑,更觉得自己的勇敢和高明。然而现今的讽刺家之所以为讽刺家,却正在讽刺这一流所谓有教育知识者社会。

因为所讽刺的是这一流社会,其中的各分子便个个觉得好像刺着了自己,就一个个的暗暗的迎出来,又用了他们的讽刺,想来刺死这讽刺者。

最先是说他冷嘲,渐渐地又七嘴八舌地说他谩骂,俏皮话,刻毒,可恶,学匪,绍兴师爷,等等,等等。然而讽刺社会的讽刺,却往往仍然会"悠久得惊人"的,即使捧出了做过和尚的洋人或专办了小报来打击,也还是没有效,这怎不气死人也么哥呢!

枢纽是在这里:他所讽刺的是社会,社会不变,这讽刺就跟着存在,而你所刺的是他个人,他的讽刺倘存在,你的讽刺就落空了。

所以,要打倒这样的可恶的讽刺家,只好来改变社会。

然而社会讽刺家究竟是危险的,尤其是在有些"文学家"明明暗暗地成了"王之爪牙"的时代。人们谁高兴做"文字狱"中的主角呢,但倘不死绝,肚子里总还有半口闷气,要借着笑的幌子,哈哈地吐他出来。笑笑既不至于得罪别人,现在的法律上也尚无国民必须哭丧着脸的规定,并非"非法",盖可断言的。

我想:这便是去年以来,文字上流行了"幽默"的原因,但其中单是"为笑笑而笑笑"的自然也不少。

然而这情形恐怕是过不长久的,"幽默"既非国产,中国人也不是长于"幽默"的人民,而现在又实在是难以幽默的时候。于是虽幽默也就免不了改变样子了,非倾于对社会的讽刺,即堕入传统的"说笑话"和"讨便宜"。

三月二日。

从幽默到正经

"幽默"一倾于讽刺,失了它的本领且不说,最可怕的是有些人又要来"讽刺",来陷害了,倘若堕于"说笑话",则寿命是可以较为长远,流年也大致顺利的,但愈堕愈近于国货,终将成为洋式徐文长。当提倡国货声中,广告上已有中国的"自造舶来品",便是一个证据。

而况我实在恐怕法律上不久也就要有规定国民必须哭丧着脸的明文了。笑笑,原也不能算"非法"的。但不幸东省沦陷,举国骚然,爱国之士竭力搜索失地的原因,结果发现了其一是在青年的爱玩乐,学跳舞。当北海上正在嘻嘻哈哈的溜冰的时候,一个大炸弹抛下来,虽然没有伤人,冰却已经炸了一个大窟窿,不能溜之大吉了。

又不幸而榆关失守,热河吃紧了,有名的文人学士,也就更加吃紧起来,做挽歌的也有,做战歌的也有,讲文德的也有,骂人固然可恶,俏皮也不文明,要大家做正经文章,装正经脸孔,以补"不抵抗主义"之不足。

但人类究竟不能这么沉静,当大敌压境之际,手无寸铁,杀不得敌人,而心里却总是愤怒的,于是他就不免寻求敌人的替代。这时候,笑嘻嘻的可就遭殃了,因为他这时便被叫作:"陈叔宝全无心肝"。所以知机的人,必须也和大家一样哭丧着脸,以免于难。"聪明人不吃眼前亏",亦古贤之遗教也,然而这时也就"幽默"归天,"正经"统一了剩下的全中国。

明白这一节,我们就知道先前为什么无论贞女与淫女,见人时都得不笑不言;

现在为什么送葬的女人,无论悲哀与否,在路上定要放声大叫。

这就是"正经"。说出来吗,那就是"刻毒"。

三月二日。

王道诗话

"人权论"是从鹦鹉开头的。据说古时候有一只高飞远走的鹦哥儿,偶然又经过自己的山林,看见那里大火,它就用翅膀蘸着些水洒在这山上;人家说它那一点水怎么救得熄这样的大火,它说:"我总算在这里住过的,现在不得不尽点儿心。"(事出《栎园书影》,见胡适《人权论集》序所引。)鹦鹉会救火,人权可以粉饰一下反动的统治。这是不会没有报酬的。胡博士到长沙去演讲一次,何将军就送了五千元程仪。价钱不算小,这"叫做"实验主义。

但是,这火怎么救,在"人权论"时期(一九二九——三○年),还不十分明白,五千元一次的零卖价格做出来之后,就不同了。最近(今年二月二十一日)《字林西报》登载胡博士的谈话说:

"任何一个政府都应当有保护自己而镇压那些危害自己的运动的权利,固然,政治犯也和其他罪犯一样,应当得着法律的保障和合法的审判……"

这就清楚得多了!这不是在说"政府权"了吗?自然,博士的头脑并不简单,他不至于只说:"一只手拿着宝剑,一只手拿着经典!"如什么主义之类。他是说还应当拿着法律。

中国的帮忙文人,总有这一套秘诀,说什么王道,仁政。你看孟夫子多么幽默,他教你离得杀猪的地方远远的,嘴里吃得着肉,心里还保持着不忍人之心,又有了仁义道德的名目。不但骗人,还骗了自己,真所谓心安理得,实惠无穷。

诗曰:

文化班头博士衔,人权抛却说王权,

朝廷自古多屠戮,此理今凭实验传。

人权王道两翻新,为感君恩奏圣明,

虐政何妨援律例,杀人如草不闻声。

先生熟读圣贤书,君子由来道不孤,

千古同心有孟子,也教肉食远庖厨。

能言鹦鹉毒于蛇,滴水微功漫自夸,

好向侯门卖廉耻,五千一掷未为奢。

三月五日。

申冤李顿

报告书采用了中国人自己发明的"国际合作以开发中国的计划",这是值得感谢的,——最近南京市各界的电报已经"谨代表南京市七十万民众敬致慰念之忱",称他"不仅为中国好友,且为世界和平及人道正义之保障者"(三月一日南京中央社电)了。

然而李顿也应当感谢中国才好:第一,假使中国没有"国际合作学说",李顿爵士就很难找着适当的措辞来表示他的意思。岂非共管没有了学理上的根据?第二,李顿爵士自己说的:"南京本可欢迎日本之扶助以拒共产潮流",他就更应当对于中国当局的这种苦心孤诣表示诚恳的敬意。

但是,李顿爵士最近在巴黎的演说(路透社二月二十日巴黎电),却提出了两个问题,一个是:"中国前途,似系于如何,何时及何人对于如此伟大人力予以国家意识的统一力量,日内瓦乎,莫斯科乎?"还有一个是:"中国现在倾向日内瓦,但若日本坚持其现行政策,而日内瓦失败,则中国纵非所愿,亦将变更其倾向矣。"这两个问题都有点儿侮辱中国的国家人格。国家者政府也。李顿说中国还没有"国家意识的统一力量",甚至于还会变更其对于日内瓦之倾向!这岂不是不相信中国国家对于国联的忠心,对于日本的苦心?

为着中国国家的尊严和民族的光荣起见,我们要想答复李顿爵士已经好多天了,只是没有相当的文件。这使人苦闷得很。今天突然在报纸上发现了一件宝贝,可以拿来答复李大人:这就是"汉口警部三月一日的布告"。这里可以找着"铁一样的事实",来反驳李大人的怀疑。

例如这布告(原文见《申报》三月一日汉口专电)说:"在外资下劳力之劳工,如劳资间有未解决之正当问题,应禀请我主管机关代表为交涉或救济,绝对不得直接交涉,违者拿办,或受人利用,故意以此种手段,构成严重事态者,处死刑。"这是说外国资本家遇见"劳资间有未解决之正当问题",可以直接任意办理,而劳工方面如此这般者……就要处死刑。这样一来,我们中国就只剩得"用国家意识统一了的"劳工了。因为凡是违背这"意识"的,都要请他离开中国的"国家"——到阴间去。李大人难道还能够说中国当局不是"国家意识的统一力量"吗?再则统一这个"统一力量"的,当然是日内瓦,而不是莫斯科。"中国现在倾向日内瓦",——这是李顿大人自己说的。我们这种倾向十二万分的坚定,例如那布告上也说:"如有奸民流痞受人诱买勾串,或直受驱使,或假托名义,以图破坏秩序安宁,与构成其他不利于我国家社会之重大犯行者,杀无赦。"这是保障"日内瓦倾向"的坚决手段,所谓"虽流血亦所不辞"。而且"日内瓦"是讲世界和平的,因此,中国两年以来都没有抵抗,因为抵抗就要破坏和平;直到一二八,中国也不过装出挡挡炸弹枪炮的姿势;最近的热河事变,中国方面也同样的尽在"缩短阵线"。不但如此,中国方面埋头剿匪,已经宣誓在一两个月内肃清匪共,"暂时"不管热河。这一切都是要证明"日本……见中国南方共产潮流渐起,为之焦虑"是不必的,日本很可以无须亲自出马。中国方面这样辛苦的忍耐地工作着,无非是为着要感动日本,使它悔悟,达到远东永久和平的目的,国际资本可以在这里分工合作。而李顿爵士要还怀疑中国会"变更其倾向",这就未免太冤枉了。

总之,"处死刑,杀无赦",是回答李顿爵士的怀疑的历史文件。请放心吧,请扶助吧。

三月七日。

曲的解放

"词的解放"已经有过专号,词里可以骂娘,还可以"打打麻将"。

曲为什么不能解放,也来混账混账?不过,"曲"一解放,自然要"直",——后台戏搬到前台——未免有失诗人温柔敦厚之旨,至于平仄不调,声律乖谬,还在其次。

《平津会》杂剧

(生上):连台好戏不寻常:攘外期间安内忙。只恨热汤滚得快,未敲锣鼓已收场。

(唱):

[短柱天净纱]热汤混账——逃亡!

装腔抵抗——何妨？

（旦上唱）：模仿中央榜样：

——整装西望，

商量奔向咸阳。

（生）：你你你……低声！你看咱们那汤儿呀，他那里无心串演，我这里有口难分，一出

好戏，就此糟糕，好不麻烦人也！

（旦）：那有什么：再来一出"查办"好了。咱们一夫一妇，一正一副，也还够唱的。

（生）：好罢！（唱）：

〔颠倒阳春曲〕人前指定可憎张，

骂一声，不抵抗！

（旦背人唱）：百忙里算甚糊涂账？

只不过假装腔，

便骂骂又何妨？

（丑携包裹急上）：啊呀呀，唅唅不得了了！

（旦抱丑介）：我儿呀，你这么心慌！你应当在前面多挡这么几挡，让我们好收拾收拾。

（唱）：

〔颠倒阳春曲〕背人搂定可怜汤，

骂一声，枉抵抗。

戏台上露甚慌张相？

只不过理行装，

便等等又何妨？

（丑哭介）：你们倒要理行装！我的行装先就不全了，你瞧。（指包裹介。）

（旦）：我儿快快走扶桑，

（生）：雷厉风行查办忙。

（丑）：如此牺牲还值得，堂堂大汉有风光。（同下。）

三月九日。

文学上的折扣

有一种无聊小报,以登载诬蔑一部分人的小说自鸣得意,连姓名也都给以影射的,忽然对于投稿,说是"如含攻讦个人或团体性质者恕不揭载"了,便不禁想到了一些事——

凡我所遇见的研究中国文学的外国人中,往往不满于中国文章之夸大。这真是虽然研究中国文学,恐怕到死也还不会懂得中国文学的外国人。倘是我们中国人,则只要看过几百篇文章,见过十来个所谓"文学家"的行径,又不是刚刚"从民间来"的老实青年,就决不会上当。因为我们惯熟了,恰如钱店伙计的看见钞票一般,知道什么是通行的,什么是该打折扣的,什么是废票,简直要不得。

譬如说吧,称赞贵相是"两耳垂肩",这时我们便至少将他打一个对折,觉得比通常也许大一点,可是决不相信他的耳朵像猪猡一样。说愁是"白发三千丈",这时我们便至少将他打一个二万扣,以为也许有七八尺,但决不相信它会盘在顶上像一个大草囤。这种尺寸,虽然有些模糊,不过总不至于相差太远。反之,我们也能将少的增多,无的化有,例如戏台上走出四个拿刀的瘦伶仃的小戏子,我们就知道这是十万精兵;刊物上登载一篇俨乎其然的像煞有介事的文章,我们就知道字里行间还有看不见的鬼把戏。

又反之,我们并且能将有的化无,例如什么"枕戈待旦"呀,"卧薪尝胆"呀,"尽忠报国"呀,我们也就即刻会看成白纸,恰如还未定影的照片,遇到了日光一般。

但这些文章,我们有时也还看。苏东坡贬黄州时,无聊之至,有客来,便要他谈鬼。客说没有。东坡道:"你姑且胡说一通吧。"我们的看,也不过这意思。但又可知道社会上有这样的东西,是费去了多少无聊的眼力。人们往往以为打牌,跳舞有害,实则这种文章的害还要大,因为一不小心,就会给它教成后天的低能儿的。

《颂》诗早已拍马,《春秋》已经隐瞒,战国时谈士蜂起,不是以危言耸听,就是以美词动听,于是夸大,装腔,撒谎,层出不穷。现在的文人虽然改着了洋服,而骨髓里却还埋着老祖宗,所以必须取消或折扣,这才显出几分真实。

"文学家"倘不用事实来证明他已经改变了他的夸大,装腔,撒谎……的老脾气,则即使对天立誓,说是从此要十分正经,否则天诛地灭,也还是徒劳的。因为我们也早已看惯了许多家都钉着"假冒王麻子灭门三代"的金漆牌子的了,又何况他

苏东坡

连小尾巴也还在摇摇摇呢。

三月十二日。

迎头经

中国现代圣经——迎头经曰:"我们……要迎头赶上去,不要向后跟着。"

传曰:追赶总只有向后跟着,普通是无所谓迎头追赶的。然而圣经决不会错,更不会不通,何况这个年头一切都是反常的呢。所以赶上偏偏说迎头,向后跟着,那就说不行!

现在通行的说法是:"日军所至,抵抗随之",至于收复失地与否,那么,当然"既非军事专家,详细计划,不得而知"。不错呀,"日军所至,抵抗随之",这不是迎头赶上是什么! 日军一到,迎头而"赶":日军到沈阳,迎头赶上北平;日军到闸北,迎头赶上真茹;日军到山海关,迎头赶上塘沽;日军到承德,迎头赶上古北口……以前有过行都洛阳,现在有了陪都西安,将来还有"汉族发源地"昆仑山——西方极乐世界。至于收复失地云云,则虽非军事专家亦得而知焉,于经有之,曰"不要向后跟着"也。证之已往的上海战事,每到日军退守租界的时候,就要"严饬所部切勿越界一步"。这样,所谓迎头赶上和勿向后跟,都是不但见于经典而且证诸实验的真理了。右传之一章。

传又曰:迎头赶和勿后跟,还有第二种的微言大义——

报载热河实况曰："义军皆极勇敢,认扰乱及杀戮日军为兴奋之事……唯张作相接收义军之消息发表后,张作相既不亲往抚慰,热汤又停止供给义军汽油,运输中断,义军大都失望,甚至有认替张作相立功为无谓者。""日军既至凌源,其时张作相已不在,吾人闻讯出走,热汤扣车运物已成目击之事实,证以日军从未派飞机至承德轰炸……可知承德实为妥协之放弃。"(张慧冲君在上海东北难民救济会席上所谈。)虽然据张慧冲君所说,"享名最盛之义军领袖,其忠勇之精神,未能悉如吾人之意想",然而义军的兵士的确是极勇敢的小百姓。正因为这些小百姓不懂得圣经,所以也不知道迎头式的策略。于是小百姓自己,就自然要碰见迎头的抵抗了:热汤放弃承德之后,北平军委分会下令"固守古北口,如义军有欲入口者,即开枪迎击之"。这是说,我的"抵抗"只是随日军之所至,你要换个样子去抵抗,我就抵抗你;何况我的退后是预先约好了的,你既不肯妥协,那就只有"不要你向后跟着"而要把你"迎头赶上"梁山了。右传之二章。

诗云:"惶惶"大军,迎头而奔,"嗤嗤"小民,勿向后跟! 赋也。

三月十四日。

这篇文章被检查员所指摘,经过改正,这才能在十九日的报上登出来了。

原文是这样的——

第三段"现在通行的说法"至"当然既",原文为"民国廿二年春×三月某日,当局谈话曰:'日军所至,抵抗随之……至收复失地及反攻承德,须视军事进展如何而定,余'。"又"不得而知"下有注云:(《申报》三月十二日第三张)。

第五段"报载热河……"上有"民国廿二年春×三月"九字。

三月十九夜记。

"光明所到……"

中国监狱里的拷打,是公然的秘密。上月里,民权保障同盟曾经提起了这问题。

但外国人办的《字林西报》就揭载了二月十五日的《北京通信》,详述胡适博士曾经亲自看过几个监狱,"很亲爱的"告诉这位记者,说"据他的慎重调查,实在不能得最轻微的证据,……他们很容易和犯人谈话,有一次胡适博士还能够用英国话和他们会谈。监狱的情形,他(胡适博士——干注)说,是不能满意的,但是,虽然他们很自由的（哦，很自由的，——干注）诉说待遇的恶劣侮辱，然而关于严刑拷打，他们却连一点儿暗示也没有。……"

我虽然没有随从这回的"慎重调查"的光荣，但在十年以前，是参观过北京的模范监狱的。虽是模范监狱，而访问犯人，谈话却很不"自由"，中隔一窗，彼此相距约三尺，旁边站一狱卒，时间既有限制，谈话也不准用暗号，更何况外国话。

而这回胡适博士却"能够用英国话和他们会谈"，真是特别之极了。莫非中国的监狱竟已经改良到这地步，"自由"到这地步；还是狱卒给"英国话"吓倒了，以为胡适博士是李顿爵士的同乡，很有来历的缘故呢？

幸而我这回看见了《招商局三大案》上的胡适博士的题词：

"公开检举，是打倒黑暗政治的唯一武器，光明所到，黑暗自消。"（原无新式标点，这是我僭加的——干注。）

我于是大彻大悟。监狱里是不准用外国话和犯人会谈的，但胡适博士一到，就开了特例，因为他能够"公开检举"，他能够和外国人"很亲爱的"谈话，他就是"光明"，所以"光明"所到，"黑暗"就"自消"了。他于是向外国人"公开检举"了民权保障同盟，"黑暗"倒在这一面。

但不知这位"光明"回府以后，监狱里可从此也永远允许别人用"英国话"和犯人会谈否？

如果不准，那就是"光明一去，黑暗又来"了也。

而这位"光明"又因为大学和庚款委员会的事务忙，不能常跑到"黑暗"里面去，在第二次"慎重调查"监狱之前，犯人们恐怕未必有"很自由的"再说"英国话"的幸福了吧。呜呼，光明只跟着"光明"走，监狱里的光明世界真是暂时得很！

但是，这是怨不了谁的，他们千不该万不该是自己犯了"法"。"好人"就绝不至于犯"法"。倘有不信，看这"光明"！

三月十五日。

止哭文学

前三年，"民族主义文学"家敲着大锣大鼓的时候，曾经有一篇《黄人之血》说明了最高的愿望是在追随成吉思皇帝的孙子拔都元帅之后，去剿灭"斡罗斯"。斡罗斯者，今之苏俄也。那时就有人指出，说是现在的拔都的大军，就是日本的军马，而在"西征"之前,尚须先将中国征服,给变成从军的奴才。

当自己们被征服时,除了极少数人以外,是很苦痛的。这实例,就如东三省的沦亡,上海的爆击,凡是活着的人们,毫无悲愤的怕是很少很少吧。但这悲愤,于将来的"西征"是大有妨碍的。于是来了一部《大上海的毁灭》,用数目字告诉读者以中国的武力,决定不如日本,给大家平平心;而且以为活着不如死亡("十九路军死,是警告我们活得可怜,无趣!"),但胜利又不如败退("十九路军胜利,只能增加我们苟且,偷安与骄傲的迷梦!")。总之,战死是好的,但战败尤其好,上海之役,正是中国的完全的成功。

现在第二步开始了。据中央社消息,则日本已有与满洲国签订一种"中华联邦帝国密约"之阴谋。那方案的第一条是:"现在世界只有两种国家,一种系资本主义,英,美,日,意,法,一种系共产主义,苏俄。现在要抵制苏俄,非中日联合起来……不能成功"云(详见三月十九日《申报》)。

要"联合起来"了。这回是中日两国的完全的成功,是从"大上海的毁灭"走到"黄人之血"路上去的第二步。

固然,有些地方正在爆击,上海却自从遭到爆击之后,已经有了一年多,但有些人民不悟"西征"的必然的步法,竟似乎还没有完全忘掉前年的悲愤。这悲愤,和目前的"联合"就大有妨碍的。在这景况中,应运而生的是给人们一点爽利和慰安,好像"辣椒和橄榄"的文学。这也许正是一服苦闷的对症药吧。为什么呢?就因为是"辣椒虽辣,辣不死人,橄榄虽苦,苦中有味"的。明乎此,也就知道苦力为什么吸鸦片。

而且不独无声的苦闷而已,还据说辣椒是连"讨厌的哭声"也可以停止的。王慈先生在《提倡辣椒救国》这一篇名文里告诉我们说:

"……还有北方人自小在母亲怀里,大哭的时候,倘使母亲拿一只辣茄子给小儿咬,很灵验的可以立止大哭……

"现在的中国,仿佛是一个在大哭时的北方婴孩,倘使要制止他讨厌的哭声,只要多多的给辣茄子他咬。"(《大晚报》副刊第十二号)

辣椒可以止小儿的大哭,真是空前绝后的奇闻倘是真的,中国人可实在是一种与众不同的特别"民族"了。然而也很分明地看见了这种"文学"的企图,是在给人一辣而不死,"制止他讨厌的哭声",静候着拔都元帅。

不过,这是无效的,远不如哭则"格杀勿论"的灵验。此后要防的是"道路以目"了,我们等待着遮眼文学吧。

三月二十日。

"人话"

记得荷兰的作家望蔼覃(F. Van Eeden)——可惜他去年死掉了——所做的童话《小约翰》里,记着小约翰听两种菌类相争论,从旁批评了一句"你们俩都是有毒的",菌们便惊喊道:"你是人吗? 这是人话呵!"

从菌类的立场看起来,的确应该惊喊的。人类因为要吃它们,才首先注意于有毒或无毒,但在菌们自己,这却完全没有关系,完全不成问题。

虽是意在给人科学知识的书籍或文章,为要讲得有趣,也往往太说些"人话"。这毛病,是连法布耳(J. H. Fabre)做的大名鼎鼎的《昆虫记》(Souvenirs Ento-mologiques),也是在所难免的。随手抄撮的东西不必说了。近来在杂志上偶然看见一篇教青年以生物学上的知识的文章,内有这样的叙述——

"鸟粪蜘蛛……形体既似鸟粪,又能伏着不动,自己假作鸟粪的样子。"

"动物界中,要残食自己亲丈夫的很多,但最有名的,要算前面所说的蜘蛛和现今要说的螳螂了。……"

这也未免太说了"人话"。鸟粪蜘蛛只是形体原像鸟粪,性又不大走动罢了,并非它故意装作鸟粪模样,意在欺骗小虫豸。螳螂界中也尚无五伦之说,它在交尾中吃掉雄的,只是肚子饿了,在吃东西,何尝知道这东西就是自己的家主公。但经用"人话"一写,一个就成了阴谋害命的凶犯,一个是谋死亲夫的毒妇了。实则都是冤枉的。

"人话"之中,又有各种的"人话":有英人话,有华人话。华人话中又有各种:有"高等华人话",有"下等华人话"。浙西有一个讥笑乡下女人之无知的笑话——

"是大热天的正午,一个农妇做事做得正苦,忽而叹道:'皇后娘娘真不知道多么快活。这时还不是在床上睡午觉,醒过来的时候,就叫道:太监,拿个柿饼来!'"

然而这并不是"下等华人话",倒是高等华人意中的"下等华人话",所以其实是"高等华人话"。在下等华人自己,那时也许未必这么说,即使这么说,也并不以为笑话的。

再说下去，就要引起阶级文学的麻烦来了，"带住"。

现在很有些人做书，格式是写给青年或少年的信。自然，说的一定是"人话"了。但不知道是那一种"人话"？为什么不写给年龄更大的人们？年龄大了就不屑教诲吗？还是青年和少年比较的纯厚，容易诓骗呢？

三月二十一日。

出卖灵魂的秘诀

几年前，胡适博士曾经玩过一套"五鬼闹中华"的把戏，那是说：这世界上并无所谓帝国主义之类在侵略中国，倒是中国自己该着"贫穷"，"愚昧"……等五个鬼，闹得大家不安宁。现在，胡适博士又发现了第六个鬼，叫作仇恨。这个鬼不但闹中华，而且祸延友邦，闹到东京去了。因此，胡适博士对症发药，预备向"日本朋友"上条陈。

据博士说："日本军阀在中国暴行所造成之仇恨，到今日已颇难消除"，"而日本决不能用暴力征服中国"（见报载胡适之的最近谈话，下同）。这是值得忧虑的：难道真的没有方法征服中国吗？不，法子是有的。"九世之仇，百年之友，均在觉悟不觉悟之关系头上，"——"日本只有一个方法可以征服中国，即悬崖勒马，彻底停止侵略中国，反过来征服中国民族的心。"

这据说是"征服中国的唯一方法"。不错，古代的儒教军师，总说"以德服人者王，其心诚服也"。胡适博士不愧为日本帝国主义的军师。但是，从中国小百姓方面说来，这却是出卖灵魂的唯一秘诀。中国小百姓实在"愚昧"，原不懂得自己的"民族性"，所以他们一向会仇恨，如果日本陛下大发慈悲，居然采用胡博士的条陈，那么，所谓"忠孝仁爱信义和平"的中国固有文化，就可以恢复：——因为日本不用暴力而用软功的王道，中国民族就不至于再生仇恨，因为没有仇恨，自然更不抵抗，因为更不抵抗，自然就更和平，更忠孝……中国的肉体固然买到了，中国的灵魂也被征服了。

可惜的是这"唯一方法"的实行，完全要靠日本陛下的觉悟。如果不觉悟，那又怎么办？胡博士回答道："到无可奈何之时，真的接受一种耻辱的城下之盟"好了。那真是无可奈何的呵——因为那时候"仇恨鬼"是不肯走的，这始终是中国民族性的污点,即为日本计,也非万全之道。

因此,胡博士准备出席太平洋会议,再去"忠告"一次他的日本朋友:征服中国并不是没有法子的,请接受我们出卖的灵魂吧,何况这并不难,所谓"彻底停止侵略",原只要执行"公平的"李顿报告——仇恨自然就消除了!

三月二十二日。

文人无文

在一种姓"大"的报的副刊上,有一位"姓张的"在"要求中国有为的青年,切勿借了'文人无行'的幌子,犯着可诟病的恶癖。"这实在是对透了的。但那"无行"的界说,可又严紧透顶了,据说:"所谓无行,并不一定是指不规则或不道德的行为,凡一切不近人情的恶劣行为,也都包括在内。"

接着就举了一些日本文人的"恶癖"的例子,来做中国的有为的青年的殷鉴,一条是"宫地嘉六爱用指爪搔头发",还有一条是"金子洋文喜舐嘴唇"。

自然,嘴唇干和头皮痒,古今的圣贤都不称它为美德,但好像也没有斥为恶德的。不料一到中国上海的现在,爱搔喜舐,即使是自己的嘴唇和头发吧,也成了"不近人情的恶劣行为"了。如果不舒服,也只好熬着。要做有为的青年或文人,真是一天一天的艰难起来了。

但中国文人的"恶癖",其实并不在这些,只要他写得出文章来,或搔或舐,都不关紧要,"不近人情"的并不是"文人无行",而是"文人无文"。

我们在两三年前,就看见刊物上说某诗人到西湖吟诗去了,某文豪在做五十万字的小说了,但直到现在,除了并未预告的一部《子夜》而外,别的大作都没有出现。

拾些琐事,做本随笔的是有的;改首古文,算是自作的是有的。讲一通昏话,称为评论;编几张期刊,暗捧自己的是有的。收罗猥谈,写成下作;聚集旧文,印作评传的是有的。甚至于翻些外国文坛消息,就成为世界文学史家;凑一本文学家辞典,连自己也塞在里面,就成为世界的文人的也有。然而,现在到底也都是中国的金字招牌的"文人"。

文人不免无文,武人也一样不武。说是"枕戈待旦"的,到夜还没有动身,说是"誓死抵抗"的,看见一百多个敌兵就逃走了。只是通电宣言之类,却大做其骈体,"文"得异乎寻常。"偃武修文",古有明训,文星全照到营子里去了。于是我们的

"文人",就只好不舐嘴唇,不搔头发,揣摩人情,单落得一个"有行"完事。

三月二十八日。

最艺术的国家

我们中国的最伟大最永久,而且最普遍的"艺术"是男人扮女人。这艺术的可贵,是在于两面光,或谓之"中庸"——男人看见"扮女人",女人看见"男人扮"。表面上是中性,骨子里当然还是男的。然而如果不扮,还成艺术吗?譬如说,中国的固有文化是科举制度,外加捐班之类。当初说这太不像民权,不合时代潮流,于是扮成了中华民国。然而这民国年久失修,连招牌都已经剥落殆尽,仿佛花旦脸上的脂粉。同时,老实的民众真个要起政权来了,竟想革掉科甲出身和捐班出身的参政权。这对于民族是不忠,对于祖宗是不孝,实属反动之至。现在早已回到恢复固有文化的"时代潮流",那能放任这种不忠不孝。因此,更不能不重新扮过一次,草案如下:第一,谁有代表国民的资格,须由考试决定。第二,考出了举人之后,再来挑选一次,此之谓选(动词)举人;而被挑选的举人,自然是被选举人了。照文法而论,这样的国民大会的选举人,应称为"选举人者",而被选举人,应称为"被选之举人"。但是,如果不扮,还成艺术吗?因此,他们得扮成宪政国家的选举的人和被选举人,虽则实质上还是秀才和举人。这草案的深意就在这里:叫民众看见是民权,而民族祖宗看见是忠孝——忠于固有科举的民族,孝于制定科举的祖宗。此外,像上海已经实现的民权,是纳税的方有权选举和被选,使偌大上海只剩四千四百六十五个大市民。这虽是捐班——有钱的为主,然而他们一定会考中举人,甚至不补考也会赐同进士出身的,因为洋大人膝下的榜样,理应遵照,何况这也并不是一面违背固有文化,一面又扮得很像宪政民权呢?此其一。

其二,一面交涉,一面抵抗:从这一方面看过去是抵抗,从那一面看过来其实是交涉。其三,一面做实业家,银行家,一面自称"小贫而已"。其四,一面日货销路复旺,一面对人说是"国货年"……诸如此类,不胜枚举,而大都是扮演得十分巧妙,两面光滑的。

呵,中国真是个最艺术的国家,最中庸的民族。

然而小百姓还要不满意,呜呼,君子之中庸,小人之反中庸也!

三月三十日。

国学经典文库

鲁迅文集

·伪自由书·

图文珍藏版

现代史

从我有记忆的时候起,直到现在,凡我所曾经到过的地方,在空地上,常常看见有"变把戏"的,也叫作"变戏法"的。

这变戏法的,大概只有两种——

一种,是教一个猴子戴起假面,穿上衣服,耍一通刀枪;骑了羊跑几圈。还有一匹用稀粥养活,已经瘦得皮包骨头的狗熊玩一些把戏。末后是向大家要钱。

一种,是将一块石头放在空盒子里,用手巾左盖右盖,变出一只白鸽来;还有将纸塞在嘴巴里,点上火,从嘴角鼻孔里冒出烟焰。其次是向大家要钱。要了钱之后,一个人嫌少,装腔作势的不肯变了,一个人来劝他,对大家说再五个。果然有人抛钱了,于是再四个,三个……

抛足之后,戏法就又开了场。这回是将一个孩子装进小口的坛子里面去,只见一条小辫子,要他再出来,又要钱。收足之后,不知怎么一来,大人用尖刀将孩子刺死了,盖上被单,直挺挺躺着,要他活过来,又要钱。

"在家靠父母,出家靠朋友……Huazaa!! Huazaa!"变戏法的装出撒钱的手势,严肃而悲哀地说。

别的孩子,如果走近去想仔细地看,他是要骂的;再不听,他就会打。

果然有许多人 Huazaa 了。待到数目和预料的差不多,他们就捡起钱来,收拾家伙,死孩子也自己爬起来,一同走掉了。

看客们也就呆头呆脑的走散。

这空地上,暂时是沉寂了。过了些时,就又来这一套。俗语说,"戏法人人会变,各有巧妙不同。"其实是许多年间,总是这一套,也总有人看,总有人 Huazaa,不过其间必须经过沉寂的几日。

我的话说完了,意思也浅得很,不过说大家 Huazaa Huazaa 一通之后,又要静儿天了,然后再来这一套。

到这里我才记得写错了题目,这真是成了"不死不活"的东西。

四月一日。

推背图

我这里所用的"推背"的意思,是说:从反面来推测未来的情形。

上月的《自由谈》里,就有一篇《正面文章反看法》,这是令人毛骨悚然的文字。因为得到这一个结论的时候,先前一定经过许多苦楚的经验,见过许多可怜的牺牲。本草家提起笔来,写道:砒霜,大毒。字不过四个,但他却确切知道了这东西曾经毒死过若干性命的了。

里巷间有一个笑话:某甲将银子三十两埋在地里面,怕人知道,就在上面竖一块木板,写道:"此地无银三十两。"隔壁的阿二因此却将这掘去了,也怕人发觉,就在木板的那一面添上一句道,"隔壁阿二勿曾偷。"这就是在教人"正面文章反看法"。

但我们日日所见的文章,却不能这么简单。有明说要做,其实不做的;有明说不做,其实要做的;有明说做这样,其实做那样的;有其实自己要这么做,倒说别人要这么做的;有一声不响,而其实倒做了的。然而也有说这样,竟这样的。难就在这地方。

例如近几天报章上记载着的要闻吧:

一,××军在××血战,杀敌××××人。

二,××谈话:决不与日本直接交涉,仍然不改初衷,抵抗到底。

三,芳泽来华,据云系私人事件。

四,共党联日,该伪中央已派干部××赴日接洽。

五,××××……

倘使都当反面文章看,可就太骇人了。但报上也有"莫干山路草棚船百余只大火","××××廉价只有四天了"等大概无须"推背"的记载,于是乎我们就又糊涂起来。

听说,《推背图》本是灵验的,某朝某帝怕他淆惑人心,就添了些假造的在里面,因此弄得不能豫知了,必待事实证明之后,人们这才恍然大悟。

我们也只好等着看事实,幸而大概是不很久的,总出不了今年。

四月二日。

《杀错了人》异议

看了曹聚仁先生的一篇《杀错了人》，觉得很痛快，但往回一想，又觉得有些还不免是愤激之谈了，所以想提出几句异议——

袁世凯在辛亥革命之后，大杀党人，从袁世凯那方面看来，是一点没有杀错的，因为他正是一个假革命的反革命者。

错的是革命者受了骗，以为他真是一个筋斗，从北洋大臣变了革命家了，于是引为同调，流了大家的血，将他浮上总统的宝位去。到二次革命时，表面上好像他又是一个筋斗，从"国民公仆"变了吸血魔王似的。其实不然，他不过又显了本相。

于是杀，杀，杀。北京城里，连饭店客栈中，都满布了侦探；还有"军政执法处"，只见受了嫌疑而被捕的青年送进去，却从不见他们活着走出来；还有，《政府公报》上，是天天看见党人脱党的广告，说是先前为友人所拉，误入该党，现在自知迷谬，从此脱离，要洗心革面的做好人了。

不久就证明了袁世凯杀人的没有杀错，他要做皇帝了。

这事情，一转眼竟已经是二十年，现在二十来岁的青年，那时还在吸奶，时光是多么飞快呵。

但是，袁世凯自己要做皇帝，为什么留下他真正对头的旧皇帝呢？这无须多议论，只要看现在的军阀混战就知道。他们打得你死我活，好像不共戴天似的，但到后来，只要一个"下野"了，也就会客客气气的，然而对于革命者呢，即使没有打过仗，也决不肯放过一个。他们知道得很清楚。

所以我想，中国革命的闹成这模样，并不是因为他们"杀错了人"，倒是因为我们看错了人。

临末，对于"多杀中年以上的人"的主张，我也有一点异议。但因为自己早在"中年以上"了，为避免嫌疑起见，只将眼睛看着地面吧。

四月十日。

记得原稿在"客客气气的"之下，尚有"说不定在出洋的时候，还要大开欢送会"这类意思的句子，后被删去了。

四月十二日记。

杀错了人　　曹聚仁

前日某报载某君述长春归客的谈话,说:日人在伪国已经完成"专卖鸦片"和"统一币制"的两大政策。这两件事,从前在老张小张时代,大家认为无法整理,现在他们一举手之间,办得有头有绪。所以某君叹息道:"愚尝与东北人士论币制紊乱之害,咸以积重难返,诿为难办;何以日人一刹那间,即毕乃事?'是不为也,非不能也。'此为国人一大病根!"

岂独"病根"而已哉! 中华民族的灭亡和中华民国的颠覆,也就在这肺痨病上。一个社会,一个民族,到了衰老期,什么都"积重难返",所以非"革命"不可。革命是社会的突变过程;在过程中,好人,坏人,与不好不坏的人,总要杀了一些。杀了一些人,并不是没有代价的:于社会起了隔离作用,旧的社会和新的社会截然分成两段,恶的势力不会传染到新的组织中来。所以革命杀人应该有标准,应该多杀中年以上的人,多杀代表旧势力的人。法国大革命的成功,即在大恐慌时期的扫荡旧势力。

可是中国每一回的革命,总是反了常态。许多青年因为参加革命运动,做了牺牲;革命进程中,旧势力一时躲开去,一些也不曾铲除掉;革命成功以后,旧势力重复涌了出来,又把青年来做牺牲品,杀了一大批。孙中山先生辛辛苦苦做了十来年革命工作,辛亥革命成功了,袁世凯拿大权,天天杀党人,甚至连十五六岁的孩子都要杀;这样的革命,不但不起隔离作用,简直替旧势力作保镖;因此民国以来,只有暮气,没有朝气,任何事业,都不必谈改革,一谈改革,必"积重难返,诿为难办"。其恶势力一直住到现在。

这种反常状态,我名之曰"杀错了人"。我常和朋友说:"不流血的革命是没有的,但'流血'不可流错了人。早杀溥仪,多杀郑孝胥之流,方是邦国之大幸。若乱杀二十五岁以下的青年,倒行逆施,斲丧社会元气,就可以得'亡国灭种'的'眼前报'。"

《自由谈》,四月十日。

国学经典文库

鲁迅文集

·伪自由书·

图文珍藏版

中国人的生命圈

"螻蚁尚知贪生",中国百姓向来自称"蚁民",我为暂时保全自己的生命计,时常留心着比较安全的处所,除英雄豪杰之外,想必不至于讥笑我的吧。

不过,我对于正面的记载,是不大相信的,往往用一种另外的看法。例如吧,报上说,北平正在设备防空,我见了并不觉得可靠;但一看见载着古物的南运,却立刻感到古城的危机,并且由这古物的行踪,推测中国乐土的所在。

现在,一批一批的古物,都集中到上海来了,可见最安全的地方,到底也还是上海的租界上。

然而,房租是一定要贵起来的了。

这在"蚁民",也是一个大打击,所以还得想想另外的地方。

想来想去,想到了一个"生命圈"。这就是说,既非"腹地",也非"边疆",是介乎两者之间,正如一个环子,一个圈子的所在,在这里倒或者也可以"苟延性命于×世"的。

"边疆"上是飞机抛炸弹。据日本报,说是在剿灭"兵匪";据中国报,说是屠戮了人民,村落市廛,一片瓦砾。"腹地"里也是飞机抛炸弹。据上海报,说是在剿灭"共匪",他们被炸得一塌糊涂;"共匪"的报上怎么说呢,我们可不知道。但总而言之,边疆上是炸,炸,炸;腹地里也是炸,炸,炸。虽然一面是别人炸,一面是自己炸,炸手不同,而被炸则一。只有在这两者之间的,只要炸弹不要误行落下来,倒还有可免"血肉横飞"的希望,所以我名之曰"中国人的生命圈"。

再从外面炸进来,这"生命圈"便收缩而为"生命线";再炸进来,大家便都逃进那炸好了的"腹地"里面去,这"生命圈"便完结而为"生命○"。

其实,这预感是大家都有的,只要看这一年来,文章上不大见有"我中国地大物博,人口众多"的套话了,便是一个证据。而有一位先生,还在演说上自己说中国人是"弱小民族"哩。

但这一番话,阔人们是不以为然的,因为他们不但有飞机,还有他们的"外国"!

四月十日。

内外

古人说内外有别，道理个个不同。丈夫叫"外子"，妻叫"贱内"。伤兵在医院之内，而慰劳品在医院之外，非经查明，不准接收。对外要安，对内就要攘，或者嚷。

何香凝先生叹气："当年唯恐其不起者，今日唯恐其不死。"然而死的道理也是内外不同的。

庄子曰，"哀莫大于心死，而身死次之。"次之者，两害取其轻也。所以，外面的身体要它死，而内心要它活；或者正因为那心活，所以把身体治死。此之谓治心。

治心的道理很玄妙：心固然要活，但不可过于活。

心死了，就明明白白地不抵抗，结果，反而弄得大家不镇静。心过于活了，就胡思乱想，当真要闹抵抗：这种人，"绝对不能言抗日"。

为要镇静大家，心死的应该出洋，留学是到外国去治心的方法。

而心过于活的，是有罪，应该严厉处置，这才是在国内治心的方法。

何香凝先生以为"谁为罪犯是很成问题的"，——这就因为她不懂得内外有别的道理。

四月十一日。

透底

凡事彻底是好的，而"透底"就不见得高明。因为连续的向左转，结果碰见了向右转的朋友，那时候彼此点头会意，脸上会要辣辣的。要自由的人，忽然要保障复辟的自由，或者屠杀大众的自由，——透底是透底的了，却连自由的本身也漏掉了，原来只剩得一个无底洞。

譬如反对八股是极应该的。八股原是蠢笨的产物。一来是考官嫌麻烦——他们的头脑大半是阴沉木做的，——什么代圣贤立言，什么起承转合，文章气韵，都没有一定的标准，难以捉摸，因此，一股一股地定出来，算是合于功令的格式，用这格式来"衡文"，一眼就看得出多少轻重。二来，连应试的人也觉得又省力，又不费事了。这样的八股，无论新旧，都应当扫荡。但是，这是为着要聪明，不是要更蠢笨些。

不过要保存蠢笨的人，却有一种策略。他们说："我不行，而他和我一样。"——大家活不成，拉倒大吉！而等"他"拉倒之后，旧的蠢笨的"我"却总是偷偷地又站起来，实惠是属于蠢笨的。好比要打倒偶像，偶像急了，就指着一切活人说，"他们都像我"，于是你跑去把貌似偶像的活人，统统打倒；回来，偶像会赞赏一番，说打倒偶像而打倒"打倒"者，确是透底之至。其实，这时候更大的蠢笨，笼罩了全世界。

开口诗云子曰，这是老八股；而有人把"达尔文说，蒲力汗诺夫曰"也算做新八股。于是要知道地球是圆的，人人都要自己去环游地球一周；要制造汽机的，也要先坐在开水壶前格物……。这自然透底之极。其实，从前反对卫道文学，原是说那样吃人的"道"不应该卫，而有人要透底，就说什么道也不卫；这"什么道也不卫"难道不也是一种"道"吗？ 所以，真正最透底的，还是下列的一个故事：

古时候一个国度里革命了，旧的政府倒下去，新的站上来。旁人说，"你这革命党，原先是反对有政府主义的，怎么自己又来做政府？"那革命党立刻拔出剑来，割下了自己的头；但是，他的身体并不倒，而变成了僵尸，直立着，喉管里吞吞吐吐地似乎是说：这主义的实现原本要等三千年之后呢。

四月十一日。

"以夷制夷"

我还记得，当去年中国有许多人，一味哭诉国联的时候，日本的报纸上往往加以讥笑，说这是中国祖传的"以夷制夷"的老手段。粗粗一看，也仿佛有些像的，但是，其实不然。那时的中国的许多人，的确将国联看作"青天大老爷"，心里何尝还有一点儿"夷"字的影子。

倒相反，"青天大老爷"们却常常用着"以华制华"的方法的。

例如吧，他们所深恶的反帝国主义的"犯人"，他们自己倒是不做恶人的，只是松松爽爽的送给华人，叫你自己去杀去。他们所痛恨的腹地的"共匪"，他们自己是并不明白表示意见的，只将飞机炸弹卖给华人，叫你自己去炸去。对付下等华人的有黄帝子孙的巡捕和西崽，对付知识阶级的有高等华人的学者和博士。

我们自夸了许多日子的"大刀队"，好像是无法制伏的了，然而四月十五日的《××报》上，有一个用头号字印《我斩敌二百》的题目。粗粗一看，是要令人觉得胜利的，但我们再来看一看本文吧——

"（本报今日北平电）昨日喜峰口右翼，仍在滦阳城以东各地，演争夺战。敌出现大刀队千名，系新开到者，与我大刀队对抗。其刀特长，故使用不灵活。我军挥刀砍抹，敌招架不及，连刀带臂，被我砍落者纵横满地，我军伤亡亦达二百余。……"

那么，这其实是"敌斩我军二百"了，中国的文字，真是像"国步"一样，正在一天一天的艰难起来。但我要指出来的却并不在此。

我要指出来的是"大刀队"乃中国人自夸已久的特长，日本人虽有击剑，大刀却非素习。现在可是"出现"了，这不必迟疑，就可决定是满洲的军队。满洲从明末以来，每年即大有直隶山东人迁居，数代之后，成为土著，则虽是满洲军队，而大多数实为华人，也绝无疑义。现在已经各用了特长的大刀，在滦东相杀起来，一面是"连刀带臂，纵横满地"，一面是"伤亡亦达二百余"，开演了极显著的"以华制华"的一幕了。

至于中国的所谓手段，由我看来，有时也应该说有的，但绝非"以夷制夷"，倒是想"以夷制华"。然而"夷"又那有这么愚笨呢，却先来一套"以华制华"给你看。

这例子常见于中国的历史上，后来的史官为新朝作颂，称此辈的行为曰："为王前驱"！

近来的战报是极可诧异的，如同日同报记冷口失守云："十日以后，冷口方面之战，非常激烈，华军……顽强抵抗，故继续未曾有之大激战"，但由宫崎部队以十余兵士，作成人梯，前仆后继，"卒越过长城，因此宫崎部队牺牲二十三名之多云"。越过一个险要，而日军只死了二十三人，但已云"之多"，又称为"未曾有之大激战"，也未免有些费解。所以大刀队之战，也许并不如我所猜测。但既经写出，就姑且留下以备一说吧。

四月十七日。

言论自由的界限

看《红楼梦》，觉得贾府上是言论颇不自由的地方。焦大以奴才的身份，仗着酒醉，从主子骂起，直到别的一切奴才，说只有两个石狮子干净。结果怎样呢？结果是主子深恶，奴才痛嫉，给他塞了一嘴马粪。

其实是,焦大的骂,并非要打倒贾府,倒是要贾府好,不过说主奴如此,贾府就要弄不下去罢了。然而得到的报酬是马粪。所以这焦大,实在是贾府的屈原,假使他能做文章,我想,恐怕也会有一篇《离骚》之类。

三年前的新月社诸君子,不幸和焦大有了相类的境遇。他们引经据典,对于党国有了一点微词,虽然引的大抵是英国经典,但何尝有丝毫不利于党国的恶意,不过说:"老爷,人家的衣服多么干净,您老人家的可有些儿脏,应该洗它一洗"罢了。不料"荃不察余之中情兮",来了一嘴的马粪:国报同声致讨,连《新月》杂志也遭殃。但新月社究竟是文人学士的团体,这时就也来了一大堆引据三民主义,辨明心迹的"离骚经"。现在好了,吐出马粪,换塞甜头,有的顾问,有的教授,有的秘书,有的大学院长,言论自由,《新月》也满是所谓"为文艺的文艺"了。

这就是文人学士究竟比不识字的奴才聪明,党国究竟比贾府高明,现在究竟比乾隆时候光明:三明主义。

然而竟还有人在嚷着要求言论自由。世界上没有这许多甜头,我想,该是明白的吧,这误解,大约是在没有悟到现在的言论自由,只以能够表示主人的宽宏大度地说些"老爷,你的衣服……"为限,而还想说开去。

这是断乎不行的。前一种,是和《新月》受难时代不同,现在好像已有的了,这《自由谈》也就是一个证据,虽然有时还有几位拿着马粪,前来探头探脑的英雄。至于想说开去,那就足以破坏言论自由的保障。要知道现在虽比先前光明,但也比先前利害,一说开去,是连性命都要送掉的。即使有了言论自由的明令,也千万大意不得。这我是亲眼见过好几回的,非"卖老"也,不自觉其做奴才之君子,幸想一想而垂鉴焉。

四月十七日。

大观园的人才

早些年,大观园里的压轴戏是刘老老骂山门。那是要老旦出场的,老气横秋地大"放"一通,直到裤子后穿而后止。当时指着手无寸铁或者已被缴械的人大喊"杀,杀,杀!"那呼声是多么雄壮。所以它——男角扮的老婆子,也可以算得一个人才。

而今时世大不同了,手里拿刀,而嘴里却需要"自由,自由,自由","开放××"云云。压轴戏要换了。

于是人才辈出，各有巧妙不同，出场的不是老旦，却是花旦了，而且这不是平常的花旦，而是海派戏广告上所说的"玩笑旦"。这是一种特殊的人物，他（她）要会媚笑，又要会撒泼，要会打情骂俏，又要会油腔滑调。总之，这是花旦而兼小丑的角色。不知道是时势造英雄（说"美人"要妥当些），还是美人儿多年阅历的结果？

美人儿而说"多年"，自然是阅人多矣的徐娘了，她早已从窑姐儿升任了老鸨婆；然而她丰韵犹存，虽在卖人，还兼自卖。自卖容易，而卖人就难些。现在不但有手无寸铁的人，而且有了……况且又遇见了太露骨的强奸。要会应付这种非常之变，就非有非常之才不可。你想想：现在的压轴戏是要似战似和，又战又和，不降不守，亦降亦守！这是多么难做的戏。没有半推半就假作娇痴的手段是做不好的。孟夫子说，"以天下与人易。"其实，能够简单的双手捧着"天下"去"与人"，倒也不为难了。问题就在于不能如此。所以要一把眼泪一把鼻涕，哭哭啼啼，而又刁声浪气地诉苦说：我不入火坑，谁入火坑。

然而娼妓说她自己落在火坑里，还是想人家去救她出来；而老鸨婆哭火坑，却未必有人相信她，何况她已经申明：她是敞开了怀抱，准备把一切人都拖进火坑的。虽然，这新鲜压轴戏的玩笑却开得不差，不是非常之才，就是挖空了心思也想不出的。

老旦进场，玩笑旦出场，大观园的人才着实不少！

四月二十四日。

文章与题目

一个题目，做来做去，文章是要做完的，如果再要出新花样，那就使人会觉得不是人话。然而只要一步一步地做下去，每天又有帮闲的敲边鼓，给人们听惯了，就不但做得出，而且也行得通。

譬如近来最主要的题目，是"安内与攘外"吧，做的也着实不少了。有说安内必先攘外的，有说安内同时攘外的，有说不攘外无以安内的，有说攘外即所以安内的，有说安内即所以攘外的，有说安内急于攘外的。

做到这里，文章似乎已经无可翻腾了，看起来，大约总可以算是做到了绝顶。

所以再要出新花样，就使人会觉得不是人话，用现在最流行的谥法来说，就是

国学经典文库

鲁迅文集

·伪自由书·

图文珍藏版

大有"汉奸"的嫌疑。为什么呢？就因为新花样的文章，只剩了"安内而不必攘外"，"不如迎外以安内"，"外就是内，本无可攘"这三种了。

这三种意思，做起文章来，虽然实在稀奇，但事实却有的，而且不必远征晋宋，只要看看明朝就够。满洲人早在窥伺了，国内却是草菅民命，杀戮清流，做了第一种。李自成进北京了，阔人们不甘给奴子做皇帝，索性请"大清兵"来打掉他，做了第二种。至于第三种，我没有看过《清史》，不得而知，但据老例，则应说是爱新觉罗氏之先，原是轩辕黄帝第几子之苗裔，逊于朔方，厚泽深仁，遂有天下，总而言之，咱们原是一家子云。

后来的史论家，自然是力斥其非的，就是现在的名人，也正痛恨流寇。但这是后来和现在的话，当时可不然，鹰犬塞途，干儿当道，魏忠贤不是活着就配享了孔庙吗？他们那种办法，那时都有人来说得头头是道的。

前清末年，满人出死力以镇压革命，有"宁赠友邦，不给家奴"的口号，汉人一知道，更恨得切齿。其实汉人何尝不如此？吴三桂之请清兵入关，便是一想到自身的利害，即"人同此心"的实例了。……

四月二十九日。

附记：
原题是《安内与攘外》。

五月五日。

新药

说起来就记得，诚然，自从九一八以后，再没有听到吴稚老的妙语了，相传是生了病。现在刚从南昌专电中，飞出一点声音来，却连改头换面的，也是自从九一八以后，就再没有一丝声息的民族主义文学者们，也来加以冷冷的讪笑。

为什么呢？为了九一八。

想起来就记得，吴稚老的笔和舌，是尽过很大的任务的，清末的时候，五四的时候，北伐的时候，清党的时候，清党以后的还是闹不清白的时候。然而他现在一开口，却连躲躲闪闪的人物儿也来冷笑了。九一八以来的飞机，真也炸着了这党国的元老吴先生，或者是，炸大了一些躲躲闪闪的人物儿的小胆子。

九一八以后，情形就有这么不同了。

旧书里有过这么一个寓言，某朝某帝的时候，宫女们多数生了病，总是医不好。最后来了一个名医，开出神方道：壮汉若干名。皇帝没有法，只得照他办。若干天之后，自去察看时，宫女们果然个个神采焕发了，却另有许多瘦得不像人样的男人，拜伏在地上。皇帝吃了一惊，问这是什么呢？宫女们就嗫嚅地答道：是药渣。

照前几天报上的情形看起来，吴先生仿佛就如药渣一样，也许连狗子都要加以践踏了。然而他是聪明的，又很恬淡，绝不至于不顾自己，给人家熬尽了汁水。不过因为九一八以后，情形已经不同，要有一种新药出卖是真的，对于他的冷笑，其实也就是新药的作用。

这种新药的性味，是要很激烈，而和平。譬之文章，则须先讲烈士的殉国，再叙美人的殉情；一面赞希特勒的组阁，一面颂苏联的成功；军歌唱后，来了恋歌；道德谈完，就讲妓院；因国耻日而悲杨柳，逢五一节而忆蔷薇；攻击主人的敌手，也似乎不满于它自己的主人……总而言之，先前所用的是单方，此后出卖的却是复药了。

复药虽然好像万应，但也常无一效的，医不好病，即毒不死人。不过对于误服这药的病人，却能够使他不再寻求良药，拖重了病症而至于糊里糊涂的死亡。

四月二十九日。

"多难之月"

前月底的报章上，多说五月是"多难之月"。这名目，以前是没有见过的。现在这"多难之月"已经临头了。从经过了的日子来想一想，不错，五一是"劳动节"，可以说很有些"多难"；五三是济南惨案纪念日，也当然属于"多难"之一的。但五四是新文化运动的发扬，五五是革命政府成立的佳日，为什么都包括在"难"字堆里的呢？这可真有点儿稀奇古怪！

不过只要将这"难"字，不做国民"受难"的"难"字解，而作令人"为难"的"难"字解，则一切困难，可就涣然冰释了。

时势也真改变得飞快，古之佳节，后来自不免化为难关。先前的开会，是听大众在空地上开的，现在却要防人"乘机捣乱"了，所以只得函请代表，齐集洋楼，还要由军警维持秩序。先前的要人，虽然出来要"清道"（俗名"净街"），但还是走在地上的，现在却更要防人"谋为不轨"了，必得坐着飞机，须到出洋的时候，才能放心送给朋友。名人逛一趟古董店，先前也不算奇事情的，现在却"微服""微服"的嚷得人耳聋,只好或登名山,或入古庙,比较的免掉大惊小怪。总而言之,可靠的国之柱石,已经多在半空中,最低限度也上了高楼峻岭了,地上就只留着些可疑的百姓,实做了"下民",且又民匪难分,一有庆吊,总不免"假名滋扰"。向来虽靠"华洋两方当局,先事严防",没有闹过什么大乱子,然而总比平时费力的,这就令人为难,而五月也成了"多难之月",纪念的是好是坏,日子的为戚为喜,都不在话下。

但愿世界上大事件不要增加起来;但愿中国里惨案不要再有;但愿也不再有什么政府成立;但愿也不再有伟人的生日和忌日增添。否则,日积月累,不久就会成个"多难之年",不但华洋当局,老是为难,连我们走在地面上的小百姓,也只好永远身带"嫌疑",奉陪戒严,呜呼哀哉,不能喘气了。

五月五日。

从盛宣怀说到有理的压迫

盛氏的祖宗积德很厚,他们的子孙就举行了两次"收复失地"的盛典:一次还是在袁世凯的民国政府治下,一次就在当今国民政府治下了。

民国初的时候,说盛宣怀是第一名的卖国贼,将他的家产没收了。不久,似乎是二次革命之后,就发还了。那是没有什么奇怪的,因为袁世凯是"物伤其类",他自己也是卖国贼。不是年年都在纪念五七和五九吗?袁世凯签订过二十一条,卖国是有真凭实据的。

最近又在报上发现这么一段消息,大致是说:"盛氏家产早已奉命归还,如苏州之留园,江阴无锡之典当等,正在办理发还手续。"这却叫我吃了一惊。打听起来,说是民国十六年国民革命军初到沪宁的时候,又没收了一次盛氏家产:那次的罪名大概是"土豪劣绅",绅而至于"劣",再加上卖国的旧罪,自然又该没收了。可是为什么又发还了呢?

第一,不应当疑心现在有卖国贼,因为并无真凭实据——现在的人早就誓不签订辱国条约,他们不比盛宣怀和袁世凯。第二,现在正在募航空捐,足见政府财政并不宽裕。那么,为什么呢?

学理上研究的结果是——压迫本来有两种:一种是有理的,而且永久有理的,一种是无理的。有理的,就像逼小百姓还高利贷,交田租之类;这种压迫的"理"写在布告上:"借债还钱本中外所同之定理,租田纳税乃千古不易之成规。"无理的,就是没收盛宣怀的家产等等了；这种"压迫"巨绅的手法，在当时也许有理，现在早已变成无理的了。

初初看见报上登载的《五一告工友书》上说："反抗本国资本家无理的压迫"，我也是吃了一惊的。这不是提倡阶级斗争吗？后来想想也就明白了。这是说，无理的压迫要反对，有理的不在此例。至于怎样有理，看下去就懂得了，下文是说："必须吃苦耐劳，加紧生产……尤应共体时艰，力谋劳资间之真诚合作，消弭劳资间之一切纠纷。"还有说"中国工人没有外国工人那么苦"等等的。

我心上想，幸而没有大惊小怪地叫起来，天下的事情总是有道理的，一切压迫也是如此。何况对付盛宣怀等的理由虽然很少，而对付工人总不会没有的。

五月六日。

王化

中国的王化现在真是"光被四表格于上下"，的了。

溥仪的弟媳妇跟着一位厨司务，卷了三万多元逃走了。于是中国的法庭把她缉获归案，判定"交还夫家管束"。满洲国虽然"伪"，夫权是不"伪"的。

新疆的回民闹乱子，于是派出宣慰使。

蒙古的王公流离失所了，于是特别组织"蒙古王公救济委员会"。

对于西藏的怀柔，是请班禅喇嘛诵经念咒。

而最宽仁的王化政策，要算广西对付瑶民的办法。据《大晚报》载，这种"宽仁政策"是在三万瑶民之中杀死三千人，派了三架飞机到瑶洞里去"下蛋"，使他们"惊诧为天神天将而不战自降"。事后，还要挑选瑶民代表到外埠来观光，叫他们看看上国的文化，例如马路上，红头阿三的威武之类。

而红头阿三说的是：勿要哗啦哗啦！

这些久已归化的"夷狄"，近来总是"哗啦哗啦"，原因是都有些怨了。王化盛行的时候，"东面而征西夷怨，南面而征北狄怨。"这原是当然的道理。

不过我们还是东奔西走，南征北剿，决不偷懒。虽然劳苦些，但"精神上的胜利"是属于我们的。

等到"伪"满的夫权保障了，蒙古的王公救济了，喇嘛的经咒念完了，回民真的安慰了，瑶民"不战自降"了，还有什么事可以做呢？自然只有修文德以服"远人"的日本了。这时候，我们印度阿三式的责任算是尽到了。

呜呼，草野小民，生逢盛世，唯有遽听欢呼，闻风鼓舞而已！

五月七日。

这篇被新闻检查处抽掉了，没有登出。幸而既非瑶民，又居租界，得免于国货的飞机来"下蛋"，然而"勿要哗啦哗啦"却是一律的，所以连"欢呼"也不许，——然则唯有一声不响，装死救国而已！

十五夜记。

天上地下

中国现在有两种炸，一种是炸进去，一种是炸进来。

炸进去之一例曰："日内除飞机往匪区轰炸外，无战事，三四两队，七日晨迄申，更番成队飞宜黄以西崇仁以南掷百二十磅弹两三百枚，凡匪足资屏蔽处炸毁几平，使匪无从休养。……"（五月十日《申报》南昌专电）

炸进来之一例曰："今晨六时，敌机炸蓟县，死民十余，又密云今遭敌轰四次，每次二架，投弹盈百，损害正详查中。……"（同日《大晚报》北平电）

应了这运会而生的，是上海小学生的买飞机，和北平小学生的挖地洞。

这也是对于"非安内无以攘外"或"安内急于攘外"的题目，做出来的两股好文章。

住在租界里的人们是有福的。但试闭目一想，想得广大一些，就会觉得内是官兵在天上，"共匪"和"匪化"了的百姓在地下，外是敌军在天上，没有"匪化"了的百姓在地下。"损害正详查中"，而太平之区，却造起了宝塔。释迦出世，一手指天，一手指地曰："天上地下，唯我独尊！"此之谓也。

但又试闭目一想，想得久远一些，可就遇着难题目了。假如炸进去慢，炸进来快，两种飞机遇着了，又怎么办呢？停止了"安内"，回转头来"迎头痛击"呢，还是仍然只管自己炸进去，一任他跟着炸进来，一前一后，同炸"匪区"，待到炸清了，然后再"攘"他们出去呢？……

不过这只是讲笑话，事实是决不会弄到这地步的。即使弄到这地步，也没有什么难解决：外洋养病，名山拜佛，这就完结了。

五月十六日。

记,导末尾的三句,原稿是:"外洋养病,背脊生疮,名山上拜佛,小便里有糖,这就完结了。"

十九夜补记。

不负责任的坦克车

新近报上说,江西人第一次看了坦克车。自然,江西人的眼福很好。然而也有人惴惴然,唯恐又要掏腰包,报效坦克捐。我倒记起了另外一件事:

有一个自称姓"张"的说过,"我是拥护言论不自由者……唯其言论不自由,才有好文章做出来,所谓冷嘲,讽刺,幽默和其他形形色色,不敢负言论责任的文体,在压迫钳制之下,都应运产生出来了。"这所谓不负责任的文体,不知道比坦克车怎样?

讽刺等类为什么是不负责任,我可不知道。然而听人议论"风凉话"怎么不行,"冷箭"怎么射死了天才,倒也多年了。既然多年,似乎就很有道理。大致是骂人不敢充好汉,胆小。其实,躲在厚厚的铁板——坦克车里面,砰砰碰碰的轰炸,是着实痛快得多,虽然也似乎并不胆大。

高等人向来就善于躲在厚厚的东西后面来杀人的。古时候有厚厚的城墙,为的要防备盗匪和流寇。现在就有钢马甲,铁甲车,坦克车。就是保障"民国"和私产的法律,也总是厚厚的一大本。甚至于自天子以至卿大夫的棺材,也比庶民的要厚些。至于脸皮的厚,也是合于古礼的。

独有下等人要这么自卫一下,就要受到"不负责任"等类的嘲笑:

"你敢出来! 出来! 躲在背后说风凉话不算好汉!"

但是,如果你上了他的当,真的赤膊奔上前阵,像许褚似的充好汉,那他那边立刻就会给你一枪,老实不客气,然后,再学着金圣叹批《三国演义》的笔法,骂一声"谁叫你赤膊的"——活该。总之,死活都有罪。足见做人实在很难,而做坦克车要容易得多。

五月六日。

保留

这几天的报章告诉我们:新任政务整理委员会委员长黄郛的专车一到天津,即有十七岁的青年刘庚生掷一炸弹,犯人当场捕获,据供系受日人指使,遂于次日绑赴新站外枭首示众云。

清朝的变成民国,虽然已经二十二年,但宪法草案的民族民权两篇,日前这才草成,尚未颁布。上月杭州曾将西湖抢犯当众斩决,据说奔往赏鉴者有"万人空巷"之概。可见这虽与"民权篇"第一项的"提高民族地位"稍有出入,却很合于"民族篇"第二项的"发扬民族精神"。南北统一,业已八年,天津也来挂一颗小小的头颅,以示全国一致,原也不必大惊小怪的。

其次,是中国虽说"唯女子与小人为难养也",但一有事故,除三老通电,二老宣言,九四老人题字之外,总有许多"童子爱国","佳人从军"的美谈,使壮年男儿索然无色。我们的民族,好像往往是"小时了了,大未必佳",到得老年,才又脱尽暮气,据讣文,死的就更其了不得。则十七岁的少年而来投掷炸弹,也不是出于情理之外的。

但我要保留的,是"据供系受日人指使"这一节,因为这就是所谓卖国。二十年来,国难不息,而被大众公认为卖国者,一向全是三十以上的人,虽然他们后来依然逍遥自在。至于少年和儿童,则拼命的使尽他们稚弱的心力和体力,携着竹筒或扑满,奔走于风沙泥泞中,想于中国有些微的裨益者,真不知有若干次数了。虽然因为他们无先见之明,这些用汗血求来的金钱,大抵反以供虎狼的一舐,然而爱国之心是真诚的,卖国的事是向来没有的。

不料这一次却破例了,但我希望我们将加给他的罪名暂时保留,再来看一看事实,这事实不必待至三年,也不必待至五十年,在那挂着的头颅还未烂掉之前,就要明白了:谁是卖国者。(编者注:作者撰此文后14天,即5月31日,黄郛就遵照蒋介石的指示,派熊斌同日本关东军代表冈村宁次签订了卖国的《塘沽协定》。)

从我们的儿童和少年的头颅上,洗去喷来的狗血吧!

五月十七日。

这一篇和以后的三篇,都没有能够登出。

七月十九日。

再谈保留

因为讲过刘庚生的罪名，就想到开口和动笔，在现在的中国，实在也很难的，要稳当，还是不响的好。要不然，就常不免反弄到自己的头上来。

举几个例在这里——

十二年前，鲁迅作的一篇《阿Q正传》，大约是想暴露国民的弱点的，虽然没有说明自己是否也包含在里面。然而到得今年，有几个人就用"阿Q"来称他自己了，这就是现世的恶报。

八九年前，正人君子们办了一种报，说反对者是拿了卢布的，所以在学界捣乱。然而过了四五年，正人又是教授，君子化为主任，靠俄款享福，听到停付，就要力争了。这虽然是现世的善报，但也总是弄到自己的头上来。

不过用笔的人，即使小心，也总不免略欠周到的。最近的例，则如各报章上，"敌"呀，"逆"呀，"伪"呀，"傀儡国"呀，用得沸反盈天。不这样写，实在也不足以表示其爱国，且将为读者所不满。谁料得到"某机关通知：御侮要重实际，逆敌一类过度刺激字面，无裨实际，后宜屏用"，而且黄委员长抵平，发表政见，竟说是"中国和战皆处被动，办法难言，国难不止一端，亟谋最后挽救"（并见十八日《大晚报》北平电）的呢？……幸而还好，报上果然只看见"日机威胁北平"之类的题目，没有"过度刺激字面"了，只是"汉奸"的字样却还有。日既非敌，汉何云奸，这似乎不能不说是一个大漏洞。好在汉人是不怕"过度刺激字面"的，就是砍下头来，挂在街头，给中外士女欣赏，也从来不会有人来说一句话。

这些处所，我们是知道说话之难的。

从清朝的文字狱以后，文人不敢做野史了，如果有谁能忘了三百年前的恐怖，只要撮取报章，存其精英，就是一部不朽的大作。但自然，也不必神经过敏，预先改称为"上国"或"天机"的。

五月十七日。

"有名无实"的反驳

新近的《战区见闻记》有这么一段记载：

　　"记者适遇一排长，甫由前线调防于此，彼云，我军前在石门寨，海阳镇，秦皇岛，牛头关，柳江等处所做阵地及掩蔽部……化洋三四十万元，木材重价尚不在内……艰难缔造，原期死守，不幸冷口失陷，一令传出，即行后退，血汗金钱所合并成立之阵地，多未重用，弃若敝屣，至堪痛心；不抵抗将军下台，上峰易人，我士兵莫不额手相庆……结果心与愿背。不幸生为中国人！尤不幸生为有名无实之抗日军人！"（五月十七日《申报》特约通信。）

　　这排长的天真，正好证明未经"教训"的愚劣人民，不足与言政治。第一，他以为不抵抗将军下台，"不抵抗"就一定跟着下台了。这是不懂逻辑：将军是一个人，而不抵抗是一种主义，人可以下台，主义却可以仍旧留在台上的。第二，他以为化了三四十万大洋建筑了防御工程，就一定要死守的了（总算还好，他没有想到进攻）。这是不懂策略：防御工程原是建筑给老百姓看看的，并不是教你死守的阵地，真正的策略却是"诱敌深入"。第三，他虽然奉令后退，却敢于"痛心"。这是不懂哲学：他的心非得治一治不可！第四，他"额手称庆"，实在高兴得太快了。这是不懂命理：中国人生成是苦命的。如此痴呆的排长，难怪他连叫两个"不幸"，居然自己承认是"有名无实的抗日军人"。其实究竟是谁"有名无实"，他是始终没有懂得的。

　　至于比排长更下等的小兵，那不用说，他们只会"打开天窗说亮话，咱们弟兄，处于今日局势，若非对外，鲜有不哗变者"（同上通信）。这还成话吗？古人说，"无敌国外患者，国恒亡。"以前我总不大懂得这是什么意思：既然连敌国都没有了，我们的国还会亡给谁呢？现在照这兵士的话就明白了，国是可以亡给"哗变者"的。

　　结论：要不亡国，必须多找些"敌国外患"来，更必须多多"教训"那些痛心的愚劣人民，使他们变成"有名有实"。

五月十八日。

不求甚解

　　文章一定要有注解，尤其是世界要人的文章。有些文学家自己做的文章还要自己来注释，觉得很麻烦。至于世界要人就不然，他们有的是秘书，或是私淑弟子，替他们来做注释的工作。然而另外有一种文章，却是注释不得的。

　　譬如说，世界第一要人美国总统发表了"和平"宣言，据说是要禁止各国军队越出国境。但是，注释家立刻就说："至于美国之驻兵于中国，则为条约所许，故不在罗斯福总统所提议之禁止内"（十六日路透社华盛顿电）。再看罗氏的原文："世界各国应参加一庄严而确切之不侵犯公约，及重行庄严声明其限制及减少军备之义务，并在签约各国能忠实履行其义务时，各自承允不派遣任何性质之武装军队越出国境。"要是认真注解起来，这其实是说：凡是不"确切"不"庄严"，并不"自己承允"的国家，尽可以派遣任何性质的军队越出国境。至少，中国人且慢高兴，照这样解释，日本军队的越出国境，理由还是十足的；何况连美国自己驻在中国的军队，也早已声明是"不在此例"了。可是，这种认真的注释是叫人扫兴的。

再则，像"誓不签订辱国条约"一句经文，也早已有了不少传注。传曰："对日妥协，现在无人敢言，亦无人敢行。"这里，主要的是一个"敢"字。但是：签订条约有敢与不敢的分别，这是拿笔杆的人的事，而拿枪杆的人却用不着研究敢与不敢的为难问题——缩短防线，诱敌深入之类的策略是用不着签订的。就是拿笔杆的人也不至于只会签字，假使这样，未免太低能。所以又有一说，谓之"一面交涉"。于是乎注疏就来了："以不承认为责任者之第三者，用不合理之方法，以口头交涉……清算无益之抗日。"这是日本电通社的消息。这种泄漏天机的注解也是十分讨厌的，因此，这不会不是日本人的"造谣"。

总之，这类文章浑沌一体，最妙是不用注解，尤其是那种使人扫兴或讨厌的注解。

小时候读书讲到陶渊明的"好读书不求甚解"，先生就给我讲了，他说："不求甚解"者，就是不去看注解，而只读本文的意思。注解虽有，确有人不愿意我们去看的。

五月十八日。

后记

我向《自由谈》投稿的由来，《前记》里已经说过了。到这里，本文已完，而电灯尚明，蚊子暂静，便用剪刀和笔，再来保存些因为《自由谈》和我而起的琐闻，算是一点余兴。

只要一看就知道，在我的发表短评时中，攻击得最烈的是《大晚报》。这也并非和我前生有仇，是因为我引用了它的文字。但我也并非和它前生有仇，是因为我所看的只有《申报》和《大晚报》两种,而后者的文字往往颇觉新奇,值得引用,以消愁释闷。即如我的眼前,现在就有一张包了香烟来的三月三十日的旧《大晚报》在,其中有着这样的一段——

"浦东人杨江生,年已四十有一,貌既丑陋,人复贫穷,向为泥水匠,曾佣于苏州人盛宝山之泥水作场。盛有女名金弟,今方十五龄,而矮小异常,人亦猥琐。昨晚八时,杨在虹口天潼路与盛相遇,杨奸其女。经捕头向杨询问,杨毫不抵赖,承认自去年一二八以后,连续行奸十余次,当派探员将盛金弟送往医院,由医生验明确非处女,今晨解送第一特区地方法院,经刘毓桂推事提审,捕房律师王耀堂以被告诱未满十六岁之女子,虽其后数次皆系该女自往被告家相就,但按法亦应强奸罪论,应请讯究。旋传女父盛宝山讯问,据称初不知有此事,前晚因事责女后,女忽失踪,直至昨晨才归,严诘之下,女始谓留住被告家,并将被告诱奸经过说明,我方得悉,故将被告扭入捕房云。继由盛金弟陈述,与被告行奸,自去年二月至今,已有十余次,每次均系被告将我唤去,并着我不可对父母说知云。质之杨江生供,盛女向呼我为叔,纵欲奸犹不忍下手,故绝对无此事,所谓十余次者,系将盛女带出游玩之次数等语。刘推事以本案尚须调查,谕被告收押,改期再讯。"

在记事里分明可见,盛对于杨,并未说有"伦常"关系,杨供女称之为"叔",是中国的习惯,年长十年左右,往往称为叔伯的。然而《大晚报》用了怎样的题目呢?是四号和头号字的——

拦途扭往捕房控诉

干叔奸侄女

女自称被奸过十余次

男指系游玩并非风流

它在"叔"上添一"干"字,于是"女"就化为"侄女",杨江生也因此成了"逆伦"或准"逆伦"的重犯了。中国之君子,叹人心之不古,憎匪人之逆伦,而唯恐人间没有逆伦的故事,偏要用笔铺张扬厉起来,以耸动低级趣味读者的眼目。杨江生是泥水匠,无从看见,见了也无从抗辩,只得一任他们的编排,然而社会批评者是有指斥的任务的。但还不到指斥,单单引用了几句奇文,他们便什么"员外"什么"警犬"的狂嗥起来,好像他们的一群倒是吸风饮露,带了自己的家私来给社会服务的志士。是的,社长我们是知道的,然而终于不知道谁是东家,就是究竟谁是"员外",

倘说既非商办，又非官办，则在报界里是很难得的。但这秘密，在这里不再研究它也好。

和《大晚报》不相上下，注意于《自由谈》的还有《社会新闻》。但手段巧妙得远了，它不用不能通或不愿通的文章，而只驱使着真伪杂糅的记事。即如《自由谈》的改革的原因，虽然断不定所说是真是假，我倒还是从它那第二卷第十三期（二月七日出版）上看来的——

从《春秋》与《自由谈》说起

中国文坛，本无新旧之分，但到了五四运动那年，陈独秀在《新青年》上一声号炮，别树一帜，提倡文学革命，胡适之、钱玄同、刘半农等，在后摇旗呐喊。这时中国青年外感外侮的压迫，内受政治的刺激，失望与烦闷，为了要求光明的出路，各种新思潮，遂受青年热烈的拥护，使文学革命建了伟大的成功。从此之后，中国文坛新旧的界限，判若鸿沟；但旧文坛势力在社会上有悠久的历史，根深蒂固，一时不易动摇。那时旧文坛的机关杂志，是著名的《礼拜六》，几乎集了天下摇头摆尾的文人，于《礼拜六》一炉！至《礼拜六》所刊的文字。十九是卿卿我我，哀哀唧唧的小说，把民族性陶醉萎靡到极点了！此即所谓鸳鸯蝴蝶派的文字。其中如徐枕亚、吴双热、周瘦鹃等，尤以善谈鸳鸯蝴蝶著名，周瘦鹃且为礼拜六派之健将。这时新文坛对于旧势力的大本营《礼拜六》，攻击颇力，卒以新兴势力，实力单薄，旧派有封建社会为背景，有恃无恐，两不相让，各行其是。此后新派如文学研究会，创造社等，陆续成立，人才渐众，势力渐厚，《礼拜六》应时势之推移，终至"寿终正寝"！唯礼拜六派之残余分子，迄今犹四出活动，无肃清之望，上海各大报中之文艺编辑，至今大都仍是所谓鸳鸯蝴蝶派所把持。可是只要放眼在最近的出版界中，新兴文艺出版数量的可惊，已有使旧势力不能抬头之势！礼拜六派文人之在今日，已不敢复以《礼拜六》的头衔以相召号，盖已至强弩之末的时期了！最近守旧的《申报》，忽将《自由谈》编辑礼拜六派的巨子周瘦鹃撤职，换了一个新派作家黎烈文，这对于旧势力当然是件非常的变动，遂形成了今日新旧文坛剧烈的冲突。周瘦鹃一方面策动各小报，对黎烈文作总攻击，我们只要看郑逸梅主编的《金刚钻》，主张周瘦鹃仍返《自由谈》原位，让黎烈文主编《春秋》，也足见旧派文人终不能忘情于已失的地盘。而另一方面周瘦鹃在自己编的《春秋》内说：各种副刊有各种副刊的特性，作河水不犯井水之论，也足见周瘦鹃犹惴惴于他现有地位的危殆。周同时还硬拉非苏州人的严独鹤加入周所主持的纯苏州人的文艺团体"星社",以为拉拢而固地位之计。不图旧派势力的失败,竟以周启其端。据我所闻:周的不能安于其位,也有原因:他平日对于选稿方面,太刻薄而私心,只要是认识的人投去的稿,不看内容,见篇即登;同时无名小卒或为周所陌生的投稿者,则也不看内容,整堆的作为字纸篓的虏俘。因周所编的刊物,总是几个夹袋里的人物,私心自用,以致内容糟不可言!外界对他的攻击日甚,如许啸天主编之《红叶》,也对周有数次剧烈的抨击,史量才为了外界对他的不满,所以才把他撤去。哪知这次史量才的一动,周竟作了导火线,造成了今日新旧两派短兵相接战斗愈烈的境界!以后想好戏还多,读者请拭目俟之。

[微知]

但到二卷廿一期(三月三日)上,就已大惊小怪起来,为"守旧文化的堡垒"的动摇惋惜——

左翼文化运动的抬头　　水手

关于左翼文化运动,虽然受过各方面严厉的压迫,及其内部的分裂,但近来又似乎渐渐抬起头了。在上海,左翼文化在共产党"联络同路人"的路线之下,的确是较前稍有起色。在杂志方面,甚至连那些第一块老牌杂志,也"左倾"起来。胡愈之主编的《东方杂志》,原是中国历史最久的杂志,也是最稳健不过的杂志,可是据王云五老板的意见,胡愈之近来太"左倾"了,所以在愈之看过的样子,他必须再重看一遍。但虽然是经过王老板大刀阔斧的删段以后,《东方杂志》依然还嫌太"左倾",于是胡愈之的饭碗不能不打破,而由李某来接他的手了。又如《申报》的《自由谈》在礼拜六派的周某主编之时,陈腐到太不像样,但现在也在左联手中了。鲁迅与沈雁冰,现在已成了《自由谈》的两大台柱了。《东方杂志》是属于商务印书馆的,《自由谈》是属于《申报》的,商务印书馆与申报馆,是两个守旧文化的堡垒,可是这两个堡垒,现在似乎是开始动摇了,其余自然是可想而知。此外,还有几个中级的新的书局,也完全在左翼作家手中,如郭沫若、高语罕、丁晓先与沈雁冰等,都各自抓着了一个书局,而做其台柱,这些都是著名的红色人物,而书局老板现在竟靠他们吃饭了。

过了三星期,便确指鲁迅与沈雁冰为《自由谈》的"台柱"(三月廿四日第二卷第廿八期)——

黎烈文未入文总

《申报·自由谈》编辑黎烈文,系留法学生,为一名不见于经传之新进作家。自彼接办《自由谈》后,《自由谈》之论调,为之一变,而执笔为文者,亦由星社《礼拜六》之旧式文人,易为左翼普罗作家。现《自由谈》资为台柱者,为鲁迅与沈雁冰两氏,鲁迅在《自由谈》上发表文稿尤多,署名为"何家干"。除鲁迅与沈雁冰外,其他作品,亦什九系左翼作家之作,如施蛰存、曹聚仁、李辉英辈是。一般人以《自由谈》作文者均系中国左翼文化总同盟(简称文总),故疑黎氏本人,亦系文总中人,但黎氏对此,加以否认,谓彼并未加入文总,与以上诸人仅友谊关系云。 [逸]

又过了一个多月,则发现这两人的"雄图"(五月六日第三卷第十二期)了——

鲁迅沈雁冰的雄图

自从鲁迅、沈雁冰等以《申报·自由谈》为地盘,发抒阴阳怪气的论调后,居然又能吸引群众,取得满意的收获了。在鲁(?)沈的初衷,当然这是一种有作用的尝试,想复兴他们的文化运动。现在,听说已到组织团体的火候了。

参加这个运动的台柱,除他们二人外有郁达夫,郑振铎等,交换意见的结果,认为中国最早的文化运动,是以语丝社创造社及文学研究会为中心,而消散之后,语丝创造的人分化太大了,唯有文学研究会的人大部分都还一致,——如王统照、叶绍钧、徐雉之类。而沈雁冰及郑振铎,一向是文学研究派的主角,于是决定循此路线进行。最近,连田汉都愿意率众归附,大概组会一事,已在必成,而且可以在这红五月中实现了。 [农]

这些记载,于编辑者黎烈文是并无损害的,但另有一种小报式的期刊所谓《微言》,却在《文坛进行曲》里刊了这样的记事——

"曹聚仁经黎烈文等绍介,已加入左联。"(七月十五日,九期。)

这两种刊物立说的差异,由于私怨之有无,是可不言而喻的。但《微言》却更为巧妙:只要用寥寥十五字,便并陷两者,使都成为必被压迫或受难的人们。

到五月初,对于《自由谈》的压迫,逐日严紧起来了,我的投稿,后来就接连的不能发表。但我以为这并非因了《社会新闻》之类的告状,倒是因为这时正值禁谈时事,而我的短评却时有对于时局的愤言;也并非仅在压迫《自由谈》,这时的压迫,凡非官办的刊物,所受之度大概是一样的。但这时候,最适宜的文章是鸳鸯蝴蝶的游泳和飞舞,而《自由谈》可就难了,到五月廿五日,终于刊出了这样的启事——

编辑室

这年头,说话难,摇笔杆尤难。这并不是说:"祸福无门,唯人自召",实在是"天下有道","庶人"相应"不议"。编者谨掬一瓣心香,吁请海内文豪,从兹多谈风月,少发牢骚,庶作者编者,两蒙其休。若必论长议短,妄谈大事,则塞之字簏既有所不忍,布之报端又有所不能,陷编者于两难之境,未免有失恕道。语云:识时务者为俊杰,编者敢以此为海内文豪告。区区苦衷,伏乞矜鉴!　　　　　　　　　[编者]

这现象,好像很得了《社会新闻》群地满足了,在第三卷廿一期(六月三日)里的"文化秘闻"栏内,就有了如下的记载——

《自由谈》态度转变

《申报·自由谈》自黎烈文主编后,即吸收左翼作家鲁迅、沈雁冰及乌鸦主义者曹聚仁等为基本人员,一时论调不三不四,大为读者所不满。且因嘲骂"礼拜五派",而得罪张若谷等;抨击"取消式"之社会主义理论,而与严灵峰等结怨;腰斩《时代与爱的歧途》,又招张资平派之反感,计黎主编《自由谈》数月之结果,已形成一种壁垒,而此种壁垒,乃营业主义之《申报》所最忌者。又史老板在外间亦耳闻有种种不满之论调,乃特下警告,否则为此则唯有解约。最后结果伙计当然屈服于老板,于是"老话","小旦收场"之类之文字,已不复见于近日矣。

而以前的五月十四日午后一时,还有了丁玲和潘梓年的失踪的事,大家多猜测为遭了暗算,而这猜测也日益证实了。谣言也因此非常多,传说某某也将同遭暗算的也有,接到警告或恐吓信的也有。我没有接到什么信,只有一连五六日,有人打电话到内山书店的支店去询问我的住址。我以为这些信件和电话,都不是实行暗算者们所做的,只不过几个所谓文人的鬼把戏,就是"文坛"上,自然也会有这样的人的。但倘有人怕麻烦,这小玩意是也能发生些效力,六月九日《自由谈》上《蓬庐絮语》之后有一条下列的文章,我看便是那些鬼把戏的见效的证据了——

编者附告:昨得子展先生来信,现以全力从事某项著作,无暇旁骛,《蓬庐絮语》,就此完结。

终于,《大晚报》静观了月余,在六月十一的傍晚,从它那文艺附刊的《火炬》上

潘梓年

发出毫光来了,它愤慨得很——

到底要不要自由　　法鲁

　　久不曾提起的"自由"这问题,近来又有人在那里大论特谈,因为国事总是热辣辣的不好惹,索性莫谈,死心再来谈"风月",可是"风月"又谈得不称心,不免喉底里喃喃地漏出几声要"自由",又觉得问题严重,喃喃几句倒是可以,明言直语似有不便,于是正面问题不敢直接提起来论,大刀阔斧不好当面晃起来,却弯弯曲曲,兜着圈子,叫人摸不着棱角,摸着正面,却要把它当作反面看,这原是看"幽默"文字的方法也。

　　心要自由,口又不明言,口不能代表心,可见这只口本身已经是不自由的了。因为不自由,所以才讽讽刺刺,一会儿"要自由",一会儿又"不要自由",过一会儿再"要不自由的自由"和"自由的不自由",翻来覆去,总叫头脑简单的人弄得"神经衰弱",把捉不住中心。到底要不要自由呢?说清了,大家也好顺风转舵,免得闷在葫芦里,失掉听懂的自由。照我这个不是"雅人"的意思,还是粗粗直直地说:"咱们要自由,不自由就来拼个你死我活!"

　　本来"自由"并不是个非常问题,给大家一谈,倒严重起来了。——问题到底是自己弄严重的,如再不使用大刀阔斧,将何以冲破这黑漆一团?细针短刺毕竟是雕虫小技,无助于大题,讥刺嘲讽更已属另一年代的老人所发的呓语。我们聪明的知识分子又何尝不知道讽刺在这时代已失去效力,但是要想弄起刀斧,却又觉左右掣肘,在这一年代,科学发明,刀斧自然不及枪炮;生贱于蚁,本不足惜,无奈我们无能的知识分子偏吝惜他的生命何!

这就是说,自由原不是什么稀罕的东西,给你一谈,倒谈得难能可贵起来了。你对于时局,本不该弯弯曲曲的讽刺。现在他对于讽刺者,是"粗粗直直地"要求你去死亡。作者是一位心直口快的人,现在被别人累得"要不要自由"也摸不着头脑了。

然而六月十八日晨八时十五分,是中国民权保障同盟的副会长杨杏佛(铨)遭了暗杀。

这总算拼了个"你死我活",法鲁先生不再在《火炬》上说亮话了。只有《社会新闻》,却在第四卷第一期(七月三日出)里,还描出左翼作家的怯懦来——

左翼作家纷纷离沪

在五月,上海的左翼作家曾喧闹一时,好像什么都要染上红色,文艺界全归左翼。但在六月下旬,情势显然不同了,非左翼作家的反攻阵线布置完成,左翼的内部也起了分化,最近上海暗杀之风甚盛,文人的脑筋最敏锐,胆子最小而脚步最快,他们都以避暑为名离开了上海。据确讯,鲁迅赴青岛,沈雁冰在浦东乡间,郁达夫杭州,陈望道回家乡,莲蓬子,白薇之类的踪迹都看不见了。　　　　　　　　　[道]

西湖是诗人避暑之地,牯岭乃阔佬消夏之区,神往尚且不敢,而况身游。杨杏佛一死,别人也不会突然怕热起来的。听说青岛也是好地方,但这是梁实秋教授传道的圣境,我连遥望一下的眼福也没有过。"道"先生有道,代我设想的恐怖,其实是不确的。否则,一群流氓,几枝手枪,真可以治国平天下了。

但是,嗅觉好像特别灵敏的《微言》,却在第九期(七月十五日出)上载着另一种消息——

自由的风月　　顽石

黎烈文主编之《自由谈》,自宣布"只谈风月,少发牢骚"以后,而新进作家所投真正谈风月之稿,仍拒登载,最近所载者非老作家化名之讽刺文章,即其刺探们无聊之考古。闻此次辩论旧剧中的锣鼓问题,署名"罗复"者,即陈子展,"何如"者,即曾经被捕之黄素。此一笔糊涂官司,颇骗得稿费不少。

这虽然也是一种"牢骚",但"真正谈风月"和"曾经被捕"等字样,我觉得是用得很有趣的。惜"化名"为"顽石",灵气之不钟于鼻子若我辈者,竟莫辨其为"新进作家"抑"老作家"也。

《后记》本来也可以完结了,但还有应该提一下的,是所谓"腰斩张资平"案。

《自由谈》上原登着这位作者的小说,没有做完,就被停止了,有些小报上,便哄传为"腰斩张资平"。当时也许有和编辑者往复驳难的文章的,但我没有留心,因此就没有收集。现在手头的只有《社会新闻》,第三卷十三期(五月九日出)里有一篇文章,据说是罪魁祸首又是我,如下——

张资平挤出《自由谈》　　粹公

今日的《自由谈》,是一块有为而为的地盘,是"乌鸦""阿Q"的播音台,当然用不着"三角四角恋爱"的张资平混迹其间,以至不得清一。

然而有人要问:为什么那个色欲狂的"迷羊"——郁达夫却能例外? 他不是同张资平一样发源于创造吗? 一样唱着"妹妹我爱你"吗? 我可以告诉你,这的确是例外。因为郁达夫虽则是个色欲狂,但他能流入"左联",认识"民权保障"的大人物,与今日《自由谈》的后台老板鲁(?)老夫子是同志,成为"乌鸦""阿Q"的伙伴了。

据《自由谈》主编人黎烈文开革张资平的理由,是读者对于《时代与爱的歧路》一文,发生了不满之感,因此中途腰斩,这当然是一种遁词。在肥胖得走油的申报馆老板,固然可以不惜几千块钱,买了十洋一千字的稿子去塞纸篓,但在靠卖文为活的张资平,却比宣布了死刑都要惨,他还得见见人呢!

而且《自由谈》的写稿,是在去年十一月,黎烈文请客席上,请他担任的,即使鲁(?)先生要扫清地盘,似乎也应当客气一些,而不能用此辣手。问题是这样的,鲁先生为了要复兴文艺(?)运动,当然第一步先须将一切的不同道者打倒,于是乃有批评曾今可、张若谷、章衣萍等为"礼拜五派"之举;张资平如若识相,自不难感觉到自己正酣卧在他们榻旁,而立刻滚蛋! 无如十洋一千使他眷恋着,致触了这个大霉头。当然,打倒人是愈毒愈好,管他是死刑还是徒刑呢!

在张资平被挤出《自由谈》之后,以常情论,谁都咽不下这口冷水,不过张资平的阘懦是著名的,他为了老婆小孩子之故,是不能同他们斗争,而且也不敢同他们摆好了阵营的集团去斗争,于是,仅仅在《中华日报》的《小贡献》上,发了一条软弱

国学经典文库

鲁迅文集

·伪自由书·

图文珍藏版

无力的冷箭,以作遮羞。

现在什么事都没有了,《红萝卜须》已代了他的位置,而沈雁冰新组成的文艺观摩团,将大批的移植到《自由谈》来。

还有,是《自由谈》上曾经攻击过曾今可的"解放词",据《社会新闻》第三卷廿二期(六月六日出)说,原来却又是我在闹的了,如下——

曾今可准备反攻

曾今可之为鲁迅等攻击也,实至体无完肤,固无时不想反攻,特以力薄能鲜,难于如愿耳!且知鲁迅等有左联作背景,人多手众,此呼彼应,非孤军抗战所能抵御,因亦着手拉拢,凡曾受鲁等侮辱者更所欢迎。近已拉得张资平,胡怀琛,张凤,龙榆生等十余人,组织一文艺漫谈会,假新时代书店为地盘,计划一专门对付左翼作家之半月刊,本月中旬即能出版。　　　　　　　　　　　　　　[如]

那时我想,关于曾今可,我虽然没有写过专文,但在《曲的解放》(本书第十五篇)里确曾涉及,也许可以称为"侮辱"吧;胡怀琛虽然和我不相干,《自由谈》上是嘲笑过他的"墨翟为印度人说"的。但张,龙两位是怎么的呢? 彼此的关涉,在我的记忆上竟一点也没有。这事直到我看见二卷二十六期的《涛声》(七月八日出),疑团这才冰释了——

"文艺座谈"遥领记　　　聚仁

《文艺座谈》者,曾词人之反攻机关报也,遥者远也,领者领情也,记者记不曾与座谈而遥领盛情之经过也。

解题既毕,乃述本事。

有一天,我到暨南去上课,休息室的台子上赫然一个请帖;展而恭读之,则《新时代月刊》之请帖也,小子何幸,乃得此请帖! 折而藏之,以为传家之宝。

《新时代》请客而《文艺座谈》生焉,而反攻之阵线成焉。报章煌煌记载,有名将在焉。我前天碰到张凤老师,带便问一个口讯;他说:"谁知道什么座谈不座谈呢? 他早又没说,签了名,第二天,报上都说是发起人啦。"昨天遇到龙榆生先生,龙先生说:"上海地方真不容易做人,他们再三叫我去谈谈,只吃了一些茶点,就算数了;我又出不起广告费。"我说:"吃了他家的茶,自然是他家人啦!"

我幸而没有去吃茶,免于被强奸,遥领盛情,志此谢谢!

但这"文艺漫谈会"的机关杂志《文艺座谈》第一期,却已经罗列了十多位作家的名字,于七月一日出版了。其中的一篇是专为我而作的——

内山书店小坐记　　白羽遐

某天的下午,我同一个朋友在上海北四川路散步。走着走着,就走到北四川路底了。我提议到虹口公园去看看,我的朋友却说先到内山书店去看看有没有什么新书。我们就进了内山书店。

内山书店是日本浪人内山完造开的,他表面是开书店,实在差不多是替日本政府做侦探。他每次和中国人谈了点什么话,马上就报告日本领事馆。这也已经成了"公开的秘密"了,只要是略微和内山书店接近的人都知道。

我和我的朋友随便翻看着书报。内山看见我们就连忙跑过来和我们招呼,请我们坐下来,照例地闲谈。因为到内山书店来的中国人大多数是文人,内山也就知道点中国的文化。他常和中国人谈中国文化及中国社会的情形,却不大谈到中国的政治,自然是怕中国人对他怀疑。

"中国的事都要打折扣,文字也是一样。'白发三千丈'这就是一个天大的诳!这就得大打其折扣。中国的别的问题,也可以以此类推……哈哈!哈!"

内山的话我们听了并不觉得一点难为情,诗是不能用科学方法去批评的。内山不过是一个九州角落里的小商人,一个暗探,我们除了用微笑去回答之外,自然不会拿什么话语去向他声辩了。不久以前,在《自由谈》上看到何家干先生的一篇文字,就是内山所说的那些话。原来所谓"思想界的权威",所谓"文坛老将",连一点这样的文章都非"出自心裁"!

内山还和我们谈了好些,"航空救国"等问题都谈到,也有些是已由何家干先生抄去在《自由谈》发表过的。我们除了勉强敷衍他之外,不大讲什么话,不想理他。因为我们知道内山是个什么东西,而我们又没有请他救过命,保过险,以后也决不预备请他救命或保险。

我同我的朋友出了内山书店,又散步散到虹口公园去了。

不到一礼拜(七月六日),《社会新闻》(第四卷二期)就加以应援,并且廓大到"左联"去了。其中的"茅盾",是本该写作"鲁迅"的故意的错误,为的是令人不疑为出于同一人的手笔——

内山书店与左联

《文艺座谈》第一期上说,日本浪人内山完造在上海开书店,是侦探作用,这是确属的,而尤其与左联有缘。记得郭沫若由汉逃沪,即匿内山书店楼上,后又代为买船票渡日。茅盾在风声紧急时,亦以内山书店为唯一避难所。然则该书店之作用究何在者? 盖中国之有其匪,日本之利也,所以日本杂志所载调查中国匪情文字,比中国自身所知者为多,而此类材料之获得,半由受过救命之恩之共党文艺分子所供给;半由共党自行送去,为张扬势力之用,而无聊文人为其收买甘愿为其刺探者亦大有人在。闻此种侦探机关,除内山以外,尚有日日新闻社,满铁调查所等,而著名侦探除内山完造外,亦有田中,小岛,中村等。   [新皖]

这两篇文章中,有两种新花样:一,先前的诬蔑者,都说左翼作家是受苏联的卢布的,现在则变了日本的间接侦探;二,先前的揭发者,说人抄袭是一定根据书本的,现在却可以从别人的嘴里听来,专凭他的耳朵了。至于内山书店,三年以来,我确是常去坐,检书谈话,比和上海的有些所谓文人相对还安心,因为我确信他做生意,是要赚钱的,却不做侦探;他卖书,是要赚钱的,却不卖人血:这一点,倒是凡有自以为人,而其实是狗也不如的文人们应该竭力学学的!

但也有人来抱不平了,七月五日的《自由谈》上,竟揭载了这样的一篇文字——

谈"文人无行"　　谷春帆

虽说自己也忝列于所谓"文人"之"林",但近来对于"文人无行"这句话,却颇表示几分同意,而对于"人心不古","世风日下"的感喟,也不完全视为"道学先生"的偏激之言。实在,今日"人心"险毒得太令人可怕了,尤其是所谓"文人",想得出,做得到,种种卑劣行为如阴谋中伤,造谣诬蔑,公开告密,卖友求荣,卖身投靠的勾当,举不胜举。而在另一方面自吹自擂,靦然以"天才"与"作家"自命,偷窃他人唾余,还沾沾自喜的种种怪象,也是"无丑不备有恶皆臻",对着这些痛心的事实,我们还能够否认"文人无行"这句话的相当真实吗? (自然,我也并不是说凡文人皆无行。)我们能不兴起"世道人心"的感喟吗?

自然,我这样的感触并不是毫没来由地。举实事来说,过去有曾某其人者,硬以"管他娘"与"打打麻将"等屁话来实行其所谓"词的解放",被人斥为"轻薄少年"与"色情狂的急色儿",曾某却唠唠叨叨辩个不休,现在呢,新的事实又证明了曾某不仅是一个轻薄少年,而且是阴毒可憎的蛇蝎,他可以借崔万秋的名字为自己吹牛(见二月崔在本报所登广告),甚至硬把日本一个打字女和一个中学教员派做"女诗人"和"大学教授",把自己吹捧得无微不至;他可以用最卑劣的手段投稿于小报,指他的朋友为×××,并公布其住址,把朋友公开出卖(见第五号《中外书报新闻》)。这样的大胆,这样的阴毒,这样的无聊,实在使我不能相信这是一个有廉耻有人格的"人"——尤其是"文人",所能做出。然而曾某却真想得到,真做得出,我想任何人当不能不佩服曾某的大无畏的精神。

听说曾某年纪还不大,也并不是没有读书的机会,我想假如曾某能把那种吹牛拍马的精力和那种阴毒机巧的心思用到求实学一点上,所得不是要更多些吗?然而曾某却偏要日以吹拍为事,日以造谣中伤为事,这,一方面固愈足以显曾某之可怕,另一方面亦正见青年自误之可惜。

不过,话说回头,就是受过高等教育的也未必一定能束身自好,比如以专写三角恋爱小说出名,并发了财的张××,彼固动辄以日本某校出身自炫者,然而他最近也会在一些小报上泼辣叫嚣,完全一副满怀毒恨的"弃妇"的脸孔,他会阴谋中伤,造谣挑拨,他会硬派人像布哈林或列宁,简直想要置你于死地,其人格之卑污,手段之恶辣,可说空前绝后,这样看来,高等教育又有何用?还有新出版之某无聊刊物上有署名"白羽遐"者作《内山书店小坐记》一文,公然说某人常到内山书店,曾请内山书店救过命保过险。我想,这种公开告密的勾当,大概也就是一流人化名玩出的花样。

然而无论他们怎样造谣中伤,怎样阴谋陷害,明眼人一见便知,害人不着,不过徒然暴露他们自己的卑污与无人格而已。

但,我想,"有行"的"文人",对于这班丑类,实在不应当像现在一样,始终置之不理,而应当振臂奋起,把它们驱逐于文坛以外,应当在污秽不堪的中国文坛,做一番扫除的工作!

于是祸水就又引到《自由谈》上去,在次日的《时事新报》上,便看见一则启事,是方寸大字的标名——

张资平启事

五日《申报·自由谈》之《谈"文人无行"》,后段大概是指我而说的。我是坐不改名,行不改姓的人,纵令有时用其他笔名,但所发表文字,均自负责,此须申明者一；白羽遐另有其人，至《内山小坐记》亦不见是怎样坏的作品，但非出我笔，我未便承认，此须申明者二；我所写文章均出自信，而发现关于政治上主张及国际情势之研究有错觉及乱视者，均不惜加以纠正。至于"造谣伪造信件及对于意见不同之人，任意加以诬毁"皆为我生平所反对，此须申明者三；我不单无资本家的出版者为我后援，又无姊妹嫁作大商人为妾，以谋得一编辑以自豪，更进而行其"诬毁造谣假造信件"等卑劣的行动。我连想发表些关于对政治对国际情势之见解，都无从发表，故凡容纳我的这类文章之刊物，我均愿意投稿。但对于该刊物之其他文字则不能负责，此须申明者四。今后凡有利用以资本家为背景之刊物对我诬毁者，我只视作狗吠，不再答复，特此申明。

这很明白，除我而外，大部分是对于《自由谈》编辑者黎烈文的。所以又次日的《时事新报》上，也登出相对的启事来——

黎烈文启事

烈文去岁游欧归来，客居沪上，因《申报》总理史量才先生系世交长辈，故常往访候，史先生以烈文未曾入过任何党派，且留欧时专治文学，故令加入申报馆编辑《自由谈》。不料近两月来，有三角恋爱小说商张资平，因烈文停登其长篇小说，怀恨入骨，常在各大小刊物，造谣诬蔑，挑拨陷害，无所不至，烈文因其手段与目的过于卑劣，明眼人一见自知，不值一辩，故至今绝未置答，但张氏昨日又在《青光》栏上登一启事，含沙射影，肆意诬毁，其中有"又无姊妹嫁作大商人为妾"一语，不知何指。张氏启事既系对《自由谈》而发，而烈文现为《自由谈》编辑人，自不得不有所表白，以释群疑。烈文只胞妹两人，长应元未嫁早死，次友元现在长沙某校读书，亦未嫁人，均未出过湖南一步。且据烈文所知，湘潭黎氏同族姊妹中不论亲疏远近，既无一人嫁人为妾，亦无一人得与"大商人"结婚，张某之言，或系一种由衷的遗憾（没有姊妹嫁作大商人为妾的遗憾），或另有所指，或系一种病的发作，有如疯犬之狂吠，则非烈文所知耳。

此后还有几个启事，避烦不再剪贴了。总之，较关紧要的问题，是"姊妹嫁作大商人为妾"者是谁？但这事须问"行不改名，坐不改姓"的好汉张资平本人才知道。

可是中国真也还有好事之徒，竟有人不怕中暑的跑到真茹的"望岁小农居"这洋楼底下去请教他了。《访问记》登在《中外书报新闻》的第七号（七月十五日出）上，下面是关于"为妾"问题等的一段——

（四）启事中的疑问

以上这些话还只是讲刊登及停载的经过，接着，我便请他解答启事中的几个疑问。

"对于你的启事中，有许多话，外人看了不明白，能不能让我问一问？"

"是那几句？"

"'姊妹嫁作商人妾'，这不知道有没有什么影射？"

"这是黎烈文他自己多心，我不过顺便在启事中，另外指一个人。"

"那个人是谁呢？"

"那不能公开。"自然他既然说了不能公开的话，也就不便追问了。

"还有一点，你所谓'想发表些关于对政治对国际情势之见解都无从发表'，这又何所指？"

"那是讲我在文艺以外的政治见解的东西，随笔一类的东西。"

"是不是像《新时代》上的《望岁小农居日记》一样的东西呢？"（参看《新时代》七月号）我插问。

"那是对于鲁迅的批评，我所说的是对政治的见解，《文艺座谈》上面有。"（参看《文艺座谈》一卷一期《从早上到下午》。）

"对于鲁迅的什么批评？"

"这是题外的事情了，我看关于这个，请你还是不发表好了。"

这真是"胸中不正，则眸子眊焉"，寥寥几笔，就画出了这位文学家的嘴脸。《社会新闻》说他"阉懦"，固然意在博得社会上"济弱扶倾"的同情，不足置信，但启事上的自白，却也须照中国文学上的例子，大打折扣的（倘白羽遐先生在"某天"又到"内山书店小坐"，一定又会从老板口头听到），因为他自己在"行不改姓"之后，也就说"纵令有时用其他笔名"，虽然"但所发表文字，均自负责"，而无奈"还是不发表好了"何？但既然"还是不发表好了"，则关于我的一笔，我也就不再深论了。

一支笔不能兼写两件事，以前我实在闲却了《文艺座谈》的座主，"解放词人"曾今可先生了。但写起来却又很简单，他除了"准备反攻"之外，只在玩"告密"的玩艺。

崔万秋先生和这位词人，原先是相识的，只为了一点小纠葛，他便匿名向小报投稿，诬陷老朋友去了。不幸原稿偏落在崔万秋先生的手里，制成铜版，在《中外书报新闻》(五号)上精印了出来——

崔万秋加入国家主义派

《大晚报》屁股编辑崔万秋自日回国,即住在愚园坊六十八号左舜生家,旋即由左与王造时介绍于《大晚报》工作。近为国家主义及广东方面宣传极力,夜则流连于舞场或八仙桥庄上云。

有罪案,有住址,逮捕起来是很容易的。而同时又诊出了一点小毛病,是这位词人曾经用了崔万秋的名字,自己大做了一通自己的诗的序,而在自己所做的序里又大称赞了一通自己的诗。轻恙重症,同时夹攻,渐使这柔嫩的诗人兼词人站不住,他要下野了,而在《时事新报》(七月九日)上却又是一个启事,好像这时的文坛是入了"启事时代"似的——

曾今可启事

鄙人不日离沪旅行,且将脱离文字生活。以后对于别人对我造谣诬蔑,一概置之不理。这年头,只许强者打,不许弱者叫,我自然没有什么话可说。我承认我是一个弱者,我无力反抗,我将在英雄们胜利的笑声中悄悄地离开这文坛。如果有人笑我是"懦夫",我只当他是尊我为"英雄"。此启。

这就完了。但我以为文字是有趣的,结末两句,尤为出色。

我剪贴在上面的《谈"文人无行"》,其实就是这曾张两案的合论。但由我看来,这事件却还要坏一点,便也做了一点短评,投给《自由谈》。久而久之,不见登出,索回原稿,油墨手印满纸,这便是曾经排过,又被谁抽掉了的证据,可见纵"无姊妹嫁作大商人为妾","资本家的出版者"也还是为这一类名公"后援"的。但也许因为恐怕得罪名公,就会立刻给你戴上一顶红帽子,为性命计,不如不登的也难说。现在就抄在这里吧——

驳"文人无行"

"文人"这一块大招牌,是极容易骗人的。虽在现在,社会上的轻贱文人,实在还不如所谓"文人"的自轻自贱之甚。看见只要是"人",就决不肯做的事情,论者还不过说他"无行",解为"疯人",恕其"可怜"。其实他们却原是贩子,也一向聪明绝顶,以前的种种,无非"生意经",现在的种种,也并不是"无行",倒是他要"改行"了。

　　生意的衰微使他要"改行"。虽是极低劣的三角恋爱小说，也可以卖掉一批的，我们在夜里走过马路边，常常会遇见小瘪三从暗中来，鬼鬼祟祟地问道："阿要春宫？阿要春宫？中国的，东洋的，西洋的，都有。阿要勿？"生意也并不清淡。上当的是初到上海的青年和乡下人。然而这至多也不过四五回，他们看过几套，就觉得讨厌，甚且要作呕了，无论你"中国的，东洋的，西洋的，都有"也无效。而且因时势的迁移，读书界也起了变化，一部分是不再要看这样的东西了；一部分是简直去跳舞，去嫖妓，因为所花的钱，比买手淫小说全集还便宜。这就使三角家之类觉得没落。我们不要以为造成了洋房，人就会满足的，每一个儿子，至少还得给他赚下十万块钱呢。

　　于是乎暴躁起来。然而三角上面，是没有出路了的。于是勾结一批同类，开茶会，办小报，造谣言，其甚者还竟至于卖朋友，好像他们的鸿篇巨制的不再有人赏识，只是因为有几个人用一手掩尽了天下人的眼目似的。但不要误解，以为他真在这样想。他是聪明绝顶，其实并不在这样想的，现在这副嘴脸，也还是一种"生意经"，用三角钻出来的活路。总而言之，就是现在只好经营这一种买卖，才又可以赚些钱。

　　譬如说吧，有些"第三种人"也曾做过"革命文学家"，借此开张书店，吞过郭沫若的许多版税，现在所住的洋房，有一部分怕还是郭沫若的血汗所装饰的。此刻那里还能做这样的生意呢？此刻要合伙攻击左翼，并且造谣陷害了知道他们的行为的人，自己才是一个干净刚直的作者，而况告密式的投稿，还可以大赚一注钱呢。

　　先前的手淫小说，还是下部的勾当，但此路已经不通，必须上进才是，而人们——尤其是他的旧相识——的头颅就危险了。这那里是单单的"无行"文人所能做得出来的？

　　上文所说，有几处自然好像带着曾今可、张资平这一流，但以前的"腰斩张资平"，却的确不是我的意见。这位作家的大作，我自己是不要看的，理由很简单：我脑子里不要三角四角的这许多角。倘有青年来问我可看与否，我是劝他不必看的，理由也很简单：他脑子里也不必有三角四角的那许多角。若夫他自在投稿取费，出版卖钱，即使他无须养活老婆儿子，我也满不管，理由也很简单：我是从不想到他那些三角四角的角不完的许多角的。

国学经典文库

鲁迅文集

·伪自由书·

图文珍藏版

1015

然而多角之辈,竟谓我策动"腰斩张资平"。既谓矣,我乃简直以 X 光照其五脏六腑了。

《后记》这回本来也真可以完结了,但且住,还有一点余兴的余兴。因为剪下的材料中,还留着一篇妙文,倘使任其散失,是极为可惜的,所以特地将它保存在这里。

这篇文章载在六月十七日《大晚报》的《火炬》里——

新儒林外史　　柳丝

第一回　揭旗扎空营　兴师布迷阵

却说卡尔和伊理基两人这日正在天堂以上讨论中国革命问题,忽见下界中国文坛的大戈壁上面,杀气腾腾,尘沙弥漫,左翼防区里面,一位老将紧追一位小将,战鼓震天,喊声四起,忽然那位老将牙缝开处,吐出一道白雾,卡尔闻到气味立刻晕倒,伊理基拍案大怒道,"毒瓦斯,毒瓦斯!"扶着卡尔赶快走开去了。原来下界中国文坛的大戈壁上面,左翼防区里头,近来新扎一座空营,揭起小资产阶级革命文学之旗,无产阶级文艺营垒受了奸人挑拨,大兴问罪之师。这日大军压境,新扎空营的主将兼官佐又兼士兵杨邨人提起笔枪,跃马相迎,只见得战鼓震天,喊声四起,为首先锋扬刀跃马而来,乃老将鲁迅是也。那杨邨人打拱,叫声"老将军别来无恙?"老将鲁迅并不答话,跃马直冲扬刀便刺,那杨邨人笔枪挡住又道:"老将有话好讲,何必动起干戈? 小将别树一帜,自扎空营,只因事起仓促,未及呈请指挥,并非倒戈相向,实则独当一面,此心此志,天人共鉴。老将军试思左翼诸将,空言克服,骄盈自满,战术既不研究,武器又不制造。临阵则军容不整,出马则拖枪而逃,如果长此以往,何以维持威信? 老将军整顿纪纲之不暇,劳师远征,窃以为大大对不起革命群众的呵!"老将鲁迅又不答话,圆睁环眼,倒竖虎须,只见得从他的牙缝里头嘘出一道白雾,那小将杨邨人知道老将放出毒瓦斯,说得迟那时快,已经将防毒面具戴好了,正是:情感作用无理讲,是非不明只天知! 欲知老将究竟能不能将毒瓦斯闷死那小将,且待下回分解。

第二天就收到一封编辑者的信,大意说:兹署名有柳丝者("先生读其文之内容或不难想象其为何人"),投一滑稽文稿,题为《新儒林外史》,但并无伤及个人名誉之事,业已决定为之发表,倘有反驳文章,亦可登载云云。使刊物暂时化为战场,热闹一通,是办报人的一种极普通办法,近来我更加"世故",天气又这么热,当然不会去流汗同翻筋斗的。况且"反驳"滑稽文章,也是一种少有的奇事,即使"伤及个人名誉事",我也没有办法,除非我也作一部《旧儒林外史》,来辩明"卡尔和伊理基"的话的真假。但我并不是巫师,又怎么看得见"天堂"?"柳丝"是杨邨人先生还在做"无产阶级革命文学者"时候已经用起的笔名,这无须看内容就知道,而曾几何时,就在"小资产阶级革命文学"的旗帜下做着这样的幻梦,将自己写成了这么一副形容了。时代的巨轮,真是能够这么冷酷地将人们辗碎的。但也幸而有这一辗,因为韩侍桁先生倒因此从这位"小将"的腔子里看见了"良心"了。

这作品只是第一回,当然没有完,我虽然毫不想"反驳",却也愿意看看这有"良心"的文学,不料从此就不见了,迄今已有月余,听不到"卡尔和伊理基"在"天堂"上和"老将""小将"在地狱里的消息。但据《社会新闻》(七月九日,四卷三期)说,则又是"左联"阻止的——

杨邨人转入 AB 团

叛左联而写揭小资产战斗之旗的杨邨人,近已由汉来沪,闻寄居于 AB 团小卒徐翔之家,并已加入该团活动矣。前在《大晚报》署名柳丝所发表的《新封神榜》一文,即杨手笔,内对鲁迅大加讽刺,但未完即止,闻因受左联警告云。　　[预]

左联会这么看重一篇"讽刺"的东西,而且仍会给"叛左联而写揭小资产战斗之旗的杨邨人"以"警告",这才真是一件奇事。据有些人说,"第三种人"的"忠实于自己的艺术",是已经因了左翼理论家的凶恶的批评而写不出来了,现在这"小资产战斗"的英雄,又因了左联的警告而不再"战斗",我想,再过几时,则一切割地吞款,兵祸水灾,古物失踪,阔人生病,也要都成为左联之罪,尤其是鲁迅之罪了。

现在使我记起了蒋光慈先生。

事情是早已过去,恐怕有四五年了,当蒋光慈先生组织太阳社,和创造社联盟,率'领"小将"来围剿我的时候,他曾经做过一篇文章,其中有几句,大意是说,鲁迅向来未曾受人攻击,自以为不可一世,现在要给他知道知道了。其实这是错误的,我自做评论以来,即无时不受攻击,即如这三四月中,仅仅关于《自由谈》的,就已有这许多篇,而且我所收录的,还不过一部分。先前何尝不如此呢,但它们都与如驶的流光一同消逝,无踪无影,不再为别人所觉察罢了。这回趁几种刊物还在手头,便转载一部分到《后记》里,这其实也并非专为我自己,战斗正未有穷期,老谱将不断地袭用，对于别人的攻击，想来也还要用这一类的方法，但自然要改变了所攻击的人名。将来的战斗的青年，倘在类似的境遇中，能偶然看见这记录，我想是必能开颜一笑，更明白所谓敌人者是怎样的东西的。

所引的文字中，我以为很有些篇，倒是出于先前的"革命文学者"。但他们现在是另一个笔名，另一副嘴脸了。这也是必然的。革命文学者若不想以他的文学，助革命更加深化，展开，却借革命来推销他自己的"文学"，则革命高扬的时候，他正是狮子身中的害虫，而革命一受难，就一定要发现以前的"良心"，或以"孝子"之名，或以"人道"之名，或以"比正在受难的革命更加革命"之名，走出阵线之外，好则沉默，坏就成为叭儿的。这不是我的"毒瓦斯"，这是彼此看见的事实！

一九三三年七月二十日午，记。

准风月谈

前记

　　自从中华民国建国二十有二年五月二十五日《自由谈》的编者刊出了"吁请海内文豪,从兹多谈风月"的启事以来,很使老牌风月文豪摇头晃脑的高兴了一大阵,讲冷话的也有,说俏皮话的也有,连只会做"文探"的叭儿们也翘起了它尊贵的尾巴。但有趣的是谈风云的人,风月也谈得,谈风月就谈风月吧,虽然仍旧不能正如尊意。

　　想从一个题目限制了作家,其实是不能够的。假如出一个"学而时习之"的试题,叫遗少和车夫来做八股,那做法就决定不一样。自然,车夫做的文章可以说是不通,是胡说,但这不通或胡说,就打破了遗少们的一统天下。古话里也有过:柳下惠看见糖水,说"可以养老",盗跖见了,

工作中的鲁迅

却道可以粘门闩。他们是弟兄,所见的又是同一的东西,想到的用法却有这么天差地远。"月白风清,如此良夜何?"好的,风雅之至,举手赞成。但同是涉及风月的"月黑杀人夜,风高放火天"呢,这不明明是一联古诗吗? 我的谈风月也终于谈出了乱子来,不过也并非为了主张"杀人放火"。其实,以为"多谈风月",就是"莫谈国事"的意思,是误解的。"漫谈国事"倒并不要紧,只是要"漫",发出去的箭石,不要正中了有些人物的鼻梁,因为这是他的武器,也是他的幌子。

　　从六月起的投稿,我就用种种的笔名了,一面固然为了省事,一面也省得有人骂读者们不管文字,只看作者的署名。然而这么一来,却又使一些看文字不用视觉,专靠嗅觉的"文学家"疑神疑鬼,而他们的嗅觉又没有和全体一同进化,至于看见一个新的作家的名字,就疑心是我的化名,对我呜呜不已,有时简直连读者都被他们闹得莫名其妙了。现在就将当时所用的笔名,仍旧留在每篇之下,算是负着应

负的责任。

还有一点和先前的编法不同的,是将刊登时被删改的文字大概补上去了,而且旁加黑点,以清眉目。这删改,是出于编辑或总编辑,还是出于官派的检查员的呢,现在已经无从辨别,但推想起来,改点句子,去些讳忌,文章却还能连接的处所,大约是出于编辑的,而胡乱删削,不管文气的接不接,语意的完不完的,便是钦定的文章。

日本的刊物,也有禁忌,但被删之处,是留着空白,或加虚线,使读者能够知道的。中国的检察官却不许留空白,必须接起来,于是读者就看不见检查删削的痕迹,一切含糊和恍惚之点,都归在作者身上了。这一种办法,是比日本大有进步的,我现在提出来,以存中国文网史上极有价值的故实。

去年的整半年中,随时写一点,居然在不知不觉中又成一本了。当然,这不过是一些拉杂的文章,为“文学家”所不屑道。然而这样的文字,现在却也并不多,而且“拾荒”的人们,也还能从中检出东西来,我因此相信这书的暂时的生存,并且作为集印的缘故。

一九三四年三月十日,于上海记。

一九三三年

夜颂

游光

爱夜的人,也不但是孤独者,有闲者,不能战斗者,怕光明者。

人的言行,在白天和在深夜,在日下和在灯前,常常显得两样。夜是造化所织的幽玄的天衣,普覆一切人,使他们温暖,安心,不知不觉地自己渐渐脱去人造的面具和衣裳,赤条条地裹在这无边际的黑絮似的大块里。

虽然是夜,但也有明暗。有微明,有昏暗,有伸手不见掌,有漆黑一团糟。爱夜的人要有听夜的耳朵和看夜的眼睛,自在暗中,看一切暗。君子们从电灯下走入暗室中,伸开了他的懒腰;爱侣们从月光下走进树荫里,突变了他的眼色。夜的降临,抹杀了一切文人学士们当光天化日之下,写在耀眼的白纸上的超然,混然,恍然,勃然,粲然的文章,只剩下乞怜,讨好,撒谎,骗人,吹牛,捣鬼的夜气,形成一个灿烂的金色的光圈,像见于佛画上面似的,笼罩在学识不凡的头脑上。

爱夜的人于是领受了夜所给予的光明。

高跟鞋的摩登女郎在马路边的电光灯下,咯咯地走得很起劲,但鼻尖也闪烁着一点油汗,在证明她是初学的时髦,假如长在明晃晃的照耀中,将使她碰着"没落"的命运。一大排关着的店铺的昏暗助她一臂之力,使她放缓开足的马力,吐一口气,这时才觉得沁人心脾的夜里的拂拂的凉风。

爱夜的人和摩登女郎,于是同时领受了夜所给予的恩惠。

一夜已尽,人们又小心翼翼地起来,出来了;便是夫妇们,面目和五六点钟之前也何其两样。从此就是热闹,喧嚣。而高墙后面,大厦中间,深闺里,黑狱里,客室里,秘密机关里,却依然弥漫着惊人的真的大黑暗。

现在的光天化日,熙来攘往,就是这黑暗的装饰,是人肉酱缸上的金盖,是鬼脸上的雪花膏。只有夜还算是诚实的。我爱夜,在夜间作《夜颂》。

六月八日。

推

丰之余

两三月前,报上好像登过一条新闻,说有一个卖报的孩子,踏上电车的踏脚去取报钱,误踹住了一个下来的客人的衣角,那人大怒,用力一推,孩子跌入车下,电车又刚刚走动,一时停不住,把孩子碾死了。

推倒孩子的人,却早已不知所往。但衣角会被踹住,可见穿的是长衫,即使不是"高等华人",总该是属于上等的。

我们在上海路上走,时常会遇见两种横冲直撞,对于对面或前面的行人,决不稍让的人物。一种是不用两手,却只将直直的长脚,如入无人之境似的踏过来,倘不让开,他就会踏在你的肚子或肩膀上。这是洋大人,都是"高等"的,没有华人那样上下的区别。一种就是弯上他两条臂膊,手掌向外,像蝎子的两个钳一样,一路推过去,不管被推的人是跌在泥塘或火坑里。这就是我们的同胞,然而"上等"的,他坐电车,要坐二等所改的三等车,他看报,要看专登黑幕的小报,他坐着看得咽唾沫,但一走动,又是推。

上车,进门,买票,寄信,他推;出门,下车,避祸,逃难,他又推。推得女人孩子都跟跟跄跄,跌倒了,他就从活人上踏过,跌死了,他就从死尸上踏过,走出外面,用舌头舔舔自己的厚嘴唇,什么也不觉得。旧历端午,在一家戏场里,因为一句失火的谣言,就又是推,把十多个力量未足的少年踏死了。死尸摆在空地上,据说去看的又有万余人,人山人海,又是推。

推了的结果,是张开嘴巴,说道:"阿唷,好白相来希呀!"

住在上海,想不遇到推与踏,是不能的,而且这推与踏也还要廓大开去。栗推倒一切下等华人中的幼弱者,要踏倒一切下等华人。这时就只剩了高等华人颂祝着——

"阿唷,真好白相来希呀。为保全文化起见,是虽然牺牲任何物质,也不应该顾惜的——这些物质有什么重要性呢!"

六月八日。

二丑艺术

丰之余

浙东的有一处的戏班中,有一种角色叫作"二花脸",译得雅一点,那么,"二丑"就是。他和小丑的不同,是不扮横行无忌的花花公子,也不扮一味仗势的宰相家丁,他所扮演的是保护公子的拳师,或是趋奉公子的清客。总之:身份比小丑高,而性格却比小丑坏。

义仆是老生扮的,先以谏净,终以殉主;恶仆是小丑扮的,只会作恶,到底灭亡。而二丑的本领却不同,他有点上等人模样,也懂些琴棋书画,也来得行令猜谜,但倚靠的是权门,凌蔑的是百姓,有谁被压迫了,他就来冷笑几声,畅快一下,有谁被陷害了,他又去吓唬一下,吆喝几声。不过他的态度又并不常常如此的,大抵一面又回过脸来,向台下的看客指出他公子的缺点,摇着头装起鬼脸道:你看这家伙,这回可要倒霉哩!

这最末的一手,是二丑的特色。因为他没有义仆的愚笨,也没有恶仆的简单,他是知识阶级。他明知道自己所靠的是冰山,一定不能长久,他将来还要到别家帮闲,所以当受着豢养,分着余炎的时候,也得装着和这贵公子并非一伙。

二丑们编出来的戏本上,当然没有这一种角色的,他哪里肯;小丑,即花花公子们编出来的戏本，也不会有，因为他们只看见一面，想不到的。这二花脸，乃是小百姓看透了这一种人，提出精华来，制定了的角色。

世间只要有权门，一定有恶势力，有恶势力，就一定有二花脸，而且有二花脸艺术。我们只要取一种刊物，看他一个星期，就会发现他忽而怨恨春天，忽而颂扬战争，忽而译萧伯纳演说，忽而讲婚姻问题；但其间一定有时要慷慨激昂的表示对于国事的不满：这就是用出末一手来了。

这最末的一手，一面也在遮掩他并不是帮闲，然而小百姓是明白的，早已使他的类型在戏台上出现了。

六月十五日。

偶成

韦索

善于治国平天下的人物，真能随处看出治国平天下的方法来，四川正有人以为长衣消耗布匹，派队剪除；上海又有名公要来整顿茶馆了，据说整顿之处，大略有三：一是注意卫生，二是制定时间，三是施行教育。

第一条当然是很好的；第二条，虽然上馆下馆，一一摇铃，好像学校里的上课，未免有些麻烦，但为了要喝茶，没有法，也不算坏。

最不容易是第三条。"愚民"的到茶馆来，是打听新闻，闲谈心曲之外，也来听听《包公案》一类东西的，时代已远，真伪难明，那边妄言，这边妄听，所以他坐得下去。现在倘若改为"某公案"，就恐怕不相信，不要听；专讲敌人的秘史，黑幕吧，这边之所谓敌人，未必就是他们的敌人，所以也难免听得不大起劲。结果是茶馆主人遭殃，生意清淡了。

前清光绪初年，我乡有一班戏班，叫作"群玉班"，然而名实不符，戏做得非常坏，竟弄得没有人要看了。乡民的本领并不亚于大文豪，曾给他编过一支歌：

"台上群玉班，

合下都走散。

连忙关庙门。

两边墙壁都爬塌（平声），

连忙扯得牢，

只剩下一担馄饨担。"

看客的取舍，是没法强制的，他若不要看，连拖也无益。即如有几种刊物，有钱有势，本可以风行天下的了，然而不但看客有限，连投稿也寥寥，总要隔两月才出一本。讽刺已是前世纪的老人的梦呓，非讽刺的好文艺，好像也将是后世纪的青年的出产了。

六月十五日。

谈蝙蝠

游光

人们对于夜里出来的动物，总不免有些讨厌他，大约因为他偏不睡觉，和自己的习惯不同，而且在昏夜的沉睡或"微行"中，怕他会窥见什么秘密吧。

蝙蝠虽然也是夜飞的动物，但在中国的名誉却还算好的。这也并非因为他吞食蚊虻，于人们有益，大半倒在他的名目，和"福"字同音。以这么一副尊容而能写入画图，实在就靠着名字起得好。还有，是中国人本来愿意自己能飞的，也设想过别的东西都能飞。道士要羽化，皇帝想飞升，有情的愿做比翼鸟儿，受苦的恨不得插翅飞去。想到老虎添翼，便毛骨悚然，然而青蚨飞来，则眉眼莞尔。至于墨子的飞鸢终于失传，飞机非募款到外国去购买不可，则是因为太重了精神文明的缘故，势所必至，理有固然，毫不足怪的。但虽然不能够做，却能够想，所以见了老鼠似的东西生着翅子，倒也并不诧异，有名的文人还要收为诗料，诌出什么"黄昏到寺蝙蝠飞"那样的佳句来。

西洋人可就没有这么高情雅量，他们不喜欢蝙蝠。推源祸始，我想，恐怕是应该归罪于伊索的。他的寓言里，说过鸟兽各开大会，蝙蝠到兽类里去，因为他有翅子，兽类不收，到鸟类里去，又因为他是四足，鸟类不纳，弄得他毫无立场，于是大家就讨厌这作为骑墙的象征的蝙蝠了。

中国近来拾一点洋古典，有时也奚落起蝙蝠来。但这种寓言，出于伊索，是可喜的，因为他的时代，动物学还幼稚得很。现在可不同了，鲸鱼属于什么类，蝙蝠属于什么类，就是小学生也都知道得清清楚楚。倘若还拾一些希腊古典，来做正经话讲，那就只足表示他的知识，还和伊索时候，各开大会的两类绅士淑女们相同。

大学教授梁实秋先生以为橡皮鞋是草鞋和皮鞋之间的东西，那知识也相仿，假使他生在希腊,位置是说不定会在伊索之下的,现在真可惜得很,生得太晚一点了。

六月十六日。

"抄靶子"

旅隼

中国究竟是文明最古的地方,也是素重人道的国度,对于人,是一向非常重视的。至于偶有凌辱诛戮,那是因为这些东西并不是人的缘故。皇帝所诛者,"逆"也,官军所剿者,"匪"也,刽子手所杀者,"犯"也,满洲人"入主中夏",不久也就染了这样的淳风,雍正皇帝要除掉他的弟兄,就先行御赐改称为"阿其那"与"塞思黑",我不懂满洲话,译不明白,大约是"猪"和"狗"吧。黄巢造反,以人为粮,但若说他吃人,是不对的,他所吃的物事,叫作"两脚羊"。

时候是二十世纪,地方是上海,虽然骨子里永是"素重人道",但表面上当然会有些不同的。对于中国的有一部分并不是"人"的生物,洋大人如何赐谥,我不得而知,我仅知道洋大人的下属们所给予的名目。

假如你常在租界的路上走,有时总会遇见几个穿制服的同胞和一位异胞(也往往没有这一位),用手枪指住你,搜查全身和所拿的物件。倘是白种,是不会指住的;黄种呢,如果被指的说是日本人,就放下手枪,请他走过去;独有文明最古的黄帝子孙,可就"则不得免焉"了。这在香港,叫作"搜身",倒也还不算很失了体统,然而上海则竟谓之"抄靶子"。

抄者,搜也,靶子是该用枪打的东西,我从前年九月以来,才知道这名目的的确。四万万靶子,都排在文明最古的地方,私心在侥幸的只是还没有被打着。洋大人的下属,实在给他的同胞们定了绝好的名称了。

然而我们这些"靶子"们,自己互相推举起来的时候却还要客气些。我不是"老上海",不知道上海滩上先前的相骂,彼此是怎样赐谥的了。但看看记载,还不过是"曲辫子","阿木林"。"寿头码子"虽然已经是"猪"的隐语,然而究竟还是隐语,含有宁"雅"而不"达"的高谊。若夫现在,则只要被他认为对于他不大恭顺,他便圆睁了绽着红筋的两眼,挤尖喉咙,和口角的白沫同时喷出两个字来道:猪猡!

六月十六日。

"吃白相饭"

旅隼

要将上海的所谓"白相",改作普通话,只好是"玩耍";至于"吃白相饭",那恐怕还是用文言译作"不务正业,游荡为生",对于外乡人可以比较的明白些。

游荡可以为生,是很奇怪的。然而在上海问一个男人,或向一个女人问她的丈夫的职业的时候,有时会遇到极直接地回答道:"吃白相饭的。"

听的也并不觉得奇怪,如同听到了说"教书","做工"一样。倘说是"没有什么职业",他倒会有些不放心了。

"吃白相饭"在上海是这么一种光明正大的职业。

我们在上海的报章上所看见的,几乎常是这些人物的功绩;没有他们,本埠新闻是决不会热闹的。但功绩虽多,归纳起来也不过是三段,只因为未必全用在一件事情上,所以看起来好像五花八门了。

第一段是欺骗。见贪人就用利诱,见孤愤的就装同情,见倒霉的则装慷慨,但见慷慨的却又会装悲苦,结果是席卷了对手的东西。

第二段是威压。如果欺骗无效,或者被人看穿了,就脸孔一翻,化为威吓,或者说人无礼,或者诬人不端,或者赖人欠钱,或者并不说什么缘故,而这也谓之"讲道理",结果还是席卷了对手的东西。

第三段是溜走。用了上面的一段或兼用了两段而成功了,就一溜烟走掉,再也寻不出踪迹来。失败了,也是一溜烟走掉,再也寻不出踪迹来。事情闹得大一点,则离开本埠,避过了风头再出现。

有这样的职业,明明白白,然而人们是不以为奇的。

"白相"可以吃饭,劳动的自然就要饿肚,明明白白,然而人们也不以为奇。

但"吃白相饭"朋友倒自有其可敬的地方,因为他还直直落落地告诉人们说,"吃白相饭的!"

六月二十六日。

华德保粹优劣论

孺牛

　　希特拉先生不许德国境内有别的党,连屈服了的国权党也难以幸存,这似乎颇感动了我们的有些英雄们,已在称赞其"大刀阔斧"。但其实这不过是他老先生及其之流的一面。另一面,他们是也很细针密缕的。有歌为证:

　　跳蚤做了大官了,

　　带着一伙各处走。

　　皇后宫嫔都害怕,

　　谁也不敢来动手。

　　即使咬得发了痒吧,

　　要挤烂它也怎么能够。

　　嗳哈哈,嗳哈哈,哈哈,嗳哈哈!

　　这是大家知道的世界名曲《跳蚤歌》的一节,可是在德国已被禁止了。当然,这绝不是为了尊敬跳蚤,乃是因为它讽刺大官;但也不是为了讽刺是"前世纪的老人的呓语",却是为着这歌曲是"非德意志的"。华德大小英雄们,总不免偶有隔膜之处。

　　中华也是诞生细针密缕人物的所在,有时真能够想得入微,例如今年北平社会局呈请市政府查禁女人养雄犬文云:

　　"……查雌女雄犬相处,非仅有碍健康,更易发生无耻秽闻,揆之我国礼仪之邦,亦为习俗所不许,谨特通令严禁,除门犬猎犬外,凡妇女带养之雄犬,斩之无赦,以为取缔。"

　　两国的立脚点,是都在"国粹"的,但中华的气魄却较为宏大,因为德国不过大家不能唱那一出歌而已,而中华则不但"雌女"难以蓄犬,连"雄犬"也将砍头。这影响于巴儿狗,是很大的。由保存自己的本能,和应时势之需要,它必将变成"门犬猪犬"模样。

六月二十六日。

华德焚书异同论

孺牛

德国的希特拉先生们一烧书,中国和日本的论者们都比之于秦始皇。然而秦始皇实在冤枉得很,他的吃亏是在二世而亡,一班帮闲们都替新主子去讲他的坏话了。

不错,秦始皇烧过书,烧书是为了统一思想。但他没有烧掉农书和医书;他收罗许多别国的"客卿",并不专重"秦的思想",倒是博采各种的思想的。秦人重小儿;始皇之母,赵女也,赵重妇人,所以我们从"剧秦"的遗文中,也看不见轻贱女人的痕迹。

希特拉先生们却不同了,他所烧的首先是"非德国思想"的书,没有容纳客卿的魄力;其次是关于性的书,这就是毁灭以科学来研究性道德的解放,结果必将使妇人和小儿沉沦在往古的地位,见不到光明。而可比于秦始皇的车同轨,书同文……之类的大事业,他们一点也做不到。

阿拉伯人攻陷亚历山德府的时候,就烧掉了那里的图书馆,那理论是:如果那些书籍所讲的道理,和《可兰经》相同,则已有《可兰经》,无须留了;倘使不同,则是异端,不该留了。这才是希特拉先生们的嫡派祖师——虽然阿拉伯人也是"非德国的"——和秦的烧书,是不能比较的。

但是结果往往和英雄们的预算不同。始皇想皇帝传至万世,而偏偏二世而亡,赦免了农书和医书,而秦以前的这一类书,现在却偏偏一部也不剩。希特拉先生一上台,烧书,打犹太人,不可一世,连这里的黄脸干儿们,也听得兴高采烈,向被压迫者大加嘲笑,对讽刺文字放出讽刺的冷箭来——到底还明白的冷冷地讯问道:你们究竟要自由不要? 不自由,无宁死。现在你们为什么不去拼死呢?

这回是不必二世,只有半年,希特拉先生的门徒们在奥国一被禁止,连党徽也改成三色玫瑰了。最有趣的是因为不准喊口号,大家就以手遮嘴,用了"掩口式"。

这真是一个大讽刺。刺的是谁,不问也罢,但可见讽刺也还不是"梦呓",质之黄脸干儿们,不知以为何如?

六月二十八日。

我谈"堕民"

越客

六月二十九日的《自由谈》里,唐弢先生曾经讲到浙东的堕民,并且据《堕民猥谈》之说,以为是宋将焦光瓒的部属,因为降金,为时人所不齿,至明太祖,乃榜其门曰"丐户",此后他们遂在悲苦和被人轻蔑的环境下过着日子。

我生于绍兴,堕民是幼小时候所常见的人,也从父老的口头,听到过同样的他们所以成为堕民的缘起。但后来我怀疑了。因为我想,明太祖对于元朝,尚且不肯放肆,他是绝不会来管隔一朝代的降金的宋将的;况且看他们的职业,分明还有"教坊"或"乐户"的余痕,所以他们的祖先,倒是明初的反抗洪武和永乐皇帝的忠臣义士也说不定。还有一层,是好人的子孙会吃苦,卖国者的子孙却未必变成堕民的,举出最近便的例子来,则岳飞的后裔还在杭州看守岳王坟,可是过着很穷苦悲惨的生活,然而秦桧,严嵩……的后人呢?……

不过我现在并不想翻这样的陈年账。我只要说,在绍兴的堕民,是一种已经解放了的奴才,这解放就在雍正年间吧,也说不定。所以他们是已经都有别的职业的了,自然是贱业。男人们是收旧货,卖鸡毛,捉青蛙,做戏;女的则每逢过年过节,到她所认为主人的家里去道喜,有庆吊事情就帮忙,在这里还留着奴才的皮毛,但事毕便走,而且有颇多的犒赏,就可见是曾经解放过的了。

每一家堕民所走的主人家是有一定的,不能随便走;婆婆死了,就使儿媳妇去,传给后代,恰如遗产的一般;必须非常贫穷,将走动的权利卖给了别人,这才和旧主人断绝了关系。假使你无端叫她不要来了,那就是等于给予她重大的侮辱。我还记得民国革命之后,我的母亲曾对一个堕民的女人说,"以后我们都一样了,你们可以不要来了。"不料她却勃然变色,愤愤地回答道:"你说的是什么话?……我们是千年万代,要走下去的!"

就是为了一点点犒赏,不但安于做奴才,而且还要做更广泛的奴才,还得出钱去买做奴才的权利,这是堕民以外的自由人所万想不到的吧。

七月三日。

国学经典文库

鲁迅文集

·准风月谈·

图文珍藏版

序的解放

桃椎

一个人做一部书,"藏之名山,传之其人",是封建时代的事,早已过去了。现在是二十世纪过了三十三年,地方是上海的租界上,做买办立刻享荣华,当文学家怎不马上要名利,于是乎有术存焉。

那术,是自己先决定自己是文学家,并且有点儿遗产或津贴。接着就自开书店,自办杂志,自登文章,自做广告,自报消息,自想花样……然而不成,诗的解放,先已有人,词的解放,只好骗鸟,于是乎"序的解放"起矣。

夫序,原是古已有之,有别人做的,也有自己做的。但这未免太迂,不合于"新时代"的"文学家"的胃口。因为自序难于吹牛,而别人来做,也不见得定规拍马,那自然只好解放解放,即自己替别人来给自己的东西作序,术语曰"摘录来信",真说得好像锦上添花。"好评一束"还须附在后头,代序却一开卷就看见一大番颂扬,仿佛名角一登场,满场就大喝一声彩,何等有趣。倘是戏子,就得先买许多留声机,自己将"好"叫进去,待到上台时候,一面一齐开起来。

可是这样的玩意儿给人戳穿了又怎么办呢? 也有术的。立刻装出"可怜"相,说自己既无党派,也不借主义,又没有帮口,"向来不敢狂妄",毫没有"座谈"时候的摇头摆尾的得意忘形的气味儿了,倒好像别人乃是反动派,杀人放火主义,青帮红帮,来欺侮了这位文弱而有天才的公子哥儿似的。

更有效的是说,他的被攻击,实乃因为"能力薄弱,无法满足朋友们之要求"。我们倘不知道这位"文学家"的性别,就会疑心到有许多有党派或帮口的人们,向他屡次的借钱,或向她使劲地求婚或什么,"无法满足",遂受了冤枉的报复的。

但我希望我的话仍然无损于"新时代"的"文学家",也"摘"出一条"好评"来,作为"代跋"吧:

"'藏之名山,传之其人',早已过去了。二十世纪,有术存焉,词的解放,解放解放,锦上添花,何等有趣? 可是别人乃是反动派,来欺侮这位文弱而有天才的公子,实乃因为'能力薄弱,无法满足朋友们的要求',遂受了冤枉的报复的,无损于'新时代'的'文学家'也。"

七月五日。

别一个窃火者

丁萌

火的来源,希腊人以为是普洛美修斯从天上偷来的,因此触了大神宙斯之怒,将他锁在高山上,命一只大鹰天天来啄他的肉。

非洲的土人瓦仰安提族也已经用火,但并不是由希腊人传授给他们的。他们另有一个窃火者。

这窃火者,人们不能知道他的姓名,或者早被忘却了。他从天上偷了火来,传给瓦仰安提族的祖先,因此触了大神大拉斯之怒,这一段,是和希腊古传相像的。但大拉斯的办法却两样了,并不是锁他在山巅,却秘密的将他锁在暗黑的地窖子里,不给一个人知道。派来的也不是大鹰,而是蚊子,跳蚤,臭虫,一面吸他的血,一面使他皮肤肿起来。这时还有蝇子们,是最善于寻觅创伤的角色,嗡嗡的叫,拼命地吸吮,一面又拉许多蝇粪在他的皮肤上,来证明他是怎样地一个不干净的东西。

然而瓦仰安提族的人们,并不知道这一个故事。他们单知道火乃酋长的祖先所发明,给酋长作烧死异端和烧掉房屋之用的。

幸而现在交通发达了,非洲的蝇子也有些飞到中国来,我从它们的嗡嗡嘤嘤声中,听出了这一点点。

七月八日。

知识过剩

虞明

世界因为生产过剩,所以闹经济恐慌。虽然同时有三千万以上的工人挨饿,但是粮食过剩仍旧是"客观现实",否则美国不会赊借麦粉给我们,我们也不会"丰收成灾"。

然而知识也会过剩的,知识过剩,恐慌就更大了。据说中国现行教育在乡间提倡愈甚,则农村之破产愈速。这大概是知识的丰收成灾了。美国因为棉花贱,所以在铲棉田了。中国却应当铲知识。这是西洋传来的妙法。

西洋人是能干的。五六年前,德国就嚷着大学生太多了,一些政治家和教育家,大声疾呼的劝告青年不要进大学。现在德国是不但劝告,而且实行铲除知识了:例如放火烧毁一些书籍,叫作家把自己的文稿吞进肚子去,还有,就是把一群群的大学生关在营房里做苦工,这叫作"解决失业问题"。中国不是也嚷着文法科的大学生过剩吗?其实何止文法科。就是中学生也太多了。要用"严厉的"会考制度,像铁扫帚似的——刷,刷,刷,把大多数的知识青年刷回"民间"去。

知识过剩何以会闹恐慌?中国不是百分之八九十的人还不识字吗?然而知识过剩始终是"客观现实",而由此而来的恐慌,也是"客观现实"。知识太多了,不是心活,就是心软。心活就会胡思乱想,心软就不肯下辣手。结果,不是自己不镇静,就是妨害别人的镇静。于是灾祸就来了。所以知识非铲除不可。

然而单是铲除还是不够的。必须予以适合实用之教育,第一,是命理学——要乐天知命,命虽然苦,但还是应当乐。第二,是识相学——要"识相点",知道点近代武器的利害。至少,这两种适合实用的学问是要赶快提倡的。提倡的方法很简单:——古代一个哲学家反驳唯心论,他说,你要是怀疑这碗麦饭的物质是否存在,那最好请你吃下去,看饱不饱。现在譬如说吧,要叫人懂得电学,最好是使他触电,看痛不痛;要叫人知道飞机等类的效用,最好是在他头上驾起飞机,掷下炸弹,看死不死……

有了这样的实用教育,知识就不过剩了。亚门!

七月十二日。

诗和预言

虞明

预言总是诗,而诗人大半是预言家。然而预言不过诗而已,诗却往往比预言还灵。

例如辛亥革命的时候,忽然发现了:

"手执钢刀九十九,杀尽胡儿方罢手。"

这几句《推背图》里的预言,就不过是"诗"罢了。那时候,何尝只有九十九把钢刀?还是洋枪大炮来得厉害:该着洋枪大炮的后来毕竟占了上风,而只有钢刀的却吃了大亏。况且当时的"胡儿",不但并未"杀尽",而且还受了优待,以至于现在还有"伪"溥仪出风头的日子。所以当作预言看,这几句歌诀其实并没有应验。——死板地照着这类预言去干,往往要碰壁,好比前些时候,有人特别打了九十九把钢刀,去送给前线的战士,结果,只不过在古北口等处流流血,给人证明国难的不可抗性。——倒不如把这种预言歌诀当作"诗"看,还可以"以意逆志,自谓得之"。

至于诗里面,却的确有着极深刻的预言。我们要找预言,与其读《推背图》,不如读诗人的诗集。也许这个年头又是应当发现什么的时候了吧,居然找着了这么几句:

"此辈封狼从瘈狗,生平猎人如猎兽,

万人一怒不可回,会看太白悬其首。"

汪精卫著《双照楼诗词稿》:译嚣俄之《共和二年之战士》

这怎么叫人不"拍案叫绝"呢?这里"封狼从瘈狗",自己明明是畜生,却偏偏把人当作畜生看待:畜生打猎,而人反而被猎!"万人"的愤怒的确是不可挽回的了。嚣俄这诗,是说的一七九三年(法国第一共和二年)的帝制党,他没有料到一百四十年之后还会有这样的应验。

汪先生译这几首诗的时候,不见得会想到二三十年之后中国已经是白话的世界。现在,懂得这种文言诗的人越发少了,这很可惜。然而预言的妙处,正在似懂非懂之间,叫人在事情完全应验之后,方才"恍然大悟"。这所谓"天机不可泄漏也"。

七月二十日。

"推"的余谈

丰之余

看过了《第三种人的"推"》,使我有所感:的确,现在"推"的工作已经加紧,范围也扩大了。三十年前,我也常坐长江轮船的统舱,却还没有这样的"推"得起劲。

那时候,船票自然是要买的,但无所谓"买铺位",买的时候也有,然而是另外一回事。假如你怕占不到铺位,一早带着行李下船去吧,统舱里全是空铺,只有三五个人们。但要将行李搁下空铺去,可就窒碍难行了,这里一条扁担,那里一束绳子,这边一卷破席,那边一件背心,人们中就跑出一个人来说,这位置是他所占有的。但其时可以开会议,崇和平,买他下来,最高的价值大抵是八角。假如你是一位战斗的英雄,可就容易对付了,只要一声不响,坐在左近,待到铜锣一响,轮船将开,这些地盘主义者便抓了扁担破席之类,一溜烟都逃到岸上去,抛下了卖剩的空铺,一任你悠悠然搁上行李,打开睡觉了。倘或人浮于铺,没法容纳,我们就睡在铺旁,船尾,"第三种人"是不来"推"你的。只有歇在房舱门外的人们,当账房查票时却须到统舱里去避一避。

至于没有买票的人物,那是要被"推"无疑的。手续是没收物品之后,吊在桅杆或什么柱子上,做要打之状,但据我的目击,真打的时候是极少的,这样的到了最近的码头,便把他"推"上去。据茶房说,也可以"推"入货舱,运回他下船的原处,但他们不想这么做,因为"推"上最近的码头,他究竟走了一个码头,一个一个的"推"过去,虽然吃些苦,后来也就到了目的地了。

古之"第三种人",好像比现在的仁善一些似的。

生活的压迫,令人烦冤,糊涂中看不清冤家,便以为家人路人,在阻碍了他的路,于是乎"推"。这不但是保存自己,而且是憎恶别人了,这类人物一阔气,出来的时候是要"清道"的。

我并非眷恋过去,不过说,现在"推"的工作已经加紧,范围也扩大了罢了。但愿未来的阔人,不至于把我"推"上"反动"的码头去——则幸甚矣。

七月二十四日。

查旧账

旅隼

这几天,听涛社出了一本《肉食者言》,是现在的在朝者,先前还是在野时候的言论,给大家"听其言而观其行",知道先后有怎样的不同。那同社出版的周刊《涛声》里,也常有同一意思的文字。

这是查旧账,翻开账簿,打起算盘,给一个结算,问一问前后不符,是怎么的,确也是一种切实分明,最令人腾挪不得的办法。然而这办法之在现在,可未免太"古道"了。

古人是怕查这种旧账的,蜀的韦庄穷困时,做过一篇慷慨激昂,文字较为通俗的《秦妇吟》,真弄得大家传诵,待到他显达之后,却不但不肯编入集中,连人家的钞本也想设法消灭了。当时不知道成绩如何,但看清朝末年,又从敦煌的山洞中掘出了这诗的钞本,就可见是白用心机子的,然而那苦心却也还可以想见。

不过这是古之名人。常人就不同了,他要抹杀旧账,必须砍下脑袋,再行投胎。斩犯绑赴法场的时候,大叫道,"过了二十年,又是一条好汉!"为了另起炉灶,重新做人,非经过二十年不可,真是麻烦得很。

不过这是古今之常人。今之名人就又不同了,他要抹杀旧账,重新做人,比起常人的方法来,迟速真有邮信和电报之别。不怕迂缓一点的,就出一回洋,造一个寺,生一场病,游几天山;要快,则开一次会,念一卷经,演说一通,宣言一下,或者睡一夜觉,做一首诗也可以;要更快,那就自打两个嘴巴,淌几滴眼泪,也照样能够另变一人,和"以前之我"绝无关系。净坛将军摇身一变,化为鲫鱼,在女妖们的大腿间钻来钻去,作者或自以为写得出神入化,但从现在看起来,是连新奇气息也没有的。

如果这样变法,还觉得麻烦,那就白一白眼,反问道:"这是我的账?"如果还嫌麻烦,那就眼也不白,问也不问,而现在所流行的却大抵是后一法。

"古道"怎么能再行于今之世呢? 竟还有人主张读经,真不知是什么意思? 然而过了一夜,说不定会主张大家去当兵的,所以我现在经也没有买,恐怕明天兵也未必当。

七月二十五日。

晨凉漫记

孺牛

关于张献忠的传说,中国各处都有,可见是大家都很以他为奇特的,我先前也便是很以他为奇特的人们中的一个。

儿时见过一本书,叫作《无双谱》,是清初人之作,取历史上极特别无二的人物,各画一像,一面题些诗,但坏人好像是没有的。因此我后来想到可以择历来极其特别,而其实是代表着中国人性质之一种的人物,作一部中国的"人史",如英国嘉勒尔的《英雄及英雄崇拜》,美国亚懋生的《伟人论》那样。唯须好坏俱有,有啮雪苦节的苏武,舍身求法的玄奘,有"鞠躬尽瘁,死而后已"的孔明,但也有呆信古法,"死而后已"的王莽,有半当真半取笑的变法的王安石;张献忠当然也在内。但现在是毫没有动笔的意思了。

《蜀碧》一类的书，记张献忠杀人的事颇详细，但也颇散漫，令人看去仿佛他是像"为艺术而艺术"的一样，专在"为杀人而杀人"了。他其实是别有目的的。他开初并不很杀人，他何尝不想做皇帝。后来知道李自成进了北京，接着是清兵入关，自己只剩了没落这一条路，于是就开手杀，杀……他分明地感到，天下已没有自己的东西，现在是在毁坏别人的东西了，这和有些末代的风雅皇帝，在死前烧掉了祖宗或自己所搜集的书籍古董宝贝之类的心情，完全一样。他还有兵，而没有古董之类，所以就杀，杀，杀人，杀……

但他还要维持兵，这实在不过是维持杀。他杀得没有平民了，就派许多较为心腹的人到兵们中间去，设法窃听，偶有怨言，即跃出执之，戮其全家（他的兵像是有家眷的，也许就是掳来的妇女）。以杀治兵，用兵来杀，自己是完了，但要这样的达到一同灭亡的末路。我们对于别人的或公共的东西，不是也不很爱惜的吗？

所以张献忠的举动，一看虽然似乎古怪，其实是极平常的。古怪的倒是那些被杀的人们，怎么会总是束手伸颈的等他杀，一定要清

张献忠塑像

朝的肃王来射死他，这才作为奴才而得救，而还说这是前定，就是所谓"吹箫不用竹，一箭贯当胸"。但我想，这预言诗是后人造出来的，我们不知道那时的人们真是怎么想。

七月二十八日。

中国的奇想

游光

外国人不知道中国，常说中国人是专重实际的。其实并不，我们中国人是最有奇想的人民。

无论古今，谁都知道，一个男人有许多女人，一味纵欲，后来是不但天天喝三鞭酒也无效，简直非"寿终正寝"不可的。可是我们古人有一个大奇想，是靠了"御

女",反可以成仙,例子是彭祖有多少女人而活到几百岁。这方法和炼金术一同流行过,古代书目上还剩着各种的书名。不过实际上大约还是到底不行吧,现在似乎再没有什么人们相信了,这对于喜欢渔色的英雄,真是不幸得很。

然而还有一种小奇想。那就是哼的一声,鼻孔里放出一道白光,无论路的远近,将仇人或敌人杀掉。白光可又回来了,摸不着是谁杀的,既然杀了人,又没有麻烦,多么舒适自在。这种本领,前年还有人想上武当山去寻求,直到去年,这才用大刀队来替代了这奇想的位置。现在是连大刀队的名声也寂寞了。对于爱国的英雄,也是十分不幸的。

然而我们新近又有了一个大奇想。那是一面救国,一面又可以发财,虽然各种彩票,近似赌博,而发财也不过是"希望"。不过这两种已经关联起来了却是真的。固然,世界上也有靠聚赌抽头来维持的摩那科王国,但就常理说,则赌博大概是小则败家,大则亡国;救国呢,却总不免有一些牺牲,至少,和发财之路总是相差很远的。然而发现了一致之点的是我们现在的中国,虽然还在试验的途中。

然而又还有一种小奇想。这回不用一道白光了,要用几回启事,几封匿名的信件,几篇化名的文章,使仇头落地,而血点一些也不会溅着自己的洋房和洋服。并且映带之下,使自己成名获利。这也还在试验的途中,不知道结果怎么样,但翻翻现成的文艺史,看不见半个这样的人物,那恐怕也还是枉用心机的。

狂赌救国,纵欲成仙,袖手杀敌,造谣买田,倘有人要编续《龙文鞭影》的,我以为不妨添上这四句。

八月四日。

豪语的折扣

苇索

豪语的折扣其实也就是文学上的折扣,凡作者的自述,往往须打一个扣头,连自白其可怜和无用也还是并非"不二价"的,更何况豪语。

仙才李太白的善作豪语,可以不必说了;连留长了指甲,骨瘦如柴的鬼才李长吉,也说"见买若耶溪水剑,明朝归去事猿公"起来,简直是毫不自量,想学刺客了。这应该折成零,证据是他到底并没有去。南宋时候,国步艰难,陆放翁自然也是慷慨党中的一个,他有一回说:"老子犹堪绝大漠,诸君何至泣新亭。"他其实是去不

图文珍藏版

得的,也应该折成零。——但我手头无书,引诗或有错误,也先打一个折扣在这里。

其实,这故作豪语的脾气,正不独文人为然,常人或市侩,也非常发达。市上甲乙打架,输的大抵说:"我认得你的!"这是说,他将如伍子胥一般,誓必复仇的意思。不过总是不来的居多,倘是知识分子呢,也许另用一些阴谋,但在粗人,往往这就是斗争的结局,说的是有口无心,听的也不以为意,久成为打架收场的一种仪式了。

旧小说家也早已看穿了这局面,他写暗娼和别人相争,照例攻击过别人的偷汉之后,就自序道:"老娘是指头上站得人,臂膊上跑得马……"底下怎样呢?他任别人去打折扣。他知道别人是决不那么糊涂,会十足相信的,但仍得这么说,恰如卖假药的,包纸上一定印着"存心欺世,雷殛火焚"一样,成为一种仪式了。

但因时势的不同,也有立刻自打折扣的。例如在广告上,我们有时会看见自说"我是坐不改名,行不改姓的人"真要蓦地发生一种好像见了《七侠五义》中人物一般的敬意,但接着就是"纵令有时用其他笔名,但所发表文章,均自负责",却身子一扭,土行孙似的不见了。予岂好"用其他笔名"哉?予不得已也。上海原是中国的一部分,当然受着孔子的教化的。便是商家,柜内的"不二价"的金字招牌也时时和屋外"大廉价"的大旗互相辉映,不过他总有一个缘故:不是提倡国货,就是纪念开张。

所以,自打折扣,也还是没有打足的,凡"老上海",必须再打它一下。

八月四日。

踢

丰之余

两月以前,曾经说过"推",这回却又来了"踢"。

本月九日《申报》载六日晚间,有漆匠刘明山、杨阿坤,顾洪生三人在法租界黄浦滩太古码头纳凉,适另有数人在左近聚赌,由巡逻警察上前驱逐,而刘,顾两人,竟被俄捕弄到水里去,刘明山竟淹死了。由俄捕说,自然是"自行失足落水"的。但据顾洪生供,却道:"我与刘,杨三人,同至太古码头乘凉,刘坐铁凳下地板上,……我立在旁边,……俄捕来先踢刘一脚,刘已立起要避开,又被踢一脚,以致跌入浦中,我要拉救,已经不及,乃转身拉住俄捕,亦被用手一推,我亦跌下浦中,经人救起的。"推事问:"为什么要踢他?"答曰:"不知。"

"推"还要抬一抬手,对付下等人是犯不着如此费事的,于是乎有"踢"。而上海也真有"踢"的专家,有印度巡捕,有安南巡捕,现在还添了白俄巡捕,他们将沙皇时代对犹太人的手段,到我们这里来施展了。我们也真是善于"忍辱负重"的人民,只要不"落浦",就大抵用一句滑稽化的话道:"吃了一只外国火腿",一笑了之。

苗民大败之后,都往山里跑,这是我们的先帝轩辕氏赶他的。南宋败残之余,就往海边跑,这据说也是我们的先帝成吉思汗赶他的,赶到临了,就是陆秀夫背着小皇帝,跳进海里去。我们中国人,原是古来就要"自行失足落水"的。

有些慷慨家说,世界上只有水和空气给予穷人。此说其实是不确的,穷人在实际上,那里能够得到和大家一样的水和空气。即使在码头上乘乘凉,也会无端被"踢",送掉性命的:落浦。要救朋友,或拉住凶手吧,"也被用手一推":也落浦。如果大家来相帮,那就有"反帝"的嫌疑了,"反帝"原未为中国所禁止的,然而要预防"反动分子乘机捣乱",所以结果还是免不了"踢"和"推",也就是终于是落浦。

时代在进步,轮船飞机,随处皆是,假使南宋末代皇帝而生在今日,是绝不至于落海的了,他可以跑到外国去,而小百姓以"落浦"代之。

这理由虽然简单,却也复杂,故漆匠顾洪生曰:"不知。"

八月十日。

"中国文坛的悲观"

旅隼

文雅书生中也真有特别善于下泪的人物,说是因为近来中国文坛的混乱,好像军阀割据,便不禁"呜呼"起来了,但尤其痛心诬陷。

其实是作文"藏之名山"的时代一去,而有一个"坛",便不免有斗争,甚而至于谩骂,诬陷的。明末太远,不必提了;清朝的章实斋和袁子才,李莼客和赵㧑叔,就如水火之不可调和;再近些,则有《民报》和《新民丛报》之争,《新青年》派和某某派之争,也都非常猛烈。当初又何尝不使局外人摇头叹气呢,然而胜负一明,时代渐远,战血为雨露洗得干干净净,后人便以为先前的文坛是太平了。在外国也一样,我们现在大抵只知道嚣俄和霍普德曼是卓卓的文人,但当时他们的剧本开演的时候,就在戏场里捉人,打架,较详的文学史上,还载着打架之类的图。

所以，无论中外古今，文坛上是总归有些混乱，使文雅书生看得要"悲观"的。但也总归有许多所谓文人和文章也一定灭亡，只有配存在者终于存在，以证明文坛也总归还是干净的处所。增加混乱的倒是有些悲观论者，不施考察，不加批判，但用"彼亦一是非，此亦一是非"的论调，将一切作者，诋为"一丘之貉"。这样子，扰乱是永远不会收场的。然而世间却并不都这样，一定会有明明白白的是非之别，我们试想一想，林琴南攻击文学革命的小说，为时并不久，现在那里去了？

只有近来的诬陷，倒像是颇为出色的花样，但其实也并不比古时候更厉害，证据是清初大兴文字之狱的遗闻。况且闹这样玩意的，其实并不完全是文人，十中之九，乃是挂了招牌，而无货色，只好化为黑店，出卖人肉馒头的小盗；即使其中偶然有曾经弄过笔墨的人，然而这时却正是露出原形，在告白他自己的没落，文坛决不因此混乱，倒是反而越加清楚，越加分明起来了。

历史决不倒退，文坛是无须悲观的。悲观的由来，是在置身事外不辨是非，而偏要关心于文坛，或者竟是自己坐在没落的营盘里。

八月十日。

秋夜纪游

游光

秋已经来了，炎热也不比夏天小，当电灯替代了太阳的时候，我还是在马路上漫游。

危险？危险令人紧张，紧张令人觉得自己生命的力。在危险中漫游，是很好的。

租界也还有悠闲的处所，是住宅区。但中等华人的窟穴却是炎热的，吃食担，胡琴，麻将，留声机，垃圾桶，光着的身子和腿。相宜的是高等华人或无等洋人住处的门外，宽大的马路，碧绿的树，淡色的窗幔，凉风，月光，然而也有狗子叫。

我生长农村中，爱听狗子叫，深夜远吠，闻之神怡，古人之所谓"犬声如豹"者就是。倘或偶经生疏的村外，一声狂嗥，巨獒跃出，也给人一种紧张，如临战斗，非常有趣的。

但可惜在这里听到的是巴儿狗。它躲躲闪闪，叫得很脆：汪汪！

我不爱听这一种叫。

我一面漫步,一面发出冷笑,因为我明白了使它闭口的方法,是只要去和它主子的管门人说几句话,或者抛给它一根肉骨头。这两件我还能的,但是我不做。

它常常要汪汪。

我不爱听这一种叫。

我一面漫步,一面发出恶笑了,因为我手里拿着一粒石子,恶笑刚敛,就举手一掷,正中了它的鼻梁。

呜的一声,它不见了。我漫步着,漫步着,在少有的寂寞里。

秋已经来了,我还是漫步着。叫呢,也还是有的,然而更加躲躲闪闪了,声音也和先前不同,距离也隔得远了,连鼻子都看不见。

我不再冷笑,不再恶笑了,我漫步着,一面舒服地听着它那很脆的声音。

八月十四日。

"揩油"

韦索

"揩油",是说明着奴才的品行全部的。

这不是"取回扣"或"取佣钱",因为这是一种秘密;但也不是偷窃,因为在原则上,所取的实在是微乎其微。因此也不能说是"分肥";至多,或者可以谓之"舞弊"吧。然而这又是光明正大的"舞弊",因为所取的是豪家,富翁,阔人,洋商的东西,而且所取又不过一点点,恰如从油水汪洋的处所,揩了一下,于人无损,于揩者却有益的,并且也不失为损富济贫的正道。设法向妇女调笑几句,或乘机摸一下,也谓之"揩油",这虽然不及对于金钱的名正言顺,但无大损于被揩者则一也。

表现得最分明的是电车上的卖票人。纯熟之后,他一面留心着可揩的客人,一面留心着突来的查票,眼光都练得像老鼠和老鹰的混合物一样。付钱而不给票,客人本该索取的,然而很难索取,也很少见有人索取,因为他所揩的是洋商的油,同是中国人,当然有帮忙的义务,一索取,就变成帮助洋商了。这时候,不但卖票人要报你憎恶的眼光,连同车的客人也往往不免显出以为你不识时务的脸色。

然而彼一时,此一时,如果三等客中有时偶缺一个铜圆,你却只好在目的地以前下车,这时他就不肯通融,变成洋商的忠仆了。

在上海,如果同巡浦,门丁,西崽之类闲谈起来,他们大抵是憎恶洋鬼子的,他们多是爱国主义者。然而他们也像洋鬼子一样,看不起中国人,棍棒和拳头和轻蔑的眼光,专注在中国人的身上。

"揩油"的生活有福了。这手段将更加展开,这品格将变成高尚,这行为将认为正当,这将算是国民的本领,和对于帝国主义的复仇。打开天窗说亮话,其实,所谓"高等华人"也者,也何尝逃得出这模子:

但是,也如"吃白相饭"朋友那样,卖票人是还有他的道德的。倘被查票人查出他收钱而不给票来了,他就默然认罚,决不说没有收过钱,将罪案推到客人身上去。

八月十四日。

我们怎样教育儿童的?

旅隼

看见了讲到"孔乙己",就想起中国一向怎样教育儿童来。

现在自然是各式各样的教科书,但在村塾里也还有《三字经》和《百家姓》。清朝末年,有些人读的是"天子重英豪,文章教尔曹,万般皆下品,唯有读书高"的《神童诗》,夸着"读书人"的光荣;有些人读的是"混沌初开,乾坤始奠,轻清者上浮而为天,重浊者下凝而为地"的《幼学琼林》,教着做古文的滥调。再上去我可不知道了,但听说,唐末宋初用过《太公家教》,久已失传,后来才从敦煌石窟中发现,而在汉朝,是读《急就篇》之类的。

就是所谓"教科书",在近三十年中,真不知变化了多少。忽而这么说,忽而那么说,今天是这样的宗旨,明天又是那样的主张,不加"教育"则已,一加"教育",就从学校里造成了许多矛盾冲突的人,而且因为旧的社会关系,一面也还是"混沌初开,乾坤始奠"的老古董。

中国要作家,要"文豪",但也要真正的学究。倘有人作一部历史,将中国历来教育儿童的方法,用书,做一个明确的记录,给人明白我们的古人以至我们,是怎样的被熏陶下来的,则其功德,当不在禹(虽然他也许不过是一条虫)下。

《自由谈》的投稿者,常有博古通今的人,我以为对于这工作,是很有胜任者在的。不知亦有有意于此者乎?现在提出这问题,盖亦知易行难,遂只得空口说白话,而望垦辟于健者也。

八月十四日。

为翻译辩护

洛文

今年是围剿翻译的年头。

或曰"硬译",或曰"乱译",或曰"听说现在有许多翻译家……翻开第一行就译,对于原作的理解,更无从谈起",所以令人看得"不知所云"。

这种现象,在翻译界确是不少的,那病根就在"抢先"。中国人原是喜欢"抢先"的人民,上落电车,买火车票,寄挂号信,都愿意是一到便是第一个。翻译者当然也逃不出这例子的。而书店和读者,实在也没有容纳同一原本的两种译本的雅量和物力,只要已有一种译稿,别一译本就没有书店肯接收出版了,据说是已经有了,怕再没有人要买。

举一个例在这里:现在已经成了古典的达尔文的《物种由来》,日本有两种翻译本,先出的一种颇多错误,后出的一本是好的。中国只有一种马君武博士的翻译,而他所根据的却是日本的坏译本,实有另译的必要。然而那里还会有书店肯出版呢?除非译者同时是富翁,他来自己印。不过如果是富翁,他就去打算盘,再也不来弄什么翻译了。

还有一层,是中国的流行,实在也过去得太快,一种学问或文艺介绍进中国来,多则一年,少则半年,大抵就烟消火灭。靠翻译为生的翻译家,如果精心作意,推敲起来,则到他脱稿时,社会上早已无人过问。中国大嚷过托尔斯泰,屠格纳夫,后来又大嚷过辛克莱,但他们的选集却一部也没有。去年虽然还有以郭沫若先生的盛名,幸而出版的《战争与和平》,但恐怕仍不足以挽回读书和出版界的惰气,势必至于读者也厌倦,译者也厌倦,出版者也厌倦,归根结底是不会完结的。

翻译的不行,大半的责任固然该在翻译家,但读书界和出版界,尤其是批评家,也应该分负若干的责任。要救治这颓运,必须有正确的批评,指出坏的,奖励好的,倘没有,则较好的也可以。然而这怎么能呢;指摘坏翻译,对于无拳无勇的译者是不要紧的,倘若触犯了别有来历的人,他就会给你带上一顶红帽子,简直要你的性命。这现象,就使批评家也不得不含糊了。

此外,现在最普通的对于翻译的不满,是说看了几十行也还是不能懂。但这是应该加以区别的。倘是康德的《纯粹理性批判》那样的书,则即使德国人来看原

国学经典文库

鲁迅文集

·准风月谈·

图文珍藏版

文,他如果并非一个专家,也还是一时不能看懂。自然,"翻开第一行就译"的译者,是太不负责任了,然而漫无区别,要无论什么译本都翻开第一行就懂的读者,却也未免太不负责任了。

八月十四日。

爬和撞

苟继

从前梁实秋教授曾经说过:穷人总是要爬,往上爬,爬到富翁的地位。不但穷人,奴隶也是要爬的,有了爬得上的机会,连奴隶也会觉得自己是神仙,天下自然太平了。

虽然爬得上的很少,然而个个以为这正是他自己。这样自然都安分地去耕田,种地,拣大粪或是坐冷板凳,克勤克俭,背着苦恼的命运,和自然奋斗着,拼命地爬,爬,爬。可是爬的人那么多,而路只有一条,十分拥挤。老实地照着章程规规矩矩的爬,大都是爬不上去的。聪明人就会推,把别人推开,推倒,踏在脚底下,踹着他们的肩膀和头顶,爬上去了。大多数人却还只是爬,认定自己的冤家并不在上面,而只在旁边——是那些一同在爬的人。他们大都忍耐着一切,两脚两手都着地,一步步地挨上去又挤下来,挤下来又挨上去,没有休止的。

然而爬的人太多,爬得上的太少,失望也会渐渐的侵蚀善良的人心,至少,也会发生跪着的革命。于是爬之外,又发明了撞。

这是明知道你太辛苦了,想从地上站起来,所以在你的背后猛然的叫一声:撞吧。一个个发麻的腿还在抖着,就撞过去。这比爬要轻松得多,手也不必用力,膝盖也不必移动,只要横着身子,晃一晃,就撞过去。撞得好就是五十万元大洋,妻,财,子,禄都有了。撞不好,至多不过跌一跤,倒在地下。那又算得什么呢,——他原本是伏在地上的,他仍旧可以爬。何况有些人不过撞着玩罢了,根本就不怕跌跤的。

爬是自古有之。例如从童生到状元,从小瘪三到康白度。撞却似乎是近代的发明。要考据起来,恐怕只有古时候,"小姐抛彩球"有点像给人撞的办法。小姐的彩球将要抛下来的时候,——一个个想吃天鹅肉的男子汉仰着头,张着嘴,馋涎拖得几尺长……可惜,古人究竟呆笨,没有要这些男子汉拿出几个本钱来,否则,也一定可以收着几万万的。

　　爬得上的机会越少，愿意撞的人就越多，那些早已爬在上面的人们，就天天替你们制造撞的机会，叫你们化些小本钱，而预约着你们名利双收的神仙生活。所以撞得好的机会，虽然比爬得上的还要少得多，而大家都愿意来试试的。这样，爬了来撞，撞不着再爬……鞠躬尽瘁，死而后已。

八月十六日。

各种捐班

洛文

　　清朝的中叶，要做官可以捐，叫作"捐班"的便是这一伙。财主少爷吃得油头光脸，忽而忙了几天，头上就有一粒水晶顶，有时还加上一枝蓝翎，满口官话，说是"今天天气好"了。

　　到得民国，官总算说是没有了捐班，然而捐班之途，实际上倒是开展了起来，连"学士文人"也可以由此弄得到顶戴。开宗明义第一章，自然是要有钱。只要有钱，就什么都容易办了。譬如，要捐学者吧，那就收买一批古董，结识几个清客，并且雇几个工人，拓出古董上面的花纹和文字，用玻璃板印成一部书，名之曰"什么集古录"或"什么考古录"。李富孙做过一部《金石学录》，是专载研究金石的人们的，然而这倒成了"作俑"，使清客们可以一续再续，并且推而广之，连收藏古董，贩卖古董的少爷和商人，也都一榻括子的收进去了，这就叫作"金石家"。

　　捐做"文学家"也用不着什么新花样。只要开一只书店，拉几个作家，雇一些帮闲，出一种小报，"今天天气好"是也须会说的，就写了出来，印了上去，交给报贩，不消一年半载，包管成功。但是。古董的花纹和文字的拓片是不能用的了，应该代以电影明星和摩登女子的照片，因为这才是新时代的美术。"爱美"的人物在中国还多得很，而"文学家"或"艺术家"也就这样的起来了。

　　捐官可以希望刮地皮，但捐学者文人也不会折本。印刷品固然可以卖现钱，古董将来也会有洋鬼子肯出大价的。

　　这又叫作"名利双收"。不过先要能"投资"，所以平常人做不到，要不然，文人学士也就不大值钱了。

　　而现在还值钱，所以也还会有人忙着做人名辞典，造文艺史，出作家论，编自

·准风月谈·

图文珍藏版

传。我想，倘作历史的著作，是应该像将文人分为罗曼派，古典派一样，另外分出一种"捐班"派来的，历史要"真"，招些忌恨也只好硬挺，是不是？

八月二十四日。

四库全书珍本

丰之余

现在除兵争，政争等类之外，还有一种倘非闲人，就不大注意的影印《四库全书》中的"珍本"之争。官商要照原式，及早印成，学界却以为库本有删改，有错误，如果有别本可得，就应该用别的"善本"来替代。

但是，学界的主张，是不会通过的，结果总非依照《钦定四库全书》不可。这理由很分明，就因为要赶快。四省不见，九岛出脱，不说也罢，单是黄河的出轨举动，也就令人觉得岌岌乎不可终日，要做生意就得赶快。况且"钦定"二字，至今也还有一点威光，"御医""贡缎"，就是与众不同的意思。便是早已共和了的法国，拿破仑的藏书在拍卖场上还是比平民的藏书值钱；欧洲的有些著名的"支那学者"，讲中国就会引用《钦定图书集成》，这是中国的考据家所不肯玩的玩艺。但是，也见印了"钦定"过的"珍本"，在外国，生意总可以比"善本"好一些。

即使在中国，恐怕生意也还是"珍本"好。因为这可以做摆饰，而"善本"却不过能合于实用。能买这样的书的，绝非穷措大也可想，则买去之后，必将供在客厅上也亦可知。这类的买主，会买一个商周的古鼎，摆起来；不得已时，也许买一个假古鼎，摆起来；但他决不肯买一个砂锅或铁镬，摆在紫檀桌子上。因为他的目的是在"珍"而并不在"善"，更不在是否能合于实用的。

明末人好名，刻古书也是一种风气，然而往往自己看不懂，以为错字，随手乱改。不改尚可，一改，可就反而改错了，所以使后来的考据家为之摇头叹气，说是"明人好刻古书而古书亡"。这回的《四库全书》中的"珍本"是影印的，绝无改错的弊病，然而那原本就有无意的错字，有故意的删改，并且因为新本的流布，更能使善本湮没下去，将来的认真的读者如果偶尔得到这样的本子，恐怕总免不了要有摇头叹气第二回。

然而结果总非依照《钦定四库全书》不可。因为"将来"的事，和现在的官商是不相干了。

八月二十四日。

新秋杂识

旅隼

门外的有限的一方泥地上,有两队蚂蚁在打仗。

童话作家爱罗先珂的名字,现在是已经从读者的记忆上渐渐淡下去了,此时我却记起了他的一种奇异的忧愁。他在北京时,曾经认真地告诉我说:我害怕,不知道将来会不会有人发明一种方法,只要怎么一来,就能使人们都成为打仗的机器的。

其实是这方法早已经发明了,不过较为烦难,不能"怎么一来"就完事。我们只要看外国为儿童而作的书籍,玩具,常常以指教武器为大宗,就知道这正是制造打仗机器的设备,制造是必须从天真烂漫的孩子们入手的。

不但人们,连昆虫也知道。蚂蚁中有一种武士蚁,自己不造窠,不求食,一生的事业,是专在攻击别种蚂蚁,掠取幼虫,使成奴隶,给它服役的。但奇怪的是它决不掠取成虫,因为已经难施教化。它所掠取的一定只限于幼虫和蛹,使在盗窟里长大,毫不记得先前,永远是愚忠的奴隶,不但服役,每当武士蚁出去劫掠的时候,它还跟在一起,帮着搬运那些被侵略的同族的幼虫和蛹去了。

但在人类,却不能这么简单的造成一律。这就是人之所以为"万物之灵"。

然而制造者也决不放手。孩子长大,不但失掉天真,还变得呆头呆脑,是我们时时看见的。经济的凋敝,使出版界不肯印行大部的学术文艺书籍,不是教科书,便是儿童书,黄河决口似的向孩子们滚过去。但那里面讲的是什么呢? 要将我们的孩子们造成什么东西呢? 却还没有看见战斗的批评家论及,似乎已经不大有人注意将来了。

反战会议的消息不会在日报上看到,可见打仗也还是中国人的嗜好,给它一个冷淡,正是违反了我们的嗜好的证明。自然,仗是要打的,跟着武士蚁去搬运败者的幼虫,也还不失为一种为奴的胜利。但是,人究竟是"万物之灵",这样那里能就够。仗自然是要打的,要打掉制造打仗机器的蚁豖,打掉毒害小儿的药饵,打掉陷没将来的阴谋:这才是人的战士的任务。

八月二十八日。

帮闲法发隐

桃椎

吉开迦尔是丹麦的忧郁的人,他的作品,总是带着悲愤。不过其中也有很有趣味的,我看见了这样的几句——

"戏场里失了火。丑角站在戏台前,来通知了看客。大家以为这是丑角的笑话,喝彩了。丑角又通知说是火灾。但大家越加哄笑,喝彩了。我想,人世是要完结在当作笑话的开心的人们的大家欢迎之中的吧。"

不过我的所以觉得有趣的,并不专在本文,是在由此想到了帮闲们的伎俩。帮闲,在忙的时候就是帮忙,倘若主子忙于行凶作恶,那自然也就是帮凶。但他的帮法,是在血案中而没有血迹,也没有血腥气的。

譬如吧,有一件事,是要紧的,大家原也觉得要紧,他就以丑角身份而出现了,将这件事变为滑稽,或者特别张扬了不关紧要之点,将人们的注意拉开去,这就是所谓"打诨"。如果是杀人,他就来讲当场的情形,侦探的努力;死的是女人呢,那就更好了,名之曰"艳尸",或介绍她的日记。如果是暗杀,他就来讲死者的生前的故事,恋爱呀,遗闻呀……人们的热情原不是永不弛缓的,但加上些冷水,或者美其名曰清茶,自然就冷得更加迅速了,而这位打诨的角色,却变成了文学者。

假如有一个人,认真地在告警,于凶手当然是有害的,只要大家还没有僵死。但这时他就又以丑角身份而出现了,仍用打诨,从旁装着鬼脸,使告警者在大家的眼里也化为丑角,使他的警告在大家的耳边都化为笑话。耸肩装穷,以表现对方之阔,卑躬叹气,以暗示对方之傲;使大家心里想:这告警者原来都是虚伪的。幸而帮闲们还多是男人,否则它简直会说告警者曾经怎样调戏它,当众罗列淫辞,然后作自杀以明耻之状也说不定。周围捣着鬼,无论如何严肃的说法也要减少力量的,而不利于凶手的事情却就在这疑心和笑声中完结了。它呢? 这回它倒是道德家。

当没有这样的事件时,那就七日一报,十日一谈,收罗废料,装进读者的脑子里去,看过一年半载,就满脑都是某阔人如何摸牌,某明星如何打喷嚏的典故。开心是自然也开心的。但是,人世却也要完结在这些欢迎开心的开心的人们之中的吧。

八月二十八日。

登龙术拾遗

苇索

章克标先生做过一部《文坛登龙术》,因为是预约的,而自己总是悠悠忽忽,竟失去了拜诵的幸运,只在《论语》上见过广告,解题和后记。但是,这真不知是那里来的"烟士披里纯"解题的开头第一段,就有了绝妙的名文——

"登龙是可以当作乘龙解的,于是登龙术便成了乘龙的技术,那是和骑马驾车相类似的东西了。但平常乘龙就是女婿的意思,丈坛似非女性,也不至于会要招女婿,那么这样解释似乎也有引起别人误会的危险。……"

确实,查看广告上的目录,并没有"做女婿"这一门,然而这却不能不说是"智者千虑"的一失,似乎该有一点增补才好,因为文坛虽然"不至于会要招女婿",但女婿却是会要上文坛的。

术曰:要登文坛,须阔太太,遗产必需,官司莫怕。穷小子想爬上文坛去,有时虽然会侥幸,终究是很费力气的;做些随笔或茶话之类,或者也能够捞几文钱,但究竟随人俯仰。最好是有富岳家,有阔太太,用陪嫁钱,作文学资本,笑骂随他笑骂,恶作我自印之。"作品"一出,头衔自来,赘婿虽能被妇家所轻,但一登文坛,即声价十倍,太太也就高兴,不至于自打麻将,连眼梢也一动不动了,这就是"交相为用"。但其为文人也,又必须是唯美派,试看王尔德遗照,盘花钮扣,镶牙手杖,何等漂亮,人见犹怜,而况令阃。可惜他的太太不行,以至滥交顽童,穷死异国,假如有钱,何至于此。所以倘欲登龙,也要乘龙,"书中自有黄金屋",早成古话,现在是"金中自有文学家"当令了。

但也可以从文坛上去做女婿。其术是时时留心,寻一个家里有些钱,而自己能写几句"啊呀呀,我悲哀呀"的女士,做文章登报,尊之为"女诗人"。待到看得她有了"知己之感",就照电影上那样的屈一膝跪下,说道"我的生命呵,啊呀呀,我悲哀呀!"——则由登龙而乘龙,又由乘龙而更登龙,十分美满。然而富女诗人未必一定爱穷男文士,所以要有把握也很难,这一法,在这里只算是《登龙术拾遗》的附录,请勿轻用为幸。

八月二十八日。

由聋而哑

洛文

医生告诉我们:有许多哑子,是并非喉舌不能说话的,只因为从小就耳朵聋,听不见大人的言语,无可师法,就以为谁也不过张着口呜呜哑哑,他自然也只好呜呜哑哑了。所以勃兰兑斯叹丹麦文学的衰微时,曾经说:文学的创作,几乎完全死灭了。人间的或社会的无论怎样的问题,都不能提起感兴,或则除在新闻和杂志之外,绝不能惹起一点论争。我们看不见强烈的独创的创作。加以对于获得外国的精神生活的事,现在几乎绝对的不加顾及。于是精神上的"聋",那结果,就也招致了"哑"来。(《十九世纪文学的主潮》第一卷自序)

这几句话,也可以移来批评中国的文艺界,这现象,并不能全归罪于压迫者的压迫,五四运动时代的启蒙运动者和以后的反对者,都应该分负责任的。前者急于事功,竟没有译出什么有价值的书籍来,后者则故意迁怒,至骂翻译者为媒婆,有些青年更推波助澜,有一时期,还至于连人地名下注一原文,以便读者参考时,也就诋之曰"衒学"。

今竟何如?三开间店面的书铺,四马路上还不算少,但那里面满架是薄薄的小本子,倘要寻一部巨册,真如披沙拣金之难。自然,生得又高又胖并不就是伟人,做得多而且繁也决不就是名著,而况还有"剪贴"。但是,小小的一本"什么 ABC"里,却也决不能包罗一切学术文艺的。一道浊流,固然不如一杯清水的干净而澄明,但蒸馏了浊流的一部分,却就有许多杯净水在。

因为多年买空卖空的结果,文界就荒凉了,文章的形式虽然比较的整齐起来,但战斗的精神却较前有退无进。文人虽因捐班或互捧,很快的成名,但为了出力的吹,壳子大了,里面反显得更加空洞。于是误认这空虚为寂寞,像煞有介事地说给读者们;其甚者还至于摆出他内心的腐烂来,算是一种内面的宝贝。散文,在文苑中算是成功的,但试看今年的选本,便是前三名,也即令人有"貂不足,狗尾续"之感。用秕谷来养青年,是决不会壮大的,将来的成就,且要更渺小,那模样,可看尼采所描写的"末人"。

但绍介国外思潮,翻译世界名作,凡是运输精神的粮食的航路,现在几乎都被聋哑的制造者们堵塞了,连洋人走狗,富户赘郎,也会来哼哼的冷笑一下。他们要掩住青年的耳朵,使之由聋而哑,枯涸渺小,成为"末人",非弄到大家只能看富家儿和小瘪三所卖的春宫,不肯罢手。甘为泥土的作者和译者的奋斗,是已经到了万不可缓的时候了,这就是竭力运输些切实的精神的粮食,放在青年们的周围,一面将那些聋哑的制造者送回黑洞和朱门里面去。

八月二十九日。

新秋杂识(二)

旅隼

八月三十日的夜里,远远近近,都突然噼噼啪啪起来,一时来不及细想,以为"抵抗"又开头了,不久就明白了那是放爆竹,这才定了心。接着又想:大约又是什么节气了吧?……待到第二天看报纸,才知道原来昨夜是月蚀,那些噼噼啪啪,就是我们的同胞,异胞(我们虽然大家自称为黄帝子孙,但蚩尤的子孙想必也未尝死绝,所以谓之"异胞")在示威,要将月亮从天狗嘴里救出。

在前几天,夜里也很热闹。街头巷尾,处处摆着桌子,上面有面食,西瓜;西瓜上面叮着苍蝇,青虫,蚊子之类,还有一桌和尚,口中念念有词:"回猪猡普米呀吽!唵呀吽!吽!!"这是在放焰口,施饿鬼。到了盂兰盆节了,饿鬼和非饿鬼,都从阴间跑出,来看上海这大世面,善男信女们就在这时尽地主之谊,托和尚"唵呀吽"的弹出几粒白米去,请它们都饱饱的吃一通。

我是一个俗人,向来不大注意什么天上和阴间的,但每当这些时候,却也不能不感到我们的还在人间的同胞们和异胞们的思虑之高超和妥帖。别的不必说,就在这不到两整年中,大则四省,小则九岛,都已变了旗色了,不久还有八岛。不但救不胜救,即使想要救吧,一开口,说不定自己就危险(这两句,印后成了"于势也有所未能")。所以最妥当是救月亮,哪怕爆竹放得震天价响,天狗绝不至于来咬,月亮里的酋长(假如有酋长的话)也不会出来禁止,目为反动的。救人也一样,兵灾,旱灾,蝗灾,水灾……灾民们不计其数,幸而暂免于灾殃的小民,又怎么能有一个救法?那自然远不如救魂灵,事省功多,和大人先生的打醮造塔同其功德。这就是所谓"人无远虑,必有近忧";而"君子务其大者远者",亦此之谓也。

而况"庖人虽不治庖,尸祝不越尊俎而代之",也是古圣贤的明训,国事有治国者在,小民是用不着吵闹的。不过历来的圣帝明王,可又并不鄙视小民,倒给予了更高超的自由和权利,就是听你专门去救宇宙和魂灵。这是太平的根基,从古至今,相沿不废,将来想必也不至先便废。记得那是去年的事了,沪战初停,日兵渐渐的走上兵船和退进营房里面去,有一夜也是这么噼噼啪啪起来,时候还在"长期抵抗"中,日本人又不明白我们的国粹,以为又是第几路军前来收复失地了,立刻放哨,出兵……乱哄哄地闹了一通,才知道我们是在救月亮,他们是在见鬼。"哦哦!成程(Nanruhodo = 原来如此)!"惊叹和佩服之余,于是恢复了平和的原状。今年呢,连哨也没有放,大约是已被中国的精神文明感化了。

现在的侵略者和压制者,还有像古代的暴君一样,竟连奴才们的发昏和做梦也不准的吗?……

八月三十一日。

男人的进化

虞明

说禽兽交合是恋爱未免有点亵渎。但是,禽兽也有性生活,那是不能否认的。它们在春情发动期,雌的和雄的碰在一起,难免"卿卿我我"的来一阵。固然,雌的有时候也会装腔作势,逃几步又回头看,还要叫几声,直到实行"同居之爱"为止。禽兽的种类虽然多,它们的"恋爱"方式虽然复杂,可是有一件事是没有疑问的:就是雄的不见得有什么特权。

人为万物之灵,首先就是男人的本领大。最初原是马马虎虎的,可是因为"知有母不知有父"的缘故,娘儿们曾经"统治"过一个时期,那时的祖老太太大概比后来的族长还要威风。后来不知怎的,女人就倒了霉:项颈上,手上,脚上,全部锁上了链条,扣上了圈儿,环儿,——虽则过了几千年这些圈儿环儿大都已经变成了金的银的,镶上了珍珠宝钻,然而这些项圈,镯子,戒指等等,到现在还是女奴的象征。既然女人成了奴隶,那就男人不必征求她的同意再去"爱"她了。古代部落之间的战争,结果俘虏会变成奴隶,女俘虏就会被强奸。那时候,大概春情发动期早就"取消"了,随时随地男主人都可以强奸女俘虏,女奴隶。现代强盗恶棍之流的不把女人当人,其实是大有酋长式武士道的遗风的。

但是,强奸的本领虽然已经是人比禽兽"进化"的一步,究竟还只是半开化。你想,女的哭哭啼啼,扭手扭脚,能有多大兴趣?自从金钱这宝贝出现之后,男人的进化就真的了不得了。天下的一切都可以买卖,性欲自然并非例外。男人花几个臭钱,就可以得到他在女人身上所要得到的东西。而且他可以给她说:我并非强奸你,这是你自愿的,你愿意拿几个钱,你就得如此这般,百依百顺,咱们是公平交易!蹂躏了她,还要她说一声"谢谢你,大少"。这是禽兽干得来的吗?所以嫖妓是男人进化的颇高的阶段了。

同时,父母之命媒妁之言的旧式婚姻,却要比嫖妓更高明。这制度之下,男人得到永久的终身的活财产。当新妇被人放到新郎的床上的时候,她只有义务,她连讲价钱的自由也没有,何况恋爱。不管你爱不爱,在周公孔圣人的名义之下,你得从一而终,你得守贞操。男人可以随时使用她,而她却要遵守圣贤的礼教,即使"只在心里动了恶念,也要算犯奸淫"的。如果雄狗对雌狗用起这样巧妙而严厉的手段来,雌的一定要急得"跳墙"。然而人却只会跳井,当节妇,贞女,烈女去。礼教婚姻的进化意义,也就可想而知了。

至于男人会用"最科学的"学说,使得女人虽无礼教,也能心甘情愿地从一而终,而且深信性欲是"兽欲",不应当作为恋爱的基本条件;因此发明"科学的贞操",——那当然是文明进化的顶点了。

呜呼,人——男人——之所以异于禽兽者!

自注:这篇文章是卫道的文章。

九月三日。

同意和解释

虞明

上司的行动不必征求下属的同意,这是天经地义。但是,有时候上司会对下属解释。

新进的世界闻人说:"原人时代就有威权,例如人对动物,一定强迫它们服从人的意志,而使它们抛弃自由生活,不必征求动物的同意。"这话说得透彻。不然,我们那里有牛肉吃,有马骑呢?人对人也是这样。

日本耶教会主教最近宣言日本是圣经上说的天使:"上帝要用日本征服向来屠杀犹太人的白人⋯⋯以武力解放犹太人,实现《旧约》上的预言。"这也显然不征求白人的同意的,正和屠杀犹太人的白人并未征求过犹太人的同意一样。日本的大

·准风月谈·

图文珍藏版

人老爷在中国制造"国难",也没有征求中国人民的同意。——至于有些地方的绅董,却去征求日本大人的同意,请他们来维持地方治安,那却又当别论。总之,要自由自在地吃牛肉,骑马等等,就必须宣布自己是上司,别人是下属;或是把人比做动物,或是把自己作为天使。

但是,这里最要紧的还是"武力",并非理论。不论是社会学或是基督教的理论,都不能够产生什么威权。原人对于动物的威权,是产生于弓箭等类的发明的。至于理论,那不过是随后想出来的解释。这种解释的作用,在于制造自己威权的宗教上,哲学上,科学上,世界潮流上的根据,使得奴隶和牛马恍然大悟这世界的公律,而抛弃一切翻案的梦想。

当上司对于下属解释的时候,你做下属的切不可误解这是在征求你的同意,因为即使你绝对的不同意,他还是干他的。他自有他的梦想,只要金银财宝和飞机大炮的力量还在他手里,他的梦想就会实现;而你的梦想却终于只是梦想,——万一实现了,他还说你抄袭他的动物主义的老文章呢。

据说现在的世界潮流,正是庞大权力的政府的出现,这是十九世纪人士所梦想不到的。意大利和德意志不用说了;就是英国的国民政府,"它的实权也完全属于保守党一党"。"美国新总统所取得的措置经济复兴的权力,比战争和戒严时期还要大得多"。大家做动物,使上司不必征求什么同意,这正是世界的潮流。懿欤盛哉,这样的好榜样,哪能不学?

不过,我这种解释还有点美中不足:中国自己的秦始皇帝焚书坑儒,中国自己的韩退之等说:"民不出米粟麻丝以事其上则诛"。这原是国货,何苦违背着民族主义,引用外国的学说和事实——长他人威风,灭自己志气呢?

九月三日。

文床秋梦

游光

春梦是颠颠倒倒的。"夏夜梦"呢?看莎士比亚的剧本,也还是颠颠倒倒。中国的秋梦,照例却应该"肃杀",民国以前的死囚,就都是"秋后处决"的,这是顺天时。天教人这么着,人就不能不这么着。所谓"文人"当然也不至于例外,吃得饱饱的睡在床上,食物不能消化完,就做梦;而现在又是秋天,天就教他的梦威严起来了。

二卷三十一期(八月十二日出版)的《涛声》上,有一封自名为"林丁"先生的给编者的信,其中有一段说——

"……之争,孰是孰非,殊非外人所能详道。然而彼此摧残,则在旁观人看来,却不能不承是整个文坛的不幸。……我以为各人均应先打屁股百下,以儆效尤,余事可一概不提。……"

前两天,还有某小报上的不署名的社谈,它对于早些日子余赵的剪窃问题之争,也非常气愤——

"……假使我一朝大权在握,我一定把这般东西捉了来,判他们罚做苦工,读书十年;中国文坛,或尚有干净之一日。"

张献忠自己要没落了,他的行动就不问"孰是孰非",只是杀。清朝的官员,对于原被两造,不问青红皂白,各打屁股一百或五十的事,确也偶尔会有的,这是因为满洲还想要奴才,供搜刮,就是"林丁"先生的旧梦。某小报上的无名子先生可还要比较的文明,至少,它是已经知道了上海工部局"判罚"下等华人的方法的了。

但第一个问题是在怎样才能够"一朝大权在握"?文弱书生死样活气,怎么做得到权臣?先前,还可以希望招驸马,一下子就飞黄腾达,现在皇帝没有了,即使满脸涂着雪花膏,也永远遇不到公主的青睐;至多,只可以希图做一个富家的姑爷而已。而捐官的办法,又早经取消,对于"大权",还是只能像狐狸的遇着高处的葡萄一样,仰着白鼻子看看。文坛的完整和干净,恐怕实在也到底很渺茫。

五四时候,曾经在出版界上发现了"文丐",接着又发现了"文氓",但这种威风凛凛的人物,却是我今年秋天在上海新发现的,无以名之,姑且称为"文官"吧。看文学史,文坛是常会有完整而干净的时候的,但谁曾见过这文坛的澄清,会和这类的"文官"们有丝毫关系的呢。

不过,梦是总可以做的,好在没有什么关系,而写出来也有趣。请安息吧,候补的少大人们!

九月五日。

五四运动

电影的教训

孺牛

　　当我在家乡的村子里看中国旧戏的时候，是还未被教育成"读书人"的时候，小朋友大抵是农民。爱看的是翻筋斗，跳老虎，一把烟焰，现出一个妖精来；对于剧情，似乎都不大和我们有关系。大面和老生的争城夺地，小生和正旦的离合悲欢，全是他们的事，捏锄头柄人家的孩子，自己知道是决不会登坛拜将，或上京赴考的。但还记得有一出给了感动的戏，好像是叫作《斩木诚》。一个大官蒙了不白之冤，非被杀不可了，他家里有一个老家丁，面貌非常相像，便代他去"伏法"。那悲壮的动作和歌声，真打动了看客的心，使他们发现了自己的好模范。因为我的家乡的农人，农忙一过，有些是给大户去帮忙的。为要做得像，临刑时候，主母照例的必须去"抱头大哭"，然而被他踢开了，虽在此时，名分也得严守，这是忠仆，义士，好人。

　　但到我在上海看电影的时候，却早是成为"下等华人"的了，看楼上坐着白人和阔人，楼下排着中等和下等的"华胄"，银幕上现出白色兵们打仗，白色老爷发财，白色小姐结婚，白色英雄探险，令看客佩服，羡慕，恐怖，自己觉得做不到。但当白色英雄探险非洲时，却常有黑色的忠仆来给他开路，服役，拼命，替死，使主子安然的回家；待到他预备第二次探险时，忠仆不可再得，便又记起了死者，脸色一沉，银幕上就现出一个他记忆上的黑色的面貌。黄脸的看客也大抵在微光中把脸色一沉：他们被感动了。

幸而国产电影也在挣扎起来，耸身一跳，上了高墙，举手一扬，掷出飞剑，不过这也和十九路军一同退出上海，现在是正在准备开映屠格纳夫的《春潮》和茅盾的《春蚕》了。当然，这是进步的。但这时候，却先来了一部竭力宣传的《瑶山艳史》。

这部片子，主题是"开化瑶民"，机键是"招驸马"，令人记起，《四郎探母》以及《双阳公主追狄》这些戏本来。中国的精神文明主宰全世界的伟论，近来不大听到了，要想去开化，自然只好退到苗瑶之类的里面去，而要成这种大事业，却首先须"结亲"，黄帝子孙，也和黑人一样，不能和欧亚大国的公主结亲，所以精神文明就无法传播。这是大家可以由此明白的。

九月七日。

关于翻译（上）

洛文

因为我的一篇短文，引出了穆木天先生的《从〈为翻译辩护〉谈到楼译〈二十世纪之欧洲文学〉》（九日《自由谈》所载），这在我，是很以为荣幸的，并且觉得凡所指摘，也恐怕都是实在的错误。但从那作者的按语里，我却又想起一个随便讲讲，也许并不是毫无意义的问题来了。那是这样的一段——

"在一百九十九页，有'在这种小说之中，最近由学术院（译者：当系指著者所属的俄国共产主义学院）所选的鲁易倍尔德兰的不朽的诸作，为最优秀'。在我以为此地所谓'Academia'者，当指法国翰林院。苏联虽称学艺发达之邦，但不会为帝国主义作家作选集吧？我不知为什么楼先生那样地滥下注解？"

究竟是哪一国的 Academia 呢？我不知道。自然，看作法国的翰林院，是万分近理的，但我们也不能决定苏联的大学院就"不会为帝国主义作家作选集"。倘在十年以前，是决定不会的，这不但为物力所限，也为了要保护革命的婴儿，不能将滋养的，无益的，有害的食品都漫无区别的乱放在他前面。现在却可以了，婴儿已经长大，而且强壮，聪明起来，即使将鸦片或吗啡给他看，也没有什么大危险，但不消说，一面也必须有先觉者来指示，说吸了就会上瘾，而上瘾之后，就成一个废物，或者还是社会上的害虫。

在事实上，我曾经见过苏联的，Academia 新译新印的阿拉伯的《一千零一夜》，意大利的《十日谈》，还有西班牙的《吉诃德先生》，英国的《鲁滨孙漂流记》；在报章上，则记载过在为托尔斯泰印选集，为歌德编全集——更完全的全集。倍尔德兰不但是加特力教的宣传者，而且是王朝主义的代言人，但比起十九世纪初德意志布尔乔亚的文豪歌德来，那作品也不至于更加有害。所以我想，苏联来给他出一本选集，实在是很可能的。不过在这些书籍之前，想来一定有详序，加以仔细的分析和正确的批评。

凡作者，和读者因缘愈远的，那作品就于读者愈无害。古典的，反动的，观念形态已经很不相同的作品，大抵即不能打动新的青年的心（但自然也要有正确的指示）。倒反可以从中学学描写的本领，作者的努力。恰如大块的砒霜，欣赏之余，所得的是知道它杀人的力量和结晶的模样：药物学和矿物学上的知识了。可怕地倒在用有限的砒霜，和在食物中间，使青年不知不觉地吞下去，例如似是而非的所谓"革命文学"，故作激烈的所谓"唯物史观的批评"，就是这一类。这倒是应该防备的。

我是主张青年也可以看看"帝国主义者"的作品的，这就是古语的所谓"知己知彼"。青年为了要看虎狼，赤手空拳地跑到深山里去固然是呆子，但因为虎狼可怕，连用铁栅围起来了的动物园里也不敢去，却也不能不说是一位可笑的愚人。有害的文学的铁栅是什么呢？批评家就是。

九月十一日。

补记：这一篇没有能够刊出。

九月十五日。

关于翻译（下）

洛文

但我在那《为翻译辩护》中，所希望于批评家的，实在有三点：一，指出坏的；二，奖励好的；三，倘没有，则较好的也可以。而穆木天先生所实做的是第一句。以后呢，可能有别的批评家来做其次的文章，想起来真是一个大疑问。

所以我要再来补充几句：倘连较好的也没有，则指出坏的译本之后，并且指明其中的那些地方还可以于读者有益处。

此后的译作界，恐怕是还要退步下去的。姑不论民穷财尽，即看地面和人口，四省是给日本拿去了，一大块在水淹，一大块在旱，一大块在打仗，只要略略一想，就知道读者是减少了许多了。因为销路的少，出版界就要更投机，欺骗，而拿笔的人也因此只好更投机，欺骗。即有不愿意欺骗的人，为生计所压迫，也总不免比较的粗制滥造，增出些先前所没有的缺点来。走过租界的住宅区邻近的马路，三间门面的水果店，晶莹的玻璃窗里是鲜红的苹果，通黄的香蕉，还有不知名的热带的果物。但略站一下就知道：这地方，中国人是很少进去的，买不起。我们大抵只好到同胞摆的水果摊上去，花几文钱买一个烂苹果。

苹果一烂，比别的水果更不好吃，但是也有人买的，不过我们另外还有一种相反的脾气：首饰要"足赤"，人物要"完人"。一有缺点，有时就全部都不要了。爱人身上生几个疮，固然不至于就请律师离婚，但对于作者，作品，译品，却总归比较的严紧，萧伯纳坐了大船，不好；巴比塞不算第一个作家，也不好；译者是"大学教授，下职官员"，更不好。好的又不出来，怎么办呢？我想，还是请批评家用吃烂苹果的方法，来救一救急吧。

我们先前的批评法，是说，这苹果有烂疤了，要不得，一下子抛掉。然而买者的金钱有限，岂不是大冤枉。而况此后还要穷下去。所以，此后似乎最好还是添几句，倘不是穿心烂，就说：这苹果有着烂疤了，然而这几处没有烂，还可以吃得。这么一办，译品的好坏是明白了，而读者的损失也可以小一点。

但这一类的批评，在中国还不大有，即以《自由谈》所登的批评为例，对于《二十世纪之欧洲文学》，就是专指烂疤的；记得先前有一篇批评邹韬奋先生所编的《高尔基》的短文，除掉指出几个缺点之外，也没有别的话。前者我没有看过，说不出另外可有什么可取的地方，但后者却曾经翻过一遍，觉得除批评者所指摘的缺点之外，另有许多记载作者的勇敢的奋斗，胥吏的卑劣的阴谋，是很有益于青年作家的，但也因为有了烂疤，就被抛在筐子外面了。

所以，我又希望刻苦的批评家来做剜烂苹果的工作，这正如"拾荒"一样，是很辛苦的，但也必要，而且大家有益的。

九月十一日。

国学经典文库

鲁迅文集

·准风月谈·

图文珍藏版

新秋杂识(三)

"秋来了!"

秋真是来了,晴的白天还好,夜里穿着洋布衫就觉得凉飕飕。报章上满是关于"秋"的大小文章:迎秋,悲秋,哀秋,责秋……等等。为了趋时,也想这么的做一点,然而总是做不出。我想,就是想要"悲秋"之类,恐怕也要福气的,实在令人羡慕得很。

记得幼小时,有父母爱护着我的时候,最有趣的是生点小毛病,大病却生不得,既痛苦,又危险的。生了小病,懒懒地躺在床上,有些悲凉,又有些娇气,小苦而微甜,实在好像秋的诗境。呜呼哀哉,自从流落江湖以来,灵感卷逃,连小病也不生了。偶然看看文学家的名文,说是秋花为之惨容,大海为之沉默云云,只是愈加感到自己的麻木。我就从来没有见过秋花为了我在悲哀,忽然变了颜色;只要有风,大海是总在呼啸的,不管我爱闹还是爱静。

冰莹女士的佳作告诉我们:"晨是学科学的,但在这一刹那,完全忘掉了他的志趣,存在他脑海中的只有一个尽量地享受自然美景的目的。……"这也是一种福气。科学我学的很浅,只读过一本生物学教科书,但是,它那些教训,花是植物的生殖机关呀,虫鸣鸟啭,是在求偶呀之类,就完全忘不掉了。昨夜闲逛荒场,听到蟋蟀在野菊花下鸣叫,觉得好像是美景,诗兴勃发,就做了两句新诗——

野菊的生殖器下面,

蟋蟀在吊膀子。

写出来一看,虽然比粗人们听唱的俚歌要高雅一些,而对于新诗人的由"烟士披离纯"而来的诗,还是"相形见绌"。写得太科学,太真实,就不雅了,如果改作旧诗,也许不至于这样。生殖机关,用严又陵先生译法,可以谓之"性官";"吊膀子"呢,我自己就不懂那语源,但据老于上海者说,这是因西洋人的男女挽臂同行而来的,引申为诱惑或追求异性的意思。吊者,挂也,亦即相挟持。那么,我的诗就译出来了——

野菊性官下,

鸣蛩在悬肘。

虽然很有些费解,但似乎也雅得多,也就是好得多。人们不懂,所以雅,也就是所以好,现在也还是一个做文豪的秘诀呀。质之"新诗人"邵洵美先生之流,不知以为何如?

九月十四日。

礼

苇索

看报,是有益的,虽然有时也沉闷。例如吧,中国是世界上国耻纪念最多的国家,到这一天,报上照例得有几块记载,几篇文章。但这事真也闹得太重叠,太长久了,就很容易千篇一律,这一回可用,下一回也可用,去年用过了,明年也许还可用,只要没有新事情。即使有了,成文恐怕也仍然可以用,因为反正总只能说这几句话。所以倘不是健忘的人,就会觉得沉闷,看不出新的启示来。

然而我还是看。今天偶然看见北京追悼抗日英雄邓文的记事,首先是报告,其次是演讲,最末,是"礼成,奏乐散会"。

我于是得了新的启示:凡纪念,"礼"而已矣。

中国原是"礼义之邦",关于礼的书,就有三大部,连在外国也译出了,我真特别佩服《仪礼》的翻译者。事君,现在可以不谈了;事亲,当然要尽孝,但殁后的办法,则已归入祭礼中,各有仪,就是现在的拜忌日,做阴寿之类。新的忌日添出来,旧的忌日就淡一点,"新鬼大,故鬼小"也。我们的纪念日也是对于旧的几个比较的不起劲,而新的几个之归于淡漠,则只好以俟将来,和人家的拜忌辰是一样的。有人说,中国的国家以家族为基础,真是有识见。

中国又原是"礼让为国"的,既有礼,就必能让,而愈能让,礼也就愈繁了。总之,这一节不说也罢。

古时候,或以黄老治天下,或以孝治天下。现在呢,恐怕是入于以礼治天下的时期了,明乎此,就知道责备民众的对于纪念日的淡漠是错的,《礼》曰:"礼不下庶人";舍不得物质上的什么东西也是错的,孔子不云乎:"赐也尔爱其羊,我爱其礼!"

"非礼勿视,非礼勿听,非礼勿言,非礼勿动",静静地等着别人的"多行不义,必自毙",礼也。

九月二十日。

打听印象

桃椎

五四运动以后,好像中国人就发生了一种新脾气,是:倘有外国的名人或阔人新到,就喜欢打听他对于中国的印象。

罗素到中国讲学,激进的青年们开会欢宴,打听印象。罗素道:"你们待我这么好,就是要说坏话,也不好说了。"激进的青年愤愤然,以为他滑头。

萧伯纳周游过中国,上海的记者群集访问,又打听印象。萧道:"我有什么意见,与你们都不相干。假如我是个武人,杀死个十万条人命,你们才会尊重我的意见。"革命家和非革命家都愤愤然,以为他刻薄。

这回是瑞典的卡尔亲王到上海了,记者先生也发表了他的印象:"……足迹所经,均蒙当地官民殷勤招待,感激之余,异常愉快。今次游览观感所得,对于贵国政府及国民,有极度良好之印象,而永远不能磨灭者也。"这最稳妥,我想,是不至于招出什么是非来的。

其实是,罗萧两位,也还不算滑头和刻薄的,假如有这么一个外国人,遇见有人问他印象时,他先反问道:"你先生对于自己中国的印象怎么样?"那可真是一篇难以下笔的文章。

我们是生长在中国的,倘有所感,自然不能算"印象";但意见也好;而意见又怎么说呢?说我们像浑水里的鱼,活得糊里糊涂,莫名其妙吧,不像意见。说中国好得很吧,恐怕也难。这就是爱国者所悲痛的所谓"失掉了国民的自信",然而实在也好像失掉了,向各人打听印象,就恰如求签问卜,自己心里先自狐疑着了的缘故。

我们里面,发表意见的固然也有的,但常见的是无拳无勇,未曾"杀死十万条人命",倒是自称"小百姓"的人,所以那意见也无人"尊重",也就是和大家"不相干"。至于有位有势的大人物,则在野时候,也许是很激进的吧,但现在呢,一声不响,中国"待我这么好,就是要说坏话,也不好说了"。看当时欢宴罗素,而愤愤于他那答话的由新潮社而发迹的诸公的现在,实在令人觉得罗素并非滑头,倒是一个先知的讽刺家,将十年后的心思预先说去了。

这是我的印象,也算一篇拟答案,是从外国人的嘴上抄来的。

九月二十日。

吃教

丰之余

达一先生在《文统之梦》里，因刘勰自谓梦随孔子，乃始论文，而后来做了和尚，遂讥其"贻羞往圣"。其实是中国自南北朝以来，凡有文人学士，道士和尚，大抵以"无特操"为特色的。晋以来的名流，每一个人总有三种小玩意，一是《论语》和《孝经》，二是《老子》，三是《维摩诘经》，不但采作谈资，并且常常做一点注解。唐有三教辩论，后来变成大家打诨；所谓名儒，做几篇伽蓝碑文也不算什么大事。宋儒道貌岸然，而窃取禅师的语录。清呢，去今不远，我们还可以知道儒者的相信《太上感应篇》和《文昌帝君阴骘文》，并且会请和尚到家里来拜忏。

耶稣教传入中国，教徒自以为信教，而教外的小百姓却都叫他们是"吃教"的。这两个字，真是提出了教徒的"精神"，也可以包括大多数的儒释道教之流的信者，也可以移用于许多"吃革命饭"的老英雄。

清朝人称八股文为"敲门砖"，因为得到功名，就如打开了门，砖即无用。近年则有杂志上的所谓"主张"。《现代评论》之出盘，不是为了迫压，倒因为这派作者的飞腾；《新月》的冷落，是老社员都"爬"了上去，和月亮距离远起来了。这种东西，我们为要和"敲门砖"区别，称之为"上天梯"吧。

"教"之在中国，何尝不如此。讲革命，彼一时也；讲忠孝，又一时也；跟大拉嘛打圈子，又一时也；造塔藏主义，又一时也。有宜于专吃的时代，则指归应定于一尊，有宜合吃的时代，则诸教亦本非异致，不过一碟是全鸭，一碟是杂拌儿而已。刘勰亦然，盖仅由"不撤姜食"一变而为吃斋，于胃脏里的分量原无差别，何况以和尚而注《论语》《孝经》或《老子》，也还是不失为一种"天经地义"呢？

九月二十七日。

喝茶

丰之余

某公司又在廉价了，去买了二两好茶叶，每两洋二角。开首泡了一壶，怕它冷得快，用棉袄包起来，却不料郑重其事的来喝的时候，味道竟和我一向喝着的粗茶

　　我知道这是自己错误了，喝好茶，是要用盖碗的，于是用盖碗。果然，泡了之后，色清而味甘，微香而小苦，确是好茶叶。但这是须在静坐无为的时候的，当我正写着《吃教》的中途，拉来一喝，那好味道竟又不知不觉地滑过去，像喝着粗茶一样了。

　　有好茶喝，会喝好茶，是一种"清福"。不过要享这"清福"，首先就须有工夫，其次是练习出来的特别的感觉。由这一极琐屑的经验，我想，假使是一个使用筋力的工人，在喉干欲裂的时候，那么，即使给他龙井芽茶，珠兰窨片，恐怕他喝起来也未必觉得和热水有什么大区别吧。所谓"秋思"，其实也是这样的，骚人墨客，会觉得什么"悲哉秋之为气也"，风雨阴晴，都给他一种刺戟，一方面也就是一种"清福"，但在老农，却只知道每年的此际，就要割稻而已。

　　于是有人以为这种细腻锐敏的感觉，当然不属于粗人，这是上等人的牌号。然而我恐怕也正是这牌号就要倒闭的先声。我们有痛觉，一方面是使我们受苦的，而一方面也使我们能够自卫。假如没有，则即使背上被人刺了一尖刀，也将茫无知觉，直到血尽倒地，自己还不明白为什么倒地。但这痛觉如果细腻锐敏起来呢，则不但衣服上有一根小刺就觉得，连衣服上的接缝，线结，布毛都要觉得，倘不穿"无缝天衣"，他便要终日如芒刺在身，活不下去了。但假装锐敏的，自然不在此例。

　　感觉的细腻和敏锐，较之麻木，那当然算是进步的，然而以有助于生命的进化为限。如果不相干，甚而至于有碍，那就是进化中的病态，不久就要收梢。我们试将享清福，抱秋心的雅人，和破衣粗食的粗人一比较，就明白究竟是谁活得下去。喝过茶，望着秋天，我于是想：不识好茶，没有秋思，倒也罢了。

九月三十日。

禁用和自造

孺牛

　　据报上说，因为铅笔和墨水笔进口之多，有些地方已在禁用，改用毛笔了。

　　我们且不说飞机大炮，美棉美麦，都非国货之类的迂谈，单来说纸笔。

　　我们也不说写大字，画国画的名人，单来说真实的办事者。在这类人，毛笔却是很不便当的。砚和墨可以不带，改用墨汁吧，墨汁也何尝有国货。而且据我的经验,墨汁也并非可以常用的东西,写过几千字,毛笔便被胶得不能施展。倘若安砚磨墨,展纸舐笔,则即以学生的抄讲义而论,速度恐怕总要比用墨水笔减少三分之一,他只好不抄,或者要教员讲得慢,也就是大家的时间,被白费了三分之一了。

　　所谓"便当",并不是偷懒,是说在同一时间内,可以由此做成较多的事情。这就是节省时间,也就是使一个人的有限的生命,更加有效,而也即等于延长了人的生命。古人说,"非人磨墨墨磨人",就在悲愤人生之消磨于纸墨中,而墨水笔之制成,是正可以弥这缺憾的。

　　但它的存在,却必须在宝贵时间,宝贵生命的地方。中国不然,这当然不会是国货。进出口货,中国是有了账簿的了,人民的数目却还没有一本账簿。一个人的生养教育,父母花去的是多少物力和气力呢,而青年男女,每每不知所终,谁也不加注意。区区时间,当然更不成什么问题了,能活着弄弄毛笔的,或者倒是幸福也难说。

　　和我们中国一样,一向用毛笔的,还有一个日本。然而在日本,毛笔几乎绝迹了,代用的是铅笔和墨水笔,连用这些笔的习字帖也很多。为什么呢?就因为这便当,省时间。然而他们不怕"漏卮"吗?不,他们自己来制造,而且还要运到中国来。

　　优良而非国货的时候,中国禁用,日本仿造,这是两国截然不同的地方。

九月三十日。

看变戏法

游光

　　我爱看"变戏法"。

　　他们是走江湖的,所以各处的戏法都一样。为了敛钱,一定有两种必要的东西:一只黑熊,一个小孩子。

　　黑熊饿得真瘦,几乎连动弹的力气也快没有了。自然,这是不能使它强壮的,因为一强壮,就不能驾驭。现在是半死不活,却还要用铁圈穿了鼻子,再用索子牵着做戏。有时给吃一点东西,是一小块水泡的馒头皮,但还将勺子擎得高高的,要它站起来,伸头张嘴,许多工夫才得落肚,而变戏法的则因此集了一些钱。

　　这熊的来源,中国没有人提到过。据西洋人的调查,说是从小时候,由山里捉来的;大的不能用,因为一大,就总改不了野性。但虽是小的,也还须"训练",这

"训练"的方法,是"打"和"饿";而后来,则是因虐待而死亡。我以为这话是的确的,我们看它还在活着做戏的时候,就瘪得连点气息也没有了,有些地方,竟称之为"狗熊",其被蔑视至于如此。

孩子在场面上也要吃苦,或者大人踏在他肚子上,或者将他的两手扭过来,他就显出很苦楚,很为难,很吃重的相貌,要看客解救。六个,五个,再四个,三个……而变戏法的就又集了一些钱。

他自然也曾经训练过,这苦痛是装出来的,和大人串通的勾当,不过也无碍于赚钱。

下午敲锣开场,这样的做到夜,收场,看客走散,有花了钱的,有终于不花钱的。

每当收场,我一面走,一面想:两种生财家伙,一种是要被虐待至死的,再寻幼小的来;一种是大了之后,另寻一个小孩子和一只小熊,仍旧来变照样的戏法。

事情真是简单得很,想一下,就好像令人索然无味。然而我还是常常看。此外叫我看什么呢,诸君?

十月一日。

双十怀古
——民国二二年看十九年秋

史癖

小引

要做"双十"的循例的文章,首先必须找材料。找法有二,或从脑子里,或从书本中。我用的是后一法。但是,翻完"描写字典",里面无之;觅遍"文章作法",其中也没有。幸而"吉人自有天相",竟在破纸堆里寻出一卷东西来,是中华民国十九年十月三日到十日的上海各种大报小报的拔萃。去今已经整整的三个年头了,剪贴着做什么用的呢,自己已经记不清;莫非就给我今天做材料的吗,一定未必是。但是,"废物利用"——既经检出,就抄些目录在这里吧。不过为节省篇幅计,不再注明广告,记事,电报之分,也略去了报纸的名目,因为那些文字,大抵是各报都有的。

看了什么用呢?倒也说不出。倘若一定要我说,那就说是譬如看自己三年前的照相吧。

十月三日

江湾赛马。

中国红十字会筹募湖南辽西各省急振。

中央军克陈留。

辽宁方面筹组副司令部。

礼县土匪屠城。

六岁女孩受孕。

辛博森伤势沉重。

汪精卫到太原。

卢兴邦接洽投诚。

加派师旅人赣剿共。

裁厘展至明年一月。

墨西哥拒侨胞,五十六名返国。

墨索里尼提倡艺术。

谭延闿轶事。

战士社代社员征婚。

十月四日

齐天大舞台始创杰构积极改进《西游记》,准中秋节开幕。

前进的,民族主义的,唯一的,文艺刊物《前锋月刊》创刊号准双十节出版。

空军将再炸邕。

剿匪声中一趣史。

十月五日

蒋主席电国府请大赦政治犯。

程砚秋登台盛况。

卫乐园之保证金。

十月六日

樊迪文讲演小记。

诸君阅至此,请虔颂南无阿弥陀佛……

大家错了,中秋是本月六日。

查封赵戴文财产问题。

鄂省党部祝贺克复许汴。

取缔民间妄用党国旗。

十月七日

响应政府之廉洁运动。

津浦全线将通车。

平津党部行将恢复。

法轮殴毙栈伙交涉。

王士珍举殡记。

冯阁部下全解体。

湖北来凤苗放双穗。

冤魂为厉,未婚夫索命。

鬼击人背。

十月八日

闽省战事仍烈。

八路军封锁柳州交通。

安德思考古队自蒙古返北平。

国货时装展览。

轰动南洋之萧信庵案。

学校当注重国文论。

追记郑州飞机劫。

谭宅挽联择尤录。

汪精卫突然失踪。

十月九日

西北军已解体。

外部发表英退庚款换文。

京卫戍部枪决人犯。

辛博森渐有起色。

国货时装展览。

上海空前未有之跳舞游艺大会。

十月十日

举国欢腾庆祝双十。

叛逆削平,全国欢祝国庆,蒋主席昨凯旋参与盛典。

津浦路暂仍分段通车。

首都枪决共犯九名。

林埭被匪洗劫。

老陈圩匪祸残酷。

海盗骚扰丰利。

程砚秋庆祝国庆。

蒋丽霞不忘双十。

南昌市取缔赤足。

伤兵怒斥孙祖基。

今年之双十节,可欣可贺,尤甚从前。

结语

我也说"今年之双十节,可欣可贺,尤甚从前"吧。

十月一日。

附记:这一篇没有能够刊出,大约是被谁抽去了的,盖双十盛典,"伤今"固难,"怀古"也不易了。

十月十三日。

重三感旧
——一九三三年忆光绪朝末

丰之余

我想赞美几句一些过去的人,这恐怕并不是"骸骨的迷恋"。

所谓过去的人,是指光绪末年的所谓"新党",民国初年,就叫他们"老新党"。

甲午战败，他们自以为觉悟了，于是要"维新"，便是三四十岁的中年人，也看《学算笔谈》，看《化学鉴原》；还要学英文，学日文，硬着舌头，怪声怪气地朗诵着，对人毫无愧色，那目的是要看"洋书"，看洋书的缘故是要给中国图"富强"，现在的旧书摊上，还偶有"富强丛书"出现，就如目下的"描写字典""基本英语"一样，正是那时应运而生的东西。连八股出身的张之洞，他托缪荃孙代做的《书目答问》也竭力添进各种译本去，可见这"维新"风潮之烈了。

然而现在是另一种现象了。有些新青年，境遇正和"老新党"相反，八股毒是丝毫没有染过的，出身又是学校，也并非国学的专家，但是，学起篆字来了，填起词来了，劝人看《庄子》《文选》了，信封也有自刻的印版了，新诗也写成方块了，除掉做新诗的嗜好之外，简直就如光绪初年的雅人一样，所不同者，缺少辫子和有时穿穿洋服而已。

近来有一句常谈，是"旧瓶不能装新酒"。这其实是不确的。旧瓶可以装新酒，新瓶也可以装旧酒，倘若不信，将一瓶五加皮和一瓶白兰地互换起来试试看，五加皮装在白兰地瓶子里，也还是五加皮。这一种简单的试验，不但明示着"五更调""攒十字"的格调，也可以放进新的内容去，且又证实了新式青年的躯壳里，大可以埋伏下"桐城谬种"或"选学妖孽"的喽啰。

"老新党"们的见识虽然浅陋，但是有一个目的：图富强。所以他们坚决，切实；学洋话虽然怪声怪气，但是有一个目的：求富强之术。所以他们认真，热心。待到排满学说播布开来，许多人就成为革命党了，还是因为要给中国图富强，而以为此事必自排满始。

排满久已成功，五四早经过去，于是篆字，词，《庄子》，《文选》，古式信封，方块新诗，现在是我们又有了新的企图，要以"古雅"立足于天地之间了。假使真能立足，那倒是给"生存竞争"添一条新例的。

十月一日。

"感旧"以后（上）

丰之余

又不小心，感了一下子旧，就引出了一篇施蛰存先生的《〈庄子〉与〈文选〉》来，以为我那些话，是为他而发的，但又希望并不是为他而发的。

我愿意有几句声明:那篇《感旧》,是并非为施先生而作的,然而可以有施先生在里面。

倘使专对个人而发的话,照现在的摩登文例,应该调查了对手的籍贯,出身,相貌,甚而至于他家乡有什么出产,他老子开过什么铺子,影射他几句才算合式。我的那一篇里可是丝毫没有这些的。内中所指,是一大队遗少群的风气,并不指定着谁和谁;但也因为所指的是一群,所以被触着的当然也不会少,即使不是整个,也是那里的一肢一节,即使并不永远属于那一队,但有时是属于那一队的。现在施先生自说了劝过青年去读《庄子》与《文选》,"为文学修养之助",就自然和我所指摘的有点相关,但以为这文为他而作,却诚然是"神经过敏",我实在并没有这意思。

不过这是在施先生没有说明他的意见之前的话,现在却连这"相关"也有些疏远了,因为我所指摘的,倒是比较顽固的遗少群,标准还要高一点。

现在看了施先生自己的解释,(一)才知道他当时的情形,是因为稿纸太小了,"倘再宽阔一点的话",他"是想多写几部书进去的";(二)才知道他先前的履历,是"从国文教员转到编杂志",觉得"青年人的文章太拙直,字汇太少"了,所以推举了这两部古书,使他们去学文法,寻字汇,"虽然其中有许多字是已死了的",然而也只好去寻觅。我想,假如庄子生在今日,则被劈棺之后,恐怕要劝一切有志于结婚的女子,都去看《烈女传》的吧。

还有一点另外的话——

(一)施先生说我用瓶和酒来比"文学修养"是不对的,但我并未这么比方过,我是说有些新青年可以有旧思想,有些旧形式也可以藏新内容。我也以为"新文学"和"旧文学"这中间不能有截然的分界,然而有蜕变,有比较的偏向,而且正因为不能以"何者为分界",所以也没有了"第三种人"的立场。

(二)施先生说写篆字等类,都是个人的事情,只要不去勉强别人也做一样的事情就好,这似乎是很对的。然而中学生和投稿者,是他们自己个人的文章太拙直,字汇太少,却并没有勉强别人都去做字汇少而文法拙直的文章,施先生为什么竟大有所感,因此来劝"有志于文学的青年"该看《庄子》与《文选》了呢? 做了考官,以词取士,施先生是不以为然的,但一做教员和编辑,却以《庄子》与《文选》劝青年,我真不懂这中间有怎样的分界。

(三)施先生还举出一个"鲁迅先生"来,好像他承接了庄子的新道统,一切文章,都是读《庄子》与《文选》读出来的一般。"我以为这也有点武断"的。他的文章中,诚然有许多字为《庄子》与《文选》中所有,例如"之乎者也"之类,但这些字眼,想来别的书上也不见得没有吧。再说得露骨一点,则从这样的书里去找活字汇,简直是糊涂虫,恐怕施先生自己也未必。

十月十二日。

"感旧"以后(下)

丰之余

还要写一点。但得声明在先,这是由施蛰存先生的话所引起,却并非为他而作的。对于个人,我原稿上常是举出名字来,然而一到印出,却往往化为"某"字,或是一切阔人姓名,危险字样,生殖机关的俗语的共同符号"××"了。我希望这一篇中的有几个字,没有这样变化,以免误解。

我现在要说的是:说话难,不说亦不易。弄笔的人们,总要写文章,一写文章,就难免惹灾祸,黄河的水向薄弱的堤上攻,于是露臂膊的女人和写错字的青年,就成了嘲笑的对象了,他们也真是无拳无勇,只好忍受,恰如乡下人到上海租界,除了拼出被称为"阿木林"之外,没有办法一样。

然而有些是冤枉的,随手举一个例,就是登在《论语》二十六期上的刘半农先生"自注自批"的《桐花芝豆堂诗集》这打油诗。北京大学招考,他是阅卷官,从国文卷子上发现一个可笑的错字,就来作诗,那些人被挖苦得真是要钻地洞,那些刚毕业的中学生。自然,他是教授,凡所指摘,都不至于不对的,不过我以为有些却还可有磋商的余地。集中有一个"自注"道——

刘半农

"有写'倡明文化'者,余曰:倡即'娼'字,凡文化发达之处,娼妓必多,

谓文化由娼妓而明,亦言之成理也。"

娼妓的娼，我们现在是不写作"倡"的，但先前两字通用，大约刘先生引据的是古书。不过要引古书，我记得《诗经》里有一句"倡予和女"，好像至今还没有人解作"自己也做了婊子来应和别人"的意思。所以那一个错字，错而已矣，可笑可鄙却不属于它的。还有一句是——

"幸'萌科学思想之芽'。"

"萌"字和"芽"字旁边都加着一个夹圈，大约是指明着可笑之处在这里的吧，但我以为"萌芽"，"萌蘖"，固然是一个名词，而"萌动"，"萌发"，就成了动词，将"萌"字作动词用，似乎也并无错误。

五四运动时候，提倡（刘先生或者会解作"提起婊子"来的吧）白话的人们，写错几个字，用错几个古典，是不以为奇的，但因为有些反对者说提倡白话者都是不知古书，信口胡说的人，所以往往也做几句古文，以塞他们的嘴。但自然，因为从旧垒中来，积习太深，一时不能摆脱，因此带着古文气息的作者，也不能说是没有的。

当时的白话运动是胜利了，有些战士，还因此爬了上去，但也因为爬了上去，就不但不再为白话战斗，并且将它踏在脚下，拿出古字来嘲笑后进的青年了。因为还正在用古书古字来笑人，有些青年便又以看古书为必不可省的工夫，以常用文言的作者为应该模仿的格式，不再从新的道路上去企图发展，打出新的局面来了。

现在有两个人在这里：一个是中学生，文中写"留学生"为"流学生"，错了一个字；一个是大学教授，就得意扬扬地做了一首诗，曰："先生犯了弥天罪，罚往西洋把学流，应是九流加一等，面筋熬尽一锅油。"我们看吧，可笑是在那一面呢？

十月十二日。

黄祸

尤刚

现在的所谓"黄祸"，我们自己是在指黄河决口了，但三十年之前，并不如此。

那时是解作黄色人种将要席卷欧洲的意思的，有些英雄听到了这句话，恰如听得被白人恭维为"睡狮"一样，得意了好几年，准备着去做欧洲的主子。

不过"黄祸"这故事的来源，却又和我们所幻想的不同，是出于德皇威廉的。他还画了一幅图，是一个罗马装束的武士，在抵御着由东方西来的一个人，但那人并不是孔子，倒是佛陀，中国人实在是空欢喜。所以我们一面在做"黄祸"的梦，而有一个人在德国治下的青岛所见的现实,却是一个苦孩子弄脏了电柱,就被白色巡捕提着脚,像中国人的对付鸭子一样,倒提而去了。

现在希特拉的排斥非日耳曼民族思想,方法是和德皇一样的。

德皇的所谓"黄祸",我们现在是不再梦想了,连"睡狮"也不再提起,"地大物博,人口众多",文章上也不很看见。倘是狮子,自夸怎样肥大是不妨事的,但如果是一口猪或一匹羊,肥大倒不是好兆头。我不知道我们自己觉得现在好像是什么了?

我们似乎不再想,也寻不出什么"象征"来,我们正在看海京伯的猛兽戏,赏鉴狮虎吃牛肉,听说每天要吃一只牛。我们佩服国联的制裁日本,我们也看不起国联的不能制裁日本;我们赞成军缩的"保护和平",我们也佩服希特拉的退出军缩;我们怕别国要以中国做战场,我们也憎恶非战大会。我们似乎依然是"睡狮"。

"黄祸"可以一转而为"福",醒了的狮子也会做戏的。当欧洲大战时,我们有替人拼命地工人,青岛被占了,我们有可以倒提的孩子。

但倘说,二十世纪的舞台上没有我们的份,是不合理的。

十月十七日。

冲

旅隼

"推"和"踢"只能死伤一两个,倘要多,就非"冲"不可。

十三日的新闻上载着贵阳通信说,九一八纪念,各校学生集合游行,教育厅长谭星阁临事张皇,乃派兵分据街口,另以汽车多辆,向行列冲去,于是发生惨剧,死学生二人,伤四十余,其中以正谊小学学生为最多,年仅十龄上下耳。……

我先前只知道武将大抵通文,当"枕戈待旦"的时候,就会做骈体电报,这回才明白虽是文官,也有深谙韬略的了。田单曾经用过火牛,现在代以汽车,也确是二十世纪。

"冲"是最爽利的战法,一队汽车,横冲直撞,使敌人死伤在车轮下,多么简洁;"冲"也是最威武的行为,机关一扳,风驰电掣,使对手想回避也来不及,多么英雄。各国的兵警,喜欢用水龙头冲,俄皇曾用哥萨克马队冲,都是快举。各地租界上我们有时会看见外国兵的坦克车在出巡,这就是倘不恭顺,便要来冲的家伙。

汽车虽然并非冲锋的利器,但幸而敌人却是小学生,一匹疲驴,真上战场是万万不行的,不过在嫩草地上飞跑,骑士坐在上面暗呜叱咤,却还很能胜任愉快,虽然有些人见了,难免觉得滑稽。

十龄上下的孩子会造反,本来也难免觉得滑稽的。但我们中国是常出神童的地方,一岁能画,两岁能诗,七龄童做戏,十龄童从军,十几龄童做委员,原是常有的事实;连七八岁的女孩也会被凌辱,从别人看来,是等于"年方花信"的了。

况且"冲"的时候,倘使对面是能够有些抵抗的人,那就汽车会弄得不爽利,冲者也就不英雄,所以敌人总须选得嫩弱。流氓欺乡下佬,洋人打中国人,教育厅长冲小学生,都是善于克敌的豪杰。

"身当其冲",先前好像不过一句空话,现在却应验了,这应验不但在成人,而且到了小孩子。"婴儿杀戮"算是一种罪恶,已经是过去的事,将乳儿抛上空中去,接以枪尖,不过看作一种玩把戏的日子,恐怕也就不远了吧。

十月十七日。

"滑稽"例解

韦索

研究世界文学的人告诉我们:法人善于机锋,俄人善于讽刺,英美人善于幽默。这大概是真确的,就都为社会状态所限制。慨自语堂大师振兴"幽默"以来,这名词是很通行了,但一普遍,也就伏着危机,正如军人自称佛子,高官忽挂念珠,而佛法就要涅槃一样。倘若油滑,轻薄,猥亵,都蒙"幽默"之号,则恰如"新戏"之入"×世界",必已成为"文明戏"也无疑。

这危险,就因为中国向来不大有幽默。只是滑稽是有的,但这和幽默还隔着一大段,日本人曾译"幽默"为"有情滑稽",所以别于单单的"滑稽",即为此。那么,在中国,只能寻得滑稽文章了? 却又不。中国之自以为滑稽文章者,也还是油滑,轻薄,猥亵之谈,和真的滑稽有别。这"狸猫换太子"的关键,是在历来的自以为正经的言论和事实,大抵滑稽者多,人们看惯,渐渐以为平常,便将油滑之类,误认为滑稽了。

在中国要寻求滑稽,不可看所谓滑稽文,倒要看所谓正经事,但必须想一想。

这些名文是俯拾即是的,譬如报章上正正经经的题目,什么"中日交涉渐入佳境"呀,"中国到那里去"呀,就都是的,咀嚼起来,真如橄榄一样,很有些回味。

见于报章上的广告的,也有的是。我们知道有一种刊物,自说是"舆论界的新权威","说出一般人所想说而没有说的话",而一面又在向另一种刊物"声明误会,表示歉意",但又说是"按双方均为社会有声誉之刊物,自无互相攻讦之理"。"新权威"而善于"误会","误会"了而偏"有声誉","一般人所想说而没有说的话"却是误会和道歉:这要不笑,是必须不会思索的。

见于报章的短评上的,也有的是:例如九月间《自由谈》所载的《登龙术拾遗》上,以做富家女婿为"登龙"之一术,不久就招来了一篇反攻,那开首道:"狐狸吃不到葡萄,说葡萄是酸的,自己娶不到富妻子,于是对于一切有富岳家的人发生了妒嫉,妒嫉的结果是攻击。"这也不能想一下。一想"的结果",便分明是这位作者在表明他知道"富妻子"的味道是甜的了。

诸如此类的妙文,我们也尝见于冠冕堂皇的公文上:而且并非将它漫画化了的,却是它本身原来是漫画。《论语》一年中,我最爱看"古香斋"这一栏,如四川营山县长禁穿长衫令云:"须知衣服蔽体已足,何必前拖后曳,消耗布匹? 且国势衰弱,……顾念时艰,后患何堪设想?"又如北平社会局禁女人养雄犬文云:"查雌女雄犬相处,非仅有碍健康,更易发生无耻秽闻,揆之我国礼仪之邦,亦为习俗所不许。谨特通令严禁……凡妇女带养之雄犬,斩之无赦,以为取缔!"这那里是滑稽作家所能凭空写得出来的?'

不过"古香斋"里所收的妙文,往往还倾于奇诡,滑稽却不如平淡,唯其平淡,也就更加滑稽,在这一标准上,我推选"甜葡萄"说。

十月十九日。

外国也有

符灵

凡中国所有的,外国也都有。

外国人说中国多臭虫,但西洋也有臭虫;日本人笑中国人好弄文字,但日本人也一样的弄文字。不抵抗的有甘地;禁打外人的有希特拉;狄昆希吸鸦片;陀思妥夫斯基赌得发昏。斯惠夫德带枷,马克思反动。林白大佐的儿子,就给绑匪绑去了。而裹脚和高跟鞋,相差也不见得有多么远。

只有外国人说我们不问公益,只知自利,爱金钱,却还是没法辩解。民国以来,有过许多总统和阔官了,下野之后,都是面团团的,或赋诗,或看戏,或念佛,吃着不尽,真也好像给批评者以证据。不料今天却被我发现了:外国也有的!

"十七日哈伐那电——避居加拿大之古巴前总统麦查度……在古巴之产业,计值八百万美元,凡能对渠担保收回此项财产者,无论何人,渠愿与以援助。又一消息,谓古巴政府已对麦及其旧僚属三十八人下逮捕令,并扣押渠等之财产,其数达二千五百万美元。……"

以三十八人之多,而财产一共只有这区区二千五百万美元,手段虽不能谓之高,但有些近乎发财却总是确凿的,这已足为我们的"上峰"雪耻。不过我还希望他们在外国买有地皮,在外国银行里另有存款,那么,我们和外人折冲樽俎的时候,就更加振振有词了。

假使世界上只有一家有臭虫,而遭别人指摘的时候,实在也不大舒服的,但捉起来却也真费事。况且北京有一种学说,说臭虫是捉不得的,越捉越多。即使捉尽了,又有什么价值呢,不过是一种消极的办法。最好还是希望别家也有臭虫,而竟发现了就更好。发现,这是积极的事业。哥伦布与爱迪生,也不过有了发现或发明而已。

与其劳心劳力,不如玩跳舞,喝咖啡。外国也有的,巴黎就有许多跳舞场和咖啡店。

即使连中国都不见了,也何必大惊小怪呢,君不闻迦勒底与马基顿乎?——外国也有的!

十月十九日。

扑空

丰之余

自从《自由谈》上发表了我的《感旧》和施蛰存先生的《〈庄子〉与〈文选〉》以后,《大晚报》的《火炬》便在征求展开的讨论。首先征到的是施先生的一封信,题目曰《推荐者的立场》,注云"《庄子》与《文选》的论争"。

但施先生又并不愿意"论争",他以为两个人作战,正如弧光灯下的拳击手,无非给看客好玩。这是很聪明的见解,我赞成这一肢一节。不过更聪明的是施先生

　　其实并非真没有动手,他在未说退场白之前,早已挥了几拳了。挥了之后,飘然远引,倒是最超脱的拳法。现在只剩下一个我了,却还得回一手,但对面没人也不要紧,我算是在打"逍遥游"。

　　施先生一开首就说我加以"训诲",而且派他为"遗少的一肢一节"。上一句是诬赖的,我的文章中,并未对于他个人有所劝告。至于指为"遗少的一肢一节",却诚然有这意思,不过我的意思,是以为"遗少"也并非怎么很坏的人物。新文学和旧文学中间难有截然的分界,施先生是承认的,辛亥革命去今不过二十二年,则民国人中带些遗少气,遗老气,甚而至于封建气,也还不算什么大怪事,更何况如施先生自己所说,"虽然不敢自认为遗少,但的确已消失了少年的活力"的呢,过去的余气当然要有的。但是,只要自己知道,别人也知道,能少传授一点,那就好了。

　　我早经声明,先前的文字是并非专为他个人而作的,而且自看了《<庄子>与(文选)》之后,则连这"一肢一节"也已经疏远。为什么呢,因为在推荐给青年的几部书目上,还提出着别一个极有意味的问题:其中有一种是《颜氏家训》。这《家训》的作者,生当乱世,由齐入隋,一直是胡势大张的时候,他在那书里,也谈古典,论文章,儒士似的,却又归心于佛,而对于子弟,则愿意他们学鲜卑语,弹琵琶,以服侍贵人——胡人。这也是庚子义和拳败后的达官,富翁,巨商,士人的思想,自己念佛,子弟却学些"洋务",使将来可以事人:便是现在,抱这样思想的人恐怕还不少。而这颜氏的渡世法,竟打动了施先生的心了,还推荐于青年,算是"道德修养"。他又举出自己在读的书籍,是一部英文书和一部佛经,正为"鲜卑语"和《归心篇》写照。只是现代变化急速,没有前人的悠闲,新旧之争,又正剧烈,一下子看不出什么头绪,他就也只好将先前两代的"道德",并萃于一身了。假使青年,中年,老年,有着这颜氏式道德者多,则在中国社会上,实是一个严重的问题,有荡涤的必要。自然,这虽为书目所引起,问题是不专在个人的,这是时代思潮的一部。但因为连带提出,表面上似有太关涉了某一个人之观,我便不敢论及了,可以和他相关的只有"劝人看《庄子》《文选》了"八个字,对于个人,恐怕还不能算是不敬的。但待到看了《(庄子)与(文选)》,却实在生了一点不敬之心,因为他辩驳的话比我所预料的还空虚,但仍给以正经的答复,那便是《感旧以后》(上)。

　　然而施先生的写在看了《感旧以后》(上)之后的那封信,却更加证明了他和我所谓"遗少"的疏远。他虽然口说不来拳击,那第一段却全是对我个人而发的。现在介绍一点在这里，并且加以注解。

施先生说："据我想起来，劝青年看新书自然比劝他们看旧书能够多获得一些群众。"这是说，劝青年看新书的，并非为了青年，倒是为自己要多获些群众。

施先生说："我想借贵报的一角篇幅，将……书目改一下：我想把《庄子》与《文选》改为鲁迅先生的《华盖集》正续编及《伪自由书》。我想，鲁迅先生为当代'文坛老将'，他的著作里是有着很广大的活字汇的，而且据丰之余先生告诉我，鲁迅先生文章里的确也有一些从《庄子》与《文选》里出来的字眼，譬如'之乎者也'之类。这样，我想对于青年人的效果也是一样的。"这一大堆的话，是说，我之反对推荐《庄子》与《文选》，是因为恨他没有推荐《华盖集》正续编与《伪自由书》的缘故。

施先生说："本来我还想推荐一两部丰之余先生的著作，可惜坊间只有丰子恺先生的书，而没有丰之余先生的书，说不定他是像鲁迅先生印珂罗版木刻图一样的是私人精印本，属于罕见书之列，我很惭愧我的孤陋寡闻，未能推荐矣。"这一段话，有些语无伦次了，好像是说：我之反对推荐《庄子》与《文选》，是因为恨他没有推荐我的书，然而我又并无书，然而恨他不推荐，可笑之至矣。

这是"从国文教师转到编杂志"，劝青年去看《庄子》与《文选》，《论语》，《孟子》，《颜氏家训》的施蛰存先生，看了我的《感旧以后》（上）一文后，"不想再写什么"而终于写出来了的文章，辞退做"拳击手"，而先行拳击别人的拳法。但他竟毫不提主张看《庄子》与《文选》的较坚实的理由，毫不指出我那《感旧》与《感旧以后》（上）两篇中间的错误，他只有无端的诬赖，自己的猜测，撒娇，装傻。几部古书的名目一撕下，"遗少"的肢节也就跟着渺渺茫茫，到底是现出本相：明明白白的变了"洋场恶少"了。

十月二十日。

答"兼示"

丰之余

前几天写了一篇《扑空》之后，对于什么"《庄子》与《文选》"之类，本也不想再说了。第二天看见了《自由谈》上的施蛰存先生《致黎烈文先生书》，也是"兼示"我的，就再来说几句。因为施先生驳复我的三项，我觉得都不中肯——

（一）施先生说，既然"有些新青年可以有旧思想，有些旧形式也可以藏新内容", 则像他似的"遗少之群中的一肢一节"的旧思想也可以存而不论,而且写《庄子》那样的古文也不妨了。自然,倘要这样写,也可以说"不妨"的,宇宙决不会因此破灭。但我总以为现在的青年,大可以不必舍白话不写,却另去熟读了《庄子》,学了它那样的文法来写文章。至于存而不论,那固然也可以,然而论及又有何妨呢? 施先生对于青年之文法拙直,字汇少,和我的《感旧》,不是就不肯"存而不论"吗? (二)施先生以为"以词取士",和劝青年看《庄子》与《文选》有"强迫"与"贡献"之分,我的比例并不对。但我不知道施先生做国文教员的时候,对于学生的作文,是否以富有《庄子》文法与《文选》字汇者为佳文,转为编辑之后,也以这样的作品为上选? 假使如此,则倘作"考官",我看是要以《庄子》与《文选》取士的。

(三)施先生又举鲁迅的话,说他曾经说过:一,"少看中国书,其结果不过不能作文而已。"可见是承认了要能作文,该多看中国书;二,"……我以为倘要弄旧的呢,倒不如姑且靠着张之洞的《书目答问》去摸门径去。"就知道没有反对青年读古书过。这是施先生忽略了时候和环境。他说一条的那几句的时候,正是许多人大叫要作白话文,也非读古书不可之际,所以那几句是针对他们而发的,犹言即使恰如他们所说,也不过不能作文,而去读古书,却比不能作文之害还大。至于二,则明明指定着研究旧文学的青年,和施先生的主张,涉及一般的大异。倘要弄中国上古文学史,我们不是还得看《易经》与《书经》吗? 其实,施先生说当他填写那书目的时候,并不如我所推测那样的严肃,我看这话倒是真实的。我们试想一想,假如真有这样的一个青年后学,奉命唯谨,下过一番苦功之后,用了《庄子》的文法,《文选》的语汇,来写发挥《论语》《孟子》和《颜氏家训》的道德的文章,"这岂不是太滑稽吗"?

然而我的那篇《怀旧》是严肃的。我并非为要"多获群众",也不是因为恨施先生没有推荐《华盖集》正续编及《伪自由书》;更不是别有"动机",例如因为做学生时少得了分数,或投稿时被没收了稿子,现在就借此来报私怨。

十月二十一日。

中国文与中国人

余铭

最近出版了一本很好的翻译:高本汉著的《中国语和中国文》。高本汉先生是个瑞典人，他的真姓是珂罗倔伦（Kallgren）。他为什么"贵姓"高呢？那无疑的是因为中国化了。他的确对于中国语文学有很大的贡献。

但是，他对于中国人似乎更有研究，因此，他很崇拜文言，崇拜中国字，以为对中国人是不可少的。

他说："近来——按高氏这书是一九二三年在伦敦出版的——某几种报纸，曾经试用白话，可是并没有多大的成功；因此也许还要触怒多数订报人，以为这样，就是讽刺着他们不能看懂文言报呢！"

"西洋各国里有许多伶人，在他们表演中，他们几乎随时可以插入许多'打诨'，也有许多作者，滥引文书；但是大家都认这种是劣等的风味。这在中国恰好相反，正认为高妙的文雅而表示绝艺的地方。"

中国文的"含混的地方，中国人不但不因之感受了困难，反而愿意养成它。"

但高先生自己却因此受够了侮辱："本书的著者和亲爱的中国人谈话，所说给他的，很能完全了解；但是，他们彼此谈话的时候，他几乎一句也不懂。"这自然是那些"亲爱的中国人"在"讽示"他不懂上流社会的话，因为"外国人到了中国来，只要注意一点，他就可以觉得：他自己虽然熟悉了普通人的语言，而对于上流社会的谈话，还是莫名其妙的。"

于是他就说："中国文字好像一个美丽可爱的贵妇，西洋文字好像一个有用而不美的贱婢。"

美丽可爱而无用的贵妇的"绝艺"，就在于"插诨"的含混。这使得西洋第一等的学者，至多也不过抵得上中国的普通人，休想爬进上流社会里来。这样，我们"精神上胜利了"。为要保持这种胜利，必须有高妙文雅的字汇，而且要丰富！五四白话运动的"没有多大成功"，原因大抵就在上流社会怕人讽刺他们不懂文言。

虽然，"此亦一是非，彼亦一是非"——我们还是含混些好了。否则，反而要感受困难的。

十月二十五日。

野兽训练法

余铭

最近还有极有益的讲演，是海京伯马戏团的经理施威德在中华学艺社的三楼上给我们讲"如何训练动物？"可惜我没福参加旁听，只在报上看见一点笔记。但在那里面，就已经够多着精辟的话了——

"有人以为野兽可以用武力拳头去对付它，压迫它，那便错了，因为这是从前野蛮人对付野兽的办法，现在训练的方法，便不是这样。"

"现在我们所用的方法，是用爱的力量，获取它们对于人的信任，用爱的力量，温和的心情去感动它们。……"

这一些话，虽然出自日耳曼人之口，但和我们圣贤的古训，也是十分相合的。用武力拳头去对付，就是所谓"霸道"。然而"以力服人者，非心服也"，所以文明人就得用"王道"，以取得"信任"："民无信不立"。

但是，有了"信任"以后，野兽可要变把戏了——

"教练者在取得它们的信任以后，然后可以从事教练它们了：第一步，可以使它们认清坐的，站的位置；再可以使它们跳浜，站起来……"

驯兽之法，通于牧民，所以我们的古之人，也称治民的大人物曰"牧"。然而所谓"牧"者，牛羊也，比野兽怯弱，因此也就无须乎专靠"信任"，不妨兼用着拳头，这就是冠冕堂皇的"威信"。

由"威信"治成的动物，"跳浜，站起来"是不够的，结果非贡献毛角血肉不可，至少是天天挤出奶汁来，——如牛奶，羊奶之流。

然而这是古法，我不觉得也可以包括现代。

施威德讲演之后，听说还有余兴，如"东方大乐"及"踢毽子"等，报上语焉不详，无从知道底细了，否则，我想，恐怕也很有意义。

十月二十七日。

反刍

元艮

关于《庄子》与《文选》的议论，有些刊物上早不直接提起应否大家研究这问题，却拉到别的事情上去了。他们是在嘲笑那些反对《文选》的人们自己却曾做古文，看古书。

这真厉害。大约就是所谓"以子之矛，攻子之盾"吧——对不起，"古书"又来了！

不进过牢狱的哪里知道牢狱的真相。跟着阔人，或者自己原是阔人，先打电话，然后再去参观的，他只看见狱卒非常和气，犯人还可以用英语自由的谈话。倘要知道得详细，那他一定是先前的狱卒，或者是释放的犯人。自然，他还有恶习，但他教人不要钻进牢狱去的忠告，却比什么名人说模范监狱的教育卫生，如何完备，比穷人的家里好得多等类的话，更其可信的。

然而自己沾了牢狱气，据说就不能说牢狱坏，狱卒或囚犯，都是坏人，坏人就不能有好话。只有好人说牢狱好，这才是好话。读过《文选》而说它无用，不如不读《文选》而说它有用的可听。反"反《文选》"的诸君子，自然多是读过的了，但未读的也有，举一个例在这里吧——"《庄子》我四年前虽曾读过，但那时还不能完全读懂……《文选》则我完全没有见过。"然而他结尾说，"为了浴盆的水槽了，就连小宝宝也要倒掉，这意思是我们不敢赞同的。"（见《火炬》）他要保护水中的"小宝宝"，可是没有见过"浴盆的水"。

五四运动的时候，保护文言者是说凡做白话文的都会做文言文，所以古文也得读。现在保护古书者是说反对古书的也在看古书，做文言，——可见主张的可笑。永远反刍，自己却不会呕吐，大约真是读透了《庄子》了。

十一月四日。

归厚

罗怃

在洋场上，用一瓶强水去洒他所恨的女人，这事早经绝迹了。用些秽物去洒他所恨的律师，这风气只继续了两个月。最长久的是造了谣言去中伤他们所恨的文人，说这事已有了好几年，我想，是只会少不会多的。

洋场上原不少闲人，"吃白相饭"尚且可以过活，更何况有时打几圈麻将。小妇人的喊喊喳喳，又何尝不可以消闲。我就是常看造谣专门杂志之一人，但看的并不是谣言，而是谣言作家的手段，看他有怎样出奇的幻想，怎样别致的描写，怎样险恶的构陷，怎样躲闪的原形。造谣，也要才能的，如果他造得妙，即使造的是我自己的谣言，恐怕我也会爱他的本领。

但可惜大抵没有这样的才能，作者在谣言文学上，也还是"滥竽充数"。这并非我个人的私见。讲什么文坛故事的小说不流行，什么外史也不再做下去，可见是人们多已摇头了。讲来讲去总是这几套，纵使记性坏，多听了也会烦厌的。想继

·准风月谈·

图文珍藏版

续，这时就得要才能；否则，台下走散，应该换一出戏来叫座。

譬如吧，先前演的是《杀子报》吧，这回就须是《三娘教子》，"老东人呀，唉，唉，唉!"

而文场实在也如戏场，果然已经渐渐的"民德归厚"了，有的还至于自行声明，更换办事人，说是先前"揭载作家秘史，虽为文坛佳话，然亦有伤忠厚。以后本刊停登此项稿件。……以前言责，……概不负责。"（见《微言》）为了"忠厚"而牺牲"佳话"，虽可惜，却也可敬的。

尤其可敬的是更换办事人。这并非敬他的"概不负责"，而是敬他的彻底。古时候虽有"放下屠刀，立地成佛"的人，但因为也有"放下官印，立地念佛"而终于又"放下念珠，立地做官"的人，这一种玩意儿，实在已不足以昭大信于天下：令人办事有点为难了。

不过，尤其为难的是忠厚文学远不如谣言文学之易于号召读者，所以须有才能更大的作家，如果一时不易搜求，那刊物就要减色。我想，还不如就用先前打诨的二丑挂了长须来唱老生戏，那么，暂时之间倒也特别而有趣的。

十一月四日。

附记：这一篇没有能够发表。

次年六月十九日记。

难得糊涂

子明

因为有人谈起写篆字，我倒记起郑板桥有一块图章，刻着"难得糊涂"。那四个篆字刻得叉手叉脚的，颇能表现一点名士的牢骚气。足见刻图章写篆字也还反映着一定的风格，正像"玩"木刻之类，未必"只是个人的事情"："谬种"和"妖孽"就是写起篆字来，也带着些"妖谬"的。

然而风格和情绪，倾向之类，不但因人而异，而且因事而异，因时而异。郑板桥说"难得糊涂"，其实他还能够糊涂的。现在，到了"求仕不获无足悲，求隐而不得其地以窜者，毋亦天下之至哀欤"的时代，却实在求糊涂而不可得了。

糊涂主义，唯无是非观等等——本来是中国的高尚道德。你说他是解脱，达观吧，也未必。他其实在固执着，坚持着什么，例如道德上的正统，文学上的正宗之类。这终于说出来了：——道德要孔孟加上"佛家报应之说"（老庄另账登记），而说别人"鄙薄"佛教影响就是"想为儒家争正统"，原来同善社的三教同源论早已是正统了。文学呢？要用生涩字，用辞藻，秾纤的作品，而且是新文学的作品，虽则他"否认新文学和旧文学的分界"；而大众文学"固然赞成"，"但那是文学中的一个旁支"。正统和正宗，是明显的。

对于人生的倦怠并不糊涂！活的生活已经那么"穷乏"，要请青年在"佛家报应之说"，在《文选》，《庄子》，《论语》，《孟子》里去求得修养。后来，修养又不见了，只剩得字汇。"自然景物，个人情感，宫室建筑，……之类，还不妨从《文选》之类的书中去找来用。"从前严几道从什么古书里——大概也是《庄子》吧——找着了"么匿"两个字来译unit，又古雅，又音义双关的。但是后来通行的却是"单位"。严老先生的这类"字汇"很多，大抵无法复活转来。现在却有人以为"汉以后的词，秦以前的字，西方文化所带来的字和词，可以拼成功我们的光芒的新文学"。这光芒要是只在字和词，那大概像古墓里的贵妇人似的，满身都是珠光宝气了。人生却不在拼凑，而在创造，几千百万的活人在创造。可恨的是人生那么骚扰忙乱，使一些人"不得其地以甯"，想要逃进字和词里去，以求"庶免是非"，然而又不可得。真要写篆字刻图章了！

十一月六日。

古书中寻活字汇

罗怃

古书中寻活字汇，是说得出，做不到的，他在那古书中，寻不出一个活字汇。

假如有"可看《文选》的青年"在这里，就是高中学生中的几个吧，他翻开《文选》来，一心要寻活字汇，当然明知道那里面有些字是已经死了的。然而他怎样分别那些字的死活呢？大概只能以自己的懂不懂为标准。但是，看了六臣注之后才懂的字不能算，因为这原是死尸，由六臣背进他脑里，这才算活人的，在他脑里即使复活了，在未"可看《文选》的青年"的眼前却还是死家伙。所以他必须看白文。

诚然，不看注，也有懂得的，这就是活字汇。然而他怎会先就懂得的呢？这一定是曾经在别的书上看见过，或是到现在还在应用的字汇，所以他懂得。那么，从一部《文选》里，又寻到了什么？

然而施先生说，要描写宫殿之类的时候有用处。这很不错，《文选》里有许多赋是讲到宫殿的,并且有什么殿的专赋。倘有青年要做汉晋的历史小说,描写那时的宫殿,找《文选》是极应该的,还非看"四史"《晋书》之类不可。然而所取的僻字也不过将死尸抬出来,说得神秘点便名之曰"复活"。如果要描写的是清故宫,那可和《文选》的瓜葛就极少了。

倘使连清故宫也不想描写,而预备工夫却用得这么广泛,那实在是徒劳而仍不足。因为还有《易经》和《仪礼》,里面的字汇,在描写周朝的卜课和婚丧大事时候是有用处的,也得作为"文学修养之根基",这才更像"文学青年"的样子。

十一月六日。

"商定"文豪

白在宣

笔头也是尖的,也要钻。言路的窄,现在也正如活路一样,所以(以上十五字,刊出时作"别的地方钻不进")只好对于文艺杂志广告的夸大,前去刺一下。

一看杂志的广告,作者就个个是文豪,中国文坛也真好像光焰万丈,但一面也招来了鼻孔里的哼哼声。然而,著作一世,藏之名山,以待考古团的掘出的作家,此刻早已没有了,连自作自刻,订成薄薄的一本,分送朋友的诗人,也已经不大遇得到。现在是前周作稿,次周登报,上月剪贴,下月出书,大抵仅仅为稿费。倘说,作者是饿着肚子,专心在为社会服务,恐怕说出来有点要脸红吧。就是笑人需要稿费的高士,他那一篇嘲笑的文章也还是不免要稿费。但自然,另有薪水,或者能靠人奁资养活的文豪,都不属于这一类。

就大体而言,根子是在卖钱,所以上海的各式各样的文豪。由于"商定",是"久已夫,已非一日矣"的了。

商家印好一种稿子后,倘那时封建得势,广告上就说作者是封建文豪,革命行时,便是革命文豪,于是封定了一批文豪们。别家的书也印出来了,另一种广告那些作者并非真封建或真革命文豪,这边的才是真货色,于是又封定了一批文豪们。另一家又集印了各种广告的论战,一位作者加上些批评,另出了一位新文豪。

还有一法是结合一套角色,要几个诗人,几个小说家,一个批评家,商量一下,立一个什么社,登起广告来,打倒彼文豪,抬出此文豪,结果也总可以封定一批文豪们,也是一种的"商定"。

就大体而言,根子是在卖钱,所以后来的书价,就不免指出文豪们的真价值,照价二折,五角一堆,也说不定的。不过有一种例外:虽然铺子出盘,作品贱卖,却并不是文豪们走了末路,那是他们已经"爬了上去",进大学,进衙门,不要这踏脚凳了。

十一月七日。

青年与老子

敬一尊

听说,"慨自欧风东渐以来",中国的道德就变坏了,尤其是近时的青年,往往看不起老子。这恐怕真是一个大错误,因为我看了几个例子,觉得老子的对于青年,有时确也很有用处,很有益处,不仅足为"文学修养"之助的。

有一篇旧文章——我忘记了出于什么书里的了——告诉我们,曾有一个道士,有长生不老之术,自说已经百余岁了,看去却"美如冠玉",像二十左右一样。有一天,这位活神仙正在大宴阔客,突然来了一个须发都白的老头子,向他要钱用,他把他骂出去了。大家正惊疑间,那活神仙慨然地说道,"那是我的小儿,他不听我的话,不肯修道,现在你们看,不到六十,就老得那么不成样子了。"大家自然是很感动的,但到后来,终于知道了那人其实倒是道士的老子。

还有一篇新文章——杨某的自白——却告诉我们,他是一个有志之士,学说是很正确的,不但讲空话,而且去实行,但待到看见有些地方的老头儿苦得不像样,就想起自己的老子来,即使他的理想实现了,也不能使他的父亲做老太爷,仍旧要吃苦。于是得到了更正确的学说,抛去原有的理想,改做孝子了。假使父母早死,学说那有这么圆满而堂皇呢? 这不也就是老子对于青年的益处吗? 那么,早已死了老子的青年不是就没有法子吗? 我以为不然,也有法子想。这还是要查旧书。另有一篇文章——我也忘了出在什么书里的了——告诉我们,一个老女人在讨饭,忽然来了一位大阔人,说她是自己的久经失散的的母亲,她也将错就错,做了老太太。后来她的儿子要嫁女儿,和老太太同到首饰店去买金器,将老太太已经看中意的东西自己带去给太太看一看,一面请老太太还在拣,——可是,他从此就不见了。

不过,这还是学那道士似的,必须实物时候的办法,如果单是做做自白之类,那是实在有无老子,倒并没有什么大关系的。先前有人提倡过"虚君共和",现在又何妨有"没亲孝子"？张宗昌很尊孔，恐怕他府上也未必有"四书""五经"吧。

十一月七日。

后记

这六十多篇杂文，是受了压迫之后，从去年六月起，另用各种的笔名，障住了编辑先生和检查老爷的眼睛，陆续在《自由谈》上发表的。不久就又蒙一些很有"灵感"的"文学家"吹嘘，有无法隐瞒之势，虽然他们的根据嗅觉的判断，有时也并不和事实相符。但不善于改悔的人，究竟也躲闪不到那里去，于是不及半年，就得着更厉害的压迫了，敷衍到十一月初，只好停笔，证明了我的笔墨，实在敌不过那些带着假面，从指挥刀下挺身而出的英雄。

不做文章，就整理旧稿，在年底里，粘成了一本书，将那时被人删削或不能发表的，也都添进去了，看起分量来，倒比这以前的《伪自由书》要多一点。今年三月间，才想付印，做了一篇序，慢慢地排，校，不觉又过了半年，回想离停笔的时候，已是一年有余了，时光真是飞快，但我所怕的，倒是我的杂文还好像说着现在或甚而至于明年。

记得《伪自由书》出版的时候，《社会新闻》曾经有过一篇批评，说我的所以印行那一本书的本意，完全是为了一条尾巴——《后记》。这其实是误解的。我的杂文，所写的常是一鼻，一嘴，一毛，但合起来，已几乎是或一形象的全体，不加什么原也过得去的了。但画上一条尾巴，却见得更加完全。所以我的要写后记，除了我是弄笔的人，总要动笔之外，只在要这一本书里所画的形象，更成为完全的一个具象，却不是"完全为了一条尾巴"。

内容也还和先前一样，批评些社会的现象，尤其是文坛的情形。因为笔名改得勤，开初倒还平安无事。然而"江山好改，禀性难移"，我知道自己终于不能安分守己。《序的解放》碰着了曾今可，《豪语的折扣》又触犯了张资平，此外在不知不觉之中得罪了一些别的什么伟人，我还自己不知道。但是，待到做了《各种捐班》和《登龙术拾遗》以后，这案件可就闹大了。

去年八月间，诗人邵洵美先生所经营的书店里，出了一种《十日谈》，这位诗人在第二期（二十日出）上，飘飘然的论起"文人无行"来了，先分文人为五类，然后作结道——

除了上述五类外，当然还有许多其他的典型；但其所以为文人之故，总是因为没有饭吃，或是有了饭吃不饱。因为做文人不比做官或是做生意，究竟用不到多少本钱。一支笔，一些墨，几张稿纸，便是你所要预备的一切。小本钱生意，人人想做，所以文人便多了。此乃是没有职业才做文人的事实。

我们的文坛便是由这种文人组织成的。

邵洵美

因为他们是没有职业才做文人，因此他们的目的仍在职业而不在文人。他们借着文艺宴会的名义极力地拉拢大人物；借文艺杂志或是副刊的地盘，极力地为自己做广告：但求闻达，不顾羞耻。

谁知既为文人矣，便将被目为文人；既被目为文人矣，便再没有职业可得，这般东西便永远在文坛里胡闹。

文人的确穷的多，自从迫压言论和创作以来，有些作者也的确更没有饭吃了。而邵洵美先生是所谓"诗人"，又是有名的巨富"盛宫保"的孙婿，将污秽泼在"这般东西"的头上，原也十分平常的。但我以为做文人究竟和"大出丧"有些不同，即使雇得一大群帮闲，开锣喝道，过后仍是一条空街，还不及"大出丧"的虽在数十年后，有时还有几个市侩传颂。穷极，文是不能工的，可是金银又并非文章的根苗，它最好还是买长江沿岸的田地。然而富家儿总不免常常误解，以为钱可使鬼，就也可以通文。使鬼，大概准确的，也许还可以通神，但通文却不成，诗人邵洵美先生本身的诗便是证据。我那两篇中的有一段，便是说明官可捐，文人不可捐，有裙带官儿，却没有裙带文人的。

然而，帮手立刻出现了，还出在堂堂的《中央日报》（九月四日及六日）上——

女婿问题　　如是

最近的《自由谈》上，有两篇文章都是谈到女婿的，一篇是孙用的《满意和写不出》，一篇是苇索的《登龙术拾遗》。后一篇九月一日刊出，前一篇则不在手头，刊出日期大约在八月下旬。

　　苇索先生说:"文坛虽然不致于要招女婿,但女婿却是会要上文坛的。"后一句"女婿却是会要上文坛的",立论十分牢靠,无懈可击。我们的祖父是人家的女婿,我们的父亲也是人家的女婿,我们自己,也仍然不免是人家的女婿。比如今日在文坛上"北面"而坐的鲁迅茅盾之流,都是人家的女婿,所以"女婿会要上文坛的"是不成问题的,至不至于至于要招女婿",这句话就简直站不住了。我觉得文坛无时无刻不在招女婿,许多中国作家现在都变成了俄国的女婿了。

　　又说:"有富岳家,有阔太太,用陪嫁钱,作文学资本,……"能用妻子的陪嫁钱来做文学资本,我觉得这种人应该佩服,因为用妻子的钱来做文学资本,总比用妻子的钱来做其他一切不正当的事情好一些。况且凡事必须有资本,文学也不能例外,如没有钱,便无从付印刷费,则杂志及集子都出不成,所以要办书店,出杂志,都得是大家拿一些私蓄出来,妻子的钱自然也是私蓄之一。况且做一个富家的女婿并非罪恶,正如做一个报馆老板的亲戚之并非罪恶为一样,如其一个报馆老板的亲戚,回国后游荡无事,可以依靠亲戚的牌头,夺一个副刊来编编,则一个富家的女婿,因为兴趣所近,用些妻子的陪嫁钱来做文学资本,当然也无不可。

"女婿"的蔓延　　　圣闲

　　狐狸吃不到葡萄,说葡萄是酸的,自己娶不到富妻子,于是对于一切有富岳家的人发生了妒忌,妒忌的结果是攻击。

　　假如做了人家的女婿,是不是还可以做文人的呢?答案自然是属于正面的,正如前天如是先生在本园上他的一篇《女婿问题》里说过,今日在文坛上最有声色的鲁迅茅盾之流,一方面身为文人,一方面仍然不免是人家的女婿,不过既然做文人同时也可以做人家的女婿,则此女婿是应该属于穷岳家的呢,还是属于富岳家的呢?关于此层,似乎那些老牌作家,尚未出而主张,不知究竟应该"富倾"还是"穷倾"才对,可是《自由谈》之流的撰稿人,既经对于富岳家的女婿取攻击态度,则我们感到,好像至少做富岳家的女婿的似乎不该再跨上这个文坛了,"富岳家的女婿"和"文人"仿佛是冲突的,二者只可任择其一。

　　目下中国文坛似乎有这样一个现象,不必检查一个文人他本身在文坛上的努力的成绩,而唯斤斤于追究那个文人的家庭琐事,如是否有富妻子或穷妻子之类。要是你今天开了一家书店,则这家书店的本钱,是否出乎你妻子的陪嫁钱,也颇劳一些尖眼文人,来调查打听,以此或作攻击讥讽。

我想将来中国的文坛,一定还会进步到有下列情形:穿陈嘉庚橡皮鞋者,方得上文坛,如穿皮鞋,便属贵族阶级,而入于被攻击之列了。

现在外国回来的留学生失业的多得很。回国以后编一个副刊也并非一件羞耻事情,编那个副刊,是否因亲戚关系,更不成问题,亲戚的作用,本来就在这种地方。自命以扫除文坛为己任的人,如其人家偶尔提到一两句自己的不愿意听的话,便要成群结队地来反攻,大可不必。如其常常骂人家为狂吠的,则自己切不可也落入于狂吠之列。

这两位作者都是富家女婿崇拜家,但如是先生是凡庸的,背出了他的祖父,父亲,鲁迅,茅盾之后,结果不过说着"鲁迅拿卢布"那样的滥调;打诨的高手要推圣闲先生,他竟拉到我万想不到的诗人太太的味道上去了。戏剧上的二丑帮忙,倒使花花公子格外出丑,用的便是这样的说法,我后来也引在《"滑稽"例解》中。

但邵府上也有恶辣的谋士。今年二月,我给日本的《改造》杂志做了三篇短论,是讥评中国,日本,满洲的。邵家将却以为"这回是得之矣"了。就在也是这甜葡萄棚里产生出来的《人言》(三月三日出)上,扮出一个译者和编者来,译者算是只译了其中的一篇《谈监狱》,投给了《人言》,并且前有"附自",后有"识"——

谈监狱　鲁迅

(顷阅日文杂志《改造》三月号,见载有我们文坛老将鲁迅翁之杂文三篇,比较翁以中国文发表之短文,更见精彩,因迻译之,以寄《人言》。惜译者未知迅翁寓所,问内山书店主人丸造氏,亦言未详,不能先将译稿就正于氏为憾。但请仍用翁的署名发表,以示尊重原作之意。——译者井上附白。)

人的确是由事实的启发而获得新的觉醒,并且事情也是因此而变革的。从宋代到清朝末年,很久长的时间中,专以代圣贤立言的"制艺"文章,选拔及登用人才。到同法国打了败仗,才知这方法的错误,于是派遣留学生到西洋,设立武器制造局,作为改正的手段。同日本又打了败仗之后,知道这还不毅,这一回是大大地设立新式的学校。于是学生们每年大闹风潮。清朝覆亡,国民党把握了政权之后,又明白了错误,而作为改正手段,是大造监狱。

国粹式的监狱,我们从古以来,各处早就有的,清朝末年也稍造了些西洋式的,就是所谓文明监狱。那是特地造来给旅行到中国来的外人看的,该与为同外人讲交际而派出去学习文明人的礼节的留学生属同一种类。囚人却托庇了得着较好的待遇,也得洗澡,有得一定分量的食品吃,所以是很幸福的地方。而且在二三星期之前,政府因为要行仁政,便发布了囚人口粮不得克扣的命令。此后当是益加幸福了。

至于旧式的监狱,像是取法于佛教的地狱,所以不但禁锢人犯,而且有要给他吃苦的责任。有时还有榨取人犯亲属的金钱使他们成为赤贫的职责。而且谁都以为这是当然的。倘使有不以为然的人,那即是帮助人犯,非受犯罪的嫌疑不可。但是文明程度很进步了,去年有官吏提倡,说人犯每年放归家中一次,给予解决性欲的机会,是很人道主义的说法。老实说:他不是他对于人犯的性欲特别同情,因为决不会实行的望头,所以特别高声说话,以见自己的是官吏。但舆论甚为沸腾起来。某批评家说,这样之后,大家见监狱将无畏惧,乐而赴之,大为世道人心愤慨。受了圣贤之教,如此悠久,尚不像那个官吏那么狡猾,是很使人心安,但对于人犯不可不虐待的信念,却由此可见。

从另一方面想来,监狱也确有些像以安全第一为标语的人的理想乡。火灾少,盗贼不进来,土匪也决不来掠夺。即使有了战事,也没有以监狱为目标而来爆击的傻瓜,起了革命,只有释放人犯的例,没有屠杀的事。这回福建独立的时候,说释人犯出外之后,那些意见不同的却有了行踪不明的谣传,但这种例子是前所未见的。总之,不像是很坏的地方。只要能容许带家眷,那么即使现在不是水灾,饥荒,战争,恐怖的时代,请求去转居的人,也决不会没有。所以虐待是必要了吧。

牛兰夫妻以宣传赤化之故,收容于南京的监狱,行了三四次的绝食,什么效力也没有。这是因为他不了解中国的监狱精神之故。某官吏说他自己不要吃,同别人有什么关系,很讶奇这事。不但不关系于仁政,且节省伙食,反是监狱方面有利。甘地的把戏,倘使不选择地方,就归于失败。

但是,这样近于完美的监狱,还留着一个缺点,以前对于思想上的事情,太不留意了。为补这个缺点,近来新发明有一种"反省院"的特种监狱,而施行教育。我不曾到其中去反省过,所以不详细其中的事情,总之对于人犯时时讲授三民主义,使反省他们自己的错误。而且还要做出排击共产主义的论文。倘使不愿写或写不出则当然非终生反省下去不行,但做得不好,也得反省到死。在目下,进去的有,出来的也有,反省院还有新造的,总是进去的人多些。试验完毕而出来的良民也偶有会到的,可是大抵总是萎缩枯槁的样子,恐怕是在反省和毕业论文上面把心力用尽了。那是属于前途无望的。

（此外尚有《王道》及《火》二篇，如编者先生认为可用，当再译寄。——译者识。）

姓虽然冒充了日本人，译文却实在不高明，学力不过如邵家帮闲专家章克标先生的程度，但文字也原是无须译得认真的，因为要紧的是后面的算是编者的回答——

编者注：鲁迅先生的文章，最近是在查禁之列。此文译自日文，当可逃避军事裁判。但我们刊登此稿目的，与其说为了文章本身精美或其议论透彻，不如说举一个被本国追逐而托庇于外人威权之下的论调的例子。鲁迅先生本来文章极好，强词夺理亦能说得头头是道，但统观此文，则意气多于议论，捏造多于实证，若非译笔错误，则此种态度实为我所不取也。登此一篇，以见文化统治治下之呼声一般。《王道》与《火》两篇，不拟再登，转言译者，可勿寄来。

这编者的"托庇于外人威权之下"的话，是和译者的"问内山书店主人丸造氏"相应的；而且提出"军事裁判"来，也是作者极高的手笔，其中含着甚深的杀机。我见这富家儿的鹰犬，更深知明季的向权门卖身投靠之辈是怎样的阴险了。他们的主公邵诗人，在赞扬美国白诗人的文章中，贬落了黑诗人，"相信这种诗是走不出美国的，至少走不出英国语的圈子。"（《现代》五卷六期）我在中国的富贵人及其鹰犬的眼中，虽然也不下于黑奴，但我的声音却走出去了。这是最可痛恨的。但其实，黑人的诗也走出"英国语的圈子"去了。美国富翁和他的女婿及其鹰犬也是奈何它不得的。

但这种鹰犬的这面目，也不过以向"鲁迅先生的文章，最近是在查禁之列"的我而已，只要立刻能给一个嘴巴，他们就比巴儿狗还驯服。现在就引一个也曾在《"滑稽"例解》中提过，登在去年九月二十一日《申报》上的广告在这里吧——

十日谈向晶报声明误会表示歉意

敬启者十日谈第二期短评有朱霁青亦将公布捐款一文后段提及晶报系属误会本刊措辞不善致使晶报对邵洵美君提起刑事自诉按双方均为社会有声誉之刊物自无互相攻讦之理兹经章士钊江容平衡诸君诠释已得晶报完全谅解除由晶报自行撤回诉讼外特此登报声明表示歉意

"双方均为社会有声誉之刊物，自无互相攻讦之理"，此"理"极奇，大约是应该玫讦"最近是在查禁之列"的刊物的吧。金子做了骨髓,也还是站不直,在这里看见铁证了。

给"女婿问题"纸张费得太多了,跳到另一件,这就是"《庄子》和《文选》"。

这案件的往复的文字,已经收在本文里,不再多谈;别人的议论,也为了节省纸张,都不剪贴了。其时《十日谈》也大显手段,连漫画家都出了马,为了一幅陈静生先生的《鲁迅翁之笛》,还在《涛声》上和曹聚仁先生惹起过一点辩论的小风波。但是辩论还没有完,《涛声》已被禁止了,福人总永远有福星照命……

然而时光是不留情面的,所谓"第三种人",尤其是施蛰存和杜衡即苏汶,到今年就各自露出他本来的嘴脸来了。

这回要提到末一篇,流弊是出在用新典。

听说,现在是连用古典有时也要被检察官禁止了,例如提起秦始皇,但去年还不妨,不过用新典总要闹些小乱子。我那最末的《青年与老子》,就因为碰着了杨邨人先生(虽然刊出的时候,那名字已给编辑先生删掉了),后来在《申报》本埠增刊的《谈言》(十一月二十四日)上引得一篇妙文的。不过颇难解,好像是在说我以孝子自居,却攻击他做孝子,既"投井",又"下石"了。因为这是一篇我们的"改悔的革命家"的标本作品,弃之可惜,谨录全文,一面以见杨先生倒是现代"语录体"作家的先驱,也算是我的《后记》里的一点余兴吧——

聪明之道　　邨人

畴昔之夜,拜访世故老人于其庐:庐为三层之楼,面街而立,虽电车玲玲轧轧,汽车呜呜哑哑,市嚣扰人而不觉,俨然有如隐士,居处晏如,悟道深也。老人曰,"汝来何事?"对曰,"敢问聪明之道。"谈话有主题,遂成问答。

"难矣哉,聪明之道也!孔门贤人如颜回,举一隅以三隅反,孔子称其聪明过人,于今之世能举一隅以三隅反者尚非聪明之人,汝问聪明之道,其有意难余老瞆者耶?"

"不是不是,你老人家误会了我的问意了!我并非要请教关于思辨之术。我是生性拙直愚笨,处世无方,常常碰壁,敢问关于处世的聪明之道。"

"噫嘻,汝诚拙直愚笨也,又问处世之道!夫今之世,智者见智,仁者见仁,阶级不同,思想各异,父子兄弟夫妇姊妹因思想之各异,一家之内各有主张各有成见,虽属骨肉至亲,乖离冲突,背道而驰;古之所谓英雄豪杰,各事其君而为仇敌,今之所谓志士革命家，各为阶级反目无情，甚至只因立场之不同，骨肉至亲格杀无赦，投机取巧或能胜利于一时，终难立足于世界，聪明之道实则已穷，且唯既愚且鲁之徒方能享福无边也矣。……"

"老先生虽然说得头头是道，理由充足，可是，真的聪明之道就没有了吗？"

"然则仅有投机取巧之道也矣。试为汝言之：夫投机取巧之道要在乎滑头，而滑头已成为专门之学问，西欧学理分门别类有所谓科学哲学者，滑头之学问实可称为滑头学。滑头学如依大学教授之编讲义，大可分成若干章，每章分成若干节，每节分成若干项，引古据今，中西合璧，其理论之深奥有甚于哲学，其引证之广大举凡中外历史，物理化学，艺术文学，经商贸易之直，诱惑欺骗之术，概属必列，包罗万象，自大学预科以至大学四年级此一讲义仅能讲其千分之一，大学毕业各科及格，此滑头学则无论何种聪明绝顶之学生皆不能及格，且大学教授本人恐亦知其然不知其所以然，其难学也可想而知之矣。余处世数十年，头顶已秃，须发已白，阅历不为不广，教训不为不多，然而余着手编辑滑头学讲义，仅能编其第一章之第一节，第一节之第一项也。此第一章之第一节，第一节之第一项其纲目为'顺水行舟'，即人云亦云，亦即人之喜者喜之，人之恶者恶之是也，举一例言之，如人之恶者为孝子，所谓封建宗法社会之礼教遗孽之一，则汝虽曾经为父侍汤服药问医求卜出诸天性以事亲人，然论世之出诸天性以事亲人者则引'孝子'之名以责难之，唯求青年之鼓掌称快，勿管本心见解及自己行动之如何也。被责难者处于时势潮流之下，百辞莫辩，辩则反动更为证实，从此青年鸣鼓而攻，体无完肤，汝之胜利不但已操左券，且为青年奉为至圣大贤，小品之集有此一篇，风行海内洛阳纸贵，于是名利双收，富贵无边矣。其第一章之第一节，第一节之第二项为'投井下石'，余本亦知一二，然偶一忆及投井下石之人，殊觉头痛，实无心编之也。然而滑头学虽属聪明之道，实乃左道旁门，汝实不足学也。"

"老先生所言想亦很有道理，现在社会上将这种学问作敲门砖混饭吃的人实在不少，他们也实在到处逢源，名利双收，可是我是一个拙直愚笨的人，恐怕就要学也学不了吧？"

"呜呼汝求聪明之道，而不学之，虽属可取，然碰壁也宜矣！"

是夕问道于世故老人，归来依然故我，呜呼噫嘻！

但我们也不要一味赏鉴"呜呼噫嘻"，因为这之前，有些地方演了"全武行"。

也还是剪报好,我在这里剪一点记的最为简单的——

艺华影片公司被"影界铲共同志会"捣毁

昨晨九时许,艺华公司在沪西康脑脱路金司徒庙附近新建之摄影场内,忽来行动突兀之青年三人,向该公司门房伪称访客,一人正在持笔签名之际,另一人遂大呼一声,则预伏于外之暴徒七八人,一律身穿蓝布短衫裤,蜂拥夺门冲入,分投各办事处,肆行捣毁写字台玻璃窗以及椅凳各器具,然后又至室外,打毁自备汽车两辆,晒片机一具,摄影机一具,并散发白纸印刷之小传单,上书"民众起来一致剿灭共产党","打倒出卖民众的共产党","扑灭杀人放火的共产党"等等字样,同时又散发一种油印宣言,最后署名为"中国电影界铲共同志会"。约逾七分钟时,由一人狂吹警笛一声,众暴徒即集合列队而去,迨该管六区闻警派警士侦缉员等赶至,均已远扬无踪。该会且宣称昨晨之行动,目的仅在予该公司一警告,如该公司及其他公司不改变方针,今后当准备更激烈手段应付,联华,明星,天一等公司,本会亦已有严密之调查矣云云。

据各报所载该宣言之内容称,艺华公司系共党宣传机关,普罗文化同盟为造成电影界之赤化,以该公司为大本营,如出品《民族生存》等片,其内容为描写阶级斗争者,但以向南京检委会行贿,故得通过发行。又称该会现向教育部,内政部,中央党部及本市政府发出呈文,要求当局命令该公司,立即销毁业已摄成各片,自行改组公司,清除所有赤色份子,并对受贿之电影检委会之责任人员,予以惩处等语。

事后,公司坚称,实系被劫,并称已向曹家渡六区公安局报告。记者得讯,前往调查时,亦仅见该公司内部布置被毁无余,桌椅东倒西歪,凌乱不堪,内幕究竟如何,想不日定能水落石出也。

十一月十三日,《大美晚报》。

影界铲共会

警戒电影院

拒演田汉等之影片

自从艺华公司被击以后,上海电影界突然有了一番新的波动,从制片商已经牵涉到电影院,昨日本埠大小电影院同时接到署名上海影界铲共同志会之警告函件,请各院拒映田汉等编制导演主演之剧本,其原文云:

敝会激于爱护民族国家心切,并不忍电影界为共产党所利用,因有警告赤色电影大本营——艺华影片公司之行动,查贵院平日对于电影业,素所热心,为特严重警告,祈对于田汉(陈瑜),沈端先(即蔡叔声,丁谦之),卜万苍,胡萍,金焰等所导演,所编制,所主演之各项鼓吹阶级斗争贫富对立的反动电影,一律不予放映,否则必以暴力手段对付,如艺华公司一样,决不宽假,此告。上海影界铲共同志会。十一,十三。

十一月十六日,《大美晚报》。

但"铲共"又并不限于"影界",出版界也同时遭到覆面英雄们的袭击了。又剪报——

今晨良友图书公司

突来一怪客

手持铁锤击碎玻璃窗

扬长而去捕房侦查中

▶……光华书局请求保护

沪西康脑脱路艺华影片公司,昨晨九时许,忽被状似工人等数十名,闯入摄影场中,并大发各种传单,署名"中国电影界铲共同志会"等字样,事后扬长而去。不料一波未平,一波又起,今日上午十一时许,北四川路八百五十一号良友图书印刷公司,忽有一男子手持铁锤,至该公司门口,将铁锤击入该店门市大玻璃窗内,击成一洞。该男子见目的已达,立即逃避。该管虹口捕房据报后,立即派员前往调查一过,查得良友公司经售各种思想"左倾"之书籍,与捣毁艺华公司一案,不无关联。今日上午四马路光华书局据报后,惊骇异常,即自投该管中央捕房,请求设法保护,而免意外,唯至记者截稿时尚未闻发生意外之事云。

十一月十三日,《大晚报》。

捣毁中国论坛

印刷所已被捣毁

编辑间未受损失

承印美人伊罗生编辑之《中国论坛报》勒佛尔印刷所,在虹口天潼路,昨晚有暴徒潜入,将印刷间捣毁,其编辑间则未受损失。

十一月十五日,《大美晚报》。

袭击神州国光社

昨夕七时四人冲入总发行所

铁锤挥击打碎橱窗损失不大

　　河南路五马路口神州国光社总发行所，于昨晚七时，正欲打烊时，突有一身衣长袍之顾客人内，状欲购买书籍。不料在该客铺入门后，背后即有三人尾随而进。该长袍客回头见三人进来，随即上前将该书局之左面走廊旁墙壁上所挂之电话机摘断。而同时三短衣者即实行捣毁，用铁锤乱挥，而长衣者亦加入动手，致将该店之左橱窗打碎，四人即扬长而逸。而该店时有三四伙友及学徒，亦惊不能作声。然长衣者方出门至相距不数十步之泗泾路口，为站岗巡捕所拘，盖此长衣客因打橱窗时玻璃倒下，伤及自己面部，流血不止，渠因痛而不能快行也。

　　该长衣者当即被拘入四马路中央巡捕房后，竭力否认参加捣毁，故巡捕已将此人释放矣。

十二月一日，《大美晚报》。

美国人办的报馆捣毁得最客气，武官们开的书店捣毁得最迟。"扬长而逸"，写得最有趣。

　　捣毁电影公司，是一面撒些宣言的，有几种报上登过全文；对于书店和报馆却好像并无议论，因为不见有什么记载。然而也有，是一种钢笔版蓝色印的警告，店名或馆名空着，个个填以墨笔，笔迹并不像读书人，下面是一长条紫色的木印。我幸而藏着原本，现在订定标点，照样的抄录在这里——

　　敝会激于爱护民族国家心切，并不忍文化界与思想界为共党所利用，因有警告赤色电影大本营——艺华公司之行动。现为贯彻此项任务计，拟对于文化界来一清算，除对于良友图书公司给予一初步的警告外，于所有各书局各刊物均已有精密之调查。素知

　　贵……对于文化事业，热心异人，为特严重警告，对于赤色作家所作文字，如鲁迅，茅盾，蓬子，沈端先，钱杏邨及其他赤色作家之作品，反动文字，以及反动剧评，苏联情况之介绍等，一律不得刊行，登载，发行。如有不遵，我们必以较对付艺华及良友公司更激烈更彻底的手段对付你们，决不宽假！此告

　　……

上海影界铲共同志会十一，十三。

　　一个"志士"，纵使"对于文化事业，热心异人"，但若会在不知何时，飞来一个

锤子，打破值银数百两的大玻璃；"如有不遵"，更会在不知何时，飞来一顶红帽子，送掉他比大玻璃更值钱的脑袋，那他当然是也许要灰心的。然则书店和报馆之有些为难，也就可想而知了。我既是被"扬长而去"的英雄们指定为"赤色作家"，还是莫害他人，放下笔，静静地看一会把戏吧，所以这一本里面的杂文，以十一月七日止，因为从七日到恭逢警告的那时候——十一月十三日，我也并没有写些什么的。

但是，经验使我知道，我在受着武力征伐的时候，是同时一定要得到文力征伐的。文人原多"烟士披离纯"，何况现在嗅觉又特别发达了，他们深知道要怎样"创作"才合适。这就到了我不批评社会，也不论人，而人论我的时期了，而我的工作是收材料。材料尽有，妙的却不多。纸墨更该爱惜，这里仅选了六篇。官办的《中央日报》讨伐得最早，真是得风气之先，不愧为"中央"；《时事新报》正当"全武行"全盛之际，最合时宜，却不免非常昏愦；《大晚报》和《大美晚报》起来得最晚，这是因为"商办"的缘故，聪明，所以小心，小心就不免迟钝，他刚才决计合伙来讨伐，却不料几天之后就要过年，明年是先行检查书报，以惠商民，另结新样的网，又是一个局面了。

现在算是还没有过年，先来《中央日报》的两篇吧——

杂感　　洲

近来有许多杂志上都在提倡小文章。《申报月刊》《东方杂志》以及《现代》上，都有杂感随笔这一栏。好像一九三三真要变成一个小文章年头了。目下中国杂感家之多，远胜于昔，大概此亦鲁迅先生一人之功也。中国杂感家老牌，自然要推鲁迅。他的师爷笔法，冷辣辣的，有他人所不及的地方。《热风》，《华盖集》，《华盖续集》，去年则还出了什么三心《二心》之类。照他最近一年来"干"的成绩而言大概五心六心也是不免的。鲁迅先生久无创作出版了，除了译一些俄国黑面包之外，其余便是写杂感文章了。杂感文章，短短千言，自然可以一挥而就。则于抽卷烟之际，略转脑子，结果就是十元千字。大概写杂感文章，有一个不二法门。不是热骂，便是冷嘲。如能热骂后再带一句冷嘲或冷嘲里夹两句热骂，则更佳矣。

不过普通一些杂感，自然是冷嘲的多。如对于某事物有所不满，自然就不满（迅案：此字似有误）有冷嘲的文章出来。鲁迅先生对于这样也看不上眼，对于那样也看不上眼，所以对于这样又有感想，对于那样又有感想了。

我们村上有个老女人，丑而多怪。一天到晚专门爱说人家的短处，到了东村头

·准风月谈·

图文珍藏版

摇了一下头,跑到了西村头叹了一口气。好像一切总不合她的胃。但是,你真的问她到底要怎样呢,她又说不出。我觉得她倒有些像鲁迅先生,一天到晚只是讽刺,只是冷嘲,只是不负责任的发一点杂感。当真你要问他究竟的主张,他又从来不给我们一个鲜明的回答。

十月三十一日,《中央日报》的《中央公园》。

文坛与擂台　　鸣春

上海的文坛变成了擂台。鲁迅先生是这擂台上的霸王。鲁迅先生好像在自己的房间里带了一副透视一切的望远镜,如果发现文坛上那一个的言论与行为有些瑕疵,他马上横枪跃马,打得人家落花流水。因此,鲁迅先生就不得不花去可贵的时间,而去想如何锋利他的笔端,如何达到挖苦人的顶点,如何要打得人家永不得翻身。

关于这,我替鲁迅先生想想有些不大合算。鲁迅先生你先要认清了自己的地位,就是反对你的人,暗里总不敢否认你是中国顶出色的作家;既然你的言论,可以影响青年,那么你的言论就应该慎重。请你自己想想,在写《阿Q传》之后,有多少时间浪费在笔战上?而这种笔战,对一般青年发生了何种影响?

第一流的作家们既然常时混战,则一般文艺青年少不得在这战术上学许多乖,流弊所及,往往越淮北而变枳,批评人的人常离开被批评者的言论与思想,笔头一转而去骂人家的私事,说人家眼镜带得很难看,甚至说人家皮鞋前面破了个小洞;甚至血偾脉张要辱及人家的父母,甚至要丢下笔杆动拳头:我说,养成现在文坛上这种浮嚣,下流,粗暴等等的坏习气,像鲁迅先生这一般人多少总要负一点儿责任的。

其实,有许多笔战,是不需要的,譬如有人提倡词的解放,你就是不骂,不见得有人去跟他也填一首"管他娘"的词;有人提倡读《庄子》与《文选》,也不见得就是教青年去吃鸦片烟,你又何必咬紧牙根,横睁两眼,给人以难堪呢?

我记得一个精通中文的俄国文人 B.A.Vassiliev 对鲁迅先生的《阿Q传》曾经下过这样的批评:"鲁迅是反映中国大众的灵魂的作家,其幽默的风格,是使人流泪,故鲁迅不独为中国的作家,同时亦为世界的一员。"鲁迅先生,你现在亦垂垂老矣,你念起往日的光荣,当你现在阅历最多,观察最深,生活经验最丰富的时候,更应当如何去发奋多写几部比《阿Q传》更伟大的著作?伟大的著作,虽不能传之千年不朽，但是笔战的文章，一星期后也许人就要遗忘。青年人佩服一个伟大的文学家，实在更胜于佩服一个擂台上的霸主。我们读的是莎士比亚，托尔斯泰，歌德，这般人的文章，而并没有看到他们的"骂人文选"。

十一月十六日，《中央日报》的《中央公园》。

这两位，一位比我为老丑的女人，一位愿我有"伟大的著作"，说法不同，目的却一致的，就是讨厌我"对于这样又有感想，对于那样又有感想"，于是而时时有"杂文"。这的确令人讨厌的，但因此也更见其要紧，因为"中国的大众的灵魂"，现在是反映在我的杂文里了。

洲先生刺我不给他们一个鲜明的主张，这用意，我是懂得的；但颇诧异鸣春先生的引，了莎士比亚之流一大串。不知道为什么，近一年来，竟常常有人诱我去学托尔斯泰了，也许就因为"并没有看到他们的'骂人文选'"，给我一个好榜样。可是我看见过欧战时候他骂皇帝的信，在中国，也要得到"养成现在文坛上这种浮嚣，下流，粗暴等等的坏习气"的罪名的。托尔斯泰学不到，学到了也难做人，他生存时，希腊教徒就年年诅咒他落地狱。

中间就夹两篇《时事新报》上的文章——

略论告密　　陈代

最怕而且最恨被告密的可说是鲁迅先生，就在《伪自由书》，"一名：《不三不四集》"的《前记》与《后记》里也常可看到他在注意到这一点。可是鲁迅先生所说的告密，并不是有人把他的住处，或者什么时候，他在什么地方，去密告巡捕房（或者什么要他的"密"的别的机关？）以致使他被捕的意思。他的意思，是有人把"因为"他"旧日的笔名有时不能通用，便改题了"的什么宣说出来，而使人知道"什么就是鲁迅"。

"这回，"鲁迅先生说，"是王平陵先生告发于前，周木斋先生揭露于后"；他却忘了说编者暗示于鲁迅先生尚未上场之先。因为在何家干先生和其他一位先生将上台的时候，编者先介绍说，这将上场的两位是文坛老将。于是人家便提起精神来等那两位文坛老将的上场。要是在异地，或者说换过一个局面，鲁迅先生是也许会说编者是在放冷箭的。

看到一个生疏的名字在什么附刊上出现，就想知道那个名字是真名呢，还是别的熟名字的又一笔名，想也是人情之常。即就鲁迅先生说，他看完了王平陵先生的

《"最通的"文艺》，便禁不住问："这位王平陵先生我不知道是真名还是笔名？"要是他知道了那是谁的笔名的话，他也许会说出那就是谁来的。这不会是怎样的诬蔑，我相信，因为于他所知道的他不是在实说"柳丝是杨邨人先生……的笔名"，而表示着欺不了他？

还有，要是要告密，为什么一定要出之"公开的"形式？秘密的不是于告密者更为安全？我有些怀疑告密者的聪敏，要是真有这样的告密者的话。

而在那些用这个那个笔名零星发表的文章，剪贴成集子的时候，作者便把这许多名字紧缩成一个，看来好像作者自己是他的最后的告密者。

十一月二十一日，《时事新报》的《青光》。

略论放暗箭　　陈代

前日读了鲁迅先生的《伪自由书》的《前记》与《后记》，略论了告密的，现在读了唐弢先生的《新脸谱》，止不住又要来略论放暗箭。

在《新脸谱》中，唐先生攻击的方面是很广的，而其一方是"放暗箭"。可是唐先生的文章又几乎全为"暗箭"所织成，虽然有许多箭标是看不大清楚的。

"说是受着潮流的影响，文舞台的戏儿一出出换了。角色虽然依旧，而脸谱却是簇新的。"——是暗箭的第一条。虽说是暗箭，射倒射中了的。因为现在的确有许多文角色，为要博看客的喝彩起见，放着演惯的旧戏不演演新戏，嘴上还"说是受着潮流的影响"，以表示他的不落后。还有些甚至不要说角色依旧，就是脸谱也并不簇新，只是换了一个新的题目，演的还是那旧的一套：如把《薛平贵西凉招亲》改题着《穆薛姻缘》之类，内容都一切依旧。

第二箭是——不，不能这样写下去，要这样写下去，是要有很广博的识见的，因为那文章一句一箭，或者甚至一句数箭，看得人眼花头眩，竟无从把它把捉住，比读硬性的翻译还难懂得多。

可是唐先生自己似乎又并不满意这样的态度，不然为什么要骂人家"怪声怪气地吆喝，忸忸怩怩的挑战"？然而，在事实上，他是在"怪声怪气地吆喝，忸忸怩怩的挑战"。

或者说，他并不是在挑战，只是放放暗箭，因为"鏖战"，即使是"拉拉扯扯的"，究竟吃力，而且"败了""再来"的时候还得去"重画"脸谱。放暗箭多省事，躲在隐暗处，看到了什么可射的，便轻展弓弦，而箭就向前舒散地直飞。可是他又在骂放暗箭。

要自己先能放暗箭,然后才能骂人放。

十一月二十二日,《时事新报》的《青光》。

这位陈先生是讨伐军中的最低能的一位,他连自己后来的说明和别人豫先的揭发的区别都不知道。倘使我被谋害而终于不死,后来竟得"寿终 x 寝",他是会说我自己乃是"最后的凶手"的。

他还问:要是要告密,为什么一定要出之"公开的"形式?答曰:这确是比较的难懂一点,但也就是因为要告得像个"文学家"的缘故呀,要不然,他就得下野,分明的排进探坛里去了。有意的和无意的区别,我是知道的。我所谓告密,是指着叭儿们,我看这"陈代"先生就正是其中的一匹。你想,消息不灵,不是反而不便当吗?

第二篇恐怕只有他自己懂。我只懂得一点:他这回嗅得不对,误以唐睷先生为就是我了。采在这里,只不过充充自以为我的论敌的标本的一种而已。

其次是要剪一篇《大晚报》上的东西——

钱基博之鲁迅论　　戚施

近人有裒集关于批评鲁迅之文字而为《鲁迅论》一书者,其中所收,类皆称颂鲁迅之辞,其实论鲁迅之文者,有毁有誉,毁誉互见,乃得其真。顷见钱基博氏所著《现代中国文学史》,长至三十万言,其论白话文学,不过一万余字,仅以胡适入选,而以鲁迅徐志摩附焉。于此诸人,大肆訾謷。迩来旧作文家,品藻文字,裁量人物,未有若钱氏之大胆者,而新人未尝注意及之。兹特介绍其"鲁迅论"于此,是亦文坛上之趣闻也。

钱氏之言曰,有模模仿欧文而谥之曰欧化的国语文学者,始倡于浙江周树人之译西洋小说,以顺文直译之为尚,斥意译之不忠实,而摹欧文以国语,比鹦鹉之学舌,托于象胥,斯为作俑。效颦者乃至造述抒志,亦竞欧化,《小说月报》,盛扬其焰。然而佶屈聱牙,过于周诰,学士费解,何论民众?上海曹慕管笑之曰,吾侪生愿读欧文,不愿见此妙文也!比于时装妇人着高底西女式鞋,而跬步倾跌,益增丑态矣!崇效古人,斥曰奴性,模仿外国,独非奴性耶。反唇之讥,或谯近虐!然始之创白话文以期言文一致,家喻户晓者,不以欧化的国语文学之兴而荒其志耶?斯则矛盾之说,无以自圆者矣,此于鲁迅之直译外国文学,及其文坛之影响,而加以訾謷者也。平心论之,鲁迅之译品,诚有难读之处,直译当否是一问题,欧化的国语文学又是一问题,借日二者胥有未当,谁尸其咎,亦难言之也。钱先生而谓,鄙言为不然耶?

　　钱先生又曰,自胡适之创白话文学也,所持以号于天下者,曰平民文学也!非贵族文学也。一时景附以有大名者,周树人以小说著。树人颓废,不适于奋斗。树人所著,只有过去回忆,而不知建设将来,只见小己愤慨,而不图福利民众,若而者,彼其心目,何尝有民众耶!钱先生因此而断之曰,周树人徐志摩为新文艺之右倾者。是则于鲁迅之创作亦加以訾謷,兼及其思想矣。至目鲁迅为右倾,亦可谓独具只眼,别有鉴裁者也!既不满意于郭沫若蒋光赤之"左倾",又不满意于鲁迅徐志摩之右倾,而唯倾慕于所谓"让清"遗老之流风余韵,低徊感喟而不能自已,钱先生之志,皎然可睹矣。当今之世,左右做人难,是非无定质,亦于钱先生之论鲁迅见之也!

　　钱氏此书出版于本年九月,尚有上年十二月之跋记云。

　　　　　　　　　　　十二月二十九日,《大晚报》的《火炬》。

　　这篇大文,除用戚施先生的话,赞为"独具只眼"之外,是不能有第二句的。真"评"得连我自己也不想再说什么话,"颓废"了。然而我觉得它很有趣,所以特别的保存起来,也是以备"鲁迅论"之一格。

　　最后是《大美晚报》,出台的又是曾经有过文字上的交涉的王平陵先生——

骂人与自供　　王平陵

　　学问之事,很不容易说,一般通材硕儒每不屑与后生小子道长论短,有所述作,无不讥为"浅薄无聊";同样,较有修养的年轻人,看着那般通材硕儒们言必称苏俄,文必宗普鲁,亦颇觉得如嚼青梅,齿颊间酸不可耐。

　　世界上无论什么纷争,都有停止的可能,唯有人类思想的冲突,因为多半是近于意气,断没有终止的时候的。有些人好像把毁谤人家故意找寻人家的错误当作是一种职业;而以直接否认一切就算是间接抬高自己的妙策了。至于自己究竟是什么东西,那只许他们自己知道,别人是不准过问的。其实,有时候这些人意在对人而发的阴险的暗示,倒并不适切;而正是他们自己的一篇不自觉的供状。

　　圣经里好像有这样一段传说:一群街头人捉着一个偷汉的淫妇,大家要把石块打死她。耶稣说:"你们反省着!只有没有犯过罪的人,才配打死这个淫妇。"群众都羞愧地走开了。今之文坛,可不是这样?自己偷了汉,偏要指说人家是淫妇。如同鲁迅先生惯用的一句刻毒的评语,就骂人是代表官方说话;我不知道他老先生是代表什么"方"说话!

本来,不想说话的人,是无话可说;有话要说;有话要说的人谁也不会想到是代表那一方。鲁迅先生常常"以己之心,度人之心",未免"躬自薄而厚责于人"了。

像这样的情形,文坛有的是,何止是鲁迅先生。

十二月三十日,《大美晚报》的《火树》。

记得在《伪自由书》里,我曾指王先生的高论为属于"官方",这回就是对此而发的,但意义却不大明白。由"自己偷了汉,偏要指说人家是淫妇"的话看起来,好像是说我倒是"官方",而不知"有话要说的人谁也不会想到是代表那一方"的。所以如果想到了,那么,说人反动的,他自己正是反动,说人匪徒的,他自己正是匪徒……且住,又是"刻毒的评语"了,耶稣不说过"你们反省着"吗? ——为消灾计,再添一条小尾:这坏习气只以文坛为限,与官方无干。

王平陵先生是电影检查会的委员,我应该谨守小民的规矩。

真的且住。写的和剪贴的,也就是自己的和别人的,化了大半夜工夫,恐怕又有八九千字了。这一条尾巴又并不小。

时光,是一天天地过去了,大大小小的事情,也跟着过去,不久就在我们的记忆上消亡;而且都是分散的,就我自己而论,没有感到和没有知道的事情真不知有多少。但即此写了下来的几十篇,加以排比,又用《后记》来补叙些因此而生的纠纷,同时也照见了时事,格局虽小,不也描出了或一形象了吗? ——而现在又很少有肯低下他仰视莎士比亚,托尔斯泰的尊脸来,看看暗中,写它几句的作者。因此更使我要保存我的杂感,而且它也因此更能够生存,虽然又因此更招人憎恶,但又在围剿中更加生长起来了。呜呼,"世无英雄,遂使竖子成名",这是为我自己和中国的文坛,都应该悲愤的。

文坛上的事件还多得很:献检查之秘计,施离析之奇策,起谣诼兮中权,藏真实兮心曲,立降幡于往年,温故交于今日……然而都不是做这《准风月谈》时期以内的事,在这里也且不提及,或永不提及了。还是真的带住吧,写到我的背脊已经觉得有些痛楚的时候了!

一九三四年十月十六夜,鲁迅记于上海。

序言

我的常常写些短评，确是从投稿于《申报》的《自由谈》上开头的；集一九三三年之所作，就有了《伪自由书》和《准风月谈》两本。后来编辑者黎烈文先生真被挤轧得苦，到第二年，终于被挤出了，我本也可以就此搁笔，但为了赌气，却还是改些作法，换些笔名，托人抄写了去投稿，新任者不能细辨，依然常常登了出来。一面又扩大了范围，给《中华日报》的副刊《动向》，小品文半月刊《太白》之类，也间或写几篇同样的文字。聚起一九三四年所写的这些东西来，就是这一本《花边文学》。

这一个名称，是和我在同一营垒里的青年战友，换掉姓名挂在暗箭上射给我的。那立意非常巧妙：一，因为这类短评，在报上登出来的时候往往围绕一圈花边以示重要，使我的战友看得头疼；二，因为"花边"也是银圆的别名，以见我的这些文章是为了稿费，其实并无足取。至于我们的意见不同之处，是我以为我们无须希望外国人待我们比鸡鸭优，他却以为应该待我们比鸡鸭优，我在替西洋人辩护，所以是"买办"。那文章就附在《倒提》之下，这里不必多说。此外，倒也并无什么可记之事。只为了一篇《玩笑只当它玩笑》，又曾引出过一封文公直先生的来信，笔伐的更严重了，说我是"汉奸"，现在和我的复信都附在本文的下面。其余的一些鬼鬼祟祟，躲躲闪闪的攻击，离上举的两位还差得很远，这里都不转载了。

"花边文学"可也真不行。一九三四年不同一九三五年，今年是为了《闲话皇帝》事件，官家的书报检查处忽然不知所往，还革掉七位检察官，日报上被删之处，也好像可以留着空白（术语谓之"开天窗"）了。但那时可真厉害，这么说不可以，那么说又不成功，而且删掉的地方，还不许留下空隙，要接起来，使作者自己来负吞吞吐吐，不知所云的责任。在这种明诛暗杀之下，能够苟延残喘，和读者相见的，那么，非奴隶文章是什么呢？

我曾经和几个朋友闲谈。一个朋友说：现在的文章，是不会有骨气的了，譬如向一种日报上的副刊去投稿吧，副刊编辑先抽去几根骨头，总编辑又抽去几根骨头,检察官又抽去几根骨头,剩下来还有什么呢? 我说:我是自己先抽去了几根骨头的,否则,连"剩下来"的也不剩。所以,那时发表出来的文字,有被抽四次的可能,——现在有些人不在拼命表彰文天祥方孝孺吗? 幸而他们是宋明人,如果活在现在,他们的言行是谁也无从知道的。

因此除了官准的有骨气的文章之外,读者也只能看看没有骨气的文章。我生于清朝,原是奴隶出身,不同二十五岁以内的青年,一生下来就是中华民国的主子,然而他们不经世故,偶尔"忘其所以"也就大碰其钉子。我的投稿,目的是在发表的,当然不给它见得有骨气,所以被"花边"所装饰者,大约也确比青年作家的作品多,而且奇怪,被删掉的地方倒很少。一年之中,只有三篇,现在补全,仍用黑点为记。我看《论秦理斋夫人事》的末尾,是申报馆的总编辑删的,别的两篇,却是检察官删的:这里都显得他们不同的心思。

今年一年中,我所投稿的《自由谈》和《动向》,都停刊了;《太白》也不出了。我曾经想过:凡是我寄文稿的,只寄开初的一两期还不妨,假使接连不断,它就总归活不久。于是从今年起,我就不大做这样的短文,因为对于同人,是回避他背后的闷棍,对于自己,是不愿做开路的呆子,对于刊物,是希望它尽可能地长生。所以有人要我投稿,我特别敷衍推宕,非"摆架子"也,是带些好意——然而有时也是恶意——的"世故":这是要请索稿者原谅的。

一直到了今年下半年,这才看见了新闻记者的"保护正当舆论"的请愿和知识阶级的言论自由的要求。要过年了,我不知道结果怎么样。然而,即使从此文章都成了民众的喉舌,那代价也可谓大极了:是北五省的自治。这恰如先前的不敢恳请"保护正当舆论"和要求言论自由的代价之大一样:是东三省的沦亡。不过这一次,换来的东西是光明的。然而,倘使万一不幸,后来又复换回了我做"花边文学"一样的时代,大家试来猜一猜那代价该是什么吧……

一九三五年十二月二十九之夜,鲁迅记。

未来的光荣

张承禄

现在几乎每年总有外国的文学家到中国来,一到中国,总惹出一点小乱子。前有萧伯纳,后有德哥派拉;只有伐扬古久列,大家不愿提,或者不能提。

德哥派拉不谈政治,本以为可以跳在是非圈外的了,不料因为恭维了食与色,又挣得"外国文氓"的恶谥,让我们的论客,在这里议论纷纷。他大约就要做小说去了。

鼻子生得平而小,没有欧洲人那么高峻,那是没有法子的,然而倘使我们身边有几角钱,却一样的可以看电影。侦探片子演厌了,爱情片子烂熟了,战争片子看腻了,滑稽片子无聊了,于是乎有《人猿泰山》,有《兽林怪人》,有《非洲探险》等等,要野兽和野蛮登场。然而在蛮地中,也还一定要穿插一点蛮婆子的蛮曲线。如果我们也还爱看,那就可见无论怎样奚落,也还是有些恋恋不舍地了,"性"之于市侩,是很要紧的。

文学在西欧,其碰壁和电影也并不两样;有些所谓文学家也者,也得找寻些奇特的(grotesque),色情的(erotic)东西,去给他们的主顾满足,因此就有探险式的旅行,目的倒并不在地主的打拱或请酒。然而倘遇呆问,则以笑话了之,他其实也知道不了这些,他也不必知道。德哥派拉不过是这些人们中的一人。

但中国人,在这类文学家的作品里,是要和各种所谓"土人"一同登场的,只要看报上所载的德哥派拉先生的路由单就知道——中国,南洋,南美。英,德之类太平常了。我们要觉悟着被描写,还要觉悟着被描写的光荣还要多起来,还要觉悟着将来会有人以有这样的事为有趣。

一月八日。

女人未必多说谎

赵令仪

　　侍桁先生在《谈说谎》里,以为说谎的原因之一是由于弱,那举证的事实,是:"因此为什么女人讲谎话要比男人来得多。"

　　那并不一定是谎话,可是也不一定是事实。我们确也常常从男人们的嘴里,听说是女人讲谎话要比男人多,不过却也并无实证,也没有统计。叔本华先生痛骂女人,他死后,从他的书籍里发现了医梅毒的药方;还有一位奥国的青年学者,我忘记了他的姓氏,做了一大本书,说女人和谎话是分不开的,然而他后来自杀了。我恐怕他自己正有神经病。

　　我想,与其说"女人讲谎话要比男人来得多",不如说"女人被人指为'讲谎话要比男人来得多'的时候来得多",但是,数目字的统计自然也没有。

　　譬如吧,关于杨妃,禄山之乱以后的文人就都撒着大谎,玄宗逍遥事外,倒说是许多坏事情都由她,敢说"不闻夏殷衰"中自诛褒姐的有几个。就是姐己,褒姒,也还不是一样的事?女人的替自己和男人伏罪,真是太长远了。

唐玄宗

　　今年是"妇女国货年",振兴国货,也从妇女始。不久,是就要挨骂的,因为国货也未必因此有起色,然而一提倡,一责骂,男人们的责任也尽了。

　　记得某男士有为某女士鸣不平的诗道:"君王城上竖降旗,妾在深宫那得知?二十万人齐解甲,更无一个是男儿!"快哉快哉!

　　　　　　　　　　　　　　　　一月八日。

批评家的批评家

倪朔尔

情势也转变得真快,去年以前,是批评家和非批评家都批评文学,自然,不满的居多,但说好的也有。去年以来,却变了文学家和非文学家都翻了一个身,转过来批评批评家了。

这一回可是不大有人说好,最彻底的是不承认近来有真的批评家。即使承认,也大大的笑他们糊涂。为什么呢?因为他们往往用一个一定的圈子向作品上面套,合就好,不合就坏。

但是,我们曾经在文艺批评史上见过没有一定圈子的批评家吗?都有的,或者是美的圈,或者是真实的圈,或者是前进的圈。没有一定的圈子的批评家,那才是怪汉子呢。办杂志可以号称没有一定的圈子,而其实这正是圈子,是便于遮眼的变戏法的手巾。譬如一个编辑者是唯美主义者吧,他尽可以自说并无定见,单在书籍评论上,就足够玩把戏。倘是一种所谓"为艺术的艺术"的作品,合于自己的私意的,他就选登一篇赞成这种主义的批评,或读后感,捧着它上天;要不然,就用一篇假激进的好像非常革命的批评家的文章,捺它到地里去。读者这就被迷了眼。但在个人,如果还有一点记性,却不能这么两端的,他须有一定的圈子。我们不能责备他有圈子,我们只能批评他这圈子对不对。

然而批评家的批评家会引出张献忠考秀才的古典来:先在两柱之间横系一条绳子,叫应考地走过去,太高的杀,太矮的也杀,于是杀光了蜀中的英才。这么一比,有定见的批评家即等于张献忠,真可以使读者发生满心的憎恨。但是,评文的圈,就是量人的绳吗?论文的合不合,就是量人的长短吗?引出这例子来的,是诬陷,更不是什么批评。

一月十七日。

漫骂

倪朔尔

还有一种不满于批评家的批评,是说所谓批评家好"漫骂",所以他的文字并不是批评。

这"漫骂",有人写作"嫚骂",也有人写作"谩骂",我不知道是否是一样的含义。但这姑且不管它也好。现在要问的是怎样的是"漫骂"。

假如指着一个人,说道:这是婊子! 如果她是良家,那就是漫骂;倘使她实在是做卖笑生涯的,就并不是漫骂,倒是说了真实。诗人没有捐班,富翁只会计较,因为事实是这样的,所以这是真话,即使称之为漫骂,诗人也还是捐不来,这是幻想碰在现实上的小钉子。

有钱不能就有文才,比"儿女成行"并不一定明白儿童的性质更明白。"儿女成行"只能证明他两口子的善于生,还会养,却并无妄谈儿童的权利。要谈,只不过不识羞。这好像是漫骂,然而并不是。倘说的,就得承认世界上的儿童心理学家,都是最会生孩子的父母。

说儿童为了一点食物就会打起来,是冤枉儿童的,其实是漫骂。儿童的行为,出于天性,也因环境而改变,所以孔融会让梨。打起来的,是家庭的影响,便是成人,不也有争家私,夺遗产的吗? 孩子学了样子。

漫骂固然冤屈了许多好人,但含含糊糊地扑灭"漫骂",却包庇了一切坏种。

一月十七日。

"京派"与"海派"
栾廷石

自从北平某先生在某报上有扬"京派"而抑"海派"之言,颇引起了一番议论。最先是上海某先生在某杂志上的不平,且引别一某先生的陈言,以为作者的籍贯,与作品并无关系,要给北平某先生一个打击。

其实,这是不足以服北平某先生之心的。所谓"京派"与"海派",本不指作者的本籍而言,所指的乃是一群人所聚的地域,故"京派"非皆北平人,"海派"亦非皆上海人。梅兰芳博士,戏中之真正京派也,而其本贯,则为吴下。但是,籍贯之都鄙,固不能定本人之功罪,居处的文陋,却也影响于作家的神情,孟子曰:"居移气,养移体",此之谓也。北京是明清的帝都,上海乃各国之租界,帝都多官,租界多商,所以文人之在京者近官,没海者近商,近官者在使官得名,近商者在使商获利,而自己也赖以糊口。要而言之,不过"京派"是官的帮闲,"海派"则是商的帮忙而已。

国学经典文库

鲁迅文集

·花边文学·

图文珍藏版

但从官得食者其情状稳,对外尚能傲然,从商得食者其情状显,到处难于掩饰,于是忘其所以者,遂据以有清浊之分。而官之鄙商,固亦中国旧习,就更使"海派"在"京派"的眼中跌落了。

而北京学界,前此固亦有其光荣,这就是五四运动的策动。现在虽然还有历史上的光辉,但当时的战士,却"功成,名遂,身退"者有之,"身稳"者有之,"身升"者更有之,好好的一场恶斗,几乎令人有"若要官,杀人放火受招安"之感。"昔人已乘黄鹤去,此地空余黄鹤楼",前年大难临头,北平的学者们所想援以掩护自己的是古文化,而唯一大事,则是古物的南迁,这不是自己彻底的说明了北平所有的是什么了吗?

但北平究竟还有古物,且有古书,且有古都的人民。在北平的学者文人们,大抵有着讲师或教授的本业,论理,研究或创作的环境,实在是比"海派"来得优越的,我希望着能够看见学术上,或文艺上的大著作。

一月三十日。

北人与南人

栾廷石

这是看了"京派"与"海派"的议论之后,牵连想到的——

北人的鄙视南人,已经是一种传统。这也并非因为风俗习惯的不同,我想,那大原因,是在历来的侵入者多从北方来,先征服中国之北部,又携了北人南征,所以南人在北人的眼中,也是被征服者。

二陆入晋,北方人士在欢欣之中,分明带着轻薄,举证太烦,姑且不谈吧。容易看的是,羊衒之的《洛阳伽蓝记》中,就常诋南人,并不视为同类。至于元,则人民截然分为四等,一蒙古人,二色目人,三汉人即北人,第四等才是南人,因为他是最后投降的一伙。最后投降,从这边说,是矢尽援绝,这才罢战的南方之强,从那说,却是不识顺逆,久梗王师的贼。孑遗自然还是投降的,然而为奴隶的资格因此就最浅,因为浅,所以班次就最下,谁都不妨加以鄙视了。到清朝,又重理了这一篇账,至今还流行着余波;如果此后的历史是不再回旋的,那真不独是南人的如天之福。

当然,南人是有缺点的。权贵南迁,就带了腐败颓废的风气来,北方倒反而干净。性情也不同，有缺点，也有特长，正如北人的兼具二者一样。据我所见，北人的优点是厚重，南人的优点是机灵。但厚重之弊也愚，机灵之弊也狡，所以某先生曾经指出缺点道：北方人是"饱食终日，无所用心"；南方人是"群居终日，言不及义"。就有闲阶级而言，我以为大体是的确的。

缺点可以改正，优点可以相师。相书上有一条说，北人南相，南人北相者贵。我看这并不是妄语。北人南相者，是厚重而又机灵，南人北相者，不消说是机灵而又能厚重。昔人之所谓"贵"，不过是当时的成功，在现在，那就是做成有益的事业了。这是中国人的一种小小的自新之路。

不过做文章的是南人多，北方却受了影响。北京的报纸上，油嘴滑舌，吞吞吐吐，顾影自怜的文字不是比六七年前多了吗？这倘和北方固有的"贫嘴"一结婚，产生出来的一定是一种不祥的新劣种！

一月三十日。

《如此广州》读后感

越客

前几天，《自由谈》上有一篇《如此广州》，引据那边的报章，记店家做起玄坛和李逵的大像来，眼睛里嵌上电灯，以镇压对面的老虎招牌，真写得有声有色。自然，那目的，是在对于广州人的迷信，加以讥刺的。

广东人的迷信似乎确也很不小，走过上海五方杂处的衙堂，只要看毕毕剥剥在那里放鞭炮的，大门外的地上点着香烛的，十之九总是广东人，这很可以使新党叹气。然而广东人的迷信却迷信得认真，有魄力，即如那玄坛和李逵大像，恐怕就非百来块钱不办。汉求明珠，吴征大象，中原人历来总到广东去刮宝贝，好像到现在也还没有被刮穷，为了对付假老虎，也能出这许多力。要不然，那就是拼命，这却又可见那迷信之认真。

其实，中国人谁没有迷信，只是那迷信迷得没出息了，所以别人倒不注意。譬如吧，对面有了老虎招牌，大抵的店家，是总要不舒服的。不过，倘在江浙，恐怕就不肯这样的出死力来斗争，他们会只花一个铜圆买一条红纸，写上"姜太公在此百无禁忌"或"泰山石敢当"，悄悄地贴起来，就如此安身立命。迷信还是迷信，但迷得多少小家子相，毫无生气，奄奄一息，他连做《自由谈》的材料也不给你。

与其迷信，模糊不如认真。倘若相信鬼还要用钱，我赞成北宋人似的索性将铜钱埋到地里去，现在那么的烧几个纸锭，却已经不但是骗别人，骗自己，而且简直是骗鬼了。中国有许多事情都只剩下一个空名和假样，就为了不认真的缘故。

广州人的迷信，是不足为法的，但那认真，是可以取法，值得佩服的。

二月四日。

过年

张承禄

今年上海的过旧年，比去年热闹。

文字上和口头上的称呼，往往有些不同：或者谓之"废历"，轻之也；或者谓之"古历"，爱之也。但对于这"历"的待遇是一样的：结账，祀神，祭祖，放鞭炮，打马将，拜年，"恭喜发财"！

虽过年而不停刊的报章上，也已经有了感慨；但是，感慨而已，到底胜不过事实。有些英雄的作家，也曾经叫人终年奋发，悲愤，纪念。但是，叫而已矣，到底也胜不过事实。中国的可悲的纪念太多了，这照例至少应该沉默；可喜的纪念也不算少，然而又怕有"反动分子乘机捣乱"，所以大家的高兴也不能发扬。几经防遏，几经淘汰，什么佳节都被绞死，于是就觉得只有这仅存残喘的"废历"或"古历"还是自家的东西，更加可爱了。那就格外的庆贺——这是不能以"封建的余意"一句话，轻轻了事的。

叫人整年的悲愤，劳作的英雄们，一定是自己毫不知道悲愤，劳作的人物。在实际上，悲愤者和劳作者，是时时需要休息和高兴的。古埃及的奴隶们，有时也会冷然一笑。这是蔑视一切的笑。不懂得这笑的意义者，只有主子和自安于奴才生活，而劳作较少，并且失了悲愤的奴才。

我不过旧历年已经二十三年了，这回却连放了三夜的花爆，使隔壁的外国人也"嘘"了起来：这却和花爆都成了我一年中仅有的高兴。

二月十五日。

运命

倪朔尔

电影"《姊妹花》中的穷老太婆对她的穷女儿说：'穷人终是穷人，你要忍耐些！'"宗汉先生慨然指出，名之曰"穷人哲学"（见《大晚报》）。

自然，这是教人安贫的，那根据是"运命"。古今圣贤的主张此说者已经不在少数了，但是不安贫的穷人也"终是"很不少。"智者千虑，必有一失"，这里的"失"，是在非到盖棺之后，一个人的运命"终是"不可知。

预言运命者也未尝没有人，看相的，排八字的，到处都是。然而他们对于主顾，肯断定他穷到底的是很少的，即使有，大家的学说又不能相一致，甲说当穷，乙却说当富，这就使穷人不能确信他将来的一定的运命。

不信运命，就不能"安分"，穷人买奖券，便是一种"非分之想"。但这于国家，现在是不能说没有益处的。不过"有一利必有一弊"，运命既然不可知，穷人又何妨想做皇帝，这就使中国出现了《推背图》。据宋人说，五代时候，许多人都看了这图给自己的儿子取名字，希望应着将来的吉兆，直到宋太宗（？）抽乱了一百本，与别本一同流通，读者见次序多不相同，莫衷一是，这才不再珍藏了。然而九一八那时，上海却还大卖着《推背图》的新印本。

"安贫"诚然是天下太平的要道，但倘使无法指定究竟的运命，总不能令人死心塌地。现在的优生学，本可以说是科学的了，中国也正有人提倡着，冀以济运命说之穷，而历史又偏偏不争气，汉高祖的父亲并非皇帝，李白的儿子也不是诗人；还有立志传，絮絮叨叨的在对人讲西洋的谁以冒险成功，谁又以空手致富。

运命说之毫不足以治国平天下，是有明明白白的履历的。倘若还要用它来做工具，那中国的命运可真要"穷"极无聊了。

二月二十三日。

大小骗

邓当世

"文坛"上的丑事，这两年来真也揭发得不少了：剪贴，瞎抄，贩卖，假冒。不过

国学经典文库

鲁迅文集

·花边文学·

图文珍藏版

不可究诘的事情还有,只因为我们看惯了,不再留心它。

名人的题签,虽然字不见得一定写得好,但只在表示这书的作者或出版者认识名人,和内容并无关系,是算不得骗人的。可疑的是"校阅"。校阅的角色,自然是名人,学者,教授。然而这些先生们自己却并无关于这一门学问的著作。所以真的校阅了没有是一个问题;即使真的校阅了,那校阅是否真的可靠又是一个问题。但再加校阅,给以批评的文章,我们却很少见。

还有一种是"编辑"。这编辑者,也大抵是名人,因这名,就使读者觉得那书的可靠。但这也是很可疑的。如果那书上有些序跋,我们还可以由那文章,思想,断定它是否真是这人所编辑,但市上所陈列的书,常有翻开便是目录,叫你一点也摸不着头脑的。这怎么靠得住?至于大部的各门类的刊物的所谓"主编",那是这位名人竟上至天空,下至地底,无不通晓了,"无为而无不为",倒使我们无须再加以揣测。

还有一种是"特约撰稿"。刊物初出,广告上往往开列一大批特约撰稿的名人,有时还用凸版印出作者亲笔的签名,以显示其真实。这并不可疑。然而过了一年半载,可就渐有破绽了,许多所谓特约撰稿者的东西一个字也不见。是并没有约,还是约而不来呢,我们无从知道;但可见那些所谓亲笔签名,也许是从别处剪来,或者简直是假造的了。要是从投稿上取下来的,为什么见签名却不见稿呢?

这些名人在卖着他们的"名",不知道可是领着"干薪"的?倘使领的,自然是同意的自卖,否则,可以说是被"盗卖"。"欺世盗名"者有之,盗卖名以欺世者又有之,世事也真是五花八门。然而受损失的却只有读者。

三月七日。

"小童挡驾"

宓子章

近五六年来的外国电影,是先给我们看了一通洋侠客的勇敢,于是而野蛮人的陋劣,又于是而洋小姐的曲线美。但是,眼界是要大起来的,终于几条腿不够了,于是一大丛;又不够了,于是赤条条。这就是"裸体运动大写真",虽然是正正堂堂的"人体美与健康美的表现",然而又是"小童挡驾"的,他们不配看这些"美"。

为什么呢?宣传上有这样的文字——

"一个绝顶聪明的孩子说：她们怎不回过身子儿来呢？"

"一位十足严正的爸爸说：怪不得戏院对孩子们要挡驾了！"

这当然只是文学家虚拟的妙文，因为这影片是一开始就标榜着"小童挡驾"的，他们无从看见。但假使真给他们去看了，他们就会这样的质问吗？我想，也许会的。然而这质问的意思，恐怕和张生唱的"哈，怎不回过脸儿来"完全两样，其实倒在电影中人的态度的不自然，使他觉得奇怪。中国的儿童也许比较的早熟，也许性感比较的敏，但总不至于比成年的他的"爸爸"，心地更不干净的。倘其如此，二十年后的中国社会，那可真正可怕。但事实上大概绝不至于此，所以那答话还不如改一下：

"因为要使我过不了瘾，可恶极了！"

不过肯这样说的"爸爸"恐怕也未必有。他总要"以己之心，度人之心"，度了之后，便将这心硬塞在别人的腔子里，装作不是自己的，而说别人的心没有他的干净。裸体女人的都"不回过身子儿来"，其实是专为对付这一类人物的。她们难道是白痴，连"爸爸"的眼色，比他孩子的更不规矩都不知道吗？

但是，中国社会还是"爸爸"类的社会，所以做起戏来，是"妈妈"类献身，"儿子"类受谤。即使到了紧要关头，也还是什么"木兰从军"，"汪踦卫国"，要推出"女子与小人"去搪塞。"吾国民其何以善其后欤？"

四月五日。

古人并不纯厚

翁隼

老辈往往说：古人比今人纯厚，心好，寿长。我先前也有些相信，现在这信仰可是动摇了。达赖喇嘛总该比平常人心好，虽然"不幸短命死矣"，但广州开的耆英会，却明明收集过一大批寿翁寿媪，活了一百零六岁的老太太还能穿针，有照片为证。

古今的心的好坏，较为难以比较，只好求教于诗文。古之诗人，是有名的"温柔敦厚"的，而有的竟说："时日曷丧，予及汝偕亡！"你看够多么恶毒？更奇怪的是孔子"校阅"之后，竟没有删，还说什么"诗三百，一言以蔽之，曰：思无邪"哩，好像圣人也并不以为可恶。

还有现在的最通行的《文选》，听说如果青年作家要丰富语汇，或描写建筑，是总得看它的，但我们倘一调查里面的作家，却至少有一半不得好死，当然，就因为心不好。经昭明太子一挑选，固然好像变成语汇祖师了，但在那时，恐怕还有个人的主张，偏激的文字。否则，这人是不传的，试翻唐以前的史上的文苑传，大抵是秉承意旨，草檄作颂的人，然而那些作者的文章，流传至今者偏偏少得很。

由此看来，翻印整部的古书，也就不无危险了。近来偶尔看见一部石印的《平斋文集》，作者，宋人也，不可谓之不古，但其诗就不可为训。如咏《狐鼠》云："狐鼠擅一窟，虎蛇行九逵，不论天有眼，但管地无皮……。"又咏《荆公》云："养就祸胎身始去，依然钟阜向人青"。那指斥当路的口气，就为今人所看不惯。"八大家"中的欧阳修，是不能算作偏激的文学家的吧，然而那《读李翱文》中却有云："呜呼，在位而不肯自忧，又禁他人使皆不得忧，可叹也夫！"也就悻悻得很。

但是，经后人一番选择，却就纯厚起来了。后人能使古人纯厚，则比古人更为纯厚也可见。清朝曾有钦定的《唐宋文醇》和《唐宋诗醇》，便是由皇帝将古人做得淳厚的好标本，不久也许会有人翻印，以"挽狂澜于既倒"的。

四月十五日。

法会和歌剧

孟弧

《时轮金刚法会募捐缘起》中有这样的句子："古人一遇灾祲，上者罪己，下者修身……今则人心浸以衰矣，非仗佛力之加被，末由消除此浩劫。"恐怕现在也还有人记得的吧。这真说得令人觉得自己和别人都半文不值，治水除蝗，完全无益。倘要"或消自业，或淡他灾"，只好请班禅大师来求佛菩萨保佑了。

坚信的人们一定是有的，要不然，怎么能募集一笔巨款。

然而究竟好像是"人心浸以衰矣"了，中央社十七日杭州电云："时轮金刚法会将于本月二十八日在杭州启建，并决定邀梅兰芳，徐来，蝴蝶，在会期内表演歌剧五天。"梵呗圆音，竟将为轻歌曼舞所"加被"，岂不出于意表也哉！

盖闻昔者我佛说法，曾有天女散花，现在杭州启会，我佛大概未必亲临，则恭请梅郎权扮天女，自然尚无不可。但与摩登女郎们又有什么关系呢？莫非电影明星与标准美人唱起歌来，也可以"消除此浩劫"的吗？

大约,人心快要"浸衰"之前,拜佛的人,就已经喜欢兼看玩艺的了,款项有限,法会不大的时候,和尚们便自己来飞钹,唱歌,给善男子,善女人们满足,但也很使道学先生们摇头。班禅大师只"印可"开会而不唱《毛毛雨》,原是很合佛旨的,可不料同时也唱起歌剧来了。

原人和现代人的心,也许很有些不同,倘相去不过几百年,那恐怕即使有些差异,也微乎其微的。赛会做戏文,香市看娇娇,正是"古已有之"的把戏。既积无量之福,又极视听之娱,现在未来,都有好处,这是向来兴行佛事的号召的力量。否则,黄胖和尚念经,参加者就未必踊跃,浩劫一定没有消除的希望了。

但这种安排,虽然出于婆心,却仍是"人心浸以衰矣"的征候。这能够令人怀疑:我们自己是不配"消除此浩劫"的了,但此后该靠班禅大师呢,还是梅兰芳博士,或是密斯徐来,密斯蝴蝶呢?

四月二十日。

洋服的没落

韦士繇

几十年来,我们常常恨着自己没有合意的衣服穿。清朝末年,带些革命色彩的英雄不但恨辫子,也恨马褂和袍子,因为这是满洲服。一位老先生到日本去游历,看见那边的服装,高兴得了不得,做了一篇文章登在杂志上,叫作《不图今日重见汉官仪》。他是赞成恢复古装的。

然而革命之后,采用的却是洋装,这是因为大家要维新,要便捷,要腰骨笔挺。少年英俊之徒,不但自己必洋装,还厌恶别人穿袍子。那时听说竟有人去责问樊山老人,问他为什么要穿满洲的衣裳。樊山回问道:"你穿的是那里的服饰呢?"少年答道:"我穿的是外国服。"樊山道:"我穿的也是外国服。"

这故事颇为传诵一时,给袍褂党扬眉吐气。不过其中是带一点反对革命的意味的,和近日的因为卫生,因为经济的大两样。后来,洋服终于和华人渐渐的反目了,不但袁世凯朝,就定袍子马褂为常礼服,五四运动之后,北京大学要整饬校风,规定制服了,请学生们公议,那议决的也是:袍子和马褂!

这回的不取洋服的原因却正如林语堂先生所说,因其不合于卫生。造化赋给我们的腰和脖子,本是可以弯曲的,弯腰曲背,在中国是一种常态,逆来尚须顺受,顺来自然更当顺受了。所以我们是最能研究人体,顾其自然而用之的人民。脖子最细,发明了砍头;膝关节能弯,发明了下跪;臀部多肉,又不致命,就发明了打屁股。违反自然的洋服,于是便渐渐的自然的没落了。

这洋服的遗迹,现在已只残留在摩登男女的身上,恰如辫子小脚,不过偶然还见于顽固男女的身上一般。不料竟又来了一道催命符,是镪水悄悄从背后洒过来了。

这怎么办呢?

恢复古制吧,自黄帝以至宋明的衣裳,一时实难以明白;学戏台上的装束吧,蟒袍玉带,粉底皂靴,坐了摩托车吃番菜,实在也不免有些滑稽。所以改来改去,大约总还是袍子马褂牢稳。虽然也是外国服,但恐怕是不会脱下的了——这实在有些稀奇。

四月二十一日。

朋友

黄凯音

我在小学的时候,看同学们变小戏法,"耳中听字"呀,"纸人出血"呀,很以为有趣。庙会时就有传授这些戏法的人,几枚铜圆一件,学得来时,倒从此索然无味了。进中学是在城里,于是兴致勃勃的看大戏法,但后来有人告诉了我戏法的秘密,我就不再高兴走近圈子的旁边。去年到上海来,才又得到消遣无聊的处所,那便是看电影。

但不久就在书上看到一点电影片子的制造法,知道了看去好像千丈悬崖者,其实离地不过几尺,奇禽怪兽,无非是纸做的。这使我从此不很觉得电影的神奇,倒往往只留心它的破绽,自己也无聊起来,第三回失掉了消遣无聊的处所。有时候,还自悔去看那一本书,甚至于恨到那作者不该写出制造法来了。

暴露者揭发种种隐秘,自以为有益于人们,然而无聊的人,为消遣无聊计,是甘于受欺,并且安于自欺的,否则就更无聊赖。因为这,所以使戏法长存于天地之间,也所以使暴露幽暗不但为欺人者所深恶,亦且为被欺者所深恶。

暴露者只在有为的人们中有益,在无聊的人们中便要灭亡。自救之道,只在虽知一切隐秘,却不动声色,帮同欺人,欺那自甘受欺的无聊的人们,任它无聊的戏法一套一套的,终于反反复复的变下去。周围是总有这些人会看的。

变戏法的时时拱手道:"……出家靠朋友!"有几分就是对着明白戏法的底细者而发的,为的是要他不来戳穿西洋镜。

"朋友,以义合者也",但我们向来常常不做如此解。

四月二十二日。

清明时节

孟弧

清明时节,是扫墓的时节,有的要进关内来祭祖,有的是到陕西去上坟,或则激论沸天,或则欢声动地,真好像上坟可以亡国,也可以救国似的。

坟有这么大关系,那么,掘坟当然是要不得的了。

元朝的国师八合思巴吧,他就深相信掘坟的利害。他掘开宋陵,要把人骨和猪狗骨同埋在一起,以使宋室倒霉。后来幸而给一位义士盗走了,没有达到目的,然而宋朝还是亡。曹操设了"摸金校尉"之类的职员,专门盗墓,他的儿子却做了皇帝,自己竟被谥为"武帝",好不威风。这样看来,死人的安危,和生人的祸福,又仿佛没有关系似的。

相传曹操怕死后被人掘坟,造了七十二疑冢,令人无从下手。于是后之诗人曰:"遍掘七十二疑冢。必有一冢葬君尸。"于是后之论者又曰:阿瞒老奸巨猾,安知其尸实不在此七十二冢之内乎。真是没有法子想。

阿瞒虽是老奸巨猾,我想,疑冢之流倒未必安捧的,不过古来的冢墓,却大抵被发掘者居多,冢中人的主名,的确者也很少,洛阳邙山,清末掘墓者极多,虽在名公巨卿的墓中,所得也大抵是一块志石和凌乱的陶器,大约并非原没有贵重的殉葬品,乃是早经有人掘过,拿走了,什么时候呢,无从知道。总之是葬后以至清末的偷掘那一天之间吧。

至于墓中人究竟是什么人,非掘后往往

曹操

不知道。即使有相传的主名的,也大抵靠不住。中国人一向喜欢造些和大人物相关的名胜,石门有"子路止宿处",泰山上有"孔子小天下处";一个小山洞,是埋着大禹,几堆大土堆,便葬着文武和周公。

如果扫墓的确可以救国,那么,扫就要扫得真确,要扫文武周公的陵,不要扫着别人的土包子,还得查考自己是否周朝的子孙。于是乎要有考古的工作,就是掘开坟来,看看有无葬着文王武王周公旦的证据,如果有遗骨,还可照《洗冤录》的方法来滴血。但是,这又和扫墓救国说相反,很伤孝子顺孙的心了。不得已,就只好闭了眼睛,硬着头皮,乱拜一阵。

"非其鬼而祭之,谄也!"单是扫墓救国术没有灵验,还不过是一个小笑话而已。

四月二十六日。

小品文的生机

崇巽

去年是"幽默"大走红运的时候,《论语》以外,也是开口幽默,闭口幽默,这人是幽默家,那人也是幽默家。不料今年就大塌其台,这不对,那又不对,一切罪恶,全归幽默,甚至于比之文场的丑角。骂幽默竟好像是洗澡,只要来一下,自己就会干净似的了。

倘若真的是"天地大戏场",那么,文场上当然也一定有丑角——然而也一定有黑头。丑角唱着丑角戏,是很平常的,黑头改唱了丑角戏,那就怪得很,但大戏场上却有时真会有这等事。这就使直心眼人跟着歪心眼人嘲骂,热情人愤怒,脆情人心酸。为的是唱得不内行,不招人笑吗?并不是的,他比真的丑角还可笑。

那愤怒和心酸,为的是黑头改唱了丑角之后,事情还没有完。串戏总得有几个角色:生,旦,末,丑,净,还有黑头。要不然,这戏也唱不久。为了一种原因,黑头只得改唱丑角的时候,照成例,是一定丑角倒来改唱黑头的。不但唱功,单是黑头涎脸扮丑角,丑角挺胸学黑头,戏场上只见白鼻子的和黑脸孔的丑角多起来,也就滑天下之大稽。然而,滑稽而已,并非幽默。或人曰:"中国无幽默。"这正是一个注脚。

更可叹的是被谥为"幽默大师"的林先生,竟也在《自由谈》上引了古人之言,曰:"夫饮酒猖狂,或沉寂无闻,亦不过洁身自好耳。今世癫鳖,欲俾洁身自好者负亡国之罪,若然则'今日乌合,明日鸟散,今日倒戈,明日凭轼,今日为君子。明日为小人,今日为小人,明日复为君子'之辈可无罪。"虽引据仍不离乎小品,但去"幽默"或"闲适"之道远矣。这又是一个注脚。

但林先生以为新近各报上之攻击《人间世》,是系统的化名的把戏,却是错误的,证据是不同的论旨,不同的作风。其中固然有虽曾附骥,终未登龙的"名人",或扮作黑头,而实是真正的丑角的打诨,但也有热心人的评论。世态是这么的纠纷,可见虽是小品,也正有待于分析和攻战的了,这或者倒是《人间世》的一线生机吧。

四月二十六日。

刀"式"辩

黄棘

本月六日的《动向》上,登有一篇阿芷先生指明杨昌溪先生的大作《鸭绿江畔》,是和法捷耶夫的《毁灭》相像的文章,其中还举着例证。这恐怕不能说是"英雄所见略同"吧。因为生吞活剥的模样,实在太明显了。

但是,生吞活剥也要有本领,杨先生似乎还差一点。例如《毁灭》的译本,开头是

"在阶石上锵锵地响着有了损伤的日本指挥刀,莱奋生走到后院去了,……"

而《鸭绿江畔》的开头是——

"当金蕴声走进庭园的时候,他那损伤了的日本式的指挥刀在阶石上劈啪地响着。……"

人名不同了,那是当然的;响声不同了,也没有什么关系,最特别的是他在"日本"之下,加了一个"式"字。这或者也难怪,不是日本人,怎么会挂"日本指挥刀"呢? 一定是照日本式样,自己打造的了。

但是,我们再来想一想:莱奋生所带的是袭击队,自然是袭击敌人,但也夺取武器。自己的军器是不完备的,一有所得,便用起来。所以他所挂的正是"日本的指挥刀",并不是"日本式"。

文学家看小说,并且预备抄袭的,可谓关系密切的了,而尚且如此粗心,岂不可叹也夫!

五月七日。

化名新法

白道

杜衡和苏汶先生在今年揭破了文坛上的两种秘密,也是坏风气:一种是批评家的圈子,一种是文人的化名。

但他还保留着没有说出的秘密——

圈子中还有一种书店编辑用的橡皮圈子,能大能小,能方能圆,只要是这一家书店出版的书籍,这边一套,"行",那边一套,也"行"。

化名则不但可以变成别一个人,还可以化为一个"社"。这个"社"还能够选文,议论,说道只有某人的作品,"行",某人的创作,也"行"。

例如"中国文艺年鉴社"所编的《中国文艺年鉴》前面的"鸟瞰"。据它的"瞰"法,是:苏汶先生的议论,"行",杜衡先生的创作,也"行"。

但我们在实际上再也寻不着这一个"社"。

查查这"年鉴"的总发行所:现代书局;看看《现代》杂志末一页上的编辑者:施蛰存,杜衡。

Oho!

孙行者神通广大,不单会变鸟兽虫鱼,也会变庙宇,眼睛变窗户,嘴巴变庙门,只有尾巴没处安放,就变了一支旗杆,竖在庙后面。但那有只竖一支旗杆的庙宇的呢? 它的被二郎神看出来的破绽就在此。

"除了万不得已之外","我希望"一个文人也不要化为"社",倘使只为了自吹自捧,那真是"就近又有点卑劣了"。

五月十日。

读几本书

邓当世

读死书会变成书呆子,甚至于成为书橱,早有人反对过了,时光不绝的进行,反读书的思潮也愈加彻底,于是有人来反对读任何一种书。他的根据是叔本华的老话,说是倘读别人的著作,不过是在自己的脑里给作者跑马。

这对于读死书的人们,确是一下当头棒,但为了与其探究,不如跳舞,或者空暴躁,瞎牢骚的天才起见,却也是一句值得介绍的金言。不过要明白:死抱住这句金言的天才,他的脑里却正被叔本华跑了一趟马,踏得一塌糊涂了。

现在是批评家在发牢骚,因为没有较好的作品;创作家也在发牢骚,因为没有正确的批评。张三说李四的作品是象征主义,于是李四也自以为是象征主义,读者当然更以为是象征主义。然而怎样是象征主义呢? 向来就没有弄分明,只好就用李四的作品为证。所以中国之所谓象征主义,和别国之所谓 Symbolism 是不一样的,虽然前者其实是后者的译语,然而听说梅特林是象征派的作家,于是李四就成为中国的梅特林了。此外中国的法朗士,中国的白璧德,中国的吉尔波丁,中国的高尔基……还多得很。然而真的法朗士他们的作品的译本,在中国却少得很。莫非因为都有了"国货"的缘故吗?

在中国的文坛上,有几个国货文人的寿命也真太长;而洋货文人的可也真太短,姓名刚刚记熟,据说是已经过去了。易卜生大有出全集之意,但至今不见第三本;柴霍甫和莫泊桑的选集,也似乎走了虎头蛇尾运。但在我们所深恶痛疾的日本,《吉诃德先生》和《一千零一夜》是有全译的;莎士比亚,歌德,……都有全集;托尔斯泰的有三种,陀思妥耶夫斯基的有两种。

读死书是害己,一开口就害人;但不读书也并不见得好。至少,譬如要批评托尔斯泰,则他的作品是必得看几本的。自然,现在是国难时期,哪有工夫译这些书,看这些书呢,但我所提议的是向着只在暴躁和牢骚的大人物,并非对于正在赴难或"卧薪尝胆"的英雄。因为有些人物,是即使不读书,也不过玩着,并不去赴难的。

五月十四日。

一思而行

曼雪

只要并不是靠这来解决国政,布置战争,在朋友之间,说几句幽默,彼此莞尔而笑,我看是无关大体的。就是革命专家,有时也要负手散步;理学先生总不免有儿女,在证明着他并非日日夜夜,道貌永远的俨然。小品文大约在将来也还可以存在于文坛,只是以"闲适"为主,却稍嫌不够。

人间世事，恨和尚往往就恨袈裟。幽默和小品的开初，人们何尝有贰话。然而轰的一声，天下无不幽默和小品，幽默哪有这许多，于是幽默就是滑稽，滑稽就是说笑话，说笑话就是讽刺，讽刺就是漫骂。油腔滑调，幽默也；"天朗气清"，小品也；看郑板桥《道情》一遍，谈幽默十天，买袁中郎尺牍半本，作小品一卷。有些人既有以此起家之势，势必有想反此以名世之人，于是轰然一声，天下又无不骂幽默和小品。其实，则趁队起哄之士，今年也和去年一样，数不在少的。

手拿黑漆皮灯笼，彼此都莫名其妙。总之，一个名词归化中国，不久就弄成一团糟。伟人，先前是算好称呼的，现在则受之者已等于被骂；学者和教授，前两三年还是干净的名称；自爱者闻文学家之称而逃，今年已经开始了第一步。但是，世界上真的没有实在的伟人，实在的学者和教授，实在的文学家吗？并不然，只有中国是例外。

假使有一个人，在路旁吐一口唾沫，自己蹲下去，看着，不久准可以围满一堆人；又假使又有一个人，无端大叫一声，拔步便跑，同时准可以大家都逃散。真不知是"何所闻而来，何所见而去"，然而又心怀不满，骂他的莫名其妙的对象曰"妈的"！但是，那吐唾沫和大叫一声的人，归根结底还是大人物。当然，沉着切实的人们是有的。不过伟人等等之名之被尊视或鄙弃，大抵总只是做唾沫的替代品而已。

社会仗这添些热闹，是值得感激的。但在乌合之前想一想，在云散之前也想一想，社会未必就冷静了，可是还要像样一点点。

五月十四日。

推己及人

梦文

忘了几年以前了，有一位诗人开导我，说是愚众的奥论，能将天才骂死，例如英国的济慈就是。我相信了。去年看见几位名作家的文章，说是批评家的漫骂，能将好作品骂得缩回去，使文坛荒凉冷落。自然，我也相信了。

我也是一个想做作家的人，而且觉得自己也确是一个作家，但还没有获得挨骂的资格，因为我未曾写过创作。并非缩回去，是还没有钻出来。这钻不出来的原因，我想是一定为了我的女人和两个孩子的吵闹，她们也如漫骂批评家一样，职务是在毁灭真天才，吓退好作品的。

幸喜今年正月，我的丈母要见见她的女儿了，她们三个就都回到乡下去。我真是耳目清静，猗欤休哉，到了产生伟大作品的时代。可是不幸得很，现在已是废历四月初，足足静了三个月了，还是一点也写不出什么来。假使有朋友问起我的成绩，叫我怎么回答呢？还能归罪于她们的吵闹吗？

于是乎我的信心有些动摇。

我疑心我本不会有什么好作品，和她们的吵闹与否无关。而且我又疑心到所谓名作家也未必会有什么好作品，和批评家的浸骂与否无涉。

不过，如果有人吵闹，有人漫骂，倒可以给作家的没有作品遮羞，说是本来是要有的，现在给他们闹坏了。他于是就像一个落难小生，纵使并无作品，也能从看客赢得一掬一掬的同情之泪。

假使世界上真有天才，那么，漫骂的批评，于他是有损的，能骂退他的作品，使他不成其为作家。然而所谓漫骂的批评，于庸才是有益的，能保持其为作家，不过据说是吓退了他的作品。

在这三个月里，我仅仅有了一点"烟士披离纯"，是套罗兰夫人的腔调的："批评批评，世间多少作家，借汝之骂以存！"

五月十四日。

偶感

公汗

还记得东三省沦亡，上海打仗的时候，在只闻炮声，不愁炮弹的马路上，处处卖着《推背图》，这可见人们早想归失败之故于前定了。三年以后，华北华南，同濒危急，而上海却出现了"碟仙"。前者所关心的还是国运，后者却只在问试题，奖券，亡魂。着眼的大小，固已迥不相同，而名目则更加冠冕，因为这"灵乩"是中国的"留德学生白同君所发明"，合于"科学"的。

"科学救国"已经叫了近十年，谁都知道这是很对的，并非"跳舞救国""拜佛救国"之比。青年出国去学科学者有之，博士学了科学回国者有之。不料中国究竟自有其文明，与日本是两样的，科学不但并不足以补中国文化之不足，却更加证明了中国文化之高深。风水，是合于地理学的，门阀，是合于优生学的，炼丹，是合于化学的，放风筝，是合于卫生学的。"灵乩"的合于"科学"，亦不过其一而已。

五四时代,陈大齐先生曾议论揭发过扶乩的骗人,隔了十六年,白同先生却用碟子证明了扶乩的合理,这真叫人从那里说起。

而且科学不但更加证明了中国文化的高深,还帮助了中国文化的光大。马将桌边,电灯替代了蜡烛,法会坛上,镁光照出了喇嘛,无线电播音所日日传播的,不往往是《狸猫换太子》,《玉堂春》,《谢谢毛毛雨》吗?

老子曰:"为之斗斛以量之,则并与斗斛而窃之。"罗兰夫人曰:"自由自由,多少罪恶,假汝之名以行!"每一新制度,新学术,新名词,传入中国,便如落在黑色染缸,立刻乌黑一团,化为济私助焰之具,科学,亦不过其一而已。

此弊不去,中国是无药可救的。

五月二十日。

论秦理斋夫人事

公汗

这几年来,报章上常见有因经济的压迫,礼教的制裁而自杀的记事,但为了这些,便来开口或动笔的人是很少的。只有新近秦理斋夫人及其子女一家四口的自杀,却起过不少的回声,后来还出了一个怀着这一段新闻记事的自杀者。更可见其影响之大了。我想,这是因为人数多。单独的自杀,盖已不足以招大家的青睐了。

一切回声中,对于这自杀的主谋者——秦夫人,虽然也加以恕辞;但归结却无非是诛伐。因为——评论家说——社会虽然黑暗,但人生的第一责任是生存,倘自杀,便是失职,第二责任是受苦,倘自杀,便是偷安。进步的评论家则说人生是战斗,自杀者就是逃兵,虽死也不足以蔽其罪。这自然也说得下去的,然而未免太笼统。

人间有犯罪学者,一派说,由于环境;一派说,由于个人。现在盛行的是后一说,因为俏信前一派,则消灭罪犯,便得改造环境,事情就麻烦,可怕了。而秦夫人自杀的批判者,则是大抵属于后一派。

诚然,既然自杀了,这就证明了她是一个弱者。但是,怎么会弱的呢?要紧的是我们须看看她的尊翁的信札,为了要她回去,既耸之以两家的名声,又动之以亡人的乩语。我们还得看看她的令弟的挽联:"妻殉夫,子殉母……"不是大有视为千古美谈之意吗?以生长及陶冶在这样的家庭中的人,又怎么能不成为弱者?我们固然未始不可责以奋斗,但黑暗的吞噬之力,往往胜于孤军,况且自杀的批判者未必就是战斗的应援者,当他人奋斗时,挣扎时,败绩时,也许倒是鸦雀无声了。穷乡僻壤或都会中,孤儿寡妇,贫女劳人之顺命而死,或虽然抗命,而终于不得不死者何限,但曾经上谁的口,动谁的心呢? 真是"自经于沟渎而莫之知也"!

人固然应该生存,但为的是进化;也不妨受苦,但为的是解除将来的一切苦;更应该战斗,但为的是改革。责别人的自杀者,一面责人,一面正也应该向驱人于自杀之途的环境挑战,进攻。倘使对于黑暗的主力,不置一辞,不发一矢,而但向"弱者"唠叨不已,则纵使他如何义形于色,我也不能不说——我真也忍不住了——他其实乃是杀人者的帮凶而已。

五月二十四日。

"……""□□□□"论补

曼雪

徐訏先生在《人间世》上,发表了这样的题目的论。对于此道,我没有那么深造,但"愚者千虑,必有一得",所以想来补一点,自然,浅薄是浅薄得多了。

"……"是洋货,五四运动之后这才输入的。先前林琴南先生译小说时,夹注着"此语未完"的,便是这东西的翻译。在洋书上,普通用六点,吝啬的却只用三点。然而中国是"地大物博"的,同化之际,就渐渐地长起来,九点,十二点,以至几十点;有一种大作家,则简直至少点上三四行,以见其中的奥义,无穷无尽,实在不可以言语形容。读者也大抵这样想,有敢说觉不出其中的奥义的吧,那便是低能儿。

然而归根结底,也好像终于是安徒生童话里的"皇帝的新衣",其实是一无所有;不过须是孩子,才会照实地大声说出来。孩子不会看文学家的"创作",于是在中国就没有人来道破。但天气是要冷的,光着身子不能整年在路上走,到底也得躲进宫里去,连点几行的妙文,近来也不大看见了。

"□□"是国货,《穆天子传》上就有这玩意儿,先生教我说:是阙文。这阙文也闹过事,曾有人说"口生垢,口戕口"的三个口字,也是阙文,又给谁大骂了一顿。不过先前是只见于古人的著作里的,无法可补,现在却见于今人的著作上了,欲补不能。到目前,则渐有代以"××"的趋势。这是从日本输入的。这东西多,对于这著作的内容,我们便预觉其激烈。但是,其实有时也并不然。胡乱×它几行,印了出来,固可使读者佩服作家之激烈,恨检查员之峻严,但送检之际,却又可使检查员爱他的顺从,许多话都不敢说,只×得这么起劲。一举两得,比点它几行更加巧妙了。中国正在排日,这一条锦囊妙计,或者不至于模仿的吧。

现在是什么东西都要用钱买,自然也就都可以卖钱。但连"没有东西"也可以卖钱,却未免有些出乎意表。不过,知道了这事以后,便明白造谣为业,在现在也还要算是"货真价实,童叟无欺"的生活了。

五月二十四日。

谁在没落?

常庚

五月二十八日的《大晚报》告诉了我们一件文艺上的重要的新闻:

"我国美术名家刘海粟徐悲鸿等,近在苏俄莫斯科举行中国书画展览会,深得彼邦人士极力赞美,揄扬我国之书画名作,切合苏俄正在盛行之象征主义作品。爰苏俄艺术界向分写实与象征两派,现写实主义已渐没落,而象征主义则经朝野一致提倡,引成欣欣向荣之概。自彼邦艺术家见我国之书画作品深合象征派后,即忆及中国戏剧亦必采取象征主义。因拟……邀中国戏曲名家梅兰芳等前往奏艺。此事已由俄方与中国驻俄大使馆接洽,同时苏俄驻隽大使鲍格莫洛夫亦奉到训令,与我方商洽此事。……"

这是一个喜讯,值得我们高兴的。但我们当欣喜于"发扬国光"之后,还应该沉静一下,想到以下的事实——

一,倘说:中国画和印象主义有一脉相通,那倒还说得下去的,现在以为"切合苏俄正在盛行之象征主义",却未免近于梦话。半枝紫藤,一株松树,一个老虎,几匹麻雀,有些确乎是不像真的,但那是因为画不像的缘故,何尝"象征"着别的什么呢?

二,苏俄的象征主义的没落,在十月革命时,以后便崛起了构成主义,而此后又渐为写实主义所捧去。所以倘说:构成主义已渐没落,而写实主义"引成欣欣向荣之概",那是说得下去的。不然,便是梦话。苏俄文艺界上,象征主义的作品有些什么呀?

三,脸谱和手势,是代数,何尝是象征。它除了白鼻梁表丑角,花脸表强人,执鞭表骑马,推手表开门之外,那里还有什么说不出,做不出的深意义?

欧洲离我们也真远,我们对于那边的文艺情形也真的不大分明,但是,现在二十世纪已经度过了三分之一,粗浅的事是知道一点的了,这样的新闻倒令人觉得是"象征主义作品",它象征着他们的艺术的消亡。

五月三十日。

倒提

公汗

西洋的慈善家是怕看虐待动物的,倒提着鸡鸭走过租界就要办。所谓办,虽然也不过是罚钱,只要舍得出钱,也还可以倒提一下,然而究竟是办了。于是有几位华人便大鸣不平,以为西洋人优待动物,虐待华人,至于比不上鸡鸭。

这其实是误解了西洋人。他们鄙夷我们,是的确的,但并未放在动物之下。自然,鸡鸭这东西,无论如何,总不过送进厨房,做成大菜而已,即顺提也何补于归根结底的运命。然而它不能言语,不会抵抗,又何必加以无益的虐待呢? 西洋人是什么都讲有益的。我们的古人,人民的"倒悬"之苦是想到的了,而且也实在形容得贴切,不过还没有察出鸡鸭的倒提之灾来,然而对于什么"生刲驴肉""活烤鹅掌"这些无聊的残虐,却早经在文章里加以攻击了。这种心思,是东西之所同具的。

但对于人的心思,却似乎有些不同。人能组织,能反抗,能为奴,也能为主,不肯努力,固然可以永沦为舆台,自由解放,便能够获得彼此的平等,那命运是并不一定终于送进厨房,做成大菜的。愈下劣者,愈得主人的爱怜,所以西崽打叭儿,则西崽被斥,平人怍西崽,则平人获咎,租界上并无禁止苛待华人的规律,正因为我们该自有力量,自有本领,和鸡鸭绝不相同的缘故。

然而我们从古典里,听熟了仁人义士,来解倒悬的胡说了,直到现在,还不免总在想从天上或什么高处远处掉下一点恩典来,其甚者竟以为"莫作乱离人,宁为太平犬",不妨变狗,而合群改革是不肯的。自叹不如租界的鸡鸭者,也正有这气味。

这类的人物一多,倒是大家要被倒悬的,而且虽在送往厨房的时候,也无人暂时解救。这就因为我们究竟是人,然而是没出息的人的缘故。

六月三日。

论"花边文学"　　林默

近来有一种文章,四周围着花边,从一些副刊上出现。这文章,每天一段,雍容闲适,缜密整齐,看外形似乎是"杂感",但又像"格言",内容却不痛不痒,毫无着落。似乎是小品或语录一类的东西。今天一则"偶感",明天一段"据说",从作者看来,自然是好文章,因为翻来覆去,都成了道理,颇尽了八股的能事的。但从读者看,虽然不痛不痒,却往往渗有毒汁,散布了妖言。譬如甘地被刺,就起来作一篇"偶感",颂扬一番"摩哈达麻",咒骂几通暴徒作乱,为圣雄出气禳灾,顺便也向读者宣讲一些"看定一切","勇武和平"的不抵抗说教之类。这种文章无以名之,且名之曰"花边体"或"花边文学"吧。

这花边体的来源,大抵是走入鸟道以后的小品文变种。据这种小品文的拥护者说是会要流传下去的(见《人间世》:《关于小品文》)。我们且来看看他们的流传之道吧。六月廿八日《申报》《自由谈》载有这样一篇文章,题目叫《倒提》。大意说西洋人禁止倒提鸡鸭,华人颇有鸣不平的,因为西洋人虐待华人,至于比不上鸡鸭。

于是这位花边文学家发议论了,他说:"这其实是误解了西洋人。他们鄙夷我们是的确的,但并未放在动物之下。"

为什么"并未"呢?据说是"人能组织,能反抗,……自有力量,自有本领,和鸡鸭绝不相同的缘故。"所以租界上没有禁止苛待华人的规律。不禁止虐待华人,当然就是把华人看在鸡鸭之上了。

倘要不平么,为什么不反抗呢?

而这些不平之士,据花边文学家从古典里得来的证明,断为"不妨变狗"之辈,没有出息的。

这意思极明白,第一是西洋人并未把华人放在鸡鸭之下,自叹不如鸡鸭的人,是误解了西洋人。第二是受了西洋人这种优待,不应该再鸣不平。第三是他虽也正面的承认人是能反抗的,叫人反抗,但他实在是说明西洋人为尊重华人起见,这虐待倒不可少,而且大可进一步。第四,倘有人要不平,他能从"古典"来证明这是华人没有出息。

上海的洋行,有一种帮洋人经营生意的华人,通称叫"买办",他们和同胞做起生意来,除开夸说洋货如何比国货好,外国人如何讲礼节信用,中国人是猪猡,该被淘汰以外,还有一个特点,是口称洋人曰:"我们的东家"。我想这一篇《倒提》的杰作,看他的口气,大抵不出于这般人为他们的东家而作的手笔。因为第一,这般人是常以了解西洋人自夸的,西洋人待他很客气;第二,他们往往赞成西洋人(也就是他们的东家)统治中国,虐待华人,因为中国人是猪猡;第三,他们最反对中国人怀恨西洋人。抱不平,从他们看来,更是危险思想。

从这般人或希望升为这般人的笔下产出来的就成了这篇"花边文学"的杰作。但所可惜是不论这种文人,或这种文字,代西洋人如何辩护说教,中国人的不平,是不可免的。因为西洋人虽然不曾把中国放在鸡鸭之下,但事实上也似乎并未放在鸡鸭之上。香港的差役把中国犯人倒提着从二楼摔下来,已是久远的事;近之如上海,去年的高丫头,今年的蔡洋其辈,他们的遭遇,并不胜过于鸡鸭,而死伤之惨烈有过而无不及。这些事实我辈华人是看得清清楚楚,不会转背就忘却的,花边文学家的嘴和笔怎能蒙混过去呢?

抱不平的华人果真如花边文学家的"古典"证明,一律没有出息的吗? 倒也不的。我们的古典里,不是有九年前的五卅运动,两年前的一二八战争,至今还在艰苦支持的东北义勇军吗? 谁能说这些不是由于华人的不平之气聚集而成的勇敢的战斗和反抗呢?

"花边体"文章赖以流传的长处都在这里。如今虽然在流传着,为某些人所拥护。但相去不远,就将有人来唾弃他的。现在是建设"大众语"文学的时候,我想"花边文学",不论这种形式或内容,在大众的眼中,将有流传不下去的一天吧。

这篇文章投了好几个地方,都被拒绝。莫非这文章又犯了要报私仇的嫌疑吗?但这"授意"却没有的。就事论事,我觉得实有一吐的必要。文中过火之处,或者有之,但说我完全错了,却不能承认。倘得罪的是我的先辈或友人,那就请谅解这一点。

笔者附识。

七月三日《大晚报》《火炬》。

玩具

宓子章

今年是儿童年。我记得的,所以时常看看造给儿童的玩具。

马路旁边的洋货店里挂着零星小物件,纸上标明,是从法国运来的,但我在日本的玩具店看见一样的货色,只是价钱更便宜。在担子上,在小摊上,都卖着渐吹渐大的橡皮泡,上面打着一个印子道:"完全国货",可见是中国自己制造的了。然而日本孩子玩着的橡皮泡上,也有同样的印子,那却应该是他们自己制造的。

大公司里则有武器的玩具:指挥刀,机关枪,坦克车……。然而,虽是有钱人家的小孩,拿着玩得也少见。公园里面,外国孩子聚沙成为圆堆,横插上两条短树干,这明明是在创造铁甲炮车了,而中国孩子是青白的,瘦瘦的脸,躲在大人的背后,羞怯的,惊异地看着,身上穿着一件斯文之极的长衫。

我们中国是大人用的玩具多:姨太太,鸦片枪,麻雀牌,《毛毛雨》,科学灵乩,金刚法会,还有别的,忙个不了,没有工夫想到孩子身上去了。虽是儿童年,虽是前年身历了战祸,也没有因此给儿童创出一种纪念的小玩意,一切都是照样抄。然则明年不是儿童年了,那情形就可想。

但是,江北人却是制造玩具的天才。他们用两个长短不同的竹筒,染成红绿,连作一排,筒内藏一个弹簧,旁边有一个把手,摇起来就咯咯地响。这就是机关枪!也是我所见的唯一的创作。我在租界边上买了一个,和孩子摇着在路上走,文明的西洋人和胜利的日本人看见了,大抵投给我们一个鄙夷或悲悯的苦笑。

然而我们摇着在路上走,毫不愧恶,因为这是创作。前年以来,很有些人骂着江北人,好像非此不足以自显其高洁,现在沉默了,那高洁也就渺渺然,茫茫然。而江北人却创造了粗笨的机枪玩具,以坚强的自信和质朴的才能与文明的玩具争。他们,我以为是比从外国买了极新式的武器回来的人物,更其值得赞颂的,虽然也许又有人会因此给我一个鄙夷或悲悯的冷笑。

六月十一日。

零食

莫朕

出版界的现状,期刊多而专书少,使有心人发愁,小品多而大作少,又使有心人发愁。人而有心,真要"日坐愁城"了。

但是,这情形是由来已久的,现在不过略有变迁,更加显著而已。

上海的居民,原就喜欢吃零食。假使留心一听,则屋外叫卖零食者,总是"实繁有徒"。桂花白糖伦教糕,猪油白糖莲心粥,虾肉馄饨面,芝麻香蕉,南洋芒果,西路

（暹罗）蜜橘，瓜子大王，还有蜜饯，橄榄，等等。只要胃口好，可以从早晨直吃到半夜，但胃口不好也不妨，因为这又不比肥鱼大肉，分量原是很少的。那功效，据说，是在消闲之中，得养生之益，而且味道好。

前几年的出版物，是有"养生之益"的零食，或曰"入门"，或曰"ABC"，或曰"概论"，总之是薄薄的一本，只要化钱数角，费时半点钟，便能明白一种科学，或全盘文学，或一种外国文。意思就是说，只要吃一包五香瓜子，便能使这人发荣滋长，抵得吃五年饭。试了几年，功效不显，于是很有些灰心了。一试验，如果有名无实，是往往不免灰心的，例如现在已经很少有人修仙或炼金，而代以洗温泉和买奖券，便是试验无效的结果。于是放松了"养生"这一面，偏到"味道好"那一面去了。自然，零食也还是零食。上海的居民，和零食是死也分拆不开的。

于是而出现了小品，但也并不是新花样。当老九章生意兴隆的时候，就有过《笔记小说大观》之流，这是零食一大箱；待到老九章关门之后，自然也跟着成了一小撮。分量少了，为什么倒弄得闹闹嚷嚷，满城风雨的呢？我想，这是因为在担子上装起了篆字的和罗马字母合璧的年红电灯的招牌。

然而，虽然仍旧是零食，上海居民的感应力却比先前敏捷了，否则又何至于闹嚷嚷。但这也许正因为神经衰弱的缘故。假使如此，那么，零食的前途倒是可虑的。

六月十一日。

"此生或彼生"

白道

"此生或彼生"。

现在写出这样五个字来，问问读者：是什么意思？

倘使在《申报》上，见过汪懋祖先生的文章，"……例如说'这两个学生或是鄹一个学生'，文言只需'此生或彼生'即已明了，其省力为何如？……"的，那就也许能够想到，这就是"这一个学生或是那一个学生"的意思。

否则，那回答恐怕就要迟疑。因为这五个字，至少还可以有两种解释：一，这一个秀才或是那一个秀才（生员）；二，这一世或是未来的别一世。

文言比起白话来，有时的确字数少，然而那意义也比较的含糊。我们看文言文,往往不但不能增益我们的知识,并且须仗我们已有的知识,给它注解,补足。待到翻成精密的白话之后,这才算是懂得了。如果一径就用白话,即使多写了几个字,但对于读者,"其省力为何如"?

我就用主张文言的汪懋祖先生所举的文言的例子,证明了文言的不中用了。

六月二十三日。

正是时候

张承禄

"山梁雌雉,时哉时哉!"东西是自有其时候的。

圣经,佛典,受一部分人们的奚落已经十多年了,"觉今是而昨非",现在就是复兴的时候。关岳,是清朝屡经封赠的神明,被民元革命所闲却;重新记得,是袁世凯的晚年,但又和袁世凯一同盖了棺;而第二次重新记得,则是在现在。

这时候,当然要重文言,掉文袋,标雅致,看古书。

如果是小家子弟,则纵使外面怎样大风雨,也还要勇往直前,拼命挣扎的,因为他没有安稳的老巢可归,只得向前干。虽然成家立业之后,他也许修家谱,造祠堂,俨然以旧家子弟自居,但这究竟是后话。倘是旧家子弟呢,为了逞雄,好奇,趋时,吃饭,固然也未必不出门,然而只因为一点小成功,或者一点小挫折,都能够使他立刻退缩。这一缩而且缩得不小,简直退回家,更坏的是他的家乃是一所古老破烂的大宅子。

这大宅子里有仓中的旧货,有壁角的灰尘,一时实在搬不尽。倘有坐食的余闲,还可以东寻西觅,那就修破书,擦古瓶,读家谱,怀祖德,来消磨他若干岁月。如果是穷极无聊了,那就更要修破书,擦古瓶,读家谱,怀祖德,甚而至于翻肮脏的墙根,开空虚的抽屉,想发现连他自己也莫名其妙的宝贝,来救这无法可想的贫穷。这两种人,小康和穷乏,是不同的,悠闲和急迫,是不同的,因而收场的缓促,也不同的,但当这时候,却都正在古董中讨生活,所以那主张和行为,便无不同,而声势也好像见得浩大了。

于是就又影响了一部分的青年们,以为在古董中真可以寻出自己的救星。他看看小康者,是这么闲适,看看急迫者,是这么专精,这,就总应该有些道理。会有仿效的人,是当然的。然而,时光也绝不留情,他将终于得到一个空虚。急迫者是妄

国学经典文库 鲁迅文集 ·杂文·

图文珍藏版

1136

想,小康者是玩笑。主张者倘无特操,无灼见,则说古董应该供在香案上或掷在茅厕里,其实,都不过在尽一时的自欺欺人的任务,要寻前例,是随处皆是的。

六月二十三日。

论重译

史贲

穆木天先生在二十一日的《火炬》上,反对作家的写无聊的游记之类,以为不如给中国介绍一点上起希腊罗马,下至现代的文学名作。我以为这是很切实的忠告。但他在十九日的《自由谈》上,却又反对间接翻译,说"是一种滑头办法",虽然还附有一些可想的条件。这是和他后来的所说冲突的,也容易启人误会,所以我想说几句。

重译确是比直接译容易。首先,是原文的能令译者自惭不及,怕敢动笔的好处,先由原译者消去若干部分了。译文是大抵比不上原文的,就是将中国的粤语译为京语,或京语译成沪语,也很难恰如其分。在重译,便减少了对于原文的好处的踌躇。其次,是难解之处,忠实的译者往往会有注解,可以一目了然,原书上倒未必有。但因此,也常有直接译错误,而间接译却不然的时候。

懂某一国文,最好是译某一国文学,这主张是断无错误的,但是,假使如此,中国也就难有上起希罗,下至现代的文学名作的译本了。中国人所懂的外国文,恐怕是英文最多,日文次之,倘不重译,我们将只能看见许多英美和日本的文学作品,不但没有伊卜生,没有伊本涅支,连极通行的安徒生的童话,赛万提斯的《吉诃德先生》,也无从看见了。这是何等可怜的眼界。自然,中国未必没有精通丹麦,诺威,西班牙文字的人们,然而他们至今没有译,我们现在的所有,都是从英文重译的。连苏联的作品,也大抵是从英法文重译的。

所以我想,对于翻译,现在似乎暂不必有严峻的堡垒。最要紧的是要看译文的佳良与否,直接译或间接译,是不必置重的;是否投机,也不必推问的。深通原译文的趋时者的重译本,有时会比不甚懂原文的忠实者的直接译本好,日本改造社译的《高尔基全集》,曾被有一些革命者斥责为投机,但革命者的译本出,却反而显出前一本的优良了。不过也还要附一个条件,并不很懂原译文的趋时者的速成译本,可实在是不可恕的。

待到将来各种名作有了直接译本,则重译本便是应该淘汰的时候,然而必须那译本比旧译本好,不能但以"直接翻译"当作护身的挡牌。

六月二十四日。

再论重译

史贲

看到穆木天先生的《论重译及其他》下篇的末尾,才知道是在释我的误会。我却觉得并无什么误会,不同之点,只在倒过了一个轻重,我主张首先要看成绩的好坏,而不管译文是直接或间接,以及译者是怎样的动机。

木天先生要译者"自知",用自己的长处,译成"一劳永逸"的书。要不然,还是不动手的好。这就是说,与其来种荆棘,不如留下一片白地,让别的好园丁来种可以永久观赏的佳花。但是,"一劳永逸"的话,有是有的,而"一劳永逸"的事却极少,就文字而论,中国的这方块字便绝非"一劳永逸"的符号。况且白地也决

穆木天

不能永久的保留,既有空地,便会生长荆棘或雀麦。最要紧的是有人来处理,或者培植,或者删除,使翻译界略免于芜杂。这就是批评。

然而我们向来看轻着翻译,尤其是重译。对于创作,批评家是总算时时开口的,一到翻译,则前几年还偶有专指误译的文章,近来就极其少见;对于重译的更其少。但在工作上,批评翻译却比批评创作难,不但看原文须有译者以上的工力,对作品也须有译者以上的理解。如木天先生所说,重译有数种译本做参考,这在译者是极为便利的,因为甲译本可疑时,能够参看乙译本。直接译就不然了,一有不懂的地方,便无法可想,因为世界上是没有用了不同的文章,来写两部意义句句相同的作品的作者的。重译的书之多,这也许是一种原因,说偷懒也行,但大约也还是语学的力量不足的缘故。遇到这种参酌各本而成的译本,批评就更为难了,至少也得能看各种原译本。如陈源译的《父与子》,鲁迅译的《毁灭》,就都属于这一类的。

我以为翻译的路要放宽，批评的工作要着重。倘只是立论极严，想使译者自己慎重，倒会得到相反的结果，要好的慎重了，乱译者却还是乱译，这时恶译本就会比稍好的译本多。

临末还有几句不大紧要的话。木天先生因为怀疑重译，见了德译本之后，连他自己所译的《塔什干》，也定为法文原译是删节本了。其实是不然的。德译本虽然厚，但那是两部小说合订在一起的，后面的大半，就是绥拉菲摩维支的《铁流》。所以我们所有的汉译《塔什干》，也并不是节本。

七月三日。

"彻底"的底子

公汗

现在对于一个人的立论，如果说它是"高超"，恐怕有些要招论者的反感了，但若说它是"彻底"，是"非常前进"，却似乎还没有什么。

现在也正是"彻底"的，"非常前进"的议论，替代了"高超"的时光。

文艺本来都有一个对象的界限，譬如文学，原是以懂得文字的读者为对象的，懂得文字的多少有不同，文章当然要有深浅。而主张用字要平常，作文要明白，自然也还是作者的本分。然而这时"彻底"论者站出来了，他却说中国有许多文盲，问你怎么办？这实在是对于文学家的当头一棍，只好立刻闷死给他看。

不过还可以另外请一枝救兵来，也就是辩解。因为文盲是已经在文学作用的范围之外的了，这时只好请画家。演剧家，电影作家出马，给他看文字以外的形象的东西。然而这还不足以塞"彻底"论者的嘴的，他就说文盲中还有色盲，有瞎子，问你怎么办？于是艺术家们也遭了当头一棍，只好立刻闷死给他看。

那么，作为最后的挣扎，说是对于色盲瞎子之类，须用讲演，唱歌，说书吧。说是也说得过去的。然而他就要问你：莫非你忘记了中国还有聋子吗？

又是当头一棍，闷死，都闷死了。

于是"彻底"论者就得到一个结论：现在的一切文艺，全都无用，非彻底改革不可！

他立定了这个结论之后，不知道到哪里去了。谁来"彻底"改革呢？那自然是文艺家。然而文艺家又是不"彻底"的多，于是中国就永远没有对于文盲，色盲，瞎子,聋子,无不有效的——"彻底"的好的文艺。

但"彻底"论者却有时又会伸出头来责备一顿文艺家。

弄文艺的人,如果遇见这样的大人物而不有撕掉他的鬼脸,那么,文艺不但不会前进,并且只会萎缩,终于被他消灭的。切实的文艺家必须认清这一种"彻底"论者的真面目!

七月八日。

知了世界

邓当世

中国的学者们,多以为各种知识,一定出于圣贤,或者至少是学者之口;连火草药的发明应用,也和民众无缘,全由古圣王一手包办:燧人氏,神农氏。所以,有人以为"一若各种知识,必出诸动物之口,斯亦奇矣",是毫不足奇的。

况且,"出诸动物之口"的知识,在我们中国,也常常不是真知识。天气热得要命,窗门都打开了,装着无线电播音机的人家,便都把音波放到街头,"与民同乐"。咿咿唉唉,唱呀唱呀。外国我不知道,中国的播音,竟是从早到夜,都有戏唱的,它一会儿尖,一会儿沙,只要你愿意,简直能够使你耳根没有一刻清净。同时开了风扇,吃着冰激凌,不但和"水位大涨""旱象已成"之处毫不相干,就是和窗外流着油汗,整天在挣扎过活的人们的地方,也完全是两个世界。

我在咿咿唉唉的曼声高唱中,忽然记得了法国诗人拉芳丁的有名的寓言:《知了和蚂蚁》。也是这样的火一般的太阳的夏天,蚂蚁在地面上辛辛苦苦地做功,知了却在枝头高吟,一面还笑蚂蚁俗。然而秋风来了,凉森森的一天比一天凉,这时知了无衣无食,变了小瘪三,却给早有准备的蚂蚁教训了一顿。这是我在小学校"受教育"的时候,先生讲给我听的。我那时好像很感动,至今有时还记得。

但是,虽然记得,却又因了"毕业即失业"的教训,意见和蚂蚁已经很不同。秋风是不久就来的,也自然一天凉比一天,然而那时无衣无食的,恐怕倒正是现在的流着油汗的人们;洋房的周围固然静寂了,但那是关紧了窗门,连音波一同留住了火炉的暖气,遥想那里面,大约总依旧是咿咿唉唉,《谢谢毛毛雨》。

"出诸动物之口"的知识,在我们中国岂不是往往不适用的吗?

中国自有中国的圣贤和学者。"劳心者治人,劳力者治于人;治于人者食(去声）人，治人者食于人"，说得多么简洁明白。如果先生早将这教给我，我也不至于有上面的那些感想，多费纸笔了。这也就是中国人非读中国古书不可的一个好证据吧。

七月八日。

算账

莫朕

　　说起清代的学术来，有几位学者总是眉飞色舞，说那发达是为前代所未有的。证据也真够十足：解经的大作，层出不穷，小学也非常的进步；史论家虽然绝迹了，考史家却不少；尤其是考据之学，给我们明白了宋明人绝没有看懂的古书……

　　但说起来可又有些踌躇，怕英雄也许会因此指定我是犹太人，其实，并不是的。我每遇到学者谈起清代的学术时，总不免同时想："扬州十日"，"嘉定三屠"这些小事情，不提也好吧，但失去全国的土地，大家十足做了二百五十年奴隶，却换得这几页光荣的学术史，这买卖，究竟是赚了利，还是折了本呢？

　　可惜我又不是数学家，到底没有弄清楚。但我直觉的感到，这恐怕是折了本，比用庚子赔款来养成几位有限的学者，亏累得多了。

　　但恐怕这又不过是俗见。学者的见解，是超然于得失之外的。虽然超然于得失之外，利害大小之辨却又似乎并非全没有。大莫大于尊孔，要莫要于崇儒，所以只要尊孔而崇儒，便不妨向任何新朝俯首。对新朝的说法，就叫作"反过来征服中国民族的心"。

　　而这中国民族的有些心，真也被征服得彻底，到现在，还在用兵燹，疠疫，水旱，风蝗，换取着孔庙重修，雷峰塔再建，男女同行犯忌，四库珍本发行这些大门面。

　　我也并非不知道灾害不过暂时，如果没有记录，到明年就会大家不提起，然而光荣的事业却是永久的。但是，不知怎的，我虽然并非犹太人，却总有些喜欢讲损益，想大家来算一算向来没有人提起过的这一笔账。——而且，现在也正是这时候了。

七月十七日。

水性

公汗

天气接连的大热了近二十天，看上海报，几乎每天都有下河洗浴，淹死了人的记载。这在水村里，是很少见的。

水村多水，对于水的知识多，能浮水的也多。倘若不会浮水，是轻易不下水去的。这一种能浮水的本领，俗语谓之"识水性"。

这"识水性"，如果用了"买办"的白话文，加以较详的说明，则：一，是知道火能烧死人，水也能淹死人，但水的模样柔和，好像容易亲近，因而也容易上当；二，知道水虽能淹死人，却也能浮起人，现在就设法操纵它，专来利用它浮起人的这一面；三，便是学得操纵法，此法一熟，"识水性"的事就完全了。

但在都会里的人们，却不但不能浮水，而且似乎连水能淹死人的事情也都忘却了。平时毫无准备，临时又不先一测水的深浅，遇到热不可耐时，便脱衣一跳，倘不幸而正值深处，那当然是要死的。而且我觉得，当这时候，肯设法救助的人，好像都会里也比乡下少。

但救都会人恐怕也较难，因为救者固然必须"识水性"，被救者也得相当的"识水性"的。他应该毫不用力，一任救者托着他的下巴，往浅处浮。倘若过于性急，拼命地向救者的身上爬，则救者倘不是好手，便只好连自己也沉下去。

所以我想，要下河，最好是预先学一点浮水工夫，不必到什么公园的游泳场，只要在河滩边就行，但必须有内行人指导。其次，倘因了种种关系，不能学浮水，那就用竹竿先探一下河水的浅深，只在浅处敷衍敷衍；或者最稳当是舀起水来，只在河边冲一冲，而最要紧的是要知道水有能淹死不会游泳的人的性质，并且还要牢牢地记住！

现在还要主张宣传这样的常识，看起来好像发疯，或是志在"花边"吧，但事实却证明着断断不如此。许多事是不能为了讨前进的批评家喜欢，一味闭了眼睛作豪语的。

七月十七日。

玩笑只当它玩笑（上）

康伯度

不料刘半农先生竟忽然病故了，学术界上又短少了一个人。这是应该惋惜的。但我于音韵学一无所知，毁誉两面，都不配说一句话。我因此记起的是另一件事，是在现在的白话将被"扬弃"或"唾弃"之前，他早是一位对于那时的白话，尤其是欧化式的白话的伟大的"迎头痛击"者。

他曾经有过极不费力，但极有力的妙文：

"我现在只举一个简单的例：

子曰：'学而时习之，不亦乐乎？'

这太老式了，不好！

'学而时习之，'子曰，'不亦乐乎？'

这好！

'学而时习之，不亦乐乎？'子曰。

这更好！为什么好？欧化了。但'子曰'终没有能欧化到'曰子'！"

这段话见于《中国文法通论》中，那书是一本正经的书；作者又是《新青年》的同人，五四时代"文学革命"的战士，现在又成了古人了。中国老例，一死是常常能够增价的，所以我想重新提起，并且提出他终于也是论语社的同人，有时不免发些"幽默"；原先也有"幽默"，而这些"幽默"，又不免常常掉到"开玩笑"的阴沟里去的。

实例也就是上面所引的文章，其实是，那论法，和顽固先生，市井无赖，看见青年穿洋服，学外国话了，便冷笑道："可惜鼻子还低，脸孔也不白"的那些话，并没有两样的。

自然，刘先生所反对的是"太欧化"。但"太"的范围是怎样的呢？他举出的前三法，古文上没有，谈话里却能有的，对人口谈，也都可以懂。只有将"子曰"改成"曰子"是决不能懂得的。然而他在他所反对的欧化文中也寻不出实例来，只好说是"'子曰'终没有能欧化到'曰子'！"那么，这不是"无的放矢"吗？

欧化文法的侵入中国白话中的大原因，并非因为好奇，乃是为了必要。国粹学家痛恨鬼子气，但他住在租界里，便会写些"霞飞路"，"麦特赫司脱路"那样的怪地名;评论者何尝要好奇,但他要说得精密,固有的白话不够用,便只得采些外国的句法。比较的难懂,不像茶淘饭似的可以一口吞下去是真的,但补这缺点的是精密。胡适先生登在《新青年》上的《易卜生主义》,比起近时的有些文艺论文来,的确容易懂,但我们不觉得它却又粗浅,笼统吗?

如果嘲笑欧化式白话的人,除嘲笑之外,再去试一试绍介外国的精密的论著,又不随意改变,删削,我想,他一定还能够给我们更好的箴规。

用玩笑来应付敌人,自然也是一种好战法,但触着之处,须是对手的致命伤,否则。玩笑终不过是一种单单的玩笑而已。

七月十八日。

文公直给康伯度的信

伯度先生:今天读到先生在《自由谈》刊布的大作,知道为西人侵略张目的急先锋(汉奸)仍多,先生以为欧式文化的风行,原因是"必要"。这我真不知是从那里说起?中国人虽无用,但是话总是会说的。如果一定要把中国话取消,要乡下人也"密司忒"起来,这不见得是中国文化上的"必要"吧。譬如照华人的言语说:张甲说:"今天下雨了。"李乙说:"是的,天凉了。"若照尊论的主张,就应该改做:"今天下雨了,"张甲说。"天凉了,——是的;"李乙说。这个算得是中华民国全族的"必要"吗?一般翻译大家的欧化文笔,已足阻尽中西文化的通路,使能读原文的人也不懂译文。再加上先生的"必要",从此使中国更无可读的西书了。陈子展先生提倡的"大众语",是天经地义的。中国人间应该说中国话,总是绝对的。而先生偏要说欧化文法是必要!毋怪大名是"康伯度",真十足加二的表现"买办心理"了。刘半农先生说:"翻译是要使不懂外国文的人得读";这是确切不移的定理。而先生大骂其半农,认为非使全中国人都以欧化文法为"必要"的性命不可!先生,现在暑天,你歇歇吧!帝国主义的灭绝华人的毒气弹,已经制成无数了。先生要做买办尽管做,只求不必将整个民族出卖。我是一个不懂颠倒式的欧化文式的愚人!对于先生的盛意提倡,几乎疑惑先生已不是敝国人了。今特负责请问先生为什么投这文化的毒瓦斯?是否受了帝国主义者的指使?总之,四万万四千九百万(陈先生以外)以内的中国人对于先生的主张不敢领教的!幸先生注意。

文公直七月二十五日。

八月七日《申报》《自由谈》。

康伯度答文公直

公直先生:中国语法里要加一点欧化,是我的一种主张,并不是"一定要把中国话取消",也没有"受了帝国主义者的指使",可是先生立刻加给我"汉奸"之类的重罪名,自己代表了"四万万四千九百万(陈先生以外)以内的中国人",要杀我的头了。我的主张也许会错的,不过一来就判死罪,方法虽然很时髦,但也似乎过分了一点。况且我看"四万万四千九百万(陈先生以外)以内的中国人",意见也未必都和先生相同,先生并没有征求过同意,你是冒充代表的。

中国语法的欧化并不就是改学外国话,但这些粗浅的道理不想和先生多谈了。我不怕热,倒是因为无聊。不过还要说一回:我主张中国语法上有加些欧化的必要。这主张,是由事实而来的。中国人"话总是会说的",一点不错,但要前进,全照老样却不够。眼前的例,就如先生这几百个字的信里面,就用了两回"对于",这和古文无关,是后来起于直译的欧化语法,而且连"欧化"这两个字也是欧化字;还用着一个"取消",这是纯粹日本词;一个"瓦斯",是德国字的原封不动的日本人的音译。都用得很恰当,而且是"必要"的。譬如"毒瓦斯"吧,倘用中国固有的话的"毒气",就显得含混,未必一定是毒弹里面的东西了。所以写作"毒瓦斯",的确是出乎"必要"的。

先生自己没有照镜子,无意中也证明了自己也正是用欧化语法,用鬼子名词的人,但我看先生绝不是"为西人侵略张目的急先锋(汉奸)",所以也想由此证明我也并非那一伙。否则。先生含狗血喷人,倒先污了你自己的尊口了。

我想,辩论事情,威吓和诬陷,是没有用处的。用笔的人,一来就发你的脾气,要我的性命,更其可笑得很。先生还是不要暴躁,静静的再看看自己的信,想想自己,何如?

专此布复,并请

热安。

> 弟康伯度脱帽鞠躬。八月五日。
>
> 八月七日《申报》《自由谈》。

玩笑只当它玩笑（下）

康伯度

别一枝讨伐白话的生力军，是林语堂先生。他讨伐的不是白话的"反而难懂"，是白话的"鲁里鲁苏"，连刘先生似的想白话"返朴归真"的意思也全没有，要达意，只有"语录式"（白话的文言）。

林先生用白话武装了出现的时候，文言和白话的斗争早已过去了，不像刘先生那样，自己是混战中的过来人，因此也不免有感怀旧日，慨叹末流的情绪。他一闪而将宋明语录，摆在"幽默"的旗帜下，原也极其自然的。

这"幽默"便是《论语》四十五期里的《一张字条的写法》，他因为要问木匠讨一点油灰，写好了一张语录体的字条，但怕别人说他"反对白话"，便改写了白话的，选体的，桐城派的三种，然而都很可笑，结果是差"书僮"传话，向木匠讨了油灰来。

《论语》是风行的刊物，这里省烦不抄了。总之，是：不可笑的只有语录式的一张，别的三种，全都要不得。但这四个不同的角色，其实是都是林先生自己一个人扮出来的，一个是正生，就是"语录式"，别的三个都是小丑，自装鬼脸，自作怪相，将正生衬得一表非凡了。

但这已经并不是"幽默"，乃是"顽笑"，和市井间的在墙上画一乌龟，背上写上他的所讨厌的名字的战法，也并不两样的。不过看见的人，却往往不问是非，就嗤笑被画者。

"幽默"或"顽笑"，也都要生出结果来的，除非你心知其意，只当它"顽笑"看。

因为事实会并不如文章，例如这语录式的条子，在中国其实也并未断绝过种子。假如有工夫，不妨到上海的弄口去看一看，有时就会看见一个摊，坐着一位文人，在替男女工人写信，他所用的文章，决不如林先生所拟的条子的容易懂，然而分明是"语录式"的。这就是现在重新提起的语录派的末流，却并没有谁去涂白过他的鼻子。

这是一个具体的"幽默"。

但是，要赏识"幽默"也真难。我曾经从生理学来证明过中国打屁股之合理：假使屁股是为了排泄或坐坐而生的吧，就不必这么大，脚底要小得远，不是足够支持全身了吗？我们现在早不吃人了，肉也用不着这么多。那么，可见是专供打打之用的了。有时告诉人们，大抵以为是"幽默"。但假如有被打了的人，或自己遭了打，我想，恐怕那感应就不能这样了吧。

没有法子，在大家都不适意的时候，恐怕终于是"中国没有幽默"的了。

七月十八日。

做文章

朔尔

沈括的《梦溪笔谈》里，有云："往岁士人，多尚对偶为文，穆修张景辈始为平文，当时谓之'古文'。穆张尝同造朝，待旦于东华门外，方论文次，适见有奔马，践死一犬，二人各记其事以较工拙。穆修曰：'马逸，有黄犬，遇蹄而毙。'张景曰：'有犬，死奔马之下。'时文体新变，二人之语皆拙涩，当时已谓之工，传之至今。"

骈文后起，唐虞三代是不骈的，称"平文"为"古文"便是这意思。由此推开去，如果古者言文真是不分，则称"白话文"为"古文"，似乎也无所不可，但和林语堂先生的指为"白话的文言"的意思又不同。两人的大作，不但拙涩，主旨先就不一，穆说的是马踏死了犬，张说的是犬给马踏死了，究竟是着重在马，还是在吠呢？较明白稳当的还是沈括的毫不经意的文章："有奔马，践死一犬。"

因为要推倒旧东西，就要着力，太着力，就要"做"，太"做"，便不但"生涩"，有时简直是"格格不吐"了，比早经古人"做"得圆熟了的旧东西还要坏。而字数论旨，都有些限制的"花边文学"之类，尤其容易生这生涩病。

太做不行，但不做，却又不行。用一段大树和四枝小树做一只凳，在现在，未免太毛糙，总得刨光它一下才好。但如全体雕花，中间挖空，却又坐不下来，也不成其为凳子了。高尔基说，大众语是毛坯，加了工的是文学。我想，这该是很中肯的指示了。

七月二十日。

看书琐记

焉于

高尔基很惊服巴尔扎克小说里写对话的巧妙，以为并不描写人物的模样，却能使读

者看了对话,便好像目睹了说话的那些人。(八月份《文学》内《我的文学修养》)

中国还没有那样好手段的小说家,但《水浒》和《红楼梦》的有些地方,是能使读者由说话看出人来的。其实,这也并非什么奇特的事情,在上海的弄堂里,租一间小房子住着的人,就时时可以体验到。他和周围的住户,是不一定见过面的,但只隔一层薄板壁,所以有些人家的眷属和客人的谈话,尤其是高声地谈话,都大略可以听到,久而久之,就知道那里有那些人,而且仿佛觉得那些人是怎样的人了。

如果删除了不必要之点,只摘出各人的有特色的谈话来,我想,就可以使别人从谈话里推见每个说话的人物。但我并不是说,这就成了中国的巴尔扎克。

作者用对话表现人物的时候,恐怕在他自己的心目中,是存在着这人物的模样的,于是传给读者,使读者的心目中也形成了这人物的模样。但读者所推荐的人物,却并不一定和作者所设想的相同,巴尔扎克的小胡须的清瘦老人,到了高尔基的头里。也许变了粗蛮壮大的络腮胡子。不过那性格,言动,一定有些类似,大致不差,恰如将法文翻成了俄文一样。要不然,文学这东西便没有普遍性了。

文学虽然有普遍性,但因读者的体验的不同而有变化,读者倘没有类似的体验,它也就失去了效力。譬如我们看《红楼梦》,从文字上推荐了林黛玉这一个人,但须排除了梅博士的"黛玉葬花"照相的先人之见,另外想一个,那么,恐怕会想到剪头发,穿印度绸衫,清瘦,寂寞的摩登女郎;或者别的什么模样,我不能断定。但试去和三四十年前出版的《红楼梦图咏》之类里面的画像比一比吧,一定是截然两样的,那上面所画的,是那时的读者的心目中的林黛玉。

文学有普遍性,但有界限;也有较为永久的,但因读者的社会体验而生变化。北极的遏斯吉摩人和非洲腹地的黑人,我以为是不会懂得"林黛玉型"的;健全而合理的好社会中人,也将不能懂得,他们大约要比我们的听讲始皇焚书,黄巢杀人更其隔膜。一有变化,即非永久,说文学独有仙骨,是做梦的人们的梦话。

八月六日。

看书琐记(二)

焉于

就在同时代,同国度里,说话也会彼此说不通的。

巴比塞有一篇很有意思的短篇小说,叫作《本国话和外国话》,记的是法国的一个阔人家里招待了欧战中出生入死的三个兵，小姐出来招呼了，但无话可说，勉勉强强地说了几句，他们也无话可答，倒只觉坐在阔房间里，小心得骨头疼。直到溜回自己的"猪窠"里，他们这才遍身舒齐，有说有笑，并且在德国俘虏里，由手势发现了说他们的"我们的话"的人。

因了这经验，有一个兵便模模糊糊地想："这世间有两个世界。一个是战争的世界。别一个是有着保险箱门一般的门，礼拜堂一般干净的厨房，漂亮的房子的世界。完全是另外的世界。另外的国度。那里面，住着古怪想头的外国人。"

那小姐后来就对一位绅士说的是："和他们是连话都谈不来的。好像他们和我们之间，是有着跳不过的深渊似的。"

其实，这也无须小姐和兵们是这样。就是我们——算作"封建余孽"或"买办"或别的什么而论都可以——和几乎同类的人，只要什么地方有些不同，又得心口如一，就往往免不了彼此无话可说。不过我们中国人是聪明的，有些人早已发明了一种万应灵药，就是"今天天气……哈哈哈！"倘是宴会，就只猜拳，不发议论。

这样看来，文学要普遍而且永久，恐怕实在有些艰难。"今天天气……哈哈哈！"虽然有些普遍，但能否永久，却很可疑，而且也不大像文学。于是高超的文学家便自己定了一条规则，将不懂他的"文学"的人们，都推出"人类"之外，以保持其普遍性。文学还有别的性，他是不肯说破的，因此也只好用这手段。然而这么一来，"文学"存在，"人"却不多了。

于是而据说文学愈高超，懂得的人就愈少，高超之极，那普遍性和永久性便只汇集于作者一个人。然而文学家却又悲哀起来，说是吐血了，这真是没有法子想。

八月六日。

趋时和复古

康伯度

半农先生一去世，也如朱湘庐隐两位作家一样，很使有些刊物热闹了一番。这情形，会延得多么长久呢，现在也无从推测。但这一死，作用却好像比那两位大得多：他已经快要被封为复古的先贤，可用他的神主来打"趋时"的人们了。

这一打是有力的，因为他既是作古的名人，又是先前的新党，以新打新，就如以毒攻毒，胜于搬出生锈的古董来。然而笑话也就埋伏在这里面。为什么呢？就为了半农先生先就是一位以"趋时"而出名的人。

古之青年，心目中有了刘半农三个字，原因并不在他擅长音韵学，或是常做打油诗，是在他跳出鸳蝴派，骂倒王敬轩，为一个"文学革命"阵中的战斗者。然而那时有一部分人，却毁之为"趋时"。时代到底好像有些前进，光阴流过去，渐渐将这谥号洗掉了，自己爬上了一点，也就随和一些，于是终于成为干干净净的名人。但是，"人怕出名猪怕壮"，他这时也要成为包起来作为医治新的"趋时"病的药料了。

这并不是半农先生独个的苦境，旧例着实有。广东举人多得很，为什么康有为独独那么有名呢，因为他是公车上书的头儿，戊戌政变的主角，趋时；留英学生也不稀罕，严复的姓名还没有消失，就在他先前认真的译过好几部鬼子书，趋时；清末，治朴学的不止太炎先生一个人，而他的声名，远在孙诒让之上者，其实是为了他提倡种族革命，趋时，而且还"造反"。后来"时"也"趋"了过来，他们就成为活的纯正的先贤。但是，晦气也夹屁股跟到，康有为永定为复辟的祖师，袁皇帝要严复劝进，孙传芳大帅也来请太炎先生投壶了。原是拉车前进的好身手，腿肚大，臂膊也粗，这回还是请他拉，拉还是拉，然而是拉车屁股向后，这里只好用古文，"呜呼哀哉，尚飨"了。

我并不在讥刺半农先生曾经"趋时"，我这里所用的是普通所谓"趋时"中的一部分："前驱"的意思。他虽然自认"没落"，其实是战斗过来的，只要敬爱他的人，多发挥这一点，不要七手八脚，专门把他拖进自己所喜欢的油或泥里去做金字招牌就好了。

八月十三日。

安贫乐道法

史贲

孩子是要别人教的，毛病是要别人医的，即使自己是教员或医生。但做人处世的法子，却恐怕要自己斟酌，许多别人开来的良方，往往不过是废纸。

劝人安贫乐道是古今治国平天下的大经络，开过的方子也很多，但都没有十全大补的功效。因此新方子也开不完，新近就看见了两种，但我想：恐怕都不大妥当。

一种是教人对于职业要发生兴趣，一有兴趣，就无论什么事，都乐此不倦了。当然，言之成理的，但到底须是轻松一点的职业。且不说掘煤，挑粪那些事，就是上海工厂里做工至少每天十点的工人，到晚边就一定筋疲力尽，受伤的事情是大抵出在那时候的。"健全的精神，宿于健全的身体之中"，连自己的身体也顾不转了，怎么还会有兴趣？——除非他爱兴趣比性命还厉害。倘若问他们自己吧，我想，一定说是减少工作的时间，做梦也想不到发生兴趣法的。

还有一种是极其彻底的：说是大热天气，阔人还忙于应酬，汗流浃背，穷人却挟了一条破席，铺在路上，脱衣服，浴凉风，其乐无穷，这叫作"席卷天下"。这也是一张少见的富有诗趣的药方，不过也有煞风景在后面。快要秋凉了，一早到马路上去走走，看见手捧肚子，口吐黄水的就是那些"席卷天下"的前任活神仙。大约眼前有福，偏不去享的大愚人，世上究竟是不多的，如果精穷真是这么有趣，现在的阔人一定首先躺在马路上，而现在的穷人的席子也没有地方铺开来了。

上海中学会考的优良成绩发表了，有《衣取蔽寒食取充腹论》，其中有一段——

"……若德业已立，则虽饔不继，捉襟见肘，而其名德足传于后，精神生活，将充分发展，又何患物质生活之不足耶？人生真谛，固在彼而不在此也。……"（由《新语林》第三期转录）

这比题旨更进了一步，说是连不能"充腹"也不要紧的。但中学生所开的良方，对于大学生就不适用，同时还是出现了要求职业的一大群。

事实是毫无情面的东西，它能将空言打得粉碎。有这么的彰明较著，其实，据我的愚见，是大可以不必再玩"之乎者也"了——横竖永远是没有用的。

八月十三日。

奇怪

白道

世界上有许多事实，不看记载，是天才也想不到的。非洲有一种土人，男女的避忌严得很，连女婿遇见丈母娘，也得伏在地上，而且还不够，必须将脸埋进土里去。这真是虽是我们礼仪之邦的"男女七岁不同席"的古人，也万万比不上的。

这样看来，我们的古人对于分隔男女的设计，也还不免是低能儿；现在总跳不出古人的圈子，更是低能之至。不同泳，不同行，不同食，不同做电影，都只是"不同席"的演义。低能透顶的是还没有想到男女同吸着相通的空气，从这个男人的鼻孔里呼出来，又被那个女人从鼻孔里吸进去，淆乱乾坤，实在比海水只触着皮肤更为严重。对于这一个严重问题倘没有办法,男女的界限就永远分不清。

我想,这只好用"西法"了。西法虽非国粹,有时却能够帮助国粹的。例如无线电播音,是摩登的东西,但早晨有和尚念经,却不坏;汽车固然是洋货,坐着去打麻将,却总比坐绿呢大轿,好半天才到的打得多几圈。以此类推,防止男女同吸空气就可以用防毒面具,各背一个箱,将养气由管子通到自己的鼻孔里,既免抛头露面,又兼防空演习,也就是"中学为体,西学为用"。凯末尔将军治国以前的土耳其女人的面目,这回可也万万比不上了。

假使现在有一个英国的斯惠夫德似的人,做一部《格利佛游记》那样的讽刺的小说,说在二十世纪中,到了一个文明的国度,看见一群人在烧香拜龙,作法求雨,赏鉴"胖女",禁杀乌龟;又一群人在正正经经的研究古代舞法,主张男女分途,以及女人的腿应该不许其露出。那么,远处,或是将来的人,恐怕大抵要以为这是作者贫嘴薄舌,随意捏造,以挖苦他所不满的人们的吧。

然而这的确是事实。倘没有这样的事实,大约无论怎样刻薄的天才作家也想不到的。幻想总不能怎样得出奇,所以人们看见了有些事,就有叫作"奇怪"这一句话。

八月十四日。

奇怪(二)

白道

尤墨君先生以教师的资格参加着讨论大众语,那意见是极该看重的。他主张"使中学生练习大众语",还举出"中学生作文最喜用而又最误用的许多时髦字眼"来,说"最好叫他们不要用",待他们将来能够辨别时再说,因为是与其"食新不化,何如禁用于先"的。现在摘一点所举的"时髦字眼"在这里——

共鸣 对象 气压 温度 结晶 彻底 趋势 理智 现实 下意识 相对性 绝对性 纵剖面 横剖面 死亡率……(《新语林》三期)

但是我很奇怪。

那些字眼,几乎算不得"时髦字眼"了。如"对象""现实"等,只要看看书报的人,就时常遇见,一常见,就会比较而得其意义,恰如孩子懂话,并不依靠文法教科书一样;何况在学校中,还有教员的指点。至于"温度""结晶""纵剖面""横剖面"

等,也是科学上的名词,中学的物理学矿物学植物学教科书里就有,和用于国文上的意义并无不同。现在竟"最误用",莫非自己既不思索,教师也未给指点,而且连别的科学也一样的模糊吗?

那么,单是中途学了大众语,也不过是一位中学出身的速成大众,于大众有什么用处呢?大众的需要中学生,是因为他教育程度比较的高,能够给大家开拓知识,增加语汇,能解明的就解明,该新添的就新添;他对于"对象"等等的界说,就先要弄明白,当必要时,有方言可以替代,就译换,倘没有,便教给这新名词,并且说明这意义。如果大众语既是半路出家,新名词也还不很明白,这"落伍"可真是"彻底"了。

我想,为大众而练习大众语,倒是不该禁用那些"时髦字眼"的,最要紧的是教给他定义,教师对于中学生,和将来中学生的对于大众一样。譬如"纵断面"和"横断面",解作"直切面"和"横切面",就容易懂;倘说就是"横锯面"和"直锯面",那么,连木匠学徒也明白了,无须识字。禁,是不好的,他们中有些人将永远模糊,"因为中学生不一定个个能升入大学而实现其做文文豪或学者的理想的"。

八月十四日。

迎神和咬人

越侨

报载余姚的某乡,农民们因为旱荒,迎神求雨,看客有戴帽的,便用刀棒乱打他一通。

这是迷信,但是有根据的。汉先儒董仲舒先生就有祈雨法,什么用寡妇,关城门,乌烟瘴气,其古怪与道士无异,而未尝为今儒所订正。虽在通都大邑,现在也还有天师作法,长官禁屠,闹得沸反盈天,何尝惹出一点口舌?至于打帽,那是因为恐怕神看见还很有人悠然自得,不垂哀怜;一面则也憎恶他的不与大家共患难。

迎神,农民们的本意是在救死的——但可惜是迷信,——但除此之外,他们也不知道另一样。

报又载有一个六十多岁的老党员,出而劝阻迎神,被大家一顿打,终于咬断了喉管,死掉了。

这是妄信,但是也有根据。《精忠说岳全传》说张俊陷害忠良,终被众人咬死,人心为之大快。因此乡间就向来有一个传说,谓咬死了人,皇帝必赦,因为怨恨而至于咬,则被咬者之恶,也就可想而知了。我不知道法律,但大约民国以前的律文中,恐怕也未必有这样的规定吧。

咬人,农民们的本意是在逃死的——但可惜是妄信,——但除此之外,他们也不知道另一样。

想救死,想逃死,适所以自速其死,哀哉!

自从由帝国成为民国以来,上层的改变是不少了,无教育的农民,却还未得到一点什么新的有益的东西,依然是旧日的迷信,旧日的讹传,在拼命地救死和逃死中自速其死。

这回他们要得到“天讨”。他们要害怕,但因为不解“天讨”的缘故,他们也要不平。待到这害怕和不平忘记了,就只有迷信讹传剩着,待到下一次水旱灾荒的时候,依然是迎神,咬人。

这悲剧何时完结呢?

八月十九日。

附记:

旁边加上黑点的三句,是印了出来的时候,全被删去了的。是总编辑,还是检察官的斧削,虽然不得而知,但在自己记得原稿的作者,却觉得非常有趣。他们的意思,大约是以为乡下人的意思——虽然是妄信——还不如不给大家知道,要不然,怕会发生流弊,有许多喉管也要危险的。

八月二十二日。

看书琐记(三)

焉于

创作家大抵憎恶批评家的七嘴八舌。

记得有一位诗人说过这样的话:诗人要做诗,就如植物要开花,因为他非开不可的缘故。如果你摘去吃了,即使中了毒,也是你自己错。

这比喻很美,也仿佛很有道理的。但再一想,却也有错误。错的是诗人究竟不是一株草,还是社会里的一个人;况且诗集是卖钱的,何尝可以白摘。一卖钱,这就是商品,买主也有了说好说歹的权利了。

即使真是花吧，倘不是开在深山幽谷，人迹不到之处，如果有毒，那是园丁之流就要想法的。花的事实，也并不如诗人的空想。

现在可是换了一个说法了，连并非作者，也憎恶了批评家，他们里有的说道：你这么会说，那么，你倒来做一篇试试看！

这真要使批评家抱头鼠窜。因为批评家兼能创作的人，向来是很少的。

我想，作家和批评家的关系，颇有些像厨司和食客。厨司做出一味食品来，食客就要说话，或是好，或是歹。厨司如果觉得不公平，可以看看他是否神经病，是否厚舌苔，是否挟夙嫌，是否想赖账。或者他是否广东人，想吃蛇肉；是否四川人，还要辣椒。于是提出解说或抗议来——自然，一声不响也可以。但是，倘若他对着客人大叫道："那么，你去做一碗来给我吃吃看！"那却未免有些可笑了。

诚然，四五年前，用笔的人以为一个批评家，便可以高踞文坛，所以速成和乱评的也不少，但要矫正这风气，是须用批评的批评的，只在批评家这名目上，涂上烂泥，并不是好办法。不过我们的读书界，是爱平和的多，一见笔战，便是什么"文坛的悲观"呀，"文人相轻"呀，甚至于不问是非，统谓之"互骂"，指为"漆黑一团糟"。果然，现在是听不见说谁是批评家了。但文坛呢，依然如故，不过它不再露出来。

文艺必须有批评；批评如果不对了，就得用批评来抗争，这才能够使文艺和批评一同前进，如果一律掩住嘴，算是文坛已经干净，那所得的结果倒是要相反的。

八月二十二日。

"大雪纷飞"

张沛

人们遇到要支持自己的主张的时候，有时会用一支粉笔去搽对手的脸，想把他弄成丑角模样，来衬托自己是正生。但那结果，却常常适得其反。

章士钊先生现在是在保障民权了，段政府时代，他还曾经保障文言。他造过一个实例，说倘将"二桃杀三士"用白话写作"两个桃子杀了三个读书人"，是多么的不行。这回李焰生先生反对大众语文，也赞成"静珍君之所举，'大雪纷飞'，总比那'大雪一片一片纷纷地下着'来得简要而有神韵，酌量采用，是不能与提倡文言文相提并论"的。

我也赞成逼不得已的时候，大众语文可以采用文言，白话，甚至于外国话，而且在事实上，现在也已经在采用。但是，两位先生代译的例子，却是很不对劲的。那时的"士"，并非一定是"读书人"，早经有人指出了；这回的"大雪纷飞"里，也没有"一片一片"的意思，这不过特地弄得累赘，掉着要大众语丢脸的枪花。

白话并非文言的直译，大众语也并非文言或白话的直译。在江浙，倘要说出"大雪纷飞"的意思来，是并不用"大雪一片一片纷纷地下着"的，大抵用"凶"，"猛"或"厉害"，来形容这下雪的样子。倘要"对证古本"，则《水浒传》里的一句"那雪正下得紧"，就是接近现代的大众语的说法，比"大雪纷飞"多两个字，但那"神韵"却好得远了。

一个人从学校跳到社会的上层，思想和言语，都一步一步的和大众离开，那当然是"势所不免"的事。不过他倘不是从小就是公子哥儿，曾经多少和"下等人"有些相关，那么，回心一想，一定可以记得他们有许多赛过文言文或白话文的好话。如果自造一点丑恶，来证明他的敌对的不行，那只是他从隐蔽之处挖出来的自己的丑恶，不能使大众羞，只能使大众笑。大众虽然知识没有读书人的高，但他们对于胡说的人们，却有一个谥法：绣花枕头。这意义，也许只有乡下人能懂的了，因为穷人塞在枕头里面的，不是鸭绒：是稻草。

八月二十二日。

汉字和拉丁化

仲度

反对大众语文的人，对主张者得意地命令道："拿出货色来看！"一面也真有这样的老实人，毫不问他是诚意，还是寻开心，立刻拼命地来做标本。

由读书人来提倡大众语，当然比提倡白话困难。因为提倡白话时，好好坏坏，用的总算是白话，现在提倡大众语的文章却大抵不是大众语。但是，反对者是没有发命令的权利的。虽是一个残疾人，倘在主张健康运动，他绝对没有错；如果提倡缠足，则即使是天足的壮健的女性，她还是在有意的或无意的害人。美国的水果大王，只为改良一种水果，尚且要费十来年的工夫，何况是问题大得多多的大众语。倘若就用他的矛去攻他的盾，那么，反对者该是赞成文言或白话的了，文言有几千年的历史，白话有近二十年的历史，他也拿出他的"货色"来给大家看看吧。

但是，我们也不妨自己来试验，在《动向》上，就已经有过三篇纯用土话的文章,胡绳先生看了之后,却以为还是非土话所写的句子来得清楚。其实,只要下一番功夫,是无论用什么土话写,都可以懂得的。据我个人的经验,我们那里的土话,和苏州很不同,但一部《海上花列传》,却教我"足不出户"的懂了苏白。先是不懂,硬着头皮看下去,参照记事,比较对话,后来就都懂了。自然,很困难。这困难的根,我以为就在汉字。每一个方块汉字,是都有它的意义的,现在用它来照样的写土话,有些是仍用本义的,有些却不过借音,于是我们看下去的时候,就得分析它那几个是用义,那几个是借音,惯了不打紧,开手却非常吃力了。

例如胡绳先生所举的例子,说"回到窝里向吧"也许会当作回到什么狗"窝"里去,反不如说"回到家里去"的清楚。那一句的病根就在汉字的"窝"字,实际上,恐怕是不该这么写法的。我们那里的乡下人,也叫"家里"作 Uwao-li,读书人去抄,也极容易写成"窝里"的,但我想,这 Uwao 其实是"屋下"两音的拼合,而又讹了一点,决不能用"窝"字随便来替代,如果只记下没有别的意义的音,就什么误解也不会有了。

大众语文的音数比文言和白话繁,如果还是用方块字来写,不但费脑力,也很费工夫,连纸墨都不经济。为了这方块的带病的遗产,我们的最大多数人,已经几千年做了文盲来殉难了,中国也弄到这模样,到别国已在人工造雨的时候,我们却还是拜蛇,迎神。如果大家还要活下去,我想:是只好请汉字来做我们的牺牲了。

现在只还有"书法拉丁化"的一条路。这和大众语文是分不开的。也还是从读书人首先试验起,先介绍过字母,拼法,然后写文章。开手是,像日本文那样,只留一点名词之类的汉字,而助词,感叹词,后来连形容词,动词也都用拉丁拼音写,那么,不但顺眼,对于了解也容易得远了。至于改作横行,那是当然的事。

这就是现在马上来实验,我以为也并不难。

不错,汉字是古代传下来的宝贝,但我们的祖先,比汉字还要古,所以我们更是古代传下来的宝贝。为汉字而牺牲我们,还是为我们而牺牲汉字呢? 这是只要还没有丧心病狂的人,都能够马上回答的。

八月二十三日。

"莎士比亚"

苗挺

严复提起过"狭斯丕尔",一提便完;梁启超说过"莎士比亚",也不见有人注意;田汉译了这人的一点作品,现在似乎不大流行了。到今年,可又有些"莎士比亚""莎士比亚"起来,不但杜衡先生由他的作品证明了群众的盲目,连拜服约翰生博士的教授也来译马克思"牛克思"的断片。为什么呢?将何为呢?

而且听说,连苏俄也要排演原本"莎士比亚"剧了。

不演还可,一要演,却就给施蛰存先生看出了"丑态"——

"……苏俄最初是'打倒莎士比亚',后来是'改编莎士比亚',现在呢,不是要在戏剧季中'排演原本莎士比亚'了吗?(而且还要梅兰芳去演《贵妃醉酒》呢!)这种以政治方策运用之于文学的丑态,岂不令人齿冷!"(《现代》五卷五期,施蛰存《我与文言文》。)

苏俄太远,演剧季的情形我还不了然,齿的冷暖,暂且听便罢。但梅兰芳和一个记者的谈话,登在《大晚报》的《火炬》上,却没有说要去演《贵妃醉酒》。

施先生自己说:"我自有生以来三十年,除幼稚无知的时代以外,自信思想及言行都是一贯的。……"(同前)这当然非常之好。不过他所"言"的别人的"行",却未必一致,或者是偶然也会不一致的,如《贵妃醉酒》,便是目前的好例。

其实梅兰芳还没有动身,施蛰存先生却已经指定他要在"无产阶级"面前赤膊洗澡。这么一来,他们岂但"逐渐沾染了资产阶级的'余毒'"而已呢,也要沾染中国的国粹了。他们的文学青年,将来要描写宫殿的时候,会在"《文选》与《庄子》"里寻"词汇"也未可料的。

但是,做《贵妃醉酒》固然使施先生"齿冷",不做一下来凑趣,也使预言家倒霉。两面都要不舒服,所以施先生又自己说:"在文艺上,我一向是个孤独的人,我何敢多撄众怒?"(同前)

末一句是客气话,赞成施先生的其实并不少,要不然,能堂而皇之的在杂志上发表吗?——这"孤独"是很有价值的。

九月二十日。

商贾的批评

及锋

中国现今没有好作品,早已使批评家或胡评家不满,前些时还曾经探究过它的所以没有的原因。结果是没有结果。但还有新解释。林希隽先生说是因为"作家毁掉了自己,以投机取巧的手腕"去做"杂文"了,所以也害得做不成莘克莱或托尔斯泰(《现代》九月号)。还有一位希隽先生,却以为"在这资本主义的社会里头,……作家无形中也就成为商贾了。……为了获利较多的报酬起见,便也不得不采用'粗制滥造'的方法,再没有人殚精竭虑用苦功夫去认真创作了。"(《社会月报》九月号)

着眼在经济上,当然可以说是进了一步。但这"殚精竭虑用苦功夫去认真创作"出来的学说,和我们只有常识的见解是很不一样的。我们向来只以为用资本来获利的是商人,所以在出版界,商人是用钱开书店来赚钱的老板。到现在才知道用文章去卖有限的稿费的也是商人,不过是一种"无形中"的商人。农民省几斗米去出售,工人用筋力去换钱,教授卖嘴,妓女卖淫,也都是"无形中"的商人。只有买主不是商人了,但他的钱一定是用东西换来的,所以也是商人。于是"在这资本主义社会里头",个个都是商人,但可分为在"无形中"和有形中的两大类。

用希隽先生自己的定义来断定他自己,自然是一位"无形中"的商人;如果并不以卖文为活,因此也无须"粗制滥造",那么,怎样过活呢,一定另外在做买卖,也许竟是有形中的商人了,所以他的见识,无论怎么看,总逃不脱一个商人见识。

"杂文"很短,就是写下来的工夫,也决不要写"和平与战争"(这是照林希隽先生的文章抄下来的,原名其实是《战争与和平》)的那么长久,用力极少,是一点也不错的。不过也要有一点常识,用一点苦工,要不然,就是"杂文",也不免更进一步的"粗制滥造",只剩下笑柄。作品,总是有些缺点的。亚波理奈尔咏孔雀,说它翘起尾巴,光辉灿烂,但后面的屁股眼也露出来了。所以批评家的指摘是要的,不过批评家这时却也就翘起了尾巴,露出他的屁眼。但为什么还要呢,就因为它正面还有光辉灿烂的羽毛。不过倘使并非孔雀,仅仅是鹅鸭之流,它应该想一想翘起尾巴来,露出的只有些什么!

九月二十五日。

中秋二愿

白道

前几天真是"悲喜交集"。刚过了国历的九一八,就是"夏历"的"中秋赏月",还有"海宁观潮"。因为海宁,就又有人来讲"乾隆皇帝是海宁陈阁老的儿子"了。这一个满洲"英明之主",原来竟是中国人掉的包,好不阔气,而且福气。不折一兵,不费一矢,单靠生殖机关便革了命,真是绝顶便宜。

中国人是尊家族,尚血统的,但一面又喜欢和不相干的人们去攀亲,我真不知道是什么意思。从小以来,什么"乾隆是从我们汉人的陈家悄悄地抱去的"呀,"我们元朝是征服了欧洲的"呀之类,早听的耳朵里起茧了,不料到得现在,纸烟铺子的选举中国政界伟人投票,还是列成吉思汗为其中之一人;开发民智的报章,还在讲满洲的乾隆皇帝是陈阁老的儿子。

古时候,女人的确去和过番;在演剧里,也有男人招为番邦的驸马,占了便宜,做得津津有味。就是近事,自然也还有拜侠客做干爷,给富翁当赘婿,陡了起来的,不过这不能算是体面的事情。男子汉,大丈夫,还当别有所能,别有所志,自恃着智力和另外的体力。要不然,我真怕将来大家又大说一通日本人是徐福的子孙。

一愿:从此不再胡乱和别人去攀亲。

但竟有人给文学也攀起亲来了,他说女人的才力,会因与男性的肉体关系而受影响,并举欧洲的几个女作家,都有文人做情人来做证据。于是又有人来驳他,说这是弗洛伊特说,不可靠。其实这并不是弗洛伊特说,他不至于忘记梭格拉第太太全不懂哲学,托尔斯泰太太不会做文章这些反证的。况且世界文学史上,有多少中国所谓"父子作家""夫妇作家"那些"肉麻当有趣"的人物在里面?因为文学和梅毒不同,并无霉菌,决不会由性交传给对手的。至于有"诗人"在钓一个女人,先捧之为"女诗人",那是一种讨好的手段,并非他真传染给她了诗才。

二愿:从此眼光离开脐下三寸。

九月二十五日。

考场三丑

黄棘

古时候，考试八股的时候，有三样卷子，考生是很失面子的，后来改考策论了，恐怕也还是这样子。第一样是"缴白卷"，只写上题目，做不出文章，或者简直连题目也不写。然而这最干净，因为别的再没有什么枝节了。第二样是"钞刊文"，他先已有了侥幸之心，读熟或带进些刊本的八股去，倘或题目相合，便即照抄，想瞒过考官的眼。品行当然比"缴白卷"的差了，但文章大抵是好的，所以也没有什么另外的枝节。第三样，最坏的是瞎写，不及格不必说，还要从瞎写的文章里，给人寻出许多笑话来。人们在茶余酒后作为谈资的，大概是这一种。

"不通"还不在其内，因为即使不通，他究竟是在看题目做文章了；况且做文章做到不通的境地也就不容易，我们对于中国古今文学家，敢保证谁都没有一句不通的文章呢？有些人自以为"通"，那是因为他连"通""不通"都不了然的缘故。

今年的考官之流，颇在讲些中学生的考卷的笑柄。其实这病源就在于瞎写。那些题目，是只要能够抄刊文，就都及格的。例如问"十三经"是什么，文天祥是那朝人，全用不着自己来挖空心思做，一做，倒糟糕。于是使文人学士大叹国学之衰落，青年之不行，好像唯有他们是文林中的硕果似的，像煞有介事了。

但是，抄刊文可也不容易。假使将那些考官们锁在考场里，骤然问他几条较为陌生的古典，大约即使不瞎写，也未必不交白卷的。我说这话，意思并不在轻议已成的文人学士，只以为古典多，记不清不足奇，都记得倒古怪。古书不是很有些曾经后人加过注解的吗？那都是坐在自己的书斋里，查群籍，翻类书，穷年累月，这才脱稿的，然而仍然有"未详"，有错误。现在的青年当然是无力指摘它了，但作证的却有别人的什么"补正"在；而且补而又补，正而又正者，也时或有之。

由此看来，如果能抄刊文，而又敷衍得过去，这人便是现在的大人物；青年学生有一些错，不过是常人的本分而已，但竟为世诟病，我很诧异他们竟没有人呼冤。

九月二十五日。

国学经典文库

鲁迅文集

·花边文学·

图文珍藏版

又是"莎士比亚"

苗挺

苏俄将排演原本莎士比亚,可见"丑态";马克思讲过莎士比亚,当然错误;梁实秋教授将翻译莎士比亚,每本大洋一千元;杜衡先生看了莎士比亚,"还再需要一点做人的经验"了。

莎士比亚

我们的文学家杜衡先生,好像先前是因为没有自己觉得缺少"做人的经验",相信群众的,但自从看了莎氏的《恺撒传》以来,才明白"他们没有理性,他们没有明确的利害观念;他们底感情是完全被几个煽动家所控制着,所操纵着"。(杜衡:《莎剧恺撒传里所表现的群众》,《文艺风景》创刊号所载。)自然,这是根据"莎剧"的,和杜先生无关,他自说现在也还不能判断它对不对,但是,觉得自己"还再需要一点做人的经验",却已经明白无疑了。

这是"莎剧恺撒传里所表现的群众"对于杜衡先生的影响。但杜文《莎剧恺撒传里所表现的群众》里所表现的群众,又怎样呢?和《恺撒传》里所表现的也并不两样——

"……这使我们想起在近几年来的各次政变中所时常看到的,'鸡来迎鸡,狗来迎狗'式……那些可痛心的情形。……人类的进化究竟在那儿呢?抑或我们这个东方古国至今还停滞在二千年前的罗马所曾经过的文明的阶段上呢?"

真的,"发思古之幽情",往往为了现在。这一比,我就疑心罗马恐怕也曾有过有理性,有明确的利害观念,感情并不被几个煽动家所控制,所操纵的群众,但是被驱散,被压制,被杀戮了。莎士比亚似乎没有调查,或者没有想到,但也许是故意抹杀的,他是古时候的人,有这一手并不算什么玩把戏。

不过经他的贵手一取舍,杜衡先生的名文一发挥,却实在使我们觉得群众永远将是"鸡来迎鸡,狗来迎狗"的材料,倒还是被迎的有出息;"至于我,老实说",还竟有些以为群众之无能与可鄙,远在"鸡""狗"之上的"心情"了。自然,这正是因为爱群众,而他们太不争气了的缘故——自己虽然还不能判断,但是,"这位伟大的剧作者是把群众这样看法的"呀,有谁不信,问他去吧!

十月一日。

点句的难

张沛

看了《袁中郎全集校勘记》,想到了几句不关重要的话,是:断句的难。

前清时代,一个塾师能够不查他的秘本,空手点完了"四书",在乡下就要算一位大学者,这似乎有些可笑,但是很有道理的。常买旧书的人,有时会遇到一部书,开首加过句读,夹些破句,中途却停了笔:他点不下去了。这样的书,价钱可以比干净的本子便宜,但看起来也真叫人不舒服。

标点古书,印了出来,是起于"文学革命"时候的;用标点古文来试验学生,我记得好像是同时开始于北京大学,这真是恶作剧,使"莘莘学子"闹出许多笑话来。

这时候,只好一任那些反对白话,或并不反对白话而兼长古文的学者们讲风凉话。然而,学者们也要"技痒"的,有时就自己出手。一出手,可就有些糟了,有几句点不断,还有可原,但竟连极平常的句子也点了破句。

古文本来也常常不容易标点,譬如《孟子》里有一段,我们大概是这样读法的:"有冯妇者,善搏虎,卒为善士。则之野,有众逐虎。虎负嵎,莫之敢撄。望见冯妇,趋而迎之。冯妇攘臂下车,众皆悦之,其为士者笑之。"但也有人说应该断为"卒为善,士则之,野有众逐虎……"的。这"笑"他的"士",就是先前"则"他的"士",要不然,"其为士"就太鹘突了。但也很难决定究竟是哪一面对。

不过倘使是调子有一定的词曲,句子相对的骈文,或并不艰深的明人小品,标点者又是名人学士,还要闹出一些破句,可未免令人不遭蚊子叮,也要起疙瘩了。嘴里是白话怎么坏,古文怎么好,一动手,对古文就点了破句,而这古文又是他正在竭力表扬的古文。破句,不就是看不懂的分明的标记吗? 说好说坏,又从那里来的?

标点古文真是一种试金石,只消几点几圈,就把真颜色显出来了。

但这事还是不要多谈好,再谈下去,我怕不久会有更高的议论,说标点是"随波逐流"的玩意,有损"性灵",应该排斥的。

十月二日。

奇怪(三)

白道

"中国第一流作家"叶灵凤和穆时英两位先生编辑的《文艺画报》的大广告,在报上早经看见了。半个多月之后,才在店头看见这"画报"。既然是"画报",看的人就自然也存着看"画报"的心,首先来看"画"。

不看还好,一看,可就奇怪了。

戴平万先生的《沈阳之旅》里,有三幅插图有些像日本人的手笔,记了一记,哦,原来是日本杂志店里,曾经见过的在《战争版画集》里的料治朝鸣的木刻,是为纪念他们在奉天的战胜而作的,日本纪念他对中国的战胜的作品,却就是被战胜国的作者的作品的插图——奇怪一。

再翻下去是穆时英先生的《墨绿衫的小姐》里,有三幅插画有些像麦绥莱勒的手笔,黑白分明,我曾从良友公司翻印的四本小书里记得了他的做法,而这回的木刻上的署名,也明明是 FM 两个字。莫非我们"中国第一流作家"的这作品,是预先翻成法文,托麦绥莱勒刻了插画来的吗? ——奇怪二。

这回是文字,《世界文坛瞭望台》了。开头就说,"法国的龚果尔奖金,去年出人意外地(白注:可恨!)颁给了一部以中国作题材的小说《人的命运》,它的作者是安得烈马尔路",但是,"或者由于立场的关系,这书在文字上总是受着赞美,而在内容上却一致的被一般报纸评论攻击,好像惋惜像马尔路这样才干的作家,何必也将文艺当作了宣传的工具"云。这样一"了望","好像"法国的为龚果尔奖金审查文学作品的人的"立场",乃是赞成"将文艺当作了宣传工具"的了——奇怪三。

不过也许这只是我自己的"少见多怪"别人倒并不如此的。先前的"见怪者",说是"见怪不怪,其怪自败",现在的"怪"却早已声明着,叫你"见莫怪"了。开卷就有《编者随笔》在——

"只是每期供给一点并不怎样沉重的文字和图画,使对于文艺有兴趣的读者能醒一醒被其他严重的问题所疲倦了的眼睛,或者破颜一笑,只是如此而已。"

原来"中国第一流作家"的玩着先前活剥"琵亚词侣",今年生吞麦绥莱勒的小玩艺,是在大材小用,不过要给人"醒一醒被其他严重的问题所疲倦了的眼睛,或者破颜一笑"。如果再从这醒眼的"文艺画"上又发生了问题,虽然并不"严重",不是究竟也辜负了两位"中国第一流作家"献技的苦心吗?

那么,我也来"破颜一笑"吧——

哈!

十月二十五日。

略论梅兰芳及其他(上)

张沛

崇拜名伶原是北京的传统。辛亥革命后,伶人的品格提高了,这崇拜也干净起来。先只有谭叫天在剧坛上称雄,都说他技艺好,但恐怕也还夹着一点势利,因为他是"老佛爷"——慈禧太后赏识过的。虽然没有人给他宣传,替他出主意,得不到世界的名声,却也没有人来为他编剧本。我想,这不来,是带着几分"不敢"的。

后来有名的梅兰芳可就和他不同。梅兰芳不是生,是旦,不是皇家的供奉,是俗人的宠儿,这就使士大夫敢于下手了。士大夫是常要夺取民间的东西的,将竹枝词改成文言,将"小家碧玉"作为姨太太,但一沾着他们的手,这东西也就跟着他们灭亡。他们将他从俗众中提出,罩上玻璃罩,做起紫檀架子来。教他用多数人听不懂的话,缓缓地《天女散花》,扭扭的《黛玉葬花》,先前是他做戏的,这时却成了戏为他而做,凡有新编的剧本,都只为了梅兰芳,而且是士大夫心目中的梅兰芳。雅是雅了,但多数人看不懂,不要看,还觉得自己不配看了。

士大夫们也在日见其消沉,梅兰芳近来颇有些冷落。

因为他是旦角,年纪一大,势必至于冷落的吗?不是的,老十三旦七十岁了,一登台,满座还是喝彩。为什么呢?就因为他没有被士大夫据为己有,罩进玻璃罩。

名声的起灭,也如光的起灭一样,起的时候,从近到远,灭的时候,远处倒还留着余光。梅兰芳的游日,游美,其实已不是光的发扬,而是光在中国的收敛。他竟没有想到从玻璃罩里跳出,所以这样的搬出去,还是这样的搬回来。

他未经士大夫帮忙时候所做的戏,自然是俗的,甚至于猥下,肮脏,但是泼辣,有生气。待到化为"天女",高贵了,然而从此死板板,矜持得可怜。看一位不死不活的天女或林妹妹,我想,大多数人是倒不如看一个漂亮活泼的村女的,她和我们相近。

然而梅兰芳对记者说,还要将别的剧本改得雅一些。

十一月一日。

略论梅兰芳及其他(下)

张沛

而且梅兰芳还要到苏联去。

议论纷纷。我们的大画家徐悲鸿教授也曾到莫斯科去画过松树——也许是马,我记不真切了——国内就没有谈得这么起劲。这就可见梅兰芳博士之在艺术界,确是超人一等的了。

而且累得《现代》的编辑室里也紧张起来。首座编辑施蛰存先生曰:"而且还要梅兰芳去演《贵妃醉酒》呢!"(《现代》五卷五期。)要这么大叫,可见不平之极了,倘不预先知道性别,是会令人疑心生了脏躁症的。次座编辑杜衡先生曰:"剧本鉴定的工作完毕,则不妨选几个最前进的戏先到莫斯科去宣传为梅兰芳先生'转变'后的个人的创作。……因为照例,到苏联去的艺术家,是无论如何应该事先表示一点'转变'的。"(《文艺画报》创刊号。)这可冷静得多了,一看就知道他手段高妙,足使齐如山先生自愧弗及,赶紧来请帮忙——帮忙的帮忙。

但梅兰芳先生却正在说中国戏是象征主义,剧本的字句要雅一些,他其实倒是为艺术而艺术,他也是一位"第三种人"。

那么,他是不会"表示一点'转变'的",目前还太早一点。他也许用另一个笔名,做一篇剧本,描写一个知识阶级,总是专为艺术,总是不问俗事,但到末了,他却究竟还在革命这一方面。这就活动得多了,不到末了,花呀光呀,倘到末了,做这篇东西的也就是我呀,那不就在革命这一方面了吗?

但我不知道梅兰芳博士可会自己做了文章,却用另一个笔名,来称赞自己的做戏;或者虚设一社,出些什么"戏剧年鉴",亲自作序,说自己是剧界的名人?倘使没有,那可是也不会玩这一手的。

倘不会玩,那可真要使杜衡先生失望,要他"再亮些"了。

还是带去吧,倘再"略论"下去,我也要防梅先生会说因为被批评家乱骂,害得他演不出好戏来。

十一月一日。

骂杀与捧杀

阿法

现在有些不满于文学批评的,总说近几年的所谓批评,不外乎捧与骂。

其实所谓捧与骂者,不过是将称赞与攻击,换了两个不好看的字眼。指英雄为英雄,说娼妇是娼妇,表面上虽像捧与骂,实则说得刚刚合式,不能责备批评家的。批评家的错处,是在乱骂与乱捧,例如说英雄是娼妇,举娼妇为英雄。

批评地失去了威力,由于"乱",甚而至于"乱"到和事实相反,这底细一被大家看出,那效果有时也就相反了。所以现在被骂杀的少,被捧杀的却多。

人古而事近的,就是袁中郎。这一班明末的作家,在文学史上,是自有他们的价值和地位的。而不幸被一群学者们捧了出来,颂扬,标点,印刷,"色借,日月借,烛借,青黄借,眼色无常。声借,钟鼓借,枯竹窍借……"借得他一塌糊涂,正如在中郎脸上,画上花脸,却指给大家看,啧啧赞叹道:"看哪,这多么'性灵'呀!"对于中郎的本质,自然是并无关系的,但在未经别人将花脸洗清之前,这"中郎"总不免招人好笑,大触其霉头。

人近而事古的,我记起了泰戈尔。他到中国来了,开坛讲演,人给他摆出一张琴,烧上一炉香,左有林长民,右有徐志摩,各个头戴印度帽。徐诗人开始介绍了:

"唵！叽里咕噜，白云清风，银磬……当！"说得他好像活神仙一样，于是我们的地上的青年们失望，离开了。神仙和凡人，怎能不离开呢？但我今年看见他论苏联的文章，自己声明道："我是一个英国治下的印度人。"他自己知道得明明白白。大约他到中国来的时候，绝不至于还糊涂，如果我们的诗人诸公不将他制成一个活神仙，青年们对于他是不至于如此隔膜的。现在可是老大的晦气。

以学者或诗人的招牌，来批评或介绍一个作者，开初是很能够蒙混旁人的，但待到旁人看清了这作者的真相的时候，却只剩了他自己的不诚恳，或学识的不够了。然而如果没有旁人来指明真相呢，这作家就从此被捧杀，不知道要多少年后才翻身。

十一月十九日。

读书忌

焉于

记得中国的医书中，常常记载着"食忌"，就是说，某两种食物同食，是于人有害，或者足以杀人的，例如葱与蜜，蟹与柿子，落花生与黄瓜之类。但是否真实，却无从知道，因为我从未听见有人实验过。

读书也有"忌"，不过与"食忌"稍不同。这就是某一类书决不能和某一类书同看，否则两者中之一必被克杀，或者至少使读者反而发生愤怒。例如现在正在盛行提倡的明人小品，有些篇的确是空灵的。枕边厕上，车里舟中，这真是一种极好的消遣品。然而先要读者的心里空空洞洞，混混茫茫。假如曾经看过《明季稗史》，《痛史》，或者明末遗民的著作，那结果可就不同了，这两者一定要打起仗来，非打杀其一不止。我自以为因此很了解了那些憎恶明人小品的论者的心情。

这几天偶然看见一部屈大均的《翁山文外》，其中有一篇戊申（即清康熙七年）八月做的《自代北入京记》。他的文笔，岂在中郎之下呢？可是很有些地方是极有重量的，抄几句在这里——

"……沿河行，或渡或否。往往见西夷毡帐，高低不一，所谓穹庐连属，如冈如阜者。男妇皆蒙古语；有卖干湿酪者，羊马者，牦皮者，卧两骆驼中者，坐奚车者，不鞍而骑者，三两而行，被戒衣，或红或黄，持小铁轮，念《金刚秽咒》者。其首顶一柳筐，以盛马粪及木炭者，则皆中华女子。皆盘头跣足，垢面，反被毛袄。人与牛羊相枕藉,腥臊之气,百余里不绝。……"

我想,如果看过这样的文章,想象过这样的情景,又没有完全忘记,那么,虽是中郎的《广庄》或《瓶史》,也断不能洗清积愤的,而且还要增加愤怒。因为这实在比中郎时代的他们互相标榜还要坏,他们还没有经历过扬州十日,嘉定三屠!

明人小品,好的;语录体也不坏,但我看《明季稗史》之类和明末遗民的作品却实在还要好,现在也正到了标点,翻印的时候了:给大家来清醒一下。

十一月二十五日。

序言

近几年来,所谓"杂文"的产生,比先前多,也比先前更受着攻击。例如自称"诗人"邵洵美,前"第三种人"施蛰存和杜衡即苏汶,还不到一知半解程度的大学生林希隽之流,就都和杂文有切骨之仇,给了种种罪状的。然而没有效,作者多起来,读者也多起来了。

其实"杂文"也不是现在的新货色,是"古已有之"的,凡有文章,倘若分类,都有类可归,如果编年,那就只按做成的年月,不管文体,各种都夹在一处,于是成了"杂"。分类有益于揣摩文章,编年有利于明白时势,倘要知人论世,是非看编年的文集不可的,现在新作的古人年谱的流行,即证明着已经有许多人省悟了此中的消息。况且现在是多么迫切的时候,作者的任务,是在对于有害的事物,立刻给以反响或抗争,是感应的神经,是攻守的手足。潜心于他的鸿篇巨制,为未来的文化设想,固然是很好的,但为现在抗争,却也正是为现在和未来的战斗的作者,因为失掉了现在,也就没有了未来。

战斗一定有倾向。这就是邵施杜林之流的大敌,其实他们所憎恶的是内容,虽然披了文艺的法衣,里面却包藏着"死之说教者",和生存不能两立。

这一本集子和《花边文学》,是我在去年一年中,在官民的明明暗暗,软软硬硬的围剿"杂文"的笔和刀下的结集,凡是写下来的,全在这里面。当然不敢说是诗史,其中有着时代的眉目,也绝不是英雄们的八宝箱,一朝打开,便见光辉灿烂。我只在深夜的街头摆着一个地摊,所有的无非几个小钉,几个瓦碟,但也希望,并且相信有些人会从中寻出合于他的用处的东西。

一九三五年十二月三十日,记于上海之且介亭。

关于中国的两三件事

一　关于中国的火

希腊人所用的火，听说是在一直先前，普洛美修斯从天上偷来的，但中国的却和它不同，是燧人氏自家所发现——或者该说是发明吧。因为并非偷儿，所以拴在山上，给老雕去啄的灾难是免掉了，然而也没有普洛美修斯那样的被传扬，被崇拜。

中国也有火神的。但那可不是燧人氏，而是随意放火的莫名其妙的东西。

自从燧人氏发现，或者发明了火以来，能够很有味的吃火锅，点起灯来，夜里也可以工作了，但是，真如先哲之所谓"有一利必有一弊"吧，同时也开始了火灾，故意点上火，烧掉那有巢氏所发明的巢的了不起的人物也出现了。

和善的燧人氏是该被忘却的。即使伤了食，这回是属于神农氏的领域了，所以那神农氏，至今还被人们所记得。至于火灾，虽然不知道那发明家究竟是什么人，但祖师总归是有的，于是没有法，只好漫称之曰火神，而献以敬畏。看他的画像，是红面孔，红胡须，不过祭祀的时候，却须避去一切红色的东西，而代之以绿色。他大约像西班牙的牛一样，一看见红色，便会亢奋起来，做出一种可怕的行动的。

他因此受着崇祀。在中国，这样的恶神还很多。

然而，在人世间，倒似乎因了他们而热闹。赛会也只有火神的，燧人氏的却没有。倘有火灾，则被灾的和邻近的没有被灾的人们，都要祭火神，以表感谢之意。被了灾还要来表感谢之意，虽然未免有些出乎意外，但若不祭，据说是第二回还会烧，所以还是感谢了的安全。而且也不但对于火神，就是对于人，有时也一样得这么办，我想，大约也是礼仪的一种吧。

其实，放火，是很可怕的，然而比起烧饭来，却也许更有趣。外国的事情我不知道，若在中国，则无论查检怎样的历史，总寻不出烧饭和点灯的人们的列传来。在社会上，即使怎样的善于烧饭，善于点灯，也丝毫没有成为名人的希望。然而秦始皇一烧书，至今还俨然做着名人，至于引为希特拉烧书事件的先例。假使希特拉太太善于开电灯，烤面包吧，那么，要在历史上寻一点先例，恐怕可就难了。但是，幸而那样的事，是不会轰动一世的。

烧掉房子的事，据宋人的笔记说，是开始于蒙古人的。因为他们住着帐篷，不知道住房子，所以就一路的放火。然而，这是诳话。蒙古人中，懂得汉文的很少，所以不来更正的。其实，秦的末年就有着放火的名人项羽在，一烧阿房宫，便天下闻名，至今还会在戏台上出现，连在日本也很有名。然而，在未烧以前的阿房宫里每天点灯的人们，又有谁知道他们的名姓呢？

现在是爆裂弹呀，烧夷弹呀之类的东西已经做出，加以飞机也很进步，如果要做名人，就更加容易了。而且如果放火比先前放得大，那么，那人就也更加受尊敬，从远处看出，恰如救世主一样，而那火光，便令人以为是光明。

二　关于中国的王道

在前年，曾经拜读过中里介山氏的大作《给支那及支那国民的信》。只记得那里面说，周汉都有着侵略者的资质。而支那人都讴歌他，欢迎他了。连对于朔北的元和清，也加以讴歌了。只要那侵略，有着安定国家之力，保护民生之实，那便是支那人民所渴望的王道，于是对于支那人的执迷不悟之点，愤慨得非常。

那"信"，在满洲出版的杂志上，是被译载了的，但因为未曾输入中国，所以像是回信的东西，至今一篇也没有见。只在去年的上海报上所载的胡适博士的谈话里，有的说，"只有一个方法可以征服中国，即彻底停止侵略，反过来征服中国民族的心。"不消说，那不过是偶然的，但也有些令人觉得好像是对于那信的答复。

征服中国民族的心，这是胡适博士给中国之所谓王道所下的定义，然而我想，他自己恐怕也未必相信自己的话的吧。在中国，其实是彻底的未曾有过王道，"有历史癖和考据癖"的胡博士，该是不至于不知道的。

不错，中国也有过讴歌了元和清的人们，但那是感谢火神之类，并非连心也全被征服了的证据。如果给予一个暗示，说是倘不讴歌，便将更加虐待，那么，即使加以或一程度的虐待，也还可以使人们来讴歌。四五年前，我曾经加盟于一个要求自由的团体，而那时的上海教育局长陈德征氏勃然大怒道，在三民主义的统治之下，还觉得不满吗？那可连现在所给予着的一点自由也要收起了。而且，真的是收起了的。每当感到比先前更不自由的时候，我一面佩服着陈氏的精通王道的学识，一面有时也不免想，真该是讴歌三民主义的。然而，现在是已经太晚了。

在中国的王道，看去虽然好像是和霸道对立的东西，其实却是兄弟，这之前和之后，一定要有霸道跑来的。人民之所讴歌，就为了希望霸道的减轻，或者不更加重的缘故。

汉的高祖，据历史家说，是龙种，但其实是无赖出身，说是侵略者，恐怕有些不对的。至于周的武王，则以征伐之名入中国，加以和殷似乎连民族也不同，用现代的话来说，那可是侵略者。然而那时的民众的声音，现在已经没有留存了。孔子和孟子确曾大大的宣传过那王道，但先生们不但是周朝的臣民而已，并且周游历国，有所活动：所以恐怕是为了想做官也难说。说得好看一点，就是因为要"行道"，倘做了官，于行道就较为便当，而要做官，则不如称赞周朝之为便当的。然而，看起别的记载来，却虽是那王道的祖师而且专家的周朝，当讨伐之初，也有伯夷和叔齐扣马而谏，非拖开不可；纣的军队也不加反抗，非使他们的血流到漂杵不可。接着是殷民又造了反，虽然特别称之曰"顽民"，从王道天下的人民中除开，但总之，似乎究竟有了一种什么破绽似的。好个王道，只消一个顽民，便将它弄得毫无根据了。

儒士和方士，是中国特产的名物。方士的最高理想是仙道，儒士的便是王道。但可惜的是这两件在中国终于都没有。据长久的历史上的事实所证明，则倘说先前曾有真的王道者，是妄言，说现在还有者，是新药。孟子生于周季，所以以谈霸道为羞，倘使生于今日，则跟着人类的知识范围的展开，怕要羞谈王道的吧。

三　关于中国的监狱

我想，人们是的确由事实而重新省悟，而事情又由此发生变化的。从宋朝到清朝的末年，许多年间，专以代圣贤立言的"制艺"这一种繁难的文章取士，到得和法国打了败仗，这才省悟了这方法的错误。于是派留学生到西洋，开设兵器制造局，作为那改正的手段。省悟到这还不够，是在和日本打了败仗之后，这回是竭力开起学校来。于是学生们年年大闹了。从清朝倒掉，国民党掌握政权的时候起，才又省悟了这错误，作为那改正的手段的，是除了大造监狱之外，什么也没有了。

在中国，国粹式的监狱，是早已各处都有的，到清末，就也造了一点西洋式，即所谓文明式的监狱。那是为了示给旅行到此的外国人而建造，应该与为了和外国人好互相应酬，特地派出去，学些文明人的礼节的留学生，属于同一种类的。托了这福，犯人的待遇也还好，给洗澡，也给一定分量的饭吃，所以倒是颇为幸福的地方。但是，就在两三礼拜前，政府因为要行仁政了，还发过一个不准克扣囚粮的命令。从此以后，可更加幸福了。

至于旧式的监狱，则因为好像是取法于佛教的地狱的，所以不但禁锢犯人，此外还有给他吃苦的职掌。挤取金钱，使犯人的家属穷到透顶的职掌，有时也会兼带的。但大家都以为应该。如果有谁反对吧，那就等于替犯人说话，便要受恶党的嫌疑。然而文明是出奇的进步了，所以去年也有了提倡每年该放犯人回家一趟，给以解决性欲的机会的，颇是人道主义气味之说的官吏。其实，他也并非对于犯人的性欲，特别表示同情，不过因为总不愁竟会实行的，所以也就高声嚷一下，以见自己的作为官吏的存在。然而舆论颇为沸腾了。有一位批评家，还以为这么一来，大家便要不怕牢监，高高兴兴得进去了，很为世道人心愤慨了一下。受了所谓圣贤之教那么久，竟还没有那位官吏的圆滑，固然也令人觉得诚实可靠，然而他的意见，是以为对于犯人，非加虐待不可，却也因此可见了。

从别一条路想，监狱确也并非没有不像以"安全第一"为标语的人们的理想乡的地方。火灾极少，偷儿不来，土匪也一定不来抢。即使打仗，也绝没有以监狱为目标，施行轰炸的傻子；即使革命，有释放囚犯的例，而加以屠戮的是没有的。当福建独立之初，虽有说是释放犯人，而一到外面，和他们自己意见不同的人们倒反而失踪了的谣言，然而这样的例子，以前是未曾有过的。总而言之，似乎也并非很坏的处所。只要准带家眷，则即使不是现在似的大水，饥荒，战争，恐怖的时候，请求搬进去住的人们，也未必一定没有的。于是虐待就成为必不可少了。

牛兰夫妇，作为赤化宣传者而关在南京的监狱里，也绝食了三四回了，可是什么效力也没有。这是因为他不知道中国的监狱的精神的缘故。有一位官员诧异的说过：他自己不吃，和别人有什么关系呢？岂但和仁政并无关系而已呢，省些食料，倒是于监狱有益的。甘地的把戏，倘不挑选兴行场，就毫无成效了。

然而，在这样的近于完美的监狱里，却还剩着一种缺点。至今为止，对于思想上的事，都没有很留心。为要弥补这缺点，是在近来新发明的叫作"反省院"的特种监狱里，施着教育。我还没有到那里面去反省过，所以并不知道详情，但要而言之，好像是将三民主义时时讲给犯人听，使他反省着自己的错误。听人说，此外还得做排击共产主义的论文。如果不肯做，或者不能做，那自然，非终身反省不可了，而做得不够格,也还是非反省到死则不可。现在是进去的也有,出来的也有,因为听说还得添造反省院,可见还是进去的多了。考完放出的良民,偶尔也可以遇见,但仿佛大抵是萎靡不振,恐怕是在反省和毕业论文上,将力气使尽了吧。那前途,是在没有希望这一面的。

答国际文学社问

原问——

一、苏联的存在与成功,对于你怎样(苏维埃建设的十月革命,对于你的思想的路径和创作的性质,有什么改变)?

二、你对于苏维埃文学的意见怎样?

三、在资本主义的各国,什么事件和种种文化上的进行,特别引起你的注意?

一,先前,旧社会的腐败,我是觉到了的,我希望着新的社会的起来,但不知道这"新的"该是什么;而且也不知道"新的"起来以后,是否一定就好。待到十月革命后,我才知道这"新的"社会的创造者是无产阶级,但因为资本主义各国的反宣传,对于十月革命还有些冷淡,并且怀疑。现在苏联的存在和成功,使我确切的相信无阶级社会一定要出现,不但完全扫除了怀疑,而且增加许多勇气了。但在创作上,则因为我不在革命的旋涡中心,而且久不能到各处去考察,所以我大约仍然只能暴露旧社会的坏处。

二,我只能看别国——德国,日本——的译本。我觉得现在的讲建设的,还是先前的讲战斗的——如《铁甲列车》,《毁灭》,《铁流》等——于我有兴趣,并且有益。我看苏维埃文学,是大半因为想绍介给中国,而对于中国,现在也还是战斗的作品更为紧要。

三,我在中国,看不见资本主义各国之所谓"文化";我单知道他们和他们的奴才们,在中国正在用力学和化学的方法,还有电气机械,以拷问革命者,并且用飞机和炸弹以屠杀革命群众。

《草鞋脚》(英译中国短篇小说集)小引

在中国,小说是向来不算文学的。在轻视的眼光下,自从十八世纪末的《红楼梦》以后,实在也没有产生什么较伟大的作品。小说家的侵入文坛,仅是开始"文学革命"运动,即一九一七年以来的事。自然,一方面是由于社会的要求的,一方面则是受了西洋文学的影响。

但这新的小说的生存,却总在不断的战斗中。最初,文学革命者的要求是人性的解放,他们以为只要扫荡了旧的成法,剩下来的便是原来的人,好的社会了,于是就遇到保守家们的压迫和陷害。大约十年之后,阶级意识觉醒了起来,前进的作家,就都成了革命文学者,而迫害也更加厉害,禁止出版,烧掉书籍,杀戮作家,有许多青年,竟至于在黑暗中,将生命殉了他的工作了。

这一本书,便是十五年来的,"文学革命"以后的短篇小说的选集。因为在我们还算是新的尝试,自然不免幼稚,但恐怕也可以看见它恰如压在大石下面的植物一般,虽然并不繁荣,它却在曲曲折折地生长。

至今为止,西洋人讲中国的著作,大约比中国人民讲自己的还要多。不过这些总不免只是西洋人的看法,中国有一句古谚,说:"肺腑而能语,医师面如土。"我想,假使肺腑真能说话,怕也未必一定完全可靠的吧,然而,也一定能有医师所诊察不到,出乎意外,而其实是十分真实的地方。

一九三四年三月二十三日,鲁迅记于讬海。

论"旧形式的采用"

"旧形式的采用"的问题,如果平心静气的讨论起来,在现在,我想是很有意义的,但开首便遭到了耳耶先生的笔伐。"类乎投降","机会主义",这是近十年来"新形式的探求"的结果,是克敌的咒文,至少先使你惹一身不干不净。但耳耶先生是正直的,因为他同时也在译《艺术的内容和形式》,一经登完,便会洗净他激烈的责罚;而且有几句话也是正确的,是他说新形式的探求不能和旧形式的采用机械的地分开。

不过这几句话已经可以说是常识;就是说内容和形式不能机械地地分开,也已经是常识;还有,知道作品和大众不能机械地地分开,也当然是常识。旧形式为什么只是"采用"——但耳耶先生却指为"为整个(!)旧艺术捧场"——就是为了新形式的探求。采取若干,和"整个"捧来是不同的,前进的艺术家不能有这思想(内容）。然而他会想到采取旧艺术，因为他明白了作品和大众不能机械地地分开。以为艺术是艺术家的"灵感"的爆发，像鼻子发痒的人，只要打出喷嚏来就浑身舒服，一了百了的时候已经过去了，现在想到，而且关心了大众。这是一个新思想（内容），由此而在探求新形式，首先提出的是旧形式的采取，这采取的主张，正是新形式的发端，也就是旧形式的蜕变，在我看来，是既没有将内容和形式机械的地分开，更没有看得《姊妹花》叫座，于是也来学一套的投机主义的罪案的。

　　自然，旧形式的采取，或者必须说新形式的探求，都必须艺术学徒的努力的实践，但理论家或批评家是同有指导，评论，商量的责任的，不能只斥他交代未清之后，便可逍遥事外。我们有艺术史，而且生在中国，即必须翻开中国的艺术史来。采取什么呢？我想，唐以前的真迹，我们无从目睹了，但还能知道大抵以故事为题材，这是可以取法的；在唐，可取佛画的灿烂，线画的空实和明快，宋的院画，萎靡柔媚之处当舍，周密不苟之处是可取的，米点山水，则毫无用处。后来的写意画（文人画）有无用处，我此刻不敢确说，恐怕也许还有可用之点的吧。这些采取，并非断片的古董的杂陈，必须溶化于新作品中，那是不必赘说的事，恰如吃用牛羊，弃去蹄毛，留其精粹，以滋养及发达新的生体，决不因此就会"类乎"牛羊的。

　　只是上文所举的，亦即我们现在所能看见的，都是消费的艺术。它一向独得有力者的宠爱，所以还有许多存留。但既有消费者，必有生产者，所以一面有消费者的艺术，一面也有生产者的艺术。古代的东西，因为无人保护，除小说的插画以外，我们几乎什么也看不见了。至于现在，却还有市上新年的花纸，和猛克先生所指出的连环图画。这些虽未必是真正的生产者的艺术，但和高等有闲者的艺术对立，是无疑的。但虽然如此，它还是大受着消费者艺术的影响，例如在文学上，则民歌大抵脱不开七言的范围，在图画上，则题材多是士大夫的部事，然而已经加以提炼，成为明快，简捷的东西了。这也就是蜕变，一向则谓之"俗"。注意于大众的艺术家，来注意于这些东西，大约也未必错，至于仍要加以提炼，那也是无须赘说的。

　　但中国的两者的艺术，也有形似而实不同的地方，例如佛画的满幅云烟，是豪华的装潢，花纸也有一种硬填到几乎不见白纸的，却是惜纸的节俭；唐伯虎画的细腰纤手的美人，是他一类人们的欲得之物，花纸上也有这一种，在赏玩者却只以为世间有这一类人物，聊资博识，或满足好奇心而已。为大众的画家，都无须避忌。

　　至于谓连环图画不过图画的种类之一，与文学中之有诗歌，戏曲，小说相同，那

·且介亭杂文·

图文珍藏版

自然是不错的。但这种类之别,也仍然与社会条件相关联,则我们只要看有时盛行诗歌,有时大出小说,有时独多短篇的史实便可以知道。因此,也可以知道即与内容相关联。现在社会上的流行连环图画,即因为它有流行的可能,且有流行的必要,着眼于此,因而加以导引,正是前进的艺术家的正确的任务;为了大众,力求易懂,也正是前进的艺术家正确的努力。旧形式是采取,必有所删除,既有删除,必有所增益,这结果是新形式的出现,也就是变革。而且,这工作是决不如旁观者所想的容易的。

但就是立有了新形式吧,当然不会就是很高的艺术。艺术的前进,还要别的文化工作的协助,某一文化部门,要某一专家唱独角戏来提得特别高,是不妨空谈,却难做到的事,所以专责个人,那立论的偏颇和偏重环境的是一样的。

五月二日。

连环图画琐谈

"连环图画"的拥护者,看现在的议论,是"启蒙"之意居多的。

古人"左图右史",现在只剩下一句话,看不见真相了,宋元小说,有的是每页上图下说,却至今还有存留,就是所谓"出相";明清以来,有卷头只画书中人物的,称为"绣像"。有画每回故事的,称为"全图"。那目的,大概是在诱引未读者的购读,增加阅读者的兴趣和理解。

但民间另有一种《智灯难字》或《日用杂字》,是一字一像,两相对照,虽可看图,主意却在帮助识字的东西,略加变通,便是现在的《看图识字》。文字较多的是《圣谕像解》,《二十四孝图》等,都是借图画以启蒙,又因中国文字太难,只得用图画来济文字之穷的产物。

"连环图画"便是取"出相"的格式,收《智灯难字》的功效的,倘要启蒙,实在也是一种利器。

但要启蒙,即必须能懂。懂的标准,当然不能俯就低能儿或白痴,但应该着眼于一般的大众,譬如吧,中国画是一向没有阴影的,我所遇见的农民,十之九不赞成西洋画及照相,他们说:人脸那有两边颜色不同的呢?西洋人的看画,是观者作为站在一定之处的,但中国的观者,却向不站在定点上,所以他说的话也是真实。那么,作"连环图画"而没有阴影,我以为是可以的;人物旁边写上名字,也可以的,甚至于表示做梦从人头上放出一道红光来,也无所不可。观者懂得了内容之后,他就会自己删去帮助理解的记号。这也不能谓之失真,因为观者既经会得了内容,便是有了艺术上的真,倘必如实物之真,则人物只有二三寸,就不真了,而没有和地球一样大小的纸张,地球便无法绘画。

艾思奇先生说:"若能够触到大众真正的切身问题,那恐怕愈是新的,才愈能流行。"这话也并不错。不过要商量的是怎样才能够触到,触到之法,"懂"是最要紧的,而且能懂的图画,也可以仍然是艺术。

五月九日。

儒术

元遗山在金元之际,为文宗,为遗献,为愿修野史,保存旧章的有心人,明清以来,颇为一部分人士所爱重。然而他生平有一宗疑案,就是为叛将崔立颂德者,是否确实与他无涉,或竟是出于他的手笔的文章。

金天兴元年(一二三二),蒙古兵围洛阳;次年,安平都尉京城西面元帅崔立杀二丞相,自立为郑王,降于元。惧或加以恶名,群小承旨,议立碑颂功德,于是在文臣间,遂发生了极大的惶恐,因为这与一生的名节相关,在个人是十分重要的。

当时的情状,《金史》《王若虚传》这样说——

"天兴元年,哀宗走归德。明年春,崔立变,群小附和,请为立建功德碑。翟奕以尚书省命,召若虚为文。时奕辈恃势作威,人或少忤,则谗构立见屠灭。若虚自分必死,私谓左右司员外郎元好问曰,'今召我作碑,不从则死,作之则名节扫地,不若死之为愈。虽然,我姑以理谕之。'……奕辈不能夺,乃召太学生刘祁麻革辈赴省,好问张信之喻以立碑事曰,'众议属二君,且已白郑王矣!二君其无让。'祁等固辞而别。数日,促迫不已,祁即为草定,以付好问。好问意未惬,乃自为之,既成,以示若虚,乃共删定数字,然止直叙其事而已。后兵入城,不果立也。"

碑虽然"不果立",但当时却已经发生了"名节"的问题,或谓元好问作,或谓刘祁作,文证具在清凌廷堪所辑的《元遗山先生年谱》中,兹不多录。经其推勘,已知前出的《王若虚传》文,上半据元好问《内翰王公墓表》,后半却全取刘祁自作的《归潜志》,被诬攀之说所蒙蔽了。凌氏辩之云,"夫当时立碑撰文,不过畏崔立之祸,非必取文辞之工,有京叔属草,已足塞立之请,何取更为之耶?"然则刘祁之未尝决死如王若虚,固为一生大玷,但不能更有所推诿,以致成为"塞责"之具,却也可以说是十分晦气的。

然而,元遗山生平还有一宗大事,见于《元史》《张德辉》传——

"世祖在潜邸,……访中国人才。德辉举魏璠,元裕,李冶等二十余人。……壬子,德辉与元裕北觐,请世祖为儒教大宗师,世祖悦而受之。因启:累朝有旨蠲儒户兵赋,乞令有司遵行。从之。"

以拓跋魏的后人与德辉,请蒙古小酋长为"汉儿"的"儒教大宗师",在现在看来,未免有些滑稽,但当时却似乎并无訾议。盖蠲除兵赋,"儒户"均沾利益,清议操之于士,利益既沾,虽已将"儒教"呈献,也不想再来开口了。

由此士大夫便渐渐的晋身,然终因不切实用,又渐渐的见弃。但仕路日塞,而南北之士的相争却也日甚了。余阙的《青阳先生文集》卷四《杨君显民诗集序》云——

"我国初有金宋,天下之人,唯才是用之,无所专主,然用儒者为居多也。自至元以下,始浸用吏,虽执政大臣,亦以吏为之,……而中州之士,见用者遂浸寡。况南方之地远,士多不能自至于京师,其抱才缊者,又往往不屑为吏,故其见用者尤寡也。及其久也,则南北之士亦自町畦以相訾,甚若晋之与秦,不可与同中国,故夫南方之士微矣。"

然在南方,士人其实亦并不冷落。同书《送范立中赴襄阳诗序》云——

"宋高宗南迁,合肥遂为边地,守臣多以武臣为之。……故民之豪杰者,皆去而为将校,累功多至节制。郡中衣冠之族,唯范氏,商氏,葛氏三家而已。……皇元受命,包裹兵革,……诸武臣之子弟,无所用其能,多伏匿而不出。春秋月朔,郡太守有事于学,衣深衣,戴乌角巾,执笾豆罍爵,唱赞道引者,皆三家之子孙也,故其材皆有所成就,至学校官,累累有焉。……虽天道忌满恶盈,而儒者之泽深且远,从古然也。"

这是"中国人才"们献教,卖经以来,"儒户"所食的佳果。虽不能为王者师,且次于吏者数等,而究亦胜于将门和平民者一等,"唱赞道引",非"伏匿"者所敢望了。

中华民国二十三年五月二十日及次日，上海无线电播音由冯明权先生讲给我们一种奇书：《抱经堂勉学家训》（据《大美晚报》）。这是从未前闻的书，但看见下署"颜子推"，便可以悟出是颜之推《家训》中的《勉学篇》了。曰"抱经堂"者，当是因为曾被卢文绍印入《抱经堂丛书》中的缘故。所讲有这样的一段——

"有学艺者，触地而安。自荒乱以来，诸见俘虏，虽百世小人，知读《论语》《孝经》者，尚为人师；虽千载冠冕，不晓书记者，莫不耕田养马。以此观之，汝可不自勉耶？若能常保数百卷书，千载终不为小人也。……谚曰，'积财千万，不如薄技在身。'伎之易习而可贵者，无过读书也。"

这说得很透彻：易习之伎，莫如读书，但知读《论语》《孝经》，则虽被俘虏，犹能为人师，居一切别的俘虏之上。这种教训，是从当时的事实推断出来的，但施之于金元而准，按之于明清之际而亦准。现在忽由播音，以"训"听众，莫非选讲者已大有感于方来，遂绸缪于未雨吗？"儒者之泽深且远"，即小见大，我们由此可以明白"儒术"，知道"儒效"了。

五月二十七日。

《看图识字》

凡一个人，即使到了中年以至暮年，倘一和孩子接近，便会踏进久经忘却了的孩子世界的边疆去，想到月亮怎么会跟着人走，星星究竟是怎么嵌在天空中。但孩子在他的世界里，是好像鱼之在水，游泳自如，忘其所以的，成人却有如人的凫水一样，虽然也觉到水的柔滑和清凉，不过总不免吃力，为难，非上陆不可了。

月亮和星星的情形，一时怎么讲得清楚呢，家境还不算精穷，当然还不如给一点所谓教育，首先是识字。上海有各国的人们，有各国的书铺，也有各国的儿童用书。但我们是中国人，要看中国书，识中国字。这样的书也有，虽然纸张，图画，色彩，印订，都远不及别国，但有是也有的。我到市上去，给孩子买来的是民国二十一年十一月印行的"国难后第六版"的《看图识字》。

先是那色彩就多么恶浊，但这且不管他。图画又多么死板，这且也不管他。出版处虽然是上海，然而奇怪，图上有蜡烛，有洋灯，却没有电灯；有朝靴，有三镶云头鞋，却没有皮鞋。跪着放枪的，一脚拖地；站着射箭的，两臂不平，他们将永远不能达到目的,更坏的是连钓竿,风车,布机之类,也和实物有些不同。

我轻轻地叹了一口气,记起幼小时候看过的《日用杂字》来。这是一本教育妇女婢仆,使她们能够记账的书,虽然名物的种类并不多,图画也很粗劣,然而很活泼,也很像。为什么呢?就因为作画的人,是熟悉他所画的东西的,一个"萝卜",一只鸡,在他的记忆里并不含糊,画起来当然就切实。现在我们只要看《看图识字》里所画的生活状态——洗脸,吃饭,读书——就知道这是作者意中的读者,也是作者自己的生活状态,是在租界上租一层屋,装了全家,既不阔绰,也非精穷的,埋头苦干一日,才得维持生活一日的人,孩子得上学校,自己须穿长衫,用尽心神,撑住场面,又哪有余力去买参考书,观察事物,修炼本领呢?况且,那书的末叶上还有一行道:"戊申年七月初版"。查年表,才知道那就是清朝光绪三十四年,即西历一九。八年,虽是前年新印,书却成于二十七年前,已是一部古籍了,其奄奄无生气,正也不足为奇的。

孩子是可以敬服的,他常常想到星月以上的境界,想到地面下的情形,想到花卉的用处,想到昆虫的言语;他想飞上天空,他想潜入蚁穴……所以给儿童看的图书就必须十分慎重,做起来也十分繁难。即如《看图识字》这两本小书,就天文,地理,人事,物情,无所不有。其实是,倘不是对于上至宇宙之大,下至苍蝇之微,都有些切实的知识的画家,绝难胜任的。

然而我们是忘却了自己曾为孩子时候的情形了,将他们看作一个蠢材,什么都不放在眼里。即使因为时势所趋,只得施一点所谓教育,也以为只要付给蠢材去教就足够。于是他们长大起来,就真的成了蠢材,和我们一样了。

然而我们这些蠢材,却还在变本加厉的愚弄孩子。只要看近两三年的出版界,给"小学生","小朋友"看的刊物,特别的多就知道。中国突然出了这许多"儿童文学家"了吗?我想:是并不然的。

五月三十日。

拿来主义

中国一向是所谓"闭关主义",自己不去,别人也不许来。自从给枪炮打破了大门之后,又碰了一串钉子,到现在,成了什么都是"送去主义"了。别的且不说吧,单是学艺上的东西,近来就先送一批古董到巴黎去展览,但终"不知后事如何";还有几位"大师"们捧着几张古画和新画,在欧洲各国一路的挂过去,叫作"发扬国光"。听说不远还要送梅兰芳博士到苏联去,以促进"象征主义",此后是顺便到欧洲传道。我在这里不想讨论梅博士演艺和象征主义的关系,总之,活人替代了古董,我敢说,也可以算得显出一点进步了。

但我们没有人根据了"礼尚往来"的仪节,说道:拿来!

当然,能够只是送出去,也不算坏事情,一者见得丰富,二者见得大度。尼采就自诩过他是太阳,光热无穷,只是给予,不想取得。然而尼采究竟不是太阳,他发了疯。中国也不是,虽然有人说,掘起地下的煤来,就足够全世界几百年之用。但是,几百年之后呢?几百年之后,我们当然是化为魂灵,或上天堂,或落了地狱,但我们的子孙是在的,所以还应该给他们留下一点礼品。要不然,则当佳节大典之际,他们拿不出东西来,只好磕头贺喜,讨一点残羹冷炙做奖赏。

这种奖赏,不要误解为"抛来"的东西,这是"抛给"的,说得冠冕些,可以称之为"送来",我在这里不想举出实例。

我在这里也并不想对于"送去"再说什么,否则太不"摩登"了。我只想鼓吹我们再吝啬一点,"送去"之外,还得"拿来",是为"拿来主义"。

但我们被"送来"的东西吓怕了。先有英国的鸦片,德国的废枪炮,后有法国的香粉,美国的电影,日本的印着"完全国货"的各种小东西。于是连清醒的青年们,也对于洋货发生了恐怖。其实,这正是因为那是"送来"的,而不是"拿来"的缘故。

所以我们要运用脑髓,放出眼光,自己来拿!

譬如吧,我们之中的一个穷青年,因为祖上的阴功(姑且让我这么说说吧),得了一所大宅子,且不问他是骗来的,抢来的,或合法继承的,或是做了女婿换来的。那么,怎么办呢?我想,首先是不管三七二十一,"拿来"!但是,如果反对这宅子的旧主人,怕给他的东西污染了,徘徊不敢走进门,是孱头;勃然大怒,放一把火烧光,算是保存自己的清白,则是浑蛋。不过因为原是羡慕这宅子的旧主人的,而这回接受一切,欣欣然地蹩进卧室,大吸剩下的鸦片,那当然更是废物。"拿来主义"者是全不这样的。

他占有,挑选。看见鱼翅,并不就抛在路上以显其"平民化",只要有养料,也和朋友们像萝卜白菜一样的吃掉,只不用它来宴大宾;看见鸦片,也不当众摔在茅厕里,以见其彻底革命,只送到药房里去,以供治病之用,却不弄"出售存膏,售完即止"的玄虚。只有烟枪和烟灯,虽然形式和印度,波斯,阿拉伯的烟具都不同,确可以算是一种国粹,倘使背着周游世界,一定会有人看,但我想,除了送一点进博物馆之外,其余的是大可以毁掉的了。还有一群姨太太,也大以请她们各自走散为是,要不然,"拿来主义"怕未免有些危机。

总之,我们要拿来。我们要或使用,或存放,或毁灭。那么,主人是新主人,宅子也就会成为新宅子。然而首先要这人沉着,勇猛,有辨别,不自私。没有拿来的,人不能自成为新人,没有拿来的,文艺不能自成为新文艺。

六月四日。

隔膜

清朝初年的文字之狱,到清朝末年才被重新提起。最起劲的是"南社"里的有几个人,为被害者辑印遗集;还有些留学生,也争从日本搬回文证来。待到孟森的《心史丛刊》出,我们这才明白了较详细的状况,大家向来的意见,总以为文字之祸,是起于笑骂了清朝。然而,其实是不尽然的。

这一两年来,故宫博物院的故事似乎不大能够令人敬服,但它却印给了我们一种好书,日《清代文字狱档》,去年已经出到八辑。其中的案件,真是五花八门,而最有趣的,则莫如乾隆四十八年二月"冯起炎注解易诗二经欲行投呈案"。

冯起炎是山西临汾县的生员,闻乾隆将谒泰陵,便身怀著作,在路上徘徊,意图呈进,不料先以"形迹可疑"被捕了。那著作,是以《易》解《诗》,实则信口开河,在这里犯不上抄录,唯结尾有"自传"似的文章一大段,却是十分特别的——

"又,臣之来也,不愿如何如何,亦别无愿求之事,唯有一事未决,请对陛下一叙其缘由。臣……名曰冯起炎,字是南州,尝到臣张三姨母家,见一女,可娶,而恨力不足以办此。此女名曰小女,年十七岁,方当待字之年,而正在未字之时,乃原籍东关春牛厂长兴号张守忭之次女也。又到臣杜五姨母家,见一女,可娶,而恨力不足以办此。此女名小凤,年十三岁,虽非必字之年,而已在可字之时,乃本京东城闹市口瑞生号杜月之次女也。若以陛下之力，差干员一人，选快马一匹，克日长驱到临邑，问彼临邑之地方官：'其东关春牛厂长兴号中果有张守㤭一人否？'诚如是也，则此事谐矣。再问：'东城闹市口瑞生号中果有杜月一人否？'诚如是也，则此事谐矣。二事谐，则臣之愿毕矣。然臣之来也，方不知陛下纳臣之言耶否耶，而必以此等事相强乎？特进言之际，一叙及之。"

这何尝有丝毫恶意？不过着了当时通行的才子佳人小说的迷，想一举成名，天子做媒，表妹入抱而已。不料事实结局却不大好，署直隶总督袁守侗拟奏罪名是"阅其呈首，胆敢于圣主之前，混讲经书，而呈尾措词，尤属狂妄。核其情罪，较冲突仪仗为更重。冯起炎一犯，应从重发往黑龙江等处，给披甲人为奴。俟部复到日，照例解部刺字发遣。"这位才子，后来大约终于单身出关做西崽去了。

此外的案情，虽然没有这么风雅，但并非反动的还不少。有的是鲁莽；有的是发疯；有的是乡曲迂儒，真的不识违忌；有的则是草野愚民，实在关心皇家。而命运大概很悲惨，不是凌迟，灭族，便是立刻杀头，或者"斩监候"，也仍然活不出。

凡这等事，粗略地一看，先使我们觉得清朝的凶虐，其次，是死者的可怜。但再来一想，事情是并不这么简单的。这些惨案的由来，都只为了"隔膜"。

满洲人自己，就严分着主奴，大臣奏事，必称"奴才"，而汉人却称"臣"就好。这并非因为是"炎黄之胄"，特地优待，赐以嘉名的，其实是所以别于满人的"奴才"，其地位还下于"奴才"数等。奴隶只能奉行，不许言议；评论固然不可，妄自颂扬也不可，这就是"思不出其位"。譬如说：主子，您这袍角有些儿破了，拖下去怕更要破烂，还是补一补好。进言者方自以为在尽忠，而其实却犯了罪，因为另有准其讲这样的话的人在，不是谁都可说的。一乱说，便是"越俎代谋"，当然"罪有应得"。倘自以为是"忠而获咎"，那不过是自己的糊涂。

但是，清朝的开国之君是十分聪明的，他们虽然打定了这样的主意，嘴里却并不照样说，用的是中国的古训："爱民如子"，"一视同仁"。一部分的大臣，士大夫，是明白这奥妙的，并不敢相信。但有一些简单愚蠢的人们却上了当，真以为"陛下"是自己的老子，亲亲热热的撒娇讨好去了。他那里要这被征服者做儿子呢？于是乎杀掉。不久，儿子们吓得不再开口了，计划居然成功；直到光绪时康有为们的上书，才又冲破了"祖宗的成法"。然而这奥妙，好像至今还没有人来说明。

施蛰存先生在《文艺风景》创刊号里，很为"忠而获咎"者不平，就因为还不免有些"隔膜"的缘故。这是《颜氏家训》或《庄子》《文选》里所没有的。

六月十日。

《木刻纪程》小引

中国木刻图画，从唐到明，曾经有过很体面的历史。但现在的新的木刻，却和这历史不相干。新的木刻，是受了欧洲的创作木刻的影响的。创作木刻的介绍，始于朝花社，那出版的《艺苑朝华》四本，虽然选择印造，并不精工，且为艺术名家所不齿，却颇引起了青年学徒的注意。到一九三一年夏，在上海遂有了中国最初的木刻讲习会。又由是蔓衍而有木铃社，曾印《木铃木刻集》两本。又有野穗社，曾印《木刻画》一辑。有无名木刻社，曾印《木刻集》。但木铃社早被毁灭，后两社也未有继续或发展的消息。前些时在上海还剩有 M.K. 木刻研究社，是一个历史较长的小团体，曾经屡次展览作品，并且将出《木刻画选集》的，可惜今夏又被私怨者告密。社员多遭捕逐，木版也为工部局所没收了。

据我们所知道，现在似乎已经没有一个研究木刻的团体了。但尚有研究木刻的个人。如罗清桢，已出《清桢木刻集》二辑；如又村，最近已印有《廖坤玉故事》的连环图。这是都值得特记的。

而且仗着作者历来的努力和作品的日见其优良，现在不但已得中国读者的同情，并且也渐渐地到了跨出世界上去的第一步。虽然还未坚实，但总之，是要跨出去了。不过，同时也到了停顿的危机。因为倘没有鼓励和切磋，恐怕也很容易陷于自足。本集即愿做一个木刻的路程碑，将自去年以来，认为应该流布的作品，陆续辑印，以为读者的综观，作者的借镜之助。但自然，只以收集所及者为限，中国的优秀之作，是绝非尽在于此的。

别的出版者，一方面还正在绍介欧美的新作，一方面则在复印中国的古刻，这也都是中国的新木刻的羽翼。采用外国的良规，加以发挥，使我们的作品更加丰满是一条路；择取中国的遗产，融合新机，使将来的作品别开生面也是一条路。如果作者都不断地奋发，使本集能一程一程地向前走，那就会知道上文所说，实在不仅是一种奢望的了。

一九三四年六月中，铁木艺术社记。

难行和不信

中国的"愚民"——没有学问的下等人,向来就怕人注意他。如果你无端地问他多少年纪,什么意见,兄弟几个,家景如何,他总是支吾一通之后,躲了开去。有学识的大人物,很不高兴他们这样的脾气。然而这脾气总不容易改,因为他们也实在从经验而来的。

假如你被谁注意了,一不小心,至少就不免上一点小当,譬如吧,中国是改革过的了,孩子们当然早已从"孟宗哭竹""王祥卧冰"的教训里蜕出,然而不料又来了一个崭新的"儿童年",爱国之士,因此又想起了"小朋友",或者用笔,或者用舌,不怕劳苦的来给他们教训。一个说要用功,古时候曾有"囊萤照读""凿壁偷光"的志士;一个说要爱国,古时候曾有十几岁突围请援,十四岁上阵杀敌的奇童。这些故事,作为闲谈来听听是不算很坏的,但万一有谁相信了,照办了,那就会成为乳臭未干的吉诃德。你想,每天要捉一袋照得见四号铅字的萤火虫,那岂是一件容易事?但这还只是不容易罢了,倘去凿壁,事情就更糟,无论在哪里,至少是挨一顿骂之后,立刻由爸爸妈妈赔礼,雇人去修好。

请援,杀敌,更加是大事情,在外国,都是三四十岁的人们所做的。他们那里的儿童,着重的是吃,玩,认字,听些极普通,极紧要的常识。中国的儿童给大家特别看得起,那当然也很好,然而出来的题目就因此常常是难题,仍如飞剑一样,非上武当山寻师学道之后,决计没法办。到了二十世纪,古人空想中的潜水艇,飞行机,是实地上成功了,但《龙文鞭影》或《幼学琼林》里的模范故事,却还有些难学。我想,便是说教的人,恐怕自己也未必相信吧。

所以听的人也不相信。我们听了千多年的剑仙侠客,去年到武当山去的只有三个人,只占全人口的五百兆分之一,就可见。古时候也许还要多,现在是有了经验,不大相信了,于是照办的人也少了。——但这是我个人的推测。

不负责任的,不能照办的教训多,则相信的人少;利己损人的教训多,则相信的人更其少。"不相信"就是"愚民"的远害的堑壕,也是使他们成为散沙的毒素。然而有这脾气的也不但是"愚民",虽是说教的士大夫,相信自己和别人的,现在也未必有多少。例如既尊孔子,又拜活佛者,也就是恰如将他的钱试买各种股票,分存

图文珍藏版

许多银行一样,其实是那一面都不相信的。

七月一日。

买《小学大全》记

线装书真是买不起了。乾隆时候的刻本的价钱,几乎等于那时的宋本。明版小说,是五四运动以后飞涨的;从今年起,洪运怕要轮到小品文身上去了。至于清朝禁书,则民元革命后就是宝贝,即使并无足观的著作,也常要百余元至数十元。我向来也走走旧书坊,但对于这类宝书,却从不敢作非分之想。端午节前,在四马路一带闲逛,竟无意之间买到了一种,曰《小学大全》,共五本,价七角,看这名目,是不大有人会欢迎的,然而,却是清朝的禁书。

这书的编纂者尹嘉铨,博野人;他父亲尹会一,是有名的孝子,乾隆皇帝曾经给过褒扬的诗。他本身也是孝子,又是道学家,官又做到大理寺卿稽察觉罗学。还请令旗籍子弟也讲读朱子的《小学》,而"荷蒙朱批:所奏是。钦此。"这部书便成于两年之后的,加疏的《小学》六卷,《考证》和《释文》,《或问》各一卷,《后编》二卷,合成一函,是为《大全》。也曾进呈,终于在乾隆四十二年九月十七日奉旨:"好!知道了。钦此。"那明明是得了皇帝的嘉许的。

到乾隆四十六年,他已经致仕回家了,但真所谓"及其老也,戒之在得"吧,虽然欲得的乃是"名",也还是一样的招了大祸。这年三月,乾隆行经保定,尹嘉铨便使儿子送了一本奏章,为他的父亲请谥,朱批是"与谥乃国家定典,当可妄求。此奏本当交部治罪,念汝为父私情,姑免之。若再不安分家居,汝罪不可逭矣!钦此。"不过他预先料不到会碰这样的大钉子,所以接着还有一本,是请许"我朝"名臣汤斌范文程李光地顾八代张伯行等从祀孔庙,"至于臣父尹会一,既蒙御制诗章褒嘉称孝,已在德行之科,自可从祀,非臣所敢请也。"这回可真出了大岔子,三月十八日的朱批是:"竟大肆狂吠,不可恕矣!钦此。"

乾隆时代的一定办法,是凡以文字获罪者,一面拿办,一面就查抄,这并非着重他的家产,乃在查看藏书和另外的文字,如果别有"狂吠",便可以一并治罪。因为乾隆的意见,是以为既敢"狂吠",必不止于一两声,非彻底根究不可的。尹嘉铨当然逃不出例外,和自己的被捕同时,他那博野的老家和北京的寓所,都被查抄了。

藏书和别项著作,实在不少,但其实也并无什么干碍之作。不过那时是决不能这样就算的,经大学士三宝等再三审讯之后,定为"相应请旨将尹嘉铨照大逆律凌迟处死",幸而结果很宽大:"尹嘉铨著加恩免其凌迟之罪,改为处绞立决,其家属一并加恩免其缘坐"就完结了。

这也还是名儒兼孝子的尹嘉铨所不及料的。

这一回的文字狱,只绞杀了一个人,比起别的案子来,决不能算是大狱,但乾隆皇帝却颇费心机,发表了几篇文字。从这些文字和奏章(均见《清代文字狱档》第六辑)看来,这回的祸机虽然发于他的"不安分",但大原因,却在既以名儒自居,又请将名臣从祀:这都是大"不可恕"的地方。清朝虽然尊崇朱子,但止于"尊崇",却不许"学样",因为一学样,就要讲学,于是而有学说,于是而有门徒,于是而有门户,于是而有门户之争,这就足为"太平盛世"之累。况且以这样的"名儒"而做官,便不免以"名臣"自居,"妄自尊大"。乾隆是不承认清朝会有"名臣"的,他自己是"英主",是"明君",所以在他的统治之下,不能有奸臣,既没有特别坏的奸臣,也就没有特别好的名臣,一律都是不好不坏,无所谓好坏的奴子。

特别攻击道学先生,所以是那时的一种潮流,也就是"圣意"。我们所常见的,是纪昀总纂的《四库全书总目提要》和自著的《阅微草堂笔记》里的时时的排击。这就是迎合着这种潮流的,倘以为他秉性平易近人,所以憎恨了道学先生的谿刻,那是一种误解。大学士三宝们也很明白这潮流,当会审尹嘉铨时,曾奏道:"查该犯如此狂悖不法,若即行定罪正法,尚不足以泄公愤而快人心。该犯曾任三品大员,相应遵例奏明,将该犯严加夹讯,多受刑法,问其究属何心,录取供词,具奏,再请旨立正典刑,方足以昭炯戒。"后来究竟用了夹棍没有,未曾查考,但看所录供词,却于用他的"丑行"来打倒他的道学的策略,是做得非常起劲的。现在抄三条在下面——

"问:尹嘉铨!你所书李孝女暮年不字事一篇,说'年逾五十,依然待字,吾妻李恭人闻而贤之,欲求淑女以相助,仲女固辞不就'等语。这处女既立志不嫁,已年过五旬,你为何叫你女人遣媒说合,要他做妾?这样没廉耻的事,难道是讲正经人干的吗?据供:我说的李孝女年逾五十,依然待字,原因素日间知道雄县有个姓李的女子,守贞不字。吾女人要聘他为妾,我那时在京候补,并不知道;后来我女人告诉我,才知道的,所以替他做了这篇文字,要表扬他,实在我并没有见过他的面。但

图文珍藏版

他年过五十，我还将要他做妾的话，坐在文字内，这就是我廉耻丧尽，还有何辩。

"问：你当时在皇上跟前讨赏翎子，说是没有翎子，就回去见不得你妻小。你这假道学怕老婆，到底皇上没有给你翎子，你如何回去的呢？据供：我当初在家时，曾向我妻子说过，要见皇上讨翎子，所以我彼时不辞冒昧，就妄求恩典，原想得了翎子回家，可以夸耀。后来皇上没有赏我，我回到家里，实在觉得害羞，难见妻子。这都是我假道学，怕老婆，是实。

"问：你女人平日妒悍，所以替你娶妾，也要娶这五十岁女人给你，知道这女人断不肯嫁，他又得了不妒之名。总是你这假道学居常做惯这欺世盗名之事，你女人也学了你欺世盗名。你难道不知道吗？供：我女人要替我讨妾，这五十岁李氏女子既已立志不嫁，断不肯做我的妾，我女人是明知的，所以借此要得不妒之名。总是我平日所做的事，俱系欺世盗名，所以我女人也学做此欺世盗名之事，难逃皇上洞鉴。"

还有一件要紧事是销毁和他有关的书。他的著述也真太多，计应"销毁"者有书籍八十六种，石刻七种，都是著作；应"撤毁"者有书籍六种，都是古书，而有他的序跋。《小学大全》虽不过"疏辑"，然而是在"销毁"之列的。

但我所得的《小学大全》，却是光绪二十二年开雕，二十五年刊竣，而"宣统丁巳"（实是中华民国六年）重校的遗老本，有张锡恭跋云："世风不古若矣，愿读是书者，有以转移之。……"又有刘安涛跋云："晚近凌夷，益加甚焉，异言喧豗，显与是书相悖，一唱百和，……驯致家与国均蒙其害，唐虞三代以来先圣先贤蒙以养正之遗意，扫地尽矣。剥极必复，天地之心见焉。……"为了文字狱，使士子不敢治史，尤不敢言近代事，但一面却也使昧于掌故，乾隆朝所竭力"销毁"的书，虽遗老也不复明白，不到一百三十年，又重新奉为宝典了。这莫非也是"剥极必复"吗？恐怕是遗老们的乾隆皇帝所不及料的吧。

但是，清的康熙，雍正和乾隆三个，尤其是后两个皇帝，对于"文艺政策"或说得较大一点的"文化统制"，却真尽了很大的努力的。文字狱不过是消极的一方面，积极的一面，则如钦定四库全书，于汉人的著作，无不加以取舍，所取的书，凡有涉及金元之处者，又大抵加以修改，作为定本。此外，对于"七经"，"二十四史"，《通鉴》，文士的诗文，和尚的语录，也都不肯放过，不是鉴定，便是评选，文苑中实在没有不被蹂躏的处所了。而且他们是深通汉文的异族的君主，以胜者的看法，来批评被征服的汉族的文化和人情,也鄙夷,但也恐惧,有苛论,但也有确评,文字狱只是由此而来的棘手的一种,那成果,由满洲这方面言,是的确不能说它没有效的。

现在这影响好像是淡下去了,遗老们的重刻《小学大全》,就是一个证据,但也可见被愚弄了的性灵,又终于并不清醒过来。近来明人小品,清代禁书,市价之高,绝非穷读书人所敢窥觊,但《东华录》,《御批通鉴辑览》,《上谕八旗》,《雍正朱批谕旨》……等,却好像无人过问,其低廉为别的一切大部书所不及。倘有有心人加以收集,一一钩稽,将其中的关于驾驭汉人,批评文化,利用文艺之处,分别排比,辑成一书,我想,我们不但可以看见那策略的博大和恶辣,并且还能够明白我们怎样受异族主子的驯扰,以及遗留至今的奴性的由来的吧。

自然,这块不及赏玩性灵文字的有趣,然而借此知道一点演成了现在的所谓性灵的历史,却也十分有益的。

七月十日。

韦素园墓记

韦君素园之墓。

君以一九又二年六月十八日生,一九三二年八月一日卒。呜呼,宏才远志,厄于短年。文苑失英,明者永悼。弟丛芜,友静农,霁野立表;鲁迅书。

忆韦素园君

我也还有记忆的,但是,零落得很。我自己觉得我的记忆好像被刀刮过了的鱼鳞,有些还留在身体上,有些是掉在水里了,将水一搅,有几片还会翻腾,闪烁,然而中间混着血丝,连我自己也怕得因此污了赏鉴家的眼目。

现在有几个朋友要纪念韦素园君,我也须说几句话。是的,我是有这义务的。我只好连身外的水也搅一下,看看泛起怎样的东西来。

怕是十多年之前了吧,我在北京大学做讲师,有一天,在教师预备室里遇见了一个头发和胡子统统长得要命的青年,这就是李霁野。我的认识素园,大约就是霁野介绍的吧,然而我忘记了那时的情景。现在留在记忆里的,是他已经坐在客店的一间小房子里计划出版了。

这一间小房子，就是未名社。

那时我正在编印两种小丛书，一种是《乌合丛书》，专收创作，一种是《未名丛刊》，专收翻译，都由北新书局出版。出版者和读者的不喜欢翻译书，那时和现在也并不两样，所以《未名丛刊》是特别冷落的。恰巧，素园他们愿意绍介外国文学到中国来，便和李小峰商量，要将《未名丛刊》移出，由几个同人自办。小峰一口答应了，于是这一种丛书便和北新书局脱离。稿子是我们自己的，另筹了一笔印费，就算开始。因这丛书的名目，连社名也就叫了"未名"——但并非"没有名目"的意思，是"还没有名目"的意思，恰如孩子的"还未成丁"似的。

未名社的同人，实在并没有什么雄心和大志，但是，愿意切切实实的，点点滴滴地做下去的意志，却是大家一致的。而其中的骨干就是素园。

于是他坐在一间破小屋子，就是未名社里办事了，不过小半好像也因为他生着病，不能上学校去读书，因此便天然的轮着他守寨。

我最初的记忆是在这破寨里看见了素园，一个瘦小，精明，正经的青年，窗前的几排破旧外国书，在证明他穷着也还是钉住着文学。然而，我同时又有了一种坏印象，觉得和他是很难交往的，因为他笑影少。"笑影少"原是未名社同人的一种特色，不过素园显得最分明，一下子就能够令人感动。但到后来，我知道我的判断是错误了，和他也并不难于交往。他的不很笑，大约是因为年龄的不同，对我的一种特别态度吧，可惜我不能化为青年，使大家忘掉彼我，得到确证了。这真相，我想，霁野他们是知道的。

但待到我明白了我的误解之后，却同时又发现了一个他的致命伤：他太认真；虽然似乎沉静，然而他激烈。认真会是人的致命伤的吗？至少，在那时以至现在，可以是的。一认真，便容易趋于激烈，发扬则送掉自己的命，沉静着，又啮碎了自己的心。

这里有一点小例子。——我们是只有小例子的。

那时候，因为段祺瑞总理和他的帮闲们的压迫，我已经逃到厦门，但北京的狐虎之威还正是无穷无尽。段派的女子师范大学校长林素园，带兵接收学校去了，演过全副武行之后，还指留着的几个教员为"共产党"。这个名词，一向就给有些人以"办事"上的便利，而且这方法，也是一种老谱，本来并不稀罕的。但素园却好像激烈起来了，从此以后，他给我的信上，有好一晌竟憎恶"素园"两字而不用，改称为"漱园"。同时社内也发生了冲突,高长虹从上海寄信来,说素园压下了向培良的稿子,叫我讲一句话。我一声也不响。于是在《狂飙》上骂起来了,先骂素园,后是我。素园在北京压下了培良的稿子,却由上海的高长虹来抱不平,要在厦门的我去下判断,我颇觉得是出色的滑稽,而且一个团体,虽是小小的文学团体吧,每当光景艰难时,内部是一定有人起来捣乱的,这也并不稀罕。然而素园却很认真,他不但写信给我,叙述着详情,还作文登在杂志上剖白。在"天才"们的法庭上,别人剖白得清楚的吗?——我不禁长长地叹了一口气,想到他只是一个文人,又生着病,却这么拼命地对付着内忧外患,又怎么能够持久呢。自然,这仅仅是小忧患,但在认真而激烈的个人,却也相当的大的。

不久,未名社就被封,几个人还被捕。也许素园已经略血,进了病院了吧,他不在内。但后来,被捕的释放,未名社也启封了,忽封忽启,忽捕忽放,我至今还不明白这是怎么的一个玩意。

我到广州,是第二年——一九二七年的秋初,仍旧陆续地接到他几封信来,是在西山病院里,伏在枕头上写就的,因为医生不允许他起坐。他措辞更明显,思想也更清楚,更广大了,但也更使我担心他的病。有一天,我忽然接到一本书,是布面装订的素园翻译的《外套》。我一看明白,就打了一个寒噤:这明明是他送给我的一个纪念品,莫非他已经自觉了生命的期限了吗?

我不忍再翻阅这一本书,然而我没有法。

我因此记起,素园的一个好朋友也咯过血,一天竟对着素园咯起来,他慌张失措,用了爱和忧急的声音命令道:"你不许再吐了!"我那时却记起了伊孛生的《勃兰特》。他不是命令过去的人,重新起来,却并无这神力,只将自己埋在崩雪下面的吗?……

我在空中看见了勃兰特和素园,但是我没有话。

一九二九年五月末,我最以为侥幸的是自己到西山病院去,和素园谈了天。他为了日光浴,皮肤被晒得很黑了,精神却并不萎顿。我们和几个朋友都很高兴。但我在高兴中,又时时夹着悲哀:忽而想到他的爱人,已由他同意之后,和别人订了婚;忽而想到他竟连绍介外国文学给中国的一点志愿,也怕难于达到;忽而想到他在这里静卧着,不知道他自以为是在等候痊愈,还是等候灭亡;忽而想到他为什么要寄给我一本精装的《外套》?……

　　壁上还有一幅陀思妥耶夫斯基的大画像。对于这先生,我是尊敬,佩服的,但我又恨他残酷到了冷静的文章。他布置了精神上的苦刑,一个个拉了不幸的人来,拷问给我们看。现在他用沉郁的眼光,凝视着素园和他的卧榻,好像在告诉我:这也是可以收在作品里的不幸的人。

　　自然,这不过是小不幸,但在素园个人,是相当的大的。

　　一九三二年八月一日晨五时半,素园终于病殁在北平同仁医院里了,一切计划,一切希望,也同归于尽。我所抱憾的是因为避祸,烧去了他的信札,我只能将一本《外套》当作唯一的纪念,永远放在自己的身边。

　　自素园病殁之后,转眼已是两年了,这其间,对于他,文坛上并没有人开口。这也不能算是稀罕的,他既非天才,也非豪杰,活的时候,既不过在默默中生存,死了之后,当然也只好在默默中泯没。但对于我们,却是值得纪念的青年,因为他在默默中支持了未名社。

　　未名社现在是几乎消灭了,那存在期,也并不长久。然而自素园经营以来,介绍了果戈理(N.Gogol),陀思妥耶夫斯基(F.Dostoevsky),安特列夫(L.Andreev),介绍了望·蔼覃(F,van Eeden),介绍了爱伦堡(I,Ehrenburg)的《烟袋》和拉夫列涅夫(B.Lavrenev)的《四十一》。还印行了《未名新集》,其中有丛芜的《君山》,静农的《地之子》和《建塔者》,我的《朝花夕拾》,在那时候,也都还算是相当可看的作品。事实不为轻薄阴险小儿留情,曾几何年,他们就都已烟消火灭,然而未名社的译作,在文苑里却至今没有枯死的。

　　是的,但素园却并非天才,也非豪杰,当然更不是高楼的尖顶,或名园的美花,然而他是楼下的一块石材,园中的一撮泥土,在中国第一要他多。他不入于观赏者的眼中,只有建筑者和栽植者,决不会将他置之度外。

　　文人的遭殃,不在生前的被攻击和被冷落,一瞑之后,言行两亡,于是无聊之徒,谬托知己,是非蜂起,既以自街,又以卖钱,连死尸也成了他们的沽名获利之具,这倒是值得悲哀的。现在我以这几千字纪念我所熟识的素园,但愿还没有营私肥己的处所,此外也别无话说了。

　　我不知道以后是否还有纪念的时候,倘止于这一次,那么,素园,从此别了!

　　　　　　　　　　　　　　　一九三四年七月十六之夜,鲁迅记。

忆刘半农君

这是小峰出给我的一个题目。

这题目并不出得过分。半农去世，我是应该哀悼的，因为他也是我的老朋友。但是，这是十来年前的话了，现在呢，可难说得很。

我已经忘记了怎么和他初次会面，以及他怎么能到了北京。他到北京，恐怕是在《新青年》投稿之后，由蔡子民先生或陈独秀先生去请来的，到了之后，当然更是《新青年》里的一个战士。他活泼，勇敢，很打了几次大仗。譬如吧，答王敬轩的双簧信，"她"字和"牠"字的创造，就都是的。这两件，现在看起来，自然是琐屑得很，但那是十多年前，单是提倡新式标点，就会有一大群人"若丧考妣"，恨不得"食肉寝皮"的时候，所以的确是"大仗"。现在的二十左右的青年，大约很少有人知道三十年前，单是剪下辫子就会坐牢或杀头的了。然而这曾经是事实。

但半农的活泼，有时颇近于草率，勇敢也有失之无谋的地方。但是，要商量袭击敌人的时候，他还是好伙伴，进行之际，心口并不相应，或者暗暗的给你一刀，他是绝不会的。倘若失了算，那是因为没有算好的缘故。

《新青年》每出一期，就开一次编辑会，商定下一期的稿件。其时最惹我注意的是陈独秀和胡适之。假如将韬略比作一间仓库吧，独秀先生的是外面竖一面大旗，大书道："内皆武器，来者小心！"但那门却开着的，里面有几支枪，几把刀，一目了然，用不着提防。适之先生的是紧紧地关着门，门上粘一条小纸条道："内无武器，请勿疑虑。"这自然可以是真的，但有些人——至少是我这样的人——有时总不免要侧着头想一想。半农却是令人不觉其有"武库"的一个人，所以我佩服陈胡，却亲近半农。

所谓亲近，不过是多谈闲天，一多谈，就露出了缺点。几乎有一年多，他没有消失掉从上海带来的才子必有"红袖添香夜读书"的艳福的思想，好容易才给我们骂掉了。但他好像到处都这么的乱说，使有些"学者"皱眉。有时候，连到《新青年》投稿都被排斥。他很勇于写稿，但试去看旧报去，很有几期是没有他的。那些人们批评他的为人，是：浅。

不错，半农确是浅。但他的浅，却如一条清溪，澄澈见底，纵有多少沉渣和腐草，也不掩其大体的清。倘使装的是烂泥，一时就看不出它的深浅来了；如果是烂泥的深渊呢，那就更不如浅一点的好。

但这些背后的批评，大约是很伤了半农的心的，他的到法国留学，我疑心大半就为此。我最懒于通信，从此我们就疏远起来了。他回来时，我才知道他在外国钞古书，后来也要标点《何典》，我那时还以老朋友自居，在序文上说了几句老实话，事后，才知道半农颇不高兴了，"骊不及舌"，也没有法子。另外还有一回关于《语丝》的彼此心照的不快活。五六年前，曾在上海的宴会上见过一回面，那时候，我们几乎已经无话可谈了。

近几年，半农渐渐地据了要津，我也渐渐的更将他忘却；但从报章上看见他禁称"蜜斯"之类，却很起了反感：我以为这些事情是不必半农来做的。从去年来，又看见他不断地做打油诗，弄烂古文，回想先前的交情，也往往不免长叹。我想，假如见面，而我还以老朋友自居，不给一个"今天天气……哈哈哈"完事，那就也许会弄到冲突的吧。

不过，半农的忠厚，是还使我感动的。我前年曾到北平，后来有人通知我，半农是要来看我的，有谁恐吓了他一下，不敢来了。这使我很惭愧，因为我到北平后，实在未曾有过访问半农的心思。

现在他死去了，我对于他的感情，和他生时也并无变化。我爱十年前的半农，而憎恶他的近几年。这憎恶是朋友的憎恶，因为我希望他常是十年前的半农，他的为战士，即使"浅"吧，却于中国更为有益。我愿以怒火照出他的战绩，免使一群陷沙鬼将他先前的光荣和死尸一同拖入烂泥的深渊。

八月一日。

答曹聚仁先生信

聚仁先生：

关于大众语的问题，提出的真是长久了，我是没有研究的，所以一向没有开过口。但是现在的有些文章觉得不少是"高论"，文章虽好，能说而不能行，一下子就消灭，而问题却依然如故。

现在写一点我的简单的意见在这里：

一，汉字和大众，是势不两立的。

二，所以，要推行大众语文，必须用罗马字拼音（即拉丁化，现在有人分为两件事，我不懂是怎么一回事），而且要分为多少区，每区又分为小区（譬如绍兴一个地方，至少也得分为四小区），写作之初，纯用其地的方言，但是，人们是要前进的，那时原有方言一定不够，就只好采用白话，欧字，甚而至于语法。但，在交通繁盛，言语混杂的地方，又有一种语文，是比较普通的东西，它已经采用着新字汇，我想，这就是"大众语"的雏形，它的字汇和语法，即可以输进穷乡僻壤去。中国人是无论如何，在将来必有非通几种中国语不可的运命的，这事情，由教育与交通，可以办得到。

三，普及拉丁化，要在大众自掌教育的时候。现在我们所办得到的是：（甲）研究拉丁化法；（乙）试用广东话之类，读者较多的言语，做出东西来看；（丙）竭力将白话做得浅豁，使能懂的人增多，但精密的所谓"欧化"语文，仍应支持，因为讲话倘要精密，中国原有的语法是不够的，而中国的大众语文，也决不会永久含糊下去。譬如吧，反对欧化者所说的欧化，就不是中国固有字，有些新字眼，新语法，是会有非用不可的时候的。

四，在乡僻处启蒙的大众语，固然应该纯用方言，但一面仍然要改进。譬如"妈的"一句话吧，乡下是有许多意义的，有时骂骂，有时佩服，有时赞叹，因为他说不出别样的话来。先驱者的任务，是在给他们许多话，可以发表更明确的意思，同时也可以明白更精确的意义。如果也照样地写着"这妈的天气真是妈的，妈的再这样，什么都要妈的了"，那么于大众有什么益处呢？

五，至于已有大众语雏形的地方，我以为大可以依此为根据而加以改进，太僻的土语，是不必用的。例如上海叫"打"为"吃生活"，可以用于上海人的对话，却不必特用于作者的叙事中，因为说"打"，工人也一样的能够懂。有些人以为如"像煞有介事"之类，已经通行，也是不确的话，北方人对于这句话的理解，和江苏人是不一样的，那感觉并不比"俨乎其然"切实。

语文和口语不能完全相同；讲话的时候，可以夹许多"这个这个……'那个那个"之类，其实并无意义，到写作时，为了时间，纸张的经济，意思的分明，就要分别删去的，所以文章一定应该比口语简洁，然而明了，有些不同，并非文章的坏处。

所以现在能够实行的，我以为是（一）制定罗马字拼音（赵元任的太繁，用不来的);(二)做更浅显的白话文,采用较普通的方言,姑且算是向大众语去的作品,至于思想,那不消说,该是"进步"的;(三)仍要支持欧化文法,当作一种后备。

还有一层,是文言的保护者,现在也有打了大众语的旗子的了,他一方面,是立论极高,使大众语悬空,做不得;别一方面,借此攻击他当面的大敌——白话。这一点也须注意的。要不然,我们就会自己缴了自己的械。专此布复,即颂时绥。

迅上。八月二日。

从孩子的照相说起

因为长久没有小孩子,曾有人说,这是我做人不好的报应,要绝种的。房东太太讨厌我的时候,就不准她的孩子们到我这里玩,叫作"给他冷冷清清,冷清得他要死!"但是,现在却有了一个孩子,虽然能不能养大也很难说,然而目下总算已经颇能说些话,发表他自己的意见了。不过不会说还好,一会说,就使我觉得他仿佛也是我的敌人。

他有时对于我很不满,有一回,当面对我说:"我做起爸爸来,还要好……"甚而至于颇近于"反动",曾经给我一个严厉的批评道:"这种爸爸,什么爸爸!?"

我不相信他的话。做儿子时,以将来的好父亲自命,待到自己有了儿子的时候,先前的宣言早已忘得一干二净了。况且我自以为也不算怎么坏的父亲,虽然有时也要骂,甚至于打,其实是爱他的。所以他健康,活泼,顽皮,毫没有被压迫得瘟头瘟脑。如果真的是一个"什么爸爸",他还敢当面发这样反动的宣言吗?但那健康和活泼,有时却也使他吃亏,"九一八"事件后,就被同胞误认为日本孩子,骂了好几回,还挨过一次打——自然是并不重的。这里还要加一句说的听的,都不十分舒服的话:近一年多以来,这样的事情可是一次也没有了。

中国和日本的小孩子,穿的如果都是洋服,普通实在是很难分辨的。但我们这里的有些人,却有一种错误的速断法:温文尔雅,不大言笑,不大动弹的,是中国孩子;健壮活泼,不怕生人,大叫大跳的,是日本孩子。

然而奇怪,我曾在日本的照相馆里给他照过一张相,满脸顽皮,也真像日本孩子;后来又在中国的照相馆里照了一张相,相类的衣服,然而面貌很拘谨,驯良,是一个地道的中国孩子了。

为了这事，我曾经想了一想。

这不同的大原因，是在照相师的。他所指示的站或坐的姿势，两国的照相师先就不相同，站定之后，他就瞪了眼睛，觑机摄取他以为最好的一刹那的相貌。孩子被摆在照相机的镜头之下，表情是总在变化的，时而活泼，时而顽皮，时而驯良，时而拘谨，时而烦厌，时而疑惧，时而无畏，时而疲劳……。照住了驯良和拘谨的一刹那的，是中国孩子相；照住了活泼或顽皮的一刹那的，就好像日本孩子相。

驯良之类并不是恶德。但发展开去，对一切事无不驯良，却绝不是美德，也许简直倒是没出息。"爸爸"和前辈的话，固然也要听的，但也须说得有道理。假使有一个孩子，自以为事事都不如人，鞠躬倒退；或者满脸笑容，实际上却总是阴谋暗箭，我实在宁可听到当面骂我"什么东西"的爽快，而且希望他自己是一个东西。

但中国一般的趋势，却只在向驯良之类——"静"的一方面发展，低眉顺眼，唯唯诺诺，才算一个好孩子，名之曰"有趣"。活泼，健康，顽强，挺胸仰面……凡是属于"动"的，那就未免有人摇头了，甚至于称之为"洋气"。又因为多年受着侵略，就和这"洋气"为仇；更进一步，则故意和这"洋气"反一调：他们活动，我偏静坐；他们讲科学，我偏扶乩；他们穿短衣，我偏着长衫；他们重卫生，我偏吃苍蝇；他们壮健，我偏生病……这才是保存中国固有文化，这才是爱国，这才不是奴隶性。

其实，由我看来，所谓"洋气"之中，有不少是优点，也是中国人性质中所本有的，但因了历朝的压抑，已经萎缩了下去，现在就连自己也莫名其妙，统统送给洋人了。这是必须拿它回来——恢复过来的——自然还得加一番慎重的选择。

即使并非中国所固有的吧，只要是优点，我们也应该学习。即使那老师是我们的仇敌吧，我们也应该向他学习。我在这里要提出现在大家所不高兴说的日本来，他的会模仿，少创造，是为中国的许多论者所鄙薄的，但是，只要看看他们的出版物和工业品，早非中国所及，就知道"会模仿"绝不是劣点，我们正应该学习这"会模仿"的。"会模仿"又加以有创造，不是更好吗？否则，只不过是一个"恨恨而死"而已。

我在这里还要附加一句像是多余的声明：我相信自己的主张，绝不是"受了帝国主义者的指使"，要诱中国人做奴才；而满口爱国，满身国粹，也于实际上的做奴才并无妨碍。

八月七日。

门外文谈

一 开头

听说今年上海的热，是六十年来所未有的。白天出去混饭，晚上低头回家，屋子里还是热，并且加上蚊子。这时候，只有门外是天堂。因为海边的缘故吧，总有些风，用不着挥扇。虽然彼此有些认识，却不常见面的寓在四近的亭子间或阁楼里的邻人也都坐出来了，他们有的是店员，有的是书局里的校对员，有的是制图工人的好手。大家都已经做得筋疲力尽，叹着苦，但这时总还算有闲的，所以也谈闲天。

闲天的范围也并不小：谈旱灾，谈求雨，谈吊膀子，谈三寸怪人干，谈洋米，谈裸腿，也谈古文，谈白话，谈大众语。因为我写过几篇白话文，所以关于古文之类他们特别要听我的活，我也只好特别说得多。这样地过了两三夜，才给别的话岔开，也总算谈完了。不料过了几天之后，有几个还要我写出来。

他们里面，有的是因为我看过几本古书，所以相信我的，有的是因为我看过一点洋书，有的又因为我看古书也看洋书；但有几位却因此反不相信我，说我是蝙蝠。我说到古文，他就笑道，你不是唐宋八大家，能信吗？我谈到大众语，他又笑道：你又不是劳苦大众，讲什么海话呢？

这也是真的。我们讲旱灾的时候，就讲到一位老爷下乡查灾，说有些地方是本可以不成灾的，现在成灾，是因为农民懒，不戽水。但一种报上，却记着一个六十老翁，因儿子戽水乏力而死，灾象如故，无路可走，自杀了。老爷和乡下人，意见是真有这么的不同。那么，我的夜谈，恐怕也终不过是一个门外闲人的空话罢了。

飓风过后，天气也凉爽了一些，但我终于照着希望我写的几个人的希望，写出来了，比口语简单得多，大致却无异，算是抄给我们一流人看的。当时只凭记忆，乱引古书，说话是耳边风，错点不打紧，写在纸上，却使我很踌躇，但自己又苦于没有原书可对，这只好请读者随时指正了。

一九三四年，八月十六夜，写完并记。

二 字是什么人造的？

字是什么人造的？

我们听惯了一件东西，总是古时候一位圣贤所造的故事，对于文字，也当然要有这质问。但立刻就有忘记了来源的答话：字是仓颉造的。

这是一般的学者的主张，他自然有他的出典。我还见过一幅这位仓颉的画像，是生着四只眼睛的老头陀。可见要造文字，相貌先得出奇，我们这种只有两只眼睛的人，是不但本领不够，连相貌也不配的。

然而做《易经》的人（我不知道是谁），却比较的聪明，他说："上古结绳而治，后世圣人易之以书契。"他不说仓颉，只说"后世圣人"，不说创造，只说调换，真是谨慎得很；也许他无意中就不相信古代会有一个独自造出许多文字来的人的了，所以就只是这么含含糊糊地来一句。

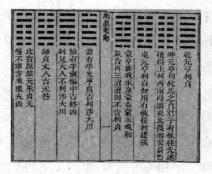

《易经》书影

但是，用书契来代结绳的人，又是什么角色呢？文学家？不错，从现在的所谓文学家的重要卖弄文字，夺掉笔杆便一无所能的事实看起来，的确首先就要想到他；他也的确应该给自己的吃饭家伙出点力。然而并不是的。有史以前的人们，虽然劳动也唱歌，求爱也唱歌，他却并不起草，或者留稿子，因为他做梦也想不到卖诗稿，编全集，而且那时的社会里，也没有报馆和书铺子，文字毫无用处。据有些学者告诉我们的话看来，这在文字上用了一番工夫的，想来该是史官了。

原始社会里，大约先前只有巫，待到渐次进化，事情繁复了，有些事情，如祭祀，狩猎，战争……之类，渐有记住的必要，巫就只好在他那本职的"降神"之外，一面也想法子来记事，这就是"史"的开头。况且"升中于天"，他在本职上，也得将记载酋长和他的治下的大事的册子，烧给上帝看，因此一样的要做文章——虽然这大约是后起的事。再后来，职掌分得更清楚了，于是就有专门记事的史官。文字就是史官必要的工具，古人说："仓颉，黄帝史。"第一句未可信，但指出了史和文字的关系，却是很有意思的。至于后来的"文学家"用它来写"啊呀呀，我的爱哟，我要死了！"那些佳句，那不过是享享现成的罢了，"何足道哉"！

三　字是怎么来的？

照《易经》说，书契之前明明是结绳；我们那里的乡下人，碰到明天要做一件紧要事,怕得忘记时,也常常说:"裤带上打一个结!"那么,我们的古圣人,是否也用一条长绳,有一件事就打一个结呢? 恐怕是不行的。只有几个结还记得,一多可就糟了。或者那正是伏羲皇上的"八卦"之流,三条绳一组,都不打结是"乾",中间各打一结是"坤"吧? 恐怕也不对。八组尚可,六十四组就难记,何况还会有五百十二组呢。只有在秘鲁还有存留的"打结字"(Quippus),用一条横绳,挂上许多直绳,拉来拉去的结起来,网不像网,倒似乎还可以表现较多的意思。我们上古的结绳,恐怕也是如此的吧。但它既然被书契调换,又不是书契的祖宗,我们也不妨暂且不去管它了。

夏禹的"岣嵝碑"是道士们假造的;现在我们能在实物上看见的最古的文字,只有商朝的甲骨和钟鼎文。但这些,都已经很进步了,几乎找不出一个原始形态。只在铜器上,有时还可以看见一点写实的图形,如鹿,如象,而从这图形上,又能发现和文字相关的线索:中国文字的基础是"象形"。

画在西班牙的亚勒泰米拉(Altamira)洞里的野牛,是有名的原始人的遗迹,许多艺术史家说,这正是"为艺术的艺术",原始人画着玩玩的。但这解释未免过于"摩登",因为原始人没有十九世纪的文艺家那么有闲,他的画一只牛,是有缘故的,为的是关于野牛,或者是猎取野牛,禁咒野牛的事。现在上海墙壁上的香烟和电影的广告画,尚且常有人张着嘴巴看,在少见多怪的原始社会里,有了这么一个奇迹,那轰动一时,就可想而知了。他们一面看,知道了野牛这东西,原来可以用线条移在别的平面上,同时仿佛也认识了一个"牛"字,一面也佩服这作者的才能,但没有人请他作自传赚钱,所以姓氏也就湮没了。但在社会里,仓颉也不止一个,有的在刀柄上刻一点图,有的在门户上画一些画,心心相印,口口相传,文字就多起来,史官一采集,便可以敷衍记事了。中国文字的由来,恐怕也逃不出这例子的。

自然,后来还该有不断的增补,这是史官自己可以办到的,新字夹在熟字中,又是象形,别人也容易推测到那字的意义。直到现在,中国还在生出新字来。但是,硬做新仓颉,却要失败的,吴的朱育,唐的武则天,都曾经造过古怪字,也都白费力。现在最会造字的是中国化学家,许多原质和化合物的名目,很不容易认得,连音也难以读出来了。老实说,我是一看见就头痛的,觉得远不如就用万国通用的拉丁名来得爽快,如果二十来个字母都认不得,请恕我直说:那么,化学也大抵学不好的。

四　写字就是画画

《周礼》和《说文解字》上都说文字的构成法有六种,这里且不谈吧,只说些和"象形"有关的东西。

象形,"近取诸身,远取诸物",就是画一只眼睛是"目",画一个圆圈,放几条毫光是"日",那自然很明白,便当的。但有时要碰壁,譬如要画刀口,怎么办呢? 不画刀背,也显不出刀口来,这时就只好别出心裁,在刀口上加一条短棍,算是指明"这个地方"的意思,造了"刃"。这已经颇有些办事棘手的模样了,何况还有无形可象的事件,于是只得来"象意",也叫作"会意"。一只手放在树上是"采",一颗心放在屋子和饭碗之间是"寍",有吃有住,安寍了。但要写"事可"的寜,却又得在碗下面放一条线,表明这不过是用了"寍"的声音的意思。"会意"比"象形"更麻烦,它至少要画两样。如"寅"字,则要画一个屋顶,一串玉,一个缶,一个具,计四样;我看"缶"字还是杵臼两形合成的,那么一共有五样。单单为了寅这一个字,就很要破费些功夫。

不过还是走不通,因为有些事物是画不出,有些事物是画不来,譬如松柏,叶样不同,原是可以分出来的,但写字究竟是写字,不能像绘画那样精工,到底还是硬挺不下去。来打开这僵局的是"谐声",意义和形象离开了关系。这已经是"记音"了,所以有人说,这是中国文字的进步。不错,也可以说是进步,然而那基础也还是画画儿。例如"菜,从草,采声",画一窠草,一个爪,一株树:三样;"海,从水,每声",画一条河,一位戴帽(?)的太太,也三样。总之:如果要写字,就非永远画画不成。

但古人是并不愚蠢的,他们早就将形象改得简单,远离了写实。篆字圆折,还有图画的余痕,从隶书到现在的楷书,和形象就天差地远。不过那基础并未改变,天差地远之后,就成为不象形的象形字,写起来虽然比较的简单,认起来却非常困难了,要凭空一个一个的记住。而且有些字,也至今并不简单,例如"鸞"或"鑿",去叫孩子写,非练习半年六月,是很难写在半寸见方的格子里面的。

还有一层,是"谐声"字也因为古今字音的变迁,很有些和"声"不大"谐"的了。现在还有谁读"滑"为"骨",读"海"为"每"呢?

古人传文字给我们,原是一份重大的遗产,应该感谢的。但在成了不象形的象

国学经典文库

鲁迅文集

·且介亭杂文·

图文珍藏版

形字,不十分谐声的谐声字的现在,这感谢却只好踌躇一下了。

五　古时候言文一致吗?

到这里,我想来猜一下古时候言文是否一致的问题。

对于这问题,现在的学者们虽然并没有分明的结论,但听他口气,好像大概是以为一致的;越古,就越一致。不过我却很有些怀疑,因为文字愈容易写,就愈容易写得和口语一致,但中国却是那么难画的象形字,也许我们的古人,向来就将不关重要的词摘去了的。

《书经》有那么难读,似乎正可作照写口语的证据,但商周人的的确的口语,现在还没有研究出,还要繁也说不定的。至于周秦古书,虽然作者也用一点他本地的方言,而文字大致相类,即使和口语还相近吧,用的也是周秦白话,并非周秦大众语。汉朝更不必说了,虽是肯将《书经》里难懂的字眼,翻成今字的司马迁,也不过在特别情况之下,采用一点俗语,例如陈涉的老朋友看见他为王,惊异道:"夥颐,涉之为王沉沉者,而其中的'涉之为王'四个字,我还疑心太史公加过修剪的。"

那么,古书里采录的童谣,谚语,民歌,该是那时的老牌俗语吧。我看也很难说。中国的文学家,是颇有爱改别人文章的脾气的。最明显的例子是汉民间的《淮南王歌》,同一地方的同一首歌,《汉书》和《前汉纪》记的就两样。

一面是——

一尺布,尚可缝;

一斗粟,尚可春。

兄弟二人,不能相容。

一面却是——

一尺布,暖童童;

一斗粟,饱蓬蓬。

兄弟二人不相容。

比较起来,好像后者是本来面目,但已经删掉了一些也说不定的:只是一个提要。后来宋人的语录,话本,元人的杂剧和传奇里的科白,也都是提要,只是它用字较为平常,删去的文字较少,就令人觉得"明白如话"了。

我的臆测,是以为中国的言文,一向就并不一致的,大原因便是字难写,只好节省些。当时的口语的摘要，是古人的文；古代的口语的摘要，是后人的古文。所以我们的做古文，是在用了已经并不象形的象形字，未必一定谐声的谐声字，在纸上描出今人谁也不说，懂的也不多的，古人的口语的摘要来。你想，这难不难呢？

六　于是文章成为奇货了

文字在人民间萌芽，后来却一定为特权者所收揽。据《易经》的作者所推测，"上古结绳而治"，则连结绳就已是治人者的东西。待到落在巫史的手里的时候，更不必说了，他们都是酋长之下，万民之上的人。社会改变下去，学习文字的人们的范围也扩大起来，但大抵限于特权者。至于平民，那是不识字的，并非缺少学费，只因为限于资格，他不配。而且连书籍也看不见。中国在刻版还未发达的时候，有一部好书，往往是"藏之秘阁，副在三馆"，连做了士子，也还是不知道写着什么的。

因为文字是特权者的东西，所以它就有了尊严性，并且有了神秘性。中国的字，到现在还很尊严，我们在墙壁上，就常常看见挂着写上"敬惜字纸"的篓子；至于符的驱邪治病，那就靠了它的神秘性的。文字既然含着尊严性，那么，知道文字，这人也就连带的尊严起来了。新的尊严者日出不穷，对于旧的尊严者就不利，而且知道文字的人们一多，也会损伤神秘性的。符的威力，就因为这好像是字的东西，除道士以外，谁也不认识的缘故。所以，对于文字，他们一定要把持。

欧洲中世，文章学问，都在道院里；克罗地亚（Kroatia），是到了十九世纪，识字的还只有教士的，人民的口语，退步到对于旧生活刚够用。他们革新的时候，就只好从外国借进许多新语来。

我们中国的文字，对于大众，除了身份，经济这些限制之外，却还要加上一条高门槛：难。单是这条门槛，倘不费他十来年工夫，就不容易跨过。跨过了的，就是士大夫，而这些士大夫，又竭力的要使文字更加难起来，因为这可以使他特别的尊严，超出别的一切平常的士大夫之上。汉朝的杨雄的喜欢奇字，就有这毛病的，刘歆想借他的《方言》稿子，他几乎要跳黄浦。唐朝呢，樊宗师的文章做到别人点不断，李贺的诗做到别人看不懂，也都为了这缘故。还有一种方法是将字写得别人不认识，下焉者，是从《康熙字典》上查出几个古字来，夹进文章里面去；上焉者是钱坫的用篆字来写刘熙的《释名》，最近还有钱玄同先生的照《说文》字样给太炎先生抄《小学答问》。

文字难,文章难,这还都是原来的;这些上面,又加以士大夫故意特制的难,却还想它和大众有缘,怎么办得到。但士大夫们也正愿其如此,如果文字易识,大家都会,文字就不尊严,他也跟着不尊严了。说白话不如文言的人,就从这里出发的;现在论大众语,说大众只要教给"千字课"就够的人,那意思的根柢也还是在这里。

七　不识字的作家

用那么艰难的文字写出来的古语摘要,我们先前也叫"文",现在新派一点的叫"文学",这不是从"文学子游子夏"上割下来的,是从日本输入,他们的对于英文 Literature 的译名。会写写这样的"文"的,现在是写白话也可以了,就叫作"文学家",或者叫"作家"。

文学的存在条件首先要会写字,那么,不识字的文盲群里,当然不会有文学家的了。然而作家却有的。你们不要太早的笑我,我还有话说。我想,人类是在未有文字之前,就有了创作的,可惜没有人记下,也没有法子记下。我们的祖先的原始人,原是连话也不会说的,为了共同劳作,必需发表意见,才渐渐地练出复杂的声音来,假如那时大家抬木头,都觉得吃力了,却想不到发表,其中有一个叫道"杭育杭育",那么,这就是创作;大家也要佩服,应用的,这就等于出版;倘若用什么记号留存了下来,这就是文学;他当然就是作家,也是文学家,是"杭育杭育派"。不要笑,这作品确也幼稚得很,但古人不及今人的地方是很多的,这正是其一。就是周朝的什么"关关雎鸠,在河之洲,窈窕淑女,君子好逑"吧,它是《诗经》里的头一篇,所以吓得我们只好磕头佩服,假如先前未曾有过这样的一篇诗,现在的新诗人用这意思做一首白话诗,到无论什么副刊上去投稿试试吧,我看十分之九是要被编辑者塞进字纸篓去的。"漂亮的好小姐呀,是少爷的好一对儿!"什么话呢?

就是《诗经》的《国风》里的东西,好许多也是不识字的无名氏作品,因为比较的优秀,大家口口相传的。王官们检出它可做行政上参考的记录了下来,此外消灭的正不知有多少。希腊人荷马——我们姑且当作有这样一个人——的两大史诗,也原是口吟,现存的是别人的记录。东晋到齐陈的《子夜歌》和《读曲歌》之类,唐朝的《竹枝词》和《柳枝词》之类,原都是无名氏的创作,经文人的采录和润色之后,留传下来的。这一润色,留传固然留传了,但可惜的是一定失去了许多本来面目。到现在,到处还有民谣,山歌,渔歌等,这就是不识字的诗人的作品;也传述着童话和故事，这就是不识字的小说家的作品；他们，就都是不识字的作家。

但是，因为没有记录作品的东西，又很容易消灭，流布的范围也不能很广大，知道的人们也就很少了。偶有一点为文人所见，往往倒吃惊，吸入自己的作品中，作为新的养料。旧文学衰颓时，因为摄取民间文学或外国文学而起一个新的转变，这例子是常见于文学史上的。不识字的作家虽然不及文人的细腻，但他却刚健，清新。

要这样的作品为大家所共有，首先也就是要这作家能写字，同时也还要读者们能识字以至能写字，一句话：将文字交给一切人。

八　怎么交代？

将文字交给大众的事实，从清朝末年就已经有了的。

"莫打鼓，莫打锣，听我唱个太平歌……"是钦颁的教育大众的俗歌；此外，士大夫也办过一些白话报，但那主意，是只要大家听得懂，不必一定写得出。《平民千字课》就带了一点写得出的可能，但也只够记账，写信。倘要写出心里所想的东西，它那限定的字数是不够的。譬如牢监，的确是给了人一块地，不过它有限制，只能在这圈子里行立坐卧，断不能跑出设定了的铁栅外面去。

劳乃宣和王照他两位都有简字，进步得很，可以照音写字了。民国初年，教育部要制字母，他们俩都是会员，劳先生派了一位代表，王先生是亲到的，为了入声存废问题，曾和吴稚晖先生大战，战得吴先生肚子一凹，棉裤也落了下来。但结果总算几经斟酌，制成了一种东西，叫作"注音字母"。那时很有些人，以为可以替代汉字了，但实际上还是不行，因为它究竟不过简单的方块字，恰如日本的"假名"一样，夹上几个，或者注在汉字的旁边还可以，要它拜帅，能力就不够了。写起来会混杂，看起来要眼花。那时的会员们称它为"注音字母"，是深知道它的能力范围的。再看日本，他们有主张减少汉字的，有主张拉丁拼音的，但主张只用"假名"的却没有。

再好一点的是用罗马字拼法，研究得最精的是赵元任先生吧，我不大明白。用世界通用的罗马字拼起来——现在是连土耳其也采用了——一词一串，非常清晰，是好的。但教我似的门外汉来说，好像那拼法还太繁。要精密，当然不得不繁，但繁得很，就又变了"难"，有些妨碍普及了。最好是另有一种简而不陋的东西。

　　这里我们可以研究一下新的"拉丁化"法,《每日国际文选》里有一小本《中国语书法之拉丁化》,《世界》第二年第六七号合刊附录的一份《言语科学》,就都是绍介这东西的。价钱便宜,有心的人可以买来看。它只有二十八个字母,拼法也容易学。"人"就是 Rhen,"房子"就是 Fangz,"我吃果子"是 Wo ch goz,"他是工人"是 Ta sh gungrhen。现在在华侨里实验,见了成绩的,还只是北方话。但我想,中国究竟还是讲北方话——不是北京话——的人们多,将来如果真有一种到处通行的大众语,那主力也恐怕还是北方话吧。为今之计,只要酌量增减一点,使它合于各该地方所特有的音,也就可以用到无论什么穷乡僻壤去了。

　　那么,只要认识二十八个字母,学一点拼法和写法,除懒虫和低能外,就谁都能够写得出,看得懂了。况且它还有一个好处,是写得快。美国人说,时间就是金钱;但我想:时间就是性命。无端的空耗别人的时间,其实是无异于谋财害命的。不过像我们这样坐着乘风凉,谈闲天的人们,可又是例外。

九　专化呢,普遍化呢?

　　到了这里,就又碰着了一个大问题:中国的言语,各处很不同,单给一个粗枝大叶的区别,就有北方话,江浙话,两湖川贵话,福建话,广东话这五种,而这五种中,还有小区别。现在用拉丁字来写,写普通话,还是写土话呢? 要写普通话,人们不会;倘写土话,别处的人们就看不懂,反而隔阂起来,不及全国通行的汉字了。这是一个大弊病!

　　我的意思是:在开首的启蒙时期,各地方各写它的土话,用不着顾到和别地方意思不相通。当未用拉丁写法之前,我们的不识字的人们,原没有用汉字互通着声气,所以新添的坏处是一点也没有的,倒有新的益处,至少是在同一语言的区域里,可以彼此交换意见,吸收知识了——那当然,一面也得有人写些有益的书。问题倒在这各处的大众语文,将来究竟要它专化呢,还是普通化?

　　方言土语里,很有些意味深长的话,我们那里叫"炼话",用起来是很有意思的,恰如文言的用古典,听者也觉得趣味津津。各就各处的方言,将语法和词汇,更加提炼,使他发达上去的,就是专化。这于文学,是很有益处的,它可以做得比仅用泛泛的话头的文章更加有意思。但专化又有专化的危险。言语学我不知道,看生物,是一到专化,往往要灭亡的。未有人类以前的许多动植物,就因为太专化了,失其可变性，环境一改，无法应付，只好灭亡。——幸而我们人类还不算专化的动物，请你们不要愁。大众，是有文学，要文学的，但绝不该为文学做牺牲，要不然，他的荒谬和为了保存汉字，要十分之八的中国人做文盲来殉难的活圣贤就并不两样。所以，我想，启蒙时候用方言，但一面又要渐渐的加入普通的语法和词汇去。先用固有的，是一地方的语文的大众化，加入新的去，是全国的语文的大众化。

几个读书人在书房里商量出来的方案，固然大抵行不通，但一切都听其自然，却也不是好办法。现在在码头上，公共机关中，大学校里，确已有着一种好像普通话模样的东西，大家说话，既非"国语"，又不是京话，个个带着乡音，乡调，却又不是方言，即使说得吃力，听的也吃力，然而总归说得出，听得懂。如果加以整理，帮它发达，也是大众语中的一支，说不定将来还简直是主力。我说要在方言里"加入新的去"，那"新的"的来源就在这地方。待到这一种出于自然，又加人工的话一普遍，我们的大众语文就算大致统一了。

此后当然还要做。年深月久之后，语文更加一致，和"炼话"一样好，比"古典"还要活的东西，也渐渐地形成，文学就更加精彩了。马上是办不到的。你们想，国粹家当作宝贝的汉字，不是化了三四千年工夫，这才有这么一堆古怪成绩吗？至于开手要谁来做的问题，那不消说：是觉悟的读书人。有人说："大众的事情，要大众自己来做！"那当然不错的，不过得看看说的是什么角色。如果说的是大众，那有一点是对的，对的是要自己来，错的是推开了帮手。倘使说的是读书人呢，那可全不同了：他在用漂亮话把持文字，保护自己的尊荣。

十　不必恐慌

但是，这还不必实做，只要一说，就又使另一些人发生恐慌了。

首先是说提倡大众语文的，乃是"文艺的政治宣传员如宋阳之流"，本意在于造反。给带上一顶有色帽，是极简单的反对法。不过一面也就是说，为了自己的太平，宁可中国有百分之八十的文盲。那么，倘使口头宣传呢，就应该使中国有百分之八十的聋子了。但这不属于"谈文"的范围，这里也无须多说。

专为着文学发愁的，我现在看见有两种。一种是怕大众如果都会读，写，就大家都变成文学家了。这真是怕天掉下来的好人。上次说过，在不识字的大众里，是一向就有作家的。我久不到乡下去了，先前是，农民们还有一点余闲，譬如乘凉，就有人讲故事。不过这讲手,大抵是特定的人,他比较的见识多,说话巧,能够使人听下去,懂明白,并且觉得有趣。这就是作家,抄出他的话来,也就是作品。倘有语言无味,偏爱多嘴的人,大家是不要听的,还要送给他许多冷话——讥刺。我们弄了几千年文言,十来年白话,凡是能写的人,何尝个个是文学家呢?即使都变成文学家,又不是军阀或土匪,于大众也并无害处的,不过彼此互看作品而已。

还有一种是怕文学的低落。大众并无旧文学的修养,比起士大夫文学的细致来,或者会显得所谓"低落"的,但也未染旧文学的痼疾,所以它又刚健,清新。无名氏文学如《子夜歌》之流,会给旧文学一种新力量,我先前已经说过了;现在也有人介绍了许多民歌和故事。还有戏剧,例如《朝花夕拾》所引《目连救母》里的无常鬼的自传,说是因为同情一个鬼魂,暂放还阳半日,不料被阎罗责罚,从此不再宽纵了——

"哪怕你铜墙铁壁!

哪怕你皇亲国戚!……"

何等有人情,又何等知过,何等守法,又何等果决,我们的文学家做得出来吗?

这是真的农民和手工业人的作品,由他们闲中扮演。借目连的巡行来贯串许多故事,除《小尼姑下山》外,和刻本的《目连救母记》是完全不同的。其中有一段《武松打虎》,是甲乙两人,一强一弱,扮着戏玩。先是甲扮武松,乙扮老虎,被甲打得要命,乙埋怨他了,甲道:"你是老虎,不打,不是给你咬死了?"乙只得要求互换,却又被甲咬得要命,一说怨话,甲便道:"你是武松,不咬,不是给你打死了?"我想:比起希腊的伊索,俄国的梭罗古勃的寓言来,这是毫无逊色的。

如果到全国的各处去收集,这一类的作品恐怕还很多。但自然,缺点是有的。是一向受着难文字,难文章的封锁,和现代思潮隔绝。所以,倘要中国的文化一同向上,就必须提倡大众语,大众文,而且书法更必须拉丁化。

十一　大众并不如读书人所想象的愚蠢

但是,这一回,大众语文刚一提出,就有些猛将趁势出现了,来路是并不一样的,可是都向白话,翻译,欧化语法,新字眼进攻。他们都打着"大众"的旗,说这些东西,都为大众所不懂,所以要不得。其中有的是原是文言余孽,借此先来打击当面的白话和翻译的,就是祖传的"远交近攻"的老法术;有的是本是懒惰分子,未尝用功，要大众语未成，白话先倒，让他在这空场上夸海口的，其实也还是文言文的好朋友，我都不想在这里多谈。现在要说的只是那些好意的，然而错误的人，因为他们不是看轻了大众，就是看轻了自己，仍旧犯着古之读书人的老毛病。

读书人常常看轻别人，以为较新，较难的字句，自己能懂，大众却不能懂，所以为大众计，是必须彻底扫荡的；说话作文，越俗，就越好。这意见发展开来，他就要不自觉地成为新国粹派。或则希图大众语文在大众中推行得快，主张什么都要配大众的胃口，甚至于说要"迎合大众"，故意多骂几句，以博大众的欢心。这当然自有他的苦心孤诣，但这样下去，可要成为大众的新帮闲的。

说起大众来，界限宽泛得很，其中包括着各式各样的人，但即使"目不识丁"的文盲，由我看来，其实也并不如读书人所推想的那么愚蠢。他们是要知识，要新的知识，要学习，能摄取的。当然，如果满口新语法，新名词，他们是什么也不懂；但逐渐的检必要的灌输进去，他们却会接受；那消化的力量，也许还赛过成见更多的读书人。初生的孩子，都是文盲，但到两岁，就懂许多话，能说许多话了，这在他，全部是新名词，新语法。他那里是从《马氏文通》或《辞源》里查来的呢，也没有教师给他解释，他是听过几回之后，从比较而明白了意义的。大众的会摄取新词汇和语法，也就是这样子，他们会这样的前进。所以，新国粹派的主张，虽然好像为大众设想，实际上倒尽了拖住的任务。不过也不能听大众的自然，因为有些见识，他们究竟还在觉悟的读书人之下，如果不给他们随时拣选，也许会误拿了无益的，甚而至于有害的东西。所以，"迎合大众"的新帮闲，是绝对的要不得的。

由历史所指示，凡有改革，最初，总是觉悟的知识者的任务。但这些知识者，却必须有研究，能思索，有决断，而且有毅力。他也用权，却不是骗人，他利导，却并非迎合。他不看轻自己，以为是大家的戏子，也不看轻别人，当作自己的喽啰。他只是大众中的一个人，我想，这才可以做大众的事业。

十二　煞尾

话已经说得不少了。总之，单是话不行，要紧的是做。要许多人做：大众和先驱；要各式的人做：教育家，文学家，言语学家……。这已经迫于必要了，即使目下还有点逆水行舟，也只好拉纤；顺水固然好得很，然而还是少不得把舵的。

这拉纤或把舵的好方法，虽然也可以口谈，但大抵得益于实验，无论怎么看风看水,目的只是一个:向前。

各人大概都有些自己的意见,现在还是给我听听你们诸位的高论吧。

不知肉味和不知水味

今年的尊孔,是民国以来第二次的盛典,凡是可以施展出来的,几乎全都施展出来了。上海的华界虽然接近夷(亦作彝)场,也听到了当年孔子听得"三月不知肉味"的"韶乐"。八月三十日的《申报》报告我们说——

"廿七日本市各界在文庙举行孔诞纪念会,到党政机关,及各界代表一千余人。有大同乐会演奏中和韶乐二章,所用乐器因欲扩大音量起见,不分古今,凡属国乐器,一律配入,共四十种。其谱一仍旧贯,并未变动。聆其节奏,庄严肃穆,不同凡响,令人悠然起敬,如亲三代以上之承平雅颂,亦即我国民族性酷爱和平之表示也。……"

乐器不分古今,一律配入,盖和周朝的韶乐,该已很有不同。但为"扩大音量起见",也只能这么办,而且和现在的尊孔的精神,也似乎十分合拍的。"孔子,圣之时者也","亦即圣之摩登者也",要三月不知鱼翅燕窝味,乐器大约绝非"共四十种"不可;况且那时候,中国虽然已有外患,却还没有夷场。

不过因此也可见时势究竟有些不同了,纵使"扩大音量",终于还扩不到乡间,同日的《中华日服》上,就记着一则颇伤"承平雅颂,亦即我国民族性酷爱和平之表示"的体面的新闻,最不凑巧的是事情也出在二十七——

"(宁波通讯)余姚入夏以来,因天时亢旱,河水干涸,住民饮料,大半均在河畔开凿土井,借以汲取,故往往因争先后,而起冲突。廿七日上午,距姚城四十里之朗霞镇后方屋地方,居民杨厚坤与姚士莲,又因争井水,发生冲突,互相加殴。姚士莲以烟筒头猛击杨头部,杨当即昏倒在地。继姚又以木棍石块击杨中要害,竟遭殴毙。迨邻近闻声施救,杨早已气绝。而姚士莲见已闯祸,知必不能免,即乘机逃避……"

闻韶,是一个世界,口渴,是一个世界。食肉而不知味,是一个世界,口渴而争水,又是一个世界。自然,这中间大有君子小人之分,但"非小人无以养君子",到底还不可任凭他们互相打死,渴死的。

听说在阿拉伯,有些地方,水已经是宝贝,为了喝水,要用血去换。"我国民族性"是"酷爱和平"的,想必不至于如此。但余姚的实例却未免有点怕人,所以我们除食肉者听了而不知肉味的"韶乐"之外,还要不知水味者听了而不想水喝的"韶乐"。

八月二十九日。

中国语文的新生

中国现在的所谓中国字和中国文,已经不是中国大家的东西了。

古时候,无论哪一国,能用文字的原是只有少数的人的,但到现在,教育普及起来,凡是称为文明国者,文字已为大家所公有。但我们中国,识字的却大概只占全人口的十分之二,能作文的当然还要少。这还能说文字和我们大家有关系吗?也许有人要说,这十分之二的特别国民,是怀抱着中国文化,代表着中国大众的。我觉得这话并不对。这样的少数,并不足以代表中国人。正如中国人中,有吃燕窝鱼翅的人,有卖红丸的人,有拿回扣的人,但不能因此就说一切中国人,都在吃燕窝鱼翅,卖红丸,拿回扣一样。要不然,一个郑孝胥,真可以把全副"王道"挑到满洲去。

我们倒应该以最大多数为根据,说中国现在等于并没有文字。

这样的一个连文字也没有的国度,是在一天一天的坏下去了。我想,这可以无须我举例。

单在没有文字这一点上,知识者是早就感到模糊的不安的。清末的办白话报,五四时候的叫"文学革命",就为此。但还只知道了文章难,没有悟出中国等于并没有文字。今年的提倡复兴文言文,也为此,他明知道现在的机关枪是利器,却因历来偷懒,未曾振作,临危又想侥幸,就只好梦想大刀队成事了。

大刀队的失败已经显然,只有两年,已没有谁来打九十九把钢刀去送给军队。但文言队的显出不中用来,是很慢,很隐的,它还有寿命。

和提倡文言文的开倒车相反,是目前的大众语文的提倡,但也还没有碰到根本的问题:中国等于并没有文字。待到拉丁化的提议出现,这才抓住了解决问题的紧要关键。

反对,当然大大的要有的,特殊人物的成规,动他不得。格理莱倡地动说,达尔文说进化论,摇动了宗教,道德的基础,被攻击原是毫不足怪的;但哈飞发现了血液在人身中环流,这和一切社会制度有什么关系呢,却也被攻击了一世。然而结果怎样? 结果是:血液在人身中环流!

中国人要在这世界上生存,那些识得《十三经》的名目的学者,"灯红"会对"酒绿"的文人,并无用处,却全靠大家的切实的智力,是明明白白的。那么,倘要生存,首先就必须除去阻碍传布智力的结核:非语文和方块字。如果不想大家来给旧文字做牺牲,就得牺牲掉旧文字。走那一面呢,这并非如冷笑家所指摘,只是拉丁化提倡者的成败,乃是关于中国大众的存亡的。要得实证,我看也不必等候这么久。

至于拉丁化的较详的意见,我是大体和《自由谈》连载的华圉作《门外文谈》相近的,这里不多说。我也同意于一切冷笑家所冷嘲的大众语的前途的艰难;但以为即使艰难,也还要做;愈艰难,就愈要做。改革,是向来没有一帆风顺的,冷笑家的赞成,是在见了成效之后,如果不信,可看提倡白话文的当时。

九月二十四日。

中国人失掉自信力了吗

从公开的文字上看起来:两年以前,我们总自夸着"地大物博"是事实;不久就不再自夸了,只希望着国联,也是事实;现在是既不夸自己,也不信国联,改为一味求神拜佛,怀古伤今了——却也是事实。

于是有人慨叹曰:中国人失掉自信力了。

如果单据这一点现象而论,自信其实是早就失掉了的。先前信"地",信"物",后来信"国联",都没有相信过"自己"。假使这也算一种"信",那也只能说中国人曾经有过"他信力",自从对国联失望之后,便把这他信力都失掉了。

失掉了他信力,就会疑,一个转身,也许能够只相信了自己,倒是一条新生路,但不幸的是逐渐玄虚起来了。信"地"和"物",还是切实的东西,国联就渺茫,不过这还可以令人不久就省悟到依赖它的不可靠。一到求神拜佛,可就玄虚之至了,有益或是有害,一时就找不出分明的结果来,它可以令人更长久的麻醉着自己。

中国人现在是在发展着"自欺力"。

"自欺"也并非现在的新东西,现在只不过日见其明显,笼罩了一切罢了。然而，在这笼罩之下，我们有并不失掉自信力的中国人在。

我们从古以来，就有埋头苦干的人，有拼命硬干的人，有为民请命的人，有舍身求法的人，……虽是等于为帝王将相作家谱的所谓"正史"，也往往掩不住他们的光耀，这就是中国的脊梁。

这一类的人们，就是现在也何尝少呢？他们有确信，不自欺；他们在前仆后继的战斗，不过一面总在被摧残，被抹杀，消灭于黑暗中，不能为大家所知道罢了。说中国人失掉了自信力，用以指一部分人则可，倘若加于全体，那简直是诬蔑。

要论中国人，必须不被搽在表面的自欺欺人的脂粉所诓骗，却看看他的筋骨和脊梁。自信力的有无，状元宰相的文章是不足为据的，要自己去看地底下。

九月二十五日。

"以眼还眼"

杜衡先生在"最近，出于'与其看一部新的书，还不如看一部旧的书'的心情"，重读了莎士比亚的《恺撒传》。这一读是颇有关系的，结果使我们能够拜读他从读旧书而来的新文章:《莎剧恺撒传里所表现的群众》(见《文艺风景》创刊号)。

这个剧本，杜衡先生是"曾经用两个月的时间把它翻译出来过"的，就可见读得非常仔细。他告诉我们:"在这个剧里，莎氏描写了两个英雄——恺撒，和……勃鲁都斯。……还进一步创造了两位政治家(煽动家)——阴险而卑鄙的卡西乌斯，和表面上显得那么麻木而糊涂的安东尼。"但最后的胜利却属于安东尼，而"很明显地，安东尼的胜利是凭借了群众的力

杜衡

量"，于是更明显地，即使"甚至说，群众是这个剧的无形的主脑，也不嫌太过"了。

然而这"无形的主脑"是怎样的东西呢？杜衡先生在叙事和引文之后，加以结

国学经典文库

鲁迅文集

·且介亭杂文·

图文珍藏版

束——绝不是结论,这是作者所不愿意说的——道——

"在这许多地方,莎氏是永不忘记把群众表现为一个力量的;不过,这力量只是一种盲目的暴力。他们没有理性,他们没有明确的利害观念;他们的感情是完全被几个煽动家所控制着,所操纵着。……自然,我们不能贸然地肯定这是群众的本质,但是我们倘若说,这位伟大的剧作者是把群众这样看法的,大概不会有什么错误吧。这看法,我知道将使作者大大地开罪于许多把群众的理性和感情用另一种方式来估计的朋友们。至于我,说实话,我以为对这些问题的判断,是至今还超乎我的能力之上,我不敢妄置一词。……"

杜衡先生是文学家,所以这文章做得极好,很谦虚。假如说,"妈的群众是瞎了眼睛的!"即使根据的是"理性",也容易因了表现的粗暴而招致反感;现在是"这位伟大的剧作者"莎士比亚老前辈"把群众这样看法的",您以为怎么样呢?"巽语之言,能无说乎",至少也得客客气气的搔一搔头皮,如果你没有翻译或细读过莎剧《恺撒传》的话——只得说,这判断,更是"超乎我的能力之上"了。

于是我们都不负责任,单是讲莎剧。莎剧的确是伟大的,仅就杜衡先生所介绍的几点来看,它实在已经打破了文艺和政治无关的高论了。群众是一个力量,但"这力量只是一种盲目的暴力。他们没有理性,他们没有明确的利害观念",据莎氏的表现,至少,他们就将"民治"的金字招牌踏得粉碎,何况其他? 即在目前,也使杜衡先生对于这些问题不能判断了。一本《恺撒传》,就是作政论看,也是极有力量的。

然而杜衡先生却又因此替作者捏了一把汗,怕"将使作者大大地开罪于许多把群众的理性和感情用另一种方式来估计的朋友们"。自然,在杜衡先生,这是一定要想到的,他应该爱惜这一位以《恺撒传》给他智慧的作者。然而肯定的判断了那一种"朋友们",却未免太不顾事实了。现在不但施蛰存先生已经看见了苏联将要排演莎剧的"丑态"(见《现代》九月号),便是《资本论》里,不也常常引用莎氏的名言,未尝说他有罪吗? 将来呢,恐怕也如未必有人引《哈姆雷特》来证明有鬼,更未必有人因《哈姆雷特》而责莎士比亚的迷信一样,会特地"吊民伐罪",和杜衡先生一般见识的。

况且杜衡先生的文章,是写给心情和他两样的人们来读的,因为会看见《文艺风景》这一本新书的,当然绝不是怀着"与其看一部新的书,还不如看一部旧的书"

的心情的朋友。但是，一看新书，可也就不至于只看一本《文艺风景》了，讲莎剧的书又很多，涉猎一点，心情就不会这么抖抖索索，怕被"政治家"（煽动家）所煽动。那些"朋友们"除注意作者的时代和环境而外，还会知道《恺撒传》的材料是从布鲁特奇的《英雄传》里取来的，而且是莎士比亚从作喜剧转入悲剧的第一部；作者这时是失意了。为什么事呢，还不大明白。但总之，当判断的时候，是都要想到的，又未必有杜衡先生所预言的痛快，简单。

单是对于"莎剧恺撒传里所表现的群众"的看法，和杜衡先生的眼睛两样的就有的是。现在只抄一位痛恨十月革命，逃入法国的显斯妥夫（Lev Shestov）先生的见解，而且是结论在这里吧——

"在《攸里乌斯·恺撒》中活动的人，以上之外，还有一个。那是复合的人物。那便是人民，或说'群众'。莎士比亚之被称为写实家，并不是无意义的。无论在那一点，他决不阿谀群众，做出凡俗的性格来。他们轻薄，胡乱，残酷。今天跟在彭贝的战车之后，明天喊着恺撒之名，但过了几天，却被他的叛徒勃鲁都斯的辩才所惑，其次又赞成安东尼的攻击，要求着刚才的红人勃鲁都斯的头了。人往往愤慨着群众之不可靠。但其实，岂不是正有适用着'以眼还眼，以牙还牙'的古来的正义的法则的事在这里吗？劈开的来看，群众原是轻蔑着彭贝，恺撒，安东尼，辛那之辈的，他们那一面，也轻蔑着群众。今天恺撒握着权力，恺撒万岁。明天轮到安东尼了，那就跟在他后面吧。只要他们给饭吃，给戏看，就好。他们的功绩之类，是用不着想到的。他们那一面也很明白，施与些像个王者的宽容，借此给自己收得报答。在拥挤着这些满是虚荣心的人们的连串里，间或夹杂着勃鲁都斯那样的廉直之士，是事实。然而谁有从山积的沙中，找出一粒珠子来的闲工夫呢？群众，是英雄的大炮的食料，而英雄，从群众看来，不过是余兴。在其间，正义就占了胜利，而幕也垂下来了。"（《莎士比亚[剧]中的伦理的问题》）

这当然也未必是正确的见解，显斯妥夫就不很有人说他是哲学家或文学家。不过便是这一点点，就很可以看见虽然同是从《恺撒传》来看它所表现的群众，结果却已经和杜衡先生有这么的差别。而且也很可以推见，正不会如杜衡先生所预料，"将使作者大大地开罪于许多把群众的理性和感情用另一方式来估计的朋友们"了。

所以，杜衡先生大可以不必替莎士比亚发愁。彼此其实都很明白："阴险而卑鄙的卡西乌斯,和表面上显得那么麻木而糊涂的安东尼",就是在那时候的群众,也"不过是余兴"而已。

九月三十日。

说"面子"

"面子",是我们在谈话里常常听到的,因为好像一听就懂,所以细想的人大约不很多。

但近来从外国人的嘴里,有时也听到这两个音,他们似乎在研究。他们以为这一件事情,很不容易懂,然而是中国精神的纲领,只要抓住这个,就像二十四年前的拔住了辫子一样,全身都跟着走动了。相传前清时候,洋人到总理衙门去要求利益,一通威吓,吓得大官们满口答应,但临走时,却被从边门送出去。不给他走正门,就是他没有面子;他既然没有了面子,自然就是中国有了面子,也就是占了上风了。这是不是事实,我断不定,但这故事,"中外人士"中是颇有些人知道的。

因此,我颇疑心他们想专将"面子"给我们。

但"面子"究竟是怎么一回事呢?不想还好,一想可就觉得糊涂。它像是很有好几种的,每一种身份,就有一种"面子",也就是所谓"脸"。这"脸"有一条界线,如果落到这线的下面去了,即失了面子,也叫作"丢脸"。不怕"丢脸",便是"不要脸"。但倘使做了超出这线以上的事,就"有面子",或曰"露脸"。而"丢脸"之道,则因人而不同,例如车夫坐在路边赤膊捉虱子,并不算什么,富家姑爷坐在路边赤膊捉虱子,才成为"丢脸"。但车夫也并非没有"脸",不过这时不算"丢",要给老婆踢了一脚,就躺倒哭起来,这才成为他的"丢脸"。这一条"丢脸"律,是也适用于上等人的。这样看来,"丢脸"的机会,似乎上等人比较多,但也不一定,例如车夫偷一个钱袋,被人发现,是失了面子的,而上等人大捞一批金珠珍玩,却仿佛也不见得怎样"丢脸",况且还有"出洋考察",是改头换面的良方。

谁都要"面子",当然也可以说是好事情,但"面子"这东西,却实在有些怪。九月三十日的《申报》就告诉我们一条新闻:沪西有业木匠大包作头之罗立鸿,为其母出殡,邀开"贳器店之王树宝夫妇帮忙,因来宾众多,所备白衣,不敷分配,其时适有名王道才,绰号三喜子,亦到来送殡,争穿白衣不遂,以为有失体面,心中怀恨,……邀集徒党数十人,各执铁棍,据说尚有持手枪者多人,将王树宝家人乱打,一时双方有剧烈之战争,头破血流,多人受有重伤。……"白衣是亲族有服者所穿的,现在必须"争穿"而又"不遂",足见并非亲族,但竟以为"有失体面",演成这样的大战了。这时候,好像只要和普通有些不同便是"有面子",而自己成了什么,却可以完全不管。这类脾气,是"绅商"也不免发露的:袁世凯将要称帝的时候,有人以列名于劝进表中为"有面子";有一国从青岛撤兵的时候,有人以列名于万民伞上为"有面子"。

所以,要"面子"也可以说并不一定是好事情——但我并非说,人应该"不要脸"。现在说话难,如果主张"非孝",就有人会说你在煽动打父母,主张男女平等,就有人会说你在提倡乱交——这声明是万不可少的。

况且,"要面子"和"不要脸"实在也可以有很难分辨的时候。不是有一个笑话吗?一个绅士有钱有势,我假定他叫四大人吧,人们都以能够和他攀谈为荣。有一个专爱夸耀的小瘪三,一天高兴地告诉别人道:"四大人和我讲过话了!"人问他"说什么呢?"答道:"我站在他门口,四大人出来了,对我说:滚开去!"当然,这是笑话,是形容这人的"不要脸",但在他本人,是以为"有面子"的,如此的人一多,也就真成为"有面子"了。别的许多人,不是四大人连"滚开去"也不对他说吗? 在上海,"吃外国火腿"虽然还不是"有面子",却也不算怎么"丢脸"了,然而比起被一个本国的下等人所踢来,又仿佛近于"有面子"。

中国人要"面子",是好的,可惜的是这"面子"是"圆机活法",善于变化,于是就和"不要脸"混起来了。长谷川如是闲说"盗泉"云:"古之君子,恶其名而不饮,今之君子,改其名而饮之。"也说穿了"今之君子"的"面子"的秘密。

十月四日。

运命

有一天,我坐在内山书店里闲谈——我是常到内山书店去闲谈的,我的可怜的敌对的"文学家",还曾经借此竭力给我一个"汉奸"的称号,可惜现在他们又不坚持了——才知道日本的丙午年生,今年二十九岁的女性,是一群十分不幸的人。大家相信丙午年生的女人要克夫,即使再嫁,也还要克,而且可以多至五六个,所以想结婚是很困难的。这自然是一种迷信,但日本社会上的迷信也还是真不少。

我问:可有方法解除这凶命呢?回答是:没有。

接着我就想到了中国。

许多外国的中国研究家,都说中国人是定命论者,命中注定,无可奈何;就是中国的论者,现在也有些人这样说。但据我所知道,中国女性就没有这样无法解除的命运。"命凶"或"命硬",是有的,但总有法子想,就是所谓"禳解";或者和不怕相克的命的男子结婚,制住她的"凶"或"硬"。假如有一种命,说是要连克五六个丈夫的吧,那就早有道士之类出场,自称知道妙法,用桃木刻成五六个男人,画上符咒,和这命的女人一同行"结俪之礼"后,烧掉或埋掉,于是真来订婚的丈夫,就算是第七个,毫无危险了。

中国人的确相信运命,但这运命是有方法转移的。所谓"没有法子",有时也就是一种另想道路一转移运命的方法。等到确信这是"运命",真真"没有法子"的时候,那是在事实上已经十足碰壁,或者恰要灭亡之际了。运命并不是中国人的事前的指导,乃是事后的一种不费心思的解释。

中国人自然有迷信,也有"信",但好像很少"坚信"。我们先前最尊皇帝,但一面想玩弄他,也尊后妃,但一面又有些想吊她的膀子;畏神明,而又烧纸钱作贿赂,佩服豪杰,却不肯为他作牺牲。崇孔的名儒,一面拜佛,信甲的战士,明天信丁。宗教战争是向来没有的,从北魏到唐末的佛道二教的此仆彼起,是只靠几个人在皇帝耳朵边的甘言蜜语。风水,符咒,拜祷……偌大的"运命",只要化一批钱或磕几个头,就改换得和注定的一笔大不相同了——就是并不注定。

我们的先哲,也有知道"定命"有这么的不定,是不足以定人心的,于是他说,这用种种方法之后所得的结果,就是真的"定命",而且连必须用种种方法,也是命中注定的。但看起一般的人们来,却似乎并不这样想。

人而没有"坚信",狐狐疑疑,也许并不是好事情,因为这也就是所谓"无特操"。但我以为信运命的中国人而又相信运命可以转移,却是值得乐观的。不过现在为止,是在用迷信来转移别的迷信,所以归根结底,并无不同,以后倘能用正当的道理和实行——科学来替换了这迷信,那么,定命论的思想,也就和中国人离开了。

假如真有这一日,则和尚,道士,巫师,星相家,风水先生……的宝座,就都让给了科学家,我们也不必整年的见神见鬼了。

十月二十三日。

脸谱臆测

对于戏剧,我完全是外行。但遇到研究中国戏剧的文章,有时也看一看。近来的中国戏是否象征主义,或中国戏里有无象征手法的问题,我是觉得很有趣味的。

伯鸿先生在《戏》周刊十一期(《中华日报》副刊)上,说起脸谱,承认了中国戏有时用象征的手法,"比如白表'奸诈',红表'忠勇',黑表'威猛',蓝表'妖异',金表'神灵'之类,实与西洋的白表'纯洁清净',黑表'悲哀',红表'热烈',黄金色表'光荣'和'努力'"并无不同,这就是"色的象征",虽然比较的单纯,低级。

这似乎也很不错,但再一想,却又生了疑问,因为白表奸诈,红表忠勇之类,是只以在脸上为限,一到别的地方,白就并不象征奸诈,红也不表示忠勇了。

对于中国戏剧史,我又是完全的外行。我只知道古时候(南北朝)的扮演故事,是带假面的,这假面上,大约一定得表示出这角色的特征,一面也是这角色的脸相的规定。古代的假面和现在的打脸的关系,好像还没有人研究过,假使有些关系,那么,"白表奸诈"之类,就恐怕只是人物的分类,却并非象征手法了。

中国古来就喜欢讲"相人术",但自然和现在的"相面"不同,并非从气色上看出祸福来,而是所谓"诚于中,必形于外",要从脸相上辨别这人的好坏的方法。一般的人们,也有这一种意见的,我们在现在,还常听到"看他样子就不是好人"这一类话。这"样子"的具体的表现,就是戏剧上的"脸谱"。富贵人全无心肝,只知道自私自利,吃得白白胖胖,什么都做得出,于是白就表了奸诈。红表忠勇,是从关云长的"面如重枣"来的。"重枣"是怎样的枣子,我不知道,要之,总是红色的吧。在实际上,忠勇的人思想较为简单,不会神经衰弱,面皮也容易发红,倘使他要永远中立,自称"第三种人",精神上就不免时时痛苦,脸上一块青,一块白,终于显出白鼻子来了。黑表威猛,更是极平常的事,整年在战场上驰驱,脸孔怎会不黑,擦着雪花膏的公子,是一定不肯自己出面去战斗的。

士君子常在一门一门的将人们分类,平民也在分类,我想,这"脸谱",便是优伶和看客公同逐渐议定的分类图。不过平民的辨别,感受的力量,是没有士君子那么细腻的。况且我们古时候戏台的搭法,又和罗马不同,使看客非常散漫,表现倘不加重,他们就觉不到,看不清。这么一来,各类人物的脸谱,就不能不夸大化,漫画化,甚而至于到得后来,弄得稀奇古怪,和实际离得很远,好像象征手法了。

脸谱,当然自有它本身的意义的,但我总觉得并非象征手法,而且在舞台的构造和看客的程度和古代不同的时候,它更不过是一种赘疣,无须扶持它的存在了。然而用在另一种有意义的玩艺上,在现在,我却以为还是很有兴趣的。

十月三十一日。

随便翻翻

我想讲一点我的当作消闲的读书——随便翻翻。但如果弄得不好,会受害也说不定的。

我最初去读书的地方是私塾,第一本读的是《鉴略》,桌上除了这一本书和习字的描红格,对字(这是作诗的准备)的课本之外,不许有别的书。但后来竟也慢慢地认识字了,一认识字,对于书就发生了兴趣,家里原有两三箱破烂书,于是翻来翻去,大目一的是找图画看,后来也看看文字。这样就成了习惯,书在手头,不管它是什么,总要拿来翻一下,或者看一遍序目,或者读几页内容,到得现在,还是如此,不用心,不费力,往往在作文或看非看不可的书籍之后,觉得疲劳的时候,也拿这玩意来做消遣了,而且它也的确能够消除疲劳。

倘要骗人,这方法很可以冒充博雅。现在有一些老实人,和我闲谈之后,常说我书,是看得很多的,略谈一下,我也的确好像书看得很多,殊不知就为了常常随手翻翻的缘故,却并没有本本细看。还有一种很容易到手的秘本,是《四库书目提要》,倘还怕繁,那么,《简明目录》也可以,这可要细看,它能做成你好像看过许多书。不过我也曾用过正经工夫,如什么"国学"之类,请过先生指教,留心过学者所开的参考书目。结果都不满意。有些书目开得太多,要十来年才能看完,我还疑心他自己就没有看;只开几部的较好,可是这须看这位开书目的先生了,如果他是一位糊涂虫,那么,开出来的几部一定也是极顶糊涂书,不看还好,一看就糊涂。

我并不是说,天下没有指导后学看书的先生,有是有的,不过很难得。

这里只说我消闲的看书——有些正经人是反对的,以为这么一来,就"杂"!

"杂"，现在又算是很坏的形容词。但我以为也有好处。譬如我们看一家的陈年账簿，每天写着"豆腐三文，青菜十文，鱼五十文，酱油一文"，就知先前这几个钱就可买一天的小菜，吃够一家；看一本旧历本，写着"不宜出行，不宜沐浴，不宜上梁"，就知道先前是有这么多的禁忌。看见了宋人笔记里的"食菜事魔"，明人笔记里的"十彪五虎"，就知道"哦呵，原来'古已有之'。"但看完一部书，都是些那时的名人轶事，某将军每餐要吃三十八碗饭，某先生体重一百七十五斤半；或是奇闻怪事，某村雷劈蜈蚣精，某妇产生人面蛇，毫无益处的也有。这时可得自己有主意了，知道这是帮闲文士所做的书。凡帮闲，他能令人消闲消得最坏，他用的是最坏的方法。倘不小心，被他诱过去，那就坠入陷阱，后来满脑子是某将军的饭量，某先生的体重，蜈蚣精和人面蛇了。

讲扶乩的书，讲婊子的书，倘有机会遇见，不要皱起眉头，显示憎厌之状，也可以翻一翻；明知道和自己意见相反的书，已经过时的书，也喟一样的办法。例如杨光先的《不得已》是清初的著作，但看起来，他的思想是活着的，现在意见和他相近的人们正多得很。这也有一点危险，也就是怕被它诱过去。治法是多翻，翻来翻去，一多翻，就有比较，比较是医治受骗的好方子。乡下人常常误认一种硫化铜为金矿，空口是和他说不明白的，或者他还会赶紧藏起来，疑心你要白骗他的宝贝。但如果遇到一点真的金矿，只要用手掂一掂轻重，他就死心塌地：明白了。

"随便翻翻"是用各种别的矿石来比的方法，很费事，没有用真的金矿来比的明白，简单。我看现在青年的常在问人该读什么书，就是要看一看真金，免得受硫化铜的欺骗。而且一识得真金，一面也就真的识得了硫化铜，一举两得了。

但这样的好东西，在中国现有的书里，却不容易得到。我回忆自己的得到一点知识，真是苦得可怜。幼小时候，我知道中国在"盘古氏开辟天地"之后，有三皇五帝，……宋朝，元朝，明朝，"我大清"。到二十岁，又听说"我们"的成吉思汗征服欧洲，是"我们"最阔气的时代。到二十五岁，才知道所谓这"我们"最阔气的时代，其实是蒙古人征服了中国，我们做了奴才。直到今年八月里，因为要查一点故事，翻了三部蒙古史，这才明白蒙古人的征服"斡罗思"，侵入匈奥，还在征服全中国之前，那时的成吉思汗还不是我们的汗，倒是俄人被奴的资格比我们老，应该他们说"我们的成吉思汗征服中国，是我们最阔气的时代"的。

我久不看现行的历史教科书了，不知道里面怎么说；但在报章杂志上，却有时还看见以成吉思汗自豪的文章。事情早已过去了,原没有什么大关系,但也许正有着大关系,而且无论如何,总是说些真实的好。所以我想,无论是学文学的,学科学的,他应该先看一部关于历史的简明而可靠的书。但如果他专讲天王星,或海王星,蛤蟆的神经细胞,或只咏梅花,叫妹妹,不发关于社会的议论,那么,自然,不看也可以的。

我自己,是因为懂一点日本文,在用日译本《世界史教程》和新出的《中国社会史》应应急的,都比我历来所见的历史书类说得明确。前一种中国曾有译本,但只有一本,后五本不译了,译得怎样,因为没有见过,不知道。后一种中国倒先有译本,叫作《中国社会发展史》,不过据日译者说,是多错误,有删节,靠不住的。

我还在希望中国有这两部书。又希望不要一哄而来,一哄而散,要译,就译他完;也不要删节,要删节,就得声明,但最好还是译得小心,完全,替作者和读者想一想。

十一月二日。

拿破仑与隋那

我认识一个医生,忙的,但也常受病家的攻击,有一回,自解自叹道:要得称赞,最好是杀人,你把拿破仑和隋那(Edward Jenner,1749—1823)去比比看……

我想,这是真的。拿破仑的战绩,和我们什么相干呢,我们却总敬服他的英雄。甚而至于自己的祖宗做了蒙古人的奴隶,我们却还恭维成吉思;从现在的卐字眼睛看来,黄人已经是劣种了,我们却还夸耀希特拉。

因为他们三个,都是杀人不眨眼的大灾星。

但我们看看自己的臂膊,大抵总有几个疤,这就是种过牛痘的痕迹,是使我们脱离了天花的危症的。自从有这种牛痘法以来,在世界上真不知救活了多少孩子,——虽然有些人大起来也还是去给英雄们做炮灰,但我们有谁记得这发明者隋那的名字呢?

杀人者在毁坏世界,救人者在修补它,而炮灰资格的诸公,却总在恭维杀人者。

这看法倘不改变,我想,世界是还要毁坏,人们也还要吃苦的。

十一月六日。

答《戏》周刊编者信

鲁迅先生鉴：

《阿Q》的第一幕已经登完了，搬上舞台实验虽还不是马上可以做到，但我们的准备工作是就要开始发动了。我们希望你能在第一幕刚登完的时候先发表一点意见，一方面对于我们的公演准备或者也有些帮助，另方面本刊的丛书计划一实现也可以把你的意见和《阿Q》剧本同时付印当作一篇序。这是编者的要求，也是作者，读者和演出的同志们的要求。祝健！

编者。

编辑先生——

在《戏》周刊上给我的公开信，我早看见了；后来又收到邮寄的一张周刊，我知道这大约是在催促我的答复。对于戏剧，我是毫无研究的，我的最可靠的答复，是一声也不响。但如果先生和读者们都肯预先了解我不过是一个外行人的随便谈谈，那么，我自然也不妨说一点我个人的意见。

《阿Q》在每一期里，登得不多，每期相隔又有六天，断断续续的看过，也陆陆续续地忘记了。现在回忆起来，只记得那编排，将《呐喊》中的另外的人物也插进去，以显示未庄或鲁镇的全貌的方法，是很好的。但阿Q所说的绍兴话，我却有许多地方看不懂。

现在我自己想说几句的，有两点——

一，未庄《阿Q》的编者已经决定：在绍兴。我是绍兴人，所写的背景又是绍兴的居多，对于这决定，大概是谁都同意的。但是，我的一切小说中，指明着某处的却少得很。中国人几乎都是爱护故乡，奚落别处的大英雄，阿Q也很有这脾气。那时我想，假如写一篇暴露小说，指定事情是出在某处的吧，那么，某处人恨得不共戴天，非某处人却无异隔岸观火，彼此都不反省，一班人咬牙切齿，一班人却飘飘然，不但作品的意义和作用完全失掉了，还要由此生出无聊的枝节来，大家争一通闲气——《闲话扬州》是最近的例子。为了医病，方子上开人参，吃法不好，倒落得满身浮肿，用萝卜子来解，这才恢复了先前一样的瘦，人参白买了，还空空的折贴了萝卜子。人名也一样，古今文坛消息家，往往以为有些小说的根本是在报私仇，所以

国学经典文库

鲁迅文集

·且介亭杂文·

图文珍藏版

一定要穿凿书上的谁,就是实际上的谁。为免除这些才子学者们的白费心思,另生枝节起见,我就用"赵太爷","钱大爷",是《百家姓》上最初的两个字;至于阿Q的姓呢,准也不十分了然。但是,那时还是发生了谣言。还有排行,因为我是长男,下有两个兄弟,为预防谣言家的毒舌起见,我的作品中的坏角色,是没有一个不是老大,或老四,老五的。

上面所说那样的苦心,并非我怕得罪人,目的是在消灭各种无聊的副作用,使作品的力量较能集中,发挥得更强烈。果戈理作《巡按使》,使演员直接对看客道:"你们笑自己!"(奇怪的是中国的译本,却将这极要紧的一句删去了。)我的方法是在使读者摸不着在写自己以外的谁,一下子就推诿掉,变成旁观者,而疑心到像是写自己,又像是写一切人,由此开出反省的道路。但我看历来的批评家,是没有一个注意到这一点的。这回编者的对于主角阿Q所说的绍兴话,取了这样随手胡调的态度,我看他的眼睛也是为俗尘所蔽的。

但是,指定了绍兴也好。于是跟着起来的是第二个问题——

二,阿Q该说什么话?这似乎无须问,阿Q一生的事情既然出在绍兴,他当然该说绍兴话。但是第三个疑问接着又来了——

三,《阿Q》是演给那里的人们看的?倘是演给绍兴人看的,他得说绍兴话无疑。绍兴戏文中,一向是官员秀才用官话,堂倌狱卒用土话的,也就是生,旦,净大抵用官话,丑用土话。我想,这也并非全为了用这来区别人的上下,雅俗,好坏,还有一个大原因,是警句或炼话,讥刺和滑稽,十之九是出于下等人之口的,所以他必用土话,使本地的看客们能够彻底的了解。那么,这关系之重大,也就可想而知了。其实,倘使演给绍兴的人们看,别的角色也大可以用绍兴话,因为同是绍兴话,所谓上等人和下等人说的也并不同,大抵前者句子简,语助词和感叹词少,后者句子长,语助词和感叹词多,同一意思的一句话,可以冗长到一倍。但如演给别处的人们看,这剧本的作用却减弱,或者简直完全消失了。据我所留心观察,凡有自以为深通绍兴话的外县人,他大抵是像目前标点明人小品的名人一样,并不怎么懂得的;至于北方或闽粤人,我恐怕他听了之后,不会比听外国马戏里的打诨更有所得。

我想,普遍,永久,完全,这三件宝贝,自然是了不得的,不过也是作家的棺材钉,会将他钉死。譬如现在的中国,要编一本随时随地,无不可用的剧本,其实是不可能的,要这样编,结果就是编不成。所以我以为现在的办法,只好编一种对话都是比较的容易了解的剧本，倘在学校之类这些地方扮演，可以无须改动，如果到某一省县，某一乡村里面去，那么，这本子就算是一个底本，将其中的说白都改为当地的土话，不但语言，就是背景，人名，也都可变换，使看客觉得更加切实。譬如吧，如果这演剧之处并非水村，那么，航船可以化为大车，七斤也可以叫作"小辫儿"的。

我的意见说完了，总括一句，不过是说，这剧本最好是不要专化，却使大家可以活用。

临末还有一点尾巴，当然绝没有叭儿君的尾巴的有趣。这是我十分抱歉的，不过还是非说不可。记得几个月之前，曾经回答过一个朋友的关于大众语的质问，这信后来被发表在《社会月报》上了，末了是杨邨人先生的一篇文章。一位绍伯先生就在《火炬》上说我已经和杨邨人先生调和，并且深深的感慨了一番中国人之富于调和性。这一回，我的这一封信，大约也要发表的吧，但我记得《戏》周刊上已曾发表过曾今可叶灵凤两位先生的文章；叶先生还画了一幅阿Q像，好像我那一本《呐喊》还没有在上茅厕时候用尽，倘不是多年便秘，那一定是又买了一本新的了。如果我被绍伯先生的判决所震慑，这回是应该不敢再写什么的，但我想，也不必如此。只是在这里要顺便声明：我并无此种权力，可以禁止别人将我的信件在刊物上发表，而且另外还有谁的文章，更无从预先知道，所以对于同一刊物上的任何作者，都没有表示调和与否的意思；但倘有同一营垒中人，化了装从背后给我一刀，则我的对于他的憎恶和鄙视，是在明显的敌人之上的。

这倒并非个人的事情，因为现在又到了绍伯先生可以施展老手段的时候，我若不声明，则我所说过的各节，纵非买办意识，也是调和论了，还有什么意思呢？

专此布复，即请

文安。

鲁迅。十一月十四日。

寄《戏》周刊编者信

编辑先生：

今天看《戏》周刊第十四期，《独自》上"抱憾"于不得我的回信，但记得这信已于前天送出了，还是病中写的，自以为巴结得很，现在特地声明，算是讨好之意。

在这周刊上,看了几个阿Q像,我觉得都太特别,有点古里古怪。我的意见,以为阿Q该是三十岁左右,样子平平常常,有农民式的质朴,愚蠢,但也很沾了些游手之徒的狡猾。在上海,从洋车夫和小车夫里面,恐怕可以找出他的影子来的,不过没有流氓样,也不像瘪三样。只要在头上戴上一顶瓜皮小帽,就失去了阿Q,我记得我给他戴的是毡帽。这是一种黑色的,半圆形的东西,将那帽边翻起一寸多,戴在头上的;上海的乡下,恐怕也还有人戴。

报上说要图画,我这里有十张,是陈铁耕君刻的,今寄上,如不要,仍请寄回。他是广东人,所用的背景有许多大约是广东。第二,第三之二,第五,第七这四幅,比较刻得好;第三之一和本文不符;第九更远于事实,那时那里有摩托车给阿Q坐呢?该是大车,有些地方叫板车,是一种马拉的四轮的车,平时是载货物的。但绍兴也并没有这种车,我用的是那时的北京的情形,我在绍兴,其实并未见过这样的盛典。

又,今天的《阿Q正传》上说:"小D大约是小董吧?"并不是的。他叫"小同",大起来,和阿Q一样。

专此布达,并请

撰安。

鲁迅上。十一月十八日。

中国文坛上的鬼魅

一

当国民党对于共产党从合作改为剿灭之后,有人说,国民党先前原不过利用他们的,北伐将成的时候,要施行剿灭是预定的计划。但我以为这说的并不是真实。国民党中很有些有权力者,是愿意共产的,他们那时争先恐后地将自己的子女送到苏联去学习,便是一个证据,因为中国的父母,孩子是他们第一等宝贵的人,他们绝不至于使他们去练习做剿灭的材料。不过权力者们好像有一种错误的思想。他们以为中国只管共产,但他们自己的权力却可以更大,财产和姨太太也更多;至少,也总不会比不共产还要坏。

我们有一个传说。大约二千年之前,有一个刘先生,积了许多苦功,修成神仙,可以和他的夫人一同飞上天去了,然而他的太太不愿意。为什么呢? 她舍不得住着的老房子,养着的鸡和狗。刘先生只好去恳求上帝,设法连老房子,鸡,狗,和他们俩全都弄到天上去,这才做成了神仙。也就是大大的变化了,其实却等于并没有变化。假使共产主义国里可以毫不改动那些权力者的老样,或者还要阔,他们是一定赞成的。然而后来的情形证明了共产主义没有上帝那样的可以通融办理,于是才下了剿灭的决心。孩子自然是第一等宝贵的人,但自己究竟更宝贵。

于是许多青年们,共产主义者及其嫌疑者,"左倾"者及其嫌疑者,以及这些嫌疑者的朋友们,就到处用自己的血来洗自己的错误,以及那些权力者们的错误。权力者们的先前的错误,是受了他们的欺骗的,所以必得用他们的血来洗干净。然而另有许多青年们,却还不知底细,在苏联学毕,骑着骆驼高高兴兴的由蒙古回来了。我记得有一个外国旅行者还曾经看得酸心,她说,他们竟不知道现在在祖国等候他们的,却已经是绞架。

不错,是绞架。但绞架还不算坏,简简单单的只用绞索套住了颈子,这是属于优待的。而且也并非个个走上了绞架,他们之中的一些人,还有一条路,是使劲地拉住了那颈子套上了绞索的朋友的脚。这就是用事实来证明他内心的忏悔,能忏悔的人,精神是极其崇高的。

二

从此而不知忏悔的共产主义者,在中国就成了该杀的罪人。而且这罪人,却又给了别人无穷的便利;他们成为商品,可以卖钱,给人添出职业来了。而且学校的风潮,恋爱的纠纷,也总有一面被指为共产党,就是罪人,因此极容易的得到解决。如果有谁和有钱的诗人辩论,那诗人的最后的结论是:共产党反对资产阶级,我有钱,他反对我,所以他是共产党。于是诗神就座了金的坦克车,凯旋了。

但是,革命青年的血,却浇灌了革命文学的萌芽,在文学方面,倒比先前更其增加了革命性。政府里很有些从外国学来,或在本国学得的富于知识的青年,他们自然是觉得的,最先用的是极普通的手段:禁止书报,压迫作者,终于是杀戮作者,五个左翼青年作家就做了这示威的牺牲。然而这事件又并没有公表,他们很知道,这事是可以做,却不可以说的。古人也早经说过,"以马上得天下,不能以马上治之。"所以要剿灭革命文学,还得用文学的武器。

作为这武器而出现的,是所谓"民族文学"。他们研究了世界上各人种的脸色,决定了脸色一致的人种,就得取同一的行为,所以黄色的无产阶级,不该和黄色的有产阶级斗争,却该和白色的无产阶级斗争。他们还想到了成吉思汗,作为理想的标本,描写他的孙子拔都汗,怎样率领了许多黄色的民族,侵入斡罗斯,将他们的文化摧残,贵族和平民都做了奴隶。

中国人跟了蒙古的可汗去打仗,其实是不能算中国民族的光荣的,但为了扑灭斡罗斯,他们不能不这样做,因为我们的权力者,现在已经明白了古之斡罗斯,即今之苏联,他们的主义,是决不能增加自己的权力、财富和姨太太的了。然而,现在的拔都汗是谁呢?

一九三一年九月,日本占据了东三省,这确是中国人将要跟着别人去毁坏苏联的序曲,民族主义文学家们可以满足的了。但一般的民众却以为目前的失去东三省,比将来的毁坏苏联还紧要,他们激昂了起来。于是民族主义文学家也只好顺风转舵,改为对于这事件的啼哭,叫喊了。许多热心的青年们往南京去请愿,要求出兵;然而这须经过极辛苦的试验,火车不准坐,露宿了几日,才给他们坐到南京,有许多是只好用自己的脚走。到得南京,却不料就遇到一大队曾经训练过的"民众",手里是棍子,皮鞭,手枪,迎头一顿打,使他们只好脸上或身上肿起几块,当作结果,垂头丧气的回家,有些人还从此找不到,有的是在水里淹死了,据报上说,那是他们自己掉下去的。

民族主义文学家们的啼哭也从此收了场,他们的影子也看不见了,他们已经完成了送丧的任务。这正和上海的葬式行列是一样的,出去的时候,有杂乱的乐队,有唱歌似的哭声,但那目的是在将悲哀埋掉,不再记忆起来;目的一达,大家走散,再也不会成什么行列的了。

三

但是,革命文学是没有动摇的,还发达起来,读者们也更加相信了。

于是别一方面,就出现了所谓"第三种人",是当然绝非左翼,但又不是右翼,超然于左右之外的人物。他们以为文学是永久的,政治的现象是暂时的,所以文学不能和政治相关,一相关,就失去它的永久性,中国将从此没有伟大的作品。不过他们,忠实于文学的"第三种人",也写不出伟大的作品。为什么呢? 是因为左翼批评家不懂得文学，为邪说所迷，对于他们的好作品，都加以严酷而不正确的批评，打击得他们写不出来了。所以左翼批评家，是中国文学的刽子手。

至于对于政府的禁止刊物，杀戮作家呢，他们不谈，因为这是属于政治的，一谈，就失去他们的作品的永久性了；况且禁压，或杀戮"中国文学的刽子手"之流，倒正是"第三种人"的永久的文学，伟大的作品的保护者。

这一种微弱的假惺惺的哭诉，虽然也是一种武器，但那力量自然是很小的，革命文学并不为它所击退。"民族主义文学"已经自灭，"第三种文学"又站不起来，这时候，只好又来一次真的武器了。

一九三三年十一月，上海的艺华影片公司突然被一群人们所袭击，捣毁得一塌糊涂了。他们是极有组织的，吹一声哨，动手，又一声哨，停止，又一声哨，散开。临走还留下了传单，说他们的所以征伐，是为了这公司为共产党所利用。而且所征伐的还不止影片公司，又蔓延到书店方面去，大则一群人闯进去捣毁一切，小则不知从哪里飞来一块石子，敲碎了值洋二百的窗玻璃。那理由，自然也是因为这书店为共产党所利用。高价的窗玻璃的不安全，是使书店主人非常心痛的。几天之后，就有"文学家"将自己的"好作品"来卖给他了，他知道印出来是没有人看的，但得买下，因为价钱不过和一块窗玻璃相当，而可以免去第二块石子，省了修理窗门的工作。

四

压迫书店，真成为最好的战略了。

但是，几块石子是还嫌不够的。中央宣传委员会也查禁了一大批书，计一百四十九种，凡是销行较多的，几乎都包括在里面。中国左翼作家的作品，自然大抵是被禁止的，而且又禁到译本。要举出几个作者来，那就是高尔基（Corky），卢那卡尔斯基（Lunacharsky），斐定（Fedin），法捷耶夫（Fadeev），绥拉斐摩维支（Serafimovich），辛克莱（Lpton Sinclair），甚而至于梅迪林克（Maeterlinck），梭罗古勃（Sologub），斯忒林培克（Strindberg）。

这真使出版家很为难，他们有的是立刻将书缴出，烧毁了，有的却还想补救，和官厅去商量，结果是免除了一部分。为减少将来的出版的困难起见，官员和出版家还开了一个会议。在这会议上，有几个"第三种人"因为要保护好的文学和出版家的资本,便以杂志编辑者的资格提议,请采用日本的办法,在付印之前,先将原稿审查,加以删改,以免别人也被左翼作家的作品所连累而禁止,或印出后始行禁止而使出版家受亏。这提议很为各方面所满足,当即被采用了,虽然并不是光荣的拔都汗的老方法。

而且也即开始了实行,今年七月,在上海就设立了书籍杂志检查处,许多"文学家"的失业问题消失了,还有些改悔的革命作家们,反对文学和政治相关的"第三种人"们,也都坐上了检察官的椅子。他们是很熟悉文坛情形的;头脑没有纯粹官僚的糊涂,一点讽刺,一句反语,他们都比较的懂得所含的意义,而且用文学的笔来涂抹,无论如何总没有创作的繁难,于是那成绩,听说是非常之好了。

但是,他们的引日本为榜样,是错误的。日本固然不准谈阶级斗争,却并不说世界上并无阶级斗争,而中国则说世界上其实无所谓阶级斗争,都是马克思捏造出来的,所以这不准谈,为的是守护真理。日本固然也禁止,删削书籍杂志,但在被删削之处,是可以留下空白的,使读者一看就明白这地方是受了删削,而中国却不准留空白,必须连起来,在读者眼前好像还是一篇完整的文章,只是作者在说着意思不明的昏话。这种在现在的中国读者面前说昏话,是弗理契(Friche),卢那卡尔斯基他们也在所不免的。

于是出版家的资本安全了,"第三种人"的旗子不见了,他们也在暗地里使劲地拉那上了绞架的同业的脚,而没有一种刊物可以描出他们的原形,因为他们正握着涂抹的笔尖,生杀的权力。在读者,只看见刊物的消沉,作品的衰落,和外国一向有名的前进的作家,今年也大抵忽然变了低能者而已。

然而在实际上,文学界的阵线却更加分明了。蒙蔽是不能长久的,接着起来的又将是一场血腥的战斗。

十一月二十一日。

关于新文字

——答问

比较,是最好的事情。当没有知道拼音字之前,就不会想到象形字的难;当没有看见拉丁化的新文字之前,就很难明确的断定以前的注音字母和罗马字拼法,也还是麻烦的,不合实用,也没有前途的文字。

方块汉字真是愚民政策的利器,不但劳苦大众没有学习和学会的可能,就是有钱有势的特权阶级,费时一二十年,终于学不会的也多得很。最近,宣传古文的好处的教授,竟将古文的句子也点错了,就是一个证据——他自己也没有懂。不过他们可以装作懂得的样子,来胡说八道,欺骗不明真相的人。

所以,汉字也是中国劳苦大众身上的一个结核,病菌都潜伏在里面,倘不首先除去它,结果只有自己死。先前也曾有过学者,想出拼音字来,要大家容易学,也就是更容易教训,并且延长他们服役的生命,但那些字都还很繁琐,因为学者总忘不了官话,四声,以及这是学者创造出来的字,必须有学者的气息。这回的新文字却简易得远了,又是根据现实生活的,容易学,有用,可以用这对大家说话,听大家的话,明白道理,学得技艺,这才是劳苦大众自己的东西,首先的唯一的活路。

现在正在中国试验的新文字,给南方人读起来,是不能全懂的。现在的中国,本来还不是一种语言所能统一,所以必须另照各地方的言语来拼,待将来再图沟通。反对拉丁化文字的人,往往将这当作一个大缺点,以为反而使中国的文字不统一了,但他却抹杀了方块汉字本为大多数中国人所不识,有些知识阶级也并不真识的事实。

然而他们却深知道新文字对于劳苦大众有利,所以在弥漫着白色恐怖的地方,这新文字是一定要受摧残的。现在连并非新文字,而只是更接近口语的"大众语",也在受着苛酷的压迫和摧残。中国的劳苦大众虽然并不识字,但特权阶级却还嫌他们太聪明了,正竭力地弄麻木他们的思索机关呢,例如用飞机掷下炸弹去,用机关枪送过子弹去,用刀斧将他们的颈子砍断,就都是的。

十二月九日。

病后杂谈

一

生一点病,的确也是一种福气。不过这里有两个必要条件:一要病是小病,并非什么霍乱吐泻,黑死病,或脑膜炎之类;二要至少手头有一点现款,不至于躺一天,就饿一天。这二者缺一,便是俗人,不足与言生病之雅趣的。

我曾经爱管闲事,知道过许多人,这些人物,都怀着一个大愿。大愿,原是每个人都有的,不过有些人却模模糊糊,自己抓不住,说不出。他们中最特别的有两位:一位是愿天下的人都死掉,只剩下他自己和一个好看的姑娘,还有一个卖大饼的;另一位是愿秋天薄暮,吐半口血,两个侍儿扶着,恹恹的到阶前去看秋海棠。这种志向,一看好像离奇,其实却照顾得很周到。第一位姑且不谈他吧,第二位的"吐半口血",就有很大的道理。才子本来多病,但要"多",就不能重,假使一吐就是一碗或几升,一个人的血,能有几回好吐呢?过不几天,就雅不下去了。

我一向很少生病,上月却生了一点点。开初是每晚发热,没有力,不想吃东西,一礼拜不肯好,只得看医生。医生说是流行性感冒。好吧,就是流行性感冒。但过了流行性感冒一定退热的时期,我的热却还不退。医生从他那大皮包里取出玻璃管来,要取我的血液,我知道他在疑心我生伤寒病了,自己也有些发愁。然而他第二天对我说,血里没有一粒伤寒菌;于是注意的听肺,平常;听心,上等。这似乎很使他为难。我说,也许是疲劳吧;他也不甚反对,只是沉吟着说,但是疲劳的发热,还应该低一点。……

好几回检查了全体,没有死症,不至于鸣呼哀哉是明明白白的,不过是每晚发热,没有力,不想吃东西而已,这真无异于"吐半口血",大可享生病之福了。因为既不必写遗嘱,又没有大痛苦,然而可以不看正经书,不管柴米账,玩他几天,名称又好听,叫作"养病"。从这一天起,我就自己觉得好像有点儿"雅"了;那一位愿吐半口血的才子,也就是那时躺着无事,忽然记了起来的。

光是胡思乱想也不是事,不如看点不劳精神的书,要不然,也不成其为"养病"。像这样的时候,我赞成中国纸的线装书,这也就是有点儿"雅"起来了的证据。洋装书便于插架,便于保存,现在不但有洋装二十五六史,连《四部备要》也硬领而皮靴了,——原是不为无见的。但看洋装书要年富力强,正襟危坐,有严肃的态度。假使你躺着看,那就好像两只手捧着一块大砖头,不多工夫,就两臂酸麻,只好叹一口气,将它放下。所以,我在叹气之后,就去寻线装书。

一寻,寻到了久不见面的《世说新语》之类一大堆,躺着来看,轻飘飘的毫不费力了,魏晋人的豪放潇洒的风姿,也仿佛在眼前浮动。由此想到阮嗣宗的听到步兵厨善于酿酒,就求为步兵校尉;陶渊明做了彭泽令,就教官田都种秫,以便做酒,因了太太的抗议,这才种了一点杭。这真是天趣盎然,绝非现在的"站在云端里呐喊"者们所能望其项背。但是,"雅"要想到适可而止,再想便不行。例如阮嗣宗可以求做步兵校尉,陶渊明补了彭泽令,他们的地位,就不是一个平常人,要"雅",也还是要地位。"采菊东篱下,悠然见南山"是渊明的好句,但我们在上海学起来可就难了。没有南山,我们还可以改作"悠然见洋房"或"悠然见烟囱"的,然而要租一所院子里有点竹篱,可以种菊的房子,租钱就每月总得一百两,水电在外;巡

陶渊明

捕捐按房租百分之十四,每月十四两。单是这两项,每月就是一百十四两,每两作一元四角算,等于一百五十九元六。近来的文稿又不值钱,每千字最低的只有四五角,因为是学陶渊明的雅人的稿子,现在算他每千字三大元吧,但标点,洋文,空白除外。那么,单单为了采菊,他就得每月译作净五万三千二百字。吃饭呢? 要另外想法子生发,否则,他只好"饥来驱我去,不知竟何之"了。

"雅"要地位,也要钱,古今并不两样的,但古代的买雅,自然比现在便宜;办法也并不两样,书要摆在书架上,或者抛几本在地板上,酒杯要摆在桌子上,但算盘却要收在抽屉里,或者最好是在肚子里。

此之谓"空灵"。

二

为了"雅",本来不想说这些话的。后来一想,这于"雅"并无伤,不过是在证明我自己的"俗"。王夷甫口不言钱,还是一个不干不净人物,雅人打算盘,当然也无损其为雅人。不过他应该有时收起算盘,或者最妙是暂时忘却算盘,那么,那时的一言一笑,就都是灵机天成的一言一笑,如果念念不忘世间的利害,那可就成为"杭育杭育派"了。这关键,只在一者能够忽而放开,一者却是永远执着,因此也就大有了雅俗和高下之分。我想,这和时而"敦伦"者不失为圣贤,连白天也在想女人的就要被称为"登徒子"的道理,大概是一样的。

所以我恐怕只好自己承认"俗",因为随手翻了一通《世说新语》,看过"鲋隅跃

清池"的时候，千不该万不该的竟从"养病"想到"养病费"上去了，于是一骨碌爬起来，写信讨版税，催稿费。写完之后，觉得和魏晋人有点隔膜，自己想，假使此刻有阮嗣宗或陶渊明在面前出现，我们也一定谈不来的。于是另换了几本书，大抵是明末清初的野史，时代较近，看起来也许较有趣味。第一本拿在手里的是《蜀碧》。

这是蜀宾从成都带来送我的，还有一部《蜀龟鉴》，都是讲张献忠祸蜀的书，其实是不但四川人，而是凡有中国人都该翻一下的著作，可惜刻的太坏，错字颇不少。翻了一遍，在卷三里看见了这样的一条——

"又，剥皮者，从头至尻，一缕裂之，张于前，如鸟展翅，率逾日始绝。有即毙者，行刑之人坐死。"

也还是为了自己生病的缘故吧，这时就想到了人体解剖。医术和虐刑，是都要生理学和解剖学知识的。中国却怪得很，固有的医书上的人身五脏图，真是草率错误到见不得人，但虐刑的方法，则往往好像古人早懂得了现代的科学。例如吧，谁都知道从周到汉，有一种施于男子的"宫刑"，也叫"腐刑"，次于"大辟"一等。对于女性就叫"幽闭"，向来不大有人提起那方法，但总之，是绝非将她关起来，或者将它缝起来。近时好像被我查出一点大概来了，那办法的凶恶，妥当，而又合乎解剖学，真使我不得不吃惊。但妇科的医书呢？几乎都不明白女性下半身的解剖学的构造，他们只将肚子看作一个大口袋，里面装着莫名其妙的东西。

单说剥皮法，中国就有种种。上面所抄的是张献忠式；还有孙可望式，见于屈大均的《安龙逸史》，也是这回在病中翻到的。其时是永历六年，即清顺治九年，永历帝已经躲在安隆（那时改为安龙），秦王孙可望杀了陈邦传父子，御史李如月就弹劾他"擅杀勋将，无人臣礼"，皇帝反打了如月四十板。可是事情还不能完，又给孙党张应科知道了，就去报告了孙可望。

"可望得应科报，即令应科杀如月，剥皮示众。俄缚如月至朝门，有负石灰一筐，稻草一捆，置于其前。如月问，'如何用此？'其人曰，'是揎你的草！'如月叱曰，'瞎奴！此株株是文章，节节是衷肠也！'既而应科立右角门阶，捧可望令旨，喝如月跪。如月叱曰，'我是朝廷命官，岂跪贼令！？'乃步至中门，向阙再拜。……应科促令仆地，剖脊，及臀，如月大呼曰：'死得快活，浑身清凉！'又呼可望名，大骂不绝。及断至手足，转前胸，犹微声恨骂；至颈绝而死。随以灰渍之，纫以线，后乃入草，移北城门通衢阁上，悬之。……"

张献忠的自然是"流贼"式；孙可望虽然也是流贼出身，但这时已是保明拒清的柱石，封为秦王，后来降了满洲，还是封为义王，所以他所用的其实是官式。明初，永乐皇帝剥那忠于建文帝的景清的皮，也就是用这方法的。大明一朝，以剥皮始，以剥皮终，可谓始终不变；至今在绍兴戏文里和乡下人的嘴上，还偶然可以听到"剥皮揎草"的话，那皇泽之长也就可想而知了。

真也无怪有些慈悲心肠人不愿意看野史，听故事；有些事情，真也不像人世，要令人毛骨悚然，心里受伤，永不痊愈的。残酷的事实尽有，最好莫如不闻，这才可以保全性灵，也是"是以君子远庖厨也"的意思。比灭亡略早的晚明名家的潇洒小品在现在的盛行，实在也不能说是无缘无故。不过这一种心地晶莹的雅致，又必须有一种好境遇，李如月仆地"剐脊"，脸孔向下，原是一个看书的好姿势，但如果这时给他看袁中郎的《广庄》，我想他是一定不要看的。这时他的性灵有些儿不对，不懂得真文艺了。

然而，中国的士大夫是到底有点稚气的，例如李如月说的"株株是文章，节节是衷肠"，就很富于诗趣。临死作诗的，古今来也不知道有多少。直到近代，谭嗣同在临刑之前就做一绝"闭门投辖思张俭"，秋瑾女士也有一句"秋雨秋风愁煞人"，然而还雅得不够格，所以各种诗选里都不载，也不能卖钱。

三

清朝有灭族，有凌迟，却没有剥皮之刑，这是汉人应该惭愧地，但后来脍炙人口的虐政是文字狱。虽说文字狱，其实还含着许多复杂的原因，在这里不能细说；我们现在还直接受到流毒的，是他删改了许多古人的著作的字句，禁了许多明清人的书。

《安龙逸史》大约也是一种禁书，我所得的是吴兴刘氏嘉业堂的新刻本。他刻的前清禁书还不止这一种，屈大均的又有《翁山文外》；还有蔡显的《闲渔闲闲录》，是作者因此"斩立决"，还累及门生的，但我细看了一遍，却又寻不出什么忌讳。对于这种刻书家，我是很感激的，因为他传授给我许多知识——虽然从雅人看来，只是些庸俗不堪的知识。但是到嘉业堂去买书，可真难。我还记得，今年春天的一个下午，好容易在爱文义路找着了，两扇大铁门，叩了几下，门上开了一个小方洞，里面有中国门房，中国巡捕，白俄镖师各一位。巡捕问我来干什么的。我说买书。他说账房出去了,没有人管,明天再来吧。我告诉他我住得远,可能给我等一会呢?他说,不成! 同时也堵住了那个小方洞。过了两天,我又去了,改作上午,以为此时账房也许不至于出去。但这回所得回答却更加绝望,巡捕曰:"书都没有了! 卖完了! 不卖了!"

我就没有第三次再去买,因为实在回复的斩钉截铁。现在所有的几种,是托朋友去辗转买来的,好像必须是熟人或走熟的书店,这才买得到。

每种书的末尾,都有嘉业堂主人刘承干先生的跋文,他对于明季的遗老很有同情,对于清初的文祸也颇不满。但奇怪的是他自己的文章却满是前清遗老的口风;书是民国刻的,"仪"字还缺着末笔。我想,试看明朝遗老的著作,反抗清朝的主旨,是在异族的入主中夏的,改换朝代,倒还在其次。所以要顶礼明末的遗民,必须接受他的民族思想,这才可以心心相印。现在以明遗老之仇的满清的遗老自居,却又引明遗老为同调,只着重在"遗老"两个字,而毫不问遗于何族,遗在何时,这真可以说是"为遗老而遗老",和现在文坛上的"为艺术而艺术",成为一副绝好的对子了。

倘以为这是因为"食古不化"的缘故,那可也并不然。中国的士大夫,该化的时候,就未必决不化。就如上面说过的《蜀龟鉴》,原是一部笔法都仿《春秋》的书,但写到"圣祖仁皇帝康熙元年春正月",就有"赞"道;"……明季之乱甚矣! 风终豳,雅终《召旻》,托乱极思治之隐忧而无其实事,孰若臣祖亲见之,臣身亲被之乎? 是编以元年正月终者,非徒谓体元表正,蔑以加兹;生逢盛世,荡荡难名,一以寄没世不忘之恩,一以见太平之业所由始耳!"

《春秋》上是没有这种笔法的。满洲的肃王的一箭,不但射死了张献忠,也感化了许多读书人,而且改变了"春秋笔法"了。

四

病中来看这些书,归根结底,也还是令人气闷。但又开始知道了有些聪明的士大夫,依然会从血泊里寻出闲适来。例如《蜀碧》,总可以说是够惨的书了,然而序文后面却刻着一位乐斋先生的批语道:"古穆有魏晋间人笔意。"

这真是天大的本领! 那死似的镇静,又将我的气闷打破了。

我放下书,合了眼睛,躺着想想学这本领的方法,以为这和"君子远庖厨也"的法子是大两样的,因为这时是君子自己也亲到了庖厨里。瞑想的结果,拟定了两手太极拳。一,是对于世事要"浮光掠影",随时忘却,不甚了然,仿佛有些关心,却又并不恳切;二,是对于现实要"蔽聪塞明",麻木冷静,不受感触,先由努力,后成自然。第一种的名称不大好听,第二种却也是却病延年的要诀,连古之儒者也并不讳言的。这都是大道。还有一种轻捷的小道,是:彼此说谎,自欺欺人。

有些事情,换一句话说就不大合适,所以君子憎恶俗人的"道破"。其实,"君子远庖厨也"就是自欺欺人的办法:君子非吃牛肉不可,然而他慈悲,不忍见牛的临死的觳觫,于是走开,等到烧成牛排,然后慢慢地来咀嚼。牛排是决不会"觳觫"的了,也就和慈悲不再有冲突,于是他心安理得,天趣盎然,剔剔牙齿,摸摸肚子,"万物皆备于我矣"了。彼此说谎也绝不是伤雅的事情,东坡先生在黄州,有客来,就要客谈鬼,客说没有,东坡道:"姑妄言之!"至今还算是一件韵事。

撒一点小谎,可以解无聊,也可以消闷气;到后来,忘却了真,相信了谎。也就心安理得,天趣盎然了起来。永乐的硬做皇帝,一部分士大夫是颇以为不大好的。尤其是对于他的惨杀建文的忠臣。和景清一同被杀的还有铁铉,景清剥皮,铁铉油炸,他的两个女儿则发付了教坊,叫她们做婊子。这更使士大夫不舒服,但有人说,后来二女献诗于原问官,被永乐所知,赦出,嫁给士人了。

这真是"曲终奏雅",令人如释重负,觉得天皇毕竟圣明,好人也终于得救。她虽然做过官妓,然而究竟是一位能诗的才女,她父亲又是大忠臣,为夫的士人,当然也不算辱没。但是,必须"浮光掠影"到这里为止,想不得下去。一想,就要想到永乐的上谕,有些是凶残猥亵,将张献忠祭梓潼神的"咱老子姓张,你也姓张,咱老子和你联了宗吧。尚飨!"的名文,和他的比起来,真是高华典雅,配登西洋的上等杂志,那就会觉得永乐皇帝决不像一位爱才怜弱的明君。况且那时的教坊是怎样的处所7,罪人的妻女在那里是并非静候嫖客的,据永乐定法,还要她们"转营",这就是每座兵营里都去几天,目的是在使她们为多数男性所凌辱,出生"小龟子"和"淫贱材儿"来!所以,现在成了问题的"守节",在那时,其实是只准"良民"专利的特典。在这样的治下,这样的地狱里,做一首诗就能超生的吗?

我这回从杭世骏的《订讹类编》(续补卷上)里,这才确切地知道了这佳话的欺骗。他说:

"……考铁长女诗,乃吴人范昌期《题老妓卷》作也。诗云:'教坊落籍洗铅华,一片春心对落花。旧曲听来空有恨，故园归去却无家。云鬟半軃临青镜，雨泪频弹湿绛纱。安得江州司马在，尊前重为赋琵琶。'昌期，字鸣凤；诗见张士瀹《国朝文纂》。同时杜琼用嘉亦有次韵诗，题曰《无题》，则其非铁氏作明矣。次女诗所谓'春来雨露深如海，嫁得刘郎胜阮郎'，其论尤为不伦。宗正睦楔论革除事，谓建文流落西南诸诗，皆好事伪作，则铁女之诗可知。……"

《国朝文纂》我没有见过，铁氏次女的诗，杭世骏也并未寻出根底，但我以为他的话是可信的，——虽然他败坏了口口相传的韵事。况且一则他也是一个认真的考证学者，二则我觉得凡是得到大煞风景的结果的考证，往往比表面说得好听，玩得有趣的东西近真。

首先将范昌期的诗嫁给铁氏长女，聊以自欺欺人的是谁呢？我也不知道。但"浮光掠影"的一看，倒也罢了，一经杭世骏道破，再去看时，就很明白的知道了确是咏老妓之作，那第一句就不像现任官妓的口吻。不过中国的有一些士大夫，总爱无中生有，移花接木的造出故事来，他们不但歌颂升平，还粉饰黑暗。关于铁氏二女的撒谎，尚其小焉者耳，大至胡元杀掠，满清焚屠之际，也还会有人单单捧出什么烈女绝命，难妇题壁的诗词来，这个艳传，那个步韵，比对于华屋丘墟，生民涂炭之惨的大事情还起劲。到底是刻了一本集，连自己们都附进去，而韵事也就完结了。

我在写着这些的时候，病是要算已经好了的了，用不着写遗书。但我想在这里趁便拜托我的相识的朋友，将来我死掉之后，即使在中国还有追悼的可能，也千万不要给我开追悼会或者出什么纪念册。因为这不过是活人的讲演或挽联的斗法场，为了造语惊人，对仗工稳起见，有些文豪们是简直不恤于胡说八道的。结果至多也不过印成一本书，即使有谁看了，于我死人，于读者活人，都无益处，就是对于作者，其实也并无益处，挽联做得好，也不过挽联做得好而已。

现在的意见，我以为倘有购买那些纸墨白布的闲钱，还不如选几部明人、清人或今人的野史或笔记来印印，倒是于大家很有益处的。但是要认真，用点工夫，标点不要错。

十二月十一日。

病后杂谈之余

——关于"舒愤懑"

一

我常说明朝永乐皇帝的凶残,远在张献忠之上,是受了宋端仪的《立斋闲录》的影响的。那时我还是满洲治下的一个拖着辫子的十四五岁的少年,但已经看过记载张献忠怎样屠杀蜀人的《蜀碧》,痛恨着这"流贼"的凶残。后来又偶然在破书堆里发现了一本不全的《立斋闲录》,还是明抄本,我就在那书上看见了永乐的上谕,于是我的憎恨就移到永乐身上去了。

那时我毫无什么历史知识,这憎恨转移的原因是极简单的,只以为流贼尚可,皇帝却不该,还是"礼不下庶人"的传统思想。至于《立斋闲录》,好像是一部少见的书,作者是明人,而明朝已有抄本,那刻本之少就可想。记得《汇刻书目》说是在明代的一部什么丛书中,但这丛书我至今没有见;清《四库全书总目提要》将它放在"存目"里,那么,《四库全书》里也是没有的,我家并不是藏书家,我真不解怎么会有这明抄本。这书我一直保存着,直到十多年前,因为肚子饿得慌了,才和别的两本明抄和一部明刻的《宫闱秘典》去卖给以藏书家和学者出名的傅某,他使我跑了三四趟之后,才说一总给我八块钱,我赌气不卖,抱回来了,又藏在北平的寓里;但久已没有人照管,不知道现在究竟怎样了。

那一本书,还是四十年前看的,对于永乐的憎恨虽然还在,书的内容却早已模模糊糊,所以在前几天写《病后杂谈》时,举不出一句永乐上谕的实例。我也很想看一看《永乐实录》,但在上海又如何能够;来青阁有残本在寄售,十本,实价却是一百六十元,也绝不是我辈书架上的书。又是一个偶然:昨天在《安徽丛书》第三集中看见了清俞正燮(1775—1840)《癸巳类稿》的改定本,那《除乐户丐户籍及女乐考附古事》里,却引有永乐皇帝的上谕,是根据王世贞《弇州史料》中的《南京法司所记》的,虽然不多,又未必是精粹,但也足够"略见一斑",和献忠流贼的作品相比较了。摘录于下——

"永乐十一年正月十一日,教坊司于右顺门口奏:齐泰姊及外甥媳妇,又黄子澄妹四个妇人,每一日一夜,二十余条汉子看守着,年少的都有身孕,除生子令做小龟

国学经典文库

鲁迅文集

·且介亭杂文·

图文珍藏版

子,又有三岁女子,奏请圣旨。奉钦依:由他。不的到长大便是个淫贱材儿?"

"铁铉妻杨氏年三十五,送教坊司;茅大芳妻张氏年五十六,送教坊司。张氏病故,教坊司安政于奉天门奏。奉圣旨:吩咐元县抬出门去,着狗吃了!钦此!"

君臣之间的问答,竟是这等口吻,不见旧记,恐怕是万想不到的吧。但其实,这也仅仅是一时的一例。自有历史以来,中国人是一向被同族和异族屠戮,奴隶,敲掠,刑辱,压迫下来的,非人类所能忍受的楚毒,也都身受过,每一考查,真叫人觉得不像活在人间。俞正燮看过野史,正是一个因此觉得义愤填膺的人,所以他在记载清朝的解放惰民丐户,罢教坊,停女乐的故事之后,作一结语道——

"自三代至明,唯宇文周武帝,唐高祖,后晋高祖,金,元,及明景帝,于法宽假之,而尚存其旧。余皆视为固然。本朝尽去其籍,而天地为之廓清矣。汉儒歌颂朝廷功德,自云'舒愤懑',除乐户之事,诚可云舒愤懑者:故列古语琐事之实,有关因革者如此。"

这一段结语,有两事使我吃惊。第一事,是宽假奴隶的皇帝中,汉人居很少数。但我疑心俞正燮还是考之未详,例如金元,是并非厚待奴隶的,只因那时连中国的蓄奴的主人也成了奴隶,从征服者看来,并无高下,即所谓"一视同仁",于是就好像对于先前的奴隶加以宽假了。第二事,就是这自有历史以来的虐政,竟必待满洲的清才来廓清,使考史的儒生,为之拍案称快,自比于汉儒的"舒愤懑"——就是明末清初的才子们之所谓"不亦快哉!"然而解放乐户却是真的,但又并未"廓清",例如绍兴的惰民,直到民国革命之初,他们还是不与良民通婚,去给大户服役,不过已有报酬,这一点,恐怕是和解放之前大不相同的了。革命之后,我久不回到绍兴去了,不知道他们怎样,推想起来,大约和三十年前是不会有什么两样的。

二

但俞正燮的歌颂清朝功德,却不能不说是当然的事。他生于乾隆四十年,到他壮年以至晚年的时候,文字狱的血迹已经消失,满洲人的凶焰已经缓和,愚民政策早已集了大成,剩下的就只有"功德"了。那时的禁书,我想他都未必看见。现在不说别的,单看雍正乾隆两朝的对于中国人著作的手段,就足够令人惊心动魄。全毁,抽毁,剜去之类也且不说,最阴险的是删改了古书的内容。乾隆朝的纂修《四库全书》,是许多人颂为一代之盛业的,但他们却不但搅乱了古书的格式,还修改了古人的文章；不但藏之内廷，还颁之文风较盛之处，使天下士子阅读，永不会觉得我们中国的作者里面，也曾经有过很有些骨气的人。（这两句，奉官命改为"永远看不出底细来。"）

嘉庆道光以来，珍重宋元版本的风气逐渐旺盛，也没有悟出乾隆皇帝的"圣虑"，影宋元本或校宋元本的书籍很有些出版了，这就使那时的阴谋露了马脚。最初启示了我的是《琳琅秘室丛书》里的两部《茅亭客话》，一是校宋本，一是四库本，同是一种书，而两本的文章却常有不同，而且一定是关于"华夷"的处所。这一定是四库本删改了的；现在连影宋本的《茅亭客话》也已出版，更足据为铁证，不过倘不和四库本对读，也无从知道那时的阴谋。《琳琅秘室丛书》我是在图书馆里看的，自己没有，现在去买起来又嫌太贵，因此也举不出实例来。但还有比较容易的法子在。

新近陆续出版的《四部丛刊续编》自然应该说是一部新的古董书，但其中却保存着满清暗杀中国著作的案卷。例如宋洪迈的《容斋随笔》至《五笔》是影宋刊本和明活字本，据张元济跋，其中有三条就为清代刻本中所没有。所删的是怎样内容的文章呢？为惜纸墨汁，现在只摘录一条《容斋三笔》卷三里的《北狄俘虏之苦》在这里——

"元魏破江陵，尽以所俘士民为奴，无分贵贱，盖北方夷俗皆然也。自靖康之后，陷于金虏者，帝子王孙，官门仕族之有，尽没为奴婢，使供作务。每人一月支稗子五斗，令自舂为米，得一斗八升，用为饔粮；岁支麻五把，令辑为裘。此外更无一钱一帛之入。男子不能缉者，则终岁裸体。虏或哀之，则使执爨，虽时负火得暖气，然才出外取柴归，再坐火边，皮肉即脱落，不日辄死。唯喜有手艺，如医人绣工之类，寻常只团坐地上，以败席或芦藉衬之，遇客至开筵，引能乐者使奏技，酒阑客散，各复其初，依旧环坐刺绣：任其生死，视如草芥。……"

清朝不唯自掩其凶残，还要替金人来掩饰他们的凶残。据此一条，可见俞正燮入金朝于仁君之列，是不确的了，他们不过是一扫宋朝的主奴之分，一律都作为奴隶，而自己则是主子。但是，这校勘，是用清朝的书坊刻本的，不知道四库本是否也如此。要更确凿，还有一部也是《四部丛刊续编》里的影旧抄本宋晁说之《嵩山文集》在这里，卷末就有单将《负薪对》一篇和四库本相对比，以见一斑的实证，现在摘录几条在下面，大抵非删则改，语意全非，仿佛宋臣晁说之，已在对金人战栗，嗫嚅不吐,生怕得罪似的了——

旧抄本	四库本
金贼以我疆场之臣无状,斥堠不明,遂豕突河北,蛇结河东。	金人扰我疆场之地,边城斥堠不明,遂长驱河北盘结河东。
犯孔子春秋之大禁,以百骑却虏枭将,彼金贼虽非人类,而犬豕亦有掉瓦恐怖之号,顾弗之惧哉!	为上下臣民之大耻,以百骑却辽枭将,彼金人虽甚强盛,而赫然示之以威令之森严,顾弗之惧哉!
我取而歼焉可也。	我因而取之可也。
太宗时,女真困于契丹之三栅,控告乞援,亦卑恭甚矣。不谓敢眦睨中国之地于今日也。	太宗时,女真困于契丹之三栅,控告乞援,亦和好甚矣。不谓竟酿患滋祸一至于今日也。
忍弃上皇之子于胡虏乎?	忍弃上皇之子于异地乎?
何则:夷狄喜相吞并斗争,是其犬羊猣吠咋啮之性也。唯其富者最先亡。古今夷狄族帐,大小见于史册者百十,今其存者一二,皆以其财富而自底灭亡者也。今此小丑不指日而灭亡,是无天道也。	(无)
褫中国之衣冠,复夷狄之态度。	遂其报复之心,肆其凌侮之意。
取故相家孙女姊妹,缚马上而去,执侍帐中,远近	故相家皆携老襁幼,弃其籍而去,焚掠之余,远近

胆落,不暇寒心。　　　　　　胆落,不暇寒心。

　　即此数条,已可见"贼""虏""犬羊"是讳的;说金人的淫掠是讳的;"夷狄"当然要讳,但也不许看见"中国"两个字,因为这是和"夷狄"对立的字眼,很容易引起种族思想来的。但是,这《嵩山文集》的抄者不自改,读者不自改,尚存旧文,使我们至今能够看见晁氏的真面目,在现在说起来,也可以算是令人大"舒愤懑"的了。

　　清朝的考据家有人说过,"明人好刻古书而古书亡",因为他们妄行校改。我以为这之后,则清人纂修《四库全书》而古书亡,因为他们变乱旧式,删改原文;今人标点古书而古书亡,因为他们乱点一通,佛头着粪:这是古书的水火兵虫以外的三大厄。

<h2 style="text-align:center">三</h2>

　　对于清朝的愤懑的重新发作,大约始于光绪中,·但在文学界上,我没有查过以谁为"祸首"。太炎先生是以文章排满的骁将著名的,然而在他那《訄书》的未改订本中,还承认满人可以主中国,称为"客帝",比于嬴秦的"客卿"。但是,总之,到光绪末年,翻印的不利于清朝的古书,可是陆续出现了;太炎先生也自己改正了"客帝"说,在再版的《訄书》里,"删而存此篇";后来这书又改名为《检论》,我却不知道是否还是这办法。留学日本的学生们中的有些人,也在图书馆里搜寻可以鼓吹革命的明末清初的文献。那时印成一大本的有《汉声》,是《湖北学生界》的增刊,面子上题着四句集《文选》句:"抒怀旧之积念,发思古之幽情",第三句想不起来了,第四句是"振大汉之天声"。无古无今,这种文献,倒是总要在外国的图书馆里抄得的。

　　我生长在偏僻之区,毫不知道什么是满汉,只在饭店的招牌上看见过"满汉酒席"字样,也从不引起什么疑问来。听人讲"本朝"的故事是常有的,文字狱的事情却一向没有听到过,乾隆皇帝南巡的盛事也很少有人讲述了,最多的是"打长毛"。我家里有一个年老的女工,她说长毛时候,她已经十多岁,长毛故事要算她对我讲得最多,但她并无邪正之分,只说最可怕的东西有三种,一种自然是"长毛",一种是"短毛",还有一种是"花绿头"。到得后来,我才明白后两种其实是官兵,但在愚民的经验上,是和长毛并无区别的。给我指明长毛之可恶的倒是几位读书人;我家里有几部县志,偶然翻开来看,那时殉难的烈士烈女的名册就有一两卷,同族里的

国学经典文库

鲁迅文集

·且介亭杂文·

图文珍藏版

人也有几个被杀掉的,后来封了"世袭云骑尉",我于是确切的认定了长毛之可恶。然而,真所谓"心事如波涛"吧,久而久之,由于自己的阅历,证以女工的讲述,我竟决定不那些烈士烈女的凶手,究竟是长毛呢,还是"短毛"和"花绿头"了。我真很羡慕"四十而不惑"的圣人的幸福。

对我最初提醒了满汉的界限的不是书,是辫子。这辫子,是砍了我们古人的许多头,这才种定了的,到得我有知识的时候,大家早忘却了血史,反以为全留乃是长毛,全剃好像和尚,必须剃一点,留一点,才可以算是一个正经人了。而且还要从辫子上玩出花样来:小丑挽一个结,插上一朵纸花打诨;开口跳将小辫子挂在铁杆上,慢慢地吸烟献本领;变把戏的不必动手,只消将头一摇,嚓啪一声,辫子便自会跳起来盘在头顶上,他于是要起关王刀来了。而且还切于实用:打架的时候可以拔住,挣脱极难;捉人的时候可以拉着,省着绳索,要是被捉的人多呢,只要捏住辫梢头,一个人就可以牵一大串。吴友如画的《申江胜景图》里,有一幅会审公堂,就有一个巡捕拉着犯人的辫子的形象,但是,这是已经算作"胜景"了。

住在偏僻之区还好,一到上海,可就不免有时会听到一句洋话:Pig-tail——猪尾巴。这一句话,现在是早听不见了,那意思,似乎也不过说人头上生着猪尾巴,和今日之上海,中国人自己一斗嘴,便彼此互骂为"猪猡"的,还要客气得远。不过那时的青年,好像涵养工夫没有现在的深,也还未懂得"幽默",所以听起来实在觉得刺耳。而且对于拥有二百余年历史的辫子的模样,也渐渐地觉得并不雅观,既不全留,又不全剃,剃去一圈,留下一撮,又打起来拖在背后,真好像做着好给别人来拔着牵着的柄子。对于它终于怀了恶感,我看也正是人情之常,不必指为拿了什么地方的东西,迷了什么斯基的理论的。(这两句,奉官谕改为"不足怪的"。)

我的辫子留在日本,一半送给客店里的一位使女做了假发,一半给了理发匠,人是在宣统初年回到故乡来了。一到上海,首先得装假辫子。这时上海有一个专装假辫子的专家,定价每条大洋四元,不折不扣,他的大名,大约那时的留学生都知道。做也真做得巧妙,只要别人不留心,是很可以不出岔子的,但如果人知道你原是留学生,留心研究起来,那就漏洞百出。夏天不能戴帽,也不大行;人堆里要防挤掉或挤歪,也不行。装了一个多月,我想,如果在路上掉了下来或者被人拉下来,不是比原没有辫子更不好看吗?索性不装了,贤人说过的:一个人做人要真实。

但这真实的代价真也不便宜,走出去时,在路上所受的待遇完全和先前两样了。我从前是只以为访友做客,才有待遇的,这时才明白路上也一样的一路有待遇。最好的是呆看,但大抵是冷笑,恶骂。小则说是偷了人家的女人,因为那时捉住奸夫,总是首先剪去他辫子的,我至今还不明白为什么;大则指为"里通外国",就是现在之所谓"汉奸"。我想,如果一个没有鼻子的人在街上走,他还未必至于这么受苦,假使没有了影子,那么,他恐怕也要这样的受社会的责罚了。

我回中国的第一年在杭州做教员,还可以穿了洋服算是洋鬼子;第二年回到故乡绍兴中学去做学监,却连洋服也不行了,因为有许多人是认识我的,所以不管如何装束,总不失为"里通外国"的人,于是我所受的无辫之灾,以在故乡为第一。尤其应该小心的是满洲人的绍兴知府的眼睛,他每到学校来,总喜欢注视我的短头发,和我多说话。

学生们里面,忽然起了剪辫风潮了,很有许多人要剪掉。我连忙禁止。他们就举出代表来诘问道:究竟有辫子好呢,还是没有辫子好呢?我的不假思索的答复是:没有辫子好,然而我劝你们不要剪。学生是向来没有一个说我"里通外国"的,但从这时起,却给了我一个"言行不一致"的结语,看不起了。"言行一致",当然是很有价值的,现在之所谓文学家里,也还有人以这一点自豪,但他们却不知道他们一剪辫子,价值就会集中在脑袋上。轩亭口离绍兴中学并不远,就是秋瑾小姐就义之处,他们常走,然而忘却了。

"不亦快哉!"——到了一千九百十一年的双十,后来绍兴也挂起白旗来,算是革命了,我觉得革命给我的好处,最大,最不能忘的是我从此可以昂头露顶,慢慢地在街上走,再不听到什么嘲骂。几个也是没有辫子的老朋友从乡下来,一见面就摩着自己的光头,从心底里笑了出来道:哈哈,终于也有了这一天了。

假如有人要我颂革命功德,以"舒愤懑",那么,我首先要说的就是剪辫子。

四

然而辫子还有一场小风波,那就是张勋的"复辟",一不小心,辫子是又可以种起来的,我曾见他的辫子兵在北京城外布防,对于没辫子的人们真是气焰万丈。幸而不几天就失败了,使我们至今还可以剪短,分开,披落,烫卷……

张勋的姓名已经暗淡,"复辟"的事件也逐渐遗忘,我曾在《风波》里提到它,别的作品上却似乎没有见,可见早就不受人注意。现在是,连辫子也日渐稀少,将与周鼎商彝同列,渐有卖给外国人的资格了。

我也爱看绘画,尤其是人物。国画呢,方巾长袍,或短褐椎结,从没有见过一条我所记得的辫子;洋画呢,歪脸汉子,肥腿女人,也从没有见过一条我所记得的辫子。这回见了几幅钢笔画和木刻的阿Q像,这才算遇到了在艺术上的辫子,然而是没有一条生得合适的。想起来也难怪,现在的二十岁上下的青年,他生下来已是民国,就是三十岁的,在辫子时代也不过四五岁,当然不会深知道辫子的底细的了。

那么,我的"舒愤懑",恐怕也很难传给别人,令人一样的愤激,感慨,欢喜,忧愁的吧。

十二月十七日。

一星期前,我在《病后杂谈》里说到铁氏二女的诗。据杭世骏说,钱谦益编的《列朝诗集》里是有的,但我没有这书,所以只引了《订讹类编》完事。今天《四部丛刊续编》的明遗民彭孙贻《茗斋集》出版了,后附《明诗钞》,却有铁氏长女诗在里面。现在就照抄在这里,并将范昌期原作,与所谓铁女诗不同之处,用括弧附注在下面,以便比较。照此看来,作伪者实不过改了一句,并每句各改易一二字而已——

教坊献诗

教坊脂粉,(落籍)洗铅华,一片闲(春)心对落花。旧曲听来犹(空)有恨,故园归去已(却)无家。云鬟半挽(軃)临妆(青)镜,雨泪空流(频弹)湿绛纱。今日相逢白司马(安得江州司马在),尊前重与诉(为赋)琵琶。

但俞正燮《癸巳类稿》又据茅大芳《希董集》,言"铁公妻女以死殉";并记或一说云,"铁二子,无女。"那么,连铁铉有无女儿,也都成为疑案了。两个近视眼论匾额上字,辩论一通,其实连匾额也没有挂,原也是能有的事实。不过铁妻死殉之说,我以为是粉饰的。《弇州史料》所记,奏文与上谕具存,王世贞明人,绝不敢捏造。

倘使铁铉真的并无女儿,或有而实已自杀,则由这虚构的故事,也可以窥见社会心理之一斑。就是:在受难者家族中,无女不如其有之有趣,自杀又不如其落教坊之有趣;但铁铉究竟是忠臣,使其女永沦教坊,终觉于心不安,所以还是和寻常女子不同,因献诗而配了士子。这和小生落难,下狱挨打,到底中了状元的公式,完全是一致的。

二十三日之夜,附记。

河南卢氏曹先生教泽碑文

夫激荡之会,利于乘时,劲风盘空,轻蓬振翮,故以豪杰称一时者多矣,而品节卓异之士,盖难得一。卢氏曹植甫先生名培元,幼承义方,长怀大愿,秉性宽厚,立行贞明。躬居山曲,设校授徒,专心一志,启迪后进,或有未谛,循循诱之,历久不渝,惠流遐迩。又不泥古,为学日新,作时世之前驱,与童冠而俱迈。爰使旧乡丕变,日见昭明,君子自强,永无意必。而韬光里巷,处之怡然。此岂轻才小慧之徒之所能至哉。中华民国二十有三年秋,年届七十,含和守素,笃行如初。门人敬仰,同心立表,冀彰潜德,亦报师恩云尔。铭曰:

华土奥衍,代生英贤,或居或作,历四千年,文物有赫,峙于中天。海涛外薄,黄神徙倚,巧黠因时,鹦枪鹊起,然犹飘风,终朝而已。卓哉先生,遗荣崇实,开拓新流,恢宏文术,诲人不倦,唯精唯一。介立或有,恒久则难,敷教翊化,实邦之翰,敢契贞石,以励后昆。

会稽后学鲁迅谨撰。

阿金

近几时我最讨厌阿金。

她是一个女仆,上海叫娘姨,外国人叫阿妈,她的主人也正是外国人。

她有许多女朋友,天一晚,就陆续到她窗下来,"阿金,阿金!"的大声地叫,这样的一直到半夜。她又好像颇有几个姘头;她曾在后门口宣布她的主张:弗轧姘头,到上海来做啥呢?……

不过这和我不相干。不幸的是她的主人家的后门,斜对着我的前门,所以"阿金,阿金!"的叫起来,我总受些影响,有时是文章做不下去了,有时竟会在稿子上写一个"金"字。更不幸的是我的进出,必须从她家的晒台下走过,而她大约是不喜欢走楼梯的,竹竿,木板,还有别的什么,常常从晒台上直摔下来,使我走过的时候,必须十分小心,先看一看这位阿金可在晒台上面,倘在,就得绕远些。自然,这是大半为了我的胆子小,看得自己的性命太值钱;但我们也得想一想她的主子是外国人,被打得头破血出,固然不成问题,即使死了,开同乡会,打电报也都没有用的，——况且我想，我也未必能够弄到开起同乡会。

　　半夜以后，是另一种世界，还剩着白天脾气是不行的。有一夜，已经三点半钟了，我在译一篇东西，还没有睡觉。忽然听得路上有人低声地在叫谁，虽然听不清楚，却并不是叫阿金，当然也不是叫我。我想：这么迟了，还有谁来叫谁呢？同时也站起来，推开楼窗去看去了，却看见一个男人，望着阿金的绣阁的窗，站着。他没有看见我。我自悔我的莽撞，正想关窗退回的时候，斜对面的小窗开处，已经现出阿金的上半身来，并且立刻看见了我，向那男人说了一句不知道什么话，用手向我一指，又一挥，那男人便开大步跑掉了。我很不舒服，好像是自己做了什么错事似的，书译不下去了，心里想：以后总要少管闲事，要炼到泰山崩于前而色不变，炸弹落于侧而身不移！……

　　但在阿金，却似乎毫不受什么影响，因为她仍然嘻嘻哈哈。不过这是晚快边才得到的结论，所以我真是负疚了小半夜和一整天。这时我很感激阿金的大度，但同时又讨厌了她的大声会议，嘻嘻哈哈了。自有阿金以来，四围的空气也变得扰动了，她就有这么大的力量。这种扰动，我的警告是毫无效验的，她们连看也不对我看一看。有一回，邻近的洋人说了几句洋话，她们也不理；但那洋人就奔出来了，用脚向各人乱踢，她们这才逃散，会议也收了场。这踢的效力，大约保存了五六夜。

　　此后是照常地嚷嚷；而且扰动又廓张了开去，阿金和马路对面一家烟纸店里的老女人开始奋斗了，还有男人相帮。她的声音原是响亮的，这回就更加响亮，我觉得一定可以使二十间门面以外的人们听见。不一会，就聚集了一大批人。论战的将近结束的时候当然要提到"偷汉"之类。那老女人的话我没有听清楚，阿金的答复是：

　　"你这老×没有人要！我可有人要呀！"

　　这恐怕是实情，看客似乎大抵对她表同情，"没有人要"的老×战败了。这时踱来了一位洋巡捕，反背着两手，看了一会，就来把看客们赶开；阿金赶紧迎上去，对他讲了一连串的洋话。洋巡捕注意地听完之后，微笑地说道：

　　"我看你也不弱呀！"

　　他并不去捉老×，又反背着手，慢慢地踱过去了。这一场巷战就算这样的结束。但是，人间世的纠纷又并不能解决得这么干脆，那老×大约是也有一点势力的。第二天早晨，那离阿金家不远的也是外国人家的西崽忽然向阿金家逃来。后面追着三个彪形大汉。西崽的小衫已被撕破，大约他被他们诱出外面，又给人堵住后门，退不回去，所以只好逃到他爱人这里来了。爱人的肘腋之下，原是可以安身立命的，伊孛生（H.Ibsen）戏剧里的彼尔·干德，就是失败之后，终于躲在爱人的裙边，听唱催眠歌的大人物。但我看阿金似乎比不上瑙威女子，她无情，也没有魄力。独有感觉是灵的，那男人刚要跑到的时候，她已经赶紧把后门关上了。那男人于是进了绝路，只得站住。这好像也颇出于彪形大汉们的意料之外，显得有些踌躇；但终于一同举起拳头，两个是在他背脊和胸脯上一共给了三拳，仿佛也并不怎么重，一个在他脸上打了一拳，却使它立刻红起来。这一场巷战很神速，又在早晨，所以观战者也不多，胜败两军，各自走散，世界又从此暂时和平了。然而我仍然不放心，因为我曾经听人说过：所谓"和平"，不过是两次战争之间的时日。

但是，过了几天，阿金就不再看见了，我猜想是被她自己的主人所回复。补了她的缺的是一个胖胖的，脸上很有些福相和稚气的娘姨，已经二十多天，还很安静，只叫了卖唱的两个穷人唱过一回"奇葛隆冬强"的《十八摸》之类，那是她用"自食其力"的余闲，享点清福，谁也没有话说的。只可惜那时又召集了一群男男女女，连阿金的爱人也在内，保不定什么时候又会发生巷战。但我却也叨光听到了男嗓子的上低音（barytone）的歌声，觉得很自然，比绞死猫儿似的《毛毛雨》要好得天差地远。

阿金的相貌是极其平凡的。所谓平凡，就是很普通，很难记住，不到一个月，我就说不出她究竟是怎么一副模样来了。但是我还讨厌她，想到"阿金"这两个字就讨厌；在邻近闹嚷一下当然不会成这么深仇重怨，我的讨厌她是因为不消几日，她就摇动了我三十年来的信念和主张。

我一向不相信昭君出塞会安汉，木兰从军就可以保隋；也不信妲己亡殷，西施沼吴，杨妃乱唐的那些古老话。我以为在男权社会里，女人是绝不会有这种大力量的，兴亡的责任，都应该男的负。但向来的男性的作者，大抵将败亡的大罪，推在女性身上，这真是一钱不值的没有出息的男人。殊不料现在阿金却以一个貌不出众，才不惊人的娘姨，不用一个月，就在我眼前搅乱了四分之一里，假使她是一个女王，或者是皇后，皇太后，那么，其影响也就可以推荐了：足够闹出大大的乱子来。

昔者孔子"五十而知天命"，我却为了区区一个阿金，连对于人事也重新疑惑起来了，虽然圣人和凡人不能相比，但也可见阿金的伟力，和我的满不行。我不想

鲁迅文集

·且介亭杂文·

图文珍藏版

将我的文章的退步,归罪于阿金的嚷嚷,而且以上的一通议论,也很近于迁怒,但是,近几时我最讨厌阿金,仿佛她塞住了我的一条路,却是的确的。

愿阿金也不能算是中国女性的标本。

十二月二十一日。

论俗人应避雅人

这是看了些杂志,偶然想到的——

浊世少见"雅人",少有"韵事"。但是,没有浊到彻底的时候,雅人却也并非全没有,不过因为"伤雅"的人们多,也累得他们"雅"不彻底了。

道学先生是躬行"仁恕"的,但遇见不仁不恕的人们,他就也不能仁恕。所以朱子是大贤,而做官的时候,不能不给无告的官妓吃板子。新月社的作家们是最憎恶骂人的,但遇见骂人的人,就害得他们不能不骂。林语堂先生是佩服"费厄泼赖"的,但在杭州赏菊,遇见"口里含一枝苏俄香烟,手里夹一本什么斯基的译本"的青年,他就不能不"假作无精打采,愁眉不展,忧国忧家"(详见《论语》五十五期)的样子,面目全非了。

优良的人物,有时候是要靠别种人来比较,衬托的,例如上等与下等,好与坏,雅与俗,小器与大度之类。没有别人,即无以显出这一面之优,所谓"相反而实相成"者,就是这。但又须别人凑趣,至少是知趣,即使不能帮闲,也至少不可说破,逼得好人们再也好不下去。例如曹孟德是"尚通悦"的,但祢正平天天上门来骂他,他也只好生起气来,送给黄祖去"借刀杀人"了。祢正平真是"咎由自取"。

所谓"雅人",原不是一天雅到晚的,即使睡的是珠罗帐,吃的是香稻米,但那根本的

《论语》书影

睡觉和吃饭,和俗人究竟也没有什么大不同;就是肚子里盘算些挣钱固位之法,自

然也不能绝无其事。但他的出众之处，是在有时又忽然能够"雅"。倘使揭穿了这谜底，便是所谓"杀风景"，也就是俗人，而且带累了雅人，使他雅不下去，"未能免俗"了。若无此辈，何至于此呢？所以错处总归在俗人这方面。

譬如吧，有两位知县在这里，他们自然都是整天的办公事，审案子的，但如果其中之一，能够偶然地去看梅花，那就要算是一位雅官，应该加以恭维，天地之间这才会有雅人，会有韵事。如果你不恭维，还可以；一皱眉，就俗；敢开玩笑，那就把好事情都搅坏了。然而世间也偏有狂夫俗子；记得在一部中国的什么古"幽默"书里，有一首"轻薄子"咏知县老爷公余探梅的七绝——

红帽哼兮黑帽呵，风流太守看梅花。

梅花低首开言道：小底梅花接老爷。

这真是恶作剧，将韵事闹得一塌糊涂。而且他替梅花所说的话，也不合式，它这时应该一声不响的，一说，就"伤雅"，会累得"老爷"不便再雅，只好立刻还俗，赏吃板子，至少是给一种什么罪案的。为什么呢？就因为你俗，再不能以雅道相处了。

小心谨慎的人，偶然遇见仁人君子或雅人学者时，倘不会帮闲凑趣，就须远远避开，愈远愈妙。假如不然，即不免要碰着和他们口头大不相同的脸孔和手段。晦气的时候，还会弄到卢布学说的老套，大吃其亏。只给你"口里含一枝苏俄香烟，手里夹一本什么斯基的译本"，倒还不打紧，——然而险矣。

大家都知道"贤者避世"，我以为现在的俗人却要避雅，这也是一种"明哲保身"。

十二月二十六日。

附记

第一篇《关于中国的两三件事》，是应日本的改造社之托而写的，原是日文，即于是年三月，登在《改造》上，改题为《火，王道，监狱》。记得中国北方，曾有一种期刊译载过这三篇，但在南方，却只有林语堂，邵洵美，章克标三位所主编的杂志《人言》上，曾用这为攻击作者之具，其详见于《准风月谈》的后记中，兹不赘。

《草鞋脚》是现代中国作家的短篇小说集，应伊罗生（H.Isaacs）先生之托，由我和茅盾先生选出,他更加选择,译成英文的。但至今好像还没有出版。

《答曹聚仁先生信》原是我们的私人通信,不料竟在《社会月报》上登出来了,这一登可是祸事非小,我就成为"替杨邨人氏打开场锣鼓,谁说鲁迅先生器量窄小呢"了。有八月三十一日《大晚报》副刊《火炬》上的文章为证——

调和　　绍伯

——读《社会月报》八月号

"中国人是善于调和的民族"——这话我从前还不大相信,因为那时我年纪还轻,阅历不到,我自己是不大肯调和的,我就以为别人也和我一样的不肯调和。

这观念后来也稍稍改正了。那是我有一个亲戚,在我故乡两个军阀的政权争夺战中做了牺牲,我那时对于某军阀虽无好感,却因亲戚之故也感到一种同仇敌忾,及至后来两军阀到了上海又很快的调和了,彼此过从颇密,我不觉为之呆然,觉得我们亲戚假使仅仅是为着他的"政友"而死,他真是白死了。

后来又听得广东 A 君告诉我在两广战争后战士们白骨在野碧血还腥的时候,两军主持的太太在香港寓楼时常一道打牌,亲睦逾常,这更使我大彻大悟。

现在,我们更明白了,这是当然的事,不单是军阀战争如此,帝国主义的分赃战争也作如是观。老百姓整千整万地做了炮灰,各国资本家却可以聚首一堂举着香槟相视而笑。什么"军阀主义""民主主义"都成了骗人的话。

然而这是指那些军阀资本家们"无原则的争斗",若夫真理追求者的"有原则的争斗"应该不是这样!

最近这几年,青年们追随着思想界的领袖们之后做了许多惨淡的努力,有的为着这还牺牲了宝贵的生命。个人的生命是可宝贵的,但一代的真理更可宝贵,生命牺牲了而真理昭然于天下,这死是值得的,就是不可以太打浑了水,把人家弄得不明不白。

后者的例子可求之于《社会月报》。这月刊真可以说是当今最完备的"杂"志了。而最"杂"得有趣的是题为"大众语特辑"的八月号。读者试念念这一期的目录吧,第一位打开场锣鼓的是鲁迅先生(关于大众语的意见),而"压轴子"的是《赤区归来记》作者杨邨人氏。就是健忘的读者想也记得鲁迅先生和杨邨人氏有过不小的一点"原则上"的争执吧。鲁迅先生似乎还"嘘"过杨邨人氏,然而他却可以替杨邨人氏打开场锣鼓，谁说鲁迅先生器量窄小呢？

苦的只是读者，读了鲁迅先生的信，我们知道"汉字和大众不两立"，我们知道应把"交通繁盛言语混杂的地方"的"'大众语'的雏形，它的字汇和语法输进穷乡僻壤去"。我们知道"先驱者的任务"是在给大众许多话"发表更明确的意思"，同时"明白更精确的意义"；我们知道现在所能实行的是以"进步的"思想写"向大众语去的作品"。但读了最后杨邨人氏的文章，才知道向大众去根本是一条死路，那里在水灾与敌人围攻之下，破产无余，……"维持已经困难，建设更不要空谈。"还是"归"到都会里"来"扬起小资产阶级文学之旗更靠得住。

于是，我们所得的知识前后相销，昏昏沉沉，莫名其妙。

这恐怕也表示中国民族善于调和吧，但是太调和了，使人疑心思想上的争斗也渐渐没有原则了。变成"戟门坝上的儿戏"了。照这样的阵容看，有些人真死得不明不白。

关于开锣以后"压轴"以前的那些"中间作家"的文章特别是大众语问题的一些宏论，本想略抒鄙见，但这只好改日再谈了。

关于这一案，我到十一月《答＜戏＞周刊编者信》里，这才回答了几句。

《门外文谈》是用了"华圉"的笔名，向《自由谈》投稿的，每天登一节。但不知道为什么，第一节被删去了末一行，第十节开头又被删去了二百余字，现仍补足，并用黑点为记。

《不知肉味和不知水味》是写给《太白》的，登出来时，后半篇都不见了，我看这是"中央宣传部书报检查委员会"的政绩。那时有人看了《太白》上的这一篇，当面问我道："你在说什么呀？"现仍补足，并用黑点为记，使读者可以知道我其实是在说什么。

《中国人失掉自信力了吗》也是写给《太白》的。凡是对于求神拜佛，略有不敬之处，都被删除，可见这时我们的"上峰"正在主张求神拜佛。现仍补足，并用黑点为记，聊以存一时之风尚耳。

《脸谱臆测》是写给《生生月刊》的，奉官谕；不准发表。我当初很觉得奇怪，待到领回原稿，看见用红铅笔打着杠子的处所，才明白原来是因为得罪了"第三种人"老爷们了。现仍加上黑杠子，以代红杠子，且以警戒新作家。

《答＜戏＞周刊编者信》的末尾，是对于绍伯先生那篇《调和》的答复。听说当时我们有一位姓沈的"战友"看了就呵呵大笑道:"这老头子又发牢骚了!""头子"而"老","牢骚"而"又",恐怕真也滑稽得很。然而我自己,是认真的。

不过向《戏》周刊编者去"发牢骚",别人也许会觉得奇怪。然而并不,因为编者之一是田汉同志,而田汉同志也就是绍伯先生。

《中国文坛上的鬼魅》是写给《现代中国》(China Today)的,不知由何人所译,登在第一卷第五期,后来又由英文转译,载在德文和法文的《国际文学》上。

《病后杂谈》是向《文学》的投稿,共五段;待到四卷二号上登了出来时,只剩下第一段了。后有一位作家,根据了这一段评论我道:鲁迅是赞成生病的。他竟毫不想到检察官的删削。可见文艺上的暗杀政策,有时也还有一些效力的。

《病后杂谈之余》也是向《文学》的投稿,但不知道为什么,检察官这回却古里古怪了,不说不准登,也不说可登,也不动贵手删削,就是一个支支吾吾。发行人没有法,来找我自己删改了一些,然而听说还是不行,终于由发行人执笔,检察官动口,再删一通,这才能在四卷三号上登出。题目必须改为《病后余谈》,小注"关于舒愤懑"这一句也不准有;改动的两处,我都注在本文之下,删掉的五处,则仍以黑点为记,读者试一想这些讳忌,是会觉得很有趣的。只有不准说"言行一致"云云,也许莫名其妙,现在我应该指明,这是因为又触犯了"第三种人"了。

《阿金》是写给《漫画生活》的;然而不但不准登载,听说还送到南京中央宣传会里去了。这真是不过一篇漫谈,毫无深意,怎么会惹出这样大问题来的呢,自己总是参不透。后来索回原稿,先看见第一页上有两颗紫色印,一大一小,文曰"抽去",大约小的是上海印,大的是首都印,然则必须"抽去",已无疑义了。再看下去,就又发现了许多红杠子,现在改为黑杠,仍留在本文的旁边。

看了杠子,有几处是可以悟出道理来的。例如"主子是外国人","炸弹","巷战"之类,自然也以不提为是。但是我总不懂为什么不能说我死了"未必能够弄到开起同乡会"的缘由,莫非官意是以为我死了会开同乡会的吗?

我们活在这样的地方,我们活在这样的时代。

一九三五年十二月三十日,编讫记。

序言

　　昨天编完了去年的文字,取发表于日报的短论以外者,谓之《且介亭杂文》;今天再来编今年的,因为除做了几篇《文学论坛》,没有多写短文,便都收录在这里面,算是《二集》。

　　过年本来没有什么深意义,随便那天都好,明年的元旦,决不会和今年的除夕就不同,不过给人事借此时时算有一个段落,结束一点事情,倒也便利的。倘不是想到了已经年终,我的两年以来的杂文,也许还不会集成这一本。

　　编完以后,也没有什么大感想。要感的感过了,要写的也写过了,例如"以华制华"之说吧,我在前年的《自由谈》上发表时,曾大受傅公红蓼之流的攻击,今年才又有人提出来,却是风平浪静。一定要到得"不幸而吾言中",这才大家默默无言,然而为时已晚,是彼此都大可悲哀的。我宁可如邵洵美辈的《人言》之所说:"意气多于议论,捏造多于实证。"

　　我有时决不想在言论界求得胜利,因为我的言论有时是枭鸣,报告着大不吉利事,我的言中,是大家会有不幸的。在今年,为了内心的冷静和外力的压迫,我几乎不谈国事了,偶尔触着的几篇,如《什么是讽刺》,如《从帮忙到扯淡》,也无一不被禁止。别的作者的遭遇,大约也是如此的吧,而天下太平,直到华北自治,才见有新闻记者恳求保护正当的舆论。我的不正当的舆论,却如国土一样,仍在日即于沦亡,但是我不想求保护,因为这代价,实在是太大了。

　　单将这些文字,过而存之,聊作今年笔墨的纪念吧。

　　　　　　　　　　一九三五年十二月三十一日,鲁迅记于上海之且介亭。

叶紫作《丰收》序

　　作者写出创作来,对于其中的事情,虽然不必亲历过,最好是经历过。诘难者问:那么,写杀人最好是自己杀过人,写妓女还得去卖淫吗?答曰:不然。我所谓经历,是所遇,所见,所闻,并不一定是所作,但所作自然也可以包含在里面。天才们无论怎样说大话,归根结底,还是不能凭空创造。描神画鬼,毫无对证,本可以专靠了神思,所谓"天马行空"似的挥写了,然而他写出来的,也不过是三只眼,长颈子,就是在常见的人体上,增加了眼睛一只,增长了颈子二三尺而已。这算什么本领,这算什么创造?

地球上不止一个世界,实际上的不同,比人们空想中的阴阳两界还厉害。这一世界中人,会轻蔑,憎恶,压迫,恐怖,杀戮另一世界中人,然而他不知道,因此他也写不出,于是他自称"第三种人",他"为艺术而艺术",他即使写了出来,也不过是三只眼,长颈子而已。"再亮些"?不要骗人吧!你们的眼睛在哪里呢?

伟大的文学是永久的,许多学者们这么说。对啦,也许是永久的吧。但我自己,却与其看薄凯契阿,雨果的书,宁可看契诃夫,高尔基的书,因为它更新,和我们的世界更接近。中国确也还盛行着《三国志演义》和《水浒传》,但这是为了社会还有三国气和水浒气的缘故。《儒林外史》作者的手段何尝在罗贯中下,然而留学生漫天塞地以来,这部书就好像不永久,也不伟大了。伟大也要有人懂。

这里的六个短篇,都是太平世界的奇闻,而现在却是极平常的事情。因为极平常,所以和我们更密切,更有大关系。作者还是一个青年,但他的经历,却抵得太平天下的顺民的一世纪的经历,在转辗的生活中,要他"为艺术而艺术",是办不到的。但我们有人懂得这样的艺术,一点用不着谁来发愁。

这就是伟大的文学吗?不是的,我们自己并没有这么说。"中国为什么没有伟大文学产生?"我们听过许多指导者的教训了,但可惜他们独独忘却了一方面的对于作者和作品的摧残。"第三种人"教训过我们,希腊神话里说什么恶鬼有一张床,提了人去,给睡在这床上,短了,就拉长他,太长,便把他截短。左翼批评就是这样的床,弄得他们写不出东西来了。现在这张床真的摆出来了,不料却只有"第三种人"睡得不长不短,刚刚合式。仰面唾天,掉在自己的眼睛里,天下真会有这等事。

但我们却有作家写得出东西来,作品在摧残中也更加坚实。不但为一大群中国青年读者所支持,当《电网外》在《文学新地》上以《王伯伯》的题目发表后,就得到世界的读者了。这就是作者已经尽了当前的任务,也是对于压迫者的答复:文学是战斗的!

我希望将来还有看见作者的更多,更好的作品的时候。

一九三五年一月十六日,鲁迅记于上海。

隐士

隐士,历来算是一个美名,但有时也当作一个笑柄。最显著的,则有刺陈眉公的"翩然一只云中鹤,飞去飞来宰相衙"的诗,至今也还有人提及。我以为这是一种误解。因为一方面,是"自视太高",于是别方面也就"求之太高",彼此"忘其所以",不能"心照",而又不能"不宣",从此口舌也多起来了。

非隐士的心目中的隐士,是声闻不彰,息影山林的人物。但这种人物,世间是不会知道的。一到挂上隐士的招牌,则即使他并不"飞去飞来",也一定难免有些表白,张扬;或是他的帮闲们的开锣喝道——隐士家里也会有帮闲,说起来似乎不近情理,但一到招牌可以换饭的时候,那是立刻就有帮闲的,这叫作"啃招牌边"。这一点,也颇为非隐士的人们所诟病,以为隐士身上而有油可揩,则隐士之阔绰可想了。其实这也是一种"求之太高"的误解,和硬要有名的隐士,老死山林中者相同。凡是有名的隐士,他总是已经有了"悠哉游哉,聊以卒岁"的幸福的。倘不然,朝砍柴,昼耕田,晚浇菜,夜织屦,又那有吸烟品茗,吟诗作文的闲暇?陶渊明先生是我们中国赫赫有名的大隐,一名"田园诗人",自然,他并不办期刊,也赶不上吃"庚款",然而他有奴子。汉晋时候的奴子,是不但侍候主人,并且给主人种地,营商的,正是生财器具。所以虽是渊明先生,也还略略有些生财之道在,要不然,他老人家不但没有酒喝,而且没有饭吃,早已在东篱旁边饿死了。

所以我们倘要看看隐君子风,实际上也只能看看这样的隐君子,真的"隐君子"是没法看到的。古今著作,足以汗牛而充栋,但我们可能找出樵夫渔父的著作来?他们的著作是砍柴和打鱼。至于那些文士诗翁,自称什么钓徒樵子的,倒大抵是悠然自得的封翁或公子,何尝捏过钓竿或斧头柄。要在他们身上赏鉴隐逸气,我敢说,这只能怪自己糊涂。

登仕,是瞰饭之道,归隐,也是瞰饭之道。假使无法瞰饭,那就连"隐"也隐不成了。"飞去飞来",正是因为要"隐",也就是因为要瞰饭;肩出"隐士"的招牌来,挂在"城市山林"里,这就正是所谓"隐",也就是瞰饭之道。帮闲们或开锣,或喝道,那是因为自己还不配"隐",所以只好揩一点"隐"油,其实也还不外乎瞰饭之道。汉唐以来,实际上是人仕并不算鄙,隐居也不算高,而且也不算穷,必须欲"隐"而不得,这才看作士人的末路。唐末有一位诗人左偓,自述他悲惨的境遇道:"谋阴谋官两无成",是用七个字道破了所谓"隐"的秘密的。

"谋隐"无成,才是沦落,可见"隐"总和享福有些相关,至少是不必十分挣扎谋生,颇有悠闲的余裕。但赞颂悠闲,鼓吹烟茗,却又是挣扎之一种,不过挣扎得隐藏一些。虽"隐",也仍然要瞰饭,所以招牌还是要油漆,要保护的。泰山崩,黄河溢,隐士们目无见,耳无闻,但苟有议及自己们或他的一伙的,则虽千里之外,半句之微,他便耳聪目明,奋袂而起,好像事件之大,远胜于宇宙之灭亡者,也就为了这缘故。其实连和苍蝇也何尝有什么相关。

明白这一点,对于所谓"隐士"? 也就毫不诧异了,心照不宣,彼此都省事。

一月二十五日。

"招贴即扯"

工愁的人物,真是层出不穷。开年正月,就有人怕骂倒了一切古今人,只留下自己的没意思。要是古今中外真的有过这等事,这才叫作稀奇,但实际上并没有,将来大约也不会有。岂但一切古今人,连一个人也没有骂倒过。凡是倒掉的,绝不是因为骂,却只为揭穿了假面。揭穿假面,就是指出了实际来,这不能混谓之骂。

然而世间往往混为一谈。就以现在最流行的袁中郎为例吧,既然肩出来当作招牌,看客就不免议论这招牌,怎样撕破了衣裳,怎样画歪了脸孔。这其实和中郎本身是无关的,所指的是他的自以为徒子徒孙们的手笔。然而徒子徒孙们就以为骂了他的中郎爷,愤慨和狼狈之状可掬,觉得现在的世界是比五四时代更狂妄了。但是,现在的袁中郎脸孔究竟画得怎样呢? 时代很近,文证具存,除了变成一个小品文的老师,"方巾气"的死敌而外,还有些什么?

和袁中郎同时活在中国的,无锡有一个顾宪成,他的著作,开口"圣人",闭口"吾儒",真是满纸"方巾气"。而且疾恶如仇,对小人决不假借。他说:"吾闻之:凡论人,当观其趋向之大体。趋向苟正,即小节出入,不失为君子;趋向苟差,即小节可观,终归于小人。又闻:为国家者,莫要于扶阳抑阴,君子即不幸有违误,当保护爱惜成就之;小人即小过乎,当早排绝,无令为后患。……"(《自反录》)推而广之,也就是倘要论袁中郎,当看他趋向之大体,趋向苟正,不妨恕其偶讲空话,作小品文,因为他还有更重要的一方面在。正如李白会作诗,就可以不责其喝酒,如果只会喝酒,便以半个李白,或李白的徒子徒孙自命,那可是应该赶紧将他"排绝"的。

中郎还有更重要的一方面吗? 有的。万历三十七年,顾宪成辞官,时中郎"主陕西乡试,发策,有'过劣巢由'之语。监临者问'意云何?'袁曰:'今吴中大贤亦不出,将令世道何所倚赖,故发此感尔。'"(《顾端文公年谱》下)中郎正是一个关心世道,佩服"方巾气"人物的人,赞《金瓶梅》,作小品文,并不是他的全部。

中郎之不能被骂倒,正如他之不能被画歪。但因此也就不能作他的蛀虫们的永久的巢穴了。

一月二十六日。

书的还魂和赶造

把大部的丛书印给读者看,是宋朝就有的,一直到现在。缺点是因为部头大,所以价钱贵。好处是把研究一种学问的书汇集在一处,能比一部一部的自去寻求更省力;或者保存单本小种的著作在里面,使它不易于灭亡。但这第二种好处,是也靠着部头大,价钱贵,人们就因此格外珍重的缺点的。

但丛书也有蠹虫。从明末到清初,就时有欺人的丛书出现。那方法之一,是删削内容,轻减刻费,而目录却有一大串,使购买者只觉其种类之多;之二,是不用原题,另立名目,甚至另题撰人,使购买者只觉其收罗之广。如《格致丛书》,《历代小史》,《五朝小说》,《唐人说荟》等,就都是的。现在是大抵消灭了,只有末一种化名为《唐代丛书》,有时还在流毒。

然而时代改变,新花样也要跟着出来了。

推测起新花样来:其一,是预先设定一种丛书的大名,罗列目录,大如宇宙,微至苍蝇身上的细菌,无所不包,这才分头觅人,托他译作,限定时日,必须完工,虽然译作者未必定是专家,但总之有许多手同时在稿纸上写字,于是不必穷年累月,一大部皇皇巨制也就出现了;其二,是原有一批零碎的旧译作,一向不甚流行,或者虽曾流行,而现在却已经过了时候,于是聚在一起,略加类别,开成一串五花八门的目录,而一大部皇皇巨制也就出现了。

出版者是明白读者们的心想的,有些读者们,苦于不知道什么是必要的书,所以往往以为被选进丛书里的,总该是必要的书籍;而且丛书里的一本,价钱也比单行本便宜,所以看起来好像很上算;加以大小一律,也很合人们爱好整齐的心情。本数又多,一下子可以填满几书架,规模不大的图书馆有这几部,馆员就省下时常留心选购新书的精神了。然而出版者是又很明白购买者们的经济状况的,他深知道现在他们手头已没有这许多钱,所以这些书一定是廉价,使他们拼命地办出来,或者是分期预约,使他们逐渐的缴进去。

汇印新作,当然是很好的,但新作必须是精粹的本子,这才可以救读者们的知识的饥荒。就是重印旧作,也并不算坏,不过这旧作必须已是一种带着文献性的本子,这才足供读者们的研究。如果仅仅是克日速成的草稿,或是栈房角落的存书,改换新装,招摇过市,但以"大"或"多"或"廉"诱人,使读者花去不少的钱,实际上却不过得到一大堆废物,这恶影响之在读书界是很不小的。

凡留心于文化的前进的人,对于这些书应该加以检讨!

二月十五日。

漫谈"漫画"

孩子们吵架,有一个用木炭——上海是大抵用铅笔了——在墙壁上写道:"小三子可乎之及及也,同同三千三百刀!"这和政治之类是毫不相干的,然而不能算小品文。画也一样,住家的恨路人到对门来小解,就在墙上画一个乌龟,题几句话,也不能叫它作"漫画"。为什么呢?就因为这和被画者的形体或精神,是绝无关系的。

漫画的第一件紧要事是诚实,要确切地显示了事件或人物的姿态,也就是精神。

漫画是 Karikatur 的译名,那"漫",并不是中国旧日的文人学士之所谓"漫题""漫书"的"漫"。当然也可以不假思索,一挥而就的,但因为发芽于诚实的心,所以那结果也不会仅是嬉皮笑脸。这一种画,在中国的过去的绘画里很少见,《百丑图》或《三十六声粉铎图》庶几近之,可惜的是不过戏文里的丑角的摹写;罗两峰的《鬼趣图》,当不得已时,或者也就算进去吧,但它又太离开了人间。

漫画要使人一目了然,所以那最普通的方法是"夸张",但又不是胡闹。无缘无故地将所攻击或暴露的对象画作一头驴,恰如拍马家所拍的对象做成一个神一样,是毫没有效果的,假如那对象其实并无驴气息或神气息。然而如果真有些驴气息,那就糟了,从此之后,越看越像,比读一本做得很厚的传记还明白。关于事件的漫画,也一样的。所以漫画虽然有夸张,却还是要诚实。"燕山雪花大如席",是夸张,但燕山究竟有雪花,就含着一点诚实在里面,使我们立刻知道燕山原来有这么冷。如果说"广州雪花大如席",那可就变成笑话了。

"夸张"这两个字也许有些语病,那么,说是"廓大"也可以的。廓大一个事件或人物的特点固然使漫画容易显出效果来,但廓大了并非特点之处却更容易显出效果。矮而胖的,瘦而长的,他本身就有漫画相了,再给他秃头,近视眼,画得再矮而胖些,瘦而长些,总可以使读者发笑。但一位白净苗条的美人,'就很不容易设法,有些漫画家画做一个髑髅或狐狸之类,却不过是在报告自己的低能。有些漫画家却不用这呆法子,他用放大镜照了她露出的搽粉的臂膊,看出她皮肤的褶皱,看见了这些褶皱中间的粉和泥的黑白画。这么一来,漫画稿子就成功了,然而这是真实,倘不信,大家或自己也用放大镜去照照去。于是她也只好承认这真实,倘要好,就用肥皂和毛刷去洗一通。

因为真实,所以也有力。但这种漫画,在中国是很难生存的。我记得去年就有一位文学家说过,他最讨厌论人用显微镜。

欧洲先前,也并不两样。漫画虽然是暴露,讥刺,甚而至于是攻击的,但因为读者多是上等的雅人,所以漫画家的笔锋的所向,往往只在那些无拳无勇的无告者,用他们的可笑,衬出雅人们的完全和高尚来,以分得一枝雪茄的生意。像西班牙的戈雅(Francisco de Goya)和法国的陀密埃(Honore Daumier)那样的漫画家,到底还是不可多得的。

二月二十八日。

漫画而又漫画

德国现代的画家格罗斯(George Grosz),中国已经介绍过好几回,总可以不算陌生人了。从有一方说,他也可以算是漫画家;那些作品,大抵是白地黑线的。

他在中国的遭遇,还算好,翻印的画虽然制版术太坏了,或者被缩小,黑线白地却究竟还是黑线白地。不料中国"文艺"家的脑子今年反常了,在挂着"文艺"招牌的杂志上绍介格罗斯的黑白画,线条都变了雪白;地子呢,有蓝有红,真是五颜六色,好看得很。

自然,我们看石刻的拓本,大抵是黑底白字的。但翻印的绘画,却还没有见过将青绿山水变作红黄山水,水墨龙化为水粉龙的大改造。有之,是始于二十世纪过了三十五年的上海的"文艺"家。我才知道画家作画时候的调色,配色之类,都是多事。一经中国"文艺"家的手,全无问题,——嗡,嗡,随随便便。

这些翻印的格罗斯的画是有价值的,是漫画而又漫画。

二月二十八日。

《中国新文学大系》小说二集序

一

凡是关心现代中国文学的人,谁都知道《新青年》是提倡"文学改良",后来更进一步而号召"文学革命"的发难者。但当一九一五年九月中在上海开始出版的时候,却全部是文言的。苏曼殊的创作小说,陈嘏和刘半农的翻译小说,都是文言。到第二年,胡适的《文学改良刍议》发表了,作品也只有胡适的诗文和小说是白话。后来白话作者逐渐多了起来,但又因为《新青年》其实是一个议论的刊物,所以创作并不怎样着重,比较旺盛的只有白话诗;至于戏曲和小说,也依然大抵是翻译。

在这里发表了创作的短篇小说的,是鲁迅。从一九一八年五月起,《狂人日记》,《孔乙己》,《药》等,陆续地出现了,算是显示了"文学革命"的实绩,又因那时的认为"表现的深切和格式的特别",颇激动了一部分青年读者的心。然而这激动,却是向来怠慢了绍介欧洲大陆文学的缘故。一八三四年顷,俄国的果戈理(N. Gogol)就已经写了《狂人日记》;一八八三年顷,尼采(Fr. Nietzsche)也早借了苏鲁支(Zarathustra)的嘴,说过"你们已经走了从虫豸到人的路,在你们里面还有许多份是虫豸。你们做过猴子,到了现在,人还尤其猴子,无论比那一个猴子"的。而且《药》的收束,也分明的留着安特莱夫(L. Andreev)式的阴冷。但后起的《狂人日记》意在暴露家族制度和礼教的弊害,却比果戈理的忧愤深广,也不如尼采的超人的渺茫。此后虽然脱离了外国作家的影响，技巧稍为圆熟，刻画也稍加深切，如《肥皂》,《离婚》等，但一面也减少了热情，不为读者们所注意了。

从《新青年》上，此外也没有养成什么小说的作家。

较多的倒是在《新潮》上。从一九一九年一月创刊，到次年主干者们出洋留学而消灭的两个年中，小说作者就有汪敬熙，罗家伦，杨振声，俞平伯，欧阳予倩和叶绍钧。自然，技术是幼稚的，往往留存着旧小说上的写法和语调；而且平铺直叙，一泻无余；或者过于巧合，在一刹那中，在一个人上，会聚集了一切难堪的不幸。然而又有一种共同前进的趋向，是这时的作者们，没有一个以为小说是脱俗的文学，除了为艺术之外，一无所为的。他们每作一篇，都是"有所为"而发，是在用改革社会的器械，——虽然也没有设定终极的目标。

俞平伯的《花匠》以为人们应该屏绝矫揉造作，任其自然，罗家伦之作则在诉说婚姻不自由的苦痛，虽然稍嫌浅露，但正是当时许多知识青年们的公意；输入易卜生（H.Ibsen）的《娜拉》和《群鬼》的机运，这时候也恰恰成熟了，不过还没有想到《人民之敌》和《社会柱石》。杨振声是极要描写民间疾苦的；汪敬熙并且装着笑容，揭露了好学生的秘密和苦人的灾难。但究竟因为是上层的知识者，所以笔墨总不免伸缩于描写身边琐事和小民生活之间。后来，欧阳予倩致力于剧本去了；叶绍钧却有更远大的发展。汪敬熙又在《现代评论》上发表创作，至一九二五年，自选了一本《雪夜》，但他好像终于没有自觉，或者忘却了先前的奋斗，以为他自己的作品，是并无"什么批评人生的意义的"了。序中有云——

"我写这些篇小说的时候，是力求着去忠实的描写我所见的几种人生经验。我只求描写的忠实，不掺入丝毫批评的态度。虽然一个人叙述一件事实之时，他的描写是免不了受他的人生观之影响，但我总是在可能的范围之内，竭力保持一种客观的态度。

"因为持了这种客观态度的缘故，我这些短篇小说是不会有什么批评人生的意义。我只写出我所见的几种经验给读者看罢了。读者看了这些小说，心中对于这些种经验有什么评论，是我所不问的。"

杨振声的文笔，却比《渔家》更加生发起来，但恰与先前的战友汪敬熙站成对蹠：他"要忠实于主观"，要用人工来制造理想的人物。而且凭自己的理想还怕不够，又请教过几个朋友，删改了几回，这才完成一本中篇小说《玉君》，那自序道——

鲁迅文集

·且介亭杂文二集·

图文珍藏版

"若有人问玉君是真的,我的回答是没有一个小说家说实话的。说实话的是历史家,说假话的才是小说家。历史家用的是记忆力,小说家用的是想象力。历史家取的是科学态度,要忠实于客观;小说家取的是艺术态度。要忠实于主观。一言以蔽之,小说家也如艺术家,想把天然艺术化,就是要以他的理想与意志去补天然之缺陷。"

他先决定了"想把天然艺术化",唯一的方法是"说假话","说假话的才是小说家"。于是依照了这定律,并且博采众议,将《玉君》创造出来了,然而这是一定的:不过一个傀儡,她的降生也就是死亡。我们此后也不再见这位作家的创作。

二

"五四"事件一起,这运动的大营的北京大学负了盛名,但同时也遭了艰险。终于,《新青年》的编辑中枢不得不复归上海,《新潮》群中的健将,则大抵远远的到欧美留学去了,《新潮》这杂志,也以虽有大吹大擂的预告,却至今还未出版的"名著绍介"收场;留给国内的社员的,是一万部《孑民先生言行录》和七千部《点滴》。创作衰竭了,为人生的文学自然也衰竭了。

但上海却还有着为人生的文学的一群,不过也崛起了为文学的文学的一群。这里应该提起的,是弥洒社。它在一九二三年三月出版的《弥洒》(Musai)上,由胡山源作的《宣言》(《弥洒临凡曲》)告诉我们说——

"我们乃是艺文之神;

我们不知自己何自而生,

也不知何为而生:

我们一切作为只知顺顺着我们的 Inspiration!"

到四月出版的第二期,第一页上便分明的标出了这是"无目的无艺术观不讨论不批评而只发表顺灵感所创造的文艺作品的月刊",即是一个脱俗的文艺团体的刊物。但其实,是无意中有着假想敌的。陈德征的《编辑余谈》说:"近来文学作品,也有商品化的,所谓文学研究者,所谓文人,都不免带有几分贩卖者的色彩!这是我们所深恶而且深以为痛心疾首的一件事。……"就正是和讨伐"垄断文坛"者的大军一鼻孔出气的檄文。这时候,凡是要独树一帜的,总打着憎恶"庸俗"的幌子。

一切作品,诚然大抵很致力于优美,要舞得"翩跹回翔",唱得"宛转抑扬",然而所感觉的范围却颇为狭窄,不免咀嚼着身边的小小的悲欢,而且就看这小悲欢为全世界。在这刊物上,作为小说作者而出现的,是胡山源,唐鸣时,赵景i云,方企留,曹贵新;钱江春和方时旭,却只能数作速写的作者。从中最特出的是胡山源,他的一篇《睡》,是实践宣言,笼罩全群的佳作,但在《樱桃花下》(第一期),却正如这面的过度的睡觉一样,显出那面的病的神经过敏来了.“灵感”也究竟要露出目的的。赵景法的《阿美》,虽然简单,虽然好像不能“无所为”,却强有力的写出了连敏感的作者们也忘却了的“丫头”的悲惨短促的一世。

一九二四年中发祥于上海的浅草社,其实也是“为艺术而艺术”的作家团体,但他们的季刊,每一期都显示着努力:向外,在摄取异域的营养,向内,在挖掘自己的魂灵,要发现心里的眼睛和喉舌,来凝视这世界,将真和美歌唱给寂寞的人们。韩君格,孔襄我,胡絜若,高世华,林如稷,徐丹歌,顾璜,莎子,亚士,陈翔鹤,陈炜谟,竹影女士,都是小说方面的工作者;连后来是中国最为杰出的抒情诗人冯至,也曾发表他幽婉的名篇。次年,中枢移入北京,社员好像走散了一些,《浅草》季刊改为篇叶较少的《沉钟》周刊了,但锐气并不稍衰,第一期的眉端就引着吉辛(G.Gissing)的坚决的句子——

“而且我要你们一齐都证实……

我要工作啊,一直到我死之一日。”

但那时觉醒起来的知识青年的心情,是大抵热烈,然而悲凉的。即使寻到一点光明,“径一周三”,却更分明的看见了周围的无涯际的黑暗。摄取来的异域的营养又是“世纪末”的果汁:王尔德(Oscar Wilde),尼采(Fr.Nietzsche),波特莱尔(Ch.Baudelaire),安特莱夫(L.Andreev)们所安排的。“沉自己的船”还要在绝处求生,此外的许多作品,就往往“春非我春,秋非我秋”,玄发朱颜,却唱着饱经忧患的不欲明言的断肠之曲。虽是冯至的饰以诗情,莎子的托词小草,还是不能掩饰的。凡这些,似乎多出于蜀中的作者,蜀中的受难之早,也即此可以想见了。

不过这群中的作者们也未尝自馁。陈炜谟在他的小说集《炉边》的“Proem”里说

“但我不要这样;生活在我还在刚开头,有许多命运的猛兽正在那边张牙舞爪等着我在。可是这也不用怕。人虽不必去崇拜太阳,但何至于懦怯得连暗夜也要躲避呢? 怎的,秃笔不会写在破纸上吗? 若干年之后,回想此时的我,即不管别人。

在自己或也可值眷念罢,如果值得忆念的地方便应该忆念。……"

自然,这仍是无可奈何的自慰的伤心之言,但在事实上,沉钟社却确是中国的最坚韧,最诚实,挣扎得最久的团体。它好像真要如吉辛的话,工作到死掉之一日;如"沉钟"的铸造者,死也得在水底里用自己的脚敲出洪大的钟声。然而他们并不能做到,他们是活着的,时移世易,百事俱非;他们是要歌唱的,而听者却有的睡眠,有的枯死,有的流散,眼前只剩下一片茫茫白地,于是也只好在风尘诹洞中,悲哀孤寂地放下了他们的箜篌了。

后来以"废名"出名的冯文炳,也是在《浅草》中略见一斑的作者,但并未显出他的特长来。在一九二五年出版的《竹林的故事》里,才见以冲淡为衣,而如著者所说,仍能"从他们当中理出我的哀愁"的作品。可惜的是大约作者过于珍惜他有限的"哀愁",不久就更加不欲像先前一般的闪露,于是从率直的读者看来,就只见其有意低徊,顾影自怜之态了。

冯沅君有一本短篇小说集《卷葹》——是"拔心不死"的草名,也是一九二三年起,身在北京,而以"淦女士"的笔名,发表于上海创造社的刊物上的作品。其中的《旅行》是提炼了《隔绝》和《隔绝之后》(并在《卷葹》内)的精粹的名文,虽嫌过于说理,却还未伤其自然;那"我很想拉他的手,但是我不敢,我只敢在间或车上的电灯被震动而失去它的光的时候,因为我害怕那些搭客们的注意。可是我们又自己觉得很骄傲的,我们不客气的以全车中最尊贵的人自命。"这一段,实在是五四运动之后,将毅然和传统战斗,而又怕敢毅然和传统战斗,遂不得不复活其"缠绵悱恻之情"的青年们的真实的写照。和"为艺术而艺术"的作品中的主角,或夸耀其颓唐,或街鬻其才绪,是截然两样的。然而也可以复归于平安。陆如在《卷葹》再版后记里说:"'淦'训'沈',敢《庄子》'陆沈'之义。现在作者思想变迁,故再版时改署沅君。……只因作者秉性疏懒,故托我代说。"诚然,三年后的《春痕》,就只剩了散文的断片了,更后便是关于文学史的研究。这使我又记起匈牙利的诗人彼兑菲(Petofi Sandor)题 B.Sz.夫人照像的诗来——

"听说你使你的男人很幸福,我希望不至于此。因为他是苦恼的夜莺,而今沉默在幸福里了。苛待他吧,使他因此常常唱出甜美的歌来。"

我并不是说:苦恼是艺术的渊源,为了艺术,应该使作家们永久陷在苦恼里。不过在彼兑菲的时候,这话是有些真实的;在十年前的中国,这话也有些真实的。

三

在北京这地方，——北京虽然是"五四运动"的策源地，但自从支持着《新青年》和《新潮》的人们，风流云散以来，一九二〇至二二年这三年间，倒显着寂寞荒凉的古战场的情景。《晨报副刊》，后来是《京报副刊》露出头角来了，然而都不是怎么注重文艺创作的刊物，它们在小说一方面，只介绍了有限的作家：蹇先艾，许钦文，王鲁彦，黎锦明，黄鹏基，尚钺，向培良。

蹇先艾的作品是简朴的，如他在小说集《朝雾》里说——

"……我已经是满过二十岁的人了，从老远的贵州跑到北京来，灰沙之中彷徨了也快七年，时间不能说不长，怎样混过的，并自身都茫然不知。是这样匆匆地一天一天的去了，童年的影子越发模糊消淡起来，像朝雾似的，袅袅的飘失，我所感到的只有空虚与寂寞。这几个岁月，除近两年信笔涂鸦的几篇新诗和似是而非的小说之外，还做了什么呢？每一回忆，终不免有点凄寥撞击心头。所以现在决然把这个小说集付印了，……借以纪念从此阔别的可爱的童年。……如果不失赤子之心的人们肯毅然光顾，或者从中阃也寻得出一点幼稚的风味来吧？……"

诚然，虽然简朴，或者如作者所自谦的"幼稚"，但很少文饰，也足够写出他心曲的哀愁。他所描写的范围是狭小的，几个平常人，一些琐屑事，但如《水葬》，却对我们展示了"老远的贵州"的乡间习俗的冷酷，和出于这冷酷中的母性之爱的伟大，——贵州很远，但大家的情境是一样的。

这时——九二四年——偶然发表作品的还有裴文中和李健吾。前者大约并不是向来留心创作的人，那《戎马声中》，却拉杂的记下了游学的青年，为了炮火下的故乡和父母而惊魂不定的实感。后者的《终条山的传说》是绚烂了，虽在十年以后的今日，还可以看见那藏在用口碑织就的华服里面的身体和灵魂。

蹇先艾叙述过贵州，裴文中关心着榆关，凡在北京用笔写出他的胸臆来的人们，无论他自称为用主观或客观，其实往往是乡土文学，从北京这方面说，则是侨寓文学的作者。但这又非如勃兰兑斯（G. Brandes）所说的"侨民文学"，侨寓的只是作者自己。却不是这作者所写的文章，因此也只见隐现着乡愁，很难有异域情调来开拓读者的心胸，或者炫耀他的眼界。许钦文自名他的第一本短篇小说集为《故乡》，也就是在不知不觉中，自招为乡土文学的作者，不过在还未动手来写乡土文学之前，他却已被故乡所放逐，生活驱逐他到异地去了，他只好回忆"父亲的花园"，而且是已不存在的花园，因为回忆故乡的已不存在的事物，是比明明存在，而只有自己不能接近的事物较为舒适，也更能自慰的——

"父亲的花园最盛的几年距今已有几时。已难确切的计算。当时的盛况虽曾照'下一像，如今挂在父亲的房里，无奈为时已久，那时乡间的摄影又很幼稚，现已模糊莫辨了。挂在它旁边的芳姬的遗像也已不大清楚。唯有父亲题在像上的字句却很明白：'性既执拗，遇复可怜，一朝痛割，我独何堪！'

"……

"我想父亲的花园就是能够重新种起种种的花来，那时的盛况总是不能恢复的了，因为已经没有了芳姊。"

无可奈何的悲愤，是令人不得不舍弃的，然而作者仍不能舍弃，没有法，就再寻得冷静和诙谐来做悲愤的衣裳；裹起来了，聊且当作"看破"。并且将这手段用到描写种种人物，尤其是青年人物去。因为故意的冷静，所以也深刻，而终不免带着令人疑虑的嬉笑。"虽有忮心，不怨飘瓦"，冷静要死静；包着愤激的冷静和诙谐，是被观察和被描写者所不乐受的，他们不承认他是一面无生命，无意见的镜子。于是他也往往被排进讽刺文学作家里面去，尤其是使女士们皱起了眉头。

这一种冷静和诙谐，如果滋长起来，对于作者本身其实倒是危险的。他也能活泼的写出民间生活来，如《石宕》，但可惜不多见。

看王鲁彦的一部分的作品的题材和笔致，似乎也是乡土文学的作家，但那心情，和许钦文是极其两样的。许钦文所苦恼的是失去了地上的"父亲的花园"，他所烦恼的却是离开了天上的自由的乐土。他听得"秋雨的诉苦"说——

"地太小了，地太脏了，到处都黑暗，到处都讨厌。人人只知道爱金钱，不知道爱自由，也不知道爱美。你们人类的中间没有一点亲爱，只有仇恨。你们人类，夜间像猪一般的甜甜蜜蜜地睡着，白天像狗一般的争斗着，撕打着……

"这样的世界，我看得惯吗？我为什么不应该哭呢？在野蛮的世界上。让野兽们去生活着吧，但是我不，我们不……唔，我现在要离开这世界，到地底去了……"

这和爱罗先珂（V.Eroshenko）的悲哀又仿佛相像的，然而又极其两样。那是地下的土拨鼠，欲爱人类而不得，这是太空的秋雨，要逃避人间而不能。他只好将心还给母亲，才来做"人"，骗得母亲的微笑。秋天的雨，无心的"人"，和人间社会是不会有情愫的。要说冷静，这才真是冷静；这才能够和"托尔斯小"的无抵抗主义一同抹杀"牛克斯"的斗争说；和"达我文"的进化说一并嘲弄"克鲁屁特金"的互助论；对专制不平，但又向自由冷笑。作者是往往想以诙谐之笔出之的，但也因为太冷静了，就又往往化为冷话，失掉了人间的诙谐。

然而"人"的心是究竟还不尽的，《柚子》一篇，虽然为湘中的作者所不满，但在玩世的衣裳下，还闪露着地上的愤懑，在王鲁彦的作品里，我以为倒是最为热烈的了。

我所说的这湘中的作家是黎锦明，他大约是自小就离开了故乡的。在作品里，很少乡土气息，但蓬勃着楚人的敏感和热情。他一早就在《社交问题》里，对易卜生一流的解放论者掷了斯忒林培黎（A, Strindberg）式的投枪；但也能精致而明丽的说述儿时的"轻微的印象"。待到一九二六年，他布告不满于自己了，他在《烈火》再版的自序上说

"在北京生活的人们，如其有灵魂，他们的灵魂恐怕未有不染遍了灰色吧，自然，《烈火》即在这情形中写成，当我去年春时来到上海，我的心境完全变了，对于它，只有遗弃的一念。……"

他判过去的生活为灰色，以早期的作品为童矣了。果然，在此后的《破垒集》中，的确便换了些披挂，有含讥的轻妙的小品，但尤其显出好的故事作者的特色来：有时如中国的"磊珂山房"主人的瑰奇；有时如波兰的显克微支（H, Sienkiewicz）的警拔，却又不以失望收场，有声有色，总能使读者欣然终卷。但其失，则又即在立旨居陆离光怪的装饰之中，时或永被沉埋，倘一显现，便又见得鹘突出。

《现代评论》比起日报的副刊来，比较的着重于文艺，但那些作者，也还是新潮社和创造社的老手居多。凌叔华的小说，却发祥于这一种期刊的，她恰和冯沅君的大胆。敢言不同，大抵很谨慎的，适可而止的描写了旧家庭中的婉顺的女性。即使间有出轨之作，那是为了偶受着文酒之风的吹拂，终于也回复了她的故道了。这是好的，——使我们看见和冯沅君，黎锦明，川岛，汪静之所描写的绝不相同的人物，也就是世态的一角。高门巨族的精魂。

四

一九二五年十月间，北京突然有莽原社出现，这其实不过是不满于《京报副

刊》编辑者的一群,另设《莽原》周刊,却仍附《京报》发行,聊以快意的团体。奔走最力者为高长虹,中坚的小说作者也还是黄鹏基,尚钺,向培良三个;而鲁迅是被推为编辑的。但声援的很不少,在小说方面,有文炳,沉君,霁野,静农,小酩,青雨等。到十一月。《京报》要停止副刊以外的小幅了,便改为半月刊,由未名社出版,其时所介绍的新作品,是描写着乡下的沉滞的氛围气的魏金枝之作:《留下镇上的黄昏》。

但不久这莽原社内部冲突了,长虹一流,便在上海设立了狂飙社。所谓"狂飙运动",那草案其实是早藏在长虹的衣袋里面的,常要乘机而出,先就印过几期周刊;那《宣言》,又曾在一九二五年三月间的《京报副刊》上发表,但尚未以"超人"自命,还带着并不自满的声音——

"黑沉沉的暗夜。一切都熟睡了,死一般的,没有一点声音,一个动作,阒寂无聊的长夜呵!

"这样的。几百年几百年的时期过去了。而晨光没有来,黑夜没有止息。

"死一般的,一切的人们,都沉沉地睡着了。

"于是有几个人,从黑暗中醒来。便互相呼唤着:

"——时候到了,期待已经够了。

"——是呵。我们要起来了。我们呼唤着,使一切不安于期待的人们也起来买。

"——若是晨光终于不来,那么,也起来罢。我们将点起灯来,照耀我们幽暗的前途。

"——软弱是不行的,睡着希望是不行的。我们要做强者,打倒障碍或者被障碍压倒。我们并不惧怯,也不躲避。

"这样呼唤着,虽然是微弱的罢,听呵,从东方,从西方,从南方,从北方,隐隐的来了强大的应声,比我们更要强大的应声。

"一滴水泉可以做江河之始流,一片树叶之飘动可以兆暴风之将来,微小的起源可以生出伟大的结果。因为这个缘故,我们的周刊便叫作《狂飙》。"

不过后来却日见其自以为"超越"了。然而拟尼采样的彼此都不能解的格言式的文章,终于使周刊难以存在,可记的也仍然只是小说方面的黄鹏基,尚钺。——其实是向培良一个作者而已。

黄鹏基将他的短篇小说印成一本,称为《荆棘》,而第二次和读者相见的时候,已经改名"朋其"了。他是首先明白晓畅的主张文学不必如奶油,应该如刺,文学家不得颓丧,应该刚健的人;他在《刺的文学》(《莽原》周刊二十八期)里,说明了"文学绝不是无聊的东西"。"文学家并不一定就是得天独厚的特等民族","也不是成天哭泣的鲛人"。他说——

　　"我以为中国现代的作品,应该是像一丛荆棘。因为在一片沙漠里,憧憬的花都会慢慢地消灭的,社会生出荆棘来,他的叶是有刺的,他的茎是有刺的,以至于他的根也是有刺的。——请不要拿植物生理来反驳我——一篇作品的思想,的结构,的练句,的用字,都应该把我们常感觉到的刺的意味儿表现出来。真的文学家……应该先站起来,使我们不得不站起来。他应该充实自己的力,让人们怎样充实他自己的力。知道他自己的力,表现他自己的力。一篇作品的成功至少要使读者一直读下去,无暇辨文字的美恶,——恶劣的感觉,固然不好,就是美妙的感觉,也算失败。——而要想因循,苟且而不得。怎样抓着他的病的深处,就很厉害地刺他一下。一般整饬的结构。平凡的字句。会使他跑到旁处去的,我们应该反对。

　　"'沙漠里遍生了荆棘,中国人就会过人的生活了!'这是我相信的。"

　　朋其的作品的确和他的主张并不怎么背驰,他用流利而诙谐的言语,暴露,描画,讽刺着各式人物,尤其是知识者层。他或者装着傻子,说出青年的思想来,或者化为瀹腿,跑进阔佬们的家里去。但也许因为力求生动,流利的缘故吧,抉剔就不能深,而且结尾的特地装置的滑稽,也往往毁损掉全篇的力量。讽刺文学是能死于自身的故意的嬉笑的。不久他又"自招"(《荆棘》卷首)道:"写出'刺的文学'四字,也不过因了每天对于霸王鞭的欣赏,和自己的'生也不辰',未能十分领略花的意味儿,"那可大有徘徊之状了。此后也没有再看见他"刺的文学"。

　　尚钺的创作,也是意在讥刺,而且暴露,搏击的,小说集《斧背》之名,便是自提的纲要。他创作的态度,比朋其严肃,取材也较为广泛,时时描写着风气未开之处——河南信阳——的人民。可惜的是为才能所限,那斧背就太轻小了,使他为公和为私的打击的效力,大抵失在由于器械不良,手段生涩的不中里。

　　向培良当发表他第一本小说集《缥缈的梦》时,一开首就说——

　　"时间走过去的时候,我的心灵听见轻微的足音,我把这个很拙笨地移到纸上去了,这就是我这本小册子的来源罢!"

国学经典文库

鲁迅文集

·且介亭杂文二集·

图文珍藏版

的确，作者向我们叙述着他的心灵所听到的时间的足音，有些是借了儿童时代的天真的爱和憎，有些是借着羁旅时候的寂寞的闻和见，然而他并不"拙笨"，却也不矫揉造作，只如熟人相对，娓娓而谈，使我们在不甚操心的倾听中，感到一种生活的色相。但是，作者的内心是热烈的，倘不热烈，也就不能这么平静的娓娓而谈了，所以他虽然间或休息于过去的"已经失去的童心"中，却终于爱了现在的"在强有力的憎恶后面，发现更强有力的爱"的"虚无的反抗者"，向我们介绍了强有力的《我离开十字街头》。下面这一段就是那不知名的反抗者所自述的憎恶——

"为什么我要跑出北京？这个我也说不出很多的道理。总而言之：我已经讨厌了这古老的虚伪的大城。在这里面游离了四年之后，我已经刻骨地讨厌了这古老的虚伪的大城。在这里面，我只看见请安，打拱，要皇帝。恭维执政——卑怯的奴才！卑劣，怯懦，狡猾，以及敏捷地逃躲，这都是奴才们的绝技！厌恶的深感在我口中，好似生的腥鱼在我口中一般；我需要呕吐，于是提着我的棍走了。"

在这里听到了尼采声，正是狂飙社的进军的鼓角。尼采教人们准备着"超人"的出现，倘不出现，那准备便是空虚。但尼采却自有其下场之法的：发狂和死。否则，就不免安于空虚，或者反抗这空虚，即使在孤独中毫无"末人"的希求温暖之心，也不过蔑视一切权威，收缩而为虚无主义者（Nihilist）。巴札罗夫（Bazarov）是相信科学的；他为医术而死，一到所蔑视的并非科学的权威而是科学本身，那就成为沙宁（Santo）之徒，只好以一无所信为名，无所不为为实了。但狂飙社却似乎仅止于"虚无的反抗"，不久就散了队。现在所遗留的，就只有向培良的这响亮的战叫，说明着半绥惠略夫（Sheveriov）式的"憎恶"的前途。

未名社却相反，主持者韦素园，是宁愿作为无名的泥土，来栽植奇花和乔木的人。事业的中心，也多在外国文学的译述。待到接办《莽原》后，在小说方面，魏金枝之外，又有李霁野，以锐敏的感觉创作，有时深而细，真如数着每一片叶的叶脉，但因此就往往不能广，这也是孤寂的发掘者所难以两全的。台静农是先不想到写小说，后不愿意写小说的人，但为了韦素园的奖励，为了《莽原》的索稿，他挨到一九二六年，也只得动手了。《地之子》的后记里自己说——

"那时我开始写了两三篇，预备第二年用。素园看了，他很满意我从民间取材；他遂劝我专在这一方面努力，并且举了许多作家的例子。其实在我倒不大乐于走这一条路。人间的辛酸和凄楚，我耳边所听到的，目中所看见的，已经是不堪了；现在又将它用我的心血细细地写出,能说这不是不幸的事吗?同时我又没有生花的笔,能够献给我同时代的少男少女以伟大的欢欣。"

此后还有《建塔者》。要在他的作品里吸取"伟大的欢欣",诚然是不容易的,但他却贡献了文艺;而且在争写着恋爱的悲欢,都会的明暗的那时候,能将乡间的死生,泥土的气息,移在纸上的,也没有更多,更勤于这作者的了。

五

临末,是关于选辑的几句话——

一,文学团体不是豆荚,包含在里面的,始终都是豆。大约集成时本已各个不同,后来更各有种种的变化。在这里,一九二六年后之作即不录,此后的作者的作风和思想等,也不论。

二,有些作者,是有自编的集子的,曾在期刊上发表过的初期的文章,集子里有时却不见,恐怕是自己不满,删去了。但我间或仍收在这里面,因为我以为就是圣贤豪杰,也不必自惭他的童年;自惭,倒是一个错误。

三,自编的集子里的有些文章,和先前在期刊上发表的,字句往往有些不同。这当然是作者自己添削的。但这里却有时采了初稿,因为我觉得加了修饰之后,也未必一定比质朴的初稿好。

以上两点,是要请作者原谅的。

四,十年中所出的各种期刊,真不知有多少,小说集当然也不少,但见闻有限,自不免有遗珠之憾。至于明明见了集子,却取舍失当,那就即使并非偏心,也一定是缺少眼力,不想来勉强辩解了。

一九三五年三月二日写讫。

内山完造作《活中国的姿态》序

这也并非自己的发现,是在内山书店里听着漫谈的时候拾来的,据说:像日本人那样的喜欢"结论"的民族,就是无论是听议论。是读书,如果得不到结论,心里总不舒服的民族,在现在的世上,好像是颇为少有的,云。

接收了这一个结论之后,就时时令人觉得很不错。例如关于中国人,也就是这样的。明治时代的支那研究的结论,似乎大抵受着英国的什么人做的《支那人气质》的影响,但到近来,却也有了面目一新的结论了。一个旅行者走进了下野的有钱的大官的书斋,看见有许多很贵的砚石,便说中国是"文雅的国度";一个观察者到上海来一下,买几种猥亵的书和图画,再去寻寻奇怪的观览物事,便说中国是"色情的国度"。连江苏和浙江方面,大吃竹笋的事,也算做色情心理的表现的一个证据。然而广东和北京等处,因为竹少,所以并不怎么吃竹笋。倘到穷文人的家里或者寓里去,不但无所谓书斋,连砚石也不过用着两角钱一块的家伙。一看见这样的事,先前的结论就通不过去了,所以观察者也就有些窘,不得不另外摘出什么适当的结论来。于是这一回,是说支那很难懂得,支那是"谜的国度"了。

据我自己想:只要是地位,尤其是利害一不相同,则两国之间不消说,就是同国的人们之间,也不容易互相了解的。

例如吧,中国向西洋派遣过许多留学生,其中有一位先生,好像也并不怎样喜欢研究西洋,于是提出了关于中国文学的什么论文,使那边的学者大吃一惊,得了博士的学位,回来了。然而因为在外国研究得太长久,忘记了中国的事情,回国之后,就只好来教授西洋文学。他一看见本国里乞丐之多,非常诧异,慨叹道:他们为什么不去研究学问,却自甘堕落的呢?所以下等人实在是无可救药的。

不过这是极端的例子。倘使长久的生活于一地方,接触着这地方的人民,尤其是接触,感得了那精神,认真地想一想,那么,对于那国度,恐怕也未必不能了解吧。

著者是二十年以上,生活于中国,到各处去旅行,接触了各阶级的人们的,所以来写这样的漫文,我以为实在是适当的人物。事实胜于雄辩,这些漫文,不是的确放着一种异彩吗?自己也常常去听漫谈,其实负有捧场的权利和义务的,但因为已是很久的"老朋友"了,所以也想添几句坏话在这里。其一,是有多说中国的优点的倾向,这是和我的意见相反的,不过著者那一面,也自有他的意见,所以没有法子想。还有一点,是并非坏话也说不定的,就是读起那漫文来,往往颇有令人觉得"原来如此"的处所,而这令人觉得"原来如此"的处所,归根结底,也还是结论。幸而卷末没有明记着"第几章:结论",所以仍不失为漫谈,总算还好的。

然而即使力说是漫谈,著者的用心,还是在将中国的一部分的真相,绍介给日本的读者的。但是,在现在,总依然是因了各种的读者,那结果也不一样吧。这是没有法子的事。据我看来,日本和中国的人们之间,是一定会有互相了解的时候的。新近的报章上,虽然又在竭力地说着"亲善"呀,"提携"呀,到得明年,也不知道又将说些什么话。但总而言之,现在却不是这时候。

倒不如看看浸文,还要有意思一点吧。

一九三五年三月五日鲁迅记于上海。

"寻开心"

我有时候想到,忠厚老实的读者或研究者,遇见有两种人的文章,他是会吃冤枉苦头的。一种,是古里古怪的诗和尼采式的短句,以及几年前的所谓未来派的作品。这些大概是用怪字面,生句子,没意思的硬连起来的,还加上好几行很长的点线。作者本来就是乱写,自己也不知道什么意思。但认真的读者却以为里面有着深意,用心的来研究它,结果是到底莫名其妙,只好怪自己浅薄。假如你去请教作者本人吧,他一定不加解释,只是鄙夷地对你笑一笑。这笑,也就愈见其深。

还有一种,是作者原不过"寻开心",说的时候本来不当真,说过也就忘记了。当然和先前的主张会冲突,当然在同一篇文章里自己也会冲突。但是你应该知道作者原以为作文和吃饭不同,不必认真的。你若认真地看,只能怪自己傻。最近的例子就是悍膂先生的研究语堂先生为什么会称赞《野叟曝言》。不错,这一部书是道学先生的悖慢淫毒心理的结晶,和"性灵"缘分浅得很,引了例子比较起来,当然会显出这称赞的出人意料。但其实,恐怕语堂先生之憎"方巾气",谈"性灵",讲"潇洒",也不过对老实人"寻开心"而已,何尝真知道"方巾气"之类是怎么一回事;也许简直连他所称赞的《野叟曝言》也并没有怎么看。所以用本书和他那别的主张来比较研究,是永久不会懂的。自然,两面非常不同,这很清楚,但怎么竟至于称赞起来了呢,也还是一个"不可解"。我的意思是以为有些事情万不要想得太深,想得太忠厚,太老实,我们只要知道语堂先生那时正在崇拜袁中郎,而袁中郎也曾有过称赞《金瓶梅》的事实,就什么骇异之意也没有了。

还有一个例子。如读经,在广东,听说是从燕塘军官学校提倡起来的;去年,就有官定的小学校用的《经训读本》出版,给五年级用的第一课,却就是"孔子谓曾子曰:身体发肤,受之父母,不敢毁伤,孝之始也。……"那么,"为国捐躯"是"孝之终"吗?并不然,第三课还有"模范",是乐正子春述曾子闻诸夫子之说云:"天之所生,地之所养,无人为大。父母全而生子,子全而归之,可谓孝矣。不亏其体,不辱其身,可谓全矣。故君子顷步而弗敢忘孝也。……"

还有一个最近的例子,就在三月七日在《中华日报》上。那地方记得有"北平大学教授兼女子文理学院文史系主任李季谷氏"赞成《一十宣言》原则的谈话,末尾道:"为复兴民族之立场言,教育部应统领设法标榜岳武穆,文天祥,方孝孺等有气节之名臣勇将,俾一般高官戎将有所法式云"。

凡这些,都是以不大十分研究为的是。如果想到"全而归之"和将来的临阵冲突,或者查查岳武穆们的事实,看究竟是怎样的结果,"复兴民族"了没有,那你一定会被捉弄得发昏,其实也就是自寻烦恼。语堂先生在暨南大学讲演道:"……做人要正正经经,不好走入邪道,……一走入邪道,……一定失业,……然而,作文,要幽默,和做人不同,要玩玩笑笑,寻开心,……"(据《芒种》本)这虽然听去似乎有些奇特,但其实是很可以启发人的神智的:这"玩玩笑笑,寻开心",就是开开中国许多古怪现象的锁的钥匙。

三月七日。

非有复译不可

好像有人说过,去年是"翻译年";其实何尝有什么了不起的翻译,不过又给翻译暂时洗去了恶名却是真的。

可怜得很,还只译了几个短篇小说到中国来,创作家就出现了,说它是媒婆,而创作是处女。在男女交际自由的时候,谁还喜欢和媒婆周旋呢,当然没落。后来是译了一点文学理论到中国来,但"批评家"幽默家之流又出现了,说是"硬译","死译","好像看地图",幽默家还从他自己的脑子里,造出可笑的例子来,使读者们"开心",学者和大师们的话是不会错的,"开心"也总比正经省力,于是乎翻译的脸上就被他们画上了一条粉。

但怎么又来了"翻译年"呢,在并无什么了不起的翻译的时候?不是夸大和开心,它本身就太轻飘飘,禁不起风吹雨打的缘故吗?于是有些人又记起了翻译,试来译几篇。但这就又是"批评家"的材料了,其实,正名定分,他是应该叫作"唠叨家"的,是创作家和批评家以外的一种,要说得好听,也可以谓之"第三种"。他像后街的老虔婆一样,并不大声,却在那里唠叨,说是莫非世界上的名著都译完了吗,你们只在译别人已经译过的,有的还译过了七八次。

记得中国先前,有过一种风气,遇见外国——大抵是日本——有一部书出版,想来当为中国人所要看的,便往往有人在报上登出广告来,说"已在开译,请万勿重译为幸"。他看得译书好像订婚,自己首先套上约婚戒指了,别人便莫作非分之想。自然,译本是未必一定出版的,倒是暗中解约的居多;不过别人却也因此不敢译,新妇就在闺中老掉。这种广告,现在是久不看见了,但我们今年的唠叨家,却正继承着这一派的正统。他看得翻译好像结婚,有人译过了,第二个便不该再来碰一下,否则,就仿佛引诱了有夫之妇似的,他要来唠叨,当然罗,是维持风化。但在这唠叨里,他不也活活的画出了自己的猥琐的嘴脸了吗?

前几年,翻译的失了一般读者的信用,学者和大师们的曲说固然是原因之一,但在'翻译本身也有一个原因,就是常有胡乱动笔的译本。不过要击退这些乱译,诬赖。开心,唠叨,都没有用处,唯一的好方法是又来一回复译,还不行,就再来一回。譬如赛跑,至少总得有两个人,如果不许有第二人人场,则先在的一个永远是第一名,无论他怎样蹩脚。所以讥笑复译的,虽然表面上好像关心翻译界,其实是在毒害翻译界,比诬赖,开心的更有害,因为他更阴柔。

而且复译还不只是击退乱译而已,即使已有好译本,复译也还是必要的。曾有文言译本的,现在当改译白话,不必说了。即使先出的白话译本已很可观,但倘使后来的译者自己觉得可以译得更好,就不妨再来译一遍,无须客气,更不必管那些无聊的唠叨。取旧译的长处,再加上自己的新心得,这才会成功一种近于完全的定本。但因言语跟着时代的变化,将来还可以有新的复译本的,七八次何足为奇,何况中国其实也并没有译过七八次的作品。如果已经有,中国的新文艺倒也许不至于现在似的沉滞了。

三月十六日。

论讽刺

我们常不免有一种先入之见,看见讽刺作品,就觉得这不是文学上的正路,因为我们先就以为讽刺并不是美德。但我们走到交际场中去,就往往可以看见这样的事实,是两位胖胖的先生,彼此弯腰拱手,满面油晃晃的正在开始他们的攀谈——

"贵姓？……"

"敝姓钱。"

"哦，久仰久仰！还没有请教台甫……"

"草字阔亭。"

"高雅高雅。贵处是……"

"就是上海……"

"哦哦，那好极了，这真是……"

谁觉得奇怪呢？但若写在小说里，人们可就会另眼相看了，恐怕大概要被算作讽刺。有好些直写事实的作者，就这样的被蒙上了"讽刺家"——很难说是好是坏——的头衔。例如在中国，则《金瓶梅》写蔡御史的自谦和恭维西门庆道："恐我不如安石之才，而君有王右军之高致矣！"还有《儒林外史》写范举人因为守孝，连象牙筷也不肯用，但吃饭时。他却"在燕窝碗里拣了一个大虾圆子送在嘴里"，和这相似的情形是现在还可以遇见的；在外国，则如近来已被中国读者所注意了的果戈理的作品，他那《外套》（韦素园译，在《未名丛刊》中）里的大小官吏。《鼻子》（许遐译，在《译文》中）里的绅士，医生，闲人们之类的典型，是虽在中国的现在，也还可以遇见的。这分明是事实，而且是很广泛的事实，但我们皆谓之讽刺。

人大抵愿意有名，活的时候做自传。死了想有人分讣闻，做行实，甚而至于还"宣付国史馆立传"。人也并不全不自知其丑，然而他不愿意改正，只希望随时消掉，不留痕迹，剩下的单是美点，如曾经施粥赈饥之类，却不是全般。"高雅高雅"，他其实何尝不知道有些肉麻，不过他又知道说过就完。本传里绝不会有，于是也就放心的"高雅"下去。如果有人记了下来，不给它消灭，他可要不高兴了。于是乎挖空心思地来一个反攻，说这些乃是"讽刺"，向作者抹一脸泥，来掩藏自己的真相。但我们也每每不免来不及思索，跟着说，"这些乃是讽刺呀！"上当真可是不浅得很。

同一例子的还有所谓"骂人"。假如你到四马路去，看见雏妓在拖住人，倘大声说："野鸡在拉客"，那就会被她骂你是"骂人"。骂人是恶德，于是你先就被判定在坏的一方面了；你坏，对方可就好。但事实呢，却的确是"野鸡在拉客"，不过只可心里知道，说不得，在万不得已时，也只能说"姑娘勒浪做生意"，恰如对于那些弯腰拱手之辈，做起文章来，是要改作"谦以待人，虚以接物"的。——这才不是骂人。这才不是讽刺。

其实，现在的所谓讽刺作品，大抵倒是写实。非写实决不能成为所谓"讽刺"；非写实的讽刺，即使能有这样的东西，也不过是造谣和诬蔑而已。

三月十六日。

从"别字"说开去

自从议论写别字以至现在的提倡手头字，其间的经过，恐怕也有一年多了，我记得自己并没有说什么话。这些事情，我是不反对的，但也不热心，因为我以为方块字本身就是一个死症，吃点人参，或者想一点什么方法，固然也许可以拖延一下，然而到底是无可挽救的，所以一向就不大注意这回事。

前几天在《自由谈》上看见陈友琴先生的《活字与死字》，才又记起了旧事来。他在那里提到北大招考，投考生写了误字，"刘半农教授作打油诗去嘲弄他，固然不应该"，但我"曲为之辩，亦大可不必"。那投考生的误字，是以"倡明"为"昌明"，刘教授的打油诗，是解"倡"为"娼妓"，我的杂感，是说"倡"不必一定作"娼妓"解，自信还未必是"曲"说；至于"大可不必"之评，那是极有意思的，一个人的言行，从别人看来，"大可不必"之点多得很，要不然，全国的人们就好像是一个了。

我还没有明目张胆的提倡过写别字，假如我在做国文教员，学生写了错字，我是要给他改正的，但一面也知道这不过是治标之法。至于去年的指摘刘教授，却和保护别字微有不同。（一）我以为既是学者或教授，年龄至少和学生差十年，不但饭菜多吃了万来碗了，就是每天认一个字，也就要比学生多识三千六百个，比较的高明，是应该的，在考卷里发现几个错字，"大可不必"飘飘然生优越之感，好像得了什么宝贝一样。况且（二）现在的学校，科目繁多，和先前专攻八股的私塾，大不相同了，纵使文字不及从前，正也毫不足怪，先前的不写错字的书生，他知道五洲的所在，原质的名目吗？自然，如果精通科学，又擅文章，那也很不坏，但这不能含含糊糊，责之一般的学生，假使他要学的是工程，那么，他只要能筑堤造路，治河导淮就足够了，写"昌明"为"倡明"，误"留学"为"流学"，堤防决不会因此就倒塌的。如果说，别国的学生对于本国的文字，决不致闹出这样的大笑话，那自然可以归罪于中国学生的偏偏不肯学，但也可以归咎于先生的不善教，要不然，那就只能如我所说：方块字本身就是一个死症。

改白话以至提倡手头字，其实也不过一点樟脑针，不能起死回生的，但这就又受着缠不清的障碍，至今没有完。还记得提倡白话的时候，保守者对于改革者的第一弹，是说改革者不识字，不通文，所以主张用白话。对于这些打着古文旗子的敌军，是就用古书作"法宝"，这才打退的，以毒攻毒，反而证明了反对白话者自己的不识字，不通文。要不然，这古文旗子恐怕至今还不倒下。去年曹聚仁先生为别字辩护，战法也是搬古书，弄得文人学士之自以为识得"正字"者，哭笑不得，因为那所谓"正字"就有许多是别字。这确是轰毁旧营垒的利器。现在已经不大有人来辩论的白不白——但"寻开心"者除外——字的别不别了，因为这会引到今文《尚书》，甲骨文字去，麻烦得很。这就是改革者的胜利——至于这改革的损益，自然又作别论。

陈友琴先生的《死字和活字》，便是在这决战之后，重整阵容的最稳的方法，他已经不想从根本上斤斤计较字的错不错，即别不别了。他只问字的活不活；不活，就算错。他引了一段何仲英先生的《中国文字学大纲》来做自己的代表——

"……古人用通借，也是写别字，也是不该。不过积古相沿，一向通行，到如今没有法子强人改正。假使个个字都能够改正，是《易经》里所说的'幹父之蛊'。纵使不能，岂可在古人写的别字以外再加许多别字呢？古人写的别字，通行到如今，全国相同，所以还可以解得。今人若填写许多别字，各处用各处的方音去写，别省别县的人，就不能懂得了，后来全国的文字，必定彼此不同，这不是一种大障碍吗？……"

这头几句，恕我老实地说吧，是有些可笑的。假如我们先不问有没有法子强人改正，自己先来改正一部古书试吧，第一个问题是拿什么做"正字"，《说文》，金文，骨甲文，还是简直用陈先生的所谓"活字"呢？纵使大家愿意依，主张者自己先就没法改，不能"幹父之蛊"。所以陈先生的代表的接着的主张是已经错定了的，就一任他错下去，但是错不得添，以免将来破坏文字的统一。是非不谈，专论利害，也并不算坏，但直白地说起来，却只是维持现状说而已。

维持现状说是任何时候都有的，赞成者也不会少，然而在任何时候都没有效，因为在实际上决定做不到。假使古时候用此法，就没有今之现状，今用此法，也就没有将来的现状,直至辽远的将来,一切都和太古无异。以文字论,则未有文字之时,就不会象形以造"文",更不会孳乳而成"字",篆决不解散而为隶,隶更不简单化为现在之所谓"真书"。文化的改革如长江大河的流行,无法遏止,假使能够遏止,那就成为死水,纵不干涸,也必腐败的。当然,在流行时,倘无弊害,岂不更是非常之好? 然而在实际上,却断没有这样的事。回复故道的事是没有的,一定有迁移;维持现状的事也是没有的,一定有改变。有百利而无一弊的事也是没有的,只可权大小。况且我们的方块字,古人写了别字,今人也写别字,可见要写别字的病根,是在方块字本身的,别字病将与方块字本身并存,除了改革这方块字之外,实在并没有救济的十全好方法。

复古是难了,何先生也承认。不过现状却也维持不下去,因为我们现在一般读书人之所谓"正字",其实不过是前清取士的规定,一切指示,都在薄薄的三本所谓"翰苑分书"的《字学举隅》中,但二十年来,在不声不响中又有了一点改变。从古迄今,什么都在改变,但必须在不声不响中,倘一道破,就一定有窒碍,维持现状说来了,复古说也来了。这些说头自然也无效。但一时不失其为一种窒碍却也是真的,它能够使一部分的有志于改革者迟疑一下子,从招潮者变为乘潮者。

我在这里,要说的只是维持现状说听去好像很稳健,但实际上却是行不通的,史实在不断地证明着它只是一种"并无其事":仅在这一些。

三月二十一日。

田军作《八月的乡村》序

爱伦堡(Ilia Ehrerburg)论法国的上流社会文学家之后,他说,此外也还有一些不同的人们:"教授们无声无息地在他们的书房里工作着,实验 x 光线疗法的医生死在他们的职务上,奋身去救自己的伙伴的渔夫悄然沉没在大洋里面。……一方面是庄严的工作,另一方面却是荒淫与无耻。"

这末两句,真也好像说着现在的中国。然而中国是还有更其甚的呢。手头没有书,说不清见于那里的了,也许是已经汉译了的日本箭内亘氏的著作吧,他曾经一一记述了宋代的人民怎样为蒙古人所淫杀,俘获,践踏和奴使。然而南宋的小朝廷却仍旧向残山剩水间的黎民施威,在残山剩水间行乐;逃到那里,气焰和奢华就跟到那里,颓靡和贪婪也跟到那里。"若要官,杀人放火受招安;若要富,跟着行在卖酒醋。"这是当时的百姓提取了朝政的精华的结语。

人民在欺骗和压制之下,失了力量,哑了声音,至多也不过有几句民谣。"天下有道,则庶人不议。"就是秦始皇隋炀帝,他会自承无道吗?百姓就只好永远箝口结舌,相率被杀,被奴。这情形一直继续下来,谁也忘记了开口,但也许不能开口。即以前清末年而论,大事件不可谓不多了:鸦片战争,中法战争,中日战争,戊

阮玲玉

戌政变,义和拳变,八国联军,以至民元革命。然而我们没有一部像样的历史的著作,更不必说文学作品了。"莫谈国事",是我们做小民的本分。

我们的学者也曾说过:要征服中国,必须征服中国民族的心。其实,中国民族的心,有些是早给我们的圣君贤相武将帮闲之辈征服了的。近如东三省被占之后,听说北平富户,就不愿意关外的难民来租房子,因为怕他们付不出房租。在南方呢,恐怕义军的消息,未必能及鞭毙土匪,蒸骨验尸,阮玲玉自杀,姚锦屏化男的能够耸动大家的耳目吧?"一方面是庄严的工作,另一方面却是荒淫与无耻。"

但是,不知道是人民进步了,还是时代太近,还未湮没的缘故,我却见过几种说述关于东三省被占的事情的小说。这《八月的乡村》,即是很好的一部,虽然有些近乎短篇的连续,结构和描写人物的手段,也不能比法捷耶夫的《毁灭》,然而严肃,紧张,作者的心血和失去的天空,土地,受难的人民,以至失去的茂草,高粱,蝈蝈,蚊子,搅成一团,鲜红的在读者眼前展开,显示着中国的一份和全部,现在和未来,死路与活路。凡有人心的读者,是看得完的,而且有所得的。

"要征服中国民族,必须征服中国民族的心!"但这书却于"心的征服"有碍。心的征服,先要中国人自己代办。宋曾以道学替金元治心,明曾以党狱替满清箝口。这书当然不容于满洲帝国,但我看也因此当然不容于中华民国。这事情很快地就会得到实证。如果事实证明了我的推测并没有错,那也就证明了这是一部很

好的书。

好书为什么倒会不容于中华民国呢? 那当然,上面已经说过几回了——"一方面是庄严的工作,另一方面却是荒淫与无耻!"

这不像序。但我知道,作者和读者是决不和我计较这些的。

一九三五年三月二十八日之夜,鲁迅读毕记。

徐懋庸作《打杂集》序

我觉得中国有时是极爱平等的国度。有什么稍稍显得特出,就有人拿了长刀来削平它。以人而论,孙桂云是赛跑的好手,一过上海,不知怎的就萎靡不振,待到到得日本,不能跑了;阮玲玉算是比较的有成绩的明星,但"人言可畏",到底非一口气吃下三瓶安眠药片不可。自然,也有例外,是捧了起来。但这捧了起来,却不过为了接着摔得粉碎。大约还有人记得"美人鱼"吧,简直捧得令观者发生肉麻之感,连看见姓名也会觉得有些滑稽。契诃夫说过:"被浑蛋所称赞,不如战死在他手里。"真是伤心而且悟道之言。但中国又是极爱中庸的国度,所以极端的浑蛋是没有的,他不和你来战,所以决不会爽爽快快的战死,如果受不住,只好自己吃安眠药片。

在所谓文坛上当然也不会有什么两样:翻译较多的时候,就有人来削翻译,说它害了创作;近一两年,作短文的较多了,就又有人来削"杂文",说这是作者的堕落的表现,因为既非诗歌小说,又非戏剧,所以不入文艺之林,他还一片婆心,劝人学学托尔斯泰,做《战争与和平》似的伟大的创作去。这一流论客,在礼仪上,别人当然不该说他是"昏蛋"的。批评家吗? 他谦虚得很,自己不承认。攻击杂文的文字虽然也只能说是杂文,但他又绝不是杂文作家,因为他不相信自己也相率而堕落。如果恭维他为诗歌小说戏剧之类的伟大的创作者,那么,恭维者之为"昏蛋"也无疑了。归根结底,不是东西而已。不是东西之谈也要算是"人言",这就使弱者觉得倒是安眠药片较为可爱的缘故。不过这并非战死。问是有人要问的:给谁害死的呢? 种种议论的结果,凶手有三位:曰,万恶的社会;曰,本人自己;曰,安眠药片。完了。

我们试去查一通美国的"文学概论"或中国什么大学的讲义。的确,总不能发现一种叫作 Tsa—wen 的东西。这真要使有志于成为伟大的文学家的青年,见杂文而心灰意懒:原来这并不是爬进高尚的文学楼台去的梯子。托尔斯泰将要动笔时,是否查了美国的"文学概论"或中国什么大学的讲义之后,明白了小说是文学的正宗,这才决心来做《战争与和平》似的伟大的创作的呢?我不知道。但我知道中国的这几年的杂文作者,他的作文,却没有一个想到"文学概论"的规定,或者希图文学史上的位置的,他以为非这样写不可,他就这样写,因为他只知道这样的写起来,于大家有益。农夫耕田,泥匠打墙,他只为了米麦可吃,房屋可住,自己也因此有益之事,得一点不亏心的糊口之资,历史上有没有"乡下人列传"或"泥水匠列传",他向来就并没有想到。如果他只想着成什么所谓气候,他就先进大学,再出外洋,三做教授或大官,四变居士或隐逸去了。历史上很尊隐逸,《居士传》不是还有专书吗,多少上算呀,嘻!

但是,杂文这东西,我却恐怕要侵入高尚的文学楼台去的。小说和戏曲,中国向来是看作邪宗的,但一经西洋的"文学概论"引为正宗,我们也就奉之为宝贝,《红楼梦》《西厢记》之类,在文学史上竟和《诗经》《离骚》并列了。杂文中之一体的随笔,因为有人说它近于英国的 Essay,有些人也就顿首再拜,不敢轻薄。寓言和演说,好像是卑微的东西,但伊索和契开罗,不是坐在希腊罗马文学史上吗?杂文发展起来,倘不赶紧削,大约也未必没有扰乱文苑的危险。以古例今,很可能的,真不是一个好消息。但这一段话,我是和不是东西之流开开玩笑的,要使他抓耳搔腮,热辣辣的觉得他的世界有些灰色。前进的杂文作者,倒决不计算着这些。

其实,近一两年来,杂文集的出版,数量并不及诗歌,更是赶不上小说,慨叹于杂文的泛滥,还是一种胡说八道。只是作杂文的人比先前多几个,却是真的,虽然多几个,在四万万人口里面,算得什么,却就要谁来疾首蹙额?中国也真有一班人在恐怕中国有一点生气;用比喻说:此之谓"虎伥"。

这本集子的作者先前有一本《不惊人集》,我只见过一篇自序;书呢,不知道哪里去了。这一回我希望一定能够出版,也给中国的著作界丰富一点。我不管这本书能否入于文艺之林,但我要背出一首诗来比一比:"夫子何为者?栖栖一代中。地犹鄹氏邑,宅接鲁王宫。叹凤嗟身否,伤麟怨道穷。今看两楹奠:犹与梦时同。"这是《唐诗三百首》里的第一首,是"文学概论"诗歌门里的所谓"诗"。但和我们不相干,那里能够及得这些杂文的和现在贴,而且生动,泼辣,有益,而且也能移人情。

能移人情,对不起得很,就不免要搅乱你们的文苑,至少,是将不是东西之流的唾向杂文的许多唾沫,一脚就踏得无踪无影了,只剩下一张满是油汗兼雪花膏的嘴脸。

这嘴脸当然还可以唠叨,说那一首"夫子何为者"并非好诗,并且时代也过去了。但是,文字正宗的招牌呢?"文艺的永久性"呢?

我是爱读杂文的一个人,而且知道爱读杂文还不只我一个,因为它"言之有物"。我还更乐观于杂文的开展,日见其斑斓。第一是使中国的著作界热闹,活泼;第二是使不是东西之流缩头;第三是使所谓"为艺术而艺术"的作品,在相形之下,立刻显出不死不活相。我所以极高兴为这本集子作序,并且借此发表意见,愿我们的杂文作家,勿为虎伥所迷,以为"人言可畏",用最末的稿费买安眠药片去。

> 一九三五年三月三十一日,鲁迅记于上海之卓面书斋。

人生识字糊涂始

中国的成语只有"人生识字忧患始",这一句是我翻造的。

孩子们常常给我好教训,其一是学话。他们学话的时候,没有教师,没有语法教科书,没有字典,只是不断地听取,记住,分析,比较,终于懂得每个词的意义,到得两三岁,普通的简单的话就大概能够懂,而且能够说了,也不大有错误。小孩子往往喜欢听人谈天,更喜欢陪客,那大目的,固然在于一同吃点心,但也为了爱热闹,尤其是在研究别人的言语,看有什么对于自己有关系——能懂,该问,或可取的。

我们先前的学古文也用同样的方法,教师并不讲解,只要你死读,自己去记住,分析,比较去。弄得好,是终于能够有些懂,并且竟也可以写出几句来的,然而到底弄不通的也多得很。自以为通,别人也以为通了,但一看底细,还是并不怎么通,连明人小品都点不断的,又何尝少有?人们学话,从高等华人以至下等华人,只要不是聋子或哑子,学不会的是几乎没有的,一到学文,就不同了,学会的恐怕不过极少数,就是所谓学会了的人们之中,请恕我坦白的再来重复地说一句吧,大约仍然胡糊涂涂的还是很不少。这自然是古文作怪。因为我们虽然拼命地读古文,但时间究竟是有限的,不像说话,整天的可以听见;而且所读的书,也许是《庄子》和《文选》呀,《东莱博议》呀,《古文观止》呀,从周朝人的文章,一直读到明朝人的文章,非常驳杂,脑子给古今各种马队践踏了一通之后,弄得乱七八糟,但蹄迹当然是有些存留的,这就是所谓"有所得"。这一种"有所得"当然不会清清楚楚,大概是似懂非懂的居多,所以自以为通文了,其实却没有通,自以为识字了,其实也没有识。自己本是糊涂的,写起文章来自然也糊涂,读者看起文章来,自然也不会倒明白。然而无论怎样的糊涂文作者,听他讲话,却大抵清楚,不至于令人听不懂的——除了故意大显本领的讲演之外。因此我想,这"胡涂"的来源,是在识字和读书。

例如我自己,是常常会用些书本子上的词汇的。虽然并非什么冷僻字,或者连读者也并不觉得是冷僻字。然而假如有一位精细的读者,请了我去,交给我一支铅笔和一张纸,说道,"您老的文章里,说过这山是'峻嶒'的,那山是'巉岩'的,那究竟是怎么一副样子呀?您不会画画儿也不要紧,就钩出一点轮廓来给我看看吧。请,请,请……"这时我就会腋下出汗,恨无地洞可钻。因为我实在连自己也不知道"峻嶒"和"巉岩"究竟是什么样子,这形容词,是从旧书上抄来的,向来就并没有弄明白,一经切实的考查,就糟了。此外如"幽婉","玲珑","蹒跚","嗫嚅"……之类,还多得很。

说是白话文应该"明白如话",已经要算唱厌了的老调了,但其实,现在的许多白话文却连"明白如话"也没有做到。倘要明白,我以为第一是在作者先把似识非识的字放弃,从活人的嘴上,采取有生命的词汇,搬到纸上来;也就是学学孩子,只说些自己的确能懂的话。至于旧语的复活,方言的普遍化,那自然也是必要的,但必须选择,二须有字典以确定所含的意义,这是另一问题,在这里不说它了。

四月二日。

"文人相轻"

老是说着同样的一句话是要厌的。在所谓文坛上,前年嚷过一回"文人无行",去年是闹了一通"京派和海派",今年又出了新口号,叫作"文人相轻"。

对于这风气,口号家很愤恨,他的"真理哭了",于是大声疾呼,投一切"文人"以轻蔑。"轻蔑",他是最憎恶的,但因为他们"相轻",损伤了他理想中的一道同风的天下,害得他自己也只好施行轻蔑术了。自然,这是"即以其人之道,还治其人之身",是古圣人的良法,但"相轻"的恶弊,可真也不容易除根。

我们如果到《文选》里去找词汇的时候,大概是可以遇着"文人相轻"这四个字的,拾来用用,似乎也还有些漂亮。然而,曹聚仁先生已经在《自由谈》(四月九日至十一日)上指明,曹丕之所谓"文人相轻"者,是"文非一体,鲜能备善,是以各以所长,相轻所短",凡所指摘,仅限于制作的范围。一切别的攻击形体,籍贯,诬赖,造谣,以至施蛰存先生式的"他自己也是这样的呀",或魏金枝先生式的"他的亲戚也和我一样了呀"之类,都不在内。倘把这些都作为曹丕所说的"文人相轻",是混淆黑白,真理虽然大哭,倒增加了文坛的黑暗的。

我们如果到了《庄子》里去找词汇,大概又可以遇着两句宝贝的教训:"彼亦一是非,此亦一是非",记住了来做危急之际的护身符,似乎也不失为漂亮。然而这是只可暂时口说,难以永远实行的。喜欢引用这种格言的人,那精神的相距之远,更甚于叭儿之与老聃,这里不必说它了。就是庄生自己,不也在《天下篇》里,列举了别人的缺失,以他的"无是非"轻了一切"有所是非"的言行吗?要不然,一部《庄子》,只要"今天天气哈哈哈……"七个字就写完了。

但我们现在所处的并非汉魏之际,也不必恰如那时的文人,一定要"各以所长,相轻所短"。凡批评家的对于文人,或文人们的互相评论,个个"指其所短,扬其所长"固可,即"掩其所短,称其所长"亦无不可。然而那一面一定得有"所长",这一面一定得有明确的是非,有热烈的好恶。假使被今年新出的"文人相轻"这一个模模糊糊的恶名所吓昏,对于充风流的富儿,装古雅的恶少,销淫书的瘪三,无不"彼亦一是非,此亦一是非",一律拱手低眉,不敢说或不屑说,那么,这是怎样的批评家或文人呢?——他先就非被"轻"不可的!

四月十四日。

"京派"和"海派"

去年春天,京派大师曾经大大的奚落了一顿海派小丑,海派小丑也曾经小小的回敬了几手,但不多久,就完了。文滩上的风波,总是容易起,容易完,倘使不容易完,也真的不便当。我也曾经略略的赶了一下热闹,在许多唇枪舌剑中,以为那时我发表的所说,倒也不算怎么分析错了的。其中有这样的一段——

"……北京是明清的帝都,上海乃各国之租界,帝都多官,租界多商,所以文人之在京者近官。没海者近商,近官者在使官得名,近商者在使商获利,而自己齐赖以糊口。要而言之:不过'京派'是官的帮闲,'海派'则是商的帮忙而已。……而官之鄙商,固亦中国旧习,就更使'海派'在'京派'眼中跌落了。……"

但到得今年春末,不过一整年带点零,就使我省悟了先前所说的并不圆满。目前的事实,是证明着京派已经自己贬损,或是把海派在自己眼睛里抬高,不但现身说法,演述了派别并不专与地域相关,而且实践了"因为爱他,所以恨他"的妙语。当初的京海之争,看作"龙虎斗"固然是错误,就是认为有一条官商之界也不免欠明白。因为现在已经清清楚楚,到底搬出一碗不过黄鳝田鸡,炒在一起的苏式菜——"京海杂烩"来了。

实例,自然是琐屑的,而且自然也不会有重大的例子。举一点吧。一,是选印明人小品的大权,分给海派来了;以前上海固然也有选印明人小品的人,但也可以说是冒牌的,这回却有了真正老京派的题签,所以的确是正统的衣钵。二,是有些新出的刊物,真正老京派打头,真正小海派煞尾了;以前固然也有京派开路的期刊,但那是半京半海派所主持的东西,和纯粹海派自说是自掏腰包来办的出产品颇有区别的。要而言之:今儿和前儿已不一样,京海两派中的一路,做成一碗了。

到这里要附带一点声明:我是故意不举出那新出刊物的名目来的。先前,曾经有人用过"某"字,什么缘故我不知道。但后来该刊的一个作者在该刊上说,他有一位"熟悉商情"的朋友,以为这是因为不替它来做广告。这真是聪明的好朋友,不愧为"熟悉商情"。由此启发,仔细一想,他的话实在千真万确:被称赞固然可以代广告,被骂也可以代广告,张扬了荣是广告,张扬了辱又何尝非广告。例如吧,甲乙决斗,甲赢,乙死了,人们固然要看杀人的凶手,但也一样的要看那不中用的死尸,如果用芦席围起来,两个铜板看一下,准可以发一点小财的。我这回的不说出这刊物的名目来,主意却正在不替它做广告,我有时很不讲阴德,简直要妨碍别人的借死尸敛钱。然而,请老实的看官不要立刻责备我刻薄。他们哪里肯放过这机会,他们自己会敲了锣来承认的。

声明太长了一点了。言归正传。我要说的是直到现在,由事实证明,我才明白了去年京派的奚落海派,原来根底上并不是奚落,倒是路远迢迢的送来的秋波。

文豪,究竟是有真实本领的,法郎士做过一本《泰绮思》,中国已有两种译本了,其中就透露着这样的消息。他说有一个高僧在沙漠中修行,忽然想到亚历山大府的名妓泰绮思，是一个贻害世道人心的人物，他要感化她出家，救她本身，救被惑的青年们，也给自己积无量功德。事情还算顺手，泰绮思竟出家了，他恨恨的毁坏了她在俗时候的衣饰。但是，奇怪得很，这位商僧回到自己的独房里继续修行时，却再也静不下来了，见妖怪，见裸体的女人。他急遁，远行，然而仍然没有效。他自己是知道因为其实爱上了泰绮思，所以神魂颠倒了的，但一群愚民，却还是硬要当他圣僧，到处跟着他祈求，礼拜，拜得他"哑子吃黄连"——有苦说不出。他终于决计自白，跑回泰绮思那里去，叫道"我爱你！"然而泰绮思这时已经离死期不远，自说看见了天国，不久就断气了。

不过京海之争的目前的结局，却和这一本书的不同，上海的泰绮思并没有死，她也张开两条臂膊，叫道"来嘘！"于是一团圆了。

《泰绮思》的构想，很多是应用弗洛伊特的精神分析学说的，倘有严正的批评家，以为算不得"究竟是有真实本领"，我也不想来争辩。但我觉得自己却真如那本书里所写的愚民一样，在没有听到"我爱你"和"来中式"之前，总以为奚落单是奚落，鄙薄单是鄙薄，连现在已经出了气的弗洛伊特学说也想不到。

到这里又要附带一点声明：我举出《泰绮思》来，不过取其事迹，并非处心积虑，要用妓女来比海派的文人。这种小说中的人物，是不妨随意改换的，即改作隐士，侠客，高人，公主，大少，小老板之类，都无不可。况且泰绮思其实也何可厚非。她在俗时是泼辣的活，出家后就刻苦的修，比起我们的有些所谓"文人"，刚到中年，就自叹道"我是心灰意懒了"的死样活气来，实在更其像人样。我也可以自白一句：我宁可向泼辣的妓女立正，却不愿意和死样活气的文人打棚。

至于为什么去年北京送秋波，今年上海叫"来嘘"了呢？说起来，可又是事前的推测，对不对很难定了。我想：也许是因为帮闲帮忙，近来都有些"不景气"，所以只好两界合办，把断砖，旧袜，皮袍，洋服，巧克力，梅什儿……之类，凑在一处，重行开张，算是新公司，想借此来新一下主顾们的耳目吧。

四月十四日。

镰田诚一墓记

君以一九三〇年三月至沪，出纳图书，既勤且谨，兼修绘事，斐然有成。中遭艰巨,笃行靡改,扶危济急,公私两全。越三三年七月,因病归国休养,方期再造,展其英才,而药石无灵,终以不起,年仅二十有八。呜呼,昊天难测,蕙荃早摧,晔晔青春,永閟玄壤,忝居友列,衔哀记焉。

> 一九三五年四月二十二日,会稽鲁迅撰。

弄堂生意古今谈

"薏米杏仁莲心粥!"

"玫瑰白糖伦教糕!"

"虾肉馄饨面!"

"五香茶叶蛋!"

这是四五年前,闸北一带弄堂内外叫卖零食的声音,假使当时记录了下来,从早到夜,恐怕总可以有二三十样。居民似乎也真会花零钱,吃零食,时时给他们一点生意,因为叫声也时时中止,可见是在招呼主顾了。而且那些口号也真漂亮,不知道他是从"晚明文选"或"晚明小品"里找过词汇的呢,还是怎么的,实在使我似的初到上海的乡下人,一听到就有馋涎欲滴之概,"薏米杏仁"而又"莲心粥",这是新鲜到连先前的梦里也没有想到的。但对于靠笔墨为生的人们,却有一点害处,假使你还没有练到"心如古井",就可以被闹得整天整夜写不出什么东西来。

现在是大不相同了。马路边上的小饭店,正午傍晚,先前为长衫朋友所占领的,近来已经大抵是"寄沉痛于幽闲";老主顾呢,坐到黄包车夫的老巢的粗点心店里面去了。至于车夫,那自然只好退到马路边沿饿肚子,或者幸而还能够咬傍饼。弄堂里的叫卖声,说也奇怪,竟也和古代判若天渊,卖零食的当然还有,但不过是橄榄或馄饨,却很少遇见那些"香艳肉感"的"艺术"的玩意了。嚷嚷呢,自然仍旧是嚷嚷的,只要上海市民存在一日,嚷嚷是大约决不会停止的。然而现在却切实了不少:麻油,豆腐,润发的刨花,晒衣的竹竿;方法也有改进,或者一个人卖袜,独自作歌赞叹着袜的牢靠。或者两个人共同卖布,交互唱歌颂扬着布的便宜。但大概是一直唱着进来,直达弄底,又一直唱着回去,走出弄外,停下来做交易的时候,是很少的。

偶然也有高雅的货色:果物和花。不过这是并不打算卖给中国人的,所以他用洋话：

"Ringo,Banana,Appulu-u,Appulu-u-u!"

"Ham 呀 Hana-a-a! Ha-a-na-a-a!"

也不大有洋人买。

间或有算命的瞎子，化缘的和尚进弄来，几乎是专攻娘姨们的，倒还是他们比较的有生意，有时算一命，有时卖掉一张黄纸的鬼画符。但到今年，好像生意也清淡了，于是前天竟出现了大布置的化缘。先只听得一片鼓钹和铁索声，我正想做"超现实主义"的语录体诗，这么一来，诗思被闹跑了，寻声看去，原来是一个和尚用铁钩钩在前胸的皮上，钩柄系有一丈多长的铁索，在地上拖着走进弄里来，别的两个和尚打着鼓和钹。但是，那些娘姨们，却都把门一关，躲得一个也不见了。这位苦行的高僧，竟连一个铜子也拖不去。

事后，我探了探她们的意见，那回答是："看这样子，两角钱是打发不走的。"

独唱，对唱，大布置，苦肉计，在上海都已经赚不到大钱，一面固然足征洋场上的"人心浇薄"，但一面也可见只好去"复兴农村"了，唔。

四月二十三日。

不应该那么写

凡是有志于创作的青年，第一个想到的问题，大概总是"应该怎样写？"现在市场上陈列着的"小说作法"，"小说法程"之类，就是专掏这类青年的腰包的。然而，好像没有效，从"小说作法"学出来的作者，我们至今还没有听到过。有些青年是设法去问已经出名的作者，那些答案，还很少见有什么发表，但结果是不难推想而知的：不得要领。这也难怪，因为创作是并没有什么秘诀，能够交头接耳，一句话就传授给另一个的，俏不然，只要有这秘诀，就真可以登广告，收学费，开一个三天包成文豪学校了。以中国之大，或者也许会有吧，但是，这其实是骗子。

在不难推想而知的种种答案中，大概总该有一个是"多看大作家的作品"。这恐怕也很不能满文学青年的意，因为太宽泛，茫无边际——然而倒是切实的。凡是已有定评的大作家，他的作品，全部就说明着"应该怎样写"。只是读者很不容易看出，也就不能领悟。因为在学习者一方面，是必须知道了"不应该那么写"，这才

国学经典文库

鲁迅文集

·且介亭杂文二集·

图文珍藏版

会明白原来"应该这么写"的。

这"不应该那么写",如何知道呢？惠列赛耶夫的《果戈理研究》第六章里，答复着这问题——

"应该这么写，必须从大作家们的完成了的作品去领会。那么。不应该那么写这一面，恐怕最好是从那同一作品的未定稿本去学习了。在这里，简直好像艺术家在对我们用实物教授。恰如他指着每一行，直接对我们这样说——'你看——哪，这是应该删去的。这要缩短，这要改作，因为不自然了。在这里，还得加些渲染，使形象更加显豁些。'"

这确是极有益处的学习法，而我们中国却偏偏缺少这样的教材。近几年来，石印的手稿是有一些了，但大抵是学者的著述或日记。也许是因为向来崇尚"一挥而就"，"文不加点"的缘故吧，又大抵是全本干干净净，看不出苦心删改的痕迹来。取材于外国呢，则即使精通文字，也无法搜罗名作的初版以至改定版的各种本子的。

读书人家的子弟熟悉笔墨，木匠的孩子会玩斧凿，兵家儿早识刀枪，没有这样的环境和遗产，是中国的文学青年的先天的不幸。

在没奈何中，想了一个补救法：新闻上的记事，拙劣的小说，那事件，是也有可以写成一部文艺作品的，不过那记事，那小说，却并非文艺——这就是"不应该这样写"的标本。只是和"应该那样写"，却无从比较了。

四月二十三日。

在现代中国的孔夫子

新近的上海的报纸，报告着因为日本的汤岛，孔子的圣庙落成了，湖南省主席何键将军就寄赠了一幅向来珍藏的孔子的画像。老实说，中国的一般的人民，关于孔子是怎样的相貌，倒几乎是毫无所知的。自古以来，虽然每一县一定有圣庙，即文庙，但那里面大抵并没有圣像。凡是绘画，或者雕塑应该崇敬的人物时，一般是以大于常人为原则的，但一到最应崇敬的人物，例如孔夫子那样的圣人，却好像连形象也成为亵渎，反不如没有的好。这也不是没有道理的。孔夫子没有留下照相来，自然不能明白真正的相貌，文献中虽然偶有记载，但是胡说白道也说不定。若是重新雕塑的话,则除了任凭雕塑者的空想而外,毫无办法,更加放心不下。于是儒者们也终于只好采取"全部,或全无"的勃兰特式的态度了。

然而倘是画像,却也会间或遇见的。我曾经见过三次:一次是《孔子家语》里的插画;一次是梁启超氏亡命日本时,作为横滨出版的《清议报》上的卷头画,从日本倒输入中国来的;还有一次是刻在汉朝墓石上的孔子见老子的画像。说起从这些图画上所得的孔夫子的模样的印象来,则这位先生是一位很瘦的老头子,身穿大袖口的长袍子,腰带上插着一把剑,或者腋下挟着一枝杖,然而从来不笑,非常威风凛凛的。假使在他的旁边侍坐,那就一定得把腰骨挺得笔直,经过两三点钟,就骨节酸痛,倘是平常人,大约总不免急于逃走的了。

后来我曾到山东旅行。在为道路的不平所苦的时候,忽然想到了我们的孔夫子。一想起那具有俨然道貌的圣人,先前便是坐着简陋的车子,颠颠簸簸,在这些地方奔忙的事来,颇有滑稽之感。这种感想,自然是不好的,要而言之,颇近于不敬,倘是孔子之徒,恐怕是决不应该发生的。但在那时候,怀着我似的不规矩的心情的青年,可是多得很。

我出世的时候是清朝的末年,孔夫子已经有了"大成至圣文宣王"这一个阔得可怕的头衔,不消说,正是圣道支配了全国的时代。政府对于读书的人们,使读一定的书,即四书和五经;使遵守一定的注释;使写一定的文章,即所谓"八股文";并且使发一定的议论。然而这些千篇一律的儒者们,倘是四方的大地,那是很知道的,但一到圆形的地球,却什么也不知道,于是和四书上并无记载的法兰西和英吉利打仗而失败了。不知道为了觉得与其拜着孔夫子而死,倒不如保存自己们之为得计呢,还是为了什么,总而言之,这回是拼命尊孔的政府和官僚先就动摇起来,用官帑大翻起洋鬼子的书籍来了。属于科学上的古典之作的,则有侯失勒的《谈天》,雷侠儿的《地学浅释》,代那的《金石识别》,到现在也还作为那时的遗物,间或躺在旧书铺子里。

然而一定有反动。清末之所谓儒者的结晶,也是代表的大学士徐桐氏出现了。他不但连算学也斥为洋鬼子的学问;他虽然承认世界上有法兰西和英吉利这些国度,但西班牙和葡萄牙的存在,是决不相信的,他主张这是法国和英国常常来讨利益,连自己也不好意思了,所以随便胡诌出来的国名。他又是一九〇〇年的有名的义和团的幕后的发动者,也是指挥者。但是义和团完全失败,徐桐氏也自杀了。政府就又以为外国的政治法律和学问技术颇有可取之处了。我的渴望到日本去留学,也就在那时候。达到目的,入学的地方,是嘉纳先生所设立的东京的弘文学院;在这里,三泽力太郎先生教我水是氧气和氢气所合成,山内繁雄先生教我贝壳里的什么地方其名为"外套"。这是有一天的事情。学监大久保先生集合起大家来,说:因为你们都是孔子之徒,今天到御茶之水的孔庙里去行礼吧! 我大吃了一惊。现在还记得那时心里想,正因为绝望于孔夫子和他的之徒,所以到日本来的,然而又是拜吗? 一时觉得很奇怪。而且发生这样感觉的,我想绝不止我一个人。

但是,孔夫子在本国的不遇,也并不是始于二十世纪的。孟子批评他为"圣之时者也",倘翻成现代语,除了"摩登圣人"实在也没有别的法。为他自己计,这固然是没有危险的尊号,但也不是十分值得欢迎的头衔。不过在实际上,却也许并不这样子。孔夫子的做定了"摩登圣人"是死了以后的事,活着的时候却是颇吃苦头的。跑来跑去,虽然曾经贵为鲁国的警视总监,而又立刻下野,失业了;并且为权臣所轻蔑,为野人所嘲弄,甚至于为暴民所包围,饿扁了肚子。弟子虽然收了三千名,中用的却只有七十二,然而真可以相信的又只有一个人。有一天,孔夫子愤慨道:"道不行,乘桴浮于海,从我者,其由与?"从这消极的打算上,就可以窥见那消息。然而连这一位由,后来也因为和敌人战斗,被击断了冠缨,但真不愧为由呀,到这时候也还不忘记从夫子听来的教训,说道"君子死,冠不免",一面系着冠缨,一面被人砍成肉酱子。连唯一可信的弟子也已经失掉,孔子自然是非常悲痛的,据说他一听到这信息,就吩咐去倒掉厨房里的肉酱云。

孔夫子到死了以后,我以为可以说是运气比较的好一点。因为他不会啰唆了,种种的权势者便用种种的白粉给他来化妆,一直抬到吓人的高度。但比起后来输入的释迦牟尼来,却实在可怜得很。诚然,每一县固然都有圣庙即文庙,可是一副寂寞的冷落的样子,一般的庶民,是决不去参拜的,要去,则是佛寺,或者是神庙。若向老百姓们问孔夫子是什么人,他们自然回答是圣人,然而这不过是权势者的留声机。他们也敬惜字纸,然而这是因为倘不敬惜字纸,会遭雷殛的迷信的缘故;南京的夫子庙固然是热闹的地方,然而这是因为另有各种玩耍和茶店的缘故。虽说孔子作《春秋》而乱臣贼子惧,然而现在的人们,却几乎谁也不知道一个笔伐了的乱臣贼子的名字。说到乱臣贼子,大概以为是曹操,但那并非圣人所教,却是写了小说和剧本的无名作家所教的。

总而言之,孔夫子之在中国,是权势者们捧起来的,是那些权势者或想做权势者们的圣人,和一般的民众并无什么关系。然而对于圣庙,那些权势者也不过一时的热心。因为尊孔的时候已经怀着别样的目的,所以目的一达,这器具就无用,如果不达呢,那可更加无用了。在三四十年以前,凡有企图获得权势的人,就是希望做官的人,都是读"四书"和"五经",做"八股",别一些人就将这些书籍和文章,统名之为"敲门砖"。这就是说,文官考试一及第,这些东西也就同时被忘却,恰如敲门时所用的砖头一样,门一开,这砖头也就被抛掉了。孔子这人,其实是自从死了以后,也总是当着"敲门砖"的差使的。

　　一看最近的例子,就更加明白。从二十世纪的开始以来,孔夫子的运气是很坏的,但到袁世凯时代,却又被重新记得,不但恢复了祭典,还新做了古怪的祭服,使奉祀的人们穿起来。跟着这事而出现的便是帝制。然而那一道门终于没有敲开,袁氏在门外死掉了。余剩的是北洋军阀,当觉得渐近末路时,也用它来敲过另外的幸福之门。盘踞着江苏和浙江,在路上随便砍杀百姓的孙传芳将军,一面复兴了投壶之礼;钻进山东,连自己也数不清金钱和兵丁和姨太太的数目了的张宗昌将军,则重刻了《十三经》,而且把圣道看作可以由肉体关系来传染的花柳病一样的东西,拿一个孔子后裔的谁来做了自己的女婿。然而幸福之门,却仍然对谁也没有开。

　　这三个人,都把孔夫子当作砖头用,但是时代不同了,所以都明明白白的失败了。岂但自己失败而已呢,还带累孔子也更加陷入了悲境。他们都是连字也不大认识的人物,然而偏要大谈什么《十三经》之类,所以使人们觉得滑稽;言行也太不一致了,就更加令人讨厌。既已厌恶和尚,恨及袈裟,而孔夫子之被利用为唯一目的的器具,也重新看得格外清楚起来,于是要打倒他的欲望,也就越加旺盛。所以把孔子装饰得十分尊严时,就一定有找他缺点的论文和作品出现。即使是孔夫子,缺点总也有的,在平时谁也不理会,因为圣人也是人,本是可以原谅的。然而如果圣人之徒出来胡说一通,以为圣人是这样,是那样,所以你也非这样不可的话,人们可就禁不住要笑起来了。五六年前,曾经因为公演了《子见南子》这剧本,引起过问题,在那个剧本里,有孔夫子登场,以圣人而论,固然不免略有欠稳重和呆头呆脑的地方,然而作为一个人,倒是可爱的好人物。但是圣裔们非常愤慨,把问题一直闹到官厅里去了。因为公演的地点,恰巧是孔夫子的故乡,在那地方,圣裔们繁殖得非常多，成着使释迦牟尼和苏格拉第都自愧弗如的特权阶级。然而，那也许又正是使那里的非圣裔的青年们，不禁特地要演《子见南子》的原因吧。

中国的一般的民众，尤其是所谓愚民，虽称孔子为圣人，却不觉得他是圣人；对于他，是恭谨的，却不亲密。但我想，能像中国的愚民那样，懂得孔夫子的，恐怕世界上是再也没有的了。不错，孔夫子曾经计划过出色的治国的方法，但那都是为了治民众者，即权势者设想的方法，为民众本身的，却一点也没有。这就是"礼不下庶人"。成为权势者们的圣人，终于变了"敲门砖"，实在也叫不得冤枉。和民众并无关系，是不能说的，但倘说毫无亲密之处，我以为怕要算是非常客气的说法了。不去亲近那毫不亲密的圣人，正是当然的事，什么时候都可以，试去穿了破衣，赤着脚，走上大成殿去看看吧，恐怕会像误进上海的上等影戏院或者头等电车一样，立刻要受斥逐。谁都知道这是大人老爷们的物事，虽是"愚民"，却还没有愚到这步田地的。

四月二十九日。

六朝小说和唐代传奇文有怎样的区别？

——答文学社问

这试题很难解答。

因为唐代传奇，是至今还有标本可见的，但现在之所谓六朝小说，我们所依据的只是从《新唐书艺文志》以至清《四库书目》的判定，有许多种，在六朝当时，却并不视为小说。例如《汉武故事》，《西京杂记》，《搜神记》，《续齐谐记》等，直至刘昫的《唐书经籍志》，还属于史部起居注和杂传类里的。那时还相信神仙和鬼神，并不以为虚造，所以所记虽有仙凡和幽明之殊，却都是史的一类。

况且从晋到隋的书目，现在一种也不存在了，我们已无从知道那时所视为小说的是什么，有怎样的形式和内容。现存的唯一最早的目录只有《隋书经籍志》，修者自谓"远览马史班书，近观王阮志录"，也许尚存王俭《今书七志》，阮孝绪《七录》的痕迹吧，但所录小说二十五种中，现存的却只有《燕丹子》和刘义庆撰《世说》合刘孝标注两种了。此外，则《郭子》，《笑林》，殷芸《小说》，《水饰》，及当时以为隋代已亡的《青史子》，《语林》等，还能在唐宋类书里遇见一点遗文。

单从上述这些材料来看，武断地说起来，则六朝人小说，是没有记叙神仙或鬼怪的，所写的几乎都是人事；文笔是简洁的；材料是笑柄，谈资；但好像很排斥虚构，例如《世说新语》说裴启《语林》记谢安语不实，谢安一说，这书即大损声价云云，就是。

唐代传奇文可就大两样了：神仙人鬼妖物，都可以随便驱使；文笔是精细，曲折的，至于被崇尚简古者所诟病；所叙的事，也大抵具有首尾和波澜，不止一点断片的谈柄；而且作者往往故意显示着这事迹的虚构，以见他想象的才能了。

但六朝人也并非不能想象和描写，不过他不用于小说，这类文章，那时也不谓之小说。例如阮籍的《大人先生传》，陶潜的《桃花源记》，其实倒和后来的唐代传奇文相近；就是嵇康的《圣贤高士传赞》（今仅有辑本），葛洪的《神仙传》，也可以看作唐人传奇文的祖师的。李公佐作《南柯太守传》，李肇为之赞，这就是嵇康的《高士传》法；陈鸿《长恨传》置白居易的长歌之前，元稹的《莺莺传》既录《会真诗》，又举李公垂《莺莺歌》之名作结，也令人不能不想到《桃花源记》。

至于他们之所以著作，那是无论六朝或唐人，都是有所为的。《隋书经籍志》抄《汉书艺文志》说，以著录小说，比之"询于刍荛"，就是以为虽然小说，也有所为的明证。不过在实际上，这有所为的范围却缩小了。晋人尚清谈，讲标格，常以寥寥数言，立致通显，所以那时的小说，多是记载畸行隽语的《世说》一类，其实是借口舌取名位的入门书。唐以诗文取士，但也看社会上的名声，所以士子入京应试，也须预先干谒名公，呈献诗文，冀其称誉，这诗文叫作"行卷"。诗文既滥，人不欲观，有的就用传奇文，来希图一新耳目，获得特效了，于是那时的传奇文，也就和"敲门砖"很有关系。但自然，只被风气所推，无所为而作者，却也并非没有的。

五月三日。

什么是"讽刺"？

——答文学社问

我想：一个作者，用了精炼的，或者简直有些夸张的笔墨——但自然也必须是艺术的地——写出或一群人的或一面的真实来，这被写的一群人，就称这作品为"讽刺"。

　　"讽刺"的生命是真实;不必是曾有的实事,但必须是会有的实情。所以它不是"捏造",也不是"诬蔑";既不是"揭发阴私",又不是专记骇人听闻的所谓"奇闻"或"怪现状"。它所写的事情是公然的,也是常见的,平时是谁都不以为奇的,而且自然是谁都毫不注意的。不过这事情在那时却已经是不合理,可笑,可鄙,甚而至于可恶。但这么行下来了,习惯了,虽在大庭广众之间,谁也不觉得奇怪;现在给它特别一提,就动人。譬如吧,洋服青年拜佛,现在是平常事;道学先生发怒,更是平常事,只消几分钟,这事迹就过去,消灭了。但"讽刺"却是正在这时候照下来的一张相,一个撅着屁股,一个皱着眉心,不但自己和别人看起来有些不很雅观,连自己看见也觉得不很雅观;而且流传开去,对于后日的大讲科学和高谈养性,也不免有些妨害。倘说,所照的并非真实,是不行的,因为这时有目共睹,谁也会觉得确有这等事;但又不好意思承认这是真实,失了自己的尊严。于是挖空心思,给起一个名目,叫作"讽刺"。其意若曰:它偏要提出这等事,可见也不是好货。

　　有意的偏要提出这等事,而且加以精炼,甚至于夸张,却确是"讽刺"的本领。同一事件,在拉杂的非艺术的记录中,是不成为讽刺,谁也不大会受感动的。例如新闻记事,就记忆所及,今年就见过两件事。其一,是一个青年,冒充了军官,向各处招摇撞骗,后来破获了,他就写忏悔书,说是不过借此谋生,并无他意。其二,是一个窃贼招引学生,教授偷窃之法,家长知道,把自己的子弟禁在家里了,他还上门来逞凶。较可注意的事件,报上是往往有些特别的批评文字的,但对于这两件,却至今没有说过什么话,可见是看得很平常,以为不足介意的了。然而这材料,假如到了斯惠夫德(J.Swift)或果戈理(N.Gogol)的手里,我看是准可以成为出色的讽刺作品的。在或一时代的社会里,事情越平常,就越普遍,也就愈合于作讽刺。

　　讽刺作者虽然大抵为被讽刺者所憎恨,但他却常常是善意的,他的讽刺,在希望他们改善,并非要揿这一群到水底里。然而待到同群中有讽刺作者出现的时候,这一群却已是不可收拾,更非笔墨所能救了,所以这努力大抵是徒劳的,而且还适得其反,实际上不过表现了这一群的缺点以至恶德,而对于敌对的另一群,倒反成为有益。我想:从另一群看来,感受是和被讽刺的那一群不同的,他们会觉得"暴露"更多于"讽刺"。

　　如果貌似讽刺的作品,而毫无善意,也毫无热情,只使读者觉得一切世事,一无足取,也一无可为,那就并非讽刺了,这便是所谓"冷嘲"。

五月三日。

论"人言可畏"

　　"人言可畏"是电影明星阮玲玉自杀之后,发现于她的遗书中的话。这轰动一时的事件,经过了一通空论,已经渐渐冷落了,只要《玲玉香消记》一停演,就如去年的艾霞自杀事件一样,完全烟消火灭。她们的死,不过像在无边的人海里添了几粒盐,虽然使扯淡的嘴巴们觉得有些味道,但不久也还是淡,淡,淡。

　　这句话,开初是也曾惹起一点小风波的。有评论者,说是使她自杀之咎,可见也在日报记事对于她的诉讼事件的张扬;不久就有一位记者公开的反驳,以为现在的报纸的地位,舆论的威信,可怜极了,那里还有丝毫主宰谁的命运的力量,况且那些记载,大抵采自经官的事实,绝非捏造的谣言,旧报具在,可以复按。所以阮玲玉的死,和新闻记者是毫无关系的。

　　这都可以算是真实话。然而——也不尽然。

　　现在的报章之不能像个报章,是真的;评论的不能逞心而谈,失了威力,也是真的,明眼人决不会过分的责备新闻记者。但是,新闻的威力其实是并未全盘坠地的,它对甲无损,对乙却会有伤;对强者它是弱者,但对更弱者它却还是强者,所以有时虽然吞声忍气,有时仍可以耀武扬威。于是阮玲玉之流,就成了发扬余威的好材料了,因为她颇有名,却无力。小市民总爱听人们的丑闻,尤其是有些熟识的人的丑闻。上海的街头巷尾的老虔婆,一知道近邻的阿二嫂家有野男人出入,津津乐道,但如果对她讲甘肃的谁在偷汉,新疆的谁在再嫁,她就不要听了。阮玲玉正在现身银幕,是一个大家认识的人,因此她更是给报章凑热闹的好材料,至少也可以增加一点销场。读者看了这些,有的想:"我虽然没有阮玲玉那么漂亮,却比她正经";有的想:"我虽然不及阮玲玉的有本领,却比她出身高";连自杀了之后,也还可以给人想:"我虽然没有阮玲玉的技艺,却比她有勇气,因为我没有自杀"。花几个铜圆就发现了自己的优胜,那当然是很上算的。但靠演艺为生的人,一遇到公众发生了上述的前两种的感想,她就够走到末路了。所以我们且不要高谈什么连自己也并不了然的社会组织或意志强弱的滥调,先来设身处地地想一想吧,那么,大

国学经典文库

鲁迅文集

·且介亭杂文二集·

图文珍藏版

概就会知道阮玲玉的以为"人言可畏",是真的,或人的以为她的自杀,和新闻记事有关,也是真的。

但新闻记者的辩解,以为记载大抵采自经官的事实,却也是真的。上海的有些介乎大报和小报之间的报章,那社会新闻,几乎大半是官司已经吃到公安局或工部局去了的案件。但有一点坏习气,是偏要加上些描写,对于女性,尤喜欢加上些描写;这种案件,是不会有名公巨卿在内的,因此也更不妨加上些描写。案中的男人的年纪和相貌,是大抵写得老实的,一遇到女人,可就要发挥才藻了,不是"徐娘半老,风韵犹存",就是"豆蔻年华,玲珑可爱"。一个女孩儿跑掉了,自奔或被诱还不可知,才子就断定道,"小姑独宿,不惯无郎",你怎么知道?一个村妇再醮了两回,原是穷乡僻壤的常事,一到才子的笔下,就又赐以大字的题目道,"奇淫不减武则天",这程度你又怎么知道?这些轻薄句子,加之村姑,大约是并无什么影响的,她不识字,她的关系人也未必看报。但对于一个知识者,尤其是对于一个出到社会上了的女性,却足够使她受伤,更不必说故意张扬,特别渲染的文字了。然而中国的习惯,这些句子是摇笔即来,不假思索的,这时不但不会想到这也是玩弄着女性,并且也不会想到自己乃是人民的喉舌。但是,无论你怎么描写,在强者是毫不要紧的,只消一封信,就会有正误或道歉接着登出来,不过无拳无勇如阮玲玉,可就正做了吃苦的材料了,她被额外的画上一脸花,没法洗刷。叫她奋斗吗?她没有机关报,怎么奋斗;有冤无头,有怨无主,和谁奋斗呢?我们又可以设身处地地想一想,那么,大概就又知她的以为"人言可畏",是真的,或人的以为她的自杀,和新闻记事有关,也是真的。

然而,先前已经说过,现在的报章地失去了力量,却也是真的,不过我以为还没有到达如记者先生所自谦,竟至一钱不值,毫无责任的时候。因为它对于更弱者如阮玲玉一流人,也还有左右她命运的若干力量的,这也就是说,它还能为恶,自然也还能为善。"有闻必录"或"并无能力"的话,都不是向上的负责的记者所该采用的口头禅,因为在实际上,并不如此,——它是有选择的,有作用的。

至于阮玲玉的自杀,我并不想为她辩护。我是不赞成自杀,自己也不预备自杀的。但我的不预备自杀,不是不屑,却因为不能。凡有谁自杀了,现在是总要受一通强毅的评论家的呵斥,阮玲玉当然也不在例外。然而我想,自杀其实是不很容易,绝没有我们不预备自杀的人们所藐视的那么轻而易举的。倘有谁以为容易么,那么，你倒试试看！

自然，能试的勇者恐怕也多得很，不过他不屑，因为他有对于社会的伟大的任务。那不消说，更加是好极了，但我希望大家都有一本笔记簿，写下所尽的伟大的任务来，到得有了曾孙的时候，拿出来算一算，看看怎么样。

五月五日。

再论"文人相轻"

今年的所谓"文人相轻"，不但是混淆黑白的口号，掩护着文坛的昏暗，也在给有一些人"挂着羊头卖狗肉"的。

真的"各以所长，相轻所短"的能有多少呢！我们在近几年所遇见的，有的是"以其所短，轻人所短"。例如白话文中，有些是诘屈难读的，确是一种"短"，于是有人提了小品或语录，向这一点昂然进攻了，但不久就露出尾巴来，暴露了他连对于自己所提倡的文章，也常常点着破句，"短"得很。有的却简直是"以其所短，轻人所长"了。例如轻蔑"杂文"的人，不但他所用的也是"杂文"，而他的"杂文"，比起他所轻蔑的别的"杂文"来，还拙劣到不能相提并论。那些高谈闳论，不过是契诃夫（A.Chekhov）所指出的登不了识羞的顶巅，傲视着一切，被轻者是无福和他们比较的，更从什么地方"相"起？现在谓之"相"，其实是给他们一扬，靠了这"相"，也是"文人"了。然而，"所长"呢？

况且现在文坛上的纠纷，其实也并不是为了文笔的短长。文学的修养，决不能使人变成木石，所以文人还是人，既然还是人，他心里就仍然有是非，有爱憎；但又因为是文人，他的是非就愈分明，爱憎也愈热烈。从圣贤一直敬到骗子屠夫，从美人香草一直爱到麻风病菌的文人，在这世界上是找不到的，遇见所是和所爱的，他就拥抱，遇见所非和所憎的，他就反拨。如果第三者不以为然了，可以指出他所非的其实是"是"，他所憎的其实该爱来，单用了笼统的"文人相轻"这一句空话，是不能抹杀的，世间还没有这种便宜事。一有文人，就有纠纷，但到后来，谁是谁非，孰存孰亡，都无不明明白白。因为还有一些读者，他的是非爱憎，是比和事佬的评论家还要清楚的。

然而，又有人来恐吓了。他说，你不怕吗？古之嵇康，在柳树下打铁，钟会来看他，他不客气，问道："何所闻而来，何所见而去？"于是得罪了钟文人，后来被他在司巴懿面前搬是非,送命了。所以你无论遇见谁,应该赶紧打躬作揖,让座献茶,连称"久仰久仰"才是。这自然也许未必全无好处,但做文人做到这地步,不是很有些近乎婊子了吗?况且这位恐吓家的举例,其实也是不对的,稽康的送命,并非为了他是傲慢的文人,大半倒因为他是曹家的女婿,即使钟会不去搬是非,也总有人去搬是非的,所谓"重赏之下,必有勇夫"者是也。

不过我在这里,并非主张文人应该傲慢,或不妨傲慢,只是说,文人不应该随和;而且文人也不会随和,会随和的,只有和事佬。但这不随和,却又并非回避,只是唱着所是,颂着所爱,而不管所非和所憎;他得像热烈地主张着所是一样,热烈地攻击着所非,像热烈地拥抱着所爱一样,更热烈地拥抱着所憎——恰如赫尔库来斯(Hercules)的紧抱了巨人安太乌斯(Antaeus)一样,因为要折断他的肋骨。

五月五日。

《全国木刻联合展览会专辑》序

木刻的图画,原是中国早先就有的东西。唐末的佛像,纸牌,以至后来的小说绣像,启蒙小图,我们至今还能够看见实物。而且由此明白:它本来就是大众的,也就是"俗"的。明人曾用之于诗笺,近乎雅了,然而归结是有文人学士在它全体上用大笔一挥,证明了这其实不过是践踏。

近五年来骤然兴起的木刻,虽然不能说和古文化无关,但绝不是冢中枯骨,换了新装,它乃是作者和社会大众的内心的一致的要求,所以仅有若干青年们的一副铁笔和几块木板,便能发展得如此蓬蓬勃勃。它所表现的是艺术学徒的热诚,因此也常常是现代社会的魂魄。实绩具在,说它"雅",固然是不可的,但指为"俗",却又断乎不能。这之前,有木刻了,却未曾有过这境界。

这就是所以为新兴木刻的缘故,也是所以为大众所支持的原因。血脉相通,当然不会被漠视的。所以木刻不但淆乱了雅俗之辨而已,实在还有更光明,更伟大的事业在它的前面。

曾被看作高尚的风景和静物画,在新的木刻上是减少了,然而看起出品来,这二者反显得较优的成绩。因为中国旧画,两者最多,耳濡目染,不觉见其久经摄取的所长了,而现在最需要的,也是作者最着力的人物和故事画,却仍然不免有些逊色,平常的器具和形态,也间有不合实际的。由这事实,一面固足见古文化之裨助着后来,也束缚着后来,但一面也可见入"俗"之不易了。

这选集,是聚全国出品的精粹的第一本。但这是开始,不是成功,是几个前哨的进行,愿此后更有无尽的旌旗蔽空的大队。

一九三五年六月四日记。

文坛三户

二十年来,中国已经有了一些作家,多少作品,而且至今还没有完结,所以有个"文坛",是毫无可疑的。不过搬出去开博览会,却还得顾虑一下。

因为文字的难,学校的少,我们的作家里面,恐怕未必有村姑变成的才女,牧童化出的文豪。古时候听说有过一面看牛牧羊,一面读经,终于成了学者的人的,但现在恐怕未必有。——我说了两回"恐怕未必",倘真有例外的天才,尚希鉴原为幸。要之,凡有弄弄笔墨的人们,他先前总有一点凭借:不是祖遗的正在少下去的钱,就是父积的还在多起来的钱。要不然,他就无缘读书识字。现在虽然有了识字运动,我也不相信能够由此运出作家来。所以这文坛,从阴暗这方面看起来,暂时大约还要被两大类子弟,就是"破落户"和"暴发户"所占据。

已非暴发,又未破落的,自然也颇有出些著作的人,但这并非第三种,不近于甲,即近于乙的,至于掏腰包印书,仗仗资出版者,那是文坛上的捐班,更不在本论范围之内。所以要说专仗笔墨的作者,首先还得求之于破落户中。他先世也许暴发过,但现在是文雅胜于算盘,家景大不如意了,然而又因此看见世态的炎凉,人生的苦乐,于是真的有些抚今追昔,"缠绵悱恻"起来。一叹天时不良,二叹地理可恶,三叹自己无能。但这无能又并非真无能,乃是自己不屑有能,所以这无能的高尚,倒远在有能之上。你们剑拔弩张,汗流浃背,到底做成了些什么呢?唯我的颓唐相,是"十年一觉扬州梦",唯我的破衣上,是"襟上杭州旧酒痕",连懒态和污渍,也都有历史的甚深意义的。可惜俗人不懂得,于是他们的杰作上,就大抵放射着一种特别的神采,是:"顾影自怜"。

暴发户作家的作品,表面上和破落户的并无不同。因为他意在用墨水洗去铜臭,这才爬上一向为破落户所主宰的文坛来,以自附于"风雅之林",又并不想别树

国学经典文库

鲁迅文集

·且介亭杂文二集·

图文珍藏版

一帜,因此也决不标新立异。但仔细一看,却是属于别一本户口册上的;他究竟显得浅薄,而且装腔,学样。房里会有断句的诸子,看不懂;案头也会有石印的骈文,读不断。也会嚷"襟上杭州旧酒痕"呀,但一面又怕别人疑心他穿破衣,总得设法表示他所穿的乃是笔挺的洋服或簇新的绸衫;也会说"十年一觉扬州梦"的,但其实倒是并不挥霍的好品行,因为暴发户之于金钱,觉得比懒态和污渍更有历史的甚深的意义。破落户的颓唐,是掉下来的悲声,暴发户的做作的颓唐,却是"爬上去"的手段。所以那些作品,即使模拟到和破落户的杰作几乎相同,但一定还差一层:他其实并不"顾影自怜",倒在"沾沾自喜"。

这"沾沾自喜"的神情,从破落户的眼睛看来,就是所谓"小家子相",也就是所谓"俗"。风雅的定律,一个人离开"本色",是就要"俗"的。不识字人不算俗,他要掉文,又掉不对,就俗;富家儿郎也不算俗,他要做诗,又做不好,就俗了。这在文坛上,向来为破落户所鄙弃。

然而破落户到了破落不堪的时候,这两户却有时可以交融起来的。如果谁有在找"词汇"的《文选》,大可以查一查,我记得里面就有一篇弹文,所弹的乃是一个败落的世家,把女儿嫁给了暴发而冒充世家的满家子:这就足见两户的怎样反拨,也怎样的联合了。文坛上自然也有这现象;但在作品上的影响,却不过使暴发户增添一些得意之色,破落户则对于"俗"变为谦和,向别方面大谈其风雅而已:并不怎么大。

暴发户爬上文坛,固然未能免俗,历时既久,一面持筹握算,一面诵诗读书,数代以后,就雅起来,待到藏书日多,藏钱日少的时候,便有做真的破落户文学的资格了。然而时势的飞速的变化,有时能不给他这许多修养的工夫,于是暴发不久,破落随之,既"沾沾自喜",也"顾影自怜",但却又失去了"沾沾自喜"的确信,可又还没有配得"顾影自怜"的风姿,仅存无聊,连古之所谓雅俗也说不上了。向来无定名,我姑且名之为"破落暴发户"吧。这一户,此后是恐怕要多起来的。但还要有变化:向积极方面走,是恶少;向消极方面走,是瘪三。

使中国的文学有起色的人,在这三户之外。

六月六日

从帮忙到扯淡

"帮闲文学"曾经算是一个恶毒的贬词,——但其实是误解的。

《诗经》是后来的一部经,但春秋时代,其中的有几篇就用之于侑酒;屈原是"楚辞"的开山老祖,而他的《离骚》,却只是不得帮忙的不平。到得宋玉,就现有的作品看起来,他已经毫无不平,是一位纯粹的清客了。然而《诗经》是经,也是伟大的文学作品;屈原宋玉,在文学史上还是重要的作家。为什么呢? ——就因为他究竟有文采。

中国的开国的雄主,是把"帮忙"和"帮闲"分开来的,前者参与国家大事,作为重臣。后者却不过叫他献诗作赋,"俳优蓄之",只在弄臣之例。不满于后者的待遇的是司马相如,他常常称病,不到武帝面前去献殷勤,却暗暗的做了关于封禅的文章,藏在家里,以见他也有计划大典——帮忙的本领,可惜等到大家知道的时候,他已经"寿终正寝"了。然而虽然并未实际上参与封禅的大典,司马相如在文学史上也还是很重要的作家。为什么呢? 就因为他究竟有文采。

但到文雅的庸主时,"帮忙"和"帮闲"的可就混起来了,所谓国家的柱石,也常是柔媚的词臣,我们在南朝的几个末代时,可以找出这实侧。然而主虽然"庸",却不"陋",所以那些帮闲者,文采却究竟还有的,他们的作品,有些也至今不灭。

谁说"帮闲文学"是一个恶毒的贬词呢?

就是权门的清客,他也得会下几盘棋,写一笔字,画画儿,识古董,懂得些猜拳行令,打趣插科,这才能不失其为清客。也就是说,清客,还要有清客的本领的,虽然是有骨气者所不屑为,却又非搭空架者所能企及。例如李渔的《一家言》,袁枚的《随园诗话》,就不是每个帮闲都做得出来的。必须有帮闲之志,又有帮闲之才,这才是真正的帮闲。如果有其志而无其才,乱点古书,重抄笑话,吹拍名士,拉扯趣闻,而居然不顾脸皮,大摆架子,反自以为得意,——自然也还有人以为有趣,一旦按其实。却不过"扯淡"而已。

帮闲的盛世是帮忙,到末代就只剩了这扯淡。

六月六日。

国学经典文库

鲁迅文集

·且介亭杂文二集·

图文珍藏版

《中国小说史略》日本译本序

听到了拙著《中国小说史略》的日本译《支那小说史》已经到了出版的机运,非常之高兴,但因此又感到自己的衰退了。

回忆起来,大约四五年前吧,增田涉君几乎每天到寓斋来商量这一本书,有时也纵谈当时文坛的情形,很为愉快。那时候,我是还有这样的余暇,而且也有再加研究的野心的。但光阴如逝,近来却连一妻一子,也将为累,至于收集书籍之类,更成为身外的长物了。改订《小说史略》的机缘,恐怕也未必有。所以恰如准备辍笔的老人,见了自己的全集的印成而高兴一样,我也因而高兴的吧。

然而,积习好像也还是难忘的。关于小说史的事情,有时也还加以注意,说起较大的事来,则有今年已成故人的马廉教授,于去年翻印了"清平山堂"残本,使宋人话本的材料更加丰富;郑振铎教授又证明了《四游记》中的《西游记》是吴承恩《西游记》的摘录,而并非祖本,这是可以订正拙著第十六篇的所说的,那精确的论文,就收录在《痀偻集》里。还有一件,是《金瓶梅词话》被发现于北平,为通行至今的同书的祖本,文章虽比现行本粗率,对话却全用山东的方言所写,确切地证明了这绝非江苏人王世贞所做的书。

但我却并不改订,目睹其不完不备,置之不问,而只对于日本译的出版,自在高兴了。但愿什么时候,还有补这懒惰之过的时机。

这一本书,不消说,是一本有着寂寞的运命的书。然而增田君排除困难,加以翻译,赛棱社主三上於菟吉氏不顾利害,给它出版,这是和将这寂寞的书带到书斋里去的读者诸君,我都真心感谢的。

一九三五年六月九日灯下,鲁迅。

"题未定"草

一

极平常的预想,也往往会给实验打破。我向来总以为翻译比创作容易,因为至少是无须构想。但到真的一译,就会遇着难关,譬如一个名词或动词,写不出,创作时候可以回避,翻译上却不成,也还得想,一直弄到头昏眼花,好像在脑子里面摸一个急于要开箱子的钥匙,却没有。严又陵说,"一名之立,旬月踌躇",是他的经验之谈,的的确确的。

新近就因为预想的不对,自己找了一个苦吃。《世界文库》的编者要我译果戈理的《死魂灵》,没有细想,一口答应了。这书我不过曾经草草地看过一遍,觉得写法平直,没有现代作品的稀奇古怪,那时的人们还在蜡烛光下跳舞,可见也不会有什么摩登名词,为中国所未有,非译者来闭门生造不可的。我最怕新花样的名词,譬如电灯,其实也不算新花样了,一个电灯的零件,我叫得出六样:花线,灯泡,灯罩,沙袋,扑落,开关。但这是上海话,那后三个,在别处怕就行不通。《一天的工作》里有一篇短篇,讲到铁厂,后来有一位在北方铁厂里的读者给我一封信,说其中的机件名目,没有一个能够使他知道实物是什么的。呜呼,——这里只好呜呼了——其实这些名目,大半乃是十九世纪末我在江南学习挖矿时,得之老师的传授。不知是古今异时,还是南北异地之故呢,隔膜了。在青年文学家靠它修养的《庄子》和《文选》或者明人小品里,也找不出那些名目来。没有法子。"三十六着,走为上着",最没有弊病的是莫如不沾手。

可恨我还太自大,竟又小觑了《死魂灵》,以为这倒不算什么,担当回来,真的又要翻译了。于是"苦"字上头。仔细一读,不错,写法的确不过平铺直叙,但到处是刺,有的明白,有的却隐藏,要感得到;虽然重译,也得竭力保存它的锋头。里面确没有电灯和汽车,然而十九世纪上半期的菜单,赌具,服装,也都是陌生家伙。这就势必至于字典不离手,冷汗不离身,一面也自然只好怪自己语学程度的不够格。但这一杯偶然自大了一下的罚酒是应该喝干的:硬着头皮译下去。到得烦厌,疲倦了的时候,就随便拉本新出的杂志来翻翻,算是休息。这是我的老脾气,休息之中,也略含幸灾乐祸之意,其意若曰:这回是轮到我舒舒服服地来看你们在闹什么花样了。

好像华盖运还没有交完,仍旧不得舒服。拉到手的是《文学》四卷六号,一翻开来,卷头就有一幅红印的大广告,其中说是下一号里,要有我的散文了,题目叫作"未定"。往回一想,编辑先生的确曾经给我一封信,叫我寄一点文章,但我最怕的正是所谓做文章,不答。文章而至于要做,其苦可知。不答者,即答曰不做之意。不料一面又登出广告来了,情同绑票,令我为难。但同时又想到这也许还是自己错,我曾经发表过,我的文章,不是涌出,乃是挤出来的。他大约正抓住了这弱点,在用挤出法;而且我遇见编辑先生们时,也间或觉得他们有想挤之状,令人寒心。先前如果说:"我的文章,是挤也挤不出来的",那恐怕要安全得多了,我佩服陀思妥耶夫斯基的少谈自己。以及有些文豪们的专讲别人。

但是,积习还未尽除,稿费又究竟可以换米,写一点也还不算什么"冤沉海底"。笔,是有点古怪的,它有编辑先生一样的"挤"的本领。袖手坐着,想打盹,笔一在手,面前放一张稿子纸,就往往会莫名其妙的写出些什么来。自然,要好,可不见得。

二

还是翻译《死魂灵》的事情。躲在书房里,是只有这类事情的。动笔之前,就先得解决一个问题:竭力使它归化,还是尽量保存洋气呢?日本文的译者上田进君,是主张用前一法的。他以为讽刺作品的翻译,第一当求其易懂,愈易懂,效力也愈广大。所以他的译文,有时就化一句为数句,很近于解释。我的意见却两样的。只求易懂,不如创作,或者改作,将事改为中国事,人也化为中国人。如果还是翻译,那么,首先的目的,就在博览外国的作品,不但移情,也要益智,至少是知道何地何时,有这等事,和旅行外国,是很相像的:它必须有异国情调,就是所谓洋气。其实世界上也不会有完全归化的译文,倘有,就是貌合神离,从严辨别起来,它算不得翻译。凡是翻译,必须兼顾着两面,一当然力求其易解,一则保存着原作的丰姿,但这保存,却又常常和易懂相矛盾:看不惯了。不过它原是洋鬼子,当然谁也看不惯,为比较的顺眼起见,只能改换他的衣裳,却不该削低他的鼻子,剜掉他的眼睛。我是不主张削鼻剜眼的,所以有些地方,仍然宁可译得不顺口。只是文句的组织,无须科学理论似的精密了,就随随便便,但副词的"地"字,却还是使用的,因为我觉得现在看惯了这字的读者已经很不少。

然而"幸乎不幸乎",我竟因此发现我的新职业了:做西崽。

还是当作休息的翻杂志,这回是在《人间世》二十八期上遇见了林语堂先生的大文,摘录会损精神,还是抄一段——

"……今人一味仿效西洋,自称摩登,甚至不问中国文法,必欲仿效英文,分'历史地'为形容词,'历史地的'为状词,以模仿英文之 historic-al-ly,拖一西洋辫子,然则'快来'何不因'快'字是状词而改为'快地的来'？此类把戏,只是洋场孽少怪相,谈文学虽不足,当西崽颇有才。此种流风,其弊在奴,救之之道,在于思。"(《今文八弊》中)

其实是"地"字之类的采用,并非一定从高等华人所擅长的英文而来的。"英文""英文",一笑一笑。况且看上文的反问语气,似乎"一味仿效西洋"的"今人",实际上也并不将"快来"改为"快地的来",这仅是作者的虚构,所以助成其名文,殆即所谓"保得自身为主,则圆通自在,大畅无比"之例了。不过不切实,倘是"自称摩登"的"今人"所说,就是"其弊在浮"。

倘使我至今还住在故乡,看了这一段文章,是懂得,相信的。我们那里只有几个洋教堂,里面想必各有几位西崽,然而很难得遇见。要研究西崽,只能用自己做标本,虽不过"颇",也够合用了。又是"幸乎不幸乎",后来竟到了上海,上海住着许多洋人,因此有着许多西崽,因此也给了我许多相见的机会;不但相见,我还得了和他们中的几位谈天的光荣。不错,他们懂洋话,所懂的大抵是"英文","英文",然而这是他们的吃饭家伙,专用于服侍洋东家的,他们决不将洋辫子拖进中国话里来,自然更没有捣乱中国文法的意思,有时也用几个音译字,如"那摩温","土司"之类,但这也是向来用惯的话,并非标新立异,来表示自己的摩登的。他们倒是国粹家,一有余闲,拉皮胡,唱《探母》;上工穿制服,下工换华装,间或请假出游,有钱的就是缎鞋绸衫子。不过要戴草帽,眼镜也不用玳瑁边的老样式,倘用华洋的"门户之见"看起来,这两样却不免是缺点。

又倘使我要另找职业,能说英文,我可真的肯去做西崽的,因为我以为用工作换钱,西崽和华仆在人格上也并无高下,正如用劳力在外资工厂或华资工厂换得工资,或用学费在外国大学或中国大学取得资格,都没有卑贱和清高之分一样。西崽之可厌不在他的职业,而在他的"西崽相"。这里之所谓"相",非说相貌,乃是"诚于中而形于外"的,包括着"形式"和"内容"而言。这"相",是觉得洋人势力,高于群华人,自己懂洋话,近洋人,所以也高于群华人;但自己又系出黄帝,有古文明,深通华情,胜洋鬼子,所以也胜于势力高于群华人的洋人,因此也更胜于还在洋人之下的群华人。租界上的中国巡捕,也常常有这一种"相"。

倚徒华洋之间,往来主奴之界,这就是现在洋场上的"西崽相"。但又并不是骑墙,因为他是流动的,较为"圆通自在",所以也自得其乐,除非你扫了他的兴头。

　　由前所说，"西崽相"就该和他的职业有关了，但又不全和职业相关，一部分却来自未有西崽以前的传统。所以这一种相，有时是连清高的士大夫也不能免的。"事大"，历史上有过的，"自大"，事实上也常有的；"事大"和"自大"，虽然不相容，但因"事大"而"自大"，却又为实际上所常见——他足以傲视一切连"事大"也不配的人们。有人佩服得五体投地的《野叟曝言》中，那"居一人之下，在众人之上"的文素臣，就是这标本。他是崇华，抑夷，其实却是"满崽"；古之"满崽"，正犹今之"西崽"也。

　　所以虽是我们读书人，自以为胜西崽远甚，而洗伐未净，说话一多，也常常会露出尾巴来的。再抄一段名文在这里——

　　"……其在文学，今日绍介波兰诗人，明日绍介捷克文豪，而对于已经闻名之英美法德文人，反厌为陈腐，不欲深察，求一究竟。此与妇女新装求入时一样，总是媚字一字不是，自叹女儿身，事人以颜色，其苦不堪言。此种流风，其弊在浮，救之之道，在于学。"（《今文八弊》中）

　　但是，这种"新装"的开始，想起来却长久了，"绍介波兰诗人"，还在三十年前，始于我的《摩罗诗力说》。那时满清宰华，汉民受制，中国境遇，颇类波兰，读其诗歌，即易于心心相印，不但无事大之意，也不存献媚之心。后来上海的《小说月报》，还曾为弱小民族作品出过专号，这种风气，现在是衰竭了，即偶有存者，也不过一脉的余波。但生长于民国的幸福的青年，是不知道的，至于附势奴才，拜金崽子，当然更不会知道。但即使现在绍介波兰诗人，捷克文豪，怎么便是"媚"呢？他们就没有"已经闻名"的文人吗？况且"已经闻名"，是谁闻其"名"，又何从而"闻"的呢？诚然，"英美法德"，在中国有宣教师，在中国现有或曾有租界，几处有驻军，几处有军舰，商人多，用西崽也多，至于使一般人仅知有"大英"，"花旗"，"法兰西"和"茄门"，而不知世界上还有波兰和捷克。但世界文学史，是用了文学的眼睛看，而不用势利眼睛看的，所以文学无须用金钱和枪炮作掩护，波兰捷克，虽然未曾加入八国联军来打过北京，那文学却在，不过有一些人，并未"已经闻名"而已。外国的文人，要在中国闻名，靠作品似乎是不够的，他反要得到轻薄。

　　所以一样的没有打过中国的国度的文学，如希腊的史诗，印度的寓言，亚刺伯的《天方夜谭》,西班牙的《堂·吉诃德》,纵使在别国"已经闻名",不下于"英美法德文人"的作品,在中国却被忘记了,他们或则国度已灭,或则无能,再也用不着"媚"字。

对于这情形,我看可以先把上章所引的林语堂先生的训词移到这里来的——

"此种流风,其弊在奴,救之之道,在于思。"

不过后两句不合用,既然"奴"了。思亦何益,思来思去,不过"奴"得巧妙一点而已。中国宁可有未"思"的西崽,将来的文学倒较为有望。

但"已经闻名的英美法德文人",在中国却确是不遇的。中国的立学校来学这四国语,为时已久,开初虽不过意在养成使馆的译员,但后来却展开,盛大了。学德语盛于清末的改革军操,学法语盛于民国的"勤工俭学"。学英语最早,一为了商务,二为了海军,而学英语的人数也最多,为学英语而作的教科书和参考书也最多,由英语起家的学士文人也不少。然而海军不过将军舰送人,绍介"已经闻名"的司各德,狄更斯,狄福,斯惠夫德……的,竟是只知汉文的林纾,连绍介最大的"已经闻名"的莎士比亚的几篇剧本的,也有待于并不专攻英文的田汉。这缘故,可真是非"在于思"则不可了。

然而现在又到了"今日绍介波兰诗人,明日绍介捷克文豪"的危机,弱国文人,将闻名于中国,英美法德的文风,竟还不能和他们的财力武力,深入现在的文林,"狗逐尾巴"者既没有恒心,志在高山的又不屑动手,但见山林映以电灯,语录夹些洋话,"对于已经闻名之英美法德文人",真不知要待何人,至何时,这才来"求一究竟"。那些文人的作品,当然也是好极了的,然甲则曰不佞望洋而兴叹,乙则曰汝辈何不潜心而探求。旧笑话云:昔有孝子,遇其父病,闻股肉可疗,而自怕痛,执刀出门,执途人臂,悍然割之,途人惊拒,孝子谓曰,割股疗父,乃是大孝,汝竟惊拒,岂是人哉! 是好比方;林先生云:"说法虽乖,功效实同",是好辩解。

六月十日。

名人和名言

《太白》二卷七期上有一篇南山先生的《保守文言的第三道策》,他举出:第一道是说"要做白话由于文言做不通",第二道是说"要白话做好,先须文言弄通"。

十年之后,才来了太炎先生的第三道,"他以为你们说文言难,白话更难。理由是现在的口头语,有许多是古语,非深通小学就不知道现在口头语的某音,就是古代的某音,不知道就是古代的某字,就要写错。……"

太炎先生的话是极不错的。现在的口头语,并非一朝一夕,从天而降的语言,里面当然有许多是古语,既有古语,当然会有许多曾见于古书,如果做白话的人,要每字都到《说文解字》里去找本字,那的确比做任用借字的文言要难到不知多少倍。然而自从提倡白话以来,主张者却没有一个以为写白话的主旨,是在从"小学"里寻出本字来的,我们就用约定俗成的借字。诚然,如太炎先生说:"乍见熟人而相寒暄曰'好呀','呀'即'乎'字;应人之称曰'是唉','唉'即'也'字。"但我们即使知道了这两字,也不用"好乎"或"是也",还是用"好呀"或"是唉"。因为白话是写给现代的人们看,并非写给商周秦汉的鬼看的,起古人于地下,看了不懂,我们也毫不畏缩。所以太炎先生的第三道策,其实是文不对题的。这缘故,是因为先生把他所专长的小学,用得范围太广了。

我们的知识很有限,谁都愿意听听名人的指点,但这时就来了一个问题:听博识家的话好,还是听专门家的话好呢? 解答似乎很容易:都好。自然都好;但我由历听了两家的种种指点以后,却觉得必须有相当的警戒。因为是:博识家的话多浅,专门家的话多悖的。

博识家的话多浅,意义白明,唯专门家的话多悖的事,还得加一点申说。他们的悖,未必悖在讲述他们的专门,是悖在倚专家之名,来论他所专门以外的事。社会上崇敬名人,于是以为名人的话就是名言,却忘记了他之所以得名是那一种学问或事业。名人被崇奉所诱惑,也忘记了自己之所以得名是那一种学问或事业,渐以为一切无不胜人,无所不谈,于是乎就悖起来了。其实,专门家除了他的专长之外,许多见识是往往不及博识家或常识者的。太炎先生是革命的先觉,小学的大师,倘谈文献,讲《说文》,当然娓娓可听,但一到攻击现在的白话,便牛头不对马嘴,即其一例。还有江亢虎博士,是先前以讲社会主义出名的名人,他的社会主义到底怎么样呢,我不知道。只是今年忘其所以,谈到小学,说"德'之古字为'悳",从'直'从'心','直'即直觉之意",却真不知道悖到哪里去了,他竟连那上半并不是曲直的直字这一点都不明白。这种解释,却须听太炎先生了。

不过在社会上,大概总以为名人的话就是名言,既是名人,也就无所不通,无所不晓。所以译一本欧洲史，就请英国话说得漂亮的名人校阅，编一本经济学，又乞古文做得好的名人题签；学界的名人绍介医生，说他"术擅岐黄"，商界的名人称赞画家，说他"精研六法"。……

这也是一种现在的通病。德国的细胞病理学家维尔晓（Virchow），是医学界的泰斗，举国皆知的名人，在医学史上的位置，是极为重要的，然而他不相信进化论，他那被教徒所利用的几回讲演，据赫克尔（Haeckd）说，很给了大众不少坏影响。因为他学问很深，名甚大，于是自视甚高，以为他所不解的，此后也无人能解，又不深研进化论，便一口归功于上帝了。现在中国屡经介绍的法国昆虫学大家法布耳（Fabre），也颇有这倾向。他的著作还有两种缺点：一是嗤笑解剖学家。二是用人类道德于昆虫界。但倘无解剖，就不能有他那样精到的观察，因为观察的基础，也还是解剖学；农学者根据对于人类的利害，分昆虫为益虫和害虫，是有理可说的，但凭了当时的人类的道德和法律，定昆虫为善虫或坏虫，却是多余了。有些严正的科学者，对于法布耳的有微词，实也并非无故。但倘若对这两点先加警戒，那么，他的大著作《昆虫记》十卷，读起来也还是一部很有趣，也很有益的书。

不过名人的流毒，在中国却较为利害，这还是科举的余波。那时候，儒生在私塾里揣摩高头讲章，和天下国家何涉，但一登第，真是"一举成名天下知"，他可以修史，可以衡文，可以临民，可以治河；到清朝之末，更可以办学校，办煤矿，练新军，造战舰，条陈新政，出洋考察了。成绩如何呢，不待我多说。

这病根至今还没有除，一成名人，便有"满天飞"之概。我想，自此以后，我们是应该将"名人的话"和"名言"分开来的，名人的话并不都是名言；许多名言，倒出自田夫野老之口。这也就是说，我们应该分别名人之所以名，是由于那一门，而对于他的专门以外的纵谈，却加以警戒。苏州的学子是聪明的，他们请太炎先生讲国学，却不请他讲簿记学或步兵操典，——可惜人们却又不肯想得更细一点了。

我很自歉这回时时涉及了太炎先生。但"智者千虑，必有一失"，这大约也无伤于先生的"日月之明"的。至于我的所说，可是我想，"愚者千虑，必有一得"，盖亦"悬诸日月而不刊"之论也。

七月一日。

"靠天吃饭"

"靠天吃饭说"是我们中国的国宝。清朝中叶就有《靠天吃饭图》的碑,民国初年,状元陆润庠先生也画过一张:一个大"天"字,末一笔的尖端有一位老头子靠着,捧了碗在吃饭。这图曾经石印,信天派或嗜奇派,也许还有收藏的。

而大家也确是实行着这学说,和图不同者,只是没有碗捧而已。这学说总算存在着一半。

前一月,我们曾经听到过嚷着"旱象已成",现在是梅雨天,连下了十几日,是每年必有的常事,又并无飓风暴雨,却又到处发现水灾了。植树节所种的几株树,也不足以挽回天意。"五日一风,十日一雨"的唐虞之世,去今已远,靠天而竟至于不能吃饭,大约为信天派所不及料的吧。到底还是做给俗人读的《幼学琼林》聪明,曰:"轻清者上浮而为天","轻清"而又"上浮",怎么一个"靠"法。

古时候的真话,到现在就有些变成谎话。大约是西洋人说的吧,世界上穷人有份的,只有日光空气和水。这在现在的上海就不适用,卖心卖力的被一天关到夜,他就晒不着日光,吸不到好空气;装不起自来水的,也喝不到干净水。授上往往说:"近来天时不正,疾病盛行",这岂止是"天时不正"之故,"天何言哉",它默默地被冤枉了。

但是,"天"下去就要做不了"人",沙漠中的居民为了一塘水,争夺起来比我们这里的才子争夺爱人还激烈,他们要拼命,决不肯做一首"啊呀诗"就了事。洋大人斯坦因博士,不是从甘肃敦煌的沙里掘去了许多古董吗?那地方原是繁盛之区,靠天的结果,却被天风吹了沙埋没了。为制造将来的古董起见,靠天确也是一种好方法,但为活人计,却是不大值得的。

一到这里,就不免要说征服自然了,但现在谈不到,"带住"可也。

七月一日。

几乎无事的悲剧

果戈理(Nikolai Gogol)的名字,渐为中国读者所认识了,他的名著《死魂灵》的译本,也已经发表了第一部的一半。那译文虽然不能令人满意,但总算借此知道了从第二至六章，一共写了五个地主的典型，讽刺固多，实则除一个老太婆和吝啬鬼泼留希金外，都各有可爱之处。至于写到农奴，却没有一点可取了，连他们诚心来帮绅士们的忙，也不但无益，反而有害。果戈理自己就是地主。

然而当时的绅士们很不满意，一定的照例的反击，是说书中的典型，多是果戈理自己，而且他也并不知道大俄罗斯地主的情形。这是说得通的，作者是乌克兰人，而看他的家信，有时也简直和书中的地主的意见相类似。然而即使他并不知道大俄罗斯的地主的情形吧，那创作出来的角色，可真是生动极了，直到现在，纵使时代不同，国度不同，也还使我们像是遇见了有些熟识的人物。讽刺的本领，在这里不及谈，单说那独特之处，尤其是在用平常事，平常话，深刻的显出当时地主的无聊生活。例如第四章里的罗士特来夫，是地方恶少式的地主，赶热闹，爱赌博，撒大谎，要恭维，——但挨打也不要紧。他在酒店里遇到乞乞科夫，夸示自己的好小狗，勒令乞乞科夫摸过狗耳朵之后，还要摸鼻子——

"乞乞科夫要和罗士特来夫表示好意，便摸了一下那狗的耳朵。'是的，会成功一匹好狗的。'他加添着说。

"'再摸摸它那冰冷的鼻头，拿手来呀！'因为要不使他扫兴，乞乞科夫就又一碰那鼻子，于是说道：'不是平常的鼻子！'"

这种莽撞而沾沾自喜的主人，和深通世故的客人的圆滑的应酬，是我们现在还随时可以遇见的，有些人简直以此为一世的交际术。"不是平常的鼻子"，是怎样的鼻子呢？说不明的，但听者只要这样也就足够了。后来又同到罗士特来夫的庄园去，历览他所有的田产和东西——

"还去看克理米亚的母狗，已经瞎了眼，据罗士特来夫说，是就要倒毙的。两年以前，却还是一条很好的母狗。大家也来察看这母狗，看起来，它也确乎瞎了眼。"

这时罗士特来夫并没有说谎，他表扬着瞎了眼的母狗，看起来，也确是瞎了眼的母狗。这和大家有什么关系呢，然而世界上有一些人，却确是嚷闹，表扬，夸示着这一类事，又竭力证实着这一类事，算是忙人和诚实人，在过了他的整一世。

这些极平常的，或者简直近于没有事情的悲剧，正如无声的言语一样，非由诗人画出它的形象来，是很不容易觉察的。然而人们灭亡于英雄的特别的悲剧者少，消磨于极平常的，或者简直近于没有事情的悲剧者却多。

听说果戈理的那些所谓"含泪的微笑"，在他本土，现在是已经无用了，来替代它的有了健康的笑。但在别地方,也依然有用,因为其中还藏着许多活人的影子。况且健康的笑;在被笑的一方面是悲哀的,所以果戈理的"含泪的微笑",倘传到了和作者地位不同的读者的脸上,也就成为健康:这是《死魂灵》的伟大处,也正是作者的悲哀处。

七月十四日。

三论"文人相轻"

《芒种》第八期上有一篇魏金枝先生的《分明的是非和热烈的好恶》,是为以前的《文学论坛》上的《再论"文人相轻"》而发的。他先给了原则上的几乎全体的赞成,说,"人应有分明的是非,和热烈的好恶,这是不错的,文人应更有分明的是非,和更热烈的好恶,这也是不错的。"中间虽说"凡人在落难时节……能与猿鹤为伍,自然最好,否则与鹿豕为伍,也是好的。即到千万没有办法的时候,至于躺在破庙角里,而与麻风病菌为伍,倘然我的体力,尚能为自然的抗御,因而不致毁灭以死,也比被实际上也做着骗子屠夫的所诱杀脔割,较为心愿。"看起来好像有些微词,但其实说的是他的憎恶骗子屠夫,远在猿鹤以至麻风病菌之上,和《论坛》上所说的"从圣贤一直敬到骗子屠夫,从美人香草一直爱到麻风病菌的文人,在这世界上是找不到的"的话,也并不两样。至于说:"平心而论,彼一是非,此一是非,原非确论。"则在近来的庄子道友中,简直是鹤立鸡群似的卓见了。

然而魏先生的大论的主旨,并不专在这一些,他要申明的是:是非难定,于是爱憎就为难。因为"譬如有一种人,……在他自己的心目之中,已先无是非之分。……于是其所谓'是',不免似是而实非了。"但"至于非中之是,它的是处,正胜过于似是之非,因为其犹讲交友之道,而无门阀之分"的。到这地步,我们的文人就只好吞吞吐吐,假揩眼泪了。"似是之非"其实就是"非",倘使已经看穿,不是只要给以热烈的憎恶就成了吗?然而"天下的事情,并没有这么简单",又不得不爱护"非中之是",何况还有"似非而是"和"是中之非",取其大,略其细的方法,于是就不适用了。天下何尝有黑暗,据物理学说,地球上的无论如何的黑暗中,不是总有 X 分之一的光的吗?看起书来,据理就该看见 x 分之一的字的,——我们不能论明暗。

这并非刻薄的比喻,魏先生却正走到"无是非"的结论的。他终于说:"总之,文人相轻,不外乎文的长短,道的是非,文既无长短可言,道又无是非之分,则空谈是非,何补于事!已而已而,手无寸铁的人呵!"人无全德,道无大成,刚说过"非中之是",胜过"似是之非",怎么立刻又变成"文既无长短可言,道又无是非之分"了呢?文人的铁,就是文章,魏先生正在大做散文,力施搏击,怎么同时又说是"手无寸铁"了呢?这可见要抬举"非中之是",却又不肯明说,事实上是怎样的难,所以即使在那大文上列举了许多对手的"排挤","大言","卖友"的恶谥,而且那大文正可通行无,阻,却还是觉得"手无寸铁",归根结底,掉进"无是非"说的深坑里,和自己以为"原非确论"的"彼亦一是非,此亦一是非"说成了"朋友"——这里不说"门阀"——了。

况且,"文既无长短可言,道又无是非之分",魏先生的文章,就他自己的结论而言,就先没有动笔的必要。不过要说结果,这无须动笔的动笔,却还是有战斗的功效的,中国的有些文人一向谦虚,所以有时简直会自己先躺在地上,说道,"倘然要讲是非,也该去怪追奔逐北的好汉,我等小民,不任其咎。"明明是加入论战中的了,却又立刻捐出一面"小民"旗来,推得干干净净,连肋骨在那里也找不到了。论"文人相轻"竟会到这地步这真是叫作到了末路!

七月十五日。

【备考】

分明的是非和热烈的好恶　　魏金枝

人应有分明的是非,和热烈的好恶,这是不错的。文人应更有分明的是非,和更热烈的好恶,这也是不错的。但天下的事情,并没有这么简单,除了是非之外,还有"似是而非"的"是",和"非中有是"之非,在这当口,我们的好恶,便有些为难了。

譬如有一种人,他们借着一个好看的幌子,做其为所欲为的勾当,不论是非,无分好恶,一概置之在所排挤之列,这叫作玉石俱焚,在他自己的心目之中,已先无是非之分。但他还要大言不惭,自以为是。于是其所谓"是",不免似是而实非了。这是我们在谈话是非之前,所应最先将它分辩明白的。次则以趣观之,往往有些具着两张面孔的人,对于腰骨硬朗的,他会伏在地下,打躬作揖,对于下一点的,也会装起高不可攀的怪腔,甚至给你当头一脚,拒之千里之外。其时是非,便会煞时分手,各归其主,因之好恶不同,也是常事。在此时,要谈是非,就得易地而处,平心而论,彼一是非,此一是非,原非确论。

至于非中之是,它的是处,正胜过于似是之非,因为其犹讲交友之道,而无门阀之分。凡人在落难时节,没有朋友,没有六亲,更无是非天道可言,能与猿鹤为伍,自然最好,否则与鹿豕为伍,也是好的。即到千万没有办法的时候,至于躺在破庙角里,而与麻风病菌为伍,倘然我的体力,尚能为自然的抗御,因而不致毁灭以死,也比被实际上也做着骗子屠夫的所诱杀脔割,较为心愿。所以,倘然要讲是非,也该去怪追奔逐北的好汉,我等小民,不任其咎。但近来那般似是的人,还在那里大登告白,说是"少卿教匈奴为兵",那个意思,更为凶恶,为他营业,卖他朋友,甚而至于陷阱下石,望人万劫不复,那层似丝的甜衣,不是糖拌砒霜,是什么呢?

总之,文人相轻,不外乎文的长短,道的是非,文既无长短可言,道又无是非之分,则空谈是非,何补于事!已而已而,手无寸铁的人呵!

七月一日,《芒种》第八期。

四论"文人相轻"

前一回没有提到,魏金枝先生的大文《分明的是非和热烈的好恶》里,还有一点很有意思的文章。他以为现在"往往有些具着两张面孔的人",重甲而轻乙;他自然不至于主张文人应该对谁都打躬作揖,连称久仰久仰的,只因为乙君原是大可钦敬的作者。所以甲乙两位,"此时此际,要谈是非,就得易地而处",甲说你的甲话,乙呢,就觉得"非中之是,……正胜过于似是之非,因为其犹讲交友之道,而无门阀之分",把"门阀"留给甲君,自去另找讲交道的"朋友",即使没有,竟"与麻风病菌为伍,……也比被实际上也做着骗子屠夫的所诱杀脔割,较为心愿"了。

这拥护"文人相轻"的情境,是悲壮的,但也正证明了现在一般之所谓"文人相轻",至少,是魏先生所拥护的"文人相轻",并不是因为"文",倒是为了"交道"。朋友乃五常之一名,交道是人间的美德,当然也好得很。不过骗子有屏风,屠夫有帮手,在他们自己之间,却也叫作"朋友"的。

"必也正名乎",好名目当然也好得很。只可惜美名未必一定包着美德。"翻手为云覆手雨,纷纷轻薄何须数,君不见管鲍贫时交,此道今人弃如土!"这是李太白先生吧,就早已"感慨系之矣",更何况现在这洋场——古名"彝场"——的上海。

最近的《大晚报》的副刊上就有一篇文章在通知我们要在上海交朋友,说话先须漂亮,这才不至于吃亏,见面第一句,是"格位(或'迪个')朋友贵姓?"此时此际,这"朋友"两字中还未含有任何利害,但说下去,就要一步紧一步的显出爱憎和取舍,即决定共同玩花样,还是用作"阿木林"之分来了。"朋友,以义合者也。"古人确曾说过的,然而又有古人说:"义,利也。"呜呼!

如果在冷路上走走,有时会遇见几个人蹲在地上赌钱,庄家只是输,押的只是赢,然而他们其实是庄家的一伙,就是所谓"屏风"——也就是他们自己之所谓"朋友"——目的是在引得蠢材眼热,也来出手,然后掏空他的腰包。如果你站下来,他们又觉得你并非蠢材,只因为好奇,未必来上当。就会说:"朋友,管自己走,没有什么好看。"这是一种朋友,不妨害骗局的朋友。荒场上又有变戏法的,石块变白鸽,坛子装小孩,本领大抵不很高强,明眼人本极容易看破,于是他们就时时拱手大叫道:"在家靠父母,出家靠朋友!"这并非在要求撒钱,是请托你不要说破。这又是一种朋友,是不戳穿戏法的朋友。把这些识时务的朋友稳住了,他才可以掏呆朋友的腰包;或者手执花枪,来赶走不知趣地走近去窥探底细的傻子,恶狠狠地啐一口道:"……瞎你的眼睛!"

孩子的遭遇可是还要危险。现在有许多文章里,不是常在很亲热地叫着"小朋友,小朋友"吗?这是因为要请他做未来的主人公,把一切担子都搁在他肩上了;至少,也得去买儿童画报,杂志,文库之类,据说否则就要落伍。

已成年的作家们所占领的文坛上,当然不至于有这么彰明较著的可笑事,但地方究竟是上海,一面大叫朋友,一面却要他悄悄地纳钱五块,买得"自己的园地",才有发表作品的权利的"交道",可也不见得就不会出现的。

八月十三日。

五论"文人相轻"——明术

"文人相轻"是局外人或假充局外人的话。如果自己是这局面中人之一,那就是非被轻则是轻人,他决不用这对等的"相"字。但到无可奈何的时候,却也可以拿这四个字来遮掩一下。这遮掩是逃路,然而也仍然是战术,所以这口诀还有被一些人所钟爱。

不过这是后来的话。在先,当然是"轻"。

"轻"之术很不少。粗糙地说:大略有三种。一种是自卑,自己先躺在垃圾里,然后来拖敌人,就是"我是畜生,但是我叫你爹爹,你既是畜生的爹爹,可见你也是畜生了"的法子。这形容自然未免过火一点,然而较文雅的现象,文坛上却并不怎么少见的。埋伏之法,是甲乙两人的作品,思想和技术,分明不同,甚而至于相反的,某乙却偏要设法表明,说唯独自己的作品乃是某甲的嫡派;补救之法,是某乙的缺点倘被某甲所指摘,他就说这些事情正是某甲所具备,而且自己也正从某甲那里学了来的。此外,已经把别人评得一钱不值了,临末却又很谦虚的声明自己并非批评家,凡有所说,也许全等于放屁之类,也属于这一派。

一种是最正式的,就是自高,一面把不利于自己的批评,统统谓之"漫骂",一面又竭力宣扬自己的好处,准备跨过别人。但这方法比较的麻烦,因为除"辟谣"之外,自吹自擂是究竟不很雅观的,所以做这些文章时,自己得另用一个笔名,或者邀一些"讲交道"的"朋友"来互助。不过弄得不好,那些"朋友"就会变成保驾的打手或抬驾的轿夫,而使那"朋友"会变成这一类人物的,则这御驾一定不过是有些手势的花花公子,抬来抬去,终于脱不了原形,一年半载之后,花花之上也再添不上什么花头去,而且打手轿夫,要而言之,也究竟要工食,倘非腰包饱满,是没法维持的。如果能用死轿夫,如袁中郎或"晚明二十家"之流来抬,再请一位活名人喝道,自然较为轻而易举,但看过去的成绩和校验,可也并不见佳。

还有一种是自己连名字也并不抛头露面,只用匿名或由"朋友"给敌人以"批评"——要时髦些,就可以说是"批判"。尤其要紧的是给予一个名称,像一般的"诨名"一样。因为读者大众的对于某一作者,是未必和"批评"或"批判"者同仇敌忾的,一篇文章,纵使题目用头号字印成,他们也不大起劲,现在制出一个简括的诨名,就可以比较的不容易忘记了。在近十年来的中国文坛上,这法术,用是也常用的,但效果却很小。

法术原是极利害,极致命的法术。果戈理夸俄国人之善于给别人起名号——或者也是自夸——说是名号一出,就是你跑到天涯海角,它也要跟着你走,怎么摆也摆不脱。这正如传神的写意画,并不细画须眉,并不写上名字,不过寥寥几笔,而神情毕肖,只要见过被画者的人,一看就知道这是谁;夸张了这人的特长——不论优点或弱点,却更知道这是谁。可惜我们中国人并不怎样擅长这本领。起源,是古的。从汉末到六朝之所谓"品题",如"关东觥觥郭子横","五经纷纶井大春",就是这法术,但说的是优点居多。梁山泊上一百〇八条好汉都有诨名,也是这一类,不过着眼多在形体,如"花和尚鲁智深"和"青面兽杨志",或者才能,如"浪里白跳张顺"和"鼓上蚤时迁"等,并不能提挈这人的全般。直到后来的讼师,写状之际,还常常给被告加上一个诨名,以见他原是流氓地痞一类,然而不久也就拆穿西洋镜,即使毫无才能的师爷,也知道这是不足注意的了。现在的所谓文人,除了改用几个新名词之外,也并无进步,所以那些"批判",结果还大抵是徒劳。

这失败之处,是在不切帖。批评一个人,得到结论,加以简括的名称,虽只寥寥数字,却很要明确的判断力和表现的才能的。必须贴切,这才和被批判者不相离,这才会跟了他跑到天涯海角。现在却大抵只是漫然的抓了一时之所谓恶名,摔了过去:或"封建余孽",或"布尔乔亚",或"破锣",或"无政府主义者",或"利己主义者"……等等;而且怕一个不够致命,又连用些什么"无政府主义封建余孽"或"布尔乔亚破锣利己主义者";怕一人说没有力,约朋友各给他一个;怕说一回还太少,一年内连给他几个:时时改换,个个不同。这举棋不定,就因为观察不精,因而品题也不确,所以即使用尽死劲,流完大汗,写了出去,也还是和对方不相干,就是用浆糊粘在他身上,不久也就脱落了。汽车夫发怒,便骂洋车夫阿四一声"猪猡",顽皮孩子高兴,也会在卖炒白果阿五的背上画一个乌龟,虽然也许博得市侩们的一笑,但他们是决不因此就得"猪猡阿四"或"乌龟阿五"的诨名的。此理易明:因为不切帖。

五四时代的所谓"桐城谬种"和"选学妖孽",是指做"载飞载鸣"的文章和抱住《文选》寻字汇的人们的,而某一种人确也是这一流,形容恰当,所以这名目的流传也较为永久。除此之外,恐怕也没有什么还留在大家的记忆里了。到现在,和这八个字可以匹敌的,或者只好推"洋场恶少"和"革命小贩"了吧。前一联出于古之"京",后一联出于今之"海"。

创作难,就是给人起一个称号或诨名也不易。假使有谁能起颠扑不破的诨名的吧。那么,他如做评论,一定也是严肃正确的批评家,倘弄创作,一定也是深刻博大的作者。

所以,连称号或诨名起得不得法,也还是因为这班"朋友"的不"文"。——"再亮些!"

八月十四日。

"题未定"草

五

M君寄给我一封剪下来的报章。这是近十来年常有的事情,有时是杂志。闲暇时翻检一下,其中大概有一点和我相关的文章,甚至于还有"生脑膜炎"之类的恶消息。这时候,我就得预备大约一块多钱的邮票,来寄信回答陆续函问的人们。至于寄报的人呢,大约有两类:一是朋友,意思不过说,这刊物上的东西,有些和你相关;二,可就难说了,猜想起来,也许正是作者或编者,"你看,咱们在骂你了!"用的是《三国志演义》上的"三气周瑜"或"骂死王朗"的法子。不过后一种近来少一些了,因为我的战术是暂时搁起,并不给以反应,使他们诸公的刊物很少有因我而蓬蓬勃勃之望,到后来却也许会去拨一拨谁的下巴:这于他们诸公是很不利的。

M君是属于第一类的;剪报是天津《益世报》的《文学副刊》。其中有一篇张露薇先生做的《略论中国文坛》,下有一行小注道:"偷懒,奴性,而忘掉了艺术"。只要看这题目,就知道作者是一位勇敢而记住艺术的批评家了。看起文章来,真的,痛快得很。我以为介绍别人的作品,删节实在是极可惜的,倘有妙文,大家都应该设法流传,万不可听其泯灭。不过纸墨也须顾及,所以只摘录了第二段,就是"永远是日本人的追随者的作家"在这里,也万不能再少,因为我实在舍不得了——

"奴隶性是最'意识正确'的东西,于是便有许多人跟着别人学口号。特别是对于苏联,在目前的中国,一般所谓作家也者,都怀着好感。可是,我们是人,我们应该有自己的人性,对于苏联的文学,尤其是对于那些由日本的浅薄的知识贩卖者所得来的一知半解的苏联的文学理论家与批评家的话,我们所取的态度绝不该是应声虫式的;我们所需要的介绍的和模仿的(其实是只有抄袭和盲目的应声)方式也绝不该是完全出于热情的。主观是对于事物的选择,客观才是对于事物的方法。我们有了一般奴隶性极深的作家,于是我们便有无数的空虚的标语和口号。

"然而我们没有几个懂得苏联的文学的人,只有一堆盲目的赞美者和零碎的翻译者,而赞美者往往是牛头不对马嘴的胡说,翻译者又不配合于他们的工作,不得不草率,不得不'硬译',不得不说文不对题的话,一言以蔽之,他们的能力永远是对不起他们的思想;他们的'意识'虽然正确了,可是他们的工作却永远是不正确的。

"从苏联到中国是很近的，可是为什么就非经过日本人的手不可？我们在日本人的群中并没有发现几个真正了解苏联文学的新精神的人，为什么偏从浅薄的日本知识阶级中去寻我们的食粮？这真是一件可耻的事实。我们为什么不直接的了解？为什么不取一种纯粹客观的工作的态度？为什么人家唱'新写实主义'，我们跟着喊，人家换了'社会主义的写实主义'，我们又跟着喊；人家介绍纪德，我们才叫；人家介绍巴尔扎克，我们也号；然而我敢预言，在一千年以内：绝不会见到那些介绍纪德，巴尔扎克的人们会给中国的读者译出一两本纪德，巴尔扎克的重要著作来，全集更不必说。

"我们再退一步，对于那些所谓'文学遗产'，我们并不要求那些跟着人家对喊'文学遗产'的人们担负把那些'文学遗产'送给中国的'大众'的责任。可是我们却要求那些人们有承受那些'遗产'的义务，这自然又是谈不起来的。我们还记得在庆祝南尔基的四十年的创作生活的时候，中国也有鲁迅，丁玲一般人发了庆祝的电文；这自然是冠冕堂皇的事情。然而那一群签名者中有几个读过高尔基的十分之一的作品？有几个是知道高尔基的伟大在那儿的？……中国的知识阶级就是如此浅薄，做应声虫有余，做一个忠实的，不苟且的，有理性的文学创作者和研究者便不成了。"

五月廿九日天津《益世报》。

我并不想因此来研究"奴隶性是最'意识正确'的东西"，"主观是对于事物的选择，客观才是对于事物的方法"这些难问题；我只要说，诚如张露薇先生所言，就是在文艺上，我们中国也的确太落后。法国有纪德和巴尔扎克，苏联有高尔基，我们没有；日本叫喊起来了，我们才跟着叫喊，这也许真是"追随"而且"永远"，也就是"奴隶性"，而且是"最'意识正确'的东西"。但是，并不"追随"的叫喊其实是也有一些的，林语堂先生说过："……其在文学，今日绍介波兰诗人，明日绍介捷克文豪，而对于已经闻名之英美法德文人，反厌为陈腐，不欲深察，求一究竟。……此种流风，其弊在浮，救之之道，在于学。"（《人间世》二十八期《今文八弊》中）南北两公，眼睛都有些斜视，只看了一面，各骂了一面，独跳犹可，并排跳舞起来，那"勇敢"就未免化为有趣了。

不过林先生主张"求一究竟"，张先生要求"直接了解"，这"实事求是"之心，两位是大抵一致的,不过张先生比较的悲观,因为他是"豫言"家,断定了"在一千年以内,绝不会见到那些介绍纪德,巴尔扎克的人们会给中国的读者译出一两本纪德,巴尔扎克的重要著作来,全集更不必说"的缘故。照这"豫言"看起来,"直接了解"的张露薇先生自己,当然是一定不译的了;别人呢,我还想存疑,但可惜我活不到一千年,绝没有目睹的希望。

馥言颇有点难。说得近一些,容易露破绽。还记得我们的批评家成仿吾先生手抡双斧,从《创造》的大旗下,一跃而出的时候,曾经说,他不屑看流行的作品,要从冷落堆里提出作家来。这是好的,虽然勃兰兑斯曾从冷落中提出过伊孛生和尼采,但我们似乎也难以斥他为追随或奴性。不大好的是他的这一张支票,到十多年后的现在还没有兑现。说得远一些吧,又容易成笑柄。江浙人相信风水,富翁往往预先寻葬地;乡下人知道一个故事:有风水先生给人寻好了坟穴,起誓道:"您百年之后,安葬下去,如果到第三代不发,请打我的嘴巴!"然而他的期限,比张露薇先生的期限还要少到约十分之九的样子。

然而讲已往的琐事也不易。张露薇先生说庆祝高尔基四十年创作的时候,"中国也有鲁迅,丁玲一般人发了庆祝的电文,……然而那一群签名者中有几个读过高尔基的十分之一的作品?"这质问是极不错的。我只得招供:读得很少,而且连高尔基十分之一的作品究竟是几本也不知道。不过高尔基的全集,却连他本国也还未出全,所以其实也无从计算。至于祝电,我以为打一个是应该的,似乎也并非中国人的耻辱,或者便失了人性,然而我实在却并没有发,也没有在任何电报底稿上签名。这也并非怕有"奴性",只因没有人来邀,自己也想不到,过去了。发不妨,不发也不要紧,我想:发,高尔基大约不至于说我是"日本人的追随者的作家",不发,也未必说我是"张露薇的追随者的作家"的。但对于绥拉菲摩维支的祝贺日,我却发过一个祝电,因为我校印过中译的《铁流》。这是在情理之中的,但也较难于想到,还不如测定为对于高尔基发电的容易。当然,随便说说也不要紧,然而,"中国的知识阶级就是如此浅薄,做应声虫有余,做一个忠实的,不苟且的.有理性的文学创作者和研究者便不成了"的话,对于有一些人却大概是真的了。

张露薇先生自然也是知识阶级,他在同阶级中发现了这许多奴隶,拿鞭子来抽,我是了解他的心情的。但他和他所谓的奴隶们,也只隔了一张纸。如果有谁看过非洲的黑奴工头,傲然地拿鞭子乱抽着做苦工的黑奴的电影的,拿来和这《略论中国文坛》的大文一比较，便会禁不住会心之笑。那一个和一群，有这么相近，却又有这么不同。这一张纸真隔得厉害，分清了奴隶和奴才。

我在这里，自以为总算又钩下了一种新的伟大人物——九三五年度文艺"豫言"家——的嘴脸的轮廓了。

八月十六日。

论毛笔之类

国货也提介得长久了，虽然上海的国货公司并不发达，"国货城"也早已关了城门，接着就将城墙撤去，日报上却还常见关于国货的专刊。那上面，受劝和挨骂的主角，照例也还是学生，儿童和妇女。

前几天看见一篇关于笔墨的文章，中学生之流，很受了一顿训斥，说他们十分之九，是用钢笔和墨水的，这就使中国的笔墨没有出路。自然，倒并不说这一类人就是什么奸，但至少，恰如摩登妇女的爱用外国脂粉和香水似的，应负"入超"的若干的责任。

这话也并不错的。不过我想，洋笔墨的用不用，要看我们的闲不闲。我自己是先在私塾里用毛笔，后在学校里用钢笔，后来回到乡下又用毛笔的人，却以为假如我们能够悠悠然，洋洋焉，拂砚伸纸，磨墨挥毫的话，那么，羊毫和松烟当然也很不坏。不过事情要做得快，字要写得多，可就不成功了，这就是说，它敌不过钢笔和墨水。譬如在学校里抄讲义吧，即使改用墨盒，省去临时磨墨之烦，但不久，墨汁也会把毛笔胶住，写不开了，你还得带洗笔的水池，终于弄到在小小的桌子上，摆开"文房四宝"。况且毛笔尖触纸的多少，就是字的粗细，是全靠手腕做主的，因此也容易疲劳，越写越慢。闲人不要紧，一忙，就觉得无论如何，总是墨水和钢笔便当了。

青年里面，当然也不免有洋服上挂一枝万年笔，做做装饰的人，但这究竟是少数，使用者的多，原因还是在便当。便于使用的器具的力量，是绝非劝谕，讥刺，痛骂之类的空言所能制止的。假如不信，你倒去劝那些坐汽车的人，在北方改用骡车，在南方改用绿呢大轿试试看。如果说这提议是笑话，那么，劝学生改用毛笔呢？现在的青年，已经成了"庙头鼓"，谁都不妨敲打了。一面有繁重的学科，古书的提倡，一面却又有教育家喟然兴叹，说他们成绩坏，不看报纸，昧于世界的大势。

但是,连笔墨也乞灵于外国,那当然是不行的。这一点,却要推前清的官僚聪明,他们在上海立过制造局,想造比笔墨更紧要的器械——虽然为了"积重难返",终于也造不出什么东西来。欧洲人也聪明,金鸡那原是非洲的植物,因为去偷种子,还死了几个人,但竟偷到手,在自己这里种起来了,使我们现在如果发了疟疾,可以很便当的大吃金鸡那霜丸,而且还有"糖衣",连不爱服药的娇小姐们也吃得甜蜜蜜。制造墨水和钢笔的法子,弄到手,是没有偷金鸡那子那么危险的。所以与其劝人莫用墨水和钢笔,倒不如自己来造墨水和钢笔;但必须造得好,切莫"挂羊头卖狗肉"。要不然,这一番工夫就又是一个白费。

但我相信,凡有毛笔拥护论者大约也不免以我的提议为空谈:因为这事情不容易。这也是事实;所以典当业只好呈请禁止奇装异服,以免时价早晚不同,笔墨业也只好主张吮墨舐毫,以免国粹渐就沦丧。改造自己,总比禁止别人来得难。然而这办法却是没有好结果的,不是无效,就是使一部分青年又变成旧式的斯文人。

八月二十三日。